D1407459

# LA BLONDE EN BÉTON

Michael Connelly, lauréat de l'Edgar du premier roman policier pour *Les Égouts de Los Angeles* et de nombreux autres prix (Nero Wolfe, Macavity, Anthony...), est notamment l'auteur de *La Glace noire*, *La Blonde en béton*, *Le Poète*, *Le Cadavre dans la Rolls*, *Créance de sang* et *L'Envol des anges*. Il s'est vu décerner le Prix Pulitzer pour ses reportages sur les émeutes de Los Angeles en 1992. Il vit actuellement en Floride.

Michael Connelly

# LA BLONDE
# EN BÉTON

ROMAN

*Traduit de l'américain*
*par Jean Esch*

Éditions du Seuil

TEXTE INTÉGRAL

TITRE ORIGINAL
*The Concrete Blonde*

ÉDITEUR ORIGINAL
Little, Brown and Company

ISBN original : 0-316-15383-4
© 1994, Michael Connelly

ISBN 978-2-02-032102-0
(ISBN 2-02-022652-9, 1ʳᵉ publication)

© Éditions du Seuil, avril 1996, pour la traduction française.

*Ce livre est dédié à Susan, Paul et Jamie,*
*Bob et Marlen, Ellen, Jane et Damian*

# PROLOGUE

La maison de Silverlake était plongée dans l'obscurité, ses fenêtres aussi éteintes que les yeux d'un mort. C'était une vieille construction « California Craftsman », avec une véranda vitrée et deux lucarnes encastrées dans la longue descente du toit. Mais aucune lumière ne brillait derrière les vitres, pas même au-dessus de la porte d'entrée. En revanche, la bâtisse projetait autour d'elle une obscurité inquiétante que même la lueur du lampadaire dans la rue ne parvenait pas à percer. Un homme pouvait fort bien se trouver dans la véranda sans qu'il soit possible de le voir, et ça, Bosch le savait.

– Vous êtes sûre que c'est ici ? demanda-t-il.

– C'est pas cette maison, répondit-elle. C'est derrière. Le garage. Avancez un peu, qu'on voie le bout de l'allée.

Bosch appuya légèrement sur l'accélérateur et la Caprice roula jusqu'à l'entrée de l'allée.

– Là, dit-elle.

Bosch immobilisa la voiture. Derrière la maison se trouvait effectivement un garage, avec un appartement à l'étage. Un escalier en bois montait sur le côté, une lumière était allumée au-dessus de la porte. Deux fenêtres, éclairées l'une et l'autre.

– OK, fit Bosch.

Pendant un long moment, ils contemplèrent le garage. Bosch ne savait pas ce qu'il s'attendait à y voir. Rien, sans doute. Le parfum de la pute empestant la voiture, il abaissa sa vitre. Il ne savait pas s'il devait ajouter foi aux déclarations de la fille. Ce qu'il savait, en revanche, c'était qu'il ne pouvait pas appeler de renforts. Il n'avait pas emporté de radio, et la voiture n'en était pas équipée.

– Qu'est-ce que vous allez… Hé, le voilà ! s'écria la fille.

Bosch l'avait vu lui aussi, silhouette en ombre chinoise qui passait devant la plus petite des deux fenêtres. Certainement la salle de bains, songea-t-il.

– Il est dans la salle de bains, dit la pute. C'est là que j'ai vu tous les trucs.

– Quels trucs ?

– En fait, j'ai… euh… j'ai fouillé dans l'armoire de toilette. Pendant que j'étais là-haut. Je voulais juste savoir ce qu'il avait chez lui. Faut être vachement prudente dans ce boulot. C'est comme ça que j'ai vu tous ces machins. Les produits de maquillage, je veux dire. Mascara, rouge à lèvres, fond de teint, toutes ces conneries. Et à ce moment-là, j'ai pigé que c'était lui. Je savais qu'il utilisait ce genre de trucs pour les maquiller quand il en avait fini avec elles… après les avoir tuées, je veux dire.

– Pourquoi ne m'avez-vous pas raconté tout ça au téléphone ?

– Vous m'avez pas posé la question.

Bosch vit la silhouette passer derrière le rideau de la seconde fenêtre. Les rouages de son cerveau fonctionnaient maintenant à plein régime ; son cœur était passé en surmultipliée.

– Ça fait combien de temps que vous avez foutu le camp d'ici ?

– Hé, j'en sais rien moi ! Il a fallu que je descende à pinces jusqu'à Franklin rien que pour me faire emmener jusqu'au Boulevard. Ça a pris une dizaine de minutes en bagnole… Alors, je sais pas trop…

– Essayez quand même. C'est important.

– J'en sais rien, je vous dis. Un peu plus d'une heure…

Merde, songea Bosch. Elle s'est arrêtée pour faire une passe avant d'appeler la police. Voilà qui dénotait une véritable inquiétude. Si ça se trouve, il y a déjà une remplaçante là-haut, et moi je reste assis là dans ma bagnole, les bras croisés.

Il redémarra en trombe et trouva à se garer devant une bouche d'incendie, un peu plus loin dans la rue. Il coupa le moteur, mais laissa les clés sur le contact. Il bondit dehors et glissa la tête par la vitre ouverte.

– Je vais jeter un œil là-haut. Vous restez ici. Si jamais vous entendez des coups de feu, ou si je ne suis pas revenu dans dix minutes, vous frappez à toutes les portes et vous faites rappliquer les flics. Vous leur expliquez qu'un officier a besoin d'aide. Vous voyez la pendule sur le tableau de bord ? Dans dix minutes.

– OK, dix minutes, mon chou. A vous de jouer les héros maintenant. Mais la récompense est pour moi.

Bosch dégaina son arme et descendit l'allée en courant. Les marches du vieil escalier en bois qui s'élevait sur le côté du garage avaient gauchi ; il les gravit trois par trois, aussi silencieusement que possible. Malgré ces précautions, il avait l'impression d'annoncer son arrivée à grands coups de clairon. Parvenu au sommet de l'escalier, il se servit de la crosse de son arme pour briser l'ampoule nue fixée au-dessus de la porte. Puis il se renfonça dans l'obscurité et s'appuya contre la rambarde extérieure. Leva la jambe gauche et mit tout son poids, tout son élan, dans son talon. Et décocha un grand coup de pied dans la porte, juste au-dessus de la poignée.

La porte s'ouvrit à la volée, avec un énorme crac. Accroupi dans la position d'attaque classique, Bosch franchit le seuil. Tout de suite, il vit l'homme à l'autre bout de la pièce, debout derrière le lit. Il était nu comme un ver, chauve et totalement dénué de système pileux. Bosch le fixa des yeux et vit ceux de l'homme se remplir rapidement de terreur. Bosch hurla, d'une voix aiguë, crispée :

– POLICE ! PAS UN GESTE !

L'homme se figea, l'espace d'une seconde seulement, puis il se pencha en avant, le bras droit tendu vers l'oreiller. Il hésita l'espace d'un très court instant avant de poursuivre son geste. Bosch n'en crut pas ses yeux. Qu'est-ce qu'il foutait, nom de Dieu ? Le temps s'immobilisa. L'adrénaline qui coulait dans son corps conférait à sa vision la netteté d'un film au ralenti. De deux choses l'une, se dit Bosch, soit il veut prendre son oreiller pour masquer sa nudité, soit…

La main glissa sous l'oreiller.

– NON ! NE FAITES PAS ÇA !

La main s'était refermée sur quelque chose. Pas un instant l'homme n'avait quitté Bosch des yeux. Et soudain, ce dernier comprit que ce n'était pas de la terreur qu'il lisait dans ce regard de l'inconnu. C'était autre chose. De la colère ? De la haine ? Déjà la main ressortait de dessous l'oreiller.

– NON !

Bosch appuya sur la détente ; l'arme se cabra entre ses deux mains jointes. L'homme nu se redressa d'un bond et se retrouva projeté en arrière. Il heurta le mur lambrissé derrière lui, rebondit et retomba en travers du lit, agitant les jambes et les bras, suffoquant. Bosch se précipita.

La main gauche de l'homme glissait à nouveau vers l'oreiller. Bosch leva la jambe gauche et s'agenouilla sur le dos du type, le clouant contre le lit. Il décrocha les menottes fixées à sa ceinture, saisit la main gauche qui continuait d'avancer à tâtons et y passa un bracelet. Il fit de même avec la droite. Dans le dos. L'homme nu s'étouffait et gémissait.

– Je peux pas… je peux pas… dit-il, mais le reste de sa phrase fut emporté par une quinte de toux sanglante.

– Tu pouvais pas te tenir tranquille ? lui cria Bosch. Je t'avais ordonné de ne pas bouger !

Crève, mon vieux, songea-t-il sans le dire. Ce sera beaucoup plus simple pour tout le monde.

Il contourna le lit pour atteindre l'oreiller. Il le souleva, contempla un instant ce qui se trouvait dessous, puis le laissa retomber. Il ferma les yeux quelques secondes.

– Nom de Dieu ! beugla-t-il en s'adressant à la nuque de l'homme nu. Qu'est-ce que t'as foutu ? J'avais un flingue à la main et tu as quand même essayé de… Je t'avais pourtant dit de ne pas faire un geste, bordel de merde !

Bosch refit le tour du lit pour voir le visage de l'homme. Celui-ci se vidait de son sang par la bouche, sur le drap blanc miteux. Bosch savait que la balle avait touché le poumon. L'homme nu se transformait en cadavre.

– Tu n'étais pas obligé de mourir, lui dit Bosch.

Et l'homme mourut.

Bosch regarda autour de lui. Il n'y avait personne d'autre dans la chambre. Pas de fille pour remplacer la pute qui s'était enfuie. Sur ce point, il s'était trompé. Il se rendit dans la salle de bains pour ouvrir l'armoire de toilette sous le lavabo. Les produits de maquillage étaient bien là, conformément aux déclarations de la pute. Il reconnut quelques marques : Max Factor, L'Oréal, Cover Girl, Revlon. Apparemment, tout concordait.

Il se retourna pour regarder, à travers la porte de la salle de bains, le corps étendu sur le lit. L'odeur de la poudre flottait encore dans l'air. Il alluma une cigarette. L'endroit était si calme qu'il entendit grésiller le tabac et le papier en inspirant la fumée apaisante dans ses poumons.

Il n'y avait pas de téléphone dans l'appartement. Bosch s'assit sur une chaise dans la kitchenette et attendit. Les yeux fixés sur le cadavre à l'autre bout de la chambre, il constata que son cœur à lui continuait de battre à toute allure, et qu'il était pris de vertige. Compassion, culpabilité ou tristesse, il constata également qu'il n'éprouvait pas le moindre sentiment pour l'homme étendu sur le lit. Absolument rien.

Au lieu d'insister, il essaya de se concentrer sur le bruit de la sirène qui résonnait maintenant au loin et se rapprochait. Au bout d'un moment, il s'aperçut qu'il n'y en avait pas qu'une. Il y en avait beaucoup.

# 1

Il n'y a aucun banc dans les couloirs du palais de justice de Los Angeles, situé dans le centre-ville. Aucun endroit pour s'asseoir. Quiconque se laisse glisser le long du mur pour s'asseoir sur le sol en marbre froid se fait rappeler à l'ordre par le premier officier de justice qui passe. Et il y en a toujours un qui passe.

Ce manque d'hospitalité est dû au fait que le gouvernement fédéral ne veut pas que son tribunal donne l'impression que la justice puisse être lente, voire inexistante. Il interdit que les gens s'alignent dans les couloirs, sur des bancs ou par terre, à attendre d'un air las que les portes de la salle d'audience s'ouvrent et qu'on appelle leur affaire ou celle de leurs chers emprisonnés. Il lui suffit qu'on assiste déjà à ce spectacle de l'autre côté de Spring Street, dans l'enceinte de la cour d'assises du comté. C'est tous les jours que les bancs dans les couloirs, et à tous les étages, y sont surchargés de personnes qui attendent. Des femmes et des enfants en majorité, dont les maris, les pères ou les amants sont sous les verrous. Des Noirs et des basanés, principalement. Dans l'ensemble, ces bancs ressemblent à des canots de sauvetage surpeuplés – les femmes et les enfants d'abord –, où les gens se pressent les uns contre les autres, à la dérive, à attendre, et attendre encore, que quelqu'un les aperçoive. Les petits rigolos du palais de justice les surnomment les « boat people ».

Harry Bosch songeait à ces différences en fumant une cigarette dehors, sur les marches du tribunal fédéral. Encore un détail, tiens. Interdiction de fumer dans les couloirs du tribunal. Il était donc obligé de descendre avec l'escalator et de sortir pendant les suspensions de séance. Un cendrier rempli de sable était installé derrière le socle en béton d'une statue de la femme qui brandissait une balance, les yeux bandés. Bosch leva les yeux sur elle. Il ne se souvenait jamais de son nom. La Justice. Un truc grec, mais il n'en était pas certain. Il reporta son attention sur le journal plié qu'il tenait entre les mains et y relut l'article.

Depuis quelque temps, il ne lisait que la partie sports le matin, en se concentrant sur les dernières pages, où étaient soigneusement notés et quotidiennement remis à jour scores et statistiques. Sans savoir pourquoi, il trouvait quelque chose de rassurant dans ces colonnes de chiffres et de pourcentages. Claires et concises, elles disaient un ordre parfait dans un monde désordonné. Savoir quel joueur de l'équipe des Dodgers avait réussi le plus grand nombre de *home runs* lui donnait le sentiment de rester en prise avec la ville, et avec sa propre vie.

Mais aujourd'hui, il avait laissé les pages sportives au fond de son porte-documents glissé sous son siège dans la salle d'audience. A la place, il tenait le cahier « Métro » du *Los Angeles Times*. Il avait soigneusement plié le journal en quatre, comme il l'avait vu faire à des types qui voulaient lire en conduisant sur l'autoroute. L'article sur le procès se trouvait en bas de la première page. Une fois de plus, il le relut, et une fois de plus il sentit son visage s'enflammer en parcourant ces lignes où l'on parlait de lui :

### Affaire de la perruque :
### le procès de la police débute aujourd'hui
par Joel Bremmer, correspondant du *Times*

*C'est un procès inhabituel, dans une affaire de droits civiques, qui s'ouvre aujourd'hui, puisqu'un membre de la police de Los Angeles est accusé d'avoir fait un usage abusif de la force, il y a quatre ans, en tuant par balle un prétendu serial killer qui, c'est du moins ce qu'avait cru*

15

le policier, tentait de s'emparer d'une arme. En réalité, le suspect voulait seulement récupérer sa perruque glissée sous son oreiller.

L'inspecteur de la police de Los Angeles Harry Bosch, 43 ans, a été traduit en justice sur plainte de la veuve de Norman Church, un employé de l'industrie aérospatiale abattu par Bosch à l'issue d'une enquête sur les meurtres du fameux « Dollmaker[1] ».

Pendant presque un an avant ce dénouement fatal, la police avait recherché un serial killer ainsi surnommé par les médias parce qu'il avait maquillé le visage de ses onze victimes. Cette chasse à l'homme fortement médiatisée fut marquée notamment par l'envoi de poèmes et de messages signés du meurtrier et adressés à l'inspecteur Bosch et au Times.

Après la mort de Church, la police déclara être en possession de preuves irréfutables indiquant que l'ingénieur était bien le meurtrier.

Bosch fut suspendu et muté de la section criminelle de la brigade des vols et homicides de la police de Los Angeles à la Criminelle de Hollywood. En procédant à cette rétrogradation, la police tint à préciser que Bosch était puni pour avoir commis des erreurs de procédure, et notamment ne pas avoir convoqué des renforts à l'appartement de Silverlake, là où eut lieu la fusillade.

Les responsables de la police confirmèrent le « bien-fondé » du coup de feu ayant conduit à la mort de Norman Church, signifiant ainsi qu'aucune faute professionnelle n'avait été commise.

Le décès de Church ayant empêché la tenue d'un procès, la plupart des preuves réunies par la police n'ont jamais été rendues publiques sous la foi du serment. Cela risque de changer avec ce procès fédéral. Le processus de sélection du jury entamé depuis une semaine devrait s'achever aujourd'hui, laissant place aux exposés préliminaires des avocats.

---

1. Soit « Fabricant de poupées » (NdT).

Bosch dut déplier le journal pour lire la suite de l'article sur une autre page. Il fut momentanément distrait en découvrant sa photo. Elle était vieille et presque semblable à un cliché de l'identité judiciaire. De fait, c'était la même que celle qui ornait sa carte d'inspecteur. Bosch fut davantage contrarié par la photo que par l'article lui-même. Cela portait atteinte à sa vie privée. Il tenta malgré tout de se concentrer sur la suite de l'article :

*Bosch est défendu par les services du conseil juridique de la municipalité, étant donné qu'il était en service au moment des faits. Dans l'hypothèse d'un jugement favorable à la partie plaignante, la facture ne sera pas réglée par Bosch, mais par les contribuables de cette ville.*

*L'épouse de Church, Deborah, est, quant à elle, représentée par l'avocate des droits civiques Honey Chandler, grande spécialiste des bavures policières. Dans une interview donnée la semaine dernière, Chandler a annoncé qu'elle chercherait à prouver au jury que Bosch a agi de manière si inconsidérée que la mort de Church était inévitable.*

*« L'inspecteur Bosch a voulu jouer les cow-boys et cela a coûté la vie à un homme, a-t-elle ainsi déclaré. J'ignore s'il s'agit simplement d'imprudence ou s'il existe une explication plus funeste, mais nous serons fixés lors du procès. »*

Cette dernière phrase, Bosch l'avait lue et relue au moins six fois depuis que, plus tôt dans la matinée, il s'était procuré le journal pendant la première suspension de séance. « Funeste »... Que voulait-elle dire par là ? Il s'était efforcé de ne pas se laisser impressionner par cette formule, sachant Honey Chandler parfaitement capable de se servir d'une interview pour manipuler le public. Malgré tout, cela ressemblait fort à un coup de semonce. Etait-ce un avant-goût de ce qui l'attendait ?

*Chandler a annoncé qu'elle avait également l'intention de remettre en cause les preuves que la police a avancées*

*pour démontrer que Church serait effectivement le « Doll-
maker ». A l'en croire, Church, père de deux enfants,
n'était pas le serial killer que recherchait la police,
celle-ci ne lui ayant collé cette étiquette que pour couvrir
la bavure de Bosch.*

*« L'inspecteur Bosch a tué un innocent de sang-froid,
a-t-elle conclu. Nous allons nous servir de ce procès pour
faire ce que la police et le bureau du district attorney ont
refusé de faire : découvrir la vérité et rendre justice à la
famille de Norman Church. »*

*Bosch et l'avocat adjoint des services juridiques de la
municipalité Rodney Belk, son défenseur, ont refusé de
commenter cette déclaration. Outre l'inspecteur Bosch,
d'autres personnes seront citées à comparaître au cours
de ce procès qui devrait durer une quinzaine de jours.
Parmi elles...*

– Vous n'avez pas une petite pièce, l'ami ?

Bosch leva les yeux de dessus son journal et découvrit
le visage crasseux et familier du sans-abri qui avait fait
son terrain de chasse de l'entrée du tribunal. Bosch l'y
avait vu tous les jours au même endroit pendant toute la
semaine qu'avait duré la sélection des membres du jury.
C'était là qu'il effectuait ses collectes de cigarettes et de
pièces de monnaie. Il portait une veste en tweed élimée
par-dessus deux pulls et un pantalon de velours. Il n'abandonnait jamais un sac en plastique contenant toutes ses
affaires, et un grand gobelet en carton qu'il agitait sous le
nez des gens quand il faisait la manche. Il ne se séparait
jamais non plus d'un bloc de feuilles jaunes grand format
et entièrement griffonnées.

Instinctivement, Bosch tâta ses poches et haussa les
épaules. Il n'avait pas de monnaie.

– J'accepte les billets d'un dollar.

– Désolé, je n'en ai pas.

Le sans-abri se désintéressa de lui pour reporter son
attention sur le cendrier. Les filtres jaunes des cigarettes
semblaient pousser dans le sable comme des racines de
cancer. Coinçant son bloc-notes sous son bras, le type se

mit à examiner les mégots, choisissant ceux qui contenaient encore un demi-centimètre ou plus de tabac. Parfois, il tombait sur une cigarette presque entière et faisait claquer sa langue en signe d'approbation. Il versa toute sa récolte dans le grand gobelet en carton.

Satisfait de son butin, il s'éloigna du cendrier et leva les yeux vers la statue. Puis il se retourna vers Bosch, lui adressa un clin d'œil et se mit à agiter le bassin d'avant et d'arrière dans une parodie obscène de copulation.

– Qu'est-ce que vous pensez de ma gonzesse ?

Il tendit le bras pour caresser la statue.

Avant que Bosch ait pu lui répondre, le biper fixé à sa ceinture sonna. Le sans-abri recula de deux pas et leva sa main libre comme s'il cherchait à repousser un mal inconnu. Bosch vit un air de panique irraisonnée se répandre sur son visage. C'était l'expression d'un homme dont les synapses du cerveau sont trop écartées les unes des autres et les connexions trop engourdies. Le vagabond s'empressa de faire demi-tour et fila en direction de Spring Street avec son gobelet plein de mégots.

Bosch le regarda s'éloigner et décrocha son biper de sa ceinture. Il reconnut immédiatement le numéro affiché sur l'écran : c'était celui de la ligne directe du lieutenant Harvey Pounds au commissariat de Hollywood. Il écrasa ce qui restait de sa cigarette dans le sable du cendrier et retourna dans l'enceinte du tribunal. Il y avait une rangée de cabines téléphoniques en haut de l'escalator, près des salles d'audience du premier étage.

– Quoi de neuf là-bas ? lui demanda Pounds.

– Rien, la routine. On attend. On a enfin un jury. Pour l'instant, les avocats sont en train de discuter avec le juge, pour des histoires d'exposés préliminaires. Comme Belk m'avait dit que je n'étais pas obligé de rester, je suis allé faire un tour dehors.

Il regarda sa montre. Midi moins dix.

– C'est bientôt l'heure du déjeuner, ajouta-t-il.

– Tant mieux. Je vais avoir besoin de vous.

Bosch ne répondit pas. Pounds lui avait promis de le rayer du tableau de service jusqu'à la fin du procès. Encore une semaine, deux au maximum. D'ailleurs, Pounds n'avait pas le choix. Il savait bien que Bosch ne pouvait pas se charger d'une enquête criminelle en passant quatre jours par semaine au tribunal.

– Que se passe-t-il ? Je croyais être sur la touche ?

– Exact. Mais il se pourrait qu'on ait un problème. Et ça vous concerne.

Bosch hésita de nouveau. C'était toujours comme ça, avec Pounds. Harry aurait fait plus confiance à un indic qu'à son supérieur. Avec ce dernier, il y avait toujours la raison énoncée et la raison cachée. Apparemment, le lieutenant se livrait une fois de plus à son numéro favori : il faisait dans l'elliptique en espérant que Bosch mordrait à l'hameçon.

– Un problème ? demanda enfin Harry.

C'était une bonne réponse car elle n'engageait à rien.

– Je suppose que vous avez lu le journal ce matin. L'article du *Times* sur votre affaire ?

– Oui, j'étais justement en train de le parcourir.

– On a reçu un nouveau message.

– Un nouveau message ? De quoi parlez-vous ?

– Je vous parle d'un message qu'une personne a déposé à l'accueil. Un message pour vous. Et ça ressemble foutrement à ceux que vous envoyait le Dollmaker dans le temps, vous savez, pendant toute cette foutue histoire.

Bosch sentit que Pounds prenait un malin plaisir à faire durer le suspens.

– S'il m'est adressé, comment se fait-il que vous soyez au courant ? lui renvoya-t-il.

– Il n'y avait pas d'enveloppe. C'était juste une feuille pliée en deux. Avec votre nom dessus. Comme je vous le disais, on l'a déposée à l'accueil. Quelqu'un l'a lue et vous imaginez facilement la suite.

– Et que dit ce message ?

– J'ai peur que ça ne vous plaise pas des masses, Harry. Je sais que ça tombe au mauvais moment, mais, en gros, le message dit que vous vous êtes trompé de type. Et que le Dollmaker court toujours. L'auteur du message affirme aussi qu'il est le véritable Dollmaker et que les cadavres continuent à s'additionner. Il prétend que vous n'avez pas descendu le bon type.

– C'est des conneries ! Les lettres du Dollmaker ont été publiées dans le journal et dans le bouquin que Bremmer a consacré à l'affaire ! N'importe qui aurait pu en imiter le style et écrire ce mot. Vous…

– Vous me prenez pour un crétin, Bosch ? Je sais bien que n'importe qui a pu écrire ce mot. Mais l'auteur de ce message le sait aussi. C'est même pour ça qu'il y a joint ce qu'on pourrait appeler un petit « plan du trésor ». Autrement dit, des indications permettant de découvrir le corps d'une autre victime.

Un long silence envahit la ligne pendant que Bosch réfléchissait et que Pounds attendait.

– Et alors ? demanda enfin Bosch.

– Alors, j'ai envoyé Edgar sur place ce matin. Vous vous souvenez de Chez Bing, dans Western Avenue ?

– Chez Bing ? Ouais, au sud du Boulevard. C'était un club de billard. Mais je croyais qu'il avait été détruit pendant les émeutes de l'année dernière ?

– C'est exact. Il a été totalement ravagé par un incendie. Ils ont tout mis à sac avant d'y foutre le feu. Il ne restait plus que les dalles du plancher et trois murs. La municipalité a ordonné la démolition du bâtiment, mais le proprio n'a toujours rien fait. Enfin bref, c'était l'endroit indiqué dans le mot. Le type affirmait que la fille était enterrée sous les dalles. Edgar y est allé avec une équipe municipale, des marteaux-piqueurs et tout le tintouin…

Pounds faisait traîner en longueur. Quel enfoiré ! se dit Bosch. Et cette fois, il le ferait attendre encore plus longtemps. Lorsque enfin le silence devint trop éprouvant pour ses nerfs, Pounds reprit en ces termes :

– Il a découvert un cadavre. Comme l'affirmait le message. Sous le béton. Il a découvert un corps, Harry. C'est…

– A quand remonte la mort ?

– On n'en sait rien pour l'instant. Mais c'est vieux. C'est pour ça que je vous appelle. Je veux que vous rappliquiez là-bas pendant l'heure du déjeuner, pour vous faire une idée. Je veux savoir s'il s'agit vraiment d'une autre victime du Dollmaker, ou si c'est un dingue qui se fout de notre gueule. C'est vous l'expert. Vous pouvez vous absenter pendant que le juge ira bouffer. On se retrouve là-bas. Vous serez revenu à temps pour les exposés préliminaires.

Bosch était comme paralysé. Il avait déjà besoin d'une cigarette. Il essaya de donner un semblant de cohérence à tout ce que lui avait dit Pounds. Le Dollmaker, Norman Church, était mort quatre ans plus tôt. Il n'y avait pas eu erreur sur la personne. Bosch en était convaincu à l'époque. Il l'était toujours aujourd'hui, intimement. Church était bien le Dollmaker.

– Vous dites qu'on a découvert ce message à l'accueil ?

– Le planton l'a trouvé sur le comptoir il y a quatre heures environ. Personne ne sait qui l'a déposé. Vous savez, il y a beaucoup de monde qui entre et qui sort, le matin. En plus, c'était l'heure du changement d'équipe. J'ai demandé à Meehan d'aller interroger les officiers à l'accueil. Personne ne se souvient de rien avant la découverte du message.

– Et merde ! Lisez-le-moi.

– Impossible. Il est entre les mains des types du labo. Ça m'étonnerait qu'on trouve des empreintes, mais il ne faut rien négliger. Je vais en demander une photocopie et je l'emporterai avec moi là-bas. D'accord ?

Bosch ne répondit pas.

– Oh, je sais ce que vous pensez, reprit Pounds, mais... pas de panique avant qu'on soit allé jeter un œil sur place. Aucune raison de s'inquiéter pour l'instant. Si ça se trouve, c'est un coup de bluff monté par cette salope d'avocate, Chandler. C'est tout à fait son genre ! Elle est prête à tout pour accrocher un autre scalp de flic du LAPD[1] à son tableau de chasse. Elle adore voir son nom dans le journal...

– Puisqu'on parle de la presse... ils sont au courant ?

– On a reçu quelques coups de fil à propos de la découverte d'un corps. Ils ont dû choper l'info sur la fréquence

1. Pour Los Angeles Police Department, la police de Los Angeles.

du coroner. Nous n'avons pas communiqué par radio. En tout cas, personne n'a entendu parler de la lettre… ni du lien qui y est fait avec le Dollmaker. Ils savent juste qu'on a trouvé un macchabée. Qu'on l'ait découvert sous le plancher d'un bâtiment incendié pendant les émeutes doit ajouter du piment à la chose… enfin, j'imagine. Bref, pour l'instant, il faut garder l'histoire du Dollmaker sous le coude. A moins, évidemment, que celui qui a rédigé ce message ait envoyé des doubles à la presse. Dans ce cas, on en entendra parler avant la fin de la journée.

– Comment a-t-il pu enterrer le corps sous le plancher d'une salle de billard ?

– La salle de billard n'occupait pas tout l'immeuble. Il y avait des box derrière. Dans le temps, c'était un magasin d'accessoires appartenant à un studio de cinéma. Quand Bing a acheté le devant, ils ont loué des locaux derrière pour entreposer des trucs. Je sais tout ça grâce à Edgar. Il a interrogé le proprio. Le meurtrier possédait certainement un des box. Il a creusé un trou dans le sol et a planqué le corps de la fille dedans. Tout a cramé pendant les émeutes, mais le feu n'a pas endommagé la dalle de béton et le corps de cette pauvre fille est resté enseveli dessous. D'après Edgar, on aurait dit une momie.

Bosch vit la porte de la salle d'audience numéro 4 s'ouvrir et les membres de la famille Church en sortir, suivis par leur avocate. C'était l'heure du déjeuner. Deborah Church et ses deux filles adolescentes ne lui adressèrent pas un regard. En revanche, Honey Chandler, surnommée par la plupart des flics et d'autres employés du tribunal « *Money* Chandler », lui jeta un regard assassin en passant. Ses yeux sombres comme acajou brûlé ressortaient au milieu de son visage bronzé à la mâchoire puissante. Sa silhouette disparaissait sous les plis sévères de son tailleur bleu. Bosch sentit l'animosité qui se dégageait du petit groupe de femmes le submerger comme une lame de fond.

– Allô ? Vous êtes toujours là, Bosch ? demanda Pounds.

– Oui. Apparemment, c'est la pause déjeuner.

– Parfait. Pointez-vous là-bas en vitesse, je vous y retrouve. J'ai du mal à croire que je suis en train de vous dire un truc pareil, mais j'espère qu'il s'agit simplement d'un cinglé de plus. Ce serait préférable pour vous.

– Exact.

Au moment de raccrocher, Bosch entendit la voix de Pounds au bout du fil et rapprocha l'écouteur de son oreille.

– Une dernière chose. Si les journalistes débarquent, vous me laissez faire. Quoi qu'il arrive, vous ne devez pas être mêlé officiellement à cette nouvelle affaire. Vu le procès en cours… Vous n'êtes appelé sur place qu'à titre de témoin expert, si je puis dire.

– Compris.

– A tout de suite.

# 2

Bosch emprunta Wilshire Boulevard pour quitter le centre, puis il rejoignit la 3e Rue après avoir traversé ce qui restait de MacArthur Park. En tournant vers le nord dans Western, il aperçut sur sa gauche les véhicules de patrouille, les voitures d'inspecteurs et les vans des équipes du labo et du coroner qui s'étaient rassemblés sur les lieux. Au loin, le gigantesque panneau *HOLLYWOOD* semblait flotter au-dessus du décor, ses grandes lettres blanches quasiment illisibles dans le smog.

La salle de billard de Chez Bing se limitait maintenant à trois murs noircis entourant un amas de débris carbonisés. Il n'y avait plus de toit, mais les policiers en uniforme avaient tendu une grande bâche en plastique bleu entre le sommet du mur du fond et la clôture métallique qui longeait le devant du terrain. Bosch savait qu'elle n'était pas là pour offrir de l'ombre aux inspecteurs pendant qu'ils travaillaient. Il se pencha en avant et regarda à travers le pare-brise. Ils tournoyaient déjà dans le ciel. Les charognards de LA. Les hélicos des médias.

En se garant le long du trottoir, Bosch remarqua deux employés municipaux debout à côté d'un camion de matériel de chantier. La mine défaite, ils tiraient nerveusement sur leurs cigarettes. Leurs marteaux-piqueurs étaient posés sur le sol près de l'arrière du camion. Ils attendaient, non, ils espéraient que le travail allait bientôt finir.

En faisant le tour du camion, il vit Pounds à côté de la camionnette bleue du coroner. Il cherchait à se donner une contenance, mais Bosch constata qu'il affichait le même air abattu que les deux ouvriers. Bien que capitaine des inspecteurs de la brigade d'Hollywood, brigade criminelle comprise, Pounds n'avait jamais enquêté directement sur un meurtre. Comme la plupart des administratifs du LAPD, s'il avait gravi les échelons de la hiérarchie, c'était en noircissant des cases de tests et en léchant des bottes, en aucun cas grâce à son expérience. Bosch était toujours satisfait de voir des types dans son genre goûter à ce qui faisait l'ordinaire des vrais flics.

Il consulta sa montre avant de sortir de la Caprice. Il disposait d'une heure avant de devoir retourner au tribunal pour les exposés préliminaires.

– Salut, Harry, dit Pounds en s'avançant vers lui. Content que vous ayez pu venir.

– C'est toujours un plaisir de découvrir un nouveau cadavre, lieutenant.

Bosch ôta sa veste et la déposa à l'intérieur de la voiture, sur le siège arrière. Puis il alla chercher dans son coffre une grande combinaison bleue qu'il enfila par-dessus ses vêtements. Il savait qu'il aurait trop chaud, mais il ne voulait pas revenir au tribunal couvert de poussière et de boue.

– Bonne idée, dit Pounds. J'aurais dû penser à prendre ma tenue, moi aussi.

Bosch savait fort bien que le lieutenant n'avait jamais eu la moindre combinaison. Pounds s'aventurait sur les lieux d'un crime uniquement quand il savait y trouver des caméras de télé pour faire une déclaration. Seule la télévision l'intéressait. Pas la presse écrite. Face à un journaliste de la presse écrite, il fallait pouvoir aligner au moins deux phrases qui aient un sens. Sans parler du fait que, le lendemain, ce qu'on avait dit était toujours là, et que ça pouvait rester jusqu'à la fin des temps, à vous hanter. La politique maison déconseillait les entretiens avec la presse écrite, la télévision offrant des frissons plus furtifs et moins dangereux.

Bosch se dirigea vers la bâche bleue. En dessous, il aperçut le rassemblement habituel. Les enquêteurs se tenaient à côté d'un tas de débris de béton, au bord d'une tranchée creusée dans la dalle qui avait servi de fondation au bâtiment. Bosch leva les yeux lorsqu'un hélicoptère de la télé passa au-dessus de leurs têtes en rase-mottes. Ils auraient du mal à filmer des détails intéressants à cause de la bâche qui dissimulait la scène. Sans doute étaient-ils déjà en train d'envoyer des équipes sur le terrain.

Il restait encore des débris à l'intérieur de la carcasse du bâtiment. Des poutres et des poteaux de bois calcinés, des blocs de béton brisés et autres gravats. Pounds rejoignit Bosch et ensemble ils se frayèrent prudemment un chemin au milieu des décombres, sous la bâche.

– Ils vont tout raser au bulldozer et construire un parking de plus, lança Pounds. Voilà le résultat des émeutes dans cette ville : environ un millier de nouveaux parkings. Si on cherche à se garer dans South Central de nos jours, plus de problème. Par contre, quand on veut acheter un soda ou foutre de l'essence dans sa bagnole, là, ça se complique. Ils ont tout fait brûler ! Vous avez traversé le South Side avant Noël ? Il y avait des ventes de sapins à tous les coins de rue, c'était pas la place qui manquait ! J'arrive toujours pas à comprendre pourquoi ces gens-là ont foutu le feu à leurs propres quartiers !

Que tous les Pounds de la création ne comprennent pas pourquoi « ces gens-là » faisaient ce qu'ils faisaient était une des raisons qui poussaient ces derniers à agir, et à recommencer un jour ou l'autre, et ça, Bosch le savait bien. Il y voyait une sorte de cycle. Tous les vingt-cinq ans environ, l'âme de cette ville était brûlée vive sur les bûchers de la réalité. Pourtant, elle continuait sur sa lancée. A toute vitesse, sans jamais se retourner. Comme un chauffard qui prend la fuite après un accident.

Soudain, Pounds glissa sur les gravats et perdit l'équilibre. Il se rattrapa en prenant appui sur ses deux mains et se releva d'un bond, honteux.

– Merde ! s'écria-t-il.

Et bien que Bosch ne lui ait rien demandé, il ajouta :

– Oui, oui, ça va. Ça va.

Du plat de la main, il s'empressa de remettre soigneusement en place les mèches de cheveux qui avaient glissé sur son crâne dégarni – sans s'apercevoir qu'il laissait, ce faisant, des traînées noires de suie sur son front, ce que Bosch s'abstint de lui signaler.

Ils rejoignirent enfin les policiers. Bosch se dirigea vers son collègue et ancien équipier Jerry Edgar, qui se trouvait en compagnie de deux inspecteurs que Harry connaissait et deux femmes qu'il n'avait jamais vues. Celles-ci portaient des combinaisons vertes, la tenue des employés de la morgue municipale. Payées au SMIC, elles étaient expédiées d'un lieu d'homicide à un autre, à bord de la camionnette bleue, pour ramasser les cadavres.

– Alors, ça boume, Harry ? lança Edgar.

Bosch répondit d'un hochement de tête.

Edgar était allé assister au festival de blues de La Nouvelle-Orléans et en était revenu avec cette formule. Il la répétait si souvent que cela devenait agaçant. Il était le seul à ne pas s'en rendre compte.

Edgar dénotait au milieu du petit groupe. Il ne portait pas de combinaison (en fait, il n'en portait jamais, car cela froissait ses costumes chics), mais avait réussi, Dieu sait comment, à atteindre cet endroit sous la bâche sans récolter la moindre trace de poussière sur les revers du pantalon de son costume gris croisé. Le marché de l'immobilier – activité annexe et jadis lucrative d'Edgar – était en plein marasme depuis trois ans, mais Edgar demeurait le type le plus élégant de toute la brigade. Bosch remarqua la cravate bleu ciel en soie soigneusement nouée autour du cou de l'inspecteur noir et se dit qu'elle avait dû lui coûter plus cher que ses propres chemise et cravate.

Bosch se tourna et salua d'un signe de tête Art Donovan, le spécialiste du labo. Il n'adressa pas un mot aux autres. En cela, il suivait le protocole. Sur les lieux du crime régnait un système de castes soigneusement orchestré. Les inspecteurs parlaient essentiellement entre eux, ou avec les techniciens de la police scientifique. Les agents en uniforme n'ouvraient pas la bouche, à moins qu'on les interroge. Tout en bas de l'échelle, les employés de la morgue ne parlaient à personne, à l'exception de l'assistant du coroner. Lequel parlait peu avec les flics, qu'il méprisait : à ses yeux, ce n'étaient que des emmerdeurs, toujours à réclamer ceci ou cela, les résultats d'une autopsie, des tests de toxicité, et toujours pour la veille, évidemment !

Bosch jeta un coup d'œil au fond de la tranchée qu'ils surplombaient. Les ouvriers avaient percé la dalle au marteau-piqueur et creusé un trou d'environ deux mètres cinquante de diamètre et profond d'un bon mètre. Ils avaient ensuite traversé une importante structure en béton qui s'enfonçait d'environ un mètre sous la surface de la dalle. Il y avait là une cavité dans la pierre. S'agenouillant pour regarder de plus près, Bosch découvrit que le béton dessinait la silhouette d'un corps de femme. On aurait dit un moule dans lequel on aurait versé du plâtre. Pour fabriquer un mannequin, qui sait ? Mais le moule était vide.

– Où est le corps ? demanda Bosch.

– Ils ont déjà emporté ce qu'il en reste, lui répondit Edgar. Il est dans un sac, à bord de la camionnette. On cherche un moyen de sortir ce bloc de béton de là-dessous sans le casser.

Bosch contempla encore un instant la cavité, en silence, puis il se redressa et rebroussa chemin pour ressortir de dessous la bâche. Larry Sakai, le médecin légiste, le suivit jusqu'à la camionnette du coroner et en déverrouilla la porte arrière. Il régnait à l'intérieur du véhicule une chaleur étouffante, et l'haleine de Sakai prenait le dessus sur l'odeur du désinfectant industriel.

– J'aurais parié qu'ils te feraient venir jusqu'ici, dit Sakai.

– Ah, bon ? Pourquoi ça ?

– Parce que ça ressemble à un coup de cet enfoiré de Dollmaker, mon vieux !

Bosch garda le silence, soucieux de n'offrir ni indication ni confirmation à Sakai. Celui-ci avait travaillé sur les meurtres du Dollmaker, quatre ans plus tôt, et Bosch le suspectait d'être à l'origine de ce surnom. Quelqu'un avait en effet informé un des présentateurs de Canal 4 que le tueur avait la manie de maquiller ses victimes et c'était ce même journaliste qui avait donné au meurtrier le surnom de « Dollmaker ». A partir de là, tout le monde l'avait appelé ainsi, y compris les policiers.

Bosch, lui, avait toujours détesté ce surnom. D'une certaine façon, c'était faire injure aux victimes et les dépersonnaliser, les médias mettant tout le paquet sur l'incontestable originalité de ces crimes, qui en devenaient, pour les spectateurs, une manière de farce macabre et piquante.

Bosch balaya du regard l'intérieur de la camionnette. Il y avait là deux civières, chacune occupée par un cadavre. Le premier menaçait de déborder de son sac en plastique noir. Le corps invisible avait dû appartenir à un individu obèse ou bien avait été boursouflé par les gaz. Bosch se tourna vers le second sac ; les restes enveloppés à l'intérieur le remplissaient avec peine. Bosch comprit immédiatement qu'il s'agissait du corps sorti du béton.

– Ouais, c'est celui-là, dit Sakai. L'autre, c'est un type qui s'est fait poignarder dans Lankershim. Ce sont les gars de North Hollywood qui sont sur l'affaire. On rentrait au bercail quand on a reçu l'appel concernant l'autre cadavre.

Voilà qui expliquait pourquoi les journalistes étaient arrivés si vite, se dit Bosch. La fréquence radio du coroner était captée dans toutes les salles de rédaction de la ville.

Il examina un court instant le plus petit des deux sacs, puis, sans attendre que Sakai s'en charge, il tira sur la fermeture Eclair de la housse en épais plastique noir. Une violente odeur de moisi s'en dégagea, mais moins nauséabonde que si le corps avait été découvert plus tôt. Sakai ayant entrouvert le sac, Bosch put contempler les restes d'un corps humain. La peau noircie était comme du cuir tendu sur les os. Bosch n'éprouva aucune répulsion : il avait l'habitude de ce genre de spectacle et avait appris à rester indifférent. Parfois, il en venait à penser qu'il passait sa vie à regarder des cadavres. La police lui avait demandé d'identifier le corps de sa mère alors qu'il n'avait pas encore douze ans, plus tard il avait vu un nombre incalculable de morts au Vietnam, et, depuis presque vingt ans qu'il était dans la police, il n'aurait su dire combien de corps avaient défilé sous ses yeux. La plupart du temps, il restait détaché, comme l'œil inerte d'une caméra. Aussi détaché, se disait-il, qu'un tueur psychopathe.

De son vivant, la femme qui se trouvait maintenant dans le sac n'était sans doute pas très grande, songea-t-il encore. Mais la décomposition et le rétrécissement des tissus avaient dû diminuer la taille de son corps. Des restes de cheveux tombaient sur ses épaules et semblaient avoir été oxygénés. Bosch remarqua des vestiges de poudre à maquiller sur la peau de son visage. Mais son regard fut surtout attiré par la poitrine, d'une grosseur choquante par rapport au reste du corps. Les seins étaient encore pleins et ronds, et leur peau tendue.

– Des implants, lâcha Sakai. Il n'y a pas de décomposition. On pourrait les récupérer et les refourguer à une autre idiote que ça intéresserait. On pourrait même lancer un programme de recyclage.

Bosch ne répondit pas. Il se sentait soudain déprimé en pensant à cette femme qui avait imposé cette modification à son corps afin de se rendre plus attirante et avait fini de cette façon. Avait-elle au moins réussi à paraître plus séduisante aux yeux de son meurtrier ?

Sakai l'interrompit dans ses pensées :

– Si c'est bien un coup du Dollmaker, ça signifie qu'elle est dans le béton depuis au moins quatre ans, pas vrai ? Dans ce cas, la décomposition n'est pas tellement avancée, compte tenu du temps écoulé. Il reste encore des cheveux, les yeux et quelques tissus internes. On aura de quoi travailler. La semaine dernière, j'ai gagné le gros lot… un randonneur retrouvé au fond de Soledad Canyon. Ils croyaient que c'était un type qui avait disparu l'été dernier. Il ne restait plus que les os. Evidemment, en pleine nature comme ça, y a des tas de bestioles… Comme tu le sais, elles entrent par le trou du cul. C'est l'orifice le plus doux, et les animaux…

– Oui, je sais, Sakai. Revenons à cette femme.

– Bref, dans ce cas précis, il semblerait que le béton ait ralenti le processus de décomposition. Evidemment, ça ne l'a pas complètement stoppé, mais ça l'a bien freiné. Ça devait ressembler à une sorte de tombeau sous vide, là-dedans.

– Vous allez pouvoir déterminer à quand remonte sa mort ?

– A partir du cadavre, ça m'étonnerait. Mais on va l'identifier, et ce sera à vous autres de trouver quand elle a disparu. C'est comme ça que ça va se passer…

Bosch examina les doigts de la victime. Ce n'étaient plus que des baguettes noircies, presque aussi fines que des crayons.

– Et les empreintes ? demanda-t-il.

– On les aura, mais pas à partir des doigts.

En regardant par-dessus son épaule, Bosch vit le sourire de Sakai.

– Quoi ? Tu veux dire qu'elle a laissé ses empreintes dans le béton ?

Le sourire du légiste se volatilisa. Bosch venait de lui gâcher son effet de surprise.

– Ouais. On devrait pouvoir relever les empreintes, et peut-être même un moulage de son visage si on parvient à récupérer ce qu'il reste de la dalle là-bas. Celui qui a coulé le béton a mis trop d'eau. Le mélange est extrême-ment fin et c'est une chance. On aura les empreintes.

Bosch se pencha au-dessus du sac pour examiner la lanière nouée autour du cou de la morte. Il aperçut la couture sur les bords de la fine bande de cuir noir ; il s'agissait d'une lanière de sac à main. Comme les autres. Il se pencha encore, l'odeur du cadavre envahissant aus-sitôt son nez et sa bouche. La circonférence de la lanière ne dépassait pas la largeur d'une bouteille de vin. Assez étroite donc pour provoquer la mort. On voyait encore l'endroit où le cuir avait entaillé la peau maintenant noir-cie, entraînant l'asphyxie. Il observa le nœud. Coulant, et serré du côté droit, avec la main gauche. Comme les autres. Church était gaucher.

Il lui restait une dernière chose à vérifier. La « signa-ture », comme ils avaient dit.

– Pas de vêtements ? Des chaussures ?

– Non, rien. Comme les autres, tu te souviens ?

– Ouvre le sac entièrement. Je veux voir le reste.

Sakai abaissa la fermeture Eclair du sac noir jusqu'en bas. Bosch ignorait si le légiste connaissait l'existence de la signature, mais il décida de ne pas lui en parler. Penché au-dessus du corps, il l'observa de haut en bas comme s'il examinait avec soin chaque détail alors qu'en réalité il ne s'intéressait qu'aux ongles des orteils. Ces derniers étaient tout ratatinés, noircis et fendus. Et les ongles aussi, du moins ceux qui n'avaient pas carrément disparu. Bosch constata que le vernis rose vif était intact. Terni par les sécrétions de décomposition, la poussière et le temps, sans doute, mais intact. Et, sur le gros orteil du pied droit, il découvrit la signature, à tout le moins ce qu'on en voyait encore. On y avait peint soigneusement une petite croix blanche, la marque du Dollmaker. Elle figurait sur tous les autres cadavres.

Bosch sentit son cœur s'emballer. Balayant du regard l'intérieur du van, il éprouva tout à coup une sensation de claustrophobie. Les prémices de la paranoïa pénétrant déjà dans son cerveau, il passa en revue diverses hypothèses. Si ce cadavre présentait toutes les caractéristiques d'une victime du Dollmaker, alors son meurtrier était Church. Mais si Church avait effectivement assassiné cette femme, qui donc, puisqu'il était mort, avait déposé le message à l'accueil du poste de police de Hollywood ?

Bosch se redressa et, pour la première fois, observa le corps dans son ensemble. Celui-ci était nu et ratatiné. Il se demanda s'il y en avait d'autres qui attendaient d'être découverts, dans le béton ou ailleurs.

– Referme le sac, dit-il à Sakai.

– C'est lui, hein ? Le Dollmaker.

Bosch ne répondit pas. Il descendit de la camionnette et ouvrit légèrement sa combinaison pour laisser passer un peu d'air.

– Hé, Bosch ! lui lança Sakai de l'intérieur du van. Simple curiosité : comment vous avez fait pour trouver ce macchabée ? Si le Dollmaker est mort, qui vous a rencardés, les gars ?

Bosch ne répondit pas davantage à cette question. Sans

se presser, il retourna sous la bâche. Apparemment, les autres n'avaient toujours pas trouvé le moyen d'extraire le bloc de béton dans lequel on avait retrouvé le corps. Edgar attendait au bord du trou, attentif à ne pas se salir. Bosch lui fit signe, ainsi qu'à Pounds, et tous les trois se réunirent un peu à l'écart, à gauche de la tranchée, pour discuter à l'abri des oreilles indiscrètes.

– Alors, demanda Pounds. Ça donne quoi ?

– Ça ressemble bien au Dollmaker, répondit Bosch.

– Merde, fit Edgar.

– Comment pouvez-vous en être sûr ? demanda Pounds.

– D'après ce que j'ai pu voir, c'est sa méthode. Jusqu'à la signature.

– La signature ? répéta Edgar.

– La croix blanche sur l'orteil. A l'époque, on a gardé cette information secrète. Nous avions même des arrangements avec les journalistes pour qu'ils n'en parlent pas.

– Ça ne pourrait pas être un imitateur ? s'enquit Edgar.

– Possible. Le détail de la croix blanche n'a pas été rendu public avant qu'on ait classé l'affaire, mais après, quand Bremmer, le journaliste du *Times*, a écrit son bouquin, il l'a mentionné.

– Donc, on a affaire à un imitateur, déclara Pounds.

– Tout dépend à quand remonte la mort de cette fille, répondit Bosch. Le bouquin de Bremmer est sorti un an après la mort de Church. Si elle a été tuée après cette date, il s'agit certainement d'un imitateur, en effet. Mais si on l'a coulée dans le béton avant, je ne sais pas…

– Merde ! répéta Edgar.

Bosch réfléchit un instant avant de reprendre la parole :

– Il y a plusieurs possibilités. Il peut s'agir d'un imitateur. Ou alors, peut-être que Church avait un complice et que nous ne l'avons jamais su. Ou bien… j'ai buté un innocent. Celui qui nous a envoyé ce message dit peut-être la vérité.

Ces dernières paroles firent l'effet d'une merde de chien sur un trottoir : tout le monde l'évite soigneusement, sans la regarder de trop près.

– Où est la lettre ? demanda enfin Bosch au lieutenant.

– Dans ma voiture. Je vais la chercher. C'est quoi, cette histoire de complice inconnu ?

– Supposons que Church ait tué cette fille. D'où vient la lettre, puisqu'il est mort ? De toute évidence, elle a été écrite par quelqu'un qui était au courant du meurtre et qui savait où il avait planqué le corps. Si tel est le cas, qui est cet individu ? Un complice ? Church agissait-il avec quelqu'un dont nous ignorons l'existence ?

– Vous vous souvenez de l'Etrangleur de Hillside ? demanda Edgar. En fait, il y en avait plusieurs. C'étaient deux cousins qui partageaient la même passion pour les meurtres de jeunes femmes.

Pounds recula d'un pas en secouant la tête, comme s'il voulait repousser une affaire potentiellement dangereuse pour sa carrière.

– Et Chandler, l'avocate ? demanda-t-il. Supposons que la veuve de Church sache où son mari planquait les corps. Elle le dit à Chandler, et Chandler manigance le coup. Elle écrit une lettre en se faisant passer pour le Dollmaker et elle la fait déposer au poste. C'est le meilleur moyen de vous griller au procès.

Bosch se repassa ce scénario dans sa tête. De prime abord, ça semblait se tenir, mais il découvrit aussitôt les failles dont cette hypothèse était truffée.

– Pourquoi Church enterrerait-il certains corps et pas les autres ? Le psy qui nous a filé des conseils à l'époque nous a expliqué que le Dollmaker n'exposait pas ses victimes au hasard. C'était un exhibitionniste. Vers la fin, après la septième victime, il a commencé à adresser des mots à la police et aux journaux. Ça n'a aucun sens de supposer qu'il nous aurait laissé découvrir certains corps et qu'il en aurait enterré d'autres dans le béton.

– Exact, dit Pounds.

– J'aime bien la théorie de l'imitateur, lança Edgar.

– Mais pourquoi copier fidèlement les méthodes d'un meurtrier, jusqu'à la signature, et enterrer le corps ensuite ? demanda Bosch.

Il ne les interrogeait pas vraiment. C'était là une question à laquelle il devrait répondre lui-même. Les trois hommes demeurèrent silencieux un long moment, chacun comprenant peu à peu que l'hypothèse la plus plausible était que le Dollmaker était toujours vivant.

– Quel que soit le coupable, pourquoi envoyer ce message ? demanda Pounds, qui paraissait très nerveux. Pourquoi nous a-t-il fait parvenir ce mot ? Il avait réussi à nous échapper, après tout…

– Parce qu'il veut qu'on s'intéresse à lui, répondit Bosch. Comme on s'est intéressé au Dollmaker. Comme on va s'intéresser à ce procès.

Le silence revint s'installer pour un long moment.

– Le plus important, déclara finalement Bosch, c'est d'identifier la fille et de savoir depuis quand elle était dans le béton. A ce moment-là, on saura au moins à quoi on a affaire.

– Bon, alors, qu'est-ce qu'on fait ? demanda Edgar.

– Je vais vous dire ce qu'on fait, moi ! lui répondit Pounds. On ne dit pas un mot de tout ça à qui que ce soit ! Pas pour l'instant. Pas avant d'être absolument certains de savoir ce qui se passe. On attend les résultats de l'autopsie et l'identification. Il faut d'abord savoir à quand remonte la mort de cette fille, et ce qu'elle faisait quand elle a disparu. Ensuite, on décidera, enfin, non : je déciderai de la marche à suivre… En attendant, ajouta-t-il, pas un mot à quiconque. Une seule parole mal interprétée pourrait avoir des conséquences désastreuses pour l'image de la police. Je vois que quelques journalistes sont déjà arrivés, je vais m'en occuper. Vous autres, motus et bouche cousue. C'est bien compris ?

Bosch et Edgar acquiescèrent et Pounds s'éloigna, avançant lentement au milieu des débris en direction d'un carré de journalistes et de cameramen regroupés derrière la bande jaune mise en place par les policiers en uniforme.

Bosch et Edgar le suivirent du regard.

– Bon Dieu, j'espère qu'il ne va pas raconter n'importe quoi, dit Edgar.

– C'est qu'il inspire confiance, non ? lui renvoya Bosch.

– Tu l'as dit !

Bosch retourna vers la tranchée. Edgar lui emboîta le pas.

– Qu'est-ce qu'ils pensent faire au sujet de l'empreinte qu'elle a laissée dans le béton ? lui demanda Bosch.

– Les ouvriers estiment qu'on ne peut pas extraire la dalle. Ils disent que le mec qui a mélangé le béton pour ensevelir la fille n'a pas bien suivi les directives. Il a utilisé trop d'eau et du sable trop fin ; c'est comme du plâtre de moulage. Si on essaye de tout soulever d'un seul tenant, le béton va se briser à cause du poids.

– Conclusion ?

– Donovan est en train de préparer du plâtre. Il va faire un moulage du visage. Pour les mains, on n'a que la gauche, le côté droit s'est effrité quand on a creusé. Donovan va essayer d'utiliser du silicone. Il dit que c'est la meilleure façon d'obtenir un moulage avec des empreintes.

Bosch acquiesça. Pendant quelques instants, il observa Pounds qui s'adressait aux journalistes, et ce qu'il vit lui fournit sa première occasion de sourire de la journée. Pounds faisait face aux caméras de télévision mais, de toute évidence, aucun journaliste ne lui avait signalé qu'il avait des traînées noires sur le front. Bosch alluma une cigarette et reporta son attention sur Edgar.

– Si j'ai bien compris, dit-il, toute cette zone était occupée par des box en location ?

– Exact. Le proprio était là tout à l'heure. Il a confirmé que tout ce coin-là était divisé en petits box individuels. Supposons que le Dollmaker… euh, je veux dire : le meurtrier, ait loué un de ces box. Il était parfaitement tranquille pour faire tout ce qui lui passait par la tête. Le seul problème, c'est le bruit qu'il a dû faire en défonçant le sol d'origine. Mais il a pu travailler de nuit. Le proprio m'a expliqué que la plupart des gens ne mettaient jamais les pieds ici en pleine nuit. Les locataires possédaient la clé d'une porte extérieure donnant sur la ruelle. Notre homme a très bien pu entrer et exécuter tout le boulot en une seule nuit.

La question suivante étant évidente, Edgar y répondit sans que Bosch ait besoin de la poser :

– Le proprio ne peut pas nous fournir les noms des locataires. Pas avec certitude, du moins. Les archives ont brûlé dans l'incendie. Sa compagnie d'assurances a dédommagé la plupart de ceux qui ont déposé des demandes, et nous aurons leurs noms. Mais il y en a quelques-uns, toujours d'après le proprio, qui n'ont jamais porté plainte après les émeutes. Il n'a plus jamais entendu parler d'eux. Il ne se souvient plus de tous les noms, mais même si notre homme était dans le lot, il utilisait certainement un pseudo. En tout cas, moi, si je louais un local pour creuser dans le sol et y enterrer un corps, ça ne me viendrait pas à l'idée de filer mon nom !

Bosch acquiesça et consulta sa montre. Il allait devoir repartir dans pas longtemps. Il constata qu'il avait faim et n'aurait sans doute pas le temps de manger. En regardant au fond de l'excavation, il remarqua la différence de couleur entre le béton ancien et le plus récent. L'ancienne dalle était presque blanche. Le béton dans lequel on avait coulé la victime était d'un gris foncé. C'est alors qu'il repéra un petit bout de papier rouge qui dépassait d'un morceau de béton gris au fond de la tranchée. Il sauta dans le trou pour ramasser le bloc. Celui-ci avait environ la taille d'une balle de base-ball. Bosch le cogna contre l'ancienne dalle jusqu'à ce qu'il se brise dans sa main. Ce qu'il avait pris pour du papier rouge était un bout de paquet de cigarettes Marlboro. Edgar sortit de sa poche de veston un petit sachet transparent servant à recueillir les indices matériels et le tendit à Bosch pour qu'il y dépose sa trouvaille.

– Je parie qu'il a été coincé dans le béton en même temps que le corps, lui fit remarquer Edgar. Belle prise !

Bosch ressortit de la tranchée et consulta de nouveau sa montre : il était temps de partir.

– Dès que vous avez identifié la fille, tu me préviens, dit-il.

Après avoir déposé sa combinaison dans le coffre de sa voiture, il alluma une cigarette. Debout à côté de la Caprice, il observa Pounds qui concluait sa petite conférence de presse impromptue mais parfaitement planifiée. A en juger par les caméras et les vêtements chics des journalistes, Bosch déduisit que la plupart travaillaient pour la télévision. Il aperçut Bremmer, le type du *Times*, qui se tenait à la périphérie de la meute. Bosch ne l'avait pas revu depuis un certain temps et remarqua qu'il avait grossi et s'était laissé pousser la barbe. Bosch savait que Bremmer attendait que les journalistes de la télé aient fini leur travail afin de pouvoir balancer à Pounds une question pertinente qui exigerait un minimum de réflexion.

Bosch fuma sa cigarette et attendit encore cinq minutes que Pounds en ait terminé. Il risquait d'arriver en retard au tribunal, mais il tenait absolument à voir la lettre. Après avoir enfin renvoyé les journalistes, Pounds lui fit signe de le suivre jusqu'à sa voiture. Bosch s'installa à la place du mort, et le lieutenant lui tendit une photocopie du message.

Harry l'examina longuement. Les pattes de mouche étaient immédiatement reconnaissables. L'expert en graphologie avait baptisé « majuscules Philadelphie » les caractères de cette écriture et conclu que l'inclinaison des lettres de la droite vers la gauche était due à un manque de pratique – sans doute un gaucher qui écrivait de la main droite.

*DANS LE JOURNAL, ON DIT QUE LE PROCÈS COMMENCE*
*APRÈS LA DISPARITION DU DOLLMAKER, ON VEUT UNE SENTENCE,*
*UNE BALLE TIRÉE PAR BOSCH EN PLEIN CŒUR,*
*MAIS QUE LES POUPÉES SACHENT QUE JE POURSUIS MON LABEUR.*
*C'EST DANS WESTERN STREET QUE MON CŒUR S'EMBALLE*
*QUAND JE PENSE À CELLE QUI GIT SOUS SA PIERRE TOMBALE.*
*DOMMAGE, MON TRÈS CHER BOSCH : UNE CIBLE MAL CHOISIE,*
*LES ANNÉES PASSENT, ET JE SUIS TOUJOURS DE LA PARTIE.*

Bosch savait qu'on pouvait imiter un style, mais dans ce poème quelque chose l'atteignait au plus profond : il était absolument pareil aux autres. Mêmes rimes médiocres d'écolier, même volonté de semi-illettré d'employer un langage ampoulé. En proie à une vive confusion, Bosch sentit un poids lui comprimer la poitrine.

C'est lui, songea-t-il. C'est lui.

# 3

– Mesdames et messieurs, entonna le juge Alva Keyes
en s'adressant au jury, le procès débute par ce que nous
appelons l'exposé préliminaire des deux avocats. Attention : ces exposés ne doivent pas être interprétés comme
des preuves. Nous pourrions comparer cela à des schémas
directeurs, des cartes routières, si vous préférez ; ils indi-
quent seulement l'itinéraire que souhaite emprunter chacun des deux avocats. N'y voyez pas des preuves, je vous
le répète. Il se peut que vous entendiez des allégations
farfelues, mais le fait qu'elles soient formulées ne signifie
pas qu'elles sont vraies. Après tout, ces gens-là sont des
avocats...

Cette dernière remarque provoqua quelques gloussements polis parmi les jurés et le public de la 4e chambre.
Honey Chandler esquissa un sourire. Assis à la table de
la défense, Bosch regarda autour de lui et constata que
plus de la moitié des sièges de l'immense salle d'audience
aux murs lambrissés et au plafond de sept mètres de haut
étaient occupés. Au premier rang, côté plaignant, se trouvaient huit personnes – la famille et les amis de Norman
Church –, sans compter sa veuve, qui s'était assise à la
table de la partie requérante, non loin de Chandler.

Etaient également présents une demi-douzaine de
piliers de tribunal, des types âgés qui n'avaient rien de
mieux à faire que d'assister aux drames de la vie des
autres. Plus un assortiment de jeunes juristes et d'étudiants
en droit venus voir la grande Honey Chandler faire son
numéro, et un groupe de journalistes, stylos et calepins à
la main. Les exposés préliminaires donnaient toujours lieu

à des articles intéressants, car, comme l'avait souligné le juge, les avocats y étaient libres de dire tout ce qu'ils voulaient. Dès le lendemain, Bosch le savait bien, les journalistes viendraient faire un saut de temps en temps, mais il y aurait moins d'articles jusqu'aux plaidoiries et au verdict.

Sauf événement imprévu.

Bosch jeta un coup d'œil par-dessus son épaule. Personne ne s'était assis sur les bancs juste derrière lui. Il savait que Sylvia Moore ne serait pas là. Ils s'étaient mis d'accord là-dessus. Il ne voulait pas qu'elle voie ce spectacle. Il s'agissait d'une simple formalité, lui avait-il expliqué. Pour un flic, être poursuivi en justice parce qu'il avait accompli son devoir faisait quasiment partie de la routine. En réalité, s'il ne voulait pas qu'elle soit présente, c'était parce qu'il n'avait aucun contrôle sur la situation. Il était obligé de rester assis à la table de la défense, à écouter les autres rivaliser de jolies formules. Tout pouvait arriver, et ce serait sans doute le cas. Et il ne voulait pas qu'elle assiste à cela.

Il se demanda soudain si, en voyant les sièges vides derrière lui, dans la partie réservée au public, les jurés n'allaient pas conclure qu'il était coupable : personne n'était venu le soutenir.

Quand le murmure des rires se fut apaisé, il reporta son attention sur le juge. Keyes était réellement impressionnant, tout là-haut sur son siège. C'était un homme costaud qui portait bien la robe noire ; ses avant-bras épais et ses grandes mains croisées sur son torse large donnaient une impression de force contenue. Sa grosse tête dégarnie et rougie par le soleil semblait parfaitement ronde, bordée de cheveux gris, suggérant le stockage organisé d'une quantité colossale de connaissances toutes mises en perspective par l'exercice du droit. Avocat déraciné de son Sud natal, il s'était spécialisé dans les procès de droits civiques et avait acquis sa célébrité en traînant le LAPD devant les tribunaux à cause du nombre disproportionné d'affaires dans lesquelles des Noirs décédaient après être passés entre les mains de la police. Il avait été nommé juge fédéral par le président Jimmy Carter, juste avant que celui-ci soit renvoyé en Géorgie. Depuis lors, le juge Keyes faisait la pluie et le beau temps à la 4e chambre.

Adjoint au conseil juridique de la municipalité, Rod Belk avait accepté de représenter Bosch et bataillé comme un beau diable durant les phases préparatoires du procès afin que le juge Keyes soit dessaisi de l'affaire pour des motifs de procédure et remplacé par un autre, de préférence quelqu'un qui ne soit pas un champion des droits civiques. Sans résultat.

Toutefois, Bosch n'était pas aussi inquiet que Belk sur ce point. Certes, il sentait que le juge Keyes était fait de la même étoffe que l'avocate de la partie plaignante, Honey Chandler – chez qui on sentait une méfiance de la police qui pouvait aller jusqu'à la haine –, mais, derrière cela, il devinait un homme foncièrement juste. Or Bosch ne pensait pas avoir besoin d'autre chose pour se tirer d'affaire. Il voulait seulement un jugement équitable. En son âme et conscience, il était convaincu d'avoir bien agi à l'appartement de Silverlake. Il avait fait ce qu'il fallait.

– Ce sera à vous, disait le juge aux jurés, de déterminer si les affirmations des avocats se trouvent confirmées au cours du procès. N'oubliez pas cela. Maître Chandler, c'est à vous de commencer.

Honey Chandler hocha la tête et se leva. Elle se dirigea vers le pupitre qui se dressait entre les tables de la partie plaignante et de la défense. Le juge Keyes avait établi des règles strictes. Dans sa salle d'audience, les avocats n'avaient pas le droit de faire les cent pas, ni de s'approcher de l'estrade des témoins ou du box des jurés. Toute phrase prononcée à voix haute par l'un ou l'autre des avocats devait l'être à partir de ce pupitre disposé entre les tables. Sachant que le juge exigeait qu'on se conforme strictement à ses règles, Chandler demanda la permission de déplacer le lourd pupitre en acajou sur le côté afin de faire face aux jurés quand elle s'adresserait à eux. Le juge lui donna son accord en hochant la tête d'un air sévère.

– Bonjour, mesdames et messieurs, dit-elle. Le juge

Keyes a tout à fait raison quand il affirme que cette introduction n'est rien d'autre qu'un plan, un itinéraire.

Excellente stratégie, songea Bosch du haut de sa montagne de cynisme. Flatter bassement le juge dès la première phrase ! Il observa l'avocate qui consultait le bloc-notes qu'elle avait posé devant elle sur le pupitre. Il remarqua, au-dessus du dernier bouton de son chemisier, une grosse broche incrustée d'une pierre en onyx noir. Plate et morne comme un œil de requin. L'avocate avait les cheveux tirés en arrière et tressés de manière stricte sur sa nuque. Mais une boucle s'en était détachée, et ce détail venait renforcer l'image d'une femme qui ne se souciait pas de son apparence mais était uniquement préoccupée par la justice, par cette affaire, par cette effroyable faute perpétrée par l'accusé. Bosch aurait parié qu'elle avait fait exprès de détacher cette boucle de cheveux.

En la regardant se lancer dans son exposé, il repensa au choc qu'il avait ressenti en apprenant qu'elle serait l'avocate de la veuve de Church. Pour lui, c'était bien plus inquiétant que la nomination du juge Keyes pour diriger ce procès. Elle était redoutable, elle savait rapporter de l'argent à ses clients et c'était pour ça qu'on la surnommait « Money ».

– J'aimerais vous entraîner un peu sur cette route, reprit-elle (Bosch se demanda si elle n'allait pas jusqu'à prendre un accent du Sud, comme le juge). Je souhaite simplement mettre en évidence la nature de ce procès et les faits que viendront confirmer les preuves. Il s'agit d'une affaire de droits civiques concernant l'assassinat d'un citoyen nommé Norman Church, tué par un policier…

Et là, elle marqua une pause. Non pas pour consulter ses notes, mais pour créer un effet, pour obtenir le maximum d'attention avant de poursuivre. Bosch se tourna vers les jurés. Cinq femmes et sept hommes. Trois Noirs, trois Latinos, un Asiatique et cinq Blancs. Ils dévoraient l'avocate des yeux.

– Cette affaire, reprit Chandler, concerne un officier de

police qui ne se satisfaisait pas de ses fonctions et des pouvoirs gigantesques qu'elles lui conféraient. Cet officier de police voulait aussi faire votre travail à vous. Et celui du juge Keyes. Il voulait se substituer à l'Etat, qui est chargé d'appliquer les verdicts et les peines décidés par les juges et les jurés. Bref, il voulait tout ! Cette affaire concerne Harry Bosch, l'homme que vous voyez assis à la place de l'accusé.

Elle avait découpé soigneusement les syllabes du mot « accusé » tout en désignant théâtralement Bosch du doigt. Belk réagit dans la seconde :

– Maître Chandler n'a pas besoin de pointer le doigt sur mon client et de vocaliser de manière sarcastique ! C'est exact, nous sommes assis à la table de l'accusé. Pour la simple raison qu'il s'agit d'un procès au civil, et que dans ce pays n'importe qui peut intenter un procès à n'importe qui, y compris la famille d'un…

– Objection, Votre Honneur ! s'écria Chandler. Mon confrère se sert de son objection pour tenter de salir un peu plus encore la réputation de M. Church, qui n'a jamais été condamné pour quoi que ce soit, car…

– Assez ! gronda le juge Keyes. Objection retenue. Inutile de montrer les gens du doigt, maître Chandler. Nous savons tous qui nous sommes. Inutile aussi de placer des accents provocateurs sur certains mots. Les mots sont beaux ou laids en eux-mêmes. Laissez-les se défendre tout seuls. Quant à vous, maître Belk, je trouve extrêmement déplaisant de voir un représentant de la partie adverse interrompre un exposé préliminaire ou une plaidoirie. Votre tour viendra. Je vous suggère donc de ne plus faire d'objection pendant le discours de Mlle Chandler, sauf si elle offensait gravement votre client. En l'occurrence, j'estime que le fait de le montrer du doigt ne justifie pas une objection de votre part.

– Merci, Votre Honneur, répondirent à l'unisson Belk et Chandler.

– Poursuivez, maître Chandler. Comme je vous l'ai dit ce matin dans mon bureau, je souhaite que les exposés préliminaires soient terminés avant ce soir. J'ai une autre affaire qui m'attend à 16 heures.

– Merci, Votre Honneur, répéta-t-elle.

Elle se retourna pour s'adresser aux jurés :

– Mesdames et messieurs, nous avons tous besoin de la police. Nous avons tous énormément de respect pour elle. La majorité, la très grande majorité des policiers fait un travail ingrat, et le fait bien. La police constitue un élément indispensable de notre société. Que deviendrions-nous, en effet, si nous ne pouvions compter sur eux pour nous protéger et nous aider ? Mais tel n'est pas le thème de ce procès. Je vous demande de garder cela présent à l'esprit pendant toute la durée du procès. Il s'agit ici de savoir ce que nous pensons d'un policier qui outrepasse ses droits et enfreint les règlements qui gouvernent le corps auquel il appartient. Nous sommes ici en présence de ce qu'on appelle vulgairement un « cow-boy ». Les preuves que nous avons rassemblées montreront que Harry Bosch est un cow-boy, un homme qui un soir, il y a quatre ans, a décidé d'être à la fois juge, juré et bourreau. Il a tué un homme qu'il croyait être un meurtrier. Un monstrueux serial killer, certes, mais au moment où l'accusé a pris la décision de dégainer son arme et de tirer sur M. Norman Church, rien ne prouvait que ce dernier était coupable… Evidemment, la défense va déballer devant vous toutes sortes de preuves prétendument rassemblées par la police et établissant un lien entre M. Church et ces meurtres, mais n'oubliez jamais d'où viennent ces preuves, à savoir de la police elle-même, ni quand elles ont été découvertes, à savoir après l'assassinat de M. Church. Nous montrerons, j'en suis sûre, que ces preuves sont pour le moins discutables. Pour le moins douteuses. De fait, vous devrez déterminer si M. Church, marié, père de deux enfants et ayant un travail bien payé dans l'industrie aéronautique, était effectivement ce meurtrier, celui qu'on a surnommé le « Dollmaker », ou s'il s'agit simplement d'une victime innocente, du bouc émissaire choisi par une police qui cherchait à couvrir la faute impardonnable commise par l'un des siens. S'il s'agissait seulement de l'exécution brutale, illégale et inutile d'un homme désarmé...

Et elle poursuivit dans la même veine, s'étendant longuement sur la loi du silence (« bien connue ») qui régnait au sein de la police, sur son passé de violences, sur le passage à tabac de Rodney King et sur les dernières émeutes. A en croire Honey Chandler, ce n'étaient là que fleurs vénéneuses issues du seul meurtre de Norman Church par Harry Bosch.

Celui-ci l'entendait toujours discourir, mais il avait cessé de l'écouter. Il gardait les yeux ouverts et parfois il croisait le regard d'un juré, mais il s'était retranché en lui-même. C'était son système de défense. Les avocats, les jurés et le juge allaient disséquer pendant une semaine, peut-être plus, ce qu'il avait pensé et fait en moins de cinq secondes. S'il voulait pouvoir supporter tout cela sans broncher, il lui faudrait être capable de se retrancher en lui-même.

Plongé dans sa rêverie solitaire, il revit le visage de Church. A l'instant ultime. Dans le studio, au-dessus du garage de Hyperion Street. Leurs regards s'étaient croisés. Les yeux qu'avait vus Bosch étaient ceux d'un assassin, aussi noirs que la pierre sur le chemisier de Chandler.

– ... même s'il cherchait à s'emparer d'une arme, est-ce une raison ? disait cette dernière. Un homme venait d'enfoncer sa porte d'un coup de pied. Un homme armé. Comment reprocher à quelqu'un de vouloir, d'après la police elle-même, se saisir d'une arme pour se défendre ? Le fait qu'il voulait simplement récupérer une chose apparemment aussi grotesque qu'un postiche rend ce drame plus répugnant encore. Norman Church a été tué de sang-froid. Notre société ne peut l'accepter !

Bosch se déconnecta de nouveau pour songer à la nouvelle victime, enterrée depuis des années, semblait-il, dans un sol en béton. Quelqu'un avait-il déclaré sa disparition à la police ? Y avait-il quelque part une mère, un père, un mari ou un enfant vivant dans l'angoisse depuis tout ce temps ? En revenant du lieu du crime, il avait fait part de la découverte à Belk. Il avait demandé à l'avocat de solliciter auprès du juge Keyes l'ajournement du procès jusqu'à ce que soit élucidé ce nouveau meurtre. Mais Belk l'avait aussitôt interrompu en affirmant qu'il préférait en savoir le moins possible. L'avocat paraissait à ce point terrorisé par les conséquences éventuelles de cette découverte que la meilleure tactique consistait, à ses yeux, à faire exactement le contraire de ce que lui suggérait son client. Il voulait accélérer le déroulement du procès avant que ne soient rendus publics la découverte du corps et les liens possibles avec l'affaire du Dollmaker.

Chandler approchait de la fin de l'heure qui lui était impartie pour son exposé préliminaire. Elle s'était longuement attardée sur la politique de la police en matière d'usage d'armes, et Bosch songea qu'elle avait peut-être perdu l'attention du jury en chemin. Pendant un instant, elle avait même perdu celle de Belk, qui, assis à côté de Bosch, feuilletait son bloc-notes en se récitant mentalement le texte de sa déclaration.

Belk était un homme corpulent (presque quarante kilos de trop, de l'avis de Bosch), avec une forte tendance à transpirer, même dans cette salle de tribunal trop climatisée. Pendant la sélection des jurés, Bosch s'était demandé plusieurs fois si Belk transpirait ainsi à cause de son poids ou de celui de cette affaire qui l'opposait à Chandler devant le juge Keyes. Il ne devait pas avoir plus de trente ans. Sorti depuis cinq ans maximum d'une médiocre fac de droit, voilà qu'il était confronté au savoir-faire de Chandler.

Le mot « justice » ramena brusquement Bosch dans la salle d'audience. Il comprit que Chandler avait passé la vitesse supérieure pour attaquer la dernière ligne droite, d'où la présence de ce mot dans chacune de ses phrases ou presque. Dans un procès de droits civiques comme celui-ci, les mots « justice » et « argent » étaient interchangeables, car ils signifiaient la même chose.

– Pour Norman Church, la justice fut expéditive. Elle ne dura que quelques secondes. Le temps qu'il fallut à l'inspecteur Bosch pour enfoncer la porte d'un coup de pied, pointer son Smith & Wesson 9 mm en acier brossé sur sa victime et presser la détente. La balle avec laquelle l'inspecteur Bosch a choisi d'exécuter M. Church est une XTP, ce qui signifie « Extreme Terminal Performance ». Il s'agit d'un projectile qui multiplie son diamètre par un coefficient de 1,5 au moment de l'impact et emporte sur son chemin d'énormes parcelles de chair et d'organes. Cette balle a arraché le cœur de M. Church. Voilà comment fut rendue la justice.

Bosch remarqua qu'un grand nombre de jurés n'avaient pas les yeux tournés vers Chandler, mais vers la table de la défense. En se penchant légèrement en avant, il aperçut, derrière le pupitre, la veuve, Deborah Church, qui épongeait ses larmes sur ses joues à l'aide d'un mouchoir en papier. C'était une femme aux formes pleines, avec des cheveux bruns coupés court et des yeux bleus très clairs. Elle était le modèle même de la mère au foyer vivant en banlieue, jusqu'au jour où Bosch avait tué son mari, où la police avait débarqué chez elle avec des mandats de perquisition et les journalistes avec leurs questions. Bosch avait alors éprouvé un authentique sentiment de pitié pour cette femme, car il avait vu en elle une victime, jusqu'à ce qu'elle engage Money Chandler et ne commence à le traiter de meurtrier !

– Les pièces à conviction montreront, mesdames et messieurs les jurés, que l'inspecteur Bosch est le produit de cette police, déclara Chandler. Une machine insensible et arrogante qui a administré la justice selon son bon vouloir. On vous demandera si c'est ce que vous attendez de votre police. On vous demandera de réparer une injustice, de rendre justice à une famille à laquelle on a volé un père et un mari… En guise de conclusion, j'aimerais citer un philosophe allemand nommé Friedrich Nietzsche, qui écrivit il y a un siècle une chose qui me semble se rapporter directement à l'affaire qui nous préoccupe. Nietzsche a dit ceci : « Celui qui combat les monstres doit veiller à ne pas devenir lui-même un monstre, ce faisant. Quand vous regardez au fond de l'abîme, l'abîme vous regarde lui aussi »… Mesdames et messieurs les jurés, nous sommes là au cœur de ce procès. L'inspecteur Bosch n'a pas seulement regardé au fond de l'abîme ; la nuit où Norman Church a été assassiné, l'abîme a regardé au fond de lui. Les ténèbres l'ont englouti et Bosch est tombé dans le vide. Il est devenu cela même qu'il était censé combattre. Un monstre. Vous constaterez comme moi, j'en suis sûre, que les preuves conduisent toutes à cette même conclusion. Je vous remercie.

Chandler se rassit et tapota le bras de Deborah Church comme pour lui dire « Courage, courage ». Bosch savait que ce geste était destiné non pas à la veuve, mais au jury.

Le juge leva les yeux vers les aiguilles en cuivre de la pendule incrustée dans le panneau d'acajou au-dessus de la porte de la salle de tribunal et décréta une pause d'un quart d'heure avant que Belk ne prenne la parole à son tour. En se levant pour saluer la sortie du jury, Bosch remarqua qu'une des filles de Church le regardait fixement, au premier rang de la section réservée au public. Il lui donna dans les treize ans. C'était l'aînée, Nancy. Il s'empressa de détourner la tête, et éprouva aussitôt un sentiment de culpabilité. Quelqu'un dans le jury avait-il remarqué son geste ?

Belk émit le désir de rester seul durant cette pause pour revoir son exposé préliminaire. Bosch eut envie de monter au snack situé au cinquième étage, car il n'avait toujours pas mangé, mais il risquait fort d'y croiser des jurés ou, pire encore, des membres de la famille Church. Il redescendit dans le hall en empruntant l'escalator, sortit et se dirigea vers le cendrier installé devant le bâtiment. Il alluma une cigarette et s'adossa au socle de la statue. Il constata qu'il était trempé de sueur. Le discours d'une heure de Chandler semblait avoir duré une éternité – une éternité pendant laquelle le monde entier avait eu les yeux braqués sur lui. Il savait que son costume ne ferait pas toute la semaine, et il devait s'assurer que son costume de rechange était propre. Pour finir, se concentrer sur ce genre de menus détails l'aida à se détendre.

Il avait déjà écrasé un mégot dans le sable et fumait sa deuxième cigarette quand la lourde porte de verre et d'acier du tribunal s'ouvrit. Honey Chandler l'ayant poussée avec son dos, elle n'avait pas vu Harry. Elle se retourna en franchissant le seuil la tête baissée et alluma une cigarette avec un briquet en or. Au moment où elle se redressait en soufflant la fumée, elle l'aperçut. Elle s'avança vers le cendrier comme pour y écraser sa cigarette à peine entamée.

– Ne vous en faites pas, lui dit Bosch. C'est le seul cendrier dans le coin, pour autant que je sache.

– Exact, mais je pense qu'il n'est pas souhaitable, ni pour vous ni pour moi, de nous côtoyer en dehors de la salle d'audience.

Il haussa les épaules sans rien dire. La balle était dans le camp de l'avocate ; celle-ci était libre de partir si elle le souhaitait. Elle tira une deuxième bouffée de sa cigarette.

– Juste la moitié, dit-elle. Il faut que j'y retourne, de toute façon.

Il acquiesça et tourna la tête vers Spring Street. Devant l'entrée du tribunal du comté, une file d'individus attendait de franchir les portiques détecteurs de métal. Encore des « boat people », songea-t-il. Il vit le sans-abri remonter le trottoir pour procéder à son inspection biquotidienne du cendrier. Soudain, l'homme fit demi-tour et repartit rapidement en direction de Spring Street. En s'éloignant, il jeta un coup d'œil inquiet par-dessus son épaule.

– Il me connaît, fit Chandler.

Bosch se retourna vers Chandler.

– Il vous connaît ?

– C'était un avocat, autrefois. Je l'ai connu à cette époque-là. Tom quelque chose, j'ai oublié son... Faraday, oui, c'est ça ! Tom Faraday. Il ne veut pas que je le voie dans cet état, je suppose. Mais tout le monde le connaît, par ici. Sa déchéance rappelle à tout un chacun ce qui peut arriver quand la poisse vous tombe dessus...

– Que lui est-il arrivé ?

– C'est une longue histoire. Votre avocat vous la racontera peut-être. Dites, je peux vous poser une question ? (Bosch ne répondit pas.) Pourquoi la municipalité n'a-t-elle pas réglé ce procès à l'amiable ? Après l'affaire

Rodney King et les émeutes, un tel procès ne pouvait tomber au plus mauvais moment pour la police. J'ai l'impression que Bulk [1]... je l'appelle ainsi, car je sais qu'il me surnomme Money... n'a pas les épaules assez larges, si je puis dire. Et, au bout du compte, c'est vous qui allez payer les pots cassés.

Bosch garda le silence. Il réfléchissait.

– Tout ceci restera entre nous, inspecteur Bosch, reprit-elle. C'est juste histoire de bavarder.

– C'est moi qui ai demandé à Belk de ne pas traiter à l'amiable. Je lui ai dit que s'il voulait s'arranger, je m'offrirais mon propre avocat.

– Vous êtes donc si sûr de vous ?

Elle tira sur sa cigarette avant d'ajouter :

– Nous verrons, pas vrai ?

– Exact.

– Vous comprenez bien qu'il ne s'agit pas d'une affaire personnelle ?

Bosch savait qu'elle finirait par dire cela, tôt ou tard. Le plus gros mensonge de la partie.

– Pour vous, peut-être, lui renvoya-t-il.

– Pour vous, alors ? Vous tuez un homme désarmé et vous vous sentez visé personnellement quand son épouse proteste, quand elle vous attaque en justice ?

– Le cher mari de votre cliente coupait les lanières des sacs à main de ses victimes pour en faire des nœuds coulants qu'il leur passait autour du cou et serrait lentement pendant qu'il les violait. Il avait une préférence marquée pour les lanières en cuir. Apparemment, il ne choisissait pas ses victimes. C'était le cuir qui l'intéressait.

L'avocate n'avait pas cillé. Bosch n'en fut pas surpris.

– *Feu* le mari de ma cliente, le corrigea-t-elle. Et la seule chose certaine dans cette affaire, la seule chose qu'on puisse prouver, c'est que vous l'avez tué.

– Oui, et si c'était à refaire, je le referais.

– Je n'en doute pas, inspecteur Bosch. C'est pour cette raison que nous sommes ici.

1. Jeu de mots sur Belk et Bulk, *bulk* signifiant « masse, volume » *(NdT)*.

Elle retroussa ses lèvres en une sorte de baiser figé qui lui crispa les muscles de la mâchoire. Ses cheveux captèrent un rayon de soleil. D'un geste rageur, elle écrasa sa cigarette dans le sable et retourna à l'intérieur du tribunal. Cette fois, elle ouvrit la porte à la volée, comme un vulgaire panneau de contreplaqué.

# 4

Bosch entra dans le parking situé à l'arrière du poste de police de Hollywood, Wilcox Avenue, peu avant 16 heures. Belk n'avait utilisé que dix minutes sur l'heure qui lui était allouée pour son exposé préliminaire, et le juge Keyes avait suspendu la séance peu de temps après, en expliquant qu'il ne souhaitait pas aborder les premiers témoignages le même jour que les exposés d'introduction, afin que les jurés ne confondent pas les dépositions des témoins avec les discours des avocats.

Bosch avait émis des doutes concernant la brièveté de l'exposé de son avocat, mais celui-ci l'avait assuré qu'il n'avait aucune raison de s'inquiéter.

Bosch entra par la porte de derrière, près de la cellule, et emprunta le couloir du fond qui conduisait au bureau des inspecteurs. A 16 heures, celui-ci était généralement désert. Il en allait de même aujourd'hui. Seul Jerry Edgar, installé devant une des machines à écrire IBM, était en train d'y taper un formulaire 51, autrement dénommé « rapport chronologique d'enquête ». Il leva la tête et vit approcher Bosch.

– Alors, quoi de neuf, Harry ?

– Rien.

– Déjà de retour ? Attends, ne me dis rien. Le jury a déjà rendu son verdict et c'est un non-lieu. Et Money Chandler en est encore sur le cul.

– J'aimerais bien.

– Je m'en doute.

– Tu as du nouveau ?

Edgar répondit par la négative. Le corps n'avait pas été

53

identifié. Bosch s'assit à sa place et desserra sa cravate. Le bureau de Pounds étant vide, il pouvait allumer une cigarette sans risque. Ses pensées vagabondes le ramenèrent au procès et à Money Chandler. Elle avait su captiver les jurés pendant presque tout son discours. Concrètement, elle avait traité Bosch de meurtrier, en frappant bas, en jouant sur l'émotion. Belk avait répondu par une dissertation sur la loi et le droit qui permettaient à un officier de police d'utiliser son arme lorsqu'il se sentait en danger. Même s'il s'avérait qu'en fait il n'y en avait pas – et dans le cas présent, l'arme supposée se trouver sous l'oreiller n'avait jamais existé, avait précisé Belk. Par son seul comportement, Church avait créé un climat de danger qui autorisait Bosch à agir comme il l'avait fait.

Pour finir, Belk avait répondu à la citation de Nietzsche lue par Chandler en citant quant à lui *L'Art de la guerre* de Sun Tzu. Bosch, expliqua-t-il, avait pénétré sur le « Territoire de la mort » en enfonçant la porte de l'appartement de Church. A partir de là, il devait se battre ou mourir, tuer ou être tué. Critiquer ses actes après coup était injuste.

Maintenant, assis face à Edgar, Bosch devait reconnaître que ça n'avait pas marché. Belk avait ennuyé le jury, alors que Chandler s'était montrée captivante et convaincante. Ça commençait mal. Bosch remarqua qu'Edgar avait cessé de parler, et s'aperçut alors qu'il n'avait pas enregistré un mot de ce qu'avait pu dire son collègue.

– Et les empreintes ? demanda-t-il.

– Hé, tu m'écoutes ou quoi, Harry ? Je viens de te dire qu'on avait terminé il y a environ une heure ! Donovan a relevé des empreintes sur la main. Il dit que ça semble intéressant et qu'elles ont bien pris dans la silicone. Il va consulter le fichier du Département de la Justice ce soir, et demain matin on devrait avoir les résultats. Il lui faudra certainement toute la matinée pour les passer en revue. Au moins, ils ne laissent pas moisir l'affaire. Pounds lui donne la priorité absolue.

– Parfait, tiens-moi au courant. Je risque d'être pas mal absent cette semaine.

– T'en fais pas pour ça, Harry. Je te tiendrai au courant. Mais essaye de rester cool. Tu as buté le bon type, non ? Tu n'as jamais eu le moindre doute ?

– Non, pas jusqu'à aujourd'hui.

– Alors, te bile pas. La force prime le droit, comme on dit. Money Chandler peut bien sucer le juge et tous les jurés, ça n'y changera rien.

Bosch avait maintes fois constaté que la menace représentée par une femme, même membre d'une profession libérale, était le plus souvent ravalée par les flics au rang de menace sexuelle. Il savait que la plupart de ses collègues, à l'instar d'Edgar, pensaient que le sexe de Chandler lui était un avantage. Ils refusaient d'admettre qu'elle était sacrément bonne dans son boulot, ce qui n'était assurément pas le cas de l'avocat obèse chargé de le défendre.

Il se leva et se dirigea vers les armoires de classement métalliques. Il ouvrit un des tiroirs fermés à clé et plongea la main au fond pour sortir deux des classeurs bleus réservés aux homicides. Ils pesaient lourd et avaient au moins cinq centimètres d'épaisseur. Sur la tranche du premier on pouvait lire *BIO*. Le second portait la mention *DOCs*. L'un et l'autre concernaient l'affaire du Dollmaker.

– Qui doit témoigner demain ? lança Edgar de l'autre bout de la salle.

– Je ne connais pas l'ordre de passage. Le juge n'a pas voulu poser la question à Chandler. En tout cas, elle m'a cité à comparaître, ainsi que Lloyd et Irving. Elle a également convoqué Amado, le coordinateur du légiste, et même Bremmer. Ils doivent tous se présenter au tribunal, et, à ce moment-là, elle annoncera qui elle veut interroger dans la journée, et ceux qui seront entendus plus tard.

– Le *Times* ne laissera jamais Bremmer venir à la barre. Ils ont toujours été contre.

– Exact, mais il n'est pas cité à comparaître en tant que journaliste du *Times*. Bremmer a écrit un bouquin sur cette affaire. Elle l'a donc cité à comparaître en tant qu'auteur. Le juge Keyes a déjà déclaré que Bremmer ne pouvait pas s'abriter derrière les droits des journalistes. Il est possible que les avocats du *Times* débarquent pour protester, mais le juge a déjà pris sa décision. Bremmer témoignera.

– C'est bien ce que je disais, je te parie qu'elle est déjà retournée dans le bureau du juge avec ce vieux dégueulasse. Remarque, c'est pas grave. Bremmer ne peut pas te causer du tort. Dans son bouquin, tu apparaissais comme un véritable héros.

– Ouais, peut-être.

– Tiens, au fait, viens jeter un œil là-dessus, Harry…

Edgar abandonna sa machine à écrire pour se diriger vers la rangée de classeurs métalliques. Avec précaution, il fit glisser un carton posé sur le dessus et le déposa sur la table réservée aux homicides. La boîte avait à peu près la taille d'un carton à chapeau.

– Faut faire vachement gaffe. Donovan a dit que ça devait reposer toute la nuit.

Il souleva le couvercle de la boîte et découvrit le visage d'une femme imprimé dans le plâtre, légèrement tourné de côté, de sorte que le profil droit était entièrement moulé. Presque toute la partie inférieure gauche, au niveau de la mâchoire, manquait. Les yeux étaient fermés, la bouche entrouverte et déformée. La racine des cheveux était quasiment invisible. Le visage semblait enflé autour de l'œil droit. Cela rappelait à Bosch une frise de l'époque classique qu'il avait vue quelque part, dans un cimetière ou un musée. Mais ça n'avait rien de beau. C'était un masque mortuaire.

– Apparemment, dit Edgar, le type lui a filé un gnon sur l'œil. C'est enflé.

Bosch acquiesça, sans faire de commentaire. Le spectacle de ce visage dans cette boîte avait quelque chose de dérangeant, bien plus que de regarder un véritable cadavre. Finalement, Edgar remit le couvercle sur la boîte et reposa soigneusement celle-ci sur les classeurs.

– Qu'est-ce que tu comptes en faire ?

– Je ne sais pas trop. Si les empreintes ne nous apprennent rien, ce sera peut-être le seul moyen d'identifier la victime. Je connais un anthropologue à l'université de Cal State Northridge qui collabore parfois avec le coroner pour recréer des visages. Généralement, il travaille à partir d'un squelette, d'un crâne. Je lui apporterai ce truc, et on verra s'il est capable de finir le visage en ajoutant une perruque blonde ou je ne sais quoi. Il pourra aussi peindre le plâtre pour lui donner la couleur de la peau. Si ça se trouve, autant pisser dans un violon, mais je pense que ça vaut quand même le coup d'essayer.

Edgar retourna s'installer devant sa machine à écrire, et Bosch s'assit devant ses deux classeurs bleus. Il ouvrit celui portant la mention *BIO*, mais resta immobile un instant, les yeux fixés sur Edgar. Il ne savait pas s'il devait admirer ou non le zèle dont faisait preuve son collègue dans cette affaire. Les deux hommes avaient fait équipe autrefois, et Bosch avait passé presque toute une année à lui enseigner le métier d'inspecteur de la Criminelle – sans pouvoir dire jusqu'à présent si ce travail avait porté ses fruits. Edgar s'absentait en permanence pour s'occuper d'immobilier. A l'heure du déjeuner, il partait pendant deux heures assister à des ventes. Apparemment, il n'arrivait pas à comprendre que travailler à la Criminelle n'était pas juste un métier, mais une mission. Si le meurtre était un art pour certains de ceux qui le pratiquaient, une enquête criminelle était, elle aussi, un art pour ceux qui acceptaient cette mission. Et on ne choisissait pas son enquête, c'était elle qui vous choisissait.

Sachant tout cela, Bosch avait du mal à croire qu'Edgar se cassait le cul dans cette affaire pour des raisons louables.

– Qu'est-ce que tu regardes comme ça ? lui demanda Edgar sans lever les yeux de sa machine à écrire, ni même cesser de taper.

– Rien. Je réfléchissais à des trucs.

– Te bile pas, Harry. Tout va s'arranger.

Bosch laissa tomber son mégot dans un gobelet en polystyrène contenant du café froid et alluma une autre cigarette.

– Est-ce que la priorité décrétée par Pounds autorise les heures sup' ?

– Tout juste, répondit Edgar avec un grand sourire. Tu

as devant toi un type qui se noye dans un flot d'heures sup'.

Au moins avait-il le mérite de la franchise, se dit Bosch. Satisfait de voir qu'il avait toujours raison au sujet d'Edgar, il reporta son attention sur le classeur ouvert devant lui et fit courir ses doigts sur la tranche de l'épaisse liasse de rapports retenus par les trois anneaux. Le classeur contenait onze intercalaires, chacun portant le nom d'une des victimes du Dollmaker. Il feuilleta tous les dossiers les uns après les autres, en examinant les photos prises sur les lieux de chaque crime et les renseignements biographiques concernant chacune des victimes.

Ces femmes provenaient tous du même milieu : prostituées du bitume ou call-girls de luxe, strip-teaseuses et actrices de porno ne rechignant pas à faire quelques extras à domicile. Le Dollmaker évoluait à son aise dans les bas-fonds de la ville. Il dénichait ses victimes avec une facilité déconcertante avant de les entraîner dans l'obscurité avec lui. Bosch se souvint qu'à l'époque le psychologue de la brigade spéciale avait parlé de « schéma ».

En observant les visages figés par la mort sur les photos, Bosch se souvint également qu'ils n'avaient jamais réussi à trouver des caractéristiques physiques communes à toutes les victimes. Il y avait des blondes et des brunes. Des femmes fortes et des droguées chétives. Six Blanches, deux Hispaniques, deux Asiatiques et une Noire. Aucune logique. Le Dollmaker ne semblait pas avoir d'à priori sur ce plan-là. Seule évidence : il choisissait uniquement des femmes évoluant en marge de la société, là où elles se posent moins de questions et suivent plus facilement un étranger. D'après le psychologue, chacune d'elles était comme un poisson blessé envoyant un signal invisible qui attirait immanquablement le requin.

– Elle était blanche, hein ? demanda-t-il à Edgar.

Ce dernier cessa de taper.

– Ouais, c'est ce qu'a dit le légiste.

– Ils ont déjà fait l'autopsie ? Qui l'a ouverte ?

– Personne, ça doit avoir lieu demain, ou après-demain, mais Corazon y a jeté un œil quand on l'a amenée. Elle pense que le cadavre est celui d'une Blanche. Pourquoi tu me demandes ça ?

– Pour rien. Blonde ?

– Oui, quand elle est morte en tout cas. Décolorée. Si tu comptes me demander si j'ai consulté le fichier des personnes disparues pour une nana blonde qui s'est évanouie dans la nature il y a quatre ans, va te faire foutre, Harry. D'accord pour les heures sup', mais avec ce signalement-là, je me retrouverais avec une liste de trois ou quatre cents noms au moins. Pas question de patauger dans ce merdier alors que j'aurai certainement un nom demain, grâce aux empreintes. Ce serait du temps perdu.

– Oui, je sais. J'aurais juste voulu…

– Tu voudrais des réponses. Comme tout le monde. Mais il faut savoir être patient parfois, mon vieux…

Edgar se remit à taper, et Harry se pencha de nouveau sur le classeur. Mais il ne pouvait s'empêcher de penser au visage dans la boîte. Pas de nom, pas de profession. On ne savait rien de cette femme. Pourtant, quelque chose dans ce moulage en plâtre indiquait qu'elle correspondait, d'une manière ou d'une autre, aux critères du Dollmaker. Il y avait sur cette figure une dureté qui n'était pas seulement due au plâtre. Cette femme vivait en marge, elle aussi.

– On a retrouvé autre chose dans le béton après mon départ ?

Edgar s'interrompit à nouveau, poussa un long soupir et secoua la tête.

– Un truc dans le genre du paquet de cigarettes, tu veux dire ?

– Avec les autres filles, le Dollmaker laissait toujours le sac à main. Il coupait les lanières pour les étrangler, mais, à l'endroit où il abandonnait les corps, on retrouvait toujours le sac à main et les vêtements à proximité. Une seule chose manquait : le maquillage. Il emportait toujours les produits de maquillage.

– Cette fois, il n'y avait rien… dans le béton du moins. Pounds a laissé un flic sur place pendant qu'ils finissaient le boulot. On n'a rien trouvé. Mais peut-être que les trucs étaient planqués dans le box, et ils ont brûlé ou on les a piqués. Tu crois qu'on a affaire à un imitateur, Harry ?

– Peut-être.

– C'est ce que je me dis, moi aussi.

Bosch acquiesça et s'excusa auprès d'Edgar de l'avoir dérangé une fois de plus. Il se replongea dans la lecture des rapports. Au bout de quelques minutes, Edgar arracha la feuille de la machine à écrire et l'emporta avec lui à la table des homicides. Il l'inséra dans un classeur neuf, avec la fine pile de paperasses de la journée, et rangea le tout dans une armoire en fer derrière son fauteuil. Puis, comme tous les jours, il téléphona à sa femme en alignant soigneusement sur son bureau son sous-main, son bloc-notes et un paquet de Post-it. Il informa son épouse qu'il devait faire une courte halte sur le chemin du retour. En l'écoutant, Bosch songea à Sylvia Moore et à certains rites domestiques qui avaient fini par s'enraciner en eux.

– Bon, je me barre, Harry, déclara Edgar après avoir raccroché. (Bosch acquiesça.) D'ailleurs, qu'est-ce que tu fous encore ici, toi ?

– J'en sais rien. Je relis ce machin, histoire de ne pas me mélanger les pinceaux au moment de témoigner.

C'était un mensonge. Bosch n'avait pas besoin de consulter les dossiers pour rafraîchir ses souvenirs du Dollmaker.

– J'espère que tu vas te la payer, cette Money Chandler...

– C'est plutôt elle qui va me bouffer tout cru. Elle est douée.

– Bon, faut que j'y aille. A plus tard.

– Hé, n'oublie pas ! Si tu obtiens l'identité de la fille demain, surtout préviens-moi, au biper ou autrement.

Après le départ d'Edgar, Bosch consulta sa montre (il était 17 heures) et alluma le téléviseur posé sur les classeurs, à côté de la boîte contenant le moule du visage. En attendant le reportage sur la découverte du corps, il décrocha son téléphone et composa le numéro du domicile de Sylvia.

– Je ne pourrai pas venir ce soir, dit-il.

– Qu'y a-t-il, Harry ? Comment s'est passé le début du procès ?

– Ce n'est pas à cause du procès. C'est une autre affaire. On a découvert un cadavre et ça ressemble beaucoup à un coup du Dollmaker. Et on a reçu une lettre anonyme, ici, au commissariat. En gros, elle disait que je n'avais pas tué le bon type. Que le Dollmaker, le vrai, courait toujours.

– Et ce serait possible ?

– Je n'en sais rien. Je n'ai jamais eu le moindre doute avant aujourd'hui.

– Mais comment...

– Attends une minute ! Ils en parlent aux infos. Sur la 2.

– J'allume la télé.

Reliés par le téléphone, ils regardèrent, chacun devant son poste, le compte rendu de l'affaire aux infos du début de soirée. Le présentateur ne fit aucune allusion au Doll-maker. Il y eut une vue aérienne des lieux, suivie d'une courte déclaration de Pounds indiquant que la police savait encore peu de choses, mais qu'une lettre anonyme les avait conduits jusqu'au cadavre. Harry et Sylvia s'esclaffèrent en voyant les traces de suie sur le front du lieutenant. C'était bon de rire, se dit Bosch. Une fois le reportage terminé, Sylvia redevint sérieuse.

– Conclusion, l'auteur de la lettre n'a pas alerté les médias.

– C'est à vérifier. Il faut d'abord essayer de comprendre ce qui se passe. Il s'agit du Dollmaker, ou d'un imitateur... ou alors, il avait un complice dont on n'a jamais entendu parler.

– Quand serez-vous fixés ?

Manière délicate de lui demander quand il saurait s'il avait tué un innocent.

– Demain, sans doute. L'autopsie nous apprendra certaines choses, mais l'identification de la victime nous permettra surtout de savoir depuis quand elle est morte.

– Le Dollmaker est mort et bien mort, Harry. Ne t'en fais pas.

– Merci, Sylvia.

Sa loyauté sans faille lui réchauffait le cœur. Mais il éprouva aussitôt un sentiment de culpabilité, car il n'avait, lui, jamais été d'une totale franchise avec elle en parlant des problèmes qui les concernaient. C'était toujours lui qui gardait ses distances.

– Tu ne m'as toujours pas dit comment s'était passé l'audience, ni pourquoi tu ne pouvais pas passer ici ce soir comme prévu.

– C'est à cause de cette nouvelle affaire. Je suis impliqué… et j'ai besoin de réfléchir.

– Tu peux réfléchir n'importe où, Harry.

– Tu m'as compris.

– Oui, j'ai compris. Et le procès ?

– Ça s'est bien passé, il me semble. Ce n'étaient que les exposés préliminaires. Les dépositions commencent demain. Mais je te le répète, c'est cette nouvelle affaire… Tout en dépend, d'une certaine façon.

Il passa rapidement d'une chaîne à l'autre en parlant, mais il avait loupé les comptes rendus des autres présentateurs.

– Qu'en pense ton avocat ?

– Rien. Il ne veut surtout pas en entendre parler.

– Quel con !

– Il est juste pressé d'en finir et espère que si le Dollmaker, ou son complice, est toujours dans la nature, la nouvelle ne sera confirmée qu'après le procès.

– C'est totalement contraire à l'éthique, Harry ! Même si un élément nouveau plaide en faveur du plaignant, n'est-il pas obligé d'en faire état ?

– Oui, s'il est au courant. Mais justement. Il ne veut rien savoir. De cette façon, il est protégé.

– Quand dois-tu témoigner ? J'aimerais être présente ce jour-là. Je peux prendre un jour de congé pour assister à l'audience.

– Non. Inutile de t'en faire. C'est une pure formalité. Tu en sais déjà suffisamment sur cette histoire.

– Pourquoi ? Elle te concerne, non ?

– Non. Ce n'est pas mon affaire. C'est la sienne.

62

Bosch raccrocha après avoir promis de la rappeler le lendemain. Pendant un long moment, il garda les yeux fixés sur le téléphone posé devant lui. Cela faisait presque un an que Sylvia Moore et lui passaient trois ou quatre nuits par semaine ensemble. Alors que Sylvia avait évoqué la possibilité de modifier cette situation, allant même jusqu'à proposer de mettre sa maison en vente, Bosch, lui, n'avait jamais voulu approfondir le sujet, de crainte de briser cet équilibre délicat et le sentiment de bien-être qu'il éprouvait auprès d'elle.

Soudain, il se demanda s'il n'était pas justement en train de détruire cet équilibre. Il lui avait menti. Bien sûr, il était impliqué d'une certaine façon dans cette affaire, mais sa journée était terminée et il rentrait chez lui. Il avait menti parce qu'il éprouvait le besoin d'être seul. Avec ses pensées. Avec le Dollmaker.

Il feuilleta le second classeur jusqu'au bout, une suite de pochettes en plastique transparent, fermées, contenant les pièces à conviction. Parmi celles-ci figuraient les lettres du Dollmaker. Elles étaient au nombre de trois. Le meurtrier avait envoyé la première lorsque les médias s'étaient jetés sur l'affaire et lui avaient donné le surnom de Dollmaker. La deuxième avait été adressée à Bosch, avant le onzième meurtre, le dernier. Les deux autres lettres avaient été envoyées à Bremmer au *Times*, après les septième et onzième meurtres. Harry examina la photocopie de l'enveloppe qui portait son nom, écrit en capitales. Il s'intéressa ensuite au poème qui figurait sur une feuille repliée, lui aussi en capitales étrangement penchées. Il relut les mots qu'il connaissait déjà par cœur :

*JE ME SENS CONTRAINT D'AVERTIR ET DE BAISSER LES BRAS.*
*CE SOIR, JE MANGE DEHORS, MON DÉSIR PARTAGE MON REPAS.*
*UNE POUPÉE DE PLUS DANS MA COLLECTION, SI J'OSE.*
*ELLE POUSSE SON DERNIER SOUPIR, AU MOMENT OÙ J'EXPLOSE.*
*TROP TARD, MAMAN ET PAPA VONT PLEURER*
*LEUR JOLIE JEUNE FILLE ÉTENDUE SOUS MON CLOCHER.*
*QUAND JE SERRE LA LANIÈRE, AVANT QUE TOUT SOIT FINI,*
*J'ENTENDS SON RÂLE, ET SON CRI RESSEMBLE À HARRYYYY !*

Bosch referma les classeurs et les rangea dans son porte-documents. Après avoir éteint la télé, il quitta le bureau et gagna la sortie et le parking de derrière. Il tint la porte ouverte à deux policiers en uniforme qui se débattaient avec un poivrot menotté. Ce dernier tenta de décocher un coup de pied à Harry, qui eut le réflexe de faire un pas de côté.

Il monta dans sa Caprice, prit la direction du nord et suivit Outpost Road jusqu'à Mulholland, qu'il emprunta pour rejoindre Woodrow Wilson. Après s'être garé sous son abri à voiture, il resta assis un long moment, les mains posées sur le volant. Il repensa aux lettres et à la signature laissée par le Dollmaker sur les corps de toutes ses victimes – la croix peinte sur le gros orteil. Après la mort de Church, ils avaient compris ce qu'elle signifiait. Cette croix représentait une flèche. La flèche d'une église[1].

---

1. Church signifie « église » en anglais (NdT).

# 5

Le lendemain matin, assis sur la terrasse derrière sa maison, Bosch regardait le soleil se lever au-dessus de Cahuenga Pass. Les rayons consumaient le brouillard matinal et inondaient les fleurs sauvages sur le flanc de la colline ravagée par un incendie l'hiver précédent. Il contempla ce spectacle en fumant et en buvant du café jusqu'à ce que le bruit de la circulation sur le Hollywood Freeway se transforme en un bourdonnement ininterrompu qui montait du fond du canyon.

Il enfila son costume bleu marine et une chemise blanche à col boutonné. En nouant sa cravate bordeaux parsemée de casques de gladiateurs dorés, devant le miroir de la chambre, il se demanda quelle image de lui-même il offrait aux jurés. La veille, il avait remarqué que chaque fois qu'il croisait le regard de l'un d'entre eux, c'était toujours l'autre qui détournait la tête le premier. Quelle conclusion fallait-il en tirer ? Il aurait aimé poser la question à Belk, mais il n'aimait pas Belk et ne souhaitait pas lui demander son avis sur quoi que ce soit.

En se servant du trou fait précédemment, il fixa sa cravate à l'aide de l'épingle en argent portant l'inscription *187*, numéro du chapitre « homicide » dans le Code pénal de Californie. Avec un peigne en plastique, il coiffa ses cheveux poivre et sel encore humides après la douche, puis se fit la moustache. Il se versa quelques gouttes de collyre dans les yeux et approcha son visage de la glace pour les examiner. Rougis par le manque de sommeil, les iris étaient aussi noirs qu'une couche de verglas sur l'asphalte. Pourquoi fuient-ils mon regard ? se demanda-t-il une fois encore. Il repensa au portrait qu'avait dressé de lui Chandler, la veille. Et il comprit.

Il s'apprêtait à sortir de chez lui, son porte-documents à la main, lorsque la porte s'ouvrit avant même qu'il ne l'atteigne. Sylvia entra et ôta sa clé de la serrure.

– Salut, dit-elle en le voyant. J'espérais bien te trouver.

Elle sourit. Elle portait un pantalon kaki et une chemise rose à col boutonné. Harry savait qu'elle ne mettait jamais de robe le mardi et le jeudi car, ces jours-là, elle était réquisitionnée pour surveiller la cour de récréation. Parfois, elle était obligée de courir après des élèves. Parfois même, elle devait s'interposer dans des bagarres. Le soleil qui entrait par la porte transformait ses cheveux blonds en or.

– Me trouver en train de faire quoi ? lui demanda-t-il.

Elle s'approcha de lui sans cesser de sourire et ils s'embrassèrent.

– Je sais que je te mets en retard. Je le suis moi aussi. Mais j'avais envie de venir te souhaiter bonne chance pour aujourd'hui. Même si tu n'en as pas besoin.

Il la tint serrée contre lui, respirant l'odeur de ses cheveux. Cela faisait presque un an qu'ils se connaissaient, pourtant Bosch la serrait encore contre lui parfois, avec la crainte qu'elle ne lui tourne le dos brusquement et s'en aille en déclarant s'être trompée dans ce qu'elle éprouvait pour lui. Peut-être n'était-il encore à ses yeux qu'un substitut du mari qu'elle avait perdu – un policier lui aussi, un inspecteur de la brigade des stups dont le suicide apparent avait conduit Harry à enquêter.

Leurs relations avaient évolué jusqu'à une sorte de bien-être absolu, mais, au cours des dernières semaines, il avait senti s'installer une sorte d'inertie. Sylvia l'avait senti elle aussi et lui en avait même parlé. D'après elle, le problème venait du fait que Harry était incapable de baisser totalement sa garde, et Harry savait qu'elle avait raison. Il avait toujours vécu en solitaire, ce qui ne voulait pas nécessairement dire seul. Il avait des secrets, dont beaucoup étaient enfouis trop profondément pour qu'il puisse les lui faire partager. Plus tard, peut-être.

– C'est gentil d'être passée, dit-il en s'écartant d'elle et en baissant les yeux sur son visage toujours rayonnant.

Elle avait une petite tache de rouge à lèvres sur une dent de devant.

– Tu seras prudente au lycée, hein ?

– Oui, promis, lui répondit-elle avant de froncer les sourcils. Je n'ai pas oublié ce que tu m'as dit, mais j'aimerais quand même assister au procès, ne serait-ce qu'une fois. J'ai envie d'être auprès de toi, Harry.

– Tu n'as pas besoin d'être là pour être présente, si tu vois ce que je veux dire…

Sylvia hocha la tête, mais il savait bien que sa réponse ne la satisfaisait pas. Ils abandonnèrent ce sujet, bavardèrent de choses et d'autres pendant quelques minutes et projetèrent de se retrouver pour dîner ensemble ce soir-là. Bosch dit qu'il la rejoindrait chez elle à Bouquet Canyon. Après s'être embrassés encore une fois, ils partirent chacun de leur côté, lui au tribunal, elle au lycée, deux endroits pleins de danger.

Il y avait toujours une montée d'adrénaline au début de chaque journée, lorsque le silence se faisait dans la salle d'audience, dans l'attente du moment où le juge allait ouvrir la porte de son bureau et monter sur l'estrade. Il était 9 h 10 et toujours aucun signe du juge. La chose était inhabituelle, ce dernier s'étant montré très pointilleux en matière d'horaires pendant toute la semaine qu'avait duré la sélection des jurés. En regardant autour de lui, Bosch vit plusieurs journalistes, peut-être plus que la veille. Il s'en étonna, car les exposés préliminaires attiraient toujours beaucoup plus de monde.

Belk se pencha vers Bosch et lui murmura :

– Je parie que Keyes est dans son bureau, en train de lire l'article du *Times*. Vous l'avez lu ?

Parti en retard à cause de Sylvia, Bosch n'avait pas eu le temps de lire le journal. Il l'avait laissé sur le paillasson devant sa porte.

– Non. Que dit-il ?

La porte lambrissée s'ouvrit et le juge fit son entrée avant que Belk puisse répondre à la question.

– Faites attendre les jurés, mademoiselle Rivera, dit le juge à sa greffière.

Il laissa tomber sa masse dans son fauteuil rembourré, balaya la salle du regard et demanda :

– Madame et monsieur les avocats, y a-t-il des choses dont vous souhaiteriez discuter avant qu'on ne fasse entrer le jury ? Maître Chandler ?

– Oui, Votre Honneur, répondit-elle en se dirigeant vers le pupitre.

Elle avait mis son tailleur gris. Depuis qu'avait débuté la sélection des jurés, elle portait alternativement trois tailleurs. Beck avait expliqué à Bosch qu'elle ne voulait pas avoir l'air d'une femme riche aux yeux des jurés. D'après lui, une avocate risquait de se mettre à dos certaines femmes du jury à cause de ce genre de détail.

– Votre Honneur, la plaignante réclame des sanctions contre l'inspecteur Bosch et maître Belk.

En disant cela, elle brandit un exemplaire du *Times* replié à la première page du cahier « Métro », et Bosch constata que l'article occupait le coin inférieur droit, comme la veille. Il eut le temps de voir le titre : LA BLONDE EN BÉTON VICTIME DU DOLLMAKER ?

Belk se leva sans rien dire, se conformant pour une fois à l'étiquette stricte qui, formulée par le juge, lui interdisait de couper la parole à l'avocat de la partie adverse.

– Des sanctions ? Pour quelle raison, maître Chandler ? demanda le juge.

– Votre Honneur, la découverte de ce cadavre ne peut manquer d'influer sur ce procès. En sa qualité de fonctionnaire de justice, il était du devoir de maître Belk de faire état de cette information. D'après la règle 11 concernant la communication des pièces à conviction et des documents, l'avocat de la défense doit...

– Votre Honneur ! s'écria Belk. Je n'ai été informé de ce nouveau développement qu'hier soir ! Mon intention était d'en faire état ce matin. Maître Chandler...

– Silence, maître Belk ! Dans ma salle d'audience, on s'exprime chacun son tour. Apparemment, il est nécessaire de vous le rappeler quotidiennement. Maître Chandler, j'ai lu moi aussi l'article auquel vous faites référence, mais le nom de l'inspecteur Bosch, s'il apparaît en effet, n'y est mentionné qu'en rapport avec cette nouvelle affaire. En outre, maître Belk vient d'expliquer, de manière plutôt impolie, qu'il n'avait appris la nouvelle qu'après la séance d'hier. Sincèrement, je ne vois là aucune infraction digne d'être sanctionnée. A moins que vous ne possédiez une autre carte dans votre manche ?

Elle en avait une :

– Votre Honneur, l'inspecteur Bosch était bel et bien au courant de ce fait nouveau. La preuve ? Il s'est rendu sur le lieu du crime hier à midi, pendant la pause du déjeuner.

– Votre Honneur… ? risqua timidement Belk.

Le juge Keyes tourna la tête dans sa direction, mais pour regarder Bosch.

– Inspecteur Bosch, ce que dit maître Chandler est-il exact ?

Bosch observa un instant son avocat, puis leva les yeux vers le juge. Au diable ce connard de Belk ! Son mensonge lui faisait porter le chapeau !

– J'y suis allé, en effet, Votre Honneur. En revenant au tribunal pour la séance de l'après-midi, je n'ai pas eu le temps de faire part de cette découverte à mon avocat. Je l'ai mis au courant hier soir après les débats. Je n'ai pas encore lu le journal d'aujourd'hui et j'ignore ce que dit cet article, mais aucune information n'a été confirmée concernant les liens entre ce cadavre et le Dollmaker ou qui que ce soit d'autre. La victime n'a même pas été identifiée.

– Votre Honneur, déclara Chandler, l'inspecteur Bosch a choisi d'oublier que nous avons bénéficié d'une pause d'un quart d'heure au cours de la séance de l'après-midi. J'estime qu'il avait largement le temps de transmettre à son avocat une information de cette importance !

Le juge se tourna de nouveau vers Bosch, qui reprit la parole :

– J'avais l'intention de lui en parler durant la suspension de séance, mais maître Belk m'a dit qu'il avait besoin de temps pour préparer son exposé préliminaire.

Le juge l'observa attentivement pendant plusieurs secondes, sans rien dire. Bosch sentait que Keyes savait qu'il prenait des libertés avec la vérité. Apparemment, le juge était en train de prendre une décision.

– Eh bien, maître Chandler, déclara-t-il enfin, personnellement, je ne vois là aucune trace de conjuration. Je conclurai donc par une mise en garde adressée aux deux parties : la dissimulation de preuves constitue le crime le plus grave qu'on puisse commettre dans ma salle d'audience. Si jamais je vous prends en flagrant délit, vous regretterez de n'avoir pas fait un autre métier. Cela étant dit, souhaitez-vous évoquer cet élément nouveau ?

– Votre Honneur, dit aussitôt Belk en s'approchant du pupitre, à la lumière de cette découverte survenue il y a moins de vingt-quatre heures, je réclame un ajournement afin de pouvoir analyser la situation en profondeur et déterminer dans quelle mesure ce fait nouveau modifie la nature de ce procès.

Enfin, il se lance, songea Bosch. Il savait qu'il n'avait aucune chance d'obtenir un ajournement.

– Hmm, marmonna le juge Keyes. Qu'en dites-vous, maître Chandler ?

– Pas question d'ajournement, Votre Honneur. La famille attend ce procès depuis quatre ans. J'estime qu'un atermoiement supplémentaire reviendrait à perpétuer le crime. En outre, à qui maître Belk voudrait-il confier cette enquête ? A l'inspecteur Bosch ?

– Je suis certain que monsieur l'avocat de la défense serait satisfait de voir la police de Los Angeles se charger de l'affaire, répondit le juge.

– Pas moi.

– Je m'en doute, maître Chandler, mais cela n'est pas de votre ressort. Vous avez dit vous-même hier que la majorité des policiers de cette ville étaient des individus compétents et honnêtes. A vous de vous conformer à vos affirmations... Malgré tout, je rejette cette demande d'ajournement. Maintenant que le procès a débuté, nous irons jusqu'au bout. La police conserve néanmoins la possibilité, et le devoir, de mener l'enquête et de tenir informé ce tribunal, mais je refuse d'interrompre les débats. Ce procès se poursuivra jusqu'à son terme. Autre chose ? J'ai des jurés qui attendent.

– Et pour l'article dans le journal ? demanda Belk.

– Eh bien ?

– Votre Honneur, j'aimerais sonder les jurés pour savoir si certains d'entre eux l'ont lu. En outre, il faudrait leur recommander de ne pas lire les journaux et de ne pas regarder les infos à la télé ce soir. Nul doute que toutes les chaînes vont emboîter le pas au *Times*.

– J'ai déjà demandé hier aux jurés de ne pas lire les journaux et de ne pas regarder les informations, mais j'ai bien l'intention malgré tout de les interroger sur cet article. En fonction des réponses obtenues, nous pourrons éventuellement les faire ressortir si vous souhaitez aller à l'annulation pour vice de procédure.

– Je ne réclame pas l'annulation, déclara Chandler. C'est le but recherché par la défense. Cela ne fera que retarder le procès de deux mois supplémentaires ! Cette famille réclame justice depuis quatre ans. Ils…

– Nous verrons ce que disent les jurés. Désolé de vous couper la parole, maître Chandler.

– Votre Honneur, puis-je aborder le thème des sanctions ? demanda Belk.

– Je doute que cela soit nécessaire, maître. Je viens de rejeter la demande de sanctions de votre confrère. Que voulez-vous ajouter ?

– Certes, mais j'aimerais à mon tour réclamer des sanctions contre maître Chandler. Elle m'a gravement diffamé en m'accusant d'avoir dissimulé des pièces à conviction et je…

– Asseyez-vous, maître Belk. Ecoutez-moi bien tous les deux : je vous conseille de renoncer à cette joute hors sujet, car cela ne vous mènera nulle part avec moi. Il n'y aura aucune sanction de part ou d'autre. Je vous le demande une dernière fois : souhaitez-vous aborder un autre point ?

– Oui, Votre Honneur, déclara Chandler.

Il lui restait un atout. De dessous son bloc-notes, elle sortit un document et alla le porter à la greffière qui le transmit au juge. Chandler regagna ensuite le pupitre.

– Votre Honneur, il s'agit d'une assignation que j'ai rédigée à l'attention des services de police et que j'aimerais voir figurer dans le compte rendu d'audience. Je demande qu'une photocopie de la lettre à laquelle il est fait allusion dans l'article du *Times*, le message envoyé par le Dollmaker et reçu hier, me soit transmise comme pièce à conviction.

Belk se leva d'un bond.

– Du calme, maître Belk ! lui lança le juge d'un ton sec. Laissez-la terminer.

– Votre Honneur, il s'agit d'un document lié directement à ce procès. Il doit donc nous être transmis immédiatement.

Le juge Keyes adressa un signe de tête à Belk et celui-ci gagna le pupitre d'un pas pesant, obligeant Chandler à reculer pour lui céder la place.

– Votre Honneur, cette lettre ne constitue nullement une pièce à conviction dans le cadre de ce procès. Sa provenance n'a pas été vérifiée. En outre, il s'agit d'un indice matériel dans une affaire de meurtre sans aucun rapport avec ces débats. De plus, la police de Los Angeles n'a pas pour habitude d'exhiber ses indices aux yeux de tous quand un suspect est encore en liberté. Je vous demande donc d'opposer une fin de non-recevoir à cette requête.

Le juge Keyes joignit les mains et réfléchit un instant.

– Voici ce que nous allons faire, maître Belk. Vous réclamerez un double de cette lettre et vous nous l'apporterez. Après en avoir pris connaissance, je déciderai de l'inclure ou pas parmi les pièces à conviction. Affaire réglée. Mademoiselle Rivera, veuillez faire entrer le jury, je vous prie, nous perdons notre temps ce matin.

Une fois le jury installé dans le box, le juge Keyes demanda qui parmi les jurés avait pris connaissance d'un article concernant le procès en cours. Personne dans le box ne leva la main. Bosch savait que même si l'un des jurés avait lu l'article, il ne dirait rien. Car cet aveu impliquerait un renvoi certain et un billet direct pour la salle de délibération, où les minutes ressemblaient à des heures.

– Parfait, déclara le juge. Maître Chandler, vous pouvez appeler votre premier témoin.

Terry Lloyd prit place sur l'estrade des témoins en homme à qui ce siège était aussi familier que le fauteuil inclinable dans lequel il se saoulait chaque soir en regardant sa télé. Il régla le micro fixé devant lui sans l'aide de la greffière. Lloyd avait un nez qui ne pouvait laisser aucun doute quant à son état de poivrot, et des cheveux étonnamment bruns pour un homme qui approchait de la soixantaine. Il était évident pour tous ceux qui le regardaient qu'il portait une perruque, mais lui était sûrement persuadé de tromper son monde. Chandler lui posa tout d'abord une série de questions préliminaires permettant d'établir qu'il était lieutenant dans la brigade d'élite de la police de Los Angeles, les Vols et Homicides.

– Au cours d'une période de temps débutée il y a quatre ans et demi, avez-vous été responsable d'une équipe d'inspecteurs chargés d'identifier un serial killer ?

– Oui.

– Pouvez-vous nous expliquer comment cette brigade spéciale est née, et quel était son fonctionnement ?

– Elle a été créée après qu'on eut découvert que le même individu était responsable de cinq meurtres. A l'intérieur du département, on nous appelait la Brigade de l'Etrangleur du Westside. Quand la presse a eu vent de l'affaire, le tueur a été surnommé le Dollmaker parce qu'il utilisait les produits de maquillage de ses victimes pour leur peindre le visage comme des poupées. J'avais dix-huit inspecteurs sous mes ordres. On les avait divisés en deux équipes, A et B. L'équipe A travaillait de jour, l'équipe B la nuit. On enquêtait sur les meurtres à mesure qu'ils se produisaient et on suivait toutes les pistes données par téléphone. Quand la presse s'est emparée de l'affaire, on recevait une centaine d'appels par semaine, de gens qui affirmaient qu'untel ou untel était le Dollmaker. On était obligés de tout vérifier.

— Cette brigade, peu importe son nom, a échoué dans sa tâche, n'est-ce pas ?

— Non, maître, vous vous trompez. Nous avons réussi. Nous avons eu le meurtrier.

— Et qui était-ce ?

— Norman Church.

— L'avez-vous identifié avant ou après qu'on l'eut tué ?

— Après. Ça collait pour toutes les filles.

— C'était également une aubaine pour la police, n'est-ce pas ?

— Je ne vous suis pas.

— Heureusement pour la police que vous avez réussi à établir un lien entre Norman Church et ces meurtres. Autrement, vous…

— Posez des questions, maître Chandler, l'interrompit le juge.

— Pardonnez-moi, Votre Honneur. Lieutenant Lloyd, lorsque cet homme que vous affirmez être le meurtrier, Norman Church, a été abattu, six autres meurtres avaient eu lieu depuis la création de votre brigade, est-ce exact ?

— Exact.

— Autrement dit, vous avez laissé six autres femmes se faire étrangler. Comment la police peut-elle parler de succès ?

— Nous n'avons rien laissé faire du tout. Nous avons fait de notre mieux pour trouver le coupable. Et nous avons fini par l'avoir. C'est donc un succès. Un grand succès, à mon avis.

— A votre avis, en effet… Dites-moi, lieutenant Lloyd, le nom de Norman Church était-il apparu à un stade quelconque de votre enquête, avant le soir où il fut abattu, alors qu'il n'était pas armé, par l'inspecteur Bosch ? Aviez-vous déjà mentionné son nom ?

— Non, jamais. Mais nous avons établi un lien…

— Contentez-vous de répondre à mes questions, lieutenant. Merci.

Chandler consulta son bloc-notes posé sur le pupitre.

Bosch remarqua que Belk prenait des notes sur un bloc placé devant lui et inscrivait des questions sur un autre bloc.

– Très bien, lieutenant, reprit Chandler, il a fallu que six autres meurtres se produisent pour que votre brigade mette hors d'état de nuire un « coupable supposé », comme vous dites. Dans ce cas, peut-on affirmer que vos hommes et vous étiez sous pression et impatients de le capturer pour clore cette affaire ?

– Nous étions sous pression, c'est exact.

– D'où venait cette pression, lieutenant Lloyd ?

– Bah, il y avait les journaux, la télé. J'avais mes supérieurs sur le dos.

– Ah, oui ? Vos supérieurs de la police… Vous aviez donc des contacts avec votre hiérarchie ?

– J'avais des réunions quotidiennes avec le capitaine de la brigade des vols et homicides, et hebdomadaires – tous les lundis, pour être exact – avec le chef de la police [1].

– Et quels étaient les ordres ?

– Ils voulaient que cette affaire soit résolue rapidement. Des gens mouraient. Comme si j'avais besoin qu'on me le dise !

– Transmettiez-vous ces recommandations aux inspecteurs de votre brigade ?

– Evidemment. Mais ils n'avaient pas besoin qu'on leur dise ce qu'ils avaient à faire, eux non plus. Ces types avaient les cadavres sous les yeux chaque fois qu'on découvrait une nouvelle victime. C'était dur. Ils n'avaient qu'une envie : mettre la main sur le tueur. Ils n'avaient pas besoin de lire les articles dans les journaux ou d'écouter les consignes du chef de la police, ni même les miennes d'ailleurs…

Lloyd semblait prêt à se lancer, sur le thème du flic chasseur solitaire. Bosch voyait bien qu'il n'avait même pas conscience du piège tendu par Chandler. A la fin du procès, elle aurait beau jeu d'affirmer que Bosch et ses collègues étaient soumis à une telle pression pour éliminer

1. Equivalent de notre préfet de police *(NdT)*.

le tueur que Bosch avait abattu Church sans respecter la procédure et que les flics avaient aussitôt fabriqué des preuves pour établir des liens entre leur victime et les meurtres. La théorie du bouc émissaire. Harry aurait voulu siffler un temps mort et ordonner à Lloyd de la boucler.

– Donc, tous les membres de la brigade spéciale savaient qu'il était important et urgent de dénicher un meurtrier ?

– Pas un meurtrier. *Le* meurtrier. Mais, en effet, il y avait une forte pression. Ça fait partie du boulot.

– Quel était le rôle de l'inspecteur Bosch au sein de cette brigade ?

– Il supervisait l'équipe B. Il travaillait de nuit. Etant donné son grade, il dirigeait plus ou moins les opérations en mon absence, c'est-à-dire assez souvent. Initialement, j'étais « volant », comme on dit, mais plus généralement je faisais partie de l'équipe A, l'équipe de jour.

– Vous souvenez-vous d'avoir dit à l'inspecteur Bosch : « Il faut absolument mettre la main sur ce type », ou prononcé des paroles analogues ?

– Non, pas précisément. Mais j'ai forcément prononcé des paroles de ce genre lors des réunions de l'équipe. Bosch était présent, évidemment. Mais c'était notre objectif, après tout… je ne vois pas où est le problème. Si le même cas se représentait, je dirais la même chose.

Bosch commençait à penser que Lloyd lui faisait payer le fait de lui avoir volé la vedette, d'avoir résolu cette affaire sans lui. Ses réponses n'étaient plus la conséquence d'une bêtise congénitale, mais d'une volonté de nuire. Bosch se pencha vers Belk et lui murmura :

– Il cherche à m'enfoncer parce qu'il n'a pas pu descendre Church lui-même.

Belk porta son index à ses lèvres pour faire signe à Bosch de se taire. Après quoi, il continua de prendre des notes sur un de ses deux blocs.

– Lieutenant Lloyd, avez-vous entendu parler du département des sciences du comportement du FBI ?

– Oui.

– Savez-vous ce qu'ils y font ?

– Ils étudient les serial killers, entre autres choses. Ils établissent des profils psychologiques, des profils de victimes, ils donnent des conseils, ce genre de trucs.

– Vous aviez onze meurtres sur les bras, quels conseils ces spécialistes du FBI vous ont-ils donnés ?

– Aucun.

– Ah, bon ? Pour quelle raison ? Est-ce qu'ils séchaient, eux aussi ?

– Non, nous ne les avons pas appelés.

– Tiens ! Et pourquoi ne l'avez-vous pas fait, lieutenant ?

– Euh… en fait, maître, nous étions certains d'avoir l'affaire en main. Nous avions établi nous-mêmes des portraits types et nous estimions que le FBI ne pouvait guère nous aider. Nous avions le concours du psychologue légiste, le docteur Locke, qui a été autrefois conseiller auprès du FBI dans des affaires de crimes sexuels. Nous bénéficions de son expérience et aussi de l'aide du psychiatre du département. Bref, nous pensions être suffisamment armés sur ce plan.

– Le FBI vous a-t-il offert ses services malgré tout ?

À cet instant, Lloyd hésita. Comme s'il comprenait subitement où voulait en venir l'avocate.

– Euh… oui, un gars de chez eux a appelé quand la presse a commencé à s'emparer de l'affaire. Ils voulaient prendre les choses en main. J'ai répondu qu'on se débrouillait très bien, qu'on n'avait pas besoin d'aide.

– Regrettez-vous cette décision maintenant ?

– Non. Je ne crois pas que le FBI aurait pu faire mieux que nous. Généralement, ils interviennent dans des enquêtes menées par des forces de police moins importantes, ou dans des affaires qui défraient la chronique.

– Et cela vous semble injuste, n'est-ce pas ?

– Pardon ?

– Je crois qu'on appelle ça de l'« ingérence », non ? En fait, vous ne vouliez pas que le FBI débarque avec ses gros sabots et vous vole votre affaire, pas vrai ?

– Absolument pas ! Je vous l'ai dit, on se débrouillait très bien sans eux.

– N'est-il pas exact qu'il existe entre la police de Los Angeles et le FBI de vieilles histoires tenaces de jalousie et de rivalité et que, de ce fait, il est rare que vous communiquiez ou travailliez main dans la main ?

– Je n'ai jamais entendu parler de ça.

Peu importait que ce soit vrai ou non. Bosch savait que Chandler était en train de convaincre les jurés. La seule chose qui comptait, c'était si *eux* y croyaient ou pas. Elle enchaîna :

– Votre brigade avait, je crois, établi le profil du suspect ?

– Exact. Je viens d'en parler, il me semble.

L'avocate demanda alors au juge Keyes l'autorisation de transmettre au témoin un document émanant de la partie plaignante et portant la référence 1A. Elle le tendit à la greffière, qui le fit passer à Lloyd.

– Dites-nous de quoi il s'agit, lieutenant.

– Il s'agit du portrait-robot et du profil psychologique que nous avons établis, si je me souviens bien, après la septième victime.

– Comment en êtes-vous venus à faire ce portrait-robot du suspect ?

– Entre la septième et la huitième victime, une autre victime potentielle a réussi à survivre. Elle a pu échapper à son agresseur et prévenir la police. C'est avec elle que nous avons établi ce dessin.

– Bon. Dites-nous maintenant si vous connaissez le visage de Norman Church.

– Non, pas vraiment. Je ne l'ai vu qu'une fois, mort.

Chandler demanda l'autorisation de communiquer au témoin la pièce à conviction numéro 2A, un collage de différentes photos de Church sur un morceau de carton. Elle laissa à Lloyd quelques instants pour les observer.

– Remarquez-vous une quelconque ressemblance entre le portrait-robot et les photos de M. Church ?

Lloyd hésita avant de répondre :

– On savait que le meurtrier portait des déguisements, et notre témoin... la fille qui a réussi à s'enfuir... était une droguée. Une actrice de films porno. Son témoignage n'était pas fiable.

– Votre Honneur, pouvez-vous demander au témoin de répondre aux questions qui lui sont posées ?

Ce que fit le juge.

– Non, dit Lloyd. Aucune ressemblance.

– Très bien, lui assena Chandler. Revenons-en à votre profil psychologique. Comment l'avez-vous obtenu ?

– Avec l'aide du docteur Locke, professeur à USC tout d'abord, et ensuite du docteur Shafer, un psychiatre rattaché à la police de Los Angeles. Je pense qu'ils ont consulté d'autres collègues avant de le rédiger.

– Pouvez-vous nous en lire le premier paragraphe ?

– Oui... Il est écrit : « On estime que le sujet est un homme de race blanche, âgé de vingt-cinq à trente-cinq ans, possédant un faible niveau d'éducation. C'est un individu doté d'une grande force physique, bien que cela n'apparaisse pas forcément dans son aspect. Il vit seul, sans famille, sans amis. Son comportement est motivé par une haine viscérale des femmes, laissant deviner une mère ou une figure féminine abusive. En peinturlurant le visage de ses victimes avec du maquillage, il tente de leur redonner une image plus agréable à ses yeux, plus souriante. Ces femmes deviennent des poupées, elle ne sont plus une menace. » Dois-je lire également le passage concernant l'analyse des rituels des meurtres ?

– Non, ce n'est pas nécessaire. Vous avez participé à l'enquête sur M. Church après que celui-ci eut été abattu par Bosch, exact ?

– Exact.

– Veuillez, je vous prie, dresser pour les jurés la liste de tous les traits communs établis par votre équipe entre votre profil psychologique et M. Church.

Lloyd regarda longuement la feuille qu'il tenait entre les mains, sans dire un mot.

– Je vais vous aider à commencer, lieutenant, reprit l'avocate. C'était bien un homme de race blanche, n'est-ce pas ?

– Oui.

– Quels sont les autres points communs ? M. Church vivait-il seul ?

– Non.

– En fait, il avait une épouse et deux filles, exact ?

– Oui.

– Avait-il entre vingt-cinq et trente-cinq ans ?

– Non.

– Non. En fait, il en avait trente-neuf, exact ?

– Oui.

– Possédait-il un faible niveau d'éducation ?

– Non.

– En fait, M. Church était titulaire d'un diplôme d'ingénieur en mécanique, n'est-ce pas ?

– Dans ce cas, que faisait-il dans cette chambre là-haut ? lui retourna Lloyd avec colère. Pourquoi a-t-on retrouvé chez lui les produits de maquillage des victimes, hein ? Pourquoi…

– Répondez aux questions que l'on vous pose, lieutenant, coupa le juge Keyes. Ce n'est pas votre rôle d'en poser.

– Pardonnez-moi, Votre Honneur, dit Lloyd. En effet, il possédait un diplôme d'ingénieur. Mais je ne sais pas exactement dans quelle branche.

– Dans votre réponse, à l'instant, vous avez parlé des produits de maquillage, reprit Chandler. Que vouliez-vous dire ?

– Dans le studio au-dessus du garage, là où Church a été tué, on a retrouvé des produits de maquillage ayant appartenu à neuf des victimes, dans une armoire de toilette dans la salle de bains. Neuf victimes sur onze, de quoi établir un lien direct avec ces meurtres, il me semble…

– Qui a découvert ces produits de maquillage ?

– Harry Bosch.

– Quand il s'est rendu seul là-bas pour le tuer ?

– C'est une question ?

– Non, lieutenant et je la retire.

Elle marqua une pause pour laisser aux jurés le temps de réfléchir à cette allusion, tandis qu'elle feuilletait les pages de son bloc.

– Parlez-nous de cette fameuse nuit, lieutenant Lloyd. Que s'est-il passé ?

Lloyd répéta l'histoire telle qu'on l'avait racontée des dizaines de fois. A la télé, dans les journaux, dans le livre de Bremmer. Il était minuit, l'équipe B achevait son service lorsque la ligne directe de la brigade avait sonné ; Bosch avait pris l'appel. Une prostituée nommée Dixie McQueen affirmait qu'elle venait d'échapper au Dollmaker. Bosch avait décidé de s'y rendre seul, car les autres membres de l'équipe B étaient déjà rentrés chez eux, et sans doute s'agissait-il d'une fausse piste. Il était passé prendre la fille au coin de Hollywood et de Western Avenue et ils avaient roulé, sur ses indications, jusqu'à Silverlake. Dans Hyperion Street, après avoir convaincu Bosch qu'elle avait échappé au Dollmaker, elle lui avait désigné les fenêtres éclairées d'un petit studio au-dessus d'un garage. Bosch s'y était rendu, seul. Quelques minutes plus tard, Norman Church était mort.

– Il a enfoncé la porte d'un coup de pied ? demanda Chandler.

– Oui. L'inspecteur Bosch pensait que le type était peut-être parti chercher une autre fille en remplacement de la prostituée.

– A-t-il crié « Police ! » ?

– Oui.

– Comment le savez-vous ?

– Il l'a dit.

– Des témoins l'ont-ils entendu ?

– Non.

– Pas même Mlle McQueen, la prostituée ?

– Non. Bosch lui avait demandé de rester dans la voiture, garée dans la rue, au cas où les choses tourneraient mal.

– Donc, si je comprends bien, vous dites que nous ne disposons que de la parole de Bosch affirmant qu'il craignait qu'il n'y ait une autre victime dans l'appartement, qu'il s'est identifié et que M. Church a esquissé un geste menaçant en direction de son oreiller ?

– Oui, acquiesça Lloyd à contrecœur.

– Je remarque, lieutenant, que vous-même portez une perruque…

– Euh… oui, reconnut ce dernier.

Il y eut quelques rires étouffés au fond de la salle. En se retournant, Bosch constata que les rangs des journalistes ne cessaient de gonfler. Il aperçut Bremmer, installé dans la tribune.

Le visage de Lloyd était devenu aussi cramoisi que son nez.

– Vous est-il déjà arrivé de mettre votre perruque sous votre oreiller ? Est-ce ainsi qu'il faut la ranger ?

– Non.

– Je n'ai pas d'autres questions à poser au témoin, Votre Honneur.

Le juge Keyes jeta un coup d'œil à la pendule murale, puis se tourna vers Belk.

– Eh bien, maître Belk ? Si nous reprenions les débats après le déjeuner pour ne pas être obligés de vous interrompre ?

– Je n'ai qu'une seule question.

– Oh, dans ce cas, faites…

Belk s'approcha du pupitre avec son bloc et se pencha vers le micro.

– Lieutenant Lloyd, en vous basant sur votre connaissance approfondie de cette affaire, pouvez-vous envisager que Norman Church ne soit pas le Dollmaker ?

– Non. Pas un instant.

Dès que les jurés eurent quitté la salle, Bosch, furieux, se pencha vers son avocat :

– Qu'est-ce que ça signifie ? Chandler l'a mis en pièces et vous, vous ne lui posez qu'une seule question ! Vous n'avez même pas parlé de tous les autres indices qui accusent Church !

Belk leva la main pour calmer son client et lui répondit d'un ton serein :

– C'est vous qui parlerez de tout ça quand vous irez à la barre. Ce procès est le vôtre, Harry. C'est avec vous que nous le gagnerons ou que nous le perdrons !

# 6

Le Code 7 avait fermé sa salle de restaurant à l'époque de la récession, et quelqu'un avait installé à la place une sorte de cafète-pizzeria afin de nourrir les fonctionnaires du Civic Center voisin. Le bar du Code 7, lui, était toujours ouvert, mais le restaurant était vraiment le dernier endroit proche de Parker Center où Bosch avait envie de venir manger. A l'heure du déjeuner, il récupéra donc sa voiture au parking et se rendit dans le quartier des ateliers de confection pour manger chez Gorky, restaurant russe qui servait des petits déjeuners toute la journée. Bosch commanda des œufs, du bacon et des pommes de terre et emporta son plateau à une table où quelqu'un avait laissé un exemplaire du *Times*.

L'article sur la « blonde en béton » portait la signature de Bremmer. La nouvelle de la découverte du corps s'accompagnait d'extraits des exposés préliminaires de la veille et d'un compte rendu des liens possibles avec le procès en cours. L'article indiquait également que, selon certaines sources policières, l'inspecteur Harry Bosch avait reçu une lettre d'un individu qui prétendait être le véritable Dollmaker.

De toute évidence, il y avait des fuites au commissariat de Hollywood, mais Bosch savait qu'il serait impossible d'en trouver l'origine. La lettre ayant été déposée à l'accueil, n'importe quel agent avait pu en prendre connaissance et transmettre le tuyau à Bremmer. Après tout, il était bon d'avoir le journaliste du *Times* dans sa poche. Bosch lui-même n'avait pas hésité à lui refiler

83

quelques informations par le passé, et plusieurs fois il avait eu l'occasion de s'en féliciter.

Citant cette source anonyme, Bremmer indiquait que les enquêteurs n'avaient pas encore confirmé l'authenticité de la lettre, ni si la découverte du cadavre était liée à l'affaire du Dollmaker, refermée quatre ans plus tôt.

Le seul autre intérêt de cet article, aux yeux de Bosch, résidait dans les informations données sur l'immeuble abritant la salle de billard de chez Bing. Celui-ci avait brûlé au cours de la seconde nuit d'émeutes, sans qu'aucun coupable n'ait jamais été arrêté. D'après les enquêteurs de la brigade des incendies criminels, les murs qui séparaient les box n'étant pas porteurs, vouloir y arrêter les flammes équivalait à tenter de retenir de l'eau dans une tasse en papier-toilette. Il avait suffi de dix-huit minutes pour que le feu se propage au reste de l'immeuble. La plupart de ces box étaient loués par des professionnels de l'industrie du cinéma, et les quelques accessoires de valeur entreposés avaient été pillés ou calcinés. Le bâtiment avait été entièrement détruit. D'après les enquêteurs, l'incendie s'était déclaré dans la salle de billards. Une table avait pris feu et le sinistre s'était répandu à partir de là.

Bosch reposa le journal et repensa au témoignage de Lloyd. Il se souvenait également des paroles de Belk, selon lesquelles tout le procès tournait autour de lui. Chandler en était consciente, elle aussi. Nul doute qu'elle l'attendait de pied ferme et que l'interrogatoire de Lloyd aurait l'air d'une promenade de santé en comparaison. Malgré lui, Harry devait reconnaître qu'il admirait le savoir-faire de l'avocate, son acharnement. Cette pensée lui rappela soudain quelque chose, et il se leva pour gagner la cabine téléphonique à l'entrée du restaurant. Il fut surpris de trouver Edgar à son bureau à l'heure du déjeuner.

– Alors, du nouveau pour l'identification ? demanda-t-il.

– Que dalle, mec, les empreintes n'ont rien donné au niveau du fichier. La fille n'avait pas de casier. On essaye quand même dans d'autres directions, les licences de spectacles pour adultes, les trucs comme ça.

– Merde.

– Attends, on a d'autres fers au feu. Tu te souviens du prof d'anthropologie de CSUN dont je t'ai parlé ? Il a passé toute la matinée ici avec un de ses étudiants à peindre et à arranger le moulage du visage. J'ai convoqué la presse à 15 heures pour lui montrer le résultat. Rojas est parti acheter une perruque blonde qu'on va coller dessus. Si on fait un tabac à la télé, on a une chance de trouver une piste.

– Ouais, ça m'a l'air d'être une bonne idée.

– Comment ça s'est passé au procès ? J'ai lu l'article explosif dans le *Times* de ce matin. On peut dire que cet enfoiré de Bremmer ne manque pas d'informateurs !

– Ça se passe bien pour l'instant. Je voulais te poser une question. Quand tu as quitté l'endroit où on a découvert le corps pour revenir au poste, où était Pounds ?

– Pounds ? Il était… on est rentrés en même temps. Pourquoi ?

– Quand est-il parti ?

– Peu de temps après. Juste avant que tu débarques.

– Est-ce qu'il a téléphoné de son bureau ?

– Euh… Oui, je crois qu'il a passé quelques coups de fil. J'ai pas vraiment fait attention. Qu'est-ce qui se passe, Harry ? Tu crois que c'est lui, l'indic de Bremmer ?

– Encore une question. A-t-il fermé la porte de son bureau pendant qu'il téléphonait ?

Bosch savait que Pounds était paranoïaque. Il laissait toujours la porte de son bureau ouverte et les stores des parois vitrées levés afin de voir et d'entendre tout ce qui se passait dans le bureau des détectives. Quand il fermait la porte ou les stores, ou les deux, les troupes à l'extérieur savaient qu'il se passait quelque chose.

– Ah, maintenant que tu me le demandes, oui, je crois qu'il a fermé sa porte un petit moment. Où tu veux en venir ?

– Bremmer, je m'en fous. Mais quelqu'un est allé moucharder auprès de Money Chandler. Au tribunal ce matin, elle savait que je m'étais rendu sur place pour voir le corps hier à midi. Or cette info ne figure pas dans l'article du *Times*. Quelqu'un l'a donc rencardée.

Edgar ne répondit pas immédiatement.

– Bon, d'accord, mais pourquoi Pounds irait-il tout lui raconter ?

– Aucune idée.

– C'est peut-être Bremmer. Peut-être qu'il l'a tuyautée, même s'il n'en parle pas dans son article.

– L'article précise qu'elle n'était pas joignable pour faire un commentaire. Non, c'est forcément quelqu'un d'autre. Une fuite. C'est sans doute la même personne qui a renseigné Bremmer et Chandler. Quelqu'un qui veut me foutre dans la merde.

Cette fois, Edgar garda le silence et Bosch décida de laisser tomber pour le moment.

– Bon, il faut que je retourne au tribunal.

– Au fait, comment s'en est tiré Lloyd ? J'ai appris en écoutant la radio que c'était lui le premier témoin.

– Egal à lui-même.

– Merde. A qui le tour maintenant ?

– Aucune idée. Elle a fait citer Irving et Locke, le psy. Je penche plutôt pour Irving. Il reprendra là où Lloyd s'est arrêté.

– Bonne chance, en tout cas. Pendant que j'y pense... si tu ne sais pas quoi faire, la petite conférence de presse que j'organise cet après-midi passe ce soir aux infos. Je vais rester ici à côté des téléphones. Si ça te dit de répondre à quelques appels, c'est pas de refus.

Bosch songea un court instant à ses projets de dîner avec Sylvia. Elle comprendrait.

– OK, je viendrai.

L'audition des témoins de l'après-midi se déroula sans incident notable. Autant que pouvait en juger Bosch, la stratégie de Chandler consistait à introduire une double question dans les délibérations finales du jury, offrant ainsi à sa cliente deux chances de décrocher le gros lot. La première concernait la théorie de la bavure, selon laquelle Bosch avait tué un innocent de sang-froid. La seconde tournerait autour de l'usage de la force. Même si les jurés concluaient que Norman Church, bon père de famille, était bel et bien le Dollmaker, un serial killer, ils devraient dire ensuite si Bosch avait eu raison d'agir comme il l'avait fait.

Après le déjeuner, Chandler appela sa cliente, Deborah Church, à la barre. Celle-ci offrit le récit larmoyant d'une vie merveilleuse auprès d'un époux merveilleux, adorable avec tout le monde, ses filles, son épouse, sa mère et sa belle-mère. Pas le moindre comportement misogyne chez cet homme. Pas le moindre mauvais traitement infligé à ses enfants. La veuve tenait une boîte de Kleenex à la main pendant son témoignage ; à chaque question, elle en sortait un nouveau mouchoir en papier.

Bien entendu, elle portait la traditionnelle robe noire de la veuve. Bosch se souvint combien Sylvia était séduisante lorsqu'il l'avait vue ainsi vêtue de noir lors de l'enterrement de son mari. Deborah Church, elle, était littéralement effrayante. C'était comme si elle se délectait du rôle qu'elle interprétait, celui de la veuve de l'innocent tué. La vraie victime. Chandler l'avait bien préparée.

Le spectacle était au point, trop parfait pour être vrai, et Chandler le savait. Plutôt que de laisser les choses désagréables apparaître au cours du contre-interrogatoire, elle se décida enfin à demander à Deborah Church pour quelle raison, puisque son mariage était si parfait, son mari se trouvait dans ce petit studio (qu'il louait sous un nom d'emprunt) au moment où Bosch avait enfoncé la porte d'un coup de pied.

– Nous traversions une période difficile… (La veuve s'interrompit pour sécher ses larmes avec un mouchoir en papier.) Norman était soumis à un stress énorme, vous savez. Il avait beaucoup de responsabilités dans son travail, au bureau d'études aéronautiques. Il avait besoin de se défouler, je suppose, et il a loué ce studio. Il disait qu'il voulait être seul. Pour réfléchir. J'ignorais l'existence de la femme qu'il y avait emmenée. Sans doute était-ce la première fois qu'il le faisait. C'était un naïf, voyez-vous. Je pense qu'elle s'en est aperçue. Elle lui a volé son argent et, après, elle lui a tendu un piège en prévenant la police et en inventant cette histoire insensée comme quoi il était le Dollmaker. N'oubliez pas qu'on promettait une récompense.

Bosch jeta quelques notes sur un bloc qu'il gardait devant lui et le fit glisser vers Belk, qui lut le message et inscrivit à son tour quelque chose sur son bloc.

– Parlons un peu de tous ces cosmétiques découverts dans l'appartement, madame Church, reprit Chandler. Comment pouvez-vous expliquer ça ?

– Tout ce que je peux dire, c'est que si mon mari avait été ce monstre, je l'aurais su. Je l'aurais su ! Et si on a découvert des produits de maquillage là-bas, c'est que quelqu'un d'autre les y a mis… Peut-être même après sa mort.

Bosch eut l'impression que tous les regards de l'assistance le transperçaient.

Chandler revint ensuite sur des terrains moins dangereux, comme celui des relations entre Norman Church et ses filles, pour achever enfin son interrogatoire dans le pathétique :

– Aimait-il ses filles ?

– Oh, oui, énormément ! répondit Mme Church, alors qu'un nouveau flot de larmes coulait sur ses joues.

Cette fois, elle ne les essuya pas avec un mouchoir en papier. Elle laissa aux jurés le soin de les voir glisser sur son visage et se perdre dans les replis de son double menton.

Lui ayant accordé quelques instants pour se ressaisir, Belk se leva et vint se planter devant le pupitre.

– Une fois de plus, Votre Honneur, je serai bref. Madame Church… Je veux que ceci soit parfaitement clair pour le jury. Venez-vous d'affirmer dans votre témoignage que vous connaissiez l'existence de cet appartement loué par votre mari, sans vous douter toutefois qu'il avait pu y emmener une ou plusieurs femmes ?

– Exact.

Belk consulta son bloc.

– Le soir du drame, n'avez-vous pas affirmé n'avoir

jamais entendu parler de ce studio ? N'avez-vous pas nié avec énergie que votre mari ait pu louer cet appartement ?

Deborah Church ne répondit pas. Belk insista :

– Je peux exiger qu'on écoute l'enregistrement de votre premier interrogatoire si cela peut vous aider à...

– C'est vrai, j'ai menti, avoua-t-elle.

– Vous avez menti ? Pourquoi mentir à la police ?

– Parce qu'un policier venait d'assassiner mon mari ! Je ne voulais... Je voulais qu'ils me fichent la paix !

– La vérité, c'est que vous avez dit la vérité ce soir-là, n'est-ce pas, madame Church ? Vous n'aviez jamais entendu parler de ce studio !

– Non, c'est faux ! Je le savais.

– Votre mari et vous en aviez parlé ?

– Oui, nous en avions discuté.

– Approuviez-vous cette idée ?

– Oui... à contrecœur. J'espérais qu'ainsi il resterait à la maison malgré tout, et qu'ensemble nous pourrions surmonter cette période difficile.

– Parfait, madame Church. Et donc, si vous connaissiez l'existence de ce studio, si vous en aviez parlé avec votre mari et donné votre accord, à contrecœur ou pas, pourquoi votre mari le louait-il sous un faux nom ?

La veuve ne répondit pas. Belk l'avait coincée. Bosch crut la voir jeter un rapide coup d'œil en direction de Chandler. Il se tourna lui aussi vers l'avocate, mais celle-ci n'esquissa pas un geste, n'eut aucun changement d'expression pour venir au secours de sa cliente.

– Je pense, répondit enfin la veuve que c'est une des questions que vous auriez pu lui poser si M. Bosch ne l'avait pas abattu de sang-froid !

Sans y être incité par Belk, le juge Keyes intervint :

– Le jury ne tiendra pas compte de cette dernière interprétation des faits. Je vous prie de ne pas recommencer, madame Church.

– Pardonnez-moi, Votre Honneur.

– Pas d'autre question, déclara Belk en tournant le dos au pupitre.

Le juge décréta une interruption de séance de dix minutes.

Durant la pause, Bosch sortit du bâtiment et gagna le cendrier. Money Chandler ne le rejoignit pas sur les marches du tribunal, mais le clochard, lui, vint le taper. Bosch lui offrit une cigarette entière, que le type glissa dans sa poche de chemise. Il n'était toujours pas rasé, et la même légère lueur de folie brillait dans ses yeux.

– Vous vous appelez Faraday, lui dit Bosch, comme s'il s'adressait à un enfant.

– Ouais, et alors, lieutenant ?

Bosch sourit. Il s'était fait démasquer par un clochard. Seul le grade était erroné.

– Alors rien. J'ai appris que c'était votre nom, voilà tout. Et que vous avez été avocat, dans le temps.

– Je le suis toujours. Mais je n'exerce plus.

Il se retourna et regarda un car de la prison passer dans Spring Street, en direction du palais de justice. Un tas de visages haineux apparaissaient à travers les vitres noires grillagées. Un type assis près d'une des vitres du fond avait reconnu lui aussi le flic qu'était Bosch, et il lui fit un signe avec son majeur tendu à travers les mailles du grillage. Bosch lui répondit par un sourire.

– Je m'appelais Thomas Faraday. Mais maintenant, je préfère Tommy Faraway [1].

– Que s'est-il passé pour que vous renonciez à votre métier ?

Tommy reporta sur lui son regard vitreux.

– J'ai découvert la justice. Merci pour le clope.

Sur ce, il s'éloigna, son gobelet à la main, et prit la direction de l'hôtel de ville. Cela faisait peut-être aussi partie des ses territoires.

A la reprise de séance, Chandler convoqua à la barre un technicien des services du coroner nommé Victor

1. Jeu de mots Faraday/Faraway, *faraway* signifiant « lointain, reculé, perdu dans le vague » *(NdT)*.

Amado. C'était un individu de très petite taille, avec un air de professeur et des yeux qui couraient du juge aux jurés tandis qu'il s'avançait vers le fauteuil des témoins. Il était quasiment chauve, mais ne semblait pas avoir plus de vingt-huit ans. Bosch se souvint que, quatre ans plus tôt, Amado avait encore tous ses cheveux et que les membres de la brigade spéciale le surnommaient « le Kid ». Il savait que Belk l'aurait appelé à témoigner si Chandler ne l'avait fait.

Belk se pencha à l'oreille de Bosch pour lui expliquer à voix basse que Chandler adoptait la tactique du bon et du méchant, en faisant alterner des témoins appartenant à la police et des témoins plus « sympathiques ».

– Après Amado, elle va certainement appeler une des filles de Church, dit-il. Question tactique, ça manque totalement d'originalité.

Bosch s'abstint de lui faire remarquer que sa technique à lui, le genre « Faites-nous-confiance-c'est-nous-la-police », était à l'origine des procès de droits civiques.

Amado raconta avec soin et force détails de quelle façon il s'était vu confier tous les flacons, poudriers et produits de maquillage retrouvés dans le studio de Church au-dessus du garage, et comment, ensuite, il les avait attribués à telle ou telle victime du Dollmaker. Il expliqua qu'il avait ainsi établi neuf groupes ou lots différents de produits de maquillage : mascara, fard à joues, eye-liner, rouge à lèvres, etc. Grâce aux analyses chimiques des échantillons prélevés sur les visages de chacune des victimes, chaque lot avait été attribué à sa propriétaire. Cette attribution avait ensuite été confirmée par les inspecteurs chargés d'interroger les parents et les amis des victimes afin de savoir quelles marques de cosmétiques celles-ci utilisaient généralement. Tout concordait, précisa Amado. Dans un des cas, ajouta-t-il même, un cil retrouvé sur un pinceau à mascara, dans l'armoire de toilette de Church, s'était avéré avoir appartenu à la seconde victime.

– Et pour les deux victimes dont on n'a pas retrouvé les produits de maquillage ? demanda Chandler.

– Là, c'est un mystère. Nous n'avons jamais retrouvé leurs cosmétiques.

– En fait, à l'exception du cil soi-disant découvert et attribué à la victime numéro deux, vous ne pouvez être certain à cent pour cent que les produits de maquillage soi-disant découverts par la police dans le studio appartenaient aux victimes, n'est-ce pas ?

– Il s'agit de produits fabriqués en quantités industrielles et vendus dans le monde entier. Autant dire qu'ils sont très répandus chez nous. Malgré tout, on peut estimer que les probabilités de réunir ainsi neuf lots exacts et différents de cosmétiques de manière purement accidentelle sont nulles.

– Je ne vous demande pas de calculer des probabilités, monsieur Amado. Je vous prie de répondre à la question que je vous ai posée.

Amado tressaillit de se faire ainsi rembarrer.

– La réponse, dit-il, c'est qu'on ne peut pas être certain à cent pour cent, en effet.

– Parfait. Veuillez expliquer maintenant au jury de quelle façon l'analyse génétique vous a permis d'établir un lien entre Norman Church et ces onze meurtres.

– Aucune analyse n'a été faite. Il n'y…

– Contentez-vous de répondre à la question, monsieur Amado. Parlez-nous des tests de sérologie qui prouvent la culpabilité de M. Church.

– Il n'y a eu aucun test.

– Donc, si je comprends bien, c'est uniquement la comparaison avec les cosmétiques qui a servi d'élément déterminant, de facteur principal pour conclure que M. Church était le Dollmaker ?

– En ce qui me concerne, oui. Je ne peux répondre à la place des inspecteurs. Mon rapport précisait que…

– Gageons que pour les inspecteurs, l'élément déterminant fut la balle qui a tué Norman Church.

– Objection ! s'écria Belk en bondissant sous le coup de la colère.

– Maître Chandler ! rugit le juge Keyes. Je vous ai déjà mis en garde l'un et l'autre contre ce genre de procédés.

Pourquoi vous obstinez-vous à dire une chose dont vous savez parfaitement qu'elle est préjudiciable et non recevable ?

– Je vous prie de m'excuser, Votre Honneur.

– Il est un peu tard pour les excuses. Nous reparlerons de cela quand les jurés seront rentrés chez eux.

Le juge demanda ensuite aux membres du jury de ne pas tenir compte de la remarque de l'avocate. Mais Bosch savait bien qu'il s'agissait là d'une stratégie soigneusement calculée de la part de Chandler. De cette façon, elle renforçait son image d'opprimée aux yeux du jury. Même le juge était contre elle, se diraient les jurés, ce qui n'était certainement pas le cas. Et sans doute seraient-ils encore distraits par cet incident de séance lorsque Belk s'avancerait pour réparer les dégâts causés par le témoignage d'Amado.

– J'en ai terminé, Votre Honneur, déclara l'avocate.

– Maître Belk, c'est à vous, dit le juge.

Surtout, ne répète pas encore une fois : « Juste quelques questions », songea Bosch en regardant son défenseur se diriger vers le pupitre.

– Juste quelques questions, monsieur Amado, lança Belk. L'avocate de la plaignante a fait allusion à des tests génétiques et de sérologie. Vous avez répondu qu'aucun test de ce type n'avait été effectué. Peut-on savoir pour quelle raison ?

– Parce qu'il n'y avait rien à analyser, voilà la raison. Aucun échantillon de sperme n'a jamais été retrouvé sur aucun des corps. Le meurtrier utilisait des préservatifs. Ne disposant d'aucun échantillon susceptible d'être comparé avec des prélèvements effectués sur M. Church, il ne servait à rien de faire des analyses. Nous aurions obtenu ceux des victimes, sans aucun point de comparaison.

Belk raya d'un trait de crayon une question sur son bloc.

– Puisque aucun échantillon de sperme ou de semence n'a été retrouvé, comment savez-vous si ces femmes ont été violées, ou si elles se sont livrées de leur plein gré à des rapports sexuels ?

– Les autopsies des onze victimes ont fait apparaître des blessures vaginales bien plus importantes que celles jugées habituelles, ou même possibles, lors de rapports consentis. Deux des victimes souffraient même de lésions sur les parois du vagin. Selon moi, ces femmes ont été violées sauvagement.

– Pourtant, de par leurs modes de vie, ces femmes étaient amenées à avoir de fréquents rapports sexuels, parfois même brutaux. Deux d'entre elles travaillaient dans l'industrie des films pornographiques. Dans ces conditions, comment pouvez-vous affirmer qu'elles ont subi des agressions sexuelles contre leur volonté ?

– Les blessures étaient telles que tout rapport aurait été extrêmement douloureux, surtout pour celles souffrant de lésions vaginales. On estime que les hémorragies étaient perimortem, c'est-à-dire qu'elles se sont produites au moment de la mort. Les légistes qui ont pratiqué ces autopsies étaient unanimes dans leurs conclusions : ces femmes ont été violées.

Belk biffa une autre ligne sur son bloc, tourna la page et passa à la question suivante. Il se débrouillait très bien avec Amado, songea Bosch. Bien mieux que Money Chandler. Finalement, peut-être avait-elle commis une erreur en l'appelant à témoigner ?

– Comment savez-vous que le meurtrier utilisait un préservatif ? demanda Belk. Ces femmes n'auraient-elles pu être violées à l'aide d'un objet quelconque, ce qui expliquerait l'absence de sperme ?

– En effet, cela aurait pu se produire et expliquer certaines blessures. Mais nous avons eu la preuve, dans cinq des cas, que ces femmes avaient eu des rapports sexuels avec un homme portant un préservatif.

– Quelle est cette preuve ?

– Les kits de viol. Il y avait...

– Une minute, monsieur Amado. Qu'est-ce qu'un kit de viol ?

– Il s'agit en fait d'un protocole destiné à relever les indices sur les corps des personnes victimes de viol. Dans le cas d'une femme, par exemple, nous effectuons des prélèvements à l'intérieur du vagin et de l'anus, nous passons au peigne fin la zone pubienne pour rechercher les poils pubiens étrangers, ce genre de choses. Nous prélevons également des échantillons de sang et de poils de la victime au cas où nous devrions procéder à des comparaisons avec des indices relevés sur un suspect. Tout cela est rassemblé dans un kit de pièces à conviction.

– Très bien. Avant que je ne vous interrompe, vous alliez nous parler des indices découverts chez cinq des victimes et prouvant l'existence de rapports sexuels avec un homme protégé par un préservatif...

– En effet, nous avons effectué cette série de prélèvements sur chacune des victimes du Dollmaker. Dans les prélèvements vaginaux de cinq d'entre elles, nous avons mis en évidence une substance étrangère. Une substance identique chez toutes ces femmes.

– De quoi s'agissait-il, monsieur Amado ?

– Nous avons déterminé qu'il s'agissait d'un lubrifiant pour préservatifs.

– Ce lubrifiant est-il caractéristique d'une marque bien précise ou d'un type particulier de préservatifs ?

En observant Belk, Bosch sentit que l'avocat obèse rongeait son frein. Amado prenait son temps pour répondre à ses questions et, chaque fois, Belk s'obligeait à attendre patiemment avant de passer à la suivante.

– Oui, répondit le légiste. Nous avons identifié cette substance. Elle provient de préservatifs lubrifiés, et avec réservoir, de la marque Trojan-Enz.

Amado se tourna vers la sténographe du tribunal et précisa :

– Ça s'écrit E, N, Z.

– S'agissait-il de la même substance pour les cinq échantillons prélevés sur les cinq corps ? demanda Belk.

– Oui, la même.

– Laissez-moi vous poser une question de pure forme. A supposer que l'agresseur de ces onze femmes ait utilisé la même marque de préservatifs lubrifiés, comment expliquer que l'on ne trouve des traces de lubrifiant que dans les prélèvements vaginaux de cinq de ces femmes ?

95

– Je pense que plusieurs facteurs peuvent entrer en jeu. Comme par exemple la violence avec laquelle s'est débattue la victime. Mais surtout, ce résultat est dû à la quantité de lubrifiant qui s'est détachée du préservatif et à celle qui est restée dans le vagin.

– Quand les policiers vous ont apporté les différents produits de maquillage découverts dans le studio loué par Norman Church afin de les analyser, vous ont-ils apporté autre chose ?

– Oui.

– Quoi ?

– Une boîte de préservatifs Trojan-Enz lubrifiés, avec réservoirs.

– Combien de préservatifs contenait cette boîte au départ ?

– Douze préservatifs emballés séparément.

– Combien en restait-il dans la boîte que les policiers vous ont apportée ?

– Il n'y en avait plus que trois.

– Ce sera tout, je vous remercie.

Belk regagna la table de la défense d'une démarche triomphante.

– Un instant, Votre Honneur ! lança Chandler.

Bosch la regarda ouvrir une chemise peu épaisse contenant des documents de la police. Après les avoir feuilletés, elle sortit une fine liasse de feuilles maintenues par un trombone. Elle lut rapidement celle du dessus, puis la souleva pour parcourir les autres. Bosch remarqua que le document du dessus était la liste du protocole d'un kit de viol. Chandler passait en revue les résultats des prélèvements des onze victimes.

Belk se pencha vers Bosch et lui glissa à l'oreille :

– Elle va se foutre dans la merde. J'avais l'intention d'aborder ce point plus tard, lors de votre déposition.

– Eh bien, maître Chandler ? demanda le juge.

L'avocate sursauta.

– Oui, je suis prête, Votre Honneur. J'aimerais, si vous le permettez, reprendre rapidement l'interrogatoire de M. Amado…

Elle s'avança vers le pupitre avec sa liasse de documents, finit de lire les deux derniers, puis leva les yeux vers l'assistant du coroner.

– Monsieur Amado, vous nous avez expliqué qu'une partie des prélèvements avait pour but de trouver les poils pubiens étrangers, c'est bien cela ?

– Exact.

– Pouvez-vous expliquer cette procédure de manière plus détaillée ?

– En gros, on passe un peigne dans la toison pubienne de la victime afin d'y collecter les poils arrachés. Très souvent, ces poils appartiennent à l'agresseur, ou éventuellement à d'autres partenaires sexuels.

– Comment ces poils se retrouvent-ils à cet endroit ?

Le visage d'Amado vira au cramoisi.

– Euh... en fait, durant l'acte sexuel... il se produit une sorte de... frottement entre les corps, en quelque sorte ?

– C'est moi qui pose les questions, monsieur Amado. Et vous êtes ici pour y répondre.

Il y eut quelques petits gloussements dans la salle. Bosch était gêné pour Amado et crut sentir son propre visage s'empourprer.

– Bon, disons donc qu'il se produit un frottement, reprit le légiste. Ce qui entraîne un... transfert. Les poils pubiens arrachés d'une personne peuvent se mêler aux poils pubiens de l'autre personne.

– Je vois, dit Chandler. En tant que coordinateur de tous les indices émanant du bureau du coroner, dans l'affaire du Dollmaker, vous connaissez parfaitement, je suppose, les résultats des prélèvements des onze victimes, n'est-ce pas ?

– Oui.

– Chez combien d'entre elles a-t-on retrouvé des poils pubiens étrangers ?

Bosch comprit soudain ce qui se passait. Belk avait raison, Chandler marchait droit à l'échafaud.

– Toutes, répondit Amado.

Bosch vit Deborah Church relever la tête et fusiller des yeux son avocate debout devant le pupitre. Puis elle se tourna vers Bosch et leurs regards se croisèrent. La veuve s'empressa de détourner la tête, mais il comprit tout de suite : elle aussi savait ce qui allait se passer. Car, tout comme lui, elle avait vu son mari la nuit de sa mort. Nu.

– Toutes ? répéta Chandler. Bien. Pouvez-vous dire maintenant aux jurés combien de ces poils pubiens découverts sur les corps de ces femmes ont été analysés et identifiés comme appartenant à Norman Church ?

– Aucun de ces poils n'appartenait à Norman Church.

– Je vous remercie.

Belk s'était levé et avancé vers le pupitre avant même que Chandler ait eu le temps de rassembler son bloc et ses documents. Bosch la regarda se rasseoir à sa place et vit la veuve de Church se pencher à son oreille d'un air affolé. Le visage de l'avocate se ferma. D'un geste de la main, elle fit comprendre à sa cliente qu'elle en avait assez dit, puis elle se renversa dans son fauteuil en poussant un long soupir.

– Commençons par éclaircir un point précis, lança Belk. Monsieur Amado, vous déclarez avoir découvert des poils pubiens étrangers sur le corps des onze victimes. Ces poils appartenaient-ils tous au même homme ?

– Non. Nous avons prélevé un grand nombre d'échantillons. Dans la plupart des cas, les poils trouvés sur chaque victime semblaient appartenir à deux ou trois personnes différentes.

– Comment expliquez-vous cela ?

– L'explication tient dans leur style de vie. Nous savons que ces femmes avaient toutes des partenaires multiples.

– Avez-vous analysé ces échantillons afin de mettre en évidence des similitudes ? Autrement dit, avez-vous retrouvé les mêmes poils sur chacune des victimes ?

– Non, nous ne l'avons pas fait. Compte tenu de la quantité d'indices prélevés, les raisons pratiques nous obligeaient à concentrer nos efforts sur les échantillons pouvant nous permettre d'identifier le meurtrier. Il fut donc décidé que ces indices seraient mis de côté et serviraient ensuite éventuellement à disculper ou au contraire à incriminer un suspect dès qu'il serait arrêté.

– Je comprends. Donc, après que Norman Church eut été tué et identifié comme le Dollmaker, avez-vous établi un lien entre lui et les poils retrouvés sur le corps des victimes ?

– Non, aucun.

– Pour quelle raison ?

– Parce que M. Church s'était entièrement rasé le corps. Il n'y avait aucun poil pubien pour servir de comparaison.

– Pourquoi, selon vous, s'était-il rasé entièrement ?

Chandler objecta, en faisant remarquer qu'Amado ne pouvait répondre à la place de Church, et le juge retint l'objection. Mais Bosch savait que cela n'avait aucune importance. Tout le monde dans la salle savait déjà que Church s'était rasé le corps pour ne pas laisser derrière lui des poils pubiens risquant de le trahir.

En se tournant vers le jury, Bosch vit deux des femmes griffonner quelques mots dans les carnets que les officiers de justice leur avaient distribués pour les aider à noter les témoignages importants. Il eut envie d'offrir une bière à Belk, et aussi à Amado.

## 7

On aurait dit un gâteau dans une boîte, un de ces trucs de fantaisie faits sur commande, avec la tête de Marilyn Monroe ou autre. L'anthropologue avait peint une peau couleur crème et des lèvres rouges pour accompagner les yeux bleus. Bosch trouvait que le résultat ressemblait à du glaçage. On avait rajouté une perruque blonde ondulée. Arrêté sur le seuil du bureau des inspecteurs, il contemplait cette image en plâtre en se demandant si elle avait vraiment l'aspect d'un être humain.

– Dans cinq minutes, début du spectacle, annonça Edgar.

Il était assis dans son fauteuil orienté face au téléviseur posé sur les classeurs métalliques. Dans la main, il tenait le boîtier de télécommande. La veste de son costume bleu était soigneusement suspendue à un cintre accroché au portemanteau à l'extrémité de la table. Bosch ôta la sienne et la suspendit à une des patères du portemanteau. Il inspecta son casier à messages et s'assit à sa place, à la table des homicides. Hormis un mot de Sylvia, il n'y avait rien d'important. Il décrocha le téléphone et composa son numéro au moment où débutait le journal télévisé de la 4. Bosch connaissait suffisamment l'ordre des priorités de cette ville en matière d'information pour savoir que le reportage sur la blonde coulée dans le béton ne ferait pas l'ouverture.

– Hé, Harry, tu laisses la ligne libre dès qu'ils passent le truc ! dit Edgar.

– J'en ai pour une minute. De toute façon, ils ne vont pas le passer tout de suite. A supposer qu'ils le passent…

– Ils vont le passer. J'ai conclu des arrangements avec les journalistes, en douce ; ils croient tous qu'ils auront l'exclusivité si on parvient à identifier la fille. Ils rêvent d'être les premiers à aller filmer les parents en larmes.

– Tu joues avec le feu, mon gars. Tu fais des promesses bidons, et s'ils s'aperçoivent que tu les as baisés…

Sylvia décrocha.

– Salut, c'est moi.

– Salut, où es-tu ?

– Au bureau. Il faut qu'on reste à côté du téléphone pendant un petit moment. Ils vont diffuser le visage de la victime retrouvée hier.

– Comment ça s'est passé au tribunal ?

– Pour l'instant, c'est le défilé des témoins de la défense. Mais je crois qu'on a marqué deux ou trois points quand même.

– J'ai lu le *Times* pendant l'heure du déjeuner.

– Ah, oui. Ils ont presque bon sur toute la ligne.

– Alors, tu passes me voir ? Comme promis ?

– Je passerai, mais pas tout de suite. Il faut que j'aide à répondre au téléphone et ensuite… ça dépendra du résultat. Si on fait choux blanc, j'aurai fini de bonne heure.

Harry constata qu'il avait baissé la voix pour qu'Edgar n'entende pas.

– Et si vous avez une piste ?

– On verra.

Un soupir, puis le silence. Harry attendit.

– Tu dis trop souvent « on verra », Harry. Nous en avons déjà parlé. Parfois…

– Oui, je sais.

– … j'ai le sentiment que tu aspires uniquement à rester seul. Seul dans ta petite maison là-haut sur la colline, à l'écart du monde entier. Moi y compris.

– Non, pas toi. Et tu le sais.

– Des fois, je me pose la question. A l'instant même, tiens, je ne suis pas certaine d'en être convaincue. Tu me repousses juste au moment où tu as besoin de moi… de quelqu'un, quoi ! auprès de toi.

Il n'y avait rien à répondre à cela. Harry pensa à elle,

là-bas, à l'autre bout du fil. Sans doute était-elle assise sur le tabouret dans la cuisine. Sans doute avait-elle déjà commencé à préparer le repas pour eux deux. A moins que, maintenant qu'elle le connaissait mieux, elle ait attendu son appel.

– Ecoute, je suis désolé, dit-il. Tu sais ce que c'est. Qu'est-ce que tu comptes faire pour le dîner ?

– Rien.

Edgar émit un petit sifflement bref. Levant les yeux vers la télé, Harry découvrit le visage peint de la victime. Ils étaient branchés sur la 7. La caméra offrit un gros plan prolongé du visage. Il paraissait plus naturel à la télé. Du moins ne ressemblait-il pas autant à un gâteau. Sur l'écran se mirent à clignoter les deux numéros publics de la brigade des inspecteurs.

– Ça y est, ils sont en train de diffuser le portrait, dit Bosch à Sylvia. Il faut que je libère la ligne. Je te rappellerai plus tard, dès que j'en saurai plus.

– Oui, c'est ça, répondit-elle froidement avant de raccrocher.

Edgar était repassé sur la 4. Eux aussi diffusaient le portrait. Il zappa sur la 2, juste à temps pour capter les dernières secondes de leur reportage sur le sujet. Ils avaient même interviewé l'anthropologue.

– On dirait qu'ils n'ont rien d'autre à se mettre sous la dent, ce soir.

– Putain, répliqua Edgar. Ça carbure à plein tube. Y a plus qu'à...

Le téléphone sonna, il se jeta dessus pour décrocher.

– Non, ils viennent juste de le passer, répondit-il après avoir écouté quelques instants son interlocuteur. Oui, oui, comptez sur moi. Entendu.

Il raccrocha en secouant la tête.

– Pounds ? s'enquit Bosch.

– Ouais. Il croit qu'on va avoir le nom dix secondes après la diffusion du reportage. Putain, quel connard !

Les trois premiers appels n'étaient que des plaisanteries qui témoignaient du manque d'originalité effarant et de la piètre santé mentale des spectateurs. Les trois correspondants s'exclamèrent « C'est ta mère ! » dans le téléphone, ou une ânerie de ce genre, avant de raccrocher en hurlant de rire. Vingt minutes plus tard, Edgar reçut un autre appel et se mit à griffonner quelques mots. Le téléphone sonna de nouveau. Cette fois, Bosch décrocha.

– Inspecteur Bosch, qui est à l'appareil ?

– La conversation est enregistrée ?

– Non. Qui êtes-vous ?

– On s'en fout. Je me suis dit que ça vous intéresserait peut-être de savoir que la fille s'appelle Maggie. Maggie Machin-chose, je me souviens plus. Un truc latin. Je l'ai vue dans des vidéos.

– Quelles vidéos ? Sur MTV ?

– Non, Sherlock. Des vidéos pour adultes. Elle baisait devant une caméra. Sacrément douée, la fille ! Elle arrivait même à enfiler une capote sur une bite avec sa bouche !

La communication fut coupée. Bosch jeta quelques notes sur le bloc posé devant lui. Une Latino ? Rien dans la façon dont la victime avait été maquillée ne laissait penser que c'était une fille de type latin, se dit-il.

Edgar raccrocha à son tour. Son interlocuteur, expliqua-t-il, lui avait dit que la fille s'appelait Becky et qu'elle avait vécu à Studio City quelques années auparavant.

– Et toi, tu as quoi ? demanda-t-il.

– J'ai une Maggie. Sans nom de famille. Peut-être un nom latin. Le type a dit qu'elle travaillait dans le porno.

– Ça pourrait coller, à part qu'elle n'a pas l'air d'une Hispano, je trouve.

– Ouais, je sais.

Le téléphone sonna de nouveau. Edgar décrocha, écouta sans rien dire, puis raccrocha après quelques secondes.

– Encore un petit malin qui a reconnu ma mère.

Bosch prit l'appel suivant.

– Je voulais juste vous signaler que la fille qu'ils ont montrée à la télé a travaillé dans le porno, déclara la voix.

– Comment savez-vous qu'elle bossait dans le porno ?

– Je l'ai reconnue grâce au machin qu'ils ont fait voir à la télé. Un jour, j'ai loué une cassette. Juste une fois, pour voir. Elle jouait dedans.

Juste une fois, songea Bosch, et pourtant il se souvenait d'elle. Ouais, évidemment.

– Vous connaissez son nom ?

Le deuxième téléphone sonna. Edgar décrocha.

– Je connais pas leurs noms, moi, répondit le correspondant de Bosch. De toute façon, elles ont toutes des pseudonymes.

– Et le nom sur la cassette ?

– Je m'en souviens plus. J'étais… complètement bourré quand j'ai regardé ce film. Je vous l'ai dit, c'était la seule fois.

– Ecoutez, ce n'est pas une confession. C'est tout ce que vous savez ?

– Ouais, mon gars.

– Comment vous appelez-vous ?

– Je suis pas obligé de vous le dire.

– Nous essayons d'identifier un meurtrier. Où avez-vous loué la cassette ?

– Je vous le dirai pas. Vous pourriez retrouver mon nom en les interrogeant. D'ailleurs, ça n'a aucune importance, on les trouve partout, ces films. Dans toutes les boutiques pour adultes.

– Comment le savez-vous si vous n'en avez loué qu'une seule fois ?

L'homme raccrocha.

Bosch resta encore une heure. Au bout de ce laps de temps, ils avaient reçu cinq appels affirmant que le visage peinturluré appartenait à une actrice de films porno. Un seul des correspondants anonymes avait précisé qu'elle s'appelait Maggie, les quatre autres affirmant ne pas faire attention aux noms. Un autre avait parlé d'une certaine Becky, de Studio City. Un autre encore d'une strip-teaseuse ayant travaillé un certain temps au Booby Trap dans La Brea. Un homme avait appelé pour dire que ce visage était celui de son épouse disparue, mais, en le questionnant un peu plus, Bosch apprit que celle-ci avait disparu depuis deux mois seulement. La blonde coulée dans le béton était, elle, morte depuis bien plus longtemps.

L'espoir et le découragement semblaient sincères dans la voix de cet homme, et Bosch se demanda s'il lui annonçait une bonne nouvelle en lui expliquant qu'il ne pouvait s'agir de sa femme, ou au contraire une mauvaise, car il se retrouvait ainsi de nouveau confronté au néant.

Trois autres personnes avaient téléphoné pour donner de vagues descriptions d'une femme qui, pensaient-ils, pouvait être la blonde coulée dans le béton, mais après quelques questions, Bosch et Edgar comprirent qu'ils avaient affaire à des malades, des types qui prennent leur pied en parlant à des policiers.

L'appel le plus insolite fut celui d'une médium de Beverly Hills qui, expliqua-t-elle, avait placé sa main sur l'écran du téléviseur au moment où était diffusée l'image du visage et avait alors entendu les appels au secours de l'esprit de la morte.

« Que criait son esprit ? lui avait patiemment demandé Bosch.

– Une prière !

– Adressée à qui ?

– Jésus notre Sauveur, je suppose, mais je n'en sais pas plus. Je pourrais recevoir plus d'ondes en touchant le moulage en plâtre de…

– Cet esprit qui priait s'est-il présenté ? Voyez-vous, nous sommes ici pour ça. Nous nous intéressons plus aux noms qu'aux prières.

– Un jour, vous croirez vous aussi, mais vous serez déjà perdu ! »

Et elle lui avait raccroché au nez.

A 19 h 30, Bosch annonça à Edgar qu'il s'en allait.

– Et toi ? demanda-t-il. Tu restes jusqu'aux infos de 23 heures ?

– Ouais, je crois que je vais attendre, mais je peux me débrouiller. Si j'ai trop d'appels, j'irai chercher un de ces abrutis à l'accueil.

Encore des heures sup', songea Bosch.

– Et après ?

– J'en sais rien. A ton avis ?

– Si on met de côté tous les types qui ont reconnu ta mère, cette histoire de films porno semble être la meilleure piste.

– Laisse ma sainte mère en dehors de ça. Comment je peux me renseigner sur la piste porno, à ton avis ?

– A la brigade des mœurs. Je connais un type là-bas, un inspecteur… un certain Mora. Il s'occupe du porno. C'est le meilleur. Il faisait également partie de la brigade spéciale du Dollmaker. Appelle-le pour savoir s'il peut passer jeter un coup d'œil au moulage. Peut-être qu'il reconnaîtra la fille. Dis-lui qu'on a reçu un appel affirmant qu'elle s'appelait Maggie.

– OK, je vais le faire. Ça colle avec le Dollmaker, hein ? Le coup du porno, je veux dire…

– Oui, ça colle.

Bosch réfléchit un instant avant d'ajouter :

– Deux des autres victimes travaillaient dans ce milieu. La fille qui a réussi à lui échapper aussi.

– La veinarde… elle est toujours dans le métier ?

– La dernière fois que j'ai entendu parler d'elle, oui. Mais elle est peut-être morte depuis.

– Ça ne prouve rien, Harry.

– Quoi ?

– Le porno. Ça ne prouve pas que c'est le Dollmaker. Le vrai, je veux dire.

Bosch se contenta de hocher la tête. Il savait ce qu'il ferait avant de rentrer. Après être allé chercher son Pola-roïd dans le coffre de la Caprice, il revint au bureau des inspecteurs. Il prit deux photos du visage enfermé dans la boîte et les glissa dans sa poche de veste.

Intrigué, Edgar lui demanda :

– Qu'est-ce que tu fous ?

– Je vais peut-être m'arrêter au sex-shop géant dans la Vallée avant de monter chez Sylvia.

– Fais gaffe de ne pas te faire choper dans une cabine avec la queue à l'air !

– Merci du conseil. Tiens-moi au courant de ce que te dira Mora.

Bosch roula sur des routes goudronnées jusqu'au Hollywood Freeway. Il prit la direction du nord et sortit à Lankershim, ce qui le conduisit à North Hollywood, dans la Vallée de San Fernando. Les quatre vitres de la voiture étaient baissées, et l'air frais le giflait de tous côtés. Il fumait une cigarette, en jetant les cendres au vent. La radio diffusait une sorte de techno-funk-jazz. Il l'éteignit et continua de rouler en silence.

La Vallée était, à bien des égards, la banlieue-dortoir de Los Angeles. C'était également le berceau de l'industrie pornographique du pays. Les zones industrielles et commerciales de Van Nuys, Canoga Park et Chatsworth hébergeaient des centaines de sociétés de production, de distribution et d'entrepôts spécialisés dans le porno. Les agences de mannequins de Sherman Oaks fournissaient quatre-vingt-dix pour cent des femmes et des hommes qui se produisaient devant les caméras. Par voie de conséquence, la Vallée constituait également un des plus gros centres de points de ventes. Les films étaient fabriqués et vendus sur place, par l'intermédiaire de sociétés de vente de vidéos par correspondance, elles-mêmes installées dans les entrepôts avec les sociétés de production, et également dans des endroits tels que MégaX, situé dans Lankershim Boulevard.

Bosch se gara dans le parking de l'immense magasin et l'observa quelques instants. C'était autrefois un supermarché Pic & Pay, mais les vitrines avaient été murées. Sous le néon rouge de l'enseigne MégaX, la façade peinte à la chaux s'ornait de silhouettes noires de femmes nues aux formes plantureuses, semblables aux décorations métalliques que l'on voyait fréquemment sur les parois des camions sur l'autoroute. Les types qui décoraient ainsi leur poids lourd constituaient sans doute la clientèle à laquelle s'adressait ce magasin, songea Bosch.

MégaX appartenait à un certain Harold Barnes, qui servait en réalité de prête-nom à la pègre de Chicago. Celle-ci engrangeait plus de 1 million de dollars de bénéfices par an, officiellement. Sans doute le double, en réalité. Bosch savait tout cela grâce à Mora, de la brigade des mœurs, avec qui il avait fait équipe durant plusieurs nuits, quand l'un et l'autre appartenaient à la brigade spéciale constituée quatre ans plus tôt pour coincer le Dollmaker.

Bosch regarda un homme d'environ vingt-cinq ans descendre de sa Toyota, se diriger rapidement vers l'épaisse porte en bois et se faufiler à l'intérieur du magasin tel un agent secret. Il le suivit. Tout le devant de l'ancien supermarché était entièrement consacré à la vente au détail et à la location de cassettes vidéo, de magazines et autres produits divers, principalement en caoutchouc et destinés aux adultes. L'arrière du magasin était, lui, divisé en salles de « rencontres » privées et cabines de projection individuelles. On y accédait en franchissant une porte munie d'un rideau. De l'autre côté résonnaient les échos d'une musique heavy metal, mélangés aux cris de passion feinte et dûment mise en boîte qui s'échappaient des cabines de projection.

Sur la gauche se trouvait un comptoir en verre, derrière lequel se tenaient deux hommes. Le premier, un colosse, était là pour maintenir le calme ; le second, plus petit, était là pour empocher le fric. A voir la façon dont ils le regardèrent et à en juger par les rides qui plissaient leurs paupières, Bosch comprit qu'ils l'avaient démasqué au moment même où il entrait. Il s'approcha et déposa une des photos Polaroïd sur le comptoir.

– Je cherche à identifier cette fille. J'ai appris qu'elle travaillait dans la vidéo. Vous la reconnaissez ?

Le plus petit des deux types se pencha pour regarder le cliché tandis que l'autre demeurait immobile.

– Ça m'a tout l'air d'être une pute, dit le petit. Moi, je touche pas à ça.

Il se tourna vers le grand type et tous les deux échangèrent des sourires complices.

– Donc, vous ne la reconnaissez pas. Et vous ?

– Moi, je dis comme lui, lui répondit le costaud. Je touche pas aux putes.

Cette fois, ils s'esclaffèrent et sans doute se retinrent-ils pour ne pas se frapper dans les mains en sautant en l'air.

Les yeux du petit pétillaient derrière les verres roses de ses lunettes.

– OK, dit Bosch, je vais juste jeter un čoup d'œil. Merci.

Le costaud s'avança et dit :

– Planquez votre flingue. Il ne faut pas exciter les clients.

Il avait le regard morne et transportait autour de lui une large zone d'odeurs corporelles. Un camé, se dit Bosch. Il se demanda pourquoi le petit ne le foutait pas à la porte.

– Ils le sont déjà suffisamment, répondit Bosch.

Tournant le dos au comptoir, il se dirigea vers les deux murs de rayonnages où s'alignaient plusieurs centaines de boîtiers de cassettes vidéo, à vendre ou à louer. Une douzaine de types étaient postés devant, parmi lesquels l'agent secret. Face à ces rangées de cassettes, Bosch repensa curieusement au jour où il avait lu un par un tous les noms figurant sur le War Memorial [1], pour les besoins d'une enquête. Cela lui avait pris plusieurs heures.

L'examen du mur de cassettes s'avéra moins laborieux. Mettant d'emblée de côté les films homos et ceux interprétés par des Noirs, il passa rapidement en revue les boîtiers dans l'espoir d'y trouver un visage semblable à celui de la blonde, ou le prénom *Maggie*. Les films étant classés par ordre alphabétique, il lui fallut presque une heure pour arriver à la lettre T. Un visage sur le boîtier d'un film intitulé *Tails from the Crypt* capta son regard. Une fille nue était allongée à l'intérieur d'un cercueil. Elle était blonde, avec un nez retroussé comme le visage de plâtre dans le carton. Bosch retourna le boîtier, une autre photo de l'actrice figurait au dos : à quatre pattes, avec un homme collé dans son dos. La bouche entrouverte, elle tournait la tête vers son partenaire.

C'était elle, aucun doute, se dit Bosch. Il en eut la confirmation en regardant la distribution. Le prénom concordait. Il retourna au comptoir avec le boîtier vide.

– Ah, c'est pas trop tôt ! dit le petit. Il est interdit de

---

1. Monument élevé à Washington, en souvenir des morts de la guerre du Vietnam.

musarder dans le magasin, je vous signale. Les flics nous font un tas d'histoires à cause de ça.

– Je voudrais louer ce film.

– Impossible, il est déjà sorti. Vous voyez bien que le boîtier est vide.

– Vous savez si cette fille joue dans d'autres films ?

Le type prit le boîtier et regarda les photos.

– Ah, ouais, Magna Cum Loudly. J'en sais rien. Elle commençait juste à percer, si je puis dire, et elle a disparu du jour au lendemain. Possible qu'elle ait épousé un type plein aux as, ça arrive souvent.

Le costaud s'approcha pour jeter un coup d'œil au boîtier, et Bosch recula hors de la zone d'odeurs.

– Je n'en doute pas. Dans quel autre film a-t-elle joué ?

– Ah, dit le petit, elle venait juste de laisser tomber les films en boucle et hop, disparue ! *Tails* était son premier grand film en tant que vedette. Je me souviens qu'elle faisait une double pénétration formidable dans *Whores of the Roses*, et c'est même ça qui l'a lancée. Avant, elle tournait uniquement dans les trucs en boucle.

Bosch retourna devant les rayonnages, à la lettre W, pour y prendre *Whore of the Roses*. Le boîtier était vide également et ne comportait aucune photo de Magna Cum Loudly. Son nom apparaissait en dernière position au générique. Il retourna auprès du type de la caisse et lui montra le boîtier de *Tails from the Crypt*.

– Et le boîtier ? lui demanda-t-il. Je voudrais l'acheter.

– Si on vous vend uniquement le boîtier, comment vous voulez qu'on expose la cassette quand elle rentrera, hein ? Pour tout vous dire, c'est rare qu'on vende des boîtiers vides. Les types qui veulent des photos achètent des magazines.

– Combien coûte le film ? Je l'achète. Dès que le type qui l'a loué le rapporte, vous me le mettez de côté ? Je passerai le chercher. C'est combien ?

– C'est un film très demandé. Habituellement, on le fait à 39,95 dollars. Mais pour vous, inspecteur, je suis prêt à consentir un rabais spécial police. Disons… 50 dollars.

Bosch ne releva pas. Il avait cette somme en liquide sur lui, il paya.

– Donnez-moi un ticket.

L'achat effectué, le vendeur glissa le boîtier de la cassette dans un sachet en papier brun.

– Si ça vous intéresse, dit-il, Maggie Cum Loudly passe encore dans quelques films en boucle projetés dans les cabines au fond du magasin. Vous pouvez aller y jeter un œil.

Avec un sourire, il désigna une pancarte accrochée au mur derrière lui.

– Ni reprise ni échange ici.

Bosch lui rendit son sourire.

– Je vais aller jeter un coup d'œil.

– Hé, au fait… quel nom j'inscris pour vous réserver le film dès qu'il rentre ?

– Carlo Pinzi.

C'était le nom du capo de la pègre de Chicago.

– Ah, ah, très drôle, monsieur Pinzi ! Comptez sur nous.

En franchissant le rideau pour pénétrer dans les salles du fond, Bosch fut presque immédiatement assailli par une femme portant des chaussures à talons hauts, un string noir et, accroché à sa ceinture, un changeur de monnaie comme ceux des marchands de glace. Ses gros seins gonflés au silicone se terminaient par deux mamelons étonnamment petits. Cheveux passés à l'eau oxygénée et coupés court ; yeux marron et vitreux trop maquillés. Elle aurait pu avoir dix-neuf ou trente-cinq ans.

– Vous voulez une rencontre en privé ou de la monnaie pour les cabines de projection ? lui demanda-t-elle.

Bosch sortit de sa poche ses quelques derniers billets et en tendit deux d'un dollar à la fille pour qu'elle lui donne des quarters en échange.

– Dites, je peux garder un dollar ? Je suis payée qu'aux pourboires, vous savez ?

Bosch lui donna un autre dollar et empocha ses huit quarters avant de se diriger vers une des petites cabines fermées par un rideau et dont le voyant OCCUPÉ n'était pas allumé.

111

– Si jamais vous avez besoin de quoi que ce soit, appelez-moi, lui lança la fille en string.

Elle était trop défoncée ou trop idiote, ou les deux, pour remarquer qu'elle avait affaire à un flic. Bosch la remercia d'un geste vague de la main et tira le rideau derrière lui. L'endroit était à peu près aussi spacieux qu'une cabine téléphonique. Un moniteur vidéo était placé derrière une vitre. Sur l'écran était affiché une liste de douze films parmi lesquels il pouvait faire son choix. Ce n'étaient plus que des vidéos, bien qu'on continue à appeler ça des « boucles », par référence aux films 16 mm qui passaient en boucle dans les cabines des premiers sex-shops.

Il n'y avait pas de siège, mais une petite étagère avec un cendrier et une boîte de Kleenex. Des mouchoirs en papier usagés jonchaient le sol, et il régnait dans la cabine la même odeur de désinfectant industriel que dans les camionnettes de la morgue. Bosch glissa ses huit quarters dans la fente de l'appareil et les images apparurent sur l'écran.

Deux femmes allongées sur un lit s'embrassaient et se caressaient. Il suffit de quelques secondes à Bosch pour constater qu'aucune des deux ne ressemblait à la fille sur le boîtier. Il appuya sur le bouton de sélection des canaux et des images d'accouplements se succédèrent sur l'écran : hétérosexuels, homosexuels, bisexuels. Son regard s'attardait juste le temps de déterminer si la femme qu'il recherchait s'y trouvait.

Elle apparut dans le neuvième film. Bosch la reconnut d'après le boîtier de la cassette qu'il venait d'acheter. En la voyant bouger, il acquit la certitude que cette fille qui se faisait appeler Magna Cum Loudly était bien la blonde retrouvée dans le béton. Allongée sur le dos, sur un canapé, elle se mordait la main tandis qu'un homme agenouillé par terre entre ses cuisses s'enfonçait en elle à grands coups de reins réguliers.

Sachant que cette fille était maintenant morte, de mort violente, et la voyant subir ainsi une autre forme de violence, Bosch se sentit envahi par un sentiment qu'il ne fut même pas certain de comprendre. La culpabilité et le chagrin enflaient en lui tandis qu'il regardait l'écran. Comme la plupart des flics, il avait fait un séjour aux Mœurs. Il avait également visionné quelques-uns des films dans lesquels figuraient les deux autres actrices assassinées par le Dollmaker. Pourtant, c'était la première fois qu'il était habité par ce malaise.

Sur l'écran, la fille ôta sa main de sa bouche pour se mettre à gémir bruyamment afin d'être digne de son nom d'artiste[1]. Bosch tourna nerveusement le bouton du volume pour baisser le son. Mais il entendait encore la fille, ses gémissements devenus des cris, dans les cabines voisines. Au même moment, d'autres hommes visionnaient le même spectacle. Bosch fut horrifié à l'idée que ce film ait pu provoquer l'intérêt d'autres hommes, et pour des raisons différentes.

Soudain, le rideau de la cabine s'écarta dans un bruissement et il entendit quelqu'un se faufiler dans son dos. Au même moment, il sentit une main remonter le long de sa cuisse jusqu'à son entrejambe. D'un geste rapide, il chercha à s'emparer de son arme sous sa veste, tout en se retournant, mais il découvrit la fille en string qui distribuait de la monnaie.

– Qu'est-ce que je peux faire pour toi, mon chou, roucoula-t-elle.

Bosch repoussa sa main.

– Tu peux commencer par foutre le camp.

– Allons ! Pourquoi te contenter de regarder ça à la télé alors que tu peux le faire pour de vrai ? Vingt dollars. Je peux pas descendre en dessous. Faut que je partage avec la direction.

Elle s'était collée contre lui et Bosch ne savait pas si c'était son haleine ou celle de la fille qui empestait le tabac. Mais soudain, elle se figea. Elle avait senti l'arme. Leurs regards se croisèrent l'espace d'un instant.

– Laisse tomber, déclara Bosch. Si tu ne veux pas finir au trou, fiche le camp.

---

1. Jeu de mots sur *cum laude*, qui veut dire « excellent », et *cum loudly*, « qui crie fort » *(NdT)*.

– OK, OK, pas de problème, inspecteur.

Elle écarta le rideau et disparut. Au même moment, l'écran s'éteignit et afficha de nouveau la liste des films. Les deux dollars de Bosch avaient été avalés.

En ressortant, il entendit Magna Cum Loudly pousser ses hurlements de plaisir factices dans d'autres cabines.

# 8

En roulant sur l'autoroute pour rejoindre la vallée voisine, il essaya d'imaginer à quoi ressemblait cette vie. Il se demanda quel espoir elle pouvait encore avoir, nourrir en elle et protéger comme une bougie sous la pluie alors qu'elle était couchée sur le dos et regardait d'un air absent cet étranger qui la pénétrait. L'espoir était sans doute la seule chose qui lui restait. Bosch savait que l'espoir était le moteur du cœur. Sans lui, il n'y avait plus rien, uniquement les ténèbres.

Il se demanda comment ces deux vies – celle du meurtrier et celle de la victime – s'étaient croisées. Peut-être que le germe du désir et de la pulsion meurtrière avait été planté par le film même qu'il venait de voir. Peut-être le meurtrier avait-il loué la cassette vidéo que Bosch venait d'acheter cinquante dollars. S'agissait-il de Church ? Ou bien y avait-il un autre meurtrier quelque part dans la nature ?... Le boîtier ! songea-t-il soudain, et il quitta l'autoroute à la première sortie, celle de Van Nuys Boulevard à Pacoima.

Il s'arrêta le long du trottoir et sortit le boîtier du sac en papier marron que lui avait donné le vendeur. Il alluma le plafonnier afin d'examiner attentivement chaque détail du boîtier, chaque phrase. Hélas, il n'y avait aucune date de copyright qui lui aurait indiqué quand était sortie cette cassette, avant ou après la mort de Church.

Bosch retourna sur le Golden State, qui le conduisit dans la vallée de Santa Clarita, au nord. Il sortit à Bouquet Canyon Road, emprunta un tas de rues résidentielles sinueuses et longea une succession infinie de villas de style californien. Arrivé dans Del Prado, il se gara à la hauteur de la villa devant laquelle était planté le panneau de l'agence immobilière Ritenbaugh.

Sylvia essayait de la vendre depuis plus d'un an, sans succès. En y réfléchissant, Bosch en éprouva un certain soulagement. Cela lui évitait d'avoir à prendre une décision concernant son avenir avec Sylvia.

Celle-ci ouvrit la porte au moment où il l'atteignait.

– Salut.

– Salut.

– Qu'est-ce que tu transportes dans ce sac ?

– Oh, c'est pour le boulot. Il faudra que je passe deux ou trois coups de fil tout à l'heure. Tu as mangé ?

Il se pencha pour l'embrasser, puis entra. Elle avait enfilé le grand T-shirt gris qu'elle aimait porter à la maison après le travail. Ses cheveux défaits lui tombaient sur les épaules, ses mèches blondes captant la lumière du living-room.

– J'ai avalé une salade. Et toi, tu as mangé ?

– Pas encore. Je me ferai un sandwich, un truc comme ça. Je suis désolé pour le dîner. Avec le procès, et maintenant cette nouvelle affaire, c'est… enfin, tu comprends.

– Ce n'est pas grave. J'avais envie de te voir, tout simplement. Je regrette d'avoir réagi de cette façon au téléphone.

Elle l'embrassa et le serra dans ses bras. Avec elle, Harry se sentait à l'aise. C'était ce qu'il appréciait le plus. Cette sensation. Jamais il ne l'avait éprouvée avant de rencontrer Sylvia, et il l'oubliait parfois quand il était loin d'elle.

Le prenant par la main, Sylvia l'entraîna dans la cuisine et le fit asseoir pendant qu'elle lui préparait un sandwich. Il la regarda mettre une poêle sur le feu et allumer le gaz. Elle disposa ensuite quatre tranches de bacon dans la poêle. Pendant que le bacon cuisait, elle coupa une tomate et un avocat en tranches et disposa un lit de laitue dans une assiette. Harry se leva, alla chercher une bière dans le réfrigérateur et embrassa Sylvia sur la nuque en revenant. Mais il recula soudain, agacé de voir surgir à cet

116

instant le souvenir de cette fille qui avait remonté sa main vers son entrejambe dans la cabine de projection. Pourquoi avait-il vécu cela ?

– Qu'y a-t-il ? lui demanda Sylvia.

– Rien.

Elle glissa deux tranches de pain dans le toaster et ôta le bacon de la poêle. Quelques minutes plus tard, elle déposait le sandwich sur la table devant lui et s'asseyait.

– Qui dois-tu appeler ?

– Jerry Edgar, et peut-être un type de la brigade des mœurs.

– Les Mœurs ? Elle travaillait dans le porno ? La nouvelle victime.

Sylvia avait été mariée à un flic : son esprit fonctionnait comme celui d'un flic. Bosch appréciait cette qualité chez elle.

– Sans doute. J'ai un début de piste. Mais, à cause du procès, je vais leur refiler l'affaire.

Elle acquiesça. Il n'était jamais obligé de lui demander de ne pas poser trop de questions ; elle savait toujours à quel moment s'arrêter.

– Comment ça s'est passé au lycée aujourd'hui ?

– Bien. Mange ton sandwich, et dépêche-toi de passer tes coups de téléphone, car j'ai envie qu'on oublie tout ça, le tribunal, le lycée, ton enquête. J'ai envie qu'on débouche une bouteille de vin, qu'on allume des bougies et qu'on aille se coucher.

Il lui sourit.

Ils avaient appris à vivre ensemble de manière détendue. Les bougies étaient le signal qu'utilisait toujours Sylvia, sa façon à elle de lui faire comprendre qu'elle avait envie de faire l'amour. Assis là, à la table de la cuisine, Bosch s'aperçut qu'il ne possédait, lui, aucun signal. La décision venait toujours d'elle. Il se demanda quelles conclusions il devait en tirer. Il craignait que leurs relations soient basées uniquement sur le secret et la dissimulation. Il espérait que non.

– Tu es sûr que ça va ? lui demanda-t-elle. Je te sens absent.

– Non, tout va bien. C'est très bon. Merci.

– Au fait, Penny a appelé, ce soir. Elle a deux personnes intéressées. Elle va leur faire visiter la maison dimanche.

Bosch acquiesça en continuant de manger son sandwich.

– Si on allait se promener quelque part ? Je n'ai pas envie d'être ici quand ils débarqueront. On pourrait même partir samedi et passer la nuit dans un endroit sympa. Ça nous changerait les idées. Lone Pine, ce serait chouette, non ?

– Oui, bonne idée. Mais voyons d'abord comment ça évolue.

Après que Sylvia eut quitté la cuisine pour se rendre dans la chambre, Bosch appela le commissariat. Edgar décrocha. Bosch prit une voix grave pour dire :

– Hé, vous savez, le truc que vous avez montré à la télé ? La fille sans nom ?

– Oui. Vous pouvez nous aider ?

– Exact.

Bosch plaqua sa main sur sa bouche pour s'empêcher d'éclater de rire. Il s'aperçut qu'il n'avait même pas prévu de chute. Faisant tourner ses méninges à plein régime, il essaya de trouver une astuce.

– Puis-je savoir qui vous êtes, monsieur ? demanda Edgar avec impatience.

– La fille c'est… c'est…

– Qui êtes-vous ?

– C'est Harvey Pounds déguisé en travelo !

Bosch éclata de rire cette fois, et Edgar n'eut aucun mal à deviner qui était au bout du fil. C'était idiot, même pas drôle, mais ils rirent tous les deux.

– Bosch, qu'est-ce que tu veux ?

Il lui fallut un certain temps pour retrouver son sérieux. Finalement :

– C'était juste pour prendre des nouvelles. Tu as appelé Mora ?

– Non, j'ai appelé les Mœurs, et ils m'ont répondu qu'il ne travaillait pas ce soir. Il faut que je le rappelle demain. Et toi, ça a donné quelque chose ?

– Je crois avoir dégoté un nom. Je vais appeler Mora chez lui pour qu'il vérifie s'ils ont quelque chose sur cette fille dès la première heure demain matin.

Il donna le nom de la fille à Edgar et entendit son collègue pouffer au bout du fil.

– Au moins, c'est original. Mais… qu'est-ce qui te fait croire que c'est elle ?

Bosch répondit en baissant la voix, de peur qu'elle ne porte jusqu'à la chambre.

– J'ai visionné un film et j'ai trouvé un boîtier de cassette avec sa photo dessus. Elle ressemble à ton visage en plâtre. Exception faite de la perruque. Mais je crois que c'est bien elle. Je déposerai le boîtier sur ton bureau en allant au tribunal demain.

– Super !

– Peut-être que Mora pourra te communiquer rapidement le véritable nom de la fille et ses empreintes. On peut supposer qu'elle possédait une licence. Ça t'ennuie que j'appelle Mora ?

– Pas de problème, mec. Tu le connais.

Ils raccrochèrent. Bosch ne possédait pas le numéro de téléphone personnel de Mora. Il appela donc la brigade des mœurs, donna son nom, son numéro de matricule, et demanda à ce qu'on le mette en contact avec Mora. Cela prit environ cinq minutes, et Mora décrocha après la troisième sonnerie.

– Salut, c'est Bosch, tu as une minute à me consacrer ?

– Hé, Bosch, salut, mec ! Quoi de neuf ?

– Comment va le boulot ?

– Ça va, ça vient… (Il rit de cette plaisanterie, sans doute destinée aux initiés.) En fait, ça s'enfonce de plus en plus, sans vouloir faire de mauvais jeu de mots. La vidéo a tout gâché, Bosch. C'est devenu trop énorme. Dès que le commerce se développe, la qualité baisse. De nos jours, tout le monde se contrefout de la qualité.

Mora s'exprimait davantage en défenseur de l'industrie pornographique qu'en chien de garde.

– Ah, je regrette le temps où tout se passait dans les cinémas enfumés de Cahuenga et de Highland. On contrôlait mieux la situation, à cette époque. Moi, en tout cas. Alors, comment ça se passe au tribunal ? J'ai appris que vous aviez découvert une autre victime qui ferait penser au Dollmaker. C'est quoi, ce merdier ? Comment est-ce que…

– C'est justement pour ça que j'appelle. J'ai dégoté un nom… Je crois que la fille travaillait dans ta branche. Je parle de la victime.

– Vas-y, je t'écoute.

– Magna Cum Loudly. Peut-être aussi connue sous le nom de Maggie…

– Oui, j'ai entendu parler d'elle. Elle a fait quelques films il y a un petit moment, et puis, tu as raison, elle a disparu de la circulation, ou elle a laissé tomber…

Bosch attendit qu'il continue. Il crut entendre une voix à l'arrière-plan, une vraie voix ou bien la télé, et Mora lui demanda de patienter une minute. Bosch n'avait pas entendu les paroles prononcées, ni même s'il s'agissait d'un homme ou d'une femme. Il en vint à se demander ce que faisait Mora au moment où il l'avait appelé. Certaines rumeurs qui circulaient au sein de la police affirmaient que Mora était devenu trop impliqué dans le domaine dont il était spécialiste. Une maladie fréquente chez les flics. Malgré tout, Bosch savait que Mora avait déjoué plusieurs tentatives pour le faire muter dans les premières années de son affectation. Aujourd'hui, il avait acquis une telle expérience qu'il aurait été ridicule de l'envoyer ailleurs. Ç'aurait été comme de retirer Orel Hershiser de l'équipe des lanceurs des Dodgers pour le mettre sur le terrain. Il connaissait son boulot. Il fallait le laisser où il était.

– Bon… je ne sais pas quoi te dire, Harry. Je crois que cette fille était dans le métier il y a deux ou trois ans. Ce que je veux dire par là, c'est que si c'est vraiment elle, ça peut pas être Church le meurtrier. Tu comprends ? Mais je ne sais pas comment ça se combine avec ta théorie.

– Ne t'inquiète pas pour ça, Ray. Si Church ne l'a pas tuée, c'est quelqu'un d'autre. Et il faut le retrouver.

– Entendu. Je vais me renseigner. Au fait, comment tu l'as identifiée ?

Bosch lui raconta sa visite au MégaX.

– Ah, oui, je connais ces deux types. Le gros costaud, c'est Jimmie Pinzi, le neveu du capo Carlo Pinzi. On le surnomme Jimmie Pins. Même s'il a l'air d'une brute épaisse sans cervelle, en réalité c'est lui le boss de Pinkie, l'avorton. Il surveille la boutique pour le compte de son oncle. Le petit est surnommé Pinkie à cause de ses lunettes roses. Pinkie et Pins. Ils forment un vrai duo. Soit dit en passant, ils t'ont arnaqué d'au moins vingt pions sur le prix de cette cassette.

– Je m'en doutais. Au fait, je voulais te poser une question… Il n'y a aucun copyright sur le boîtier. Il figure sur la cassette, à ton avis, ou y a-t-il un autre moyen de savoir de quand date le film ?

– Généralement, ils ne mettent jamais le copyright sur la boîte. Le client veut de la chair fraîche. Les types se disent qu'en voyant que le film a déjà deux ou trois ans, le client achètera autre chose. Tout va vite dans ce métier. Les denrées sont périssables. Donc, pas de dates. Parfois, le copyright ne figure même pas sur la cassette. Mais j'ai des catalogues au bureau qui remontent à douze ans. Je peux retrouver la date, sans problème…

– Merci, Ray. Il se peut que je n'aie pas le temps de passer. Dans ce cas, un collègue de la Criminelle, Jerry Edgar, viendra te voir. Moi, je suis coincé au tribunal.

– Pas de problème, Harry.

N'ayant rien d'autre à lui demander, Bosch s'apprêtait à prendre congé lorsque Mora rompit le silence :

– Tu sais, j'y repense souvent…

– A quoi ?

– A la brigade spéciale. Je regrette d'être parti tôt ce soir-là, au lieu de rester avec toi. Qui sait, peut-être qu'on aurait pu choper ce type vivant ?

– Ouais.

– Adieu le procès dans ce cas… pour toi, s'entend.

Sans rien dire, Bosch contemplait la photo au dos du boîtier de la cassette. Le visage de cette fille tourné de côté... comme le visage de plâtre. C'était elle. Il en avait la certitude.

– Ray... Rien qu'avec ce nom... Magna Cum Loudly... tu vas pouvoir obtenir son véritable nom, et aussi des empreintes ?

– Oui, évidemment. Les gens peuvent penser ce qu'ils veulent, il y a du légal et de l'illégal dans ce business. Apparemment, cette fille, Maggie, avait décroché son passeport pour la légalité. Elle avait réussi à passer du bon côté de la barrière... façon de parler. Fini les petits films merdeux et le reste. Ça signifie qu'elle avait certainement un agent, et une licence. On les oblige à prouver qu'elles sont majeures. Donc, il y a forcément son vrai nom quelque part. Je peux vérifier toutes les licences, je la trouverai. Il y a des photos dessus. Ça me prendra peut-être plusieurs heures, mais je la retrouverai.

– Parfait. Peux-tu t'en occuper demain matin et, si Edgar ne passe pas, lui envoyer les résultats à la Criminelle de Hollywood ?

– Jerry Edgar, tu dis ? OK, compte sur moi.

Les deux hommes restèrent silencieux un instant. Ils réfléchissaient.

– Hé, Harry ?

– Oui ?

– Dans le journal, ils disent que vous avez reçu une nouvelle lettre. C'est vrai ?

– Oui.

– C'est du sérieux ? On s'est vraiment gourés de type ?

– Je ne sais pas encore, Ray, mais j'apprécie que tu dises « on ». Tellement de gens veulent me faire porter le chapeau...

– Ecoute... il faut que je te le dise : cette salope de Money Chandler m'a cité à comparaître.

Bosch n'était nullement étonné, vu que Mora avait fait partie lui aussi de la brigade spéciale chargée d'enquêter sur le Dollmaker.

– Ne te bile pas pour ça. Elle a certainement convoqué tous les autres membres de l'équipe.

– Si tu le dis...

– Mais essaye quand même de garder cette piste sous le coude, si tu peux.

– Aussi longtemps que je pourrai.

– J'ai juste besoin de temps pour tenter d'en savoir plus, comprendre de quoi il s'agit.

– Pas de problème, mec. Toi et moi, on sait bien qu'il n'y a pas eu erreur sur la personne. Pas le moindre doute là-dessus, Harry.

Pourtant, le simple fait de le formuler ainsi à voix haute faisait naître le doute. Mora se posait les mêmes questions que lui.

– Tu veux que je vienne te déposer le boîtier de la cassette demain pour que tu saches à quoi elle ressemble avant de passer en revue tous les dossiers ?

– Non, je te l'ai dit, on possède des tas de catalogues. Je vais chercher à partir du titre du film. Si ça ne donne rien, je consulterai les catalogues des agences.

Après avoir raccroché, Bosch alluma une cigarette, bien que Sylvia n'aime pas qu'il fume dans la maison. Non qu'elle soit allergique au tabac, mais elle craignait que des acheteurs potentiels ne soient rebutés en pensant que cette maison avait été occupée par un fumeur. Il resta assis plusieurs minutes, seul, à arracher l'étiquette de la bouteille de bière vide en songeant combien les choses changeaient rapidement parfois. Pendant quatre ans on vivait avec une certitude, et soudain on découvrait qu'on avait peut-être tort.

Il emporta dans la chambre une bouteille de vin blanc et deux verres. Sylvia était déjà couchée, les draps remontés jusqu'à ses épaules nues. Elle avait allumé la lampe de chevet et lisait un livre intitulé *Ne leur montre jamais que tu pleures*. Bosch s'avança et s'assit sur le lit, à côté d'elle. Il remplit les deux verres de vin, ils trinquèrent et burent une gorgée.

– A ta victoire au procès ! dit-elle.

– Bonne idée.

Ils s'embrassèrent.

– Tu as fumé dans la cuisine ?

– Désolé.

– Les nouvelles étaient mauvaises ? Tes coups de téléphone ?

– Non. Des conneries.

– Tu as envie d'en parler ?

– Pas maintenant.

Harry se rendit dans la salle de bains avec son verre et prit une douche rapide. Le vin, par ailleurs excellent, eut un goût affreux après qu'il se fut lavé les dents. Quand il revint dans la chambre, la lampe était éteinte, et le livre posé à terre. Des bougies étaient allumées sur les deux tables de chevet et la commode, dans des chandeliers en argent ornés de croissants de lune et d'étoiles gravées. Les flammes vacillantes projetaient des ombres troubles et mouvantes sur les murs, les rideaux et le miroir, telle une cacophonie muette.

Sylvia s'était adossée contre trois oreillers et avait repoussé le drap. Harry resta quelques instants immobile et nu au pied du lit, puis ils se sourirent. Il la trouvait belle, avec son corps mat, presque juvénile. Elle était mince, avec de petits seins et un ventre plat. Sa poitrine était constellée de taches de rousseur dues à trop de journées d'été passées sur la plage durant son enfance.

Il avait huit ans de plus qu'elle et savait que cela se voyait, mais il n'avait pas honte de son physique. A quarante-trois ans, il avait encore le ventre plat, lui aussi, et des muscles fermes sur tout le corps, des muscles fabriqués non par des machines, mais en supportant chaque jour le poids de son existence, de sa mission. Curieusement, ses poils grisonnaient beaucoup plus rapidement que ses cheveux. D'ailleurs, Sylvia aimait le taquiner là-dessus, en l'accusant de se faire teindre les cheveux, en victime d'une vanité que l'un et l'autre savaient inexistante.

Lorsqu'il vint se coucher à côté d'elle dans le lit, elle fit courir ses doigts sur son tatouage rapporté du Vietnam et sur les cicatrices laissées à l'épaule droite par une balle quelques années plus tôt. Elle suivit lentement le tracé de la fermeture éclair chirurgicale, comme chaque fois qu'ils dormaient dans le même lit.

– Je t'aime, Harry, dit-elle.

Il roula sur elle et l'embrassa avec passion, laissant le goût du vin dans sa bouche et le contact de sa peau chaude l'emporter loin de ses soucis et des images de mort violente. Je t'aime, songea-t-il, sans oser le dire.

# 9

Si tout s'était plutôt bien passé pour Bosch le mardi, les choses se dégradèrent sérieusement dès le lendemain matin. Le premier désastre eut lieu dans le bureau du juge Keyes, lorsque ce dernier convoqua les avocats et leurs clients après avoir examiné pendant une demi-heure, en privé, le message prétendument signé du Dollmaker.

– J'ai lu le message et pris en compte tous les avis, déclara le juge. Je ne vois pas comment cette lettre, ce message, ce poème, appelez ça comme vous voulez, peut être caché au jury. On ne peut nier que ce document vient renforcer l'idée maîtresse qui sous-tend la théorie de maître Chandler. Je ne porte aucun jugement sur l'authenticité de cette pièce, ce sera aux jurés d'en décider. S'ils le peuvent. Mais le fait que l'enquête soit en cours ne justifie pas que l'on doive cacher son existence. J'accepte donc la demande d'assignation, et vous pourrez présenter cet indice au moment opportun, maître Chandler, à condition d'avoir au préalable exposé les fondements de cette présentation. Sans vilain jeu de mots. Maître Belk, votre opposition à cette décision sera consignée dans les minutes du procès.

– Votre Honneur ? risqua l'avocat.

– Le sujet est clos. Retournons dans la salle d'audience.

– Votre Honneur ! Nous ne savons même pas qui a rédigé cette lettre ! Comment pouvez-vous l'accepter comme pièce à conviction sans avoir la moindre idée de sa provenance ?

– Maître Belk, j'imagine que vous êtes déçu par cette décision, aussi veuillé-je bien tolérer avec la plus grande indulgence ce manque de respect évident envers les souhaits exprimés par ce tribunal. J'ai dit que la discussion était close, maître Belk, aussi ne vous le répéterai-je pas une troisième fois. Le fait que ce message d'origine inconnue ait conduit à la découverte d'un cadavre portant toutes les ressemblances avec les autres victimes du Dollmaker constitue déjà en soi une certaine preuve d'authenticité. Ce n'est pas une farce, maître Belk. Ni une plaisanterie de mauvais goût. C'est du sérieux. Et le jury s'en apercevra. Allons-y. Tout le monde dehors.

Le procès venait à peine de reprendre que le second drame se produisit. Belk, peut-être encore sous le coup de sa défaite dans le bureau du juge, se jeta la tête la première dans le piège que lui avait tendu Chandler.

Comme premier témoin de la journée, l'avocate avait appelé à la barre un certain Wieczorek. Celui-ci affirma qu'il connaissait très bien Norman Church et était certain qu'il n'avait pas commis les onze meurtres dont on l'accusait. Wieczorek et Church avaient travaillé ensemble pendant douze ans dans le même bureau d'études, expliquat-il. Âgé d'une cinquantaine d'années, Wieczorek avait des cheveux blancs coupés si court qu'ils laissaient voir son crâne rose en dessous.

– Qu'est-ce qui vous permet d'affirmer avec autant de certitude que Norman n'était pas un meurtrier ? lui demanda Chandler.

– Tout d'abord, je sais qu'il n'a pas tué une de ces filles, la onzième, pour la bonne raison qu'il était avec moi pendant tout le temps où elle se faisait… enfin, vous voyez. Il était avec moi ! Et voilà que la police l'abat comme un chien et lui colle les onze meurtres sur le dos ! Là, je me suis dit : puisque je sais qu'il n'a pas tué une de ces filles, peut-être que la police ment également au sujet des autres victimes. Tout ça, c'est un coup monté pour couvrir leur…

– Merci, monsieur Wieczorek, dit Chandler.

– Je dis ce que je pense, voilà tout.

Belk se leva pour objecter malgré tout, s'approcha du pupitre et fit remarquer d'un ton plaintif que tout cela n'était que pure spéculation. Le juge acquiesça, mais le tort était fait. Belk regagna son siège à grands pas, et Bosch le vit feuilleter nerveusement l'épaisse transcription de la déposition de Wieczorek enregistrée quelques mois plus tôt.

Chandler posa encore quelques questions pour savoir où se trouvaient Church et le témoin le soir où la onzième victime avait été assassinée, et Wieczorek lui répondit qu'ils se trouvaient chez lui en compagnie de sept autres collègues afin d'enterrer la vie de garçon de l'un d'entre eux.

– Combien de temps Norman Church est-il resté chez vous ?

– Durant toute la fête. A partir de 21 heures, dirais-je. Nous avons fini après 2 heures du matin. Or, d'après la police, la fille, la onzième victime, est allée dans un hôtel et a été assassinée vers 1 heure du matin.

– Church aurait-il pu s'esquiver pendant une heure sans que vous vous en aperceviez ?

– Impossible. Quand on est dans une pièce avec huit gars et que l'un d'eux disparaît mystérieusement pendant une demi-heure, ça se remarque.

Chandler le remercia et retourna s'asseoir. Belk se pencha vers Bosch et lui murmura à l'oreille :

– Je me demande à quoi va lui servir le deuxième trou du cul que je vais lui faire !

Armé de la transcription de la déposition, il s'avança vers le pupitre comme s'il tenait un fusil pour chasser l'éléphant. Wieczorek, qui portait d'épaisses lunettes qui grossissaient ses yeux, l'observa avec méfiance.

– Vous souvenez-vous de moi, monsieur Wieczorek ? Vous souvenez-vous de votre déposition, que j'ai enregistrée il y a quelques mois ?

En disant cela, Belk brandit la liasse de feuilles pour lui rafraîchir la mémoire.

– Oui, je me souviens de vous, répondit le témoin.

– Quatre-vingt-quinze pages ! monsieur Wieczorek. Pourtant, nulle part dans cette transcription il n'est fait mention d'un enterrement de vie de garçon. Pour quelle raison ?

– Sans doute parce que vous ne m'avez pas posé la question.

– Mais vous-même n'en avez pas parlé, n'est-ce pas ? La police affirme que votre meilleur copain a assassiné onze femmes, vous savez, paraît-il, que c'est un mensonge, et malgré tout, vous ne dites rien, c'est bien cela ?

– Exact.

– Peut-on savoir pourquoi ?

– A mes yeux, vous étiez de mèche avec les autres. Je me suis contenté de répondre aux questions. Je ne voulais rien dire de plus.

– Très bien. Mais avez-vous jamais parlé de ça à la police ? A l'époque, quand Church est mort et que tous les journaux racontaient qu'il avait assassiné onze femmes ? Avez-vous décroché votre téléphone pour appeler la police et leur dire qu'ils s'étaient trompés de coupable ?

– Non. Sur le moment, je ne pouvais pas savoir. J'ai tout compris seulement quand un livre racontant l'affaire est sorti, deux ou trois ans plus tard, avec des détails concernant la mort de la dernière victime. J'ai repensé alors que Norman était avec moi au moment du meurtre. J'ai appelé la police aussitôt et j'ai demandé à parler aux types de la brigade spéciale qui s'occupaient de l'enquête. On m'a répondu qu'elle avait été démantelée il y a longtemps. J'ai laissé un message à l'intention du policier qui dirigeait la brigade, d'après le bouquin, un nommé Lloyd, je crois, mais il ne m'a jamais rappelé.

Belk soupira juste devant le micro du pupitre, la force de son souffle amplifié montrant à quel point il était las d'interroger un tel abruti.

– Donc, si j'essaye de résumer, vous expliquez aux jurés que deux ans après les meurtres, lors de la publication de ce livre traitant de l'affaire, vous l'avez lu et vous avez compris immédiatement que vous possédiez un alibi en béton pour votre défunt ami. Ai-je mal compris, monsieur Wieczorek ?

– Non, à part que je ne m'en suis pas rendu compte immédiatement, comme vous le dites.

– Ah ? Quand alors ?

– Eh bien, en lisant la date, le 28 septembre, ça m'a fait réfléchir, et je me suis souvenu que notre petite fête entre célibataires avait eu lieu justement le 28 septembre de cette année-là, et que Norman n'avait pas bougé de chez moi pendant tout ce temps-là. Alors j'ai vérifié et, après, j'ai appelé l'épouse de Norman pour lui dire que son mari n'était pas un assassin, comme tout le monde l'affirmait.

– Vous avez vérifié ? En interrogeant les autres invités de la fête ?

– Non, c'était inutile.

– Pourquoi cela, monsieur Wieczorek ? lui demanda Belk sans cacher son agacement.

– J'ai visionné la cassette vidéo que j'avais filmée ce soir-là. La date et l'heure sont affichées dans le coin, en bas à droite.

Bosch vit alors le visage de Belk franchir un degré supplémentaire dans la pâleur. L'avocat se tourna vers le juge, baissa ensuite les yeux sur son carnet, avant de les relever vers le juge. Bosch sentit tous ses espoirs s'évanouir. Belk venait de briser la même règle capitale que Chandler la veille : il avait posé une question dont il ne connaissait pas la réponse au préalable.

Nul besoin d'être avocat pour comprendre que, Belk ayant été le premier à mentionner l'enregistrement vidéo, Chandler était libre désormais d'exploiter cet indice en demandant à ce que cette bande soit considérée comme pièce à conviction. Un piège très astucieux. S'agissant d'un indice nouveau, fourni par Wieczorek et n'apparaissant pas dans sa déposition, Chandler aurait été obligée, si elle souhaitait y faire allusion lors de l'interrogatoire du témoin, d'en informer Belk au préalable. Au lieu de cela, elle avait habilement poussé Belk à mettre les pieds dans le plat. Belk se retrouvait maintenant sans munitions, car il prenait connaissance de ce nouvel élément en même temps que le jury.

– Ce sera tout, dit Belk, avant de regagner son siège la tête baissée.

A peine assis, il ouvrit sur ses genoux un des épais ouvrages juridiques qui se trouvaient sur la table et plongea le nez dedans.

Chandler retourna vers le pupitre pour reprendre l'interrogatoire de son témoin.

– Monsieur Wieczorek, cette bande vidéo dont vous venez de parler à maître Belk, l'avez-vous toujours en votre possession ?

– Bien sûr. Je l'ai même apportée avec moi.

Chandler demanda alors à ce que l'enregistrement soit montré aux jurés. Le juge Keyes se tourna vers Belk, qui revint au pupitre d'un pas traînant.

– Votre Honneur, parvint-il à articuler, la défense souhaiterait disposer d'une interruption de dix minutes afin de faire des recherches de jurisprudence.

Le juge jeta un coup d'œil à la pendule.

– Il est un peu tôt, vous ne trouvez pas, maître Belk ? La séance vient à peine de débuter…

– Votre Honneur, le coupa Chandler. La partie plaignante ne voit aucune objection à cette interruption. J'ai besoin d'un peu de temps pour installer le matériel de projection.

– Très bien, déclara le juge. Dix minutes de suspension de séance pour les avocats. Les jurés peuvent faire une pause d'un quart d'heure, avant de se regrouper dans la salle des délibérations.

Tout en se levant pour saluer la sortie des jurés, Belk continua à feuilleter son gros ouvrage juridique. Lorsqu'ils purent se rasseoir, Bosch approcha son fauteuil de celui de l'avocat.

– Pas maintenant, grogna Belk. Je n'ai que dix minutes.

– Vous avez merdé.

– Non, *nous* avons merdé. Nous formons une équipe, je vous le rappelle.

Bosch abandonna son coéquipier, le temps de sortir fumer une cigarette. Quand il arriva au pied de la statue, Chandler s'y trouvait déjà. Il alluma sa cigarette malgré tout, en gardant ses distances. L'avocate le regarda, avec un petit sourire narquois. Bosch ne put s'empêcher de lui adresser la parole :

– Vous lui avez tendu un piège, hein ?

– Un piège tissé avec la vérité.

– Vraiment ?

– Oui.

Elle enfonça sa cigarette à demi consumée dans le sable du cendrier.

– Bon, il faut que je retourne installer le matériel, dit-elle.

Elle lui adressa le même sourire narquois, et Bosch se demanda si elle était vraiment si douée que ça : après tout, c'était peut-être Belk qui était particulièrement mauvais...

Belk gaspilla la demi-heure qui lui était impartie à essayer d'empêcher la présentation de l'enregistrement vidéo. L'existence de cette bande n'ayant pas été notifiée au cours de la déposition, il s'agissait, disait-il, d'une nouvelle pièce à conviction que la partie plaignante ne pouvait présenter à ce stade du procès. Le juge Keyes rejeta l'argument en faisant remarquer, comme tout le monde le savait, que c'était Belk lui-même qui avait mis en lumière l'existence de cette bande.

Lorsque le jury fut rappelé dans la salle, Chandler posa à Wieczorek plusieurs questions concernant cet enregistrement, notamment sur l'endroit où il avait été conservé pendant quatre ans. Après que le juge Keyes eut rejeté une nouvelle objection de Belk, l'avocate fit rouler un combiné téléviseur-magnétoscope jusque devant le box du jury et y inséra la cassette que Wieczorek était allé récupérer auprès d'un ami assis dans le public. Bosch et Belk durent se lever et s'asseoir sur les bancs dans la salle pour voir l'écran du téléviseur.

En se déplaçant, Harry aperçut Bremmer, le journaliste du *Times*, qui avait pris place sur un des bancs, au fond. Celui-ci le salua d'un petit signe de tête, et Harry se demanda s'il était ici pour couvrir le procès ou parce qu'il était cité à comparaître.

L'enregistrement était long et ennuyeux, malgré des coupures. Le film s'arrêtait et repartait, mais l'affichage digital dans le coin inférieur droit du cadre donnait en permanence l'heure et la date des prises de vues. A condition qu'on ne les ait pas trafiquées, Church possédait effectivement un alibi pour le dernier meurtre qui lui était attribué.

Bosch regarda le film avec une impression de vertige. Church était là sur l'écran, sans perruque, aussi chauve qu'un nouveau-né, buvant de la bière et riant avec ses amis. L'homme que Bosch avait tué fêtait le mariage d'un ami, incarnation parfaite de l'Américain moyen que Bosch savait qu'il n'était pas.

L'enregistrement dura une heure et demie, avec comme point d'orgue l'arrivée d'une strip-teaseuse venant chanter une chanson au futur marié et déposant sur sa tête ses sous-vêtements à mesure qu'elle les ôtait. Sur l'écran, Church semblait gêné par ce spectacle, et il regardait plus souvent le futur marié que la jeune femme.

Bosch détacha son regard du téléviseur pour observer les réactions du jury, et il constata les désastres infligés par cet enregistrement à sa défense. Il détourna la tête.

Une fois la bande terminée, Chandler posa encore quelques questions à Wieczorek. Belk aurait pu en poser certaines au témoin, mais l'avocate était bien décidée à lui couper l'herbe sous le pied.

– De quelle façon la date et l'heure apparaissent-elles sur la bande ?

– Eh bien, quand vous achetez la caméra, vous réglez l'horloge. Ensuite, la batterie garde les indications en mémoire. Je ne m'en suis plus jamais occupé.

– Mais si vous le souhaitiez, vous pourriez afficher n'importe quelle date, n'importe quelle heure, n'est-ce pas ?

– Oui, sans doute.

– Donc, supposons que vous décidiez de filmer un ami afin que cet enregistrement lui serve ensuite d'alibi, pourriez-vous reculer la date d'une année, disons, et filmer ensuite ?

– Evidemment.

– Peut-on également imprimer une date sur un film déjà existant ?

– Non. Il n'est pas possible de faire apparaître une date en surimpression sur une bande déjà enregistrée. Ça ne fonctionne pas de cette manière.

– Alors, comment pourriez-vous faire, dans ce cas précis ? Comment fabriquer un faux alibi pour Norman Church ?

Belk se leva et objecta en faisant valoir que la réponse de Wieczorek serait pure spéculation, mais le juge Keyes rejeta l'objection en répondant que le témoin était compétent pour expliquer le fonctionnement de sa caméra.

– Ce serait impossible maintenant, vu que Norman est mort, répondit Wieczorek.

– Ce que vous voulez dire, c'est que pour fabriquer un faux enregistrement, vous auriez dû élaborer un subterfuge avec M. Church avant que celui-ci soit tué par l'inspecteur Bosch, c'est bien cela ?

– Oui. Il aurait fallu qu'on sache par avance qu'à un moment donné il aurait besoin de cet enregistrement. Il aurait dû m'indiquer quelle date programmer sur la caméra, et ainsi de suite. Tout cela est extrêmement compliqué, surtout qu'en consultant les journaux de l'époque vous trouverez la publication de l'annonce indiquant que mon ami s'est marié le 30 septembre. Ça vous prouvera que l'enterrement de sa vie de garçon devait avoir lieu aux environs du 28. Cet enregistrement est authentique.

Le juge Keyes donna raison à Belk qui objecta à nouveau en affirmant que cette dernière phrase sortait du cadre de la question, et il demanda aux jurés de ne pas en tenir compte. Mais Bosch savait qu'ils n'avaient même pas besoin d'entendre cette affirmation. Ils savaient que cette bande n'était pas le produit d'un trucage. Lui aussi le savait. Il se sentait moite, il avait envie de vomir. Quelque chose avait cloché quelque part, mais il ne savait pas quoi. Il avait envie de se lever et de sortir, mais un tel geste aurait pu paraître un aveu de culpabilité, et si bruyant que les murs du tribunal auraient vibré comme lors d'un tremblement de terre.

– Une dernière question, dit Chandler, dont le visage s'était empourpré car elle se sentait proche de la victoire. Saviez-vous que Norman Church portait une perruque ou un postiche ?

– Non. Je le connaissais depuis des années, et jamais je ne l'ai vu avec une perruque, et il n'en a jamais parlé.

Le juge Keyes confia ensuite le témoin à Belk, qui s'approcha du pupitre, sans son bloc. Apparemment trop perturbé par ce coup de théâtre, il en oublia de prononcer son « Juste quelques questions ». Au lieu de cela, il se lança directement dans une piètre tentative destinée à limiter les dégâts.

– Monsieur Wieczorek, vous dites avoir lu un livre concernant l'affaire du Dollmaker et avoir découvert ensuite que cet enregistrement correspondait à la date d'un des meurtres, c'est bien cela ?

– Exact.

– Avez-vous alors cherché à trouver des alibis pour les dix autres meurtres ?

– Non.

– Donc, monsieur Wieczorek, vous n'avez aucun argument à offrir pour blanchir votre vieil ami de tous les meurtres dont l'ont accusé plusieurs officiers de police ?

– Cet enregistrement fait mentir toutes ces accusations. Les policiers...

– Vous ne répondez pas à ma question.

– Si. En prouvant qu'il y a eu mensonge pour un meurtre, je fais mentir toute la théorie de la police, si vous voulez mon avis.

– On ne vous le demande pas, monsieur Wieczorek. Passons à autre chose. Vous dites n'avoir jamais vu Norman Church porter une perruque, exact ?

– C'est ce que j'ai dit, en effet.

– Saviez-vous qu'il louait un studio sous un faux nom ?

– Non, je l'ignorais.

– Il y avait un tas de choses que vous ignoriez concernant votre ami, n'est-ce pas ?

– Sans doute.

– De même qu'il louait cet appartement sans que vous le sachiez, pensez-vous qu'il pouvait porter parfois une perruque sans que vous le sachiez également ?

– C'est possible.

– Donc, si M. Church était bien le meurtrier, comme l'affirme la police, et qu'il avait recours à des déguisements comme le faisait le meurtrier, toujours d'après la police, ne peut-on...

– Objection ! s'exclama Chandler.

– ... s'attendre à trouver une chose comme...

– Objection !

– ... une perruque dans son appartement ?

Le juge Keyes retint l'objection de l'avocate, affirmant que la question de Belk cherchait à provoquer une réponse spéculative, et tança celui-ci pour avoir persisté après l'objection de sa consœur. Belk accepta la réprimande et déclara qu'il n'avait plus de questions à poser. Il retourna s'asseoir. La sueur qui perlait à la naissance de ses cheveux glissait le long de ses tempes.

– Vous avez fait tout ce que vous pouviez, lui murmura Bosch.

Ignorant la remarque, Belk sortit un mouchoir de sa poche pour s'éponger le visage.

Ayant accepté la bande vidéo comme nouvelle pièce à conviction, le juge décréta une pause pour le déjeuner. Dès que les jurés eurent quitté la salle, une poignée de journalistes se précipita vers Chandler. Au vu de cette scène, Bosch comprit que c'était là l'ultime sanction, car les médias se tournaient toujours vers les vainqueurs, supposés ou certains. C'était toujours plus facile de leur poser des questions.

– Vous feriez mieux de commencer à réfléchir à une solution miracle, Bosch, lui dit Belk. Il y a six mois, on aurait pu régler cette affaire pour cinquante mille dollars. De la façon dont ça se goupille, nous aurions fait une affaire.

Bosch tourna la tête vers son avocat. Les deux hommes

se tenaient devant la balustrade, derrière la table de la défense.

– Vous y croyez vous aussi, hein ? Vous croyez à toute cette histoire. Comme quoi je l'ai tué, et qu'ensuite on a fabriqué toutes les preuves pour le faire accuser ?

– Peu importe ce que je crois, Bosch.

– Allez vous faire foutre, Belk.

– Je vous le répète, commencez à réfléchir pour trouver une solution.

Sur ce, il fit franchir le portillon à sa large carcasse et se dirigea vers la sortie. Bremmer et un autre journaliste s'avancèrent vers lui, mais l'avocat les chassa d'un geste de la main. Bosch le suivit à l'extérieur quelques secondes plus tard, repoussant lui aussi les journalistes. Malgré tout, Bremmer lui emboîta le pas tandis qu'il s'éloignait dans le couloir en direction de l'escalator.

– Ecoute, moi aussi je suis dans la ligne de mire sur ce coup-là. J'ai écrit un bouquin sur un soi-disant meurtrier, mais si ce n'était pas le bon bonhomme, je veux le savoir.

Bosch s'arrêta brusquement, et Bremmer faillit lui rentrer dedans. Il observa attentivement le journaliste. Celui-ci avait environ trente-cinq ans, il était obèse, avec des cheveux châtains clairsemés. Comme beaucoup d'hommes, il compensait cette calvitie naissante en se laissant pousser une barbe épaisse qui ne servait qu'à le vieillir encore plus. Bosch remarqua les auréoles de sueur sous les aisselles du journaliste. Mais son problème majeur n'était pas la transpiration, c'était son haleine de fumeur.

– Si tu penses que ce n'était pas le bon type, tu n'as qu'à écrire un deuxième bouquin, tu toucheras encore cent mille dollars d'avance. Qu'est-ce que ça peut te foutre que ce soit le bon type ou pas ?

– J'ai une réputation à défendre dans cette ville, Harry.

– Moi aussi j'en avais une. Que vas-tu écrire demain dans ton journal ?

– Je suis tenu d'écrire tout ce qui se passe.

– Et tu vas témoigner également ? Est-ce conforme à l'éthique, Bremmer ?

– Je ne témoignerai pas. Chandler a annulé ma citation à comparaître hier. Je n'ai eu qu'à signer une déclaration.

– A quel sujet ?

– Pour affirmer que, à ma connaissance, le livre que j'avais écrit contenait des informations précises et exactes. Ces renseignements provenaient quasi exclusivement de sources policières, et d'autres archives publiques.

– En parlant de sources, qui t'a rencardé au sujet de la lettre pour ton article d'hier ?

– Je ne peux pas te le dire, Harry. Repense à toutes les fois où j'ai gardé le secret quand tu me filais des tuyaux. Tu sais bien que je ne peux jamais révéler mes sources.

– Oui, je sais. Je sais également que quelqu'un cherche à me piéger.

Sur ce, Bosch emprunta l'escalator pour regagner la sortie.

# 10

La brigade des mœurs est située au deuxième étage du commissariat principal, dans le centre-ville. Bosch s'y rendit en dix minutes et trouva Mora assis derrière son bureau dans la salle des inspecteurs, le combiné du téléphone collé contre l'oreille. Un magazine ouvert sur son bureau montrait des photos en couleurs d'un couple en train de faire l'amour. La fille paraissait extrêmement jeune. Mora jetait des coups d'œil au magazine et en tournait les pages tout en poursuivant sa conversation au téléphone. Il adressa un signe de tête à Bosch et lui désigna un fauteuil devant son bureau.

– Oui, c'est tout ce que je voulais vérifier, dit Mora dans l'appareil. J'essaye simplement de jeter une ligne à l'eau. Pose des questions autour de toi et tiens-moi au courant si ça mord.

Il y eut un nouveau silence. Bosch en profita pour observer le flic des Mœurs. Celui-ci avait à peu près la même taille que lui, une peau cuivrée et des yeux marron. Ses cheveux châtains et raides étaient coupés très court et son visage totalement imberbe. A l'instar de la plupart de ses collègues des Mœurs, il affichait un aspect volontairement passe-partout. Blue-jean et polo noir, ouvert au col. S'il avait pu voir sous le bureau, Bosch savait qu'il aurait découvert une paire de bottes de cow-boy. Un médaillon en or pendait au cou de Mora, au bout d'une chaîne courte. Dessus était gravée une colombe aux ailes déployées, le symbole du Saint-Esprit.

– Tu crois que tu pourrais me trouver l'endroit du tournage ? demanda-t-il au téléphone.

Nouveau silence. Mora finit de feuilleter le magazine, écrivit quelque chose sur la couverture, puis il en prit un autre et entreprit de le feuilleter lui aussi.

Bosch remarqua le calendrier de l'Association des acteurs de films X scotché sur le côté d'un classeur posé sur le bureau. La photo d'une star du porno, une certaine Delta Bush[1], allongée nue dans une pose langoureuse, était placée au-dessus des jours de la semaine. Cette fille avait accédé à la célébrité, quelques années plus tôt, en apparaissant dans les magazines à scandales, suite à sa liaison amoureuse avec une grande vedette de cinéma. Sur le bureau, sous le calendrier, se trouvait une statuette religieuse que Bosch identifia comme l'Infant de Prague.

Il la connaissait bien, une de ses mères adoptives lui ayant donné une statuette semblable lorsque, enfant, on l'avait renvoyé à l'orphelinat McLaren. Bosch ne correspondait pas à ce qu'attendaient ses parents adoptifs. En lui offrant cette statuette et en lui disant adieu, la femme lui avait expliqué que, surnommé le « Petit Roi », l'Infant se chargeait plus particulièrement d'écouter les prières des enfants. Bosch se demanda si Mora connaissait cette histoire lui aussi, ou si la présence de cette statuette sur son bureau était une sorte de plaisanterie.

– Je te demande juste d'essayer, reprit Mora au téléphone. Trouve-moi l'endroit. Ensuite, tu pourras passer à la caisse... Ouais, ouais, plus tard.

Il raccrocha.

– Salut, Harry. Comment va ?

– Edgar est passé ?

– Oui, à l'instant. Tu lui as parlé ?

– Non.

Mora remarqua que Bosch regardait la photo pleine page du magazine ouvert devant lui. Deux femmes agenouillées devant un homme. Il colla un Post-it sur la page et referma la revue.

– Bon Dieu, dire que je suis obligé de me taper toutes ces saloperies ! On m'a filé un tuyau selon lequel l'éditeur

---

1. Soit « Buisson du Delta » (NdT).

de ce magazine utiliserait des mineures. Tu sais comment je vérifie ? (Bosch secoua la tête.) C'est pas le visage, ni les nichons. C'est les chevilles, Harry.

– Les chevilles ?

– Ouais. Elles ont quelque chose de différent. Elles sont plus fines chez les jeunes nanas. Généralement, j'arrive à deviner l'âge, moins de dix-huit ans ou plus de dix-huit ans, grâce aux chevilles. Après, évidemment, je vérifie avec les certificats de naissance, les permis de conduire et ainsi de suite. C'est dingue, mais ça marche.

– Tant mieux. Alors, qu'as-tu dit à Edgar ?

Le téléphone sonna au même moment. Mora décrocha, donna son nom et écouta quelques instants sans rien dire.

– Je n'ai pas le temps de te parler maintenant. Je te rappellerai. Où es-tu ?

Il raccrocha après avoir pris note.

– Excuse. J'ai filé l'identité de la fille à ton collègue Edgar. Maggie Cum Loudly. J'avais les empreintes, les photos, le grand jeu. J'ai même des photos d'elle en pleine action, si ça t'intéresse.

Il recula sa chaise vers un classeur métallique, mais Bosch lui dit de laisser tomber les photos.

– Comme tu veux. De toute façon, j'ai tout refilé à Edgar. Il a dû porter les empreintes chez le légiste pour confirmer l'identité. La fille s'appelait Rebecca Kaminski. Becky Kaminski. Si elle vivait encore, elle aurait vingt-trois ans. Elle habitait Chicago avant d'émigrer vers la ville du péché pour y chercher gloire et fortune. Quel gâchis, hein ! C'était un beau brin de fille, que Dieu ait son âme.

Bosch se sentait mal à l'aise en présence de Mora. Mais ce n'était pas nouveau. A l'époque où ils travaillaient ensemble au sein de la brigade spéciale, Harry n'avait jamais eu l'impression que l'inspecteur des Mœurs était préoccupé par cette série de meurtres. Il restait insensible. Mora offrait simplement son temps et son aide là où on en avait besoin. C'était un spécialiste dans son domaine, indéniablement, mais peu lui importait, semblait-il, qu'on arrête ou pas le Dollmaker.

Mora avait une curieuse façon de mélanger le langage des rues et la parole de Dieu. Au début, Bosch avait cru qu'il s'amusait simplement à singer la tendance « régénération » très en vogue dans la police quelques années plus tôt, mais il n'en avait jamais été certain. Un jour, il avait ainsi vu Mora se signer et murmurer une prière sur un des lieux où le Dollmaker avait sévi. A cause de la gêne qu'il éprouvait, Bosch n'entretenait plus guère de relations avec Mora depuis la mort de Norman Church et la dissolution de la brigade spéciale. Mora avait réintégré les Mœurs, et Bosch avait été expédié à Hollywood. Les deux hommes se croisaient de temps à autre au tribunal, au Code 7 ou au Red Wind. Mais, même dans les bars, ils étaient généralement accompagnés et gardaient leurs distances, se contentant de s'offrir des bières, chacun leur tour.

– Cette fille était encore de ce monde il y a au moins deux ans, Harry. Le film sur lequel tu es tombé, *Tails from the Crypt*, date de cette période. Ça signifie que Church ne peut pas l'avoir tuée… Le meurtrier est sans doute le type qui a envoyé la lettre. Je ne sais pas si c'est une bonne ou une mauvaise nouvelle pour toi…

– Moi non plus.

Church possédait un alibi en béton pour le meurtre de Rebecca Kaminski : il était mort. Ajouté à l'alibi vraisemblable fourni par l'enregistrement vidéo de Wieczorek concernant le onzième meurtre, c'était assez pour transformer le début de paranoïa de Bosch en véritable sentiment de panique. Pendant quatre ans, il n'avait jamais remis en doute le bien-fondé de son geste.

– Au fait, comment ça se passe au procès ? lui demanda Mora.

– Ne m'en parle pas. Je peux me servir de ton téléphone ?

Bosch composa le numéro du bip d'Edgar, puis pianota sur le cadran le numéro du poste de Mora. Après avoir raccroché, il ne sut plus quoi dire en attendant l'appel de son collègue.

– C'est un véritable calvaire, finit-il par dire. Tu es toujours censé venir témoigner ?

– Oui, je suppose. Je suis convoqué demain. Je ne sais pas ce qu'elle me veut. J'étais même pas présent le soir où tu as buté cet enfoiré.

– Tu faisais partie de la brigade. Ça suffit pour te mettre dans le coup.

– Bah, on…

Le téléphone sonna, et Mora décrocha. Puis il passa l'appareil à Bosch.

– Ça boume, Harry ?

– Ouais, je suis avec Mora dans son bureau. Il m'a fait le topo. Les empreintes ont donné quelque chose ?

– Pas encore. J'ai loupé le type que je voulais voir au labo. Il devait être parti déjeuner. J'ai laissé les empreintes à son bureau. On devrait avoir la confirmation avant la fin de la journée. Mais j'ai pas envie d'attendre.

– Où es-tu ?

– Au service des personnes disparues. J'essaye de savoir si quelqu'un a déclaré la disparition de cette fille, maintenant que j'ai un nom à mettre sur le cadavre.

– Tu en as pour longtemps ?

– Je viens de commencer. On est obligés de se taper tous les dossiers. Ils sont sur informatique depuis un an et demi seulement.

– Bon, j'arrive !

– Et ton procès ?

– J'ai un peu de temps libre.

Bosch sentait qu'il devait aller de l'avant et continuer à réfléchir. C'était la seule façon de s'empêcher d'examiner l'horreur qui envahissait peu à peu son esprit, l'éventualité d'avoir tué un innocent. De retour à Parker Center, il emprunta l'escalier pour descendre au premier sous-sol. La brigade des personnes disparues occupait un petit local à l'intérieur du service des fugues. Assis sur un bureau, Edgar passait en revue une pile de formulaires de couleur blanche. Bosch savait qu'il s'agissait des affaires qui n'avaient pas encore été traitées. Si on y avait donné suite, ces fiches auraient été déjà archivées.

– Toujours rien pour le moment, Harry, déclara Edgar.

Il présenta ensuite Bosch à l'inspecteur Morgan Ran-

dolph, assis à un bureau voisin. Randolph confia à Bosch
une pile de rapports et celui-ci passa le quart d'heure
suivant à parcourir les formulaires, dont chacun racontait
l'histoire d'une souffrance individuelle tombée dans les
oreilles sourdes de la police.

– Pour les signes distinctifs, Harry, cherche un tatouage
sur le cul, lui conseilla Edgar.

– Comment le sais-tu ?

– Mora possédait des photos de Magna Cum Loudly.
En pleine action, comme il dit. Et la fille a un tatouage
de Yosemite Sam... tu te souviens ? les dessins ani-
més ?... sur le haut de la fesse gauche, à gauche de la
fossette.

– Tu as vu ce tatouage sur le cadavre ?

– Je l'ai pas remarqué à cause de la décoloration avancée de la peau. Et j'avoue ne pas avoir regardé attentivement ses fesses.

– Qu'est-ce qui se passe, bon sang ? Tu ne m'as pas dit
que l'autopsie devait avoir lieu hier ?

– Ouais, c'est ce qu'ils m'avaient dit, mais je les ai
appelés, et il paraît qu'ils ont vachement de retard. Ils
n'ont même pas encore préparé le corps. J'ai téléphoné à
Sakai tout à l'heure, il a promis de jeter un coup d'œil
dans le frigo après le déjeuner. Pour vérifier l'histoire du
tatouage.

Bosch reporta son attention sur sa pile de déclarations.
Une constante était le jeune âge des personnes disparues.
Los Angeles agissait comme une bouche d'égout qui attirait le flot ininterrompu de tous les fugueurs du pays. Mais
nombreux étaient ceux qui, une fois arrivés dans la ville,
y disparaissaient.

Bosch atteignit la fin de sa pile sans apercevoir le nom
de Rebecca Kaminski, ni son pseudonyme, ni même un
signalement correspondant. Consultant sa montre, il
s'aperçut qu'il devait retourner au tribunal. Malgré cela,
il prit une autre pile de dépositions sur le bureau de Randolph et, tout en les feuilletant, écouta la conversation
entre Edgar et Randolph. De toute évidence, les deux
hommes s'étaient déjà rencontrés avant. Edgar appelait

l'autre Morg. Bosch songea qu'ils s'étaient peut-être connus à l'Association des officiers de police noirs.

Il ne trouva rien de plus dans la seconde pile.

– Il faut que je reparte. Je vais être en retard.

– OK, mec. Si on trouve quelque chose, je te tiendrai au courant.

– Pour les empreintes aussi, d'accord ?

– Compte sur moi.

Les débats avaient repris quand Bosch regagna enfin la 4e chambre. Il ouvrit discrètement la porte et traversa la salle pour reprendre sa place à côté de Belk. Le juge lui jeta un regard méprisant, sans toutefois faire le moindre commentaire. En tournant la tête, Bosch découvrit le capitaine Irvin Irving assis sur la chaise des témoins. Money Chandler se tenait devant le pupitre.

– Ah, bravo ! chuchota Belk à son oreille. Arriver en retard à son procès !

Ignorant cette remarque, Bosch observa Chandler qui posait à Irving des questions d'ordre général concernant son passé et sa carrière de policier. Ce n'étaient que les préliminaires. Il n'avait certainement pas manqué grand-chose.

– Ecoutez, lui glissa Belk. Même si vous vous en foutez, faites au moins semblant de vous intéresser à ce procès, pour le jury ! Je sais bien que c'est l'argent des contribuables qui est en jeu, mais essayez de faire comme s'ils avaient décidé de vous faire payer la note !

– J'ai été retenu. Ça ne se reproduira plus. Je vous rappelle que j'essaye d'élucider cette affaire. Mais peut-être que vous vous en foutez vous aussi, étant donné que votre opinion est déjà faite !

Sur ce, il se renversa dans son fauteuil en s'écartant de son avocat. Un petit signal de rancœur émis par son estomac vint lui rappeler qu'il n'avait pas déjeuné. Il tenta de se concentrer sur le témoin.

– En tant que capitaine, quelles sont exactement vos responsabilités ? demandait Chandler à Irving.

– Je dirige toutes les brigades des inspecteurs.

– A l'époque de l'enquête sur le Dollmaker, vous aviez un grade inférieur. Chef adjoint, est-ce exact ?

– Oui.

– A ce titre, vous commandiez donc le bureau des affaires internes.

– Oui. Les Affaires internes et le bureau des opérations. Autrement dit, j'étais responsable de la direction et de l'affectation du personnel.

– Quelle est la véritable mission des Affaires internes ?

– C'est la police des polices. Nous enquêtons sur toutes les plaintes déposées par les citoyens, et également les plaintes internes pour comportement illicite.

– Enquêtez-vous aussi quand des policiers font usage de leurs armes ?

– Généralement, non. Il existe une équipe spécialisée qui se charge de l'enquête préliminaire. Ensuite, si l'on estime que le policier n'a pas observé le règlement, le dossier est transmis aux Affaires internes pour complément d'enquête…

– Je vois. Vous souvenez-vous de l'enquête menée par le bureau des affaires internes concernant le meurtre de Norman Church par l'inspecteur Bosch ?

– Oui, je m'en souviens parfaitement.

– Pourquoi ce dossier a-t-il été transmis aux Affaires internes ?

– L'équipe chargée de l'enquête a estimé que l'inspecteur Bosch n'avait pas suivi la procédure adéquate. L'usage qu'il a fait de son arme était conforme au règlement, mais il n'en allait pas de même pour certains gestes qu'il avait accomplis avant.

– Pouvez-vous être plus précis ?

– Oui. En gros, l'inspecteur Bosch s'est rendu seul sur les lieux. Il s'est rendu à l'appartement de cet homme sans appeler de renforts, se mettant ainsi en danger. Il en a résulté une fusillade.

– C'est ce qu'on appelle jouer les cow-boys, non ?

– Je n'emploierais pas cette expression.

– Elle est pourtant appropriée, n'est-ce pas ?

– Je ne sais pas.

– Vous ne savez pas… Capitaine Irving, pourriez-vous nous dire si Norman Church serait encore en vie aujourd'hui si l'inspecteur Bosch n'avait pas provoqué cette situation en jouant les cow…

– Objection ! s'exclama Belk d'une voix stridente.

Mais avant qu'il n'atteigne le pupitre pour protester, le juge Keyes avait retenu son objection et demandé à Chandler d'éviter les questions purement spéculatives.

– Entendu, Votre Honneur, lui répondit-elle d'un ton aimable. Capitaine Irving, vous venez de nous expliquer en gros que l'inspecteur Bosch avait mis en branle une succession d'événements qui s'étaient achevés par la mort d'un homme désarmé, c'est bien cela ?

– Non, c'est faux. L'enquête n'a mis en évidence aucune indication, ni aucune preuve permettant d'affirmer que l'inspecteur Bosch aurait délibérément mis en place ce scénario. Il a agi sous l'impulsion du moment. Il vérifiait une piste. Lorsque celle-ci s'est confirmée, il aurait dû demander des renforts. Mais il ne l'a pas fait. Il est entré dans l'appartement. Il s'est identifié, et M. Church a commis un geste fatal. Voilà. Il ne s'agit pas d'affirmer que l'issue aurait été différente si l'inspecteur Bosch avait bénéficié de renforts. De fait, un individu qui désobéit à un ordre émanant d'un officier de police armé agirait sans doute de la même façon face à plusieurs policiers armés.

Chandler parvint à faire supprimer la dernière phrase des minutes.

– Pour en arriver à la conclusion selon laquelle l'inspecteur Bosch n'aurait pas délibérément provoqué cette situation, vos inspecteurs ont-ils étudié toutes les facettes de ce drame ?

– Assurément.

– L'inspecteur Bosch lui-même a-t-il fait l'objet de votre attention ?

– Absolument. Il a été longuement interrogé sur ses actes.

– Et sur ses motivations ?

– Ses motivations ?

– Capitaine Irving, vous ou l'un de vos enquêteurs

savait-il que la mère de l'inspecteur Bosch a été assassinée à Hollywood il y a une trentaine d'années par un meurtrier qui n'a jamais été arrêté ? Et qu'avant cela, cette femme avait été plusieurs fois appréhendée sur la voie publique pour racolage ?

Bosch sentit sa peau s'enflammer, comme si on venait de braquer sur lui des projecteurs et que tout le monde dans la salle avait les yeux rivés sur lui. D'ailleurs, cela ne faisait aucun doute. Mais il ne regardait qu'Irving, qui fixait le vide sans dire un mot, le visage comme paralysé, où seules ses narines palpitaient. Irving ne répondant toujours pas, Chandler insista :

– Le saviez-vous, capitaine ? L'information figure dans le dossier personnel de l'inspecteur Bosch. Lors de son entrée dans la police, on lui a demandé d'indiquer s'il avait été victime d'un crime. Il a écrit qu'il avait perdu sa mère.

Irving répondit enfin :

– Non, je ne le savais pas.

– Le terme de « racolage » était, je crois, un euphémisme désignant la prostitution dans les années 50, époque où Los Angeles s'efforçait de nier certains délits, tel le développement rapide de la prostitution dans Hollywood Boulevard, est-ce exact ?

– Je ne m'en souviens pas.

Chandler demanda l'autorisation d'approcher le témoin pour lui remettre une fine liasse de documents. Elle lui accorda presque une minute pour en prendre connaissance. Il les lut en fronçant les sourcils, et Bosch ne voyait pas ses yeux. Les muscles de ses joues gonflaient sous ses tempes.

– Eh bien, dites-nous de quoi il s'agit, chef Irving, lui demanda l'avocate.

– Il s'agit d'un rapport annuel de diligencement relatant les détails d'une enquête sur un meurtre. Celui-ci est daté du 3 novembre 1962.

– Qu'est-ce qu'un rapport annuel de diligencement ?

– Toutes les affaires non résolues sont reprises chaque

année – d'où le nom de ces rapports – jusqu'à ce que les probabilités de résolution nous en paraissent nulles.

– Comment se nomme la victime et quelles sont les circonstances de sa mort ?

– Marjorie Phillips Lowe. Elle a été violée, puis étranglée le 31 octobre 1961. Son corps a été retrouvé dans une ruelle derrière Hollywood Boulevard, entre Vista et Gower.

– Quelles sont les conclusions du responsable de l'enquête, capitaine Irving ?

– Il est dit qu'en l'état actuel des choses, c'est-à-dire un an après le meurtre, il n'existe aucune piste solide et que les chances d'élucider l'affaire sont quasiment nulles.

– Merci. Ah, encore une chose : trouve-t-on à la première page de ce document les noms des parents de la victime ?

– Oui. Le seul parent cité est Hieronymus Bosch. Juste à côté, entre parenthèses, il est écrit *Harry*. Il y a une croix dans la case « fils ».

Chandler consulta un instant son calepin, le temps de laisser les jurés assimiler cette révélation. Il régnait un tel silence dans la salle que Bosch entendit le stylo de Chandler gratter le papier tandis qu'elle notait quelque chose sur son bloc.

– Très bien, capitaine Irving, reprit-elle. Avoir eu connaissance du meurtre de la mère de l'inspecteur Bosch vous aurait-il incité à enquêter de plus près sur la mort de Norman Church ?

Après un long silence, il répondit :

– Je ne peux me prononcer.

– L'inspecteur Bosch a abattu un homme suspecté d'avoir accompli des actes semblables à celui ayant provoqué la mort de sa mère, soit un meurtre demeuré impuni ! Etes-vous en train de nous dire que vous ne savez pas si cela aurait eu une influence quelconque sur votre enquête ?

– Je, oui… je ne peux répondre à cette question maintenant.

Bosch avait envie de poser sa tête sur la table. Il avait

149

remarqué que Belk lui-même avait cessé de prendre des notes pour assister à l'échange entre Irving et Chandler. Bosch essayait de chasser la colère qu'il éprouvait pour se concentrer sur la façon dont l'avocate s'était procuré cette information. Sans doute, songea-t-il, avait-elle obtenu son dossier personnel par la voie officielle. Mais les détails concernant le meurtre et le passé de sa mère n'y figuraient pas. Plus certainement, elle s'était procuré le rapport de police par l'intermédiaire des archives en présentant une requête dite « de liberté d'information ».

S'apercevant soudain qu'il avait laissé passer plusieurs questions posées à Irving, il reporta toute son attention sur l'interrogatoire. Il aurait aimé avoir un avocat de la trempe de Chandler.

– Capitaine Irving, vous ou l'un de vos hommes s'est-il rendu sur les lieux où Norman Church a été tué ?

– Non.

– Autrement dit, tous vos renseignements sur ce qui s'est passé provenaient des membres de l'équipe de la brigade spéciale, qui eux-mêmes les tenaient du responsable en personne, j'ai nommé l'inspecteur Bosch... Exact ?

– En gros, oui.

– Vous n'avez donc jamais vu personnellement les pièces à conviction : la perruque sous l'oreiller, les produits de maquillage sous le lavabo dans la salle de bains ?

– Non. Je n'étais pas présent sur place.

– Croyez-vous que tous ces éléments s'y trouvaient réellement, comme cela a été affirmé ?

– Oui, je le crois.

– Pourquoi ?

– Ces éléments figurent dans tous les rapports rédigés par différents officiers.

– Mais tous basés sur des renseignements fournis par l'inspecteur Bosch, n'est-ce pas ?

– Dans une certaine mesure. Les enquêteurs ont investi les lieux du drame. Bosch ne leur a jamais tenu la main pour rédiger leurs rapports.

– Avant qu'ils n'« investissent les lieux », comme vous dites, combien de temps Bosch est-il resté seul ?

– Je l'ignore.

– A votre connaissance, cette information figure-t-elle dans un des rapports ?

– Je ne saurais le dire.

– Est-il exact, capitaine Irving, que vous ayez voulu renvoyer Bosch de la police et transmettre cette affaire au bureau du procureur afin d'entamer une procédure à son encontre ?

– Non, c'est faux. Le bureau du procureur a pris connaissance du dossier et n'a pas donné de suite à l'affaire. C'est la routine. Eux aussi ont conclu que l'inspecteur Bosch avait respecté le règlement.

Ah, un point pour moi, se dit Bosch. C'était le premier faux pas de Chandler face à Irving.

– Qu'est-il advenu de la femme qui a fourni le renseignement à l'inspecteur Bosch ? Elle s'appelait McQueen. Je crois qu'elle était prostituée.

– Elle est morte un an plus tard. D'hépatite.

– Au moment de sa mort, était-elle impliquée dans l'enquête sur les agissements de l'inspecteur Bosch ?

– Non, pas que je sache et, à l'époque, j'étais responsable des Affaires internes.

– Parlez-nous des deux inspecteurs des Affaires internes qui ont enquêté sur cette affaire. Lewis et Clarke, je crois ? N'ont-ils pas poursuivi leur enquête sur leur collègue Bosch bien après que cette histoire eut été officiellement classée sans suite ?

Irving ne répondit pas immédiatement. Sans doute craignait-il de se laisser entraîner une fois de plus à l'abattoir.

– S'ils ont poursuivi leur travail d'enquête, cela s'est fait sans que j'en sois averti et, donc, sans mon approbation.

– Où sont ces deux inspecteurs maintenant ?

– Ils sont morts eux aussi. Tués l'un et l'autre dans l'accomplissement de leur devoir il y a environ deux ans.

– En tant que directeur du service des affaires internes, n'aviez-vous pas pour habitude de commander des enquêtes secrètes sur les officiers à problèmes que vous souhaitiez congédier ? L'inspecteur Bosch ne faisait-il pas partie de ceux-là ?

– La réponse à ces deux questions est non. Un non sans équivoque.

– Qu'est-il arrivé à l'inspecteur Bosch qui, en violation de tous les règlements, a abattu Norman Church, un individu désarmé ?

– Il a été suspendu durant une certaine période de redéploiement des forces et transféré dans un autre service de la police de Hollywood.

– En langage clair, cela signifie qu'il a été suspendu pendant un mois et chassé de la brigade d'élite des vols et homicides pour être muté au commissariat de Hollywood, c'est bien cela ?

– On peut le dire ainsi.

Chandler tourna une page de son bloc.

– Capitaine Irving, s'il n'y avait pas eu de produits de maquillage dans la salle de bains, et aucun indice prouvant que Norman Church était autre chose qu'un homme seul ayant ramené une prostituée chez lui, Harry Bosch ferait-il encore partie de la police ? Aurait-il été poursuivi en justice pour le meurtre de cet homme ?

– Je ne suis pas certain de comprendre la question…

– Je vous demande, monsieur, si les prétendues pièces à conviction prétendument retrouvées dans l'appartement de Norman Church et l'accusant de cette série de meurtres ont permis de sauver la peau de l'inspecteur Bosch ? Outre qu'elles ont sauvé sa place, ne lui ont-elles pas permis d'échapper à toute poursuite judiciaire pour meurtre ?

Belk se leva et lança une objection avant de s'approcher du pupitre.

– Maître Chandler demande une fois de plus au témoin de spéculer, Votre Honneur. Celui-ci ne peut dire ce qui se serait passé, compte tenu d'un ensemble de circonstances inexistantes.

Le juge Keyes croisa ses mains devant lui et se renversa contre le dossier de son fauteuil pour réfléchir. Puis, brusquement, il se pencha vers le micro.

– Maître Chandler établit les fondements d'une théorie selon laquelle les preuves retrouvées dans l'appartement auraient été fabriquées. Je ne dis pas qu'elle y soit ou non parvenue, mais, puisque c'est son rôle, j'estime la question recevable. Je l'autorise donc à la poser.

Après un instant de réflexion, Irving dit :

– Je ne peux pas répondre à cela. J'ignore ce qui se serait passé.

# 11

Bosch eut le temps de fumer deux cigarettes durant la suspension de séance qui succéda à la déposition d'Irving. Au cours de son contre-interrogatoire, Belk n'avait posé que quelques questions, un peu comme un maçon tentant, avec un simple marteau et sans clous, de rebâtir une maison effondrée. Le mal était fait.

Jusqu'à présent, Chandler avait semé avec habileté les graines du doute, aussi bien à propos de Church que de Bosch. L'alibi pour le onzième meurtre ouvrait la porte de l'innocence possible de Church. Et voilà qu'elle venait d'offrir un mobile expliquant le geste de Bosch : le désir de se venger d'un meurtre commis il y avait plus de trente ans. A la fin du procès, nul doute que les graines auraient porté leurs fruits.

Bosch repensa à ce qu'avait dit Chandler au sujet de sa mère. Se pouvait-il qu'elle ait raison ? Bosch n'avait jamais vraiment réfléchi à la question. Pourtant, elle était toujours là, cette idée de vengeance, couvant dans un recoin de son esprit, en compagnie des souvenirs lointains de sa mère. Mais jamais il ne l'avait extirpée pour l'examiner au grand jour. Pourquoi s'était-il aventuré seul jusqu'à l'appartement ce soir-là ? Pourquoi n'avait-il pas appelé un collègue en renfort, Mora ou n'importe quel homme sous ses ordres ?

Bosch avait toujours affirmé, à lui-même et aux autres, qu'il avait des doutes sur l'histoire de la pute. Mais maintenant, il le savait bien, c'était sa propre histoire qu'il commençait à mettre en doute.

Plongé dans ses pensées, Bosch ne vit pas Chandler

sortir à son tour du tribunal. C'est seulement lorsque la flamme du briquet attira son regard qu'il se retourna pour lui jeter un œil noir.

– Je ne reste pas longtemps, dit-elle. Juste la moitié d'une cigarette.

– Je m'en fous.

Bosch avait presque fini sa deuxième cigarette.

– A qui le tour maintenant ? demanda-t-il.

– Locke.

Le psychologue de l'USC. Bosch hocha la tête en remarquant qu'elle faisait une entorse à sa tactique d'alternance du gentil et du méchant témoin. A moins qu'elle ne compte Locke parmi les gentils.

– Vous faites du beau travail, dit Bosch. Mais vous n'avez pas besoin que je vous le dise, je suppose…

– Non, en effet.

– Vous pouvez peut-être même gagner la partie… Vous gagnerez certainement, mais au bout du compte, vous vous trompez à mon sujet.

– Ah, bon… vous le croyez vraiment ?

– J'en suis sûr.

– Il faut que j'y retourne.

Elle écrasa sa cigarette. Celle-ci n'était même pas consumée à moitié. Une prise de choix pour Tommy Faraway.

Le docteur John Locke était un homme à lunettes, chauve, avec une barbe grise : il ne lui manquait qu'une pipe pour incarner l'image parfaite du professeur d'université, spécialiste des comportements sexuels. Il confirma avoir proposé ses services dans l'enquête sur le Dollmaker après avoir lu des articles concernant les meurtres dans les journaux. Il avait aidé un psychiatre de la police de Los Angeles à tracer les premiers profils psychologiques du suspect.

– Veuillez préciser vos compétences pour les membres du jury, lui demanda Chandler.

– Eh bien, je suis directeur du Laboratoire de recherches psycho-hormonales à l'université de Californie du Sud. Je suis également le créateur de cette unité. J'ai dirigé un grand nombre d'études dans les domaines des pratiques sexuelles, de la paraphilie et de la dynamique psycho-sexuelle.

– Qu'est-ce que la paraphilie, docteur ? Dans un langage compréhensible par tous, je vous prie…

– Pour utiliser le langage commun, la paraphilie est ce que le grand public nomme généralement les perversions sexuelles, les comportements sexuels habituellement considérés comme inacceptables par la société.

– Comme, par exemple, d'étrangler son partenaire ?

– Oui, c'est un exemple. Extrême.

Il y eut quelques gloussements polis dans l'assistance et Locke sourit. Bosch se dit qu'il semblait parfaitement à l'aise à la barre des témoins.

– Avez-vous écrit des ouvrages ou des articles sur les sujets que vous venez de mentionner ?

– Oui, j'ai écrit de nombreux articles pour des revues scientifiques. J'ai également écrit plusieurs livres sur divers sujets, le développement sexuel des enfants, la paraphilie prépubère, des études sur le sadomasochisme, les histoires de bondage, la pornographie, la prostitution. Mon dernier ouvrage traite du développement psychologique durant l'enfance des futurs tueurs psychopathes.

– On peut donc dire que vous possédez une grande expérience dans ce domaine ?

– Uniquement en tant que chercheur.

Locke sourit de nouveau, et Bosch sentit les jurés se prendre de sympathie pour lui. Les douze paires d'yeux étaient fixées sur le psychologue.

– Votre dernier livre, celui qui parle des meurtriers… quel est son titre ?

– *Les Cœurs noirs, ou comment briser le moule érotique du meurtre*…

Chandler prit le temps de consulter ses notes.

– Qu'entendez-vous par « moule érotique », docteur ?

– S'il m'est permis une courte digression, maître Chandler, je souhaiterais préciser quelques notions essentielles… (Elle lui donna son accord d'un hochement de tête.)

On trouve généralement deux approches, deux écoles de pensée si vous préférez, dès qu'on aborde l'étude de la paraphilie sexuelle. Je suis psychanalyste, et les psychanalystes estiment que la paraphilie trouve son origine dans des agressions perpétrées durant l'enfance. En d'autres termes, les perversions sexuelles, et même les penchants érotiques normaux, à vrai dire, prennent forme dès la petite enfance et se manifestent ensuite lorsque le sujet devient adulte… Les behavioristes, quant à eux, considèrent la paraphilie comme un ensemble de comportements acquis. En guise d'exemple, des brutalités commises dans le foyer d'un enfant peuvent déclencher un comportement similaire chez cet enfant devenu adulte. Ces deux écoles, à défaut d'un terme plus approprié, ne divergent pas. A vrai dire, elles sont même plus proches que ne veulent généralement le reconnaître les psychanalystes et les behavioristes…

Il hocha la tête et croisa ses mains sur ses genoux, ayant apparemment oublié la question qu'on lui avait posée.

– Vous alliez nous parler des moules érotiques, dit Chandler pour l'aiguiller.

– Ah, oui, pardonnez-moi, j'avais perdu le fil. Euh… le moule érotique est en fait l'expression que j'utilise pour englober tous les désirs psychosexuels qui entrent dans la composition de la scène érotique idéale d'un individu. Car voyez-vous, chaque individu possède une scène érotique idéale. Celle-ci peut inclure les attributs physiques idéaux de l'amant, ou bien le lieu, le type de rapports sexuels, l'odeur, le goût, le toucher, la musique, bref, n'importe quoi… tous les ingrédients qui entrent dans la composition de cette scène érotique parfaite. Une des autorités en la matière, un professeur de l'université Johns Hopkins, appelle cela la « carte de l'amour ». Il s'agit d'une sorte de guide permettant d'accéder à la mise en scène parfaite.

– Bien. Et dans votre livre, vous avez appliqué cette théorie aux meurtriers sexuels…

– Oui. A partir de cinq sujets, tous condamnés pour des meurtres liés à des motivations ou pratiques sexuelles, j'ai tenté de dessiner le moule érotique de chacun de ces individus. Afin ensuite de l'ouvrir et d'analyser les morceaux pour remonter jusqu'au développement de l'enfant. Tous ces hommes possédaient des moules fêlés, si vous me permettez cette expression. Mon but était de localiser la fêlure.

– Comment avez-vous sélectionné vos sujets, docteur ?

A cet instant, Belk se leva pour objecter et s'avança jusqu'au pupitre.

– Votre Honneur, aussi passionnant que soit cet exposé, je doute qu'il ait un quelconque rapport avec le procès. Je ne nie pas l'ampleur des connaissances du docteur Locke dans ce domaine. Toutefois, je ne pense pas qu'il soit utile d'évoquer en détail les cas de cinq autres meurtriers. Nous sommes réunis ici pour une affaire concernant un meurtrier qui n'est même pas mentionné dans le livre du docteur Locke. Je connais bien cet ouvrage. Norman Church n'y figure pas.

– Maître Chandler ? fit le juge Keyes en se tournant vers l'avocate.

– Votre Honneur, maître Belk a parfaitement raison : ce livre parle de tueurs psychopathes. Et donc, Norman Church n'y figure pas. Mais le rapport avec notre procès va apparaître clairement au cours des questions qui vont suivre. Je pense que maître Belk le sait, et c'est sûrement la raison de son objection.

– Eh bien, maître Belk reprit le juge, je pense que cette objection aurait pu venir il y a dix minutes. Maintenant que l'interrogatoire s'est orienté dans cette direction, autant aller jusqu'au bout. De plus, vous avez raison de dire que cet exposé est passionnant. Continuez, maître Chandler. L'objection est rejetée.

Belk se laissa retomber dans son fauteuil et glissa à Bosch :

– Je parie qu'il se la tape !

Il avait parlé suffisamment fort pour que Chandler l'entende, mais pas le juge. Si l'avocate avait entendu, elle n'en laissa rien paraître.

– Merci, Votre Honneur, dit-elle. Docteur Locke, maître Belk et moi avions donc raison de dire que Norman

Church ne figurait pas parmi les sujets de votre étude, n'est-ce pas ?

– C'est exact.

– Quand ce livre a-t-il été publié ?

– L'année dernière.

– Autrement dit, trois ans après la fin de l'affaire du Dollmaker ?

– Oui.

– Ayant collaboré avec la brigade spéciale et possédant de toute évidence une parfaite connaissance de ces crimes, pourquoi ne pas avoir inclus Norman Church dans votre étude ? Un tel choix paraissait pourtant s'imposer.

– Oui, cela pouvait sembler évident, mais il n'en est rien. Premièrement, Norman Church était mort. Or je voulais travailler avec des sujets vivants et coopératifs. Mais emprisonnés, bien évidemment. Je voulais pouvoir les interviewer.

– Sur les cinq sujets que vous avez sélectionnés, quatre seulement sont encore vivants. Le cinquième, un dénommé Alan Karps, a été exécuté au Texas avant même que vous ne commenciez à écrire votre livre. Pourquoi, alors, ne pas avoir choisi Norman Church ?

– Pour la bonne et simple raison, maître Chandler, que Karps a passé presque toute sa vie d'adulte dans des centres spécialisés. Il existe une quantité énorme de documents et d'analyses sur son cas et les traitements psychiatriques qu'il a subis. Pour Church, il n'y a rien. Il n'avait jamais eu d'ennuis auparavant. En ce sens, il constituait une anomalie.

Chandler baissa les yeux sur son bloc et en tourna une page, laissant sa brillante démonstration flotter dans le silence de la salle de tribunal comme un nuage de fumée de cigarette.

– Pourtant, enchaîna-t-elle, vous vous êtes renseigné sur Church, me semble-t-il ?

Locke hésita avant de répondre.

– En effet, j'ai mené une courte enquête préliminaire qui s'est limitée à contacter sa famille et à solliciter une interview avec son épouse. Celle-ci a refusé. Norman

Church était mort et comme il n'existait aucun dossier le concernant... autre que les rapports sur les meurtres que je connaissais déjà... j'ai finalement renoncé. Je me suis reporté sur Karps, au Texas.

Bosch vit Chandler rayer plusieurs questions sur son bloc, puis en tourner quelques pages. Il en conclut qu'elle venait de changer de tactique.

Elle demanda :

– Lorsque vous travailliez en collaboration avec la brigade spéciale, vous avez, je crois, dressé le profil psychologique du meurtrier, est-ce exact ?

– Oui, répondit Locke à voix basse.

Il se redressa sur son siège pour se préparer à ce qui allait suivre.

– Sur quoi était-il basé ?

– Une analyse des lieux des crimes et de la méthode utilisée, passée au crible de ce que nous savons sur les déviants. J'en ai tiré quelques traits de caractère généraux qui, selon moi, pouvaient faire partie de la panoplie de notre meurtrier.

En regardant autour de lui, Bosch constata que les bancs réservés au public commençaient à se remplir. Ce doit être le meilleur spectacle de tout le palais de justice, songeait-il. Peut-être même de toute la ville.

– Vous n'avez guère eu la main heureuse, n'est-ce pas ? Si Norman Church était réellement le Dollmaker, s'entend.

– Non, en effet. Mais ce sont des choses qui arrivent, vous savez. C'est souvent pure conjecture. Plus que la preuve de mon échec, c'est la preuve que nous savons encore peu de choses sur l'être humain. Le comportement de cet homme n'a jamais déclenché le moindre écho sur aucun écran radar – exception faite, évidemment, des pauvres femmes qu'il a assassinées avant d'être abattu.

– A vous entendre, il ne fait aucun doute que Norman Church était le meurtrier, le Dollmaker. Basez-vous cette affirmation sur des faits incontestables ?

– Euh... je sais que c'est la vérité car la police me l'a dit.

– Prenons le raisonnement inverse, docteur. Si vous partiez de ce que vous savez de Norman Church en laissant de côté les déclarations de la police concernant les prétendues pièces à conviction qu'elle aurait recueillies, pourriez-vous croire cet homme capable des crimes dont on l'accuse ?

Belk s'apprêtait à se lever pour protester, mais Bosch posa une main ferme sur son bras pour l'obliger à rester assis. Belk se retourna pour le foudroyer du regard, mais entre-temps Locke avait déjà commencé à répondre à la question.

– Je serais incapable de l'inclure ou, au contraire, de l'exclure des suspects. Nous ne savons pas suffisamment de choses à son sujet. Nous ne savons pas suffisamment de choses sur l'esprit humain en général. Tout ce que je sais, c'est que n'importe qui est capable de n'importe quoi. Je pourrais être un maniaque sexuel. Vous aussi, maître Chandler. Nous possédons tous un moule sexuel et, chez la plupart d'entre nous, ce moule est parfaitement normal. Chez certains, il peut prendre un aspect inhabituel, mais seulement sur un plan ludique. Pour d'autres, des cas extrêmes qui s'aperçoivent qu'ils ne peuvent atteindre l'excitation et le plaisir sexuels qu'en infligeant la douleur, ou même en tuant leurs partenaires, le moule est plus profondément enfoui, plus obscur.

Chandler était occupée à prendre des notes sur son bloc lorsque Locke acheva sa réponse. Comme elle n'enchaînait pas immédiatement avec une autre question, il poursuivit librement :

– Malheureusement, le cœur noir n'est pas inscrit sur le front du meurtrier. Et les victimes qui le découvrent n'ont généralement plus la possibilité d'en parler.

– Merci, docteur, dit l'avocate. Je n'ai plus de questions à vous poser.

Belk attaqua bille en tête, sans même y aller de quelques questions préliminaires en guise d'échauffement. Bosch n'avait jamais vu une telle expression de concentration sur son épais visage rubicond.

– Docteur, ces hommes qui possèdent cette paraphilie, comme vous dites, à quoi ressemblent-ils ?

– Ils ressemblent à tout le monde. Ce n'est pas leur aspect qui les trahit.

– Bien, et sont-ils en permanence à l'affût ? Vous voyez ce que je veux dire… en train de chercher à assouvir leurs fantasmes déviants ?

– Non. En fait, des études ont montré que ces gens-là ont de toute évidence conscience de leurs goûts déviants et s'efforcent de les dominer. Ceux qui sont assez courageux pour affronter le problème en face parviennent généralement à mener des vies parfaitement normales avec l'aide de médicaments et de psychothérapies. Les autres sont régulièrement assaillis par le besoin de passer à l'acte. Ils peuvent alors céder à ces pulsions et commettre un crime… Les serial killers à motivations psychosexuelles agissent souvent selon des schémas répétitifs, si bien que la police qui les traque peut quasiment prévoir à quel moment ils frapperont de nouveau. Car la montée du stress, le besoin de passer à l'acte suivent, eux aussi, un schéma récurrent préétabli. Souvent, nous sommes face à un cas où les intervalles sont de plus en plus rapprochés, le besoin irrésistible revenant de plus en plus vite à chaque fois.

Belk était penché sur le pupitre, appuyé de tout son poids.

– Je vois. Mais entre ces moments compulsifs, où se produit le passage à l'acte, cet homme semble-t-il mener une vie normale ou bien, au contraire, reste-t-il prostré dans un coin, la bave aux lèvres, par exemple ?

– Non, non, rien de tel, du moins jusqu'à ce que les intervalles deviennent si rapprochés qu'ils n'existent quasiment plus. Dans ce cas, vous pouvez avoir un individu à l'affût en permanence, comme vous le disiez. Mais, entre ces crises, la normalité s'installe. L'acte sexuel déviant, viol, strangulation, voyeurisme, n'importe quoi, fournit au sujet des souvenirs pour construire ses fantasmes. Il se servira ensuite de cet acte pour fantasmer et provoquer l'excitation au cours de la masturbation ou de rapports sexuels normaux.

– Voulez-vous dire que, d'une certaine façon, il se repassera mentalement la scène du meurtre pour pouvoir déclencher l'excitation et avoir des relations sexuelles normales avec… mettons sa femme, par exemple ?

Chandler émit une objection et Belk dut reformuler sa question afin de ne pas orienter la réponse de Locke.

– Oui, il se repassera mentalement la scène afin de pouvoir accomplir l'acte conforme aux exigences de la société.

– De cette façon, une épouse, par exemple, pourrait tout ignorer des désirs véritables de son mari, c'est bien cela ?

– Exact. Et cela est fréquent.

– Un individu de ce genre peut donc se comporter de manière parfaitement normale sur son lieu de travail et avec ses amis sans révéler cet aspect de sa personnalité, exact ?

– Oui, toujours exact. On trouve de nombreux exemples semblables en analysant le passé des meurtriers sexuels. Ainsi Ted Bundy menait-il une double vie sur laquelle on possède de nombreux renseignements. Tout comme Randy Kraft, meurtrier de dizaines d'auto-stoppeuses ici même, en Californie du Sud. Et je pourrais en citer beaucoup, beaucoup d'autres. C'est d'ailleurs la raison pour laquelle ils font de si nombreuses victimes avant d'être arrêtés, généralement à cause d'une erreur infime.

– Comme Norman Church ?

– Oui.

– Ainsi que vous l'avez déclaré précédemment, vous n'avez pas pu réunir suffisamment d'informations sur le passé et le comportement de Norman Church pour inclure celui-ci dans votre ouvrage. Ceci vous incite-t-il à penser qu'il n'est pas le meurtrier, contrairement aux dires de la police ?

– Nullement. Comme je le disais, il est facile de dissimuler ces pulsions sous un habit de normalité. Ces individus savent que leurs désirs sont rejetés par la société. Croyez-moi, ils se donnent beaucoup de mal pour les dissimuler. M. Church n'est pas le seul sujet que j'aie envisagé d'étudier pour mon livre, avant finalement d'y renoncer par manque de renseignements intéressants. J'ai mené des enquêtes préliminaires sur au moins trois autres serial killers qui étaient morts ou refusaient de coopérer, et je les ai finalement rayés de la liste eux aussi, ne disposant pas d'assez de documents.

– Précédemment, vous avez souligné que ces problèmes de comportement trouvaient leur origine dans l'enfance. De quelle façon ?

– J'aurais dû dire qu'ils trouvaient « peut-être » leur origine dans l'enfance. Voyez-vous, il s'agit d'une science complexe, sans aucune certitude. A vrai dire, si je possédais la réponse à votre question, je serais au chômage. Toutefois, les psychanalystes tels que moi estiment que la paraphilie provient d'un traumatisme émotionnel ou physique, ou bien les deux. Fondamentalement, il s'agit d'une synthèse, sans doute de déterminants biologiques et d'éducation sociale. C'est très difficile à localiser avec précision, mais nous pensons que cela se produit très tôt, généralement entre cinq et huit ans. Un des personnages que j'ai étudiés dans mon livre a subi des sévices de la part de son oncle à l'âge de trois ans. Ma thèse, ou ma conviction, appelez ça comme vous voulez, c'est que ce traumatisme l'a placé sur le chemin qui l'a conduit plus tard à assassiner des homosexuels. Presque toujours, il émasculait ses victimes.

Un tel silence s'était abattu dans la salle d'audience durant la déposition de Locke que Bosch entendit le bruit assourdi d'une des portes du fond qui s'ouvrait. Jetant un coup d'œil par-dessus son épaule, il vit Jerry Edgar s'asseoir sur le dernier banc. Edgar lui adressa un signe de tête et Harry se tourna vers la pendule. 16 h 15 : dans un quart d'heure, le procès serait suspendu jusqu'au lendemain. Bosch se dit qu'Edgar revenait certainement de l'autopsie.

– Ce traumatisme subi par un enfant, et qui le conduit ensuite à commettre des actes criminels à l'âge adulte, est-il toujours nécessairement aussi flagrant ? Autrement dit, aussi traumatisant que des sévices sexuels ?

– Pas nécessairement. L'enfant peut souffrir d'un stress émotionnel plus traditionnel. La nécessité terrifiante de faire ses preuves aux yeux des parents, par exemple, ajoutée à d'autres éléments. Il est difficile d'évoquer ce sujet dans un contexte hypothétique à cause des multiples dimensions de la sexualité humaine.

Avant de conclure, Belk enchaîna avec d'autres questions d'ordre plus général concernant les études menées par le docteur Locke. Chandler demanda la permission de réinterroger brièvement le témoin, mais Bosch avait l'esprit ailleurs. Il savait qu'Edgar ne serait pas venu au tribunal sans une bonne raison. Deux fois il consulta la pendule fixée au mur, deux fois il consulta sa montre. Finalement, après que Belk eut répondu qu'il n'avait plus rien à demander au témoin, le juge Keyes leva la séance.

Bosch regarda Locke descendre de l'estrade et se diriger vers la sortie. Deux ou trois journalistes lui emboîtèrent le pas. Puis les jurés se levèrent et quittèrent la salle en file indienne.

Belk se tourna vers Bosch.

– Vous avez intérêt à vous préparer pour demain. A mon avis, c'est vous qui allez vous retrouver sur le gril.

– Alors, du nouveau, Jerry ? demanda Bosch en rejoignant son collègue dans le couloir qui conduisait à l'escalator.

– Tu es garé à Parker Center ?

– Oui.

– Moi aussi. Allons-y.

Ils prirent l'escalator, sans dire un mot car celui-ci était rempli de spectateurs sortant de la salle d'audience. Une fois qu'ils furent seuls sur le trottoir, Edgar sortit de sa poche de veste un formulaire blanc plié en deux qu'il tendit à Harry.

– Ça y est, on a la confirmation. Les empreintes de Rebecca Kaminski que m'a refilées Mora correspondent au moulage de la main de notre blonde. Et je reviens de l'autopsie. Le tatouage est bien présent, au-dessus du cul. Yosemite Sam.

Bosch déplia le formulaire. C'était une photocopie de déclaration standard de disparition de personne.

– C'est un double de la déclaration concernant Rebecca Kaminski, également connue sous le nom de Magna Cum Loudly. Portée disparue il y a vingt-deux mois et trois jours.

Bosch prenait connaissance de la déclaration.

– Apparemment, il n'y a pas le moindre doute, dit-il.

– Non, aucun. C'était bien elle. L'autopsie a également confirmé la mort par strangulation manuelle. Le nœud a été serré du côté droit. Très certainement un gaucher.

Les deux hommes firent quelques dizaines de mètres sans dire un mot. Bosch était surpris par la chaleur qui régnait encore en cette fin d'après-midi. Ce fut Edgar qui brisa le silence :

– De toute évidence, on a la confirmation maintenant. Ça ressemble peut-être à une des poupées de Church, mais il est impossible qu'il ait fait le coup, à moins d'avoir ressuscité… Alors je suis allé faire un tour à la librairie d'Union Station. Le bouquin de Bremmer, *Le Dollmaker*, avec tous les détails nécessaires à un imitateur, a été publié dix-sept mois après la mort de Church. Becky Kaminski a disparu environ quatre mois après la sortie du bouquin. Conclusion : notre meurtrier a très bien pu acheter le livre et s'en servir comme d'une sorte de manuel pour donner l'impression que c'était l'œuvre du Dollmaker… (Edgar se tourna vers Harry avec un grand sourire.) Ça roule pour toi, Harry.

Celui-ci acquiesça, sans sourire. Edgar ne connaissait pas l'existence de l'enregistrement vidéo.

Ils descendirent Temple Street jusqu'à Los Angeles Street. Bosch ne remarquait pas les gens autour de lui, les sans-abri qui tendaient leurs gobelets aux coins des rues. Il faillit traverser la chaussée sans faire attention aux voitures, et Edgar dut le retenir par le bras. Tandis qu'ils attendaient que le feu passe au rouge, Harry relut encore une fois la déposition. Rien à se mettre sous la dent.

Rebecca Kaminski était simplement partie à un « rendez-vous », et elle n'était jamais revenue. Elle devait retrouver un inconnu au Hyatt Hotel dans Sunset Boulevard. C'est tout. Pas d'enquête, pas d'informations complémentaires. La disparition avait été signalée par un nommé Tom Cerrone, identifié sur la déclaration comme colocataire de Kaminski à Studio City. Le feu passa enfin au rouge. Ils traversèrent Los Angeles Street et tournèrent à droite vers Parker Center.

– Tu vas aller interroger ce Cerrone, le colocataire ? demanda Harry.

– J'en sais rien. Si j'arrive à trouver le temps. Je m'intéresse davantage à ce que tu penses de tout ça, Harry. Qu'est-ce qu'on fait maintenant ? Le bouquin de Bremmer s'est vendu comme des petits pains. Tous ceux qui l'ont lu sont suspects.

Bosch ne répondit pas avant qu'ils aient atteint le parking et se soient arrêtés près de la guérite à l'entrée. Il regarda encore une fois la déclaration qu'il tenait dans les mains, puis leva les yeux vers Edgar.

– Je peux la garder ? Il se pourrait que j'aille rendre visite à ce type.

– Avec plaisir… Au fait, je voulais te dire autre chose, Harry…

Edgar glissa à nouveau la main dans sa poche intérieure de veste pour en sortir une autre feuille, jaune celle-ci. Bosch reconnut une citation à comparaître.

– Ils me l'ont apportée chez le coroner. Je me demande comment elle savait que j'étais là-bas.

– Quand es-tu convoqué ?

– Demain matin, à 10 heures. Etant donné que j'ai jamais fait partie de la brigade spéciale, tu devines sur quoi elle va m'interroger. La blonde dans le béton.

Bosch jeta sa cigarette dans la fontaine qui faisait partie du monument dédié aux officiers de police morts dans l'exercice de leur fonction, et franchit les portes vitrées de Parker Center. Après avoir montré son insigne à un des flics installés derrière le guichet d'accueil, il se dirigea vers les ascenseurs. Une ligne rouge était peinte sur le sol de dalles noires. Elle indiquait le chemin que devaient suivre les visiteurs pour se rendre à la salle d'audition de la commission d'enquête. Il y avait également une ligne jaune pour les Affaires internes et une bleue pour les candidats qui voulaient s'engager dans la police. Il était de tradition parmi les policiers qui attendaient l'ascenseur de se placer juste sur la ligne jaune, obligeant ainsi le citoyen qui se rendait au bureau des Affaires internes – pour porter plainte généralement – à les contourner. Cette manœuvre s'accompagnait généralement d'un regard torve adressé au citoyen en question.

Comme chaque fois qu'il attendait l'ascenseur, Bosch se souvint de la plaisanterie à laquelle il avait participé alors qu'il était encore élève à l'Académie de police. Avec un autre cadet, ils s'étaient introduits dans Parker Center à 4 heures du matin, ivres et cachant sous leurs anoraks des pinceaux et des pots de peinture noire et jaune. En l'espace de quelques instants, au cours d'une opération aussi brève que téméraire, son comparse s'était servi de la peinture noire pour masquer la ligne jaune sur le sol carrelé pendant que Bosch traçait à la peinture jaune une nouvelle ligne qui passait devant les ascenseurs, suivait le couloir jusque dans les toilettes pour hommes et s'achevait devant un urinoir. Cette farce leur avait valu une réputation quasi légendaire, y compris parmi leurs instructeurs.

Harry sortit de l'ascenseur au deuxième étage et revint sur ses pas pour se rendre dans les locaux de la brigade des vols et homicides. L'endroit était désert. La plupart des membres de cette brigade travaillaient à des heures régulières, de 7 heures à 15 heures. De cette façon, ils pouvaient tranquillement assurer tous les jobs supplémentaires qu'on leur proposait. Les flics des Vols et Homicides constituaient la crème de la police. A ce titre, c'étaient eux qui dégotaient les meilleures combines. Servir de chauffeur à des princes saoudiens en visite, assurer la sécurité des gros patrons des studios de cinéma, servir de gardes du corps aux flambeurs de Las Vegas. La police de cette dernière ville interdisait en effet à ses hommes de travailler en dehors du service, si bien que les petits boulots bien payés revenaient aux flics de Los Angeles.

A l'époque où Bosch avait été nommé aux Vols et Homicides, il y avait là encore quelques vieux inspecteurs qui avaient été engagés comme gardes du corps de Howard Hugues. Ils parlaient de cette expérience comme si c'était la raison d'être de la brigade, leur seule motivation, le moyen de décrocher un boulot auprès d'un milliardaire complètement dingue qui n'avait même pas besoin de gardes du corps puisqu'il n'allait jamais nulle part.

Bosch se dirigea vers le fond du bureau et brancha un des ordinateurs. Pendant que l'appareil se mettait en route, il alluma une cigarette et sortit de sa poche de veste la copie de la déclaration que lui avait donnée Edgar. Du vent. Personne ne s'en était jamais occupé, personne ne l'avait même jamais regardée.

Apparemment, Tom Cerrone s'était présenté lui-même au commissariat de North Hollywood pour faire sa déclaration à l'accueil. La déposition avait dû être enregistrée par un stagiaire ou un vieux de la vieille qui n'en avait rien à secouer. Dans tous les cas, ils n'avaient pas pris cette déclaration pour ce qu'elle était : un moyen de se blanchir.

Cerrone affirmait partager son appartement avec

Kaminski. A en croire le bref résumé, Kaminski, deux jours avant cette déposition, avait informé Cerrone qu'elle avait rendez-vous avec un inconnu au Hyatt Hotel sur Sunset Strip, et elle espérait ne pas tomber sur un dingue. Elle n'était jamais revenue. Inquiet, Cerrone était allé trouver la police. On avait pris sa déposition, on l'avait transmise au commissariat de North Hollywood, où personne n'avait tiqué, avant de l'expédier au service des personnes disparues, section centre-ville, où quatre inspecteurs avaient pour tâche de retrouver les soixante personnes dont on déclarait la disparition chaque semaine.

En réalité, la déposition avait été placée sur une pile, avec d'autres identiques, et personne ne s'y était intéressé jusqu'à ce qu'Edgar et son copain, Morg, mettent la main dessus. Même s'il suffisait de lire ce rapport deux minutes pour comprendre que Cerrone n'était pas celui qu'il prétendait être, cela laissait Bosch parfaitement indifférent. Kaminski était morte et avait été coulée dans le béton bien avant que ne soit enregistrée cette déposition. Personne n'aurait rien pu faire pour elle, de toute façon.

Il pianota le nom de Thomas Cerrone sur le clavier de l'ordinateur et interrogea le fichier du Département de la Justice de Californie. Bosch décrocha illico la timbale. Le dossier informatisé du dénommé Cerrone, âgé de quarante ans, indiquait qu'il avait été interpellé neuf fois en autant d'années pour incitation à la prostitution et deux autres fois pour proxénétisme.

C'était un mac, comme Bosch s'en était douté. Le mac de Kaminski. Il remarqua que Cerrone était actuellement en liberté surveillée pour trente-six mois, suite à sa dernière condamnation. Il sortit de sa poche son répertoire téléphonique en cuir noir et fit rouler sa chaise jusqu'à un bureau équipé d'un téléphone. Après avoir composé le numéro de la permanence du département des mises en liberté surveillée du comté, il transmit à l'employée qui lui répondit le nom et le matricule de Cerrone. En échange, celle-ci lui donna la dernière adresse connue de Cerrone. Le mac avait dégringolé dans l'échelle sociale, de Studio

City à Van Nuys, depuis que Kaminski s'était rendue au Hyatt Hotel et n'en était jamais revenue.

Bosch raccrocha et songea à appeler Sylvia en se demandant s'il devait la prévenir qu'il risquait fort d'être convoqué à la barre des témoins le lendemain. Il n'était pas certain de vouloir qu'elle soit présente pour le voir se faire bousculer, malmener par Money Chandler. Finalement, il décida de ne pas l'appeler.

L'adresse du domicile de Cerrone correspondait à un appartement de Sepulveda Boulevard, dans un quartier où les prostituées ne cherchaient pas à alpaguer le client de manière discrète. Il faisait encore jour et Bosch repéra quatre jeunes femmes réparties sur une distance de deux pâtés de maisons. Elles portaient des débardeurs et des shorts très courts. Chaque fois qu'une voiture passait à leur hauteur, elles levaient le pouce comme des auto-stoppeuses. Pourtant, il était évident qu'elles ne voulaient pas aller plus loin que le parking du coin de la rue, où elles pourraient se livrer à leurs affaires.

Bosch se gara le long du trottoir, en face de la résidence Van-Aire, où vivait Cerrone, à en croire l'adresse qu'il avait donnée à l'agent dont il dépendait. Deux des chiffres formant le numéro étaient tombés de la façade, mais il était encore lisible, le smog ayant peint le reste du mur en beige crasseux. La résidence avait bien besoin d'un coup de peinture, de nouveaux volets et d'un replâtrage pour combler les fissures de la façade, et sans doute aussi de nouveaux locataires.

A vrai dire, il aurait fallu tout raser. Et rebâtir ensuite, songea Bosch en traversant la rue. Le nom de Cerrone figurait sur la liste des locataires, juste à côté de la porte d'entrée verrouillée. Mais personne ne répondit à l'interphone de l'appartement n° 6. Bosch alluma une cigarette et décida d'attendre un petit moment. Il dénombra vingt-quatre appartements sur la liste. Il était 18 heures. Les gens allaient rentrer chez eux pour dîner. Quelqu'un finirait bien par arriver.

Tournant le dos à la porte de la résidence, il s'éloigna

de quelques pas. Il remarqua un graffiti sur le trottoir, à la peinture noire. Le logo du gang local. A côté, un message écrit en lettres capitales posait cette question : SERÉ VOUS LE PROCHIN RODDY KING ? Bosch se demanda comment on pouvait orthographier de travers un nom prononcé et imprimé tant de fois.

Une femme accompagnée de deux jeunes enfants s'approcha de la porte grillagée de la résidence. Bosch calcula son approche de manière à atteindre la porte juste au moment où la femme l'ouvrirait.

– Avez-vous aperçu Tommy Cerrone ? lui demanda-t-il en passant devant elle.

Elle était trop occupée par ses enfants pour répondre. Bosch s'engagea dans la cour pour se repérer et chercher une porte marquée du numéro 6, l'appartement de Cerrone. Un autre graffiti était peint sur le sol en ciment, le symbole d'un gang que Bosch ne parvint pas à déchiffrer. Il découvrit l'appartement numéro 6 au rez-de-chaussée, au fond de la cour. Un barbecue japonais tout rouillé avait été déposé dehors, à côté de la porte. Un vélo d'enfant avec des stabilisateurs se trouvait sous la fenêtre.

Le vélo d'enfant ne cadrait pas dans le paysage. Bosch essaya de jeter un coup d'œil à l'intérieur de l'appartement, mais les rideaux étaient tirés, ne laissant qu'une bande obscure de cinq ou six centimètres. Bosch frappa à la porte et se jeta aussitôt de côté comme il en avait l'habitude. Une Mexicaine qui semblait enceinte d'au moins huit mois sous sa robe de chambre rose décolorée vint ouvrir. Derrière cette petite femme, Bosch aperçut un jeune garçon assis par terre dans le living-room, devant un téléviseur noir et blanc branché sur une chaîne en espagnol.

– Hola ! dit Bosch. Senor Tom Cerrone aqui ?

La femme le regarda avec des yeux effrayés. Elle parut se replier sur elle-même, comme pour se faire encore plus petite devant lui. Ses bras se refermèrent autour de son ventre gonflé.

– No migra, dit Bosch. Policia. Tomas Cerrone. Aqui ?

Elle fit non de la tête et voulut refermer la porte. Bosch

la retint avec sa main. Se débattant avec ses rudiments d'espagnol, il lui demanda si elle connaissait Cerrone et savait où il était. La femme répondit qu'il ne venait qu'une fois par semaine pour prendre son courrier et percevoir le loyer. Reculant d'un pas, elle désigna la table de jeu sur laquelle était posée une petite pile de lettres. Bosch remarqua sur celle du dessus un relevé de l'American Express. Carte Gold.

– Téléfono ? Necesidad urgente ?

La femme baissa les yeux, et son embarras évident fit comprendre à Bosch qu'elle possédait un numéro de téléphone.

– Por favor ?

Elle lui demanda d'attendre et disparut à l'intérieur de l'appartement. Pendant son absence, le jeune garçon assis à trois mètres de la porte détacha son regard de l'écran de télé – Bosch constata qu'il s'agissait d'une sorte de jeu – pour l'observer. Bosch se sentit mal à l'aise. Il détourna la tête, vers la cour. Lorsqu'il se retourna vers le garçon, celui-ci souriait. Il avait levé le bras et pointait le doigt sur Bosch. Il fit un bruit de coup de feu et ricana. Sa mère reparut sur le seuil avec un morceau de papier. Dessus était inscrit un numéro de téléphone local, et rien d'autre.

Bosch le recopia dans un petit carnet qui ne le quittait jamais, puis annonça qu'il emportait le courrier. La Mexicaine tourna la tête vers la table de jeu, comme si la conduite à adopter s'y trouvait, posée à côté des lettres. Bosch l'assura qu'il n'y aurait aucun problème. Pour finir, elle s'empara de la pile de lettres et la lui tendit. La frayeur était revenue dans ses yeux.

Bosch recula. Il s'apprêtait à s'en aller lorsqu'il s'arrêta et se retourna vers la femme. Il lui demanda quel était le prix du loyer, et elle répondit qu'il était de cent dollars par semaine. Bosch hocha la tête et repartit.

Une fois dans la rue, il se dirigea vers une cabine téléphonique installée en face de la résidence. Il appela le centre des communications de la police, transmit à l'opératrice le numéro de téléphone qu'on venait de lui donner en expliquant qu'il avait besoin de connaître l'adresse.

Tandis qu'il patientait, il repensa à cette femme enceinte en se demandant ce qui la poussait à rester ici. La vie pouvait-elle être pire là-bas, dans cette ville du Mexique d'où elle venait ? Pour certains, il le savait, arriver jusqu'ici avait été si difficile qu'ils ne pouvaient envisager de faire le voyage en sens inverse.

Pendant qu'il passait en revue le courrier de Cerrone, une des « auto-stoppeuses » s'avança vers lui. Elle portait un débardeur orange sur sa poitrine gonflée chirurgicalement. Son short en jean était si échancré sur ses cuisses que les poches blanches dépassaient en dessous. Dans l'une d'elles, Bosch reconnut la forme caractéristique d'un étui de préservatif. Elle avait le visage fatigué, hagard, celui d'une femme prête à tout faire, n'importe quand, n'importe où, pour mettre une dose de crack dans sa pipe. Vu son délabrement physique, Bosch ne lui donnait pas plus de vingt ans. A sa grande surprise, la fille l'aborda :

– Bonsoir, chéri, tu cherches de la compagnie ?

Il lui sourit et répondit :

– Tu devrais faire vachement plus gaffe si tu ne veux pas te retrouver au trou !

– Oh, merde ! s'écria-t-elle en tournant les talons.

– Attends ! Attends ! On se connaît, non ? Oui, c'est bien toi… Comment tu t'appelles, déjà ?

– Ecoute, on n'a rien à faire ensemble. Je te cause pas, je te suce pas. Alors, salut…

– Attends une minute ! Je ne veux rien. Je croyais qu'on se connaissait, voilà tout. Tu ne serais pas une des filles de Tommy Cerrone, hein ? Ouais, c'est là que je t'ai vue !

Ce nom provoqua une légère hésitation dans la démarche de la fille. Bosch laissa pendre le combiné du téléphone au bout du fil et s'élança pour la rejoindre. Elle s'arrêta.

– Ecoute, je suis plus avec Tommy, pigé ? Faut que je retourne bosser.

Elle lui tourna le dos et se mit à agiter le pouce au moment où redémarrait le flot de voitures roulant vers le sud.

– Attends un peu, je veux juste un renseignement. Dis-moi où je peux trouver Tommy en ce moment. Il faut que je le contacte pour lui parler d'un truc.

– Quel truc ? Je sais pas où il est.

– C'est au sujet d'une fille. Tu te souviens de Becky ? Il y a deux ou trois ans. Une blonde, elle aimait le rouge à lèvres écarlate, roulée un peu comme toi. Possible qu'elle se faisait appeler Maggie. Faut que je la retrouve, et je sais qu'elle travaillait pour Tom. Tu te souviens d'elle ?

– J'étais même pas encore ici à cette époque-là. Et ça fait quatre mois que j'ai pas revu Tommy. J'parie que tu me baratines.

Elle repartit.

– Vingt dollars ! lui lança Bosch.

La fille s'arrêta et revint sur ses pas.

– Pour faire quoi ?

– En échange d'une adresse. Je suis sérieux. Il faut absolument que je lui parle.

– Vas-y, aboule le fric.

Il sortit l'argent de son portefeuille et le lui tendit. A cet instant, il songea que les types de la brigade des mœurs de Van Nuys le surveillaient peut-être, planqués quelque part, se demandant pourquoi il donnait vingt dollars à une pute.

– Tente ta chance à la résidence Grandview, dit la fille. Je connais pas le numéro, ni rien, mais c'est au dernier étage. Surtout, dis pas que c'est moi qui t'envoie. J'aurais de sacrés emmerdes !

Sur ce, elle s'éloigna en glissant l'argent dans une des poches qui dépassaient de son short. Bosch n'avait pas besoin de lui demander où se trouvait la résidence Grandview. Il la regarda se faufiler entre deux immeubles et disparaître, sans doute pour aller se procurer une dose de crack. Il se demanda si elle lui avait dit la vérité, et ce qui l'avait, lui, poussé à offrir de l'argent à cette fille et non pas à la Mexicaine de l'appartement 6. L'opératrice de la police avait raccroché lorsqu'il revint à la cabine téléphonique.

Il rappela le centre des communications, où on lui donna

l'adresse qui correspondait au numéro de téléphone qu'il avait obtenu peu de temps avant : suite P-1, résidence Grandview, Sepulveda Boulevard, à Sherman Oaks. Avec une ultime pensée pour ses vingt dollars partis en fumée de crack, il raccrocha.

De retour dans sa voiture, il finit de passer en revue le courrier de Cerrone. La moitié n'était que des prospectus, et le reste, des relevés de cartes de crédit ou des tracts envoyés par des candidats républicains. Il y avait également une invitation sur carte postale pour le banquet de la remise des prix de l'Association des acteurs et réalisateurs de films X à Resda, la semaine suivante.

Il ouvrit l'enveloppe de l'American Express. Sans se soucier le moins du monde de l'illégalité de son geste : Cerrone était un criminel qui mentait à son officier de probation. Il ne porterait pas plainte. Le mac devait 1 855,05 dollars à l'American Express. Le relevé faisait deux pages, et Bosch y remarqua deux factures pour des billets d'avion à destination de Las Vegas et trois achats effectués dans une boutique baptisée « Le Secret de Victoria ». Bosch connaissait bien cette boutique, ayant feuilleté à l'occasion leur catalogue de vente de lingerie par correspondance chez Sylvia. En un mois, Cerrone avait commandé pour 400 dollars de lingerie. Ainsi l'argent versé par la pauvre Mexicaine qui lui louait son appartement servait-il à rembourser les notes de lingerie des putes de Cerrone ! Bosch la trouva saumâtre, mais cela lui donna une idée.

La résidence Grandview symbolisait le summum de l'idéal californien. Construit le long d'une galerie marchande, le bâtiment offrait à ses occupants la possibilité de se rendre directement de leurs appartements au centre commercial, leur évitant ainsi d'avoir recours à l'intermédiaire encore indispensable à toute activité culturelle ou sociale en Californie du Sud : la voiture. Bosch se gara dans le parking du centre commercial et pénétra dans le hall de la résidence par la porte de derrière. C'était un vaste espace en marbre italien, avec un piano à queue installé au milieu et qui jouait tout seul. Bosch reconnut un standard de Cab Calloway, *Everybody that Comes to my Place has to eat*.

La liste des locataires et un téléphone étaient fixés au mur près de la porte verrouillée conduisant aux ascenseurs. En face de l'appartement P-1 figurait le nom de Kuntz. Bosch se dit qu'il s'agissait certainement d'une blague pour initiés. Il décrocha le combiné de l'interphone et enfonça le bouton. Une voix de femme lui ayant répondu, il lança :

– UPS[1]. J'ai un paquet pour vous.

– Ah ? Ça vient d'où ?

– Euh… y a écrit… J'arrive pas bien à lire… Le… Secret de machin-chose… Victor, un truc comme ça.

– Oh, fit-elle. (Bosch l'entendit glousser de plaisir.) Faut que je signe ?

– Oui, m'dame, j'ai besoin d'une signature.

Au lieu de lui ouvrir la porte, la fille annonça qu'elle descendait. Bosch resta planté devant la porte vitrée pendant deux minutes, à attendre, avant de réaliser que sa ruse n'avait aucune chance de fonctionner. Il n'avait pas d'uniforme, et pas le moindre paquet à la main. Il tourna le dos à l'ascenseur juste au moment où les portes chromées s'ouvraient en coulissant.

Il fit un pas vers le piano et se pencha au-dessus, comme si, fasciné par l'instrument, il n'avait pas entendu l'arrivée de l'ascenseur. Derrière lui, il entendit la porte d'entrée s'ouvrir avec un déclic, et il se retourna.

– C'est vous le coursier d'UPS ?

Elle était blonde et magnifique, même avec son jean et sa chemise en oxford bleu délavée. Leurs regards se croisèrent, et Bosch sut aussitôt qu'elle avait compris son manège. Elle tenta immédiatement de refermer la porte, mais Bosch l'en empêcha et la repoussa à l'intérieur.

– Hé, qu'est-ce que vous faites ? Je…

Bosch lui plaqua sa main sur la bouche, de peur qu'elle

1. Pour United Parcel Service, service des livraisons de paquets de la poste US *(NdT)*.

ne se mette à hurler. La moitié du visage ainsi masqué, la jeune femme eut l'air encore plus effrayé. Bosch ne la trouva plus aussi irrésistible.

– N'ayez pas peur, je ne vous ferai pas de mal. Je veux juste parler à Tommy. Allons-y.

– Tommy n'est pas là, chuchota-t-elle, comme pour bien lui montrer son désir de coopérer.

– Dans ce cas, on va l'attendre.

Il la poussa sans brutalité vers l'ascenseur et appuya sur le bouton du dernier étage.

Elle disait la vérité. Cerrone n'était pas là. Mais Bosch n'eut pas à attendre longtemps. A peine avait-il fini d'admirer l'ameublement luxueux des deux chambres, des deux salles de bains et de l'appartement en terrasse avec jardin privatif sur le toit que celui qu'il cherchait arriva.

Cerrone franchit la porte d'entrée, un *Racing Forum*[1] à la main, au moment même où Bosch revenait dans le living-room après avoir fait un petit tour sur le balcon qui dominait Sepulveda Boulevard et le Ventura Freeway encombré.

Le premier réflexe de Cerrone fut de sourire à Bosch, puis son visage se figea. Bosch provoquait souvent ce genre de réaction chez les truands. Parce que ceux-ci croyaient le reconnaître, pensait-il. Et sans doute le reconnaissaient-ils, en effet. Le portrait de Bosch était souvent apparu dans les journaux et à la télé ces dernières années. Harry était persuadé que la plupart des truands qui lisaient les journaux ou regardaient les infos à la télé observaient attentivement les portraits des flics. Peut-être pensaient-ils que cela leur conférait un avantage supplémentaire : ils savaient à quoi s'attendre. En fait, cela engendrait une fausse impression de familiarité. Cerrone avait souri comme si Bosch était un ami perdu de vue depuis longtemps, avant de s'apercevoir que l'homme qu'il avait en face de lui représentait l'Ennemi : un flic.

– Eh oui, lui lança Bosch.

---

1. Bulletin des courses de chevaux *(NdT)*.

– Tommy, il m'a obligée à le faire monter, dit la fille. Il a appelé d'en bas et…

– Ferme-la, aboya Cerrone avant de se retourner vers Bosch. Si vous aviez un mandat, vous seriez pas venu seul. Et si vous n'avez pas de mandat, foutez le camp !

– Finement observé, lui renvoya Bosch. Assieds-toi. J'ai des questions à te poser.

– Allez vous faire voir avec vos questions ! Dehors !

Bosch s'assit sur un canapé en cuir noir et sortit son paquet de cigarettes.

– Tom, si je m'en vais, c'est pour aller voir ton officier de probation et lui demander de te renvoyer au trou à cause de cette combine de fausse adresse. Le bureau des mises en liberté surveillée n'aime pas les détenus qui déclarent vivre dans un endroit alors qu'ils habitent ailleurs. Surtout quand il s'agit d'un trou à rats d'un côté et d'une résidence de luxe de l'autre.

Cerrone lança son journal en direction de la fille, à l'autre bout de la pièce.

– Tu vois ? beugla-t-il. Tu vois dans quelle merde tu me fous ?

La fille avait compris qu'il valait mieux ne pas répondre. Cerrone croisa les bras et demeura planté au centre du living-room, nullement décidé à s'asseoir, semblait-il. C'était un type costaud, mais qui s'était empâté. Trop d'après-midi passés sur les champs de courses à siroter des cocktails en regardant courir les chevaux.

– Bon, qu'est-ce que vous me voulez ?

– Parle-moi de Becky Kaminski.

Cerrone parut sincèrement surpris.

– Allons, tu te souviens d'elle… Maggie Cum Loudly, la blonde avec des gros seins, sans doute gonflés à ta demande. Tu avais lancé sa carrière dans la vidéo, tout en lui faisant faire quelques petits extras à côté, et puis elle t'a plaqué du jour au lendemain.

– D'accord, et ensuite ? C'était il y a longtemps.

– Vingt-deux mois et trois jours, paraît-il.

– Et alors ? Elle a refait surface et débite des saloperies

sur mon compte ? Je m'en fous ! Collez-moi un procès, on verra bien…

Bosch bondit du canapé, le gifla à toute volée, le poussa par-dessus un fauteuil en cuir noir, l'envoyant rouler sur le sol. Le mac se tourna aussitôt vers la fille, et Bosch comprit qu'il avait la situation en main. Parfois, le pouvoir de l'humiliation était plus terrifiant que le canon d'une arme appuyé sur la tempe. Cerrone avait le visage empourpré.

Bosch, lui, avait la main en feu. Il se pencha vers l'homme à terre.

– Elle n'a pas refait surface et tu le sais. Elle est morte, et tu le savais déjà en allant déclarer sa disparition à la police. Tu cherchais juste à te couvrir ! Je veux savoir comment tu l'as su !

– Ecoutez, j'avais pas…

– Mais tu savais qu'elle ne reviendrait pas. Comment ?

– Un pressentiment. Elle avait disparu depuis deux ou trois jours.

– Les types dans ton genre ne vont pas chez les flics sur un simple pressentiment. Les types comme toi, quand on les cambriole, ils ne portent même pas plainte. Je te le répète, tu cherchais uniquement à te blanchir. Tu ne voulais pas avoir d'histoires parce que tu savais qu'elle ne reviendrait pas vivante.

– D'accord, d'accord, c'était pas juste un pressentiment. OK ? C'était à cause du type. Je l'ai jamais vu, mais c'est sa voix et certains trucs qu'il a dits. J'avais l'impression de les avoir déjà entendus. C'est seulement après l'avoir envoyée là-bas, et quand elle a disparu, que ça m'est revenu. Je me suis souvenu du type. Je lui avais déjà envoyé une fille une fois, et on l'avait retrouvée morte.

– Comment s'appelait cette fille ?

– Holly Lere. J'ai oublié son vrai nom.

Bosch s'en souvenait, lui. Holly Lere était le nom d'« artiste » de Nicole Knapp dans le porno. La septième victime du Dollmaker. Il se rassit dans le canapé et prit une cigarette.

– Hé, Tommy ! s'exclama la fille. Il fume !

– Ferme ta gueule, lui renvoya Cerrone.

– Mais… tu as dit qu'on n'avait pas le droit de fumer ici, sauf sur le bal…

– Ta gueule !

– Nicole Knapp, dit Bosch.

– Ouais, c'est ça.

– Tu savais que les flics disaient qu'elle avait été tuée par le Dollmaker ?

– Ouais, et je l'ai toujours pensé, jusqu'à ce que Becky disparaisse. Alors, je me suis souvenu de ce type et de ce qu'il m'avait dit.

– Pourtant, tu n'en as parlé à personne. Tu n'as rien dit à la police ?

– C'est comme vous disiez, les gars comme moi, ils appellent jamais les flics.

Bosch acquiesça.

– Qu'a-t-il dit ? Le type qui a appelé, qu'a-t-il dit ?

– Il a dit : « J'ai des besoins particuliers ce soir. » Deux fois. Comme ça. Il a répété la même phrase deux fois. Avec une voix bizarre. Comme s'il parlait en gardant les dents serrés ou je sais pas quoi.

– Et tu lui as envoyé Becky ?

– C'est seulement en la voyant pas revenir que j'ai fait le rapprochement. Ecoutez, j'ai rempli une déposition. J'ai dit au flic dans quel hôtel elle était allée et eux, ils se sont même pas bougé le cul ! Je suis pas le seul fautif dans cette histoire ! Merde, quoi ! Les flics ont dit que le type avait été arrêté, qu'il était mort. Moi, je croyais qu'il n'y avait plus rien à craindre…

– Pour qui ? Pour toi ou pour les filles que tu fous sur le trottoir ?

– Hé, vous pensez vraiment que je l'aurais envoyée là-bas si j'avais su, hein ? J'avais investi un max dans cette fille.

– Je n'en doute pas.

Bosch jeta un regard vers la blonde et se demanda combien de temps il faudrait avant qu'elle ne ressemble à la fille en short à qui il avait donné vingt dollars dans la rue. Nul doute que toutes les filles de Cerrone finissaient dans la rue, décaties, le pouce levé, ou bien dans un cercueil. Il reporta son attention sur le mac.

– Rebecca fumait-elle ?

– Hein ?

– La cigarette. Est-ce qu'elle fumait ? Tu vivais avec elle, tu dois le savoir.

– Non, elle fumait pas. Je trouve que c'est une sale habitude.

En disant cela, Cerrone foudroya la blonde du regard. Bosch laissa tomber sa cigarette sur la moquette blanche et l'écrasa sous son talon en se levant. Il se dirigea vers la sortie, mais s'arrêta après avoir ouvert la porte.

– Au fait, Cerrone… Cette femme chez qui tu reçois ton courrier…

– Oui, et alors ?

– Désormais, elle ne paye plus de loyer.

– C'est quoi, cette histoire ?

Le mac se releva, retrouvant un peu de sa dignité.

– Je te dis qu'à partir de maintenant elle ne te paye plus de loyer. J'irai lui rendre visite de temps en temps. Si elle continue à payer, ton officier de probation recevra un coup de fil et ta petite combine tombera à l'eau. Annulation de la mise en liberté surveillée et retour au trou. Ce n'est pas facile de diriger un réseau de call-girls dans un pénitencier, crois-moi. Il n'y a que deux téléphones par étage, et ce sont les caïds qui décident qui a le droit de s'en servir et combien de temps. Tu serais obligé de leur filer une part des bénéfices… (Cerrone le regardait d'un œil noir, la colère faisant battre ses tempes.) Tu as vraiment intérêt à ce que cette femme soit encore là quand je reviendrai, continua Bosch. Si j'apprends qu'elle est repartie au Mexique, je te tiendrai pour responsable et j'appellerai qui tu sais. Si j'apprends qu'elle s'est offert un autre appart, même chose. Il vaut mieux pour toi qu'elle ne déménage pas.

– C'est de l'extorsion ! protesta Cerrone.

– Non, connard, on appelle ça la justice.

Bosch laissa la porte ouverte en sortant. En attendant l'ascenseur dans le couloir, il entendit Cerrone hurler encore une fois :

– Ferme ta gueule !

# 13

Ralenti par les derniers embouteillages de l'heure de pointe, Harry mit un certain temps à se rendre chez Sylvia. Quand il y arriva, elle était assise à la table de la salle à manger et, vêtue d'un jean délavé et d'un T-shirt du lycée Grant, parcourait des fiches de lecture. L'intitulé d'un de ses cours d'anglais de classe de première était « Los Angeles dans la littérature ». Elle lui avait expliqué que ce cours avait pour but de mieux faire connaître leur ville à ses élèves. La plupart venaient d'ailleurs, d'autres pays parfois. Comme elle l'avait souligné un jour, ses élèves possédaient à eux tous onze langues maternelles différentes.

Harry glissa sa main sur sa nuque et se pencha pour l'embrasser. Il remarqua que les fiches de lecture concernaient le roman de Nathanael West, *L'Incendie de Los Angeles*.

– Tu as lu ce livre ? lui demanda-t-elle.

– Oui, il y a longtemps. Une prof d'anglais au collège nous l'avait fait lire. Elle était folle.

Sylvia lui donna un coup de coude dans la cuisse.

– Petit malin, va ! Sache que j'essaye de faire alterner les livres difficiles et les plus simples. Je leur ai demandé de lire *Le Grand Sommeil* également.

– Tes élèves pensent certainement que ç'aurait dû être le titre de celui-ci.

– Hé, tu es un vrai boute-en-train aujourd'hui ! Les nouvelles sont bonnes ?

– A vrai dire, non. Ça commence à sentir mauvais au tribunal. Mais ici... c'est différent.

Elle se leva et ils s'étreignirent. Harry fit glisser et

remonter sa main dans le dos de Sylvia, car il savait qu'elle aimait cette caresse.

– Du nouveau dans l'enquête ?

– Rien. Ou beaucoup de choses. Il se pourrait bien que je me retrouve dans la merde jusqu'au cou. Après ça, j'envisage même de me chercher un boulot de détective privé. Comme Marlowe.

Elle le repoussa.

– Pourquoi dis-tu ça ?

– Je ne sais pas. Une idée. Il faut que je travaille ce soir. Je vais m'installer à la table de la cuisine. Tu peux rester dehors avec tes sauterelles[1].

– C'est à ton tour de préparer à manger.

– Dans ce cas, je vais réquisitionner le colonel[2].

– Oh, merde !

– Allons ! Un professeur d'anglais ne s'exprime pas de cette façon. Tu n'aimes pas le colonel ?

– Il est mort depuis des années. Mais peu importe. Ça ira très bien.

Elle lui sourit. Cet échange était devenu un rituel. Quand c'était au tour de Harry de cuisiner, il invitait généralement Sylvia au restaurant. Il voyait bien qu'elle était déçue à l'idée de manger à la maison, et surtout du poulet frit. Mais il se passait trop de choses dans cette affaire, il avait trop de préoccupations.

Le visage de Sylvia lui donnait envie de confesser toutes les mauvaises actions qu'il avait commises dans sa vie. Pourtant, il savait que c'était impossible. Et elle le savait aussi.

– J'ai humilié un homme aujourd'hui, dit-il.

– Ah ? Pourquoi ?

– Parce qu'il humilie les femmes.

– Tous les hommes le font, Harry. De quelle façon l'as-tu humilié ?

---

1. Le titre original du roman de Nathanael West est *Day of the Locusts*, littéralement « Le Jour des sauterelles » *(NdT)*.
2. Allusion à l'emblème de la chaîne de restaurants fast-food Kentucky Fried Chicken *(NdT)*.

– Je l'ai envoyé au tapis devant sa petite amie.

– Sans doute qu'il le méritait.

– Je ne veux pas que tu viennes au tribunal demain. Chandler va certainement me convoquer pour témoigner et je ne veux pas que tu sois là. Ce sera pénible.

Sylvia demeura muette un instant.

– Pourquoi agis-tu de cette façon, Harry ? Tu me racontes certaines choses que tu fais, mais tu gardes le reste pour toi. Par certains côtés nous sommes très intimes, mais à d'autres égards… tu me parles des hommes que tu envoies au tapis, mais jamais de toi. Que sais-je de toi en définitive ? de ton passé ? J'aimerais qu'on atteigne ce stade, Harry. Il le faut, sinon nous finirons par nous humilier l'un et l'autre. C'est comme ça que ça s'est terminé pour moi, la première fois.

Bosch acquiesça et baissa la tête. Il ne savait pas quoi dire. Un tas d'autres pensées l'accablaient et l'empêchaient d'aborder ce sujet pour l'instant.

– Je te prends des cuisses de poulet à la sauce piquante ? demanda-t-il finalement.

– Oui, si tu veux.

Sylvia se replongea dans ses fiches de lecture tandis que Bosch allait acheter de quoi manger.

Une fois le repas terminé, après que Sylvia fut retournée dans le living-room, Bosch ouvrit son porte-documents sur la table de la cuisine et en sortit les classeurs concernant les dossiers des homicides. Une bouteille de bière était posée sur la table, mais il n'avait pas de paquet de cigarettes. Il s'était promis de ne pas fumer à l'intérieur de la maison. Du moins, tant que Sylvia ne dormait pas.

Il ouvrit les anneaux du premier classeur afin d'étaler sur la table les dossiers des onze victimes. Puis il prit la bouteille de bière et se leva pour avoir une vue d'ensemble. Chaque dossier s'ouvrait sur une photo du corps de la victime, tel qu'on l'avait découvert. Les onze photos étaient ainsi disposées devant ses yeux. Après avoir réfléchi un instant, il alla dans la chambre pour inspecter le costume bleu qu'il portait la veille. Le Polaroïd de la blonde coulée dans le béton était toujours dans sa poche.

Il l'emporta à la cuisine et le posa sur la table avec les autres. Victime numéro douze. Cela faisait une horrible galerie de corps mutilés et violés ; le maquillage outrancier dessinait des sourires forcés sous les yeux morts. Les corps nus étaient exposés à la lumière crue du photographe de la police.

Bosch vida la bouteille de bière d'un trait, sans quitter les photos des yeux. Parcourut les noms et les dates des meurtres. Observa les visages. C'étaient ceux d'anges qui s'étaient perdus dans la nuit de la ville. Lorsqu'il sentit la présence de Sylvia dans son dos, il était trop tard.

– Mon Dieu ! murmura-t-elle en découvrant les photos.

Elle recula d'un pas. Dans une main, elle tenait le devoir d'un de ses élèves. L'autre était plaquée sur sa bouche.

– Je suis désolé, Sylvia, lui dit Bosch. J'aurais dû t'interdire d'entrer.

– Ce sont les victimes ?

Il acquiesça.

– Qu'est-ce que tu fais là ?

– Je n'en sais rien. J'essaye de provoquer un déclic, je suppose. Je pensais qu'en les regardant toutes encore une fois, il me viendrait une idée, que je parviendrais à comprendre ce qui se passe.

– Mais comment peux-tu regarder ces photos ? Tu étais planté devant, comme hypnotisé.

– Je n'ai pas le choix.

Elle baissa les yeux sur le devoir qu'elle tenait dans sa main.

– C'est quoi ? lui demanda Harry.

– Rien. Une de mes élèves a écrit un truc intéressant. Je voulais te le lire.

– Vas-y.

Il se dirigea vers le mur et éteignit la lumière qui éclairait la table. Les photos et lui-même se retrouvèrent enveloppés par l'obscurité. Sylvia se tenait dans la lumière en provenance de la salle à manger.

– Vas-y, je t'écoute.

Elle leva la feuille.

– C'est une fille. Voici ce qu'elle a écrit : « West a laissé présager la fin des jours alcyoniens de Los Angeles. Il a vu la cité des anges se transformer en cité du désespoir, endroit où les espoirs sont écrasés sous le poids de la foule en délire. Son roman était une mise en garde. »

Elle leva les yeux de dessus sa feuille.

– Il y a une suite, mais voilà le passage que je voulais te lire. Ce n'est qu'une élève de seconde qui suit des cours de niveau avancé, mais il me semble qu'elle a saisi un élément puissant.

Harry admira son absence de cynisme. Personnellement, il avait aussitôt pensé que la fille avait recopié ça quelque part, car enfin… où avait-elle trouvé une expression comme « les jours alcyoniens » ? Mais Sylvia, elle, ne s'arrêtait pas à ce genre de considérations. Elle voyait le bien en toute chose. Lui ne voyait que le côté sombre.

– C'est bien, dit-il.

– C'est une Afro-Américaine. Elle vient au lycée en car. C'est une de mes élèves les plus brillantes, mais je m'inquiète de savoir qu'elle prend le car. Elle m'a expliqué qu'elle faisait une heure et quart de trajet dans chaque sens, et qu'elle en profitait pour lire les romans que je leur recommandais. Malgré tout, je me fais du souci pour elle. Elle paraît si sensible. Peut-être trop.

– Laisse-lui un peu de temps. Son cœur finira par se durcir. Comme tout le monde.

– Non, pas tout le monde, Harry. C'est justement ça qui m'inquiète chez elle.

Elle l'observa un long moment, dans l'obscurité de la cuisine.

– Désolée de t'avoir dérangé.

– Tu ne me déranges jamais, Sylvia. Je regrette d'avoir apporté ces dossiers ici. Je peux repartir si tu veux, tout remporter chez moi.

– Non, Harry, je veux que tu restes. Veux-tu que je fasse du café ?

– Non, je n'ai besoin de rien.

Sylvia retourna dans le living-room et il ralluma la

lumière de la cuisine. De nouveau, il contempla la galerie des horreurs. Bien qu'elles aient toutes le même aspect dans la mort à cause du maquillage appliqué par le meurtrier, toutes ces femmes entraient dans des catégories physiques bien différentes, en fonction de leur race, de leur taille, de leur couleur de cheveux, et ainsi de suite.

Ainsi que le docteur Locke l'avait expliqué à l'époque aux inspecteurs de la brigade spéciale, cela signifiait que le meurtrier était simplement un prédateur opportuniste. Nullement intéressé par un type de corps particulier, il voulait s'offrir une victime qu'il pourrait ensuite inclure dans son programme érotique. Peu lui importait que les filles soient noires ou blanches, du moment qu'il pouvait s'emparer d'elles le plus discrètement possible. Il se nourrissait de tout. Il sévissait à un niveau où les femmes qu'il rencontrait étaient déjà victimes bien avant de croiser son chemin. Des femmes qui avaient abandonné leur corps aux mains et aux yeux sans amour d'inconnus. Elles étaient quelque part dans la rue et elles l'attendaient. La question, Bosch le comprenait maintenant, était de savoir si le Dollmaker était toujours dans la nature, lui aussi.

Il se rassit et, de la pochette du classeur, il sortit un plan de Los Angeles ouest. La carte craqua et se fendit à certains endroits lorsqu'il la déplia pour l'étaler sur les photos. Les petites pastilles noires autocollantes indiquant les lieux où avaient été découverts les corps y figuraient encore. Le nom de chaque victime et la date de la découverte du corps étaient inscrits à côté de chaque pastille. Sur le plan géographique, les enquêteurs n'avaient relevé aucune constante, avant la mort de Church du moins. Les corps étaient éparpillés sur une zone allant de Silverlake à Malibu. Le Dollmaker semait ses cadavres dans tout le Westside. Cependant, la plupart étaient regroupés autour de Silverlake et de Hollywood. Un seul corps avait été retrouvé à Malibu, et un autre à West Hollywood.

La blonde coulée dans le béton, elle, avait été retrouvée plus au sud de Hollywood que toutes les victimes précédentes. Elle était également la seule à avoir été enterrée. Toujours d'après le docteur Locke, le choix des endroits était certainement motivé par des raisons pratiques. Après la mort de Church, cette théorie avait paru se confirmer. En effet, quatre des corps avaient été abandonnés à moins de deux kilomètres de son appartement de Silverlake. Quatre autres à l'est de Hollywood, c'est-à-dire à quelques minutes de trajet en voiture.

Les dates des meurtres n'avaient pas permis, elles non plus, de faire progresser l'enquête. Aucun schéma récurrent. Au début, le laps de temps écoulé entre les découvertes macabres n'avait cessé de diminuer, puis il s'était mis à varier considérablement. Le Dollmaker attendait cinq semaines avant de frapper à nouveau, puis deux semaines, puis trois. Impossible d'en tirer une conclusion, les inspecteurs de la brigade spéciale avaient simplement laissé tomber.

Bosch poursuivit son analyse d'ensemble. Il entreprit de relire les notices biographiques de chaque victime. La plupart étaient relativement courtes ; deux ou trois pages à peine pour résumer des vies misérables. Une des filles qui tapinaient dans Hollywood Boulevard la nuit suivait des cours dans une école d'esthéticienne durant la journée. Une autre envoyait de l'argent à Chihuanga, au Mexique, où ses parents croyaient sans doute qu'elle avait trouvé un emploi bien payé de guide touristique dans le célèbre parc de Disneyland. Il existait quelques points communs entre certaines victimes, mais rien qui permît de faire progresser l'enquête.

Trois des putes du Boulevard allaient chez le même médecin pour des piqûres hebdomadaires contre la syphilis. Les membres de la brigade spéciale avaient placé ce dernier sous surveillance pendant trois semaines. Mais une nuit, pendant qu'ils l'épiaient, le Dollmaker avait ramassé une prostituée dans Sunset, et on avait retrouvé son cadavre à Silverlake le lendemain matin.

Deux autres victimes recouraient aussi aux services du même praticien. Chirurgien esthétique à Beverly Hills, il leur avait posé à l'une et à l'autre des prothèses mammaires. Les enquêteurs s'étaient jetés sur cette découverte, car un chirurgien esthétique remodèle des images, de la même façon que le Dollmaker utilisait le maquillage. Le « plastic man », ainsi que le surnommaient les policiers, avait donc été, lui aussi, placé sous surveillance. Mais jamais il n'avait commis la moindre action suspecte, et il semblait mener une vie de couple heureuse auprès de l'épouse qu'il avait sculptée à son goût. Il était toujours sur surveillance le jour où Bosch avait reçu le coup de téléphone qui avait conduit à la mort de Norman Church.

Aucun de ces deux médecins n'avait jamais su qu'il était surveillé. Dans le livre écrit par Bremmer, ils étaient mentionnés sous des pseudonymes.

Arrivé aux deux tiers de ces notices biographiques, alors qu'il parcourait la vie de Nicole Knapp, la septième victime, Bosch leur découvrit soudain un nouveau point commun. Curieusement, celui-ci lui avait toujours échappé jusqu'à présent. Comme il avait échappé à tout le monde. Aux inspecteurs de la brigade spéciale, à Locke, aux médias. Ils avaient rangé toutes les victimes dans la même catégorie. Une pute est une pute. Mais il existait des différences. Certaines racolaient dans la rue, d'autres, d'un niveau social plus élevé, étaient call-girls. A l'intérieur de ces deux catégories, on trouvait même des danseuses et une strip-teaseuse à domicile. Deux autres filles gagnaient leur vie dans le porno – à l'instar de la dernière victime, Becky Kaminski –, tout en offrant parallèlement leurs services par téléphone.

Bosch prit les biographies et les photos de Nicole Knapp, la septième victime, et de Shirleen Kemp, la onzième. Toutes les deux étaient actrices de films X, connues respectivement sous les noms de « Holly Lere » et « Heather Cumhither ».

Il feuilleta ensuite un des classeurs jusqu'à ce qu'il trouve le dossier de l'unique survivante, celle qui avait réussi à s'enfuir. Elle aussi était une actrice porno qui se prostituait accessoirement. Elle s'appelait Georgia Stern. Son nom de scène était Velvet Box. Elle s'était rendue au Hollywood Star Motel pour un rendez-vous organisé par l'intermédiaire des petites annonces qu'elle faisait passer dans les revues spécialisées locales. A son arrivée dans la chambre, le client lui avait demandé de se déshabiller. Pour ce faire, elle lui avait tourné le dos, en feignant la pudeur au cas où cela exciterait le client. C'est alors qu'elle avait vu la lanière en cuir de son sac à main passer par-dessus sa tête, et l'homme avait tenté de l'étrangler. Elle s'était débattue, comme l'avaient fait certainement toutes les autres, mais elle était parvenue à se libérer en plaçant un coup de coude dans les côtes de son agresseur, avant de se retourner pour lui décocher un coup de pied dans les parties génitales.

Elle s'était enfuie de la chambre, nue, oubliant toute pudeur. Le temps que la police arrive sur place, l'homme avait disparu. Trois jours s'étaient écoulés avant que les rapports concernant cette agression ne parviennent à la brigade spéciale. Entre-temps, la chambre d'hôtel avait été louée des dizaines de fois (le Hollywood Star proposait des chambres à l'heure) et il n'avait plus été possible d'y relever le moindre indice.

En relisant les rapports, Bosch comprit pour quelle raison le portrait-robot tracé par le dessinateur de la police avec l'aide de Georgia Stern ressemblait si peu à Norman Church.

Ce n'était pas le même homme.


Une heure plus tard, Bosch atteignait la dernière page d'un des classeurs, là où il conservait la liste des numéros de téléphone et des adresses des principales personnes concernées par l'enquête. Il se dirigea vers le téléphone mural pour appeler le docteur John Locke à son domicile, en priant le ciel qu'il n'ait pas changé de numéro.

Locke décrocha après la cinquième sonnerie.

– Désolé de vous déranger, docteur. Je sais qu'il est tard. C'est Harry Bosch.

– Comment allez-vous, Harry ? Nous n'avons pas eu le temps de nous parler aujourd'hui, malheureusement. Les conditions n'étaient pas très favorables pour vous, j'en suis sûr, et...

– Docteur, écoutez-moi. Il y a du nouveau, c'est en rapport avec le Dollmaker. J'aimerais vous montrer certaines choses et qu'on en parle ensuite. Puis-je passer vous voir ?

Il y eut un long silence avant que Locke ne réponde :

– S'agit-il de la nouvelle affaire dont on parle dans le journal ?

– Oui, entre autres.

– Voyons voir, il est bientôt 22 heures. Vous êtes sûr que ça ne peut pas attendre demain ?

– Demain, je dois aller au tribunal, docteur. Toute la journée. C'est important ! Je vous serais très reconnaissant de m'accorder un peu de votre temps. Je serai chez vous avant 23 heures, et reparti avant minuit.

Locke ne répondant pas, Harry se demanda si le docteur au doux parler avait peur de lui.

– De plus, ajouta Bosch, je crois que ça va vous intéresser.

– Très bien, dit Locke.

Après avoir obtenu l'adresse du psy, Harry rangea tous les documents dans les deux classeurs. Sylvia revint dans la cuisine après avoir hésité un instant sur le seuil, pour être certaine que les photos n'étaient plus étalées sur la table.

– Je t'ai entendu parler au téléphone. Tu comptes aller là-bas ce soir ?

– Oui, sur-le-champ. C'est à Laurel Canyon.

– Que se passe-t-il ?

Bosch s'interrompit dans sa précipitation. Il avait coincé les deux classeurs sous son bras droit.

– Je... en fait, on est passés à côté de quelque chose. Tous les gars de la brigade. On a merdé. Je pense qu'il y en a toujours eu deux, depuis le début, mais je viens de m'en apercevoir seulement maintenant.

– Deux meurtriers, tu veux dire ?

– Oui, je crois. Et je veux connaître l'opinion de Locke.

– Tu reviens ici ensuite ?

– Je ne sais pas. Il sera tard. Je pensais plutôt rentrer chez moi. Pour écouter mes messages, me changer...

– Le week-end paraît plutôt compromis, non ?

– Hein ?... Ah, oui, Lone Pine. Eh bien, euh...

– Ne t'en fais pas, va. Mais j'aurai peut-être envie de rester chez toi pendant qu'ils feront visiter la maison.

– Pas de problème.

Sylvia l'accompagna jusqu'à la porte et l'ouvrit. Elle lui demanda d'être prudent et de l'appeler dès le lendemain. Bosch promit de le faire. Sur le perron, il hésita.

– Tu avais raison, tu sais, dit-il.

– A quel sujet ?

– Ce que tu disais à propos des hommes.

## 14

Laurel Canyon serpente à travers les Santa Monica Mountains et relie Studio City à Hollywood et Sunset Strip. Sur le versant sud, là où la route plonge en contrebas de Mulholland Drive et où les quatre voies rapides se réduisent à une chaussée qui s'éboule, double invitation à une collision, il pénètre dans les quartiers branchés, ceux où les villas hollywoodiennes construites il y a quarante ans voisinent avec les constructions de verres à plusieurs niveaux et autres demeures de style tarabiscoté. C'est là, au milieu des collines escarpées, que Harry Houdini s'était fait construire un château. Jim Morrison avait vécu dans une maison de bardeaux à côté du petit marché qui constituait aujourd'hui encore le seul avant-poste commercial du canyon.

C'était un endroit que les nouveaux riches, rock stars, écrivains, acteurs de cinéma et trafiquants de drogue, affectionnaient particulièrement. Ils bravaient les glissements de terrain et les embouteillages monstrueux pour pouvoir dire qu'ils habitaient Laurel Canyon. Locke, lui, vivait dans Lookout Mountain Drive, une colline abrupte située un peu à l'écart de Laurel Canyon Boulevard et qui fit beaucoup souffrir la Caprice de fonction de Bosch. Toutefois, l'adresse qu'il cherchait ne pouvait lui échapper, car elle clignotait en néon bleu sur la façade de la maison. Harry se gara le long du trottoir, derrière un minibus Volkswagen multicolore vieux d'au moins vingt-cinq ans. C'était ça, Laurel Canyon : une longue distorsion du temps.

Il descendit de voiture, jeta sa cigarette dans la rue et

l'écrasa avec son pied. Tout était calme et sombre. Il entendit les cliquetis du moteur de la Caprice qui refroidissait. Une odeur d'essence chaude montait de dessous le capot. Glissant le bras par la vitre ouverte, il s'empara des deux classeurs.

Il lui avait fallu presque une heure pour se rendre chez Locke, et il avait eu le temps d'approfondir sa toute nouvelle théorie. En chemin, il avait également découvert un moyen parfait pour tenter d'en obtenir la confirmation.

Locke vint lui ouvrir, un verre de vin à la main. Pieds nus, il était vêtu d'un blue-jean et d'une tunique verte de chirurgien. A son cou, fixée à un cordon de cuir, pendait une grosse pierre rose translucide.

– Bonsoir, inspecteur Bosch. Entrez, je vous prie.

Le psy le précéda dans un couloir débouchant sur un vaste salon-salle à manger dont un des murs, entièrement vitré, s'ouvrait sur un patio de briques qui bordait une piscine bleue éclairée. Bosch remarqua que la moquette rosâtre était sale et usée, mais, à ce détail près, c'était plutôt pas mal pour un professeur d'université spécialisé dans les déviances sexuelles. Il constata que l'eau de la piscine était agitée de vaguelettes, comme si quelqu'un venait de s'y baigner. En outre, il lui sembla sentir flotter dans l'air des effluves de marijuana.

– Belle maison, dit-il. Figurez-vous que nous sommes presque voisins. J'habite de l'autre côté de la colline. Dans Woodrow Wilson.

– Vraiment ? Dans ce cas, pourquoi vous a-t-il fallu si longtemps pour venir ?

– Euh… à vrai dire, je ne viens pas de chez moi. J'étais chez une amie, là-haut, dans Bouquet Canyon.

– Ah, une amie… voilà qui explique les quarante-cinq minutes d'attente.

– Désolé d'abuser de votre temps, docteur. Je vous propose d'aborder directement le sujet pour ne pas vous retenir plus qu'il n'est nécessaire.

– Allons-y.

Il fit signe à Bosch de poser les classeurs sur la table

de la salle à manger. Il ne lui demanda pas s'il voulait un verre de vin, ou un cendrier, voire un maillot de bain.

– Désolé de vous déranger, reprit Harry. Je ne serai pas long.

– Oui, vous l'avez déjà dit. Je regrette moi aussi que cela survienne à ce moment-là. Ce procès m'a déjà fait perdre une journée sur mon programme de recherche et de rédaction, et j'espérais rattraper le retard ce soir.

Bosch constata que Locke n'avait pas les cheveux mouillés. Peut-être en effet travaillait-il pendant que quelqu'un d'autre se baignait dans la piscine.

Après que Locke se fut installé à la table de la salle à manger, Bosch lui raconta le déroulement de l'enquête sur la blonde qu'on venait de découvrir dans le béton. Il suivit exactement la chronologie des faits et commença par lui montrer un double de la lettre reçue au poste de police le lundi.

Tandis qu'il exposait les détails du dernier crime en date, Bosch vit une lueur d'intérêt s'allumer dans les yeux de Locke. Quand il eut achevé son récit, le psychiatre croisa les bras, ferma les yeux et lui dit :

– Laissez-moi réfléchir un instant avant d'aller plus loin.

Il demeura assis, parfaitement immobile. Bosch ne savait comment se comporter. Finalement, au bout d'une vingtaine de secondes de silence, il lui lança :

– Pendant que vous réfléchissez, puis-je utiliser votre téléphone ?

– Dans la cuisine, répondit Locke sans ouvrir les yeux.

Bosch prit le numéro de téléphone d'Amado dans la liste figurant à la fin du classeur et l'appela aussitôt. Il devina qu'il avait tiré du lit le médecin légiste.

Après s'être présenté, Bosch enchaîna :

– Désolé de vous réveiller. Mais les événements se bousculent dans cette nouvelle affaire du Dollmaker. Avez-vous lu les journaux ?

– Oui. Mais ils disaient qu'on n'était pas encore certain qu'il s'agisse du Dollmaker…

– Exact. Et j'enquête justement là-dessus. Je voudrais vous poser une question.

– Allez-y.

– Hier, durant votre déposition, vous avez parlé des prélèvements effectués sur les corps des victimes. Où sont-ils maintenant ? Je parle des indices.

Il y eut un long silence, puis Amado répondit :

– Je suppose qu'ils sont toujours aux archives. La politique du coroner consiste à conserver toutes les pièces à conviction pendant sept ans après la fin d'une affaire. En cas de procédures d'appels ou de trucs comme ça, vous comprenez. Mais dans ce cas précis, vu que le coupable est mort, il n'y a aucune raison à priori de les conserver aussi longtemps. Malgré tout, il faut un ordre écrit du légiste pour vider un casier de pièces à conviction. Il y a de fortes chances pour que le légiste de l'époque n'y ait pas songé ou qu'il ait oublié de le faire après que vous avez… euh, tué Church. Le poids de la bureaucratie est trop lourd pour que ça fonctionne. Selon moi, les prélèvements sont toujours à leur place.

– Très bien, dit Bosch, sans parvenir à masquer son excitation. Dans quel état sont-ils, à votre avis ? Peuvent-ils encore servir de pièces à conviction ? Pour l'analyse ?

– A mon avis, il ne devrait pas y avoir de dégradation.

– Vous avez du pain sur la planche en ce moment ?

– J'ai toujours quelque chose sur la planche. Mais j'avoue que vous m'intriguez. Que se passe-t-il, Bosch ?

– J'ai besoin de quelqu'un qui puisse se procurer les prélèvements des victimes numéros sept et onze. Il s'agit de Nicole Knapp et de Shirleen Kemp. C'est noté ? La septième et la onzième.

– Oui, c'est noté. Sept et onze. Et ensuite ?

– Il faut comparer les prélèvements dans les poils pubiens. Chercher la présence des mêmes poils étrangers à cet endroit, chez les deux femmes. Ça prendra combien de temps ?

– Trois ou quatre jours. Il faut envoyer les prélèvements au labo du Département de la Justice. Je peux essayer de faire activer les choses pour obtenir les résultats plus vite.

Puis-je vous poser une question moi aussi ? Pourquoi tout ça ?

– Je pense qu'il y avait quelqu'un d'autre, en plus de Church. Un imitateur, un plagiaire. C'est lui qui a tué la septième fille et la onzième, et aussi celle de cette semaine. Et je pense qu'il n'était peut-être pas aussi intelligent que Church pour se raser entièrement le corps. Si vous découvrez les mêmes types de poil, ça confirmera ma théorie.

– Je peux déjà vous fournir un renseignement intéressant concernant ces deux-là. La septième et la onzième. (Bosch se raidit.) J'ai relu tout le dossier avant de témoigner, c'est encore frais dans ma tête. Souvenez-vous… j'ai dit que deux des victimes avaient subi de graves déchirures vaginales ? Eh bien, il s'agissait justement de ces deux-là, la septième et la onzième.

Bosch réfléchit un instant à ce nouvel élément. Il entendit la voix de Locke dans le salon.

– Harry ?

– J'arrive ! lança-t-il avant de s'adresser à Amado : Très intéressant, en effet.

– Ça signifie que ce second type est encore plus violent que Church. Ces deux femmes sont celles qui ont souffert le plus.

Une idée naquit soudain dans l'esprit de Bosch. Quelque chose l'avait fait tiquer dans le témoignage d'Amado, et maintenant tout s'expliquait.

– Les préservatifs !

– Oui, et alors ?

– Vous avez parlé dans votre déposition d'une boîte de douze, dans laquelle il n'en restait que trois…

– Exact ! Neuf préservatifs utilisés. Si on retire les victimes numéro sept et onze de la liste, il en reste neuf. Ça colle, Harry ! Dès demain à la première heure, je m'en occupe. Accordez-moi trois jours, au maximum !

Après avoir raccroché, Bosch se demanda si Amado réussirait à se rendormir.

Locke avait rempli son verre de vin, mais il n'en proposa toujours pas à Bosch lorsque celui-ci revint dans la salle à manger. Bosch s'assit en face de lui à la table.

– Je suis prêt à continuer, annonça le psy.

– Très bien, allons-y.

– Vous dites que le corps découvert cette semaine présentait toutes les caractéristiques attribuées au Dollmaker ?

– Exact.

– A cette différence près que nous sommes maintenant en face d'une nouvelle façon de se débarrasser des corps, par opposition à la provocation de l'ancienne méthode. Tout cela est très intéressant. Quoi d'autre ?

– En nous basant sur un témoignage recueilli au procès, je pense que Church ne peut plus être considéré comme le meurtrier de la onzième victime. Un témoin a apporté un enregistrement qui…

– Un témoin, dites-vous ?

– Un ami de Church. Il est venu au tribunal avec une cassette vidéo montrant Church dans une fête au moment même où la onzième victime était enlevée. L'enregistrement constitue une preuve formelle.

Locke hocha la tête, sans rien dire. Au moins n'avait-il pas fermé les yeux, songea Bosch. Le psychiatre massa d'un air songeur les poils grisonnants de son menton, ce qui incita Bosch à l'imiter.

– Et il y a la victime numéro sept, ajouta ce dernier.

Il confia à Locke l'information obtenue auprès de Cerrone, concernant la voix qu'avait reconnue le mac.

– L'identification de la voix ne pourrait être considérée comme une pièce à conviction, mais supposons, pour les besoins du raisonnement, qu'il ait raison. Voilà qui établit un lien entre la blonde coulée dans le béton et la victime numéro sept. La cassette vidéo met Church hors de cause pour la onzième victime. Amado, l'assistant du coroner, je ne sais pas si vous vous souvenez de lui, affirme que les victimes numéros sept et onze ont subi des blessures similaires, des blessures qui se distinguent de celles des autres victimes… Un autre détail me revient à l'instant, au sujet du maquillage. Après la mort de Church, on a retrouvé les produits de maquillage dans le studio de Hyperion Street, vous vous souvenez ? Ils avaient appartenu à neuf des victimes. Les deux seules victimes pour lesquelles on n'a rien retrouvé étaient...

– La septième et la onzième !

– Tout juste. Ce qui fait un tas de liens entre les deux meurtres, le septième et le onzième. Ensuite, on a un lien indirect avec la victime numéro douze, celle découverte cette semaine, basé sur le témoignage d'un mac qui reconnaît la voix d'un client. Le lien se renforce quand on s'intéresse au mode de vie des trois femmes. Toutes les trois travaillaient dans le porno, toutes les trois se prostituaient parallèlement par le biais des petites annonces.

– Je vois, déclara Locke.

– Attendez, ce n'est pas fini. C'est là qu'intervient notre unique survivante. Elle aussi travaillait dans le porno et elle aussi faisait la pute.

– Et elle a donné le signalement d'un homme qui ne ressemblait en rien à Church...

– Exact ! C'est pourquoi je pense qu'il ne s'agissait pas de Church. Je pense également que ces trois femmes assassinées, plus la survivante, forment un groupe à part. Les neuf autres appartiennent à un autre groupe, avec un autre meurtrier : Church.

Locke se leva et se mit à faire les cent pas. Sans cesser de se caresser le menton.

– Autre chose ?

Bosch ouvrit un des classeurs, en sortit la carte de Los Angeles et une feuille de papier pliée en deux sur laquelle il avait inscrit une série de dates. Il déplia soigneusement la carte et l'étala sur la table. Il se pencha au-dessus.

– Regardez. Disons que les neuf victimes forment le groupe A, les trois autres le groupe B. J'ai entouré d'un cercle sur la carte les endroits où ont été découvertes les victimes du groupe A. Vous voyez... si vous excluez les victimes du groupe B, on obtient une belle concentration géographique. Les victimes du groupe B ont été retrouvées à Malibu, West Hollywood et South Hollywood. Alors que la liste A se concentre ici, à l'est de Hollywood et à Silverlake.

Bosch promena son doigt sur la carte pour encercler la

zone à l'intérieur de laquelle Church avait abandonné ses victimes.

– Et ici, ajouta-t-il, presque au centre de cette zone, on trouve Hyperion Street, autrement dit le repaire de Church.

Il se redressa et laissa tomber la feuille repliée sur la carte.

– Voici maintenant la liste des dates des onze meurtres attribués initialement à Church. Comme vous pouvez le constater, il y a une certaine régularité au début : trente jours, trente-deux jours, vingt-huit, trente et un, trente et un. Ensuite, c'est le bordel. Vous vous souvenez ? On n'y comprenait plus rien à l'époque.

– En effet, je m'en souviens.

– Nous avons des intervalles de douze jours, puis seize, puis vingt-sept, trente et onze. Plus aucune logique. Mais que se passe-t-il quand on sépare les dates du groupe A de celles du groupe B ?

Bosch déplia sa feuille. Deux colonnes de dates s'y trouvaient. Locke se pencha au-dessus de la table, dans la lumière, pour les étudier. Bosch remarqua une fine ride, une cicatrice, sur le sommet de son crâne chauve et constellé de taches de rousseur.

– Pour le groupe A, on retrouve maintenant une logique, reprit-il. Une succession d'intervalles plus réguliers. Nous avons trente jours, trente-deux, vingt-huit, trente et un, trente et un, vingt-huit, vingt-sept et trente. Pour le groupe B, ça nous donne quatre-vingt-quatre jours entre les deux meurtres.

– Meilleur contrôle du stress.

– Pardon ?

– L'intervalle entre l'accomplissement de ces fantasmes est dicté par l'accumulation du stress. Je l'ai expliqué durant ma déposition. Plus l'individu parvient à le dominer, plus longs sont les laps de temps entre deux meurtres. Le second meurtrier sait mieux dominer son stress. A l'époque, du moins.

Bosch regarda le psy continuer à faire les cent pas à travers le salon. Il sortit une cigarette et l'alluma. Locke ne dit rien.

– Ce que je veux savoir, c'est… est-ce possible ? demanda Bosch. Je veux dire… avez-vous connaissance de précédents semblables ?

– Evidemment, c'est possible. Le cœur noir n'est pas seul à battre. Il n'y a même pas besoin de chercher hors des limites de votre propre juridiction pour en découvrir des preuves flagrantes. Pensez aux fameux Etrangleurs des Collines. On a même écrit un livre sur eux, *Qui se ressemble s'assemble…* Voyez les similitudes dans les méthodes employées par le Rôdeur de la Nuit et l'Etrangleur de Sunset Strip au début des années 80. Ma réponse est claire : oui, c'est possible.

– Je connais ces affaires dont vous parlez, mais ce n'est pas la même chose. J'ai enquêté sur certaines d'entre elles et je sais que c'est différent. Les Etrangleurs des Collines opéraient ensemble. Ils étaient cousins. Les deux autres agissaient de la même façon, mais il existait d'énormes différences, malgré tout. Ici, nous avons affaire à un type qui a copié l'autre très exactement. A tel point même que nous sommes tous passés à côté, et qu'il a réussi à s'en tirer.

– Deux meurtriers qui agissent indépendamment l'un de l'autre, mais qui emploient très précisément la même technique…

– Exact.

– Je vous le répète, c'est possible. Un autre exemple, si vous voulez : vous vous souvenez, dans les années 80, du Tueur de l'Autoroute dans les comtés d'Orange et de L.A. ?

Bosch acquiesça. N'ayant jamais enquêté personnellement sur cette affaire, il n'en connaissait pas les détails.

– Un jour, les flics ont eu de la chance, reprit Locke. Ils ont arrêté un ancien du Vietnam nommé William Bonin. Ils ont réussi à lui coller deux ou trois meurtres sur le dos, persuadés qu'il était responsable des autres également. Ils l'ont envoyé chez les condamnés à mort, mais les meurtres continuaient. Et ils se sont poursuivis jusqu'à ce qu'un policier de la route arrête un certain Randy Kraft, qui roulait avec un cadavre dans sa voiture. Kraft et Bonin ne se connaissaient pas, mais pendant quelque temps ils ont partagé en secret le même *nom de plume*[1] : le Tueur de l'Autoroute. Chacun agissait indépendamment de l'autre ; ils tuaient chacun de leur côté. Et on croyait que c'était la même personne.

Cela ressemblait beaucoup à la propre théorie de Bosch, en effet. Locke poursuivit sur sa lancée, sans plus se soucier de l'heure tardive :

– Il y a, au pénitencier de San Quentin, dans la section des condamnés à mort, un gardien que je connais pour l'avoir interviewé à plusieurs reprises. Il m'a expliqué qu'il y avait dans cette section quatre serial killers, dont Kraft et Bonin, qui attendaient d'être envoyés à la chambre à gaz. Eh bien, tous les quatre jouaient aux cartes tous les jours. Au bridge. A eux quatre, ils totalisent cinquante-neuf condamnations à mort. Et ils jouent au bridge. Enfin, bref, la question n'est pas là : ce gardien m'a expliqué que Kraft et Bonin réfléchissaient de manière si semblable qu'ils formaient à eux deux une équipe de bridgeurs quasiment imbattable.

Bosch commença à replier sa carte. Sans lever les yeux, il demanda :

– Kraft et Bonin tuaient-ils leurs victimes de la même façon ? De manière parfaitement identique ?

– Pas exactement. Ce que je veux vous expliquer, c'est qu'ils pourraient être deux. Mais, dans ce cas, le plagiaire, le disciple, dirons-nous, est plus intelligent. Il savait parfaitement comment agir pour égarer la police, pour faire accuser Church à sa place. Et puis, quand Church est mort et ne pouvait donc plus lui servir de paravent, le disciple est entré dans la clandestinité, façon de parler.

Levant les yeux vers le psychiatre, Bosch fut brusquement frappé par une pensée qui projeta tout ce qu'il savait sous un éclairage différent. C'était comme au billard, la boule blanche frappe et les couleurs fusent dans toutes les directions. Mais il ne dit rien. Cette nouvelle idée était trop dangereuse pour être exprimée à voix haute. Au lieu de cela, il posa une autre question à Locke :

1. En français dans le texte.

– Pourtant, même quand il est entré dans la clandestinité, « le disciple », comme vous dites, a conservé les mêmes méthodes que le Dollmaker. Pour quelle raison, puisque plus personne ne pouvait voir le résultat ? Souvenez-vous… dans le cas du Dollmaker, nous estimions qu'abandonner les corps dans des lieux publics, le visage maquillé, faisait partie de son programme érotique. De son excitation. Mais pourquoi le deuxième tueur suivrait-il le même programme puisque les cadavres ne devaient pas être retrouvés ?

Locke posa les mains à plat sur la table en s'appuyant de tout son poids, et réfléchit un instant. Bosch crut entendre un bruit dans le patio. Il jeta un coup d'œil au-dehors, par la porte-fenêtre, et ne vit que l'obscurité de la colline abrupte qui se dressait au-dessus de la piscine en forme de haricot. La surface de l'eau était immobile, maintenant. Il regarda sa montre. Minuit.

– C'est une bonne question, dit Locke. Je ne connais pas la réponse. Peut-être le deuxième meurtrier savait-il que le cadavre serait découvert tôt ou tard, ou que lui-même aurait peut-être envie de le dévoiler. Car, voyez-vous, nous devons supposer désormais que c'est le disciple qui a expédié ces messages, à vous et au journal, il y a quatre ans. Cela prouve le côté exhibitionniste de son programme. Apparemment, Church n'éprouvait pas le même besoin de tourmenter ses poursuivants.

– Autrement dit, le disciple prenait son pied en nous défiant ?

– Exactement. En fait, il s'amusait à narguer la police et, pendant ce temps-là, tous les meurtres qu'il commettait étaient mis sur le dos du véritable Dollmaker. Vous me suivez ?

– Oui.

– Bon, que s'est-il passé ensuite ? Le véritable Dollmaker, Norman Church, meurt, tué par vous. Son disciple n'a plus de couverture. Alors, que fait-il ? Il poursuit son travail, il continue à tuer, mais maintenant, il enterre ses victimes, il les dissimule sous le béton.

– Vous voulez dire qu'il poursuit le même scénario érotique, avec le maquillage et ainsi de suite, mais qu'ensuite il enterre sa victime pour que personne ne la voie ?

– Pour que personne ne sache. Oui, il suit le même scénario, car c'est celui qui a provoqué son excitation au départ. Seulement, il ne peut plus se permettre de se débarrasser des corps en public, car son secret serait dévoilé.

– Pourquoi envoyer un message dans ce cas ? Pourquoi envoyer une lettre à la police cette semaine, et se dévoiler ?

Locke continuait d'aller et venir autour de la table en réfléchissant.

– La confiance, déclara-t-il finalement. Le disciple du Dollmaker a pris de l'assurance durant ces quatre années. Il se croit invincible. C'est un facteur courant lors de la phase d'effondrement d'un psychopathe. Le sentiment d'assurance et d'invulnérabilité s'accroît, alors qu'en réalité le psychopathe commet de plus en plus d'erreurs. Il se disloque. Il prend le risque d'être découvert.

– Parce qu'il a pu agir pendant quatre ans sans jamais être inquiété, il s'estime hors d'atteinte et à ce point invulnérable qu'il nous envoie un nouveau message pour nous provoquer ?

– Exactement, mais ce n'est là qu'un élément. Il ne faut pas oublier la fierté, la revendication de son geste. Le procès à sensation du Dollmaker a débuté, et le disciple veut désormais attirer sur lui une partie des projecteurs. Comprenez bien une chose : il veut que ses actes suscitent l'attention. Après tout, c'est lui, pas Church, qui a envoyé les premières lettres. Gonflé d'orgueil, se sentant hors d'atteinte, on pourrait dire, je pense, qu'il se prend pour un dieu, il vous envoie ce nouveau message cette semaine.

– « Essayez donc de m'attraper »…

– Oui, un jeu vieux comme le monde… Et puis… peut-être a-t-il envoyé cette lettre, car il est toujours furieux après vous.

– Après moi ?

Bosch était surpris. Jamais il n'avait envisagé les choses sous cet angle.

– Oui, vous avez supprimé le Dollmaker. Vous l'avez donc privé de sa couverture idéale. Je suppose que l'envoi de cette lettre et le fait qu'on en parle dans les journaux n'ont guère arrangé votre situation au procès, n'est-ce pas ?

– Non. Ça risque même de me couler.

– Eh oui, peut-être est-ce le moyen choisi par le disciple du Dollmaker pour se venger de vous. C'est sa revanche.

Bosch réfléchit à tout cela pendant quelques instants. C'était comme s'il sentait l'adrénaline couler à travers tout son organisme. Bien qu'il soit minuit passé, il n'éprouvait pas la moindre fatigue. Il avait un objectif, un point de repère désormais. Il n'était plus égaré dans le vide.

– Vous pensez qu'il y en a d'autres ailleurs, n'est-ce pas ? demanda-t-il.

– Des femmes dans le béton, ou des cercueils similaires, vous voulez dire ? Oui, malheureusement. Quatre ans, c'est long. Je crains qu'il y en ait beaucoup d'autres.

– Comment faire pour retrouver le meurtrier ?

– Je l'ignore. Généralement, je n'interviens qu'à la fin d'une enquête. Une fois qu'on les a arrêtés. Ou quand ils sont morts.

Bosch hocha la tête, referma ses classeurs et les mit sous son bras.

– Une chose quand même, ajouta Locke. Observez l'ensemble de ses victimes. Qui sont-elles ? Comment est-il entré en contact avec elles ? Les trois qui sont mortes et la survivante travaillaient toute dans l'industrie du porno, m'avez-vous dit ?

Bosch reposa les classeurs sur la table. Il alluma une autre cigarette.

– Oui, et elles se prostituaient également, précisa-t-il.

– Exact. Alors que Church était un meurtrier opportuniste qui choisissait ses victimes indépendamment de leur taille, de leur âge ou de leur race, son imitateur, lui, se montre plus exigeant dans ses choix.

Bosch passa en revue les victimes en question.

– En effet, les victimes du disciple sont toutes de race blanche, jeunes, blondes, avec de fortes poitrines.

– Voilà un schéma intéressant. Ces femmes faisaient-elles de la publicité pour leurs « services » dans les médias réservés aux adultes ?

– Je sais que deux d'entre elles le faisaient, ainsi que la survivante. La dernière victime se prostituait elle aussi, mais j'ignore si elle faisait de la publicité.

– Les trois filles qui faisaient leur publicité avaient-elles mis leur photo dans l'annonce ?

Bosch ne se souvenait avec précision que de l'annonce de Holly Lere, et celle-ci ne possédait pas de photo. Uniquement son nom d'actrice, un numéro de téléphone et la promesse de plaisirs à tout le moins indicibles.

– Non, je ne crois pas. Pas celle dont je me souviens en tout cas. Mais son nom d'actrice figurait dans l'annonce, et toute personne connaissant sa carrière dans le porno avait une bonne idée de son aspect physique et de ses attributs.

– Parfait. Nous sommes déjà en train de bâtir le profil psychologique du second meurtrier. Voilà un individu qui se sert des films X pour choisir les femmes de son scénario érotique. Ensuite, il les contacte par l'intermédiaire des petites annonces dans les magazines spécialisés en voyant leurs noms ou leurs photos. Est-ce que cela vous aide, inspecteur Bosch ?

– Oui, énormément. Et merci de m'avoir accordé un peu de votre temps. Je vous demanderai de rester discret. Je ne suis pas certain de vouloir dévoiler ces informations pour l'instant.

Bosch récupéra ses classeurs une nouvelle fois et se tourna vers la sortie, mais Locke l'arrêta.

– Nous n'avons pas terminé, je crois.

Bosch le regarda.

– Que voulez-vous dire ? demanda-t-il, tout en le sachant fort bien.

– Vous n'avez pas parlé de l'aspect le plus troublant de cette affaire. Par quel moyen notre disciple a-t-il eu connaissance des méthodes du meurtrier ? La brigade spéciale n'a jamais divulgué à la presse tous les détails du scénario macabre du Dollmaker... à l'époque, je veux dire. Certains détails ont été tenus secrets afin de ne pas faciliter la tâche de tous les cinglés qui voulaient s'accuser des meurtres. C'était une sorte de garde-fou. De cette façon, les membres de la brigade pouvaient rapidement éliminer les aveux bidons.

– Et alors ?

– Alors, la question est de savoir comment le disciple a su.

– Je ne…

– Si, si, vous comprenez très bien. Le livre écrit par ce M. Bremmer a révélé ces détails au monde entier, et cela pourrait expliquer le meurtre de la blonde dans le béton… Mais en aucune façon, et vous y avez certainement déjà pensé, les septième et onzième victimes.

Locke avait raison. Bosch était déjà parvenu à cette conclusion. Pourtant, il évitait de s'y attarder, car il redoutait ce que cela impliquait.

Locke enchaîna :

– La réponse, c'est que le disciple avait accès, d'une manière ou d'une autre, à tous les détails de l'enquête. Ce sont justement ces détails qui ont déclenché son passage à l'acte. Ne perdez jamais de vue que nous avons affaire ici à un individu qui, selon toute probabilité, livrait déjà un terrible combat intérieur lorsqu'il a découvert par hasard un scénario érotique parfaitement adapté à ses désirs. Cet individu souffrait déjà de graves problèmes, que ceux-ci se soient manifestés sous forme de crimes ou pas. Ce type était malade, Bosch. Un jour il a découvert le moule érotique du Dollmaker et il s'est dit : c'est moi, voilà ce que je veux, voilà ce qu'il me faut pour connaître l'assouvissement. Alors, il a adopté le scénario du Dollmaker et l'a copié jusque dans les moindres détails. La question est de savoir comment il en a eu connaissance. Et la réponse est simple : il avait accès à toutes les informations.

Pendant un instant, les deux hommes s'observèrent en silence, puis Bosch reprit la parole :

– Vous parlez d'un flic. D'un membre de la brigade. C'est impossible. J'en faisais partie. Nous voulions tous la peau de ce meurtrier. Personne ne... prenait son pied avec cette histoire.

– Ce pourrait être un membre de la brigade, en effet, Harry. Ce n'est qu'une possibilité. Mais, souvenez-vous, le cercle des personnes connaissant l'existence de ce scénario dépassait largement le cadre de la brigade spéciale. Pensez aux médecins légistes, à tous les enquêteurs, aux officiers de patrouille, aux photographes, aux journalistes, aux types du SAMU, aux passants qui ont découvert les corps... Un tas de gens ont eu accès aux détails que connaissait visiblement le disciple du Dollmaker.

Bosch tenta de dresser à grands traits un profil psychologique. Locke semblait lire dans ses pensées.

– Il ne peut s'agir que d'une personne ayant participé, même de loin, à l'enquête, Harry. Pas nécessairement une pièce maîtresse ni permanente du dispositif. Mais une personne impliquée dans l'enquête à un stade qui lui a permis de prendre connaissance de tous les détails du scénario. Des détails ignorés du public à l'époque.

Bosch resta muet jusqu'à ce que Locke le pousse à réagir.

– Quoi d'autre, Harry ? A vous de cerner le personnage.

– Un gaucher.

– Possible, mais pas certain. Church était gaucher. Son plagiaire s'est peut-être servi de sa main gauche uniquement pour imiter à la perfection la technique du Dollmaker.

– En effet, mais n'oubliez pas les lettres. Les experts en graphologie pensent qu'elles ont été écrites par un gaucher. Sans en être certain à cent pour cent. Comme toujours.

– D'accord, sans doute un gaucher. Quoi d'autre ?

Bosch réfléchit quelques instants.

– Peut-être un fumeur. On a retrouvé un paquet de cigarettes dans le béton. Or Kaminski, la victime, ne fumait pas.

– OK, parfait. Voilà le genre de détails auxquels vous devez réfléchir pour réduire le champ des possibilités. La solution réside dans les détails, Harry, j'en suis convaincu.

Un vent frais descendu du haut de la colline s'engouffra par la porte-fenêtre et fit frissonner Bosch. Il était temps de partir, de se retrouver seul avec tout cela.

— Merci encore, dit-il en se dirigeant une fois de plus vers la porte.

— Qu'allez-vous faire ? lui lança Locke.

— Je ne sais pas encore.

— Harry ?

Bosch s'arrêta sur le seuil et se tourna vers le psychiatre. La piscine brillait d'une lueur étrange dans l'obscurité à l'arrière-plan.

— Le disciple est peut-être le type le plus malin qu'on ait vu depuis longtemps.

— Parce que c'est un flic ?

— Parce qu'il en sait certainement autant que vous sur cette affaire.

Il faisait froid dans la Caprice. Cette nuit, les canyons étaient plongés dans une obscurité glacée. Bosch effectua un demi-tour, et la voiture redescendit en douceur Lookout Mountain en direction de Laurel Canyon. Il tourna à droite pour se rendre à l'épicerie ouverte vingt-quatre heures sur vingt-quatre. Il y acheta un pack de six boîtes de bière Anchor Steam. Après quoi, il remonta dans les collines vers Mulholland avec ses bières et ses interrogations.

Il roula jusqu'à Woodrow Wilson Drive, puis redescendit vers sa petite maison bâtie sur pilotis qui dominait Cahuenga Pass. Il n'avait laissé aucune lumière allumée, car maintenant que Sylvia était entrée dans sa vie, il ne savait jamais combien de temps il s'absentait.

Il ouvrit la première boîte de bière à peine garé devant chez lui, le long du trottoir. Une voiture le doubla à faible allure, avant de l'abandonner dans les ténèbres. Il regarda le faisceau d'un des projecteurs d'Universal City transpercer le nuage au-dessus de sa maison. Un second se lança à sa poursuite quelques secondes plus tard. Le goût et la sensation de la bière étaient agréables dans sa gorge. Mais elle pesait dans son estomac, et Bosch remit la boîte dans le carton sans même la terminer.

En réalité, ce n'était pas la bière qui lui pesait, il le savait. C'était Mora. Parmi toutes les personnes suffisamment proches de l'enquête pour connaître tous les détails du scénario du Dollmaker, c'était Mora qui l'inquiétait le plus, à lui en tordre les tripes. Les trois victimes du plagiaire étaient des actrices de films X, la spécialité de Mora. Sans doute les connaissait-il toutes les trois. Une question commençait désormais à se frayer un chemin dans son esprit : les avait-il tuées toutes les trois ? Cette simple hypothèse le rendait malade, mais il ne pouvait l'ignorer. Dans l'optique de Locke, Mora constituait un point de départ logique. Le flic de la brigade des mœurs apparaissait comme un personnage qui faisait s'entrecroiser aisément les deux mondes : l'industrie pornographique et les actes criminels du Dollmaker. S'agissait-il d'une simple coïncidence, ou bien était-ce suffisant pour ranger Mora parmi les suspects ? Bosch ne pouvait répondre à cette question. Il savait seulement qu'il lui faudrait agir avec la plus extrême circonspection.

L'intérieur de la maison sentait le renfermé. Bosch alla tout de suite ouvrir la porte vitrée coulissante du balcon de derrière. Il resta là quelques instants, à écouter le bruissement des voitures qui montait de l'autoroute, au fond du canyon. Ce bruit ne s'interrompait jamais. Quelle que soit l'heure, quel que soit le jour, il y avait toujours de la circulation en contrebas, c'était le sang qui courait dans les veines de la ville.

Le témoin lumineux du répondeur téléphonique clignotait pour lui annoncer qu'il avait reçu trois messages. Bosch rembobina la bande et alluma une cigarette. La première voix était celle de Sylvia :

« Je voulais juste te souhaiter une bonne nuit, mon amour. Je t'aime, sois prudent. »

Venait ensuite Jerry Edgar :

« Salut, Harry, c'est Edgar. Je voulais te prévenir que j'étais plus sur le coup. Irving m'a appelé chez moi pour m'ordonner de refiler tout ce que j'avais aux Vols et Homicides dès demain matin. A un certain lieutenant Rollenberger. Fais bien gaffe à toi, vieux. Watch 6. »

« Watch 6 », se répéta Bosch. Surveille tes arrières. Il n'avait plus entendu cette expression depuis le Vietnam. Et il savait qu'Edgar n'y était jamais allé.

« C'est Ray, déclara la dernière voix sur la bande. J'ai bien réfléchi à cette histoire de blonde coulée dans le béton, et j'ai quelques idées qui pourraient t'intéresser. Appelle-moi demain matin, on en discutera. »

# 15

– Je réclame un ajournement.

– Hein ?

– Il faut que vous fassiez ajourner le procès. Parlez-en au juge.

– Nom de Dieu, qu'est-ce que vous racontez, Bosch ?

Assis à la table de la défense, Bosch et Belk attendaient que débute la séance du jeudi matin. Ils parlaient en chuchotant et, lorsque l'avocat jura, Bosch trouva que cela manquait de naturel, comme un élève de cours élémentaire essayant de s'introduire parmi les élèves du cours moyen.

– Je parle du témoin d'hier, Wieczorek. Il avait raison.

– A quel sujet ?

– L'alibi ! L'alibi pour le meurtre de la onzième victime. C'est du sérieux. Church n'a pas…

– Hé, minute ! protesta l'avocat.

Il baissa le ton et ajouta :

– Si vous avez l'intention de m'avouer que vous n'avez pas descendu le bon type, je ne veux rien entendre, Bosch ! Pas maintenant. C'est trop tard !

Il replongea le nez dans ses notes.

– Belk, écoutez-moi, bon sang ! Je n'ai aucun aveu à vous faire. J'ai abattu le meurtrier. Mais une chose nous a échappé. Il y avait un deuxième type. Il y avait deux meurtriers ! Church a bien tué neuf personnes, toutes celles dont on a retrouvé les produits de maquillage. Les deux autres, plus celle qu'on a découverte dans le béton cette semaine, ont été tuées par quelqu'un d'autre. Il faut interrompre ce procès le temps d'en avoir le cœur net. Si jamais

213

la vérité apparaît durant les débats, le deuxième meurtrier, le plagiaire, comprendra que nous sommes sur ses traces.

Belk lança violemment son crayon sur son bloc, le crayon rebondit et tomba à terre. L'avocat ne se leva pas pour le ramasser.

– Je vais vous dire ce qui va se passer, Bosch. On ne va rien interrompre du tout. Même si je le voulais, je ne le pourrais certainement pas : notre juge mange dans la main de Chandler, pour ne pas dire plus. Elle n'aura qu'à émettre une objection et adieu l'ajournement. Voilà pourquoi je ne le proposerai même pas. Vous devez bien comprendre une chose, Bosch : ceci est un procès. Pour l'instant, c'est le facteur déterminant de votre univers. Ce n'est pas vous qui contrôlez la situation. Vous ne pouvez pas réclamer un ajournement chaque fois que vous avez besoin de modifier votre version des faits…

– Vous avez terminé ?

– Oui, j'ai terminé.

– Je comprends tout ce que vous venez de dire, Belk. Mais il faut protéger l'enquête. Il y a un autre dingue en liberté qui assassine des gens. Et si Chandler nous fait témoigner, Edgar ou moi, et qu'elle se met à nous questionner, le meurtrier en lira le compte rendu dans les journaux et saura que nous avons découvert le pot aux roses. Jamais nous ne pourrons le capturer. C'est ce que vous voulez ?

– Bosch, mon devoir à moi, c'est de gagner ce procès. Si pour ce faire, je compromets votre enquête…

– D'accord, Belk. Mais n'avez-vous pas envie de connaître la vérité ? Nous sommes tout près du but ! Demandez un report jusqu'à la semaine prochaine et, d'ici là, l'affaire sera bouclée. Nous pourrons revenir à cette table et envoyer Money Chandler au diable !

Bosch se renversa au fond de son fauteuil pour s'écarter de l'avocat. Il était fatigué de ce combat.

– Depuis combien de temps êtes-vous flic, Bosch ? lui demanda Belk sans le regarder. Vingt ans ?

Il n'était pas loin du compte. Pourtant, Bosch ne répondit pas. Il devinait la suite.

– Et vous venez me parler de vérité ? Depuis quand avez-vous vu un rapport de police qui la respecte ? A quand remonte la dernière fois où vous avez dit la vérité pure et simple pour solliciter un mandat de perquisition ? Ne me parlez pas de la vérité, Bosch ! Vous cherchez la vérité ? Allez voir un prêtre ou je ne sais qui. Allez où vous voulez, mais ne venez pas ici. Après vingt ans passés dans la police, vous devriez savoir que la vérité n'a rien à voir avec ce qui se passe ici. Pas plus que la justice. Tout ça, ce sont des mots dans un bouquin de droit que j'ai lu dans une vie antérieure.

Belk détourna la tête et sortit un autre stylo de sa poche de chemise.

– OK, Belk, c'est vous le patron. Mais je vais vous dire ce qui va se passer. La vérité va apparaître par petits bouts, et nous n'aurons pas le beau rôle. C'est la grande spécialité de Chandler. Tout le monde pensera que j'ai abattu un innocent.

Belk prenait des notes sur son bloc sans plus prêter attention à son client.

– Pauvre idiot, reprit Bosch, elle va nous l'enfoncer si profond que ça ressortira de l'autre côté. Vous persistez à la dénigrer en l'accusant de se faire sauter par le juge, mais vous savez aussi bien que moi que c'est une façon de vous consoler de ne pas lui arriver à la cheville. Pour la dernière fois, je vous le demande : réclamez un ajournement.

Belk se leva et contourna la table pour aller ramasser son stylo par terre. Après s'être redressé, il rajusta sa cravate et ses manchettes et se rassit. Il se pencha au-dessus de son bloc et, sans regarder Bosch, lui dit :

– En fait, elle vous fout la trouille, hein, Bosch ? Vous ne voulez pas vous retrouver face à cette salope en train de vous poser des questions. Des questions qui risquent de vous faire apparaître tel que vous êtes, savoir un flic qui aime descendre les gens...

Cette fois, il se tourna vers son client pour ajouter :

– Eh bien, c'est trop tard. Votre heure a sonné et il n'y

a plus moyen de faire demi-tour. Il n'y aura pas d'ajournement. Le spectacle va commencer.

Harry se leva et se pencha vers l'avocat obèse.

– Allez vous faire foutre, Belk. Je sors prendre l'air.

– Parfait, lui renvoya Belk. Vous êtes bien tous pareils, vous les flics. Vous butez un type et après vous débarquez ici, bien persuadés que le simple fait de porter un insigne vous confère le droit quasiment divin de faire n'importe quoi.

Bosch se dirigea vers les cabines téléphoniques pour appeler Edgar. Il obtint le bureau de la Criminelle après la première sonnerie.

– J'ai eu ton message hier soir.

– Voilà, tu sais tout. Je ne suis plus sur le coup. Les types des Vols et Homicides ont débarqué ce matin et ils m'ont piqué mon dossier. Je les ai vus fouiner autour de ton bureau aussi, mais ils n'ont rien emporté.

– Qui est venu ?

– Sheehan et Opelt. Tu les connais ?

– Oui, ils sont réglo. Tu viens au tribunal pour ta citation à comparaître ?

– Oui, il faut que j'y sois à 10 heures.

Bosch vit la porte de la 4ᵉ chambre s'ouvrir et l'officier de justice pencher la tête au-dehors pour lui faire signe.

– Bon, faut que j'y aille.

De retour dans la salle d'audience, il découvrit Chandler debout devant le pupitre et s'entretenant avec le juge. Les jurés n'avaient pas encore rejoint leur box.

– Et pour les autres citations à comparaître ? demanda le juge.

– Votre Honneur, mes collaborateurs sont en train de prévenir les personnes convoquées ce matin pour les libérer.

– Parfait. Maître Belk, êtes-vous prêt à prendre la relève ?

En se rendant devant le juge, Belk croisa Bosch sans même lui jeter un regard.

– Votre Honneur, s'agissant d'un fait inattendu, je sollicite une suspension de séance d'une demi-heure afin de pouvoir m'entretenir avec mon client. Après quoi, nous serons prêts à poursuivre les débats.

– Parfait, nous en ferons donc ainsi. Je décrète une suspension d'une demi-heure. A l'issue de ce délai, toutes les parties reprendront leur place. Au fait, monsieur Bosch, j'espère bien vous trouver assis à la vôtre la prochaine fois que j'entrerai dans cette salle pour ouvrir la séance. Je n'aime pas être obligé d'envoyer des officiers de justice aux quatre coins du tribunal lorsque l'accusé sait où il doit être, et à quel moment.

Bosch garda le silence.

– Toutes nos excuses, Votre Honneur, répondit Belk à sa place.

Ils restèrent debout tandis que le juge quittait son siège, et Belk murmura :

– Allons dans une des salles de réunion au fond du couloir.

– Que se passe-t-il ?

– Allons-y.

Au moment où Bosch ressortait de la salle d'audience, Bremmer y entra en brandissant son carnet et son stylo.

– Hé, qu'est-ce qui arrive ? lança-t-il.

– Je n'en sais rien, lui répondit Bosch. Interruption de séance d'une demi-heure.

– Harry, il faut que je te parle.

– Plus tard.

– C'est important.

– Plus tard.

Au bout du couloir, près des toilettes, se trouvaient plusieurs petites pièces de la taille d'une salle d'interrogatoire au poste de police de Hollywood et servant de lieux de réunion pour les avocats. Bosch et Belk entrèrent dans l'une d'elles et s'assirent chacun sur une chaise de part et d'autre d'une table grise en acier.

– Alors, que se passe-t-il ?

– Votre chère héroïne a conclu.

– Hein ? Chandler a conclu sans m'appeler à la barre ? Pour Bosch, cela n'avait aucun sens.

– Où veut-elle en venir ?

– Elle est extrêmement habile. C'est très bien joué.

– Expliquez-moi en quoi.

– Analysez la situation. Chandler a le vent en poupe. Si le procès s'achevait aujourd'hui, et si le jury devait se prononcer, qui l'emporterait ? Elle, évidemment. Comprenez-moi bien : elle sait qu'il vous faudra témoigner pour vous défendre. Comme je vous le disais l'autre jour, en définitive, c'est vous qui ferez pencher la balance. Soit vous saisissez la balle au bond et vous la lui enfoncez au fond de la gorge, soit vous la laissez échapper. Elle en est consciente et si elle décide de vous appeler à la barre, ce sera elle qui commencera à vous interroger avant que j'intervienne avec les questions faciles, celles qui vous feront marquer des points… Voilà pourquoi elle inverse les rôles. Maintenant, j'ai le choix entre ne pas vous faire témoigner et perdre le procès à coup sûr, ou bien vous convoquer à la barre et lui laisser tirer les dernières cartouches. Très astucieux.

– Alors, que va-t-on faire ?

– Vous témoignerez.

– Et l'ajournement ?

– Quel ajournement ?

Bosch hocha la tête. C'était peine perdue. Il comprit qu'il avait mal manœuvré ; il n'avait pas su prendre Belk du bon côté. Il aurait dû essayer de lui faire croire que cette idée d'ajournement venait de lui. Ça aurait marché. Maintenant, Bosch commençait à avoir la frousse et sentait naître en lui un sentiment de malaise à l'approche de l'inconnu. Comme avant de descendre dans un tunnel vietcong pour la première fois, là-bas au Vietnam. C'était la peur, il le savait, qui éclosait déjà comme une rose noire dans sa poitrine.

– Nous avons vingt-cinq minutes, déclara Belk. Oublions ces histoires d'ajournement et essayons d'établir la tonalité de votre témoignage. Je vais vous prendre par la main et vous conduire sur le bon chemin. Le jury nous suivra. Mais n'oubliez jamais ceci : vous devez avancer lentement, sinon vous risquez de les perdre en route. OK ?

– Nous avons vingt minutes, le corrigea Bosch. Il faut

que je sorte fumer un clope avant d'aller m'asseoir dans ce foutu fauteuil.

Belk continua comme s'il n'avait pas entendu cette remarque.

– N'oubliez quand même pas qu'il y a peut-être des millions de dollars en jeu dans cette affaire. Ce n'est peut-être pas votre argent, mais il s'agit bien de votre carrière.

– Quelle carrière ?

Bremmer traînait toujours aux abords de la salle de réunion quand Bosch en sortit, vingt minutes plus tard.

– Tu as tout entendu, j'espère ? lui dit Harry.

– Pas du tout, je n'écoute pas aux portes. Je t'attendais. Dis-moi ce qui se passe dans cette nouvelle affaire. Edgar ne veut rien cracher. Vous avez identifié le corps ?

– Oui, nous l'avons identifié.

– Alors, qui est-ce ?

– C'est pas mon enquête, mon vieux. Je ne peux rien te dire. De plus, si je te file un tuyau, tu te dépêcheras d'aller le répéter à Money Chandler, non ?

Bremmer, qui marchait à côté de lui, s'arrêta net.

– Hein ? Qu'est-ce que tu racontes ?

Il s'empressa de rejoindre Bosch et lui chuchota :

– Ecoute, Harry, tu es une de mes meilleures sources. Pourquoi je te ferais un gosse dans le dos ? Si quelqu'un refile des informations confidentielles à Chandler, cherche ailleurs.

Bosch avait honte d'accuser ainsi le journaliste. Il ne possédait aucune preuve de ce qu'il avançait.

– Tu es sûr ? Alors, je me trompe, hein ?

– Parfaitement ! Tu as beaucoup trop de valeur pour moi. Jamais je ne te ferais un coup pareil !

– D'accord, très bien.

Il n'irait pas plus loin dans les excuses.

– Que peux-tu me dire sur l'identité de la fille ?

– Rien. Ce n'est pas mon affaire, je te le répète. Essaye donc les Vols et Homicides.

– Ce sont eux qui s'occupent de l'affaire ? Ils ont piqué l'enquête à Edgar ?

Bosch s'engagea sur l'escalier mécanique, se retourna vers le journaliste et, l'escalator l'emportant vers le rez-de-chaussée, il hocha la tête. Bremmer ne le suivit pas.

Money Chandler était déjà sur les marches en train de fumer quand Bosch sortit du tribunal. Il alluma une cigarette, puis se tourna vers l'avocate.

– Sacrée surprise, dit-il.

– Quoi ?

– Votre décision de conclure.

– Seulement pour Bulk, lui renvoya-t-elle. N'importe quel autre avocat aurait vu venir le coup. J'ai presque de la peine pour vous, Bosch. Presque. Dans les procès au civil, les chances de l'emporter sont toujours très minces. Mais face aux avocats du conseil juridique de la municipalité, elles sont un peu plus équitables. Tous les types du genre Bulk n'auraient aucune chance dans le privé. S'il était obligé de gagner ses procès pour se nourrir, votre cher avocat serait beaucoup moins gros. C'est qu'il en a besoin de son chèque de la municipalité chaque mois ! Peu importe qu'il perde ou qu'il gagne.

Evidemment, ce qu'elle disait était exact. Mais ce n'était pas une révélation. Bosch sourit. Il ne savait quelle attitude adopter. Une partie de lui-même appréciait cette femme. Certes, elle se trompait à son sujet, mais il ne pouvait s'empêcher de l'admirer. Peut-être à cause de sa ténacité, ou parce que sa colère, bien que mal dirigée, était pure.

Peut-être aussi parce qu'elle n'avait pas peur de lui adresser la parole en dehors du tribunal. Bosch avait vu avec quel soin Belk évitait tout contact avec la famille de Church. Avant de quitter la salle lors des suspensions de séance, il restait assis à sa place pour être bien sûr qu'ils étaient déjà au bout du couloir, ou même dans l'escalator. Chandler, elle, ne jouait pas à ce petit jeu. Elle attaquait de front.

Comme deux boxeurs qui cognent leurs gants avant d'entamer la castagne, songea-t-il. Il changea de sujet.

– J'ai bavardé avec Tommy Faraday ici même l'autre

jour, dit-il. Il se fait appeler Tommy Faraway, maintenant.
Je lui ai demandé ce qui s'était passé, mais il n'a pas
répondu. Il m'a simplement dit qu'il avait découvert la
justice.

Chandler exhala un long nuage de fumée bleue, et resta
silencieuse un instant. Bosch consulta sa montre. Ils
avaient encore trois minutes.

– Vous vous souvenez de l'affaire Galton ? lui
demanda-t-elle enfin. Un procès au civil pour recours abusif à la force…

Bosch chercha dans sa mémoire. Ce nom lui disait quelque chose, mais il avait du mal à le situer dans le fatras
d'affaires dont il avait entendu parler durant toutes ces
années.

– C'était une histoire de chien, si je me souviens bien ?

– Exact. André Galton. C'était avant Rodney King. A
cette époque-là, l'immense majorité des habitants de cette
ville refusait de croire que sa police se livrait quotidiennement à d'ignobles actes de violence. Galton était noir.
Il conduisait avec une police d'assurance périmée dans les
collines de Studio City quand un flic a décidé de le contrôler… Il n'avait rien fait de mal, il n'était pas recherché,
simplement, son assurance n'était plus valable depuis un
mois. Mais il a pris la fuite. C'est un des mystères de la
vie, il a pris la fuite. Il est monté jusqu'à Mulholland et
a abandonné sa voiture sur un des dégagements où les
gens se garent pour admirer le paysage. Et après, il s'est
mis à dévaler la pente. Il n'y avait nulle part où aller par
là, évidemment, mais il refusait de remonter, et les flics,
eux, ne voulaient pas descendre. « Trop dangereux », ont-
ils expliqué lors du procès.

Bosch se rappelait enfin de cette histoire, mais il laissa
l'avocate continuer jusqu'au bout. Son indignation était si
sincère, si dénuée d'effets de manche qu'il avait envie de
l'écouter.

– Alors, ils ont lancé un chien à ses trousses, reprit-elle.
Galton y a laissé ses deux testicules et a souffert de lésions
permanentes à la jambe droite. Il pouvait toujours marcher,
mais en traînant la patte…

– Et c'est là qu'intervient Tommy Faraday, dit Bosch pour la presser.

– Oui, c'est lui qui a pris l'affaire en main. C'était du tout cuit. Galton n'avait rien fait de mal, à part prendre la fuite. La réaction de la police n'était certainement pas à la mesure du délit commis. N'importe quel jury en conviendrait. Et l'avocat du conseil juridique de la municipalité le savait bien, lui aussi. A vrai dire, je crois même que Bulk était chargé du dossier. Ils ont proposé un demi-million pour parvenir à un arrangement et Faraday a décliné l'offre. Il était certain d'obtenir trois fois plus au procès, alors il a refusé… Comme je vous le disais, c'était il y a bien longtemps. Les avocats spécialisés dans la défense des droits civiques qualifient cette époque d'AK, soit « Avant King ». Le jury a écouté des tas de témoignages à charge pendant quatre jours et, finalement, a rendu un verdict en faveur des flics au bout d'une demi-heure de délibérations. En définitive, Galton n'a tiré de cette histoire qu'une patte folle et une bite molle. En sortant du tribunal, il s'est dirigé vers cette haie que vous voyez là-bas. Il y avait enterré une arme enveloppée dans du plastique. Il a marché jusqu'à la statue et s'est enfoncé le canon de l'arme dans la bouche. Faraday ressortait du tribunal juste au moment où ça s'est passé, et il a tout vu. La statue était éclaboussée de sang.

Bosch garda le silence. Il se souvenait parfaitement de cette affaire. Il leva les yeux et vit les mouettes qui tournoyaient au-dessus de la tour de l'hôtel de ville. Chaque fois, il se demandait ce qui les attirait à cet endroit. C'était à des kilomètres de l'océan, mais il y avait toujours des oiseaux marins au sommet de City Hall. Pendant ce temps-là, Chandler continuait de parler.

– Deux choses m'ont toujours intriguée, disait-elle. Premièrement, pourquoi Galton a-t-il pris la fuite ? Et deuxièmement, pourquoi avait-il caché cette arme ? Et je crois que la réponse aux deux questions est identique. Il n'avait aucune confiance dans la justice, dans le système. Aucun espoir. Il n'avait rien à se reprocher, mais il s'est enfui parce qu'il était noir et se trouvait dans un quartier de

Blancs et que, toute sa vie durant, il avait entendu parler de ce que les policiers blancs faisaient aux Noirs qui se mettaient dans sa situation. Son avocat lui avait dit que c'était gagné d'avance, mais il était venu au tribunal avec une arme parce que, sa vie durant, il avait entendu parler des verdicts des jurés lorsque c'est la parole d'un Noir contre celle de la police.

Bosch regarda encore une fois sa montre. Il était temps de retourner dans la salle, mais il n'avait pas envie de s'éloigner de Chandler.

– Voilà pourquoi Tommy vous a dit qu'il avait découvert la justice, reprit l'avocate. La justice rendue à André Galton. Après cela, Faraday a donné toutes ses affaires à des confrères. J'en ai pris quelques-unes. Et il n'a plus jamais remis les pieds au tribunal.

Elle écrasa ce qui restait de sa cigarette.

– Fin de l'histoire, conclut-elle.

– Je suis sûr que vos confrères adorent la raconter, dit Bosch. Et maintenant, vous faites le rapprochement avec Church et moi, c'est ça ? Pour vous, je suis comme ce flic qui a lancé le chien aux trousses de Galton, hein ?

– Il y a des degrés, inspecteur Bosch. Même si Church était le monstre que vous décriviez, il n'était pas obligé de mourir. Si le système ferme les yeux sur les violences que la police inflige aux coupables, à qui le tour ensuite, sinon aux innocents ? C'est pour ça, voyez-vous, que je suis obligée de me comporter avec vous comme je vais le faire. Je le fais pour les innocents.

– Eh bien, bonne chance.

A son tour, il écrasa sa cigarette.

– Je n'en ai pas besoin, répondit-elle.

Bosch suivit le regard de l'avocate en direction de la statue, au-dessus de l'endroit où Galton s'était suicidé.

– C'est ça, la justice, dit-elle. Elle ne voit pas. Elle n'entend pas. Elle ne peut pas sentir, ni parler. La justice, inspecteur Bosch, n'est qu'une blonde en béton.

# 16

La salle d'audience semblait aussi silencieuse que le cœur d'un homme mort lorsque Bosch passa derrière les tables de l'accusation et de la défense et devant le box des jurés pour se diriger vers le fauteuil des témoins. Après avoir prêté serment, il donna son nom complet, et la greffière lui demanda de l'épeler.

– H, I, E, R, O, N, Y, M, U, S, B, O, S, C, H, dit-il.

Après quoi, le juge le remit entre les mains de Belk.

– Parlez-nous un peu de vous, inspecteur Bosch, de votre carrière.

– Je suis officier de police depuis presque vingt ans. Présentement, je suis affecté à la table des homicides du commissariat de Hollywood. Avant cela…

– Pourquoi appelle-t-on cela une table ?

Mon Dieu, se dit Bosch.

– Parce que ça ressemble à une table. Six petits bureaux y sont regroupés pour former une longue table, où trois inspecteurs sont assis de chaque côté. Tout le monde appelle ça la table.

– Très bien, continuez.

– Avant d'occuper ce poste, j'ai passé huit années à la section criminelle spéciale de la brigade des vols et homicides. Auparavant, j'étais affecté au service des homicides de North Hollywood et à celui des vols et cambriolages du poste de Van Nuys. J'ai été agent de patrouille pendant environ cinq ans, principalement dans les secteurs de Hollywood et Wilshire.

Belk l'entraîna ainsi à petits pas sur le chemin de sa carrière, jusqu'à l'époque où Bosch avait appartenu à la brigade spéciale formée pour résoudre l'affaire du Doll-maker. L'interrogatoire était lent et ennuyeux, même pour Bosch, et pourtant il s'agissait de sa vie. Parfois, lorsqu'il répondait à une question, il lançait un coup d'œil vers les jurés : seuls quelques-uns d'entre eux semblaient le regarder ou s'intéresser à ce qu'il disait. Bosch était nerveux et avait la paume des mains moite. Il avait témoigné des centaines de fois devant un tribunal. Mais jamais dans ces conditions, pour assurer sa propre défense. Il avait chaud et savait pourtant qu'il régnait une fraîcheur excessive dans la salle.

– Dites-nous où se situait physiquement cette brigade spéciale ?

– Nous occupions une petite pièce au premier étage du poste de police de Hollywood. Cette pièce servait habituellement à entreposer des pièces à conviction et des dossiers. Nous avons tout déménagé temporairement dans une caravane de location et nous nous sommes installés là. Nous disposions également d'une pièce à Parker Center. L'équipe de nuit, dont je faisais partie, travaillait généralement à Hollywood.

– De cette façon, vous étiez plus près de votre proie, n'est-ce pas ?

– Nous le supposions, en effet. La plupart des victimes avaient été enlevées dans les rues de ce quartier. Beaucoup ont été retrouvées dans ce coin également.

– Vous vouliez pouvoir réagir rapidement au moindre renseignement, à la moindre piste, et le fait de vous trouver au cœur de l'action vous facilitait la tâche, c'est bien cela ?

– Oui.

– Le soir où vous avez reçu l'appel de la dénommée Dixie McQueen… de quelle façon vous est-il parvenu ?

– Elle a d'abord appelé Police-Secours et, en comprenant de quoi il s'agissait, la standardiste du central a transmis l'appel à la brigade spéciale à Hollywood.

– Qui a pris cet appel ?

– Moi.

– Pour quelle raison ? N'avez-vous pas déclaré que vous

étiez le responsable de l'équipe de nuit ? N'y avait-il personne d'autre pour répondre au téléphone ?

– Normalement, si. Mais il était tard. Tout le monde était déjà parti. Si je me trouvais encore là, c'est que je mettais à jour le rapport chronologique d'enquête que nous devions rendre à la fin de chaque semaine. Il n'y avait plus que moi. Alors, j'ai décroché.

– Quand vous êtes parti rejoindre cette femme, pourquoi n'avez-vous pas demandé des renforts ?

– Ce qu'elle m'avait dit au téléphone n'avait pas réussi à me convaincre totalement. Nous recevions des dizaines d'appels semblables chaque jour. Et ils ne menaient à rien. J'avoue être allé recueillir son témoignage sans trop y croire.

– Dans ce cas, inspecteur Bosch, si tel était votre sentiment, pourquoi y être allé ? Pourquoi ne pas l'avoir interrogée directement par téléphone ?

– La principale raison, c'est qu'elle affirmait ne pas connaître l'adresse où l'avait emmenée cet homme. Mais elle disait pouvoir me montrer l'endroit si nous passions dans Hyperion Street. En plus, il y avait quelque chose d'authentique dans ses affirmations, vous comprenez ? Elle paraissait véritablement effrayée. Comme je m'apprêtais à rentrer chez moi, j'ai décidé de vérifier, par acquit de conscience.

– Racontez-nous ce qui s'est passé quand vous êtes arrivés dans Hyperion avec cette femme.

– Nous avons vu de la lumière dans l'appartement situé au-dessus du garage. Nous avons même vu une ombre passer devant une des fenêtres. Nous savions donc que le type se trouvait encore sur place. C'est seulement à ce moment-là que Mlle McQueen m'a parlé des produits de maquillage qu'elle avait vus dans le placard de la salle de bains, sous le lavabo.

– Que signifiait ce détail pour vous ?

– Beaucoup de choses. Cela a aussitôt attiré mon attention, car nous n'avions jamais indiqué à la presse que le meurtrier conservait les cosmétiques de ses victimes. Des fuites avaient permis de dévoiler qu'il leur peinturlurait le visage, mais pas qu'il conservait leurs produits de maquillage. Alors, quand cette fille m'a dit qu'elle avait vu sa collection de cosmétiques, il s'est produit un déclic. Son témoignage devenait beaucoup plus crédible.

Bosch but un peu d'eau dans le gobelet en carton que lui avait apporté l'officier de justice.

– Très bien. Qu'avez-vous fait ensuite ? lui demanda Belk.

– J'ai pensé que durant le temps qu'il avait fallu à la fille pour m'appeler, pour que j'aille la chercher et que nous retournions dans Hyperion, l'homme avait pu ressortir de chez lui pour choisir une autre victime. Autrement dit, il y avait de fortes chances pour qu'une autre femme soit en danger. Alors, j'y suis allé. En courant.

– Pourquoi ne pas avoir appelé des renforts ?

– Premièrement, j'estimais qu'il n'était pas possible d'attendre plus longtemps, ne serait-ce que cinq minutes. S'il avait emmené une autre fille là-haut, ces cinq minutes pouvaient être fatales. Deuxièmement, je n'avais pas de Motorola sur moi. Je ne pouvais pas appeler, même si je l'avais voulu…

– Un Motorola ?

– Oui, c'est une radio portative qu'utilisent généralement les inspecteurs en service. Malheureusement, il n'y en a pas assez de disponibles. Et comme je rentrais chez moi, je n'avais pas voulu en emporter une car je ne devais revenir au commissariat que le lendemain soir. Il aurait manqué une radio le lendemain.

– Donc, vous ne pouviez pas réclamer des renforts par radio. Et par téléphone ?

– Je me trouvais dans une zone résidentielle. J'aurais pu en effet repartir pour chercher une cabine, ou bien frapper à une porte. Mais il était environ 1 heure du matin et je doutais que les gens acceptent spontanément de laisser entrer chez eux un homme qui se prétendait officier de police. Tout était une question de temps. Et je pensais ne pas en avoir beaucoup. J'étais donc obligé d'y aller seul.

– Que s'est-il passé ?

– Persuadé qu'une personne courait un danger immédiat, j'ai fait irruption sans frapper à la porte. Mon arme à la main.

– Vous avez ouvert la porte d'un coup de pied ?

– Oui.

– Et qu'avez-vous découvert ?

– Tout d'abord, je me suis annoncé. J'ai crié « Police ! ». Je me suis avancé de quelques pas dans la pièce… c'était un studio… et j'ai aperçu l'homme identifié par la suite comme étant Norman Church debout à côté du lit.

– Avez-vous vu quelqu'un d'autre ?

– Non.

– Et ensuite ?

– J'ai hurlé quelque chose dans le genre « Ne bougez pas ! » ou « Pas un geste ! », et j'ai fait un pas de plus dans la pièce. Tout d'abord, il n'a pas réagi. Mais soudain il s'est penché vers le lit et a glissé sa main sous l'oreiller. Je lui ai crié « Non ! » mais il a continué. Je l'ai vu remuer son bras comme s'il s'était emparé de quelque chose et il a commencé à ressortir sa main de dessous l'oreiller. Alors j'ai tiré. Une fois. Et il est mort.

– A quelle distance de lui vous trouviez-vous, à votre avis ?

– A sept mètres environ. C'était une grande pièce et nous étions chacun à un bout.

– Est-il mort instantanément ?

– Très vite. Il est tombé en travers du lit. Par la suite, l'autopsie a révélé que la balle avait pénétré sous le bras droit, celui qu'il avait glissé sous l'oreiller, et traversé la poitrine pour atteindre le cœur et les poumons.

– Une fois cet homme abattu, qu'avez-vous fait ?

– Je me suis précipité vers le lit pour voir s'il respirait encore. A ce moment-là, il était toujours vivant, alors je lui ai passé les menottes. Il est mort quelques instants plus tard. J'ai soulevé l'oreiller. Il n'y avait pas d'arme dessous.

– Qu'y avait-il sous l'oreiller ?

En se tournant vers Chandler, Bosch répondit :

– C'est un des mystères de la vie, il voulait récupérer sa perruque.

Occupée à prendre des notes, Chandler avait baissé la tête, mais elle la releva. Leurs regards se croisèrent un court instant, jusqu'à ce qu'elle dise :

– Objection, Votre Honneur !

Le juge accepta de faire supprimer des minutes la remarque de Bosch sur les mystères de l'existence. Belk posa encore quelques questions concernant le lieu du drame, puis revint à l'enquête sur Norman Church.

– Vous ne participiez plus à cette enquête, n'est-ce pas ?

– Non, comme le veut le règlement, j'étais cantonné dans des tâches administratives pendant qu'on enquêtait sur le bien-fondé de mon recours à la force.

– Etiez-vous, malgré tout, tenu au courant des résultats de l'enquête menée sur le passé de Church ?

– Dans l'ensemble, oui. Etant partie prenante dans cette affaire, j'étais tenu informé.

– Qu'avez-vous appris ?

– Que les produits de maquillage retrouvés dans l'armoire de la salle de bains appartenaient à neuf des victimes.

– Avez-vous jamais eu vous-même des doutes, ou avez-vous entendu d'autres enquêteurs de la brigade spéciale exprimer des doutes concernant la culpabilité de Norman Church dans le meurtre de ces neuf femmes ?

– Pour ces neuf femmes ? Non, aucun doute. Jamais.

– Inspecteur Bosch, vous avez entendu M. Wieczorek affirmer ici même qu'il se trouvait avec M. Church la nuit où la onzième victime, Shirleen Kemp, a été tuée. Vous avez vu l'enregistrement vidéo présenté comme pièce à conviction. Cela a-t-il fait naître des doutes en vous ?

– Concernant cette affaire particulière, oui. Mais Shirleen Kemp ne faisait pas partie des neuf victimes dont on a retrouvé les produits de maquillage dans l'appartement de Church. Il n'y a aucun doute, ni dans mon esprit, ni dans celui d'aucun des membres de la brigade, que Church a assassiné ces neuf femmes.

Chandler protesta contre le fait que Bosch s'exprimait

à la place de ses collègues, et le juge retint son objection. Belk s'empressa de changer de sujet, car il ne souhaitait pas s'aventurer plus avant sur le terrain des victimes numéro sept et onze. Sa stratégie consistait à éviter toute allusion à un deuxième meurtrier, laissant à Chandler la liberté d'aborder le sujet lors du contre-interrogatoire, si elle le souhaitait.

– Vous avez été sanctionné pour ne pas avoir appelé de renforts. Selon vous, votre hiérarchie a-t-elle agi comme il convient dans cette affaire ?

– Non.

– Pour quelle raison ?

– Comme je vous l'ai expliqué, j'estimais ne pas avoir le choix… je ne pouvais faire autrement. Et si je devais recommencer, même en sachant que cela me vaudrait une mutation, j'agirais de la même façon. Je n'aurais toujours pas le choix. S'il y avait eu une autre femme dans l'appartement, une autre victime, et si je lui avais sauvé la vie, on m'aurait sans doute accordé une promotion.

Comme Belk n'enchaînait pas immédiatement avec une autre question, Bosch poursuivit sur sa lancée :

– Je pense que cette mutation répondait à une nécessité politique. Pour finir, j'avais quand même tué un homme désarmé. Peu importait que cet homme fût un monstre, un serial killer. En outre, j'avais déjà eu des ennuis à cause de mes…

– Ce sera tout, merci.

– … prises de bec avec…

– Merci, inspecteur Bosch.

Bosch se tut. Il avait dit ce qu'il avait à dire.

– Donc, si je comprends bien, reprit l'avocat, vous n'éprouvez aucun regret au sujet de ce qui s'est passé dans cet appartement, exact ?

– Non, vous vous trompez.

Belk eut l'air surpris par cette réponse. Il consulta ses notes. En posant sa question, il s'était attendu à une autre réaction. Mais il devait enchaîner :

– Que regrettez-vous ?

– Je regrette que Church ait eu cette réaction. C'est lui

qui a provoqué ce coup de feu. J'étais obligé de réagir sur-le-champ. Mon but était de mettre fin à cette série de meurtres. Je n'avais aucune envie de le tuer pour y parvenir. Mais les choses se sont passées ainsi et c'est lui qui en a décidé.

Belk exprima son soulagement en soufflant bruyamment dans le micro, puis il annonça qu'il n'avait plus de questions à poser.

Le juge Keyes décréta une pause de dix minutes avant le début du contre-interrogatoire. Bosch regagna la table de la défense, où Belk lui murmura qu'il pensait qu'ils s'en étaient bien tirés. Bosch ne répondit pas.

– Je crois que tout va se jouer maintenant. Si vous réussissez à franchir l'obstacle du contre-interrogatoire sans trop de dégâts, je pense que c'est dans la poche.

– Et si elle fait allusion au deuxième tueur, si elle présente la lettre ?

– Je ne vois pas comment elle pourrait le faire. Dans ce cas, elle avancerait à l'aveuglette.

– Non. Elle possède un informateur au sein de la police. Quelqu'un l'a tuyautée.

– Si on en arrive là, je réclamerai une réunion à huis clos.

Tout cela n'avait rien d'encourageant, songea Bosch. Il jeta un coup d'œil à la pendule pour voir s'il avait le temps de sortir fumer une cigarette. Non, sans doute pas, et il se leva pour regagner l'estrade des témoins. Il passa devant Chandler, qui continuait de prendre des notes sur son bloc.

– Le grand mystère de la vie, dit-elle sans lever les yeux.

– Exact, lui répondit-il sans tourner la tête.

Assis dans le fauteuil, il attendit et vit entrer Bremmer, suivi par un type du *Daily News* et deux autres journalistes des agences de presse. Quelqu'un leur avait annoncé que l'attraction vedette allait commencer. Les caméras de télévision étant interdites dans l'enceinte du tribunal, une des chaînes avait dépêché un dessinateur.

De sa place, Bosch observa Chandler. Sans doute était-elle en train de rédiger les questions qu'elle lui destinait. Deborah Church était assise à côté d'elle, les mains croi-

231

sées sur la table, prenant soin d'éviter le regard de Bosch. Une minute plus tard, la porte de la salle des délibérations s'ouvrit et les jurés firent leur entrée dans le box. Le juge Keyes regagna son perchoir. Bosch inspira à fond et se prépara tandis que Chandler s'avançait vers le pupitre, son bloc à la main.

– Monsieur Bosch, lui lança-t-elle, combien d'hommes avez-vous tués ?

Belk objecta immédiatement et exigea de conférer avec le juge. Les avocats et la sténographe se regroupèrent autour de ce dernier et discutèrent à voix basse pendant cinq minutes. Bosch ne capta que des bribes de leur conversation, les paroles de Belk généralement, car il parlait plus fort. A un moment, son avocat fit remarquer qu'un seul mort était en cause dans ce procès, Church en l'occurrence, et que tous les autres étaient hors de propos. Il entendit Chandler lui rétorquer qu'au contraire cette information était pertinente, car elle disait bien l'état d'esprit de l'accusé. Bosch n'entendit pas la réponse du juge, mais après que les deux avocats et la sténographe eurent regagné leur place, Keyes déclara :

– L'accusé répondra à la question.

– Je ne peux pas, dit Bosch.

– Inspecteur Bosch, la cour vous ordonne de répondre.

– C'est impossible, monsieur le juge. J'ignore combien de personnes j'ai tuées.

– Vous avez combattu au Vietnam ? lui demanda Chandler.

– Oui.

– Quelles étaient vos fonctions ?

– J'étais un « rat de tunnel ». Je descendais dans les galeries ennemies. Parfois, cela provoquait un affrontement direct. Parfois, j'utilisais des explosifs pour faire sauter tout le réseau de galeries. Je ne peux pas savoir combien de personnes s'y trouvaient.

– Très bien, inspecteur, mais depuis que vous n'êtes plus dans l'armée et que vous êtes devenu officier de police, combien de personnes avez-vous tuées ?

– Trois, en comptant Norman Church.

– Pouvez-vous nous parler des deux autres circonstances dans lesquelles vous avez fait usage de votre arme ? Sans entrer dans les détails.

– Oui. La première fois, c'était avant Church. La seconde fois, c'était après. La première fois où j'ai tué un homme, j'enquêtais sur un meurtre. J'étais allé interroger un individu que je croyais être un témoin. Il s'est avéré qu'il s'agissait du meurtrier. Quand j'ai frappé chez lui, il m'a tiré dessus à travers la porte. Il m'a manqué. J'ai enfoncé la porte et je suis entré. Je l'ai entendu se précipiter vers l'arrière de la maison. Je l'ai suivi dans le jardin et je l'ai vu escalader une clôture. Au moment de sauter de l'autre côté, il s'est retourné vers moi pour me tirer dessus encore une fois. J'ai tiré le premier et je l'ai eu… La deuxième fois, c'était après la mort de Church et j'enquêtais sur une affaire de meurtre et de cambriolage, avec des agents du FBI. Une fusillade a éclaté entre deux suspects, mon équipier de l'époque, un agent du FBI et moi-même. J'ai tué un des suspects.

– Donc, dans ces deux cas, les hommes que vous avez tués étaient armés ?

– C'est exact.

– Trois coups de feu et trois morts, c'est beaucoup, même après vingt ans dans la police, non ?

Bosch attendit quelques secondes que Belk émette une objection, mais l'avocat obèse était trop occupé à prendre des notes. Il avait loupé la question.

– Je connais des flics qui n'ont jamais été obligés de dégainer leur arme en vingt ans de service, et j'en connais d'autres qui ont été obligés de tuer sept fois. Tout dépend du genre d'affaires sur lesquelles on tombe. C'est une question de chance.

– De chance ou de malchance ?

Cette fois, Belk protesta, et le juge retint son objection. Chandler s'empressa d'enchaîner :

– Après avoir tué M. Church, alors qu'il était désarmé, avez-vous éprouvé une sorte de malaise ?

– Non, pas vraiment. Jusqu'à ce que j'apprenne que je devais être jugé… et que vous seriez l'avocate.

Il y eut quelques rires dans la salle, et Honey Chandler elle-même sourit. Après avoir ramené le silence d'un coup de marteau sévère, le juge demanda à Bosch de répondre simplement aux questions, en s'abstenant de tout aparté personnel.

– C'était dit sans animosité, lui renvoya Bosch. Comme je l'ai déjà expliqué, j'aurais préféré capturer Church vivant plutôt que mort. Mais je voulais le mettre hors d'état de nuire, d'une manière ou d'une autre.

– Pourtant, vous avez tout organisé, tactiquement s'entend, pour que la seule issue possible soit son élimination définitive, n'est-ce pas ?

– Non, absolument pas. Il n'y avait rien de calculé dans mes actes. Les choses se sont passées de cette façon, voilà tout.

Bosch savait qu'il aurait été stupide et inutile de se montrer agressif envers Chandler. Plutôt que de lancer des démentis rageurs, la meilleure tactique consistait à répondre à chaque question comme s'il avait affaire à une personne qui faisait fausse route.

– Malgré tout, vous étiez satisfait que M. Church ait été tué alors qu'il était désarmé, nu et totalement sans défense ?

– La satisfaction n'a rien à voir là-dedans.

– Votre Honneur, dit l'avocate, puis-je confier une pièce à conviction au témoin ? Elle porte la référence 3A.

Elle tendit des photocopies d'un document d'une seule page à Belk et à la greffière, qui la tendit au juge. Pendant que le juge en prenait connaissance, Belk s'approcha du pupitre pour protester.

– Votre Honneur, il n'est pas possible d'accepter ce document. Ce sont les propos d'un psychiatre, pas ceux de mon client.

Chandler s'approcha du micro et dit :

– Monsieur le juge, je vous prie de vous reporter à la partie nommée « Résumé ». J'aimerais que le témoin en lise le dernier paragraphe. Vous remarquerez que l'accusé lui-même a signé cette déclaration au bas de la page.

Le juge Keyes acheva sa lecture, s'essuya la bouche avec le dos de sa main et déclara :

– J'accepte ce document. Vous pouvez le montrer au témoin.

Chandler en sortit une autre photocopie pour Bosch et la déposa devant lui sans le regarder. Après quoi, elle retourna derrière le pupitre.

– Pouvez-vous nous dire de quoi il s'agit, inspecteur Bosch ?

– Il s'agit d'un rapport confidentiel d'évaluation psychologique. Prétendument confidentiel, ai-je envie de dire.

– En effet. Et quel est l'objet de ce rapport ?

– Me permettre de réintégrer mes fonctions après la mort de Church. C'est une procédure habituelle dans ce genre de cas : on est toujours interrogé par le psychiatre de la police. C'est lui qui autorise le demandeur à reprendre son travail ou pas.

– Vous devez bien le connaître.

– Je vous demande pardon ?

– Maître Chandler, cette remarque est superflue, déclara le juge Keyes avant que Belk ait eu le temps de se lever de son siège.

– En effet, Votre Honneur. Rayez cette remarque. Vous avez donc reçu l'autorisation de reprendre votre travail, c'est-à-dire votre nouvelle affectation à Hollywood, à la suite de cet entretien, exact ?

– Exact.

– Est-il vrai que cet entretien n'est qu'une pure formalité ? Le psychiatre interdit-il jamais à un officier de police de réintégrer son poste pour des motifs psychologiques ?

– La réponse à la première question est non. Quant à la seconde, je n'en sais rien.

– Laissez-moi la formuler autrement. Avez-vous déjà entendu parler d'un collègue suspendu à la suite d'un entretien avec le psychiatre ?

– Non. Ces rapports sont censés demeurer confidentiels, et je ne pourrais donc pas être au courant de toute façon.

– Voulez-vous, je vous prie, lire le dernier paragraphe de la partie « Résumé » du document placé devant vous ?

– Oui.

Bosch prit le document et commença à le lire pour son compte.

– A haute voix, inspecteur Bosch ! lui précisa Chandler d'un ton agacé. Cela me semblait évident.

– Oh, pardon. Voici : « Suite à ses expériences durant la guerre et ensuite dans la police, parmi lesquelles on notera l'incident dramatique sus-mentionné et qui eut des conséquences fatales, le sujet a, dans une certaine mesure, acquis une sorte d'insensibilité vis-à-vis de la violence. A ses yeux, la violence et ses divers aspects semblent être une constituante acceptée de sa vie quotidienne, de sa vie tout entière. Par conséquent, il est peu probable que les événements antérieurs exercent un effet de dissuasion psychologique quelconque s'il devait se retrouver dans une situation exigeant le recours à la force, pour se protéger lui-même et pour protéger les autres. J'estime que le sujet sera en mesure de réagir sans le moindre temps mort. Il sera capable de presser la détente. A vrai dire, son discours ne laisse deviner aucun effet pernicieux consécutif à ce drame, à moins que le sentiment de satisfaction qu'il éprouva devant le dénouement de cet incident, c'est-à-dire la mort du suspect, ne soit jugé inacceptable. »

Bosch reposa la feuille. Il s'aperçut que tous les jurés avaient maintenant les yeux braqués sur lui. Il n'aurait su dire si ce rapport lui était fortement préjudiciable ou au contraire bénéfique.

– Vous êtes bien le sujet mentionné dans ce rapport, inspecteur Bosch ? lui demanda Chandler.

– Oui, c'est moi.

– Vous venez de déclarer n'éprouver aucune satisfaction, or le rapport du psychiatre indique que vous étiez satisfait du dénouement de cet incident. Qui faut-il croire ?

– Ce rapport contient les affirmations du psychiatre, pas les miennes. Je pense que je n'aurais pas dit la même chose.

– Dans ce cas, pourquoi avez-vous signé ce document ?

– Je l'ai signé parce que je voulais reprendre mon poste.

Si j'avais commencé à ergoter sur le choix des termes employés, je ne l'aurais jamais récupéré.

– Dites-moi, inspecteur, le psychiatre qui vous a examiné et a rédigé ce rapport était-il au courant de la mort de votre mère ?

Bosch hésita.

– Je ne sais pas, répondit-il enfin. Je ne lui en ai pas parlé. J'ignore si ce renseignement lui avait été fourni précédemment ou pas.

Il avait le plus grand mal à se concentrer sur ses propos tant son esprit semblait se disloquer.

– Qu'est-il arrivé à votre mère ?

Bosch regarda l'avocate droit dans les yeux, longuement, avant de répondre. Elle ne détourna pas la tête.

– Comme il a été dit avant ici même, elle a été assassinée. J'avais onze ans. Ça s'est passé à Hollywood.

– Et le meurtrier n'a jamais été arrêté, c'est exact ?

– C'est exact. Pourrions-nous passer à autre chose ? Nous avons déjà évoqué ce sujet.

Bosch se tourna vers Belk, qui comprit sa demande et se leva pour protester contre l'acharnement de Chandler.

– Inspecteur Bosch, souhaitez-vous faire une pause ? lui demanda le juge Keyes. Pour vous calmer ?

– Non, monsieur le juge, ça ira.

– Je regrette. Je ne peux restreindre le champ d'un contre-interrogatoire qui se conforme aux règlements. Objection rejetée.

Le juge adressa un signe de tête à Chandler.

– Je suis désolée de vous poser des questions aussi intimes, reprit-elle, mais après la... disparition de votre mère, est-ce votre père qui vous a élevé ?

– Vous n'êtes pas désolée ! Vous...

– Inspecteur Bosch ! tonna le juge. Je ne saurais tolérer ce genre de remarques. Vous devez répondre aux questions qui vous sont posées. Sans faire de commentaire. Répondez simplement aux questions.

– Non, je n'ai jamais connu mon père. On m'a envoyé dans un orphelinat, puis dans des familles adoptives.

– Avez-vous des frères ou des sœurs ?

– Non.

– Autrement dit, l'homme qui a étranglé votre mère ne vous a pas seulement volé la personne la plus chère, il a également détruit une grande partie de votre existence ?

– En effet.

– Votre désir d'entrer dans la police est-il lié à ce crime ?

Bosch s'aperçut qu'il n'osait plus regarder les jurés. Il savait que son visage avait viré au cramoisi. Et il avait l'impression d'agoniser sous une énorme loupe.

– Je ne sais pas. Je n'ai jamais analysé mes motivations aussi profondément.

– Ce crime a-t-il un lien avec la satisfaction que vous avez éprouvée en assassinant M. Church ?

– Je vous l'ai déjà dit, si j'ai éprouvé de la satisfaction… ceci pour reprendre votre expression favorite… c'est celle d'avoir résolu cette affaire. Cet homme était un monstre. C'était un meurtrier. J'étais satisfait que nous ayons réussi à le mettre hors d'état de nuire. Ne l'auriez-vous pas été vous aussi ?

– C'est vous qui répondez à mes questions, inspecteur Bosch, lui rappela Chandler. Et je vous pose ma question suivante : avez-vous réellement mis fin à cette série de meurtres ? A tous les meurtres ?

Belk bondit de son siège pour exiger un entretien avec le juge. Celui-ci se tourna vers les jurés.

– Finalement, nous allons quand même faire une pause. Nous vous rappellerons dès que nous serons prêts.

# 17

Belk ayant demandé à ce que la discussion concernant son objection à la question de Chandler ait lieu à l'abri des oreilles de la presse, le juge décréta qu'elle se tiendrait dans son bureau. Y assistèrent le juge, Chandler, Belk, Bosch, la sténographe et la greffière du tribunal. Après avoir apporté deux chaises supplémentaires de la salle d'audience, tous prirent place autour du gigantesque bureau du juge. En acajou sombre, on aurait pu y garer une petite voiture étrangère.

La première chose que fit le juge fut d'allumer une cigarette. Voyant que Chandler l'imitait, Bosch fit de même. Le juge poussa son cendrier vers le coin de son bureau afin que tout le monde puisse l'atteindre.

– Maître Belk, nous vous écoutons, dit-il.

– Votre Honneur, je m'inquiète de la direction prise par Mme Chandler.

– Appelez-la Mlle Chandler, maître Belk. Vous savez bien qu'elle préfère. Quant à la direction prise par votre confrère, comment pouvez-vous la deviner après une seule question ?

Pour Bosch, il était évident que Belk avait émis son objection trop tôt. Nul ne pouvait deviner quels renseignements possédait Chandler, hormis la lettre.

– Monsieur le juge, déclara Bosch, en répondant à cette dernière question, je compromettrais une enquête en cours.

Le juge se renversa dans son siège en cuir rembourré.

– Ah oui ?

– Nous pensons qu'il existe un deuxième meurtrier,

expliqua Bosch. Le corps retrouvé cette semaine a été identifié hier, et nous avons la preuve que cette femme n'a pas pu être tuée par Church. Elle était encore en vie il y a deux ans. Le…

– La méthode utilisée par le meurtrier est semblable à celle du véritable Dollmaker, renchérit Belk. La police estime qu'il s'agit d'un imitateur, d'un individu qui sait de quelle façon Church tuait ses victimes et qui copie son mode opératoire. Certains indices laissent penser que ce disciple est également responsable des septième et onzième meurtres, attribués initialement à Norman Church…

Bosch enchaîna :

– Le disciple est nécessairement une personne proche de la première enquête, quelqu'un qui en connaît tous les détails…

Belk reprit la parole :

– Si vous autorisez Mlle Chandler à poursuivre son interrogatoire dans cette direction, la nouvelle sera reprise par la presse et le meurtrier averti. Il saura que la police est sur sa piste.

Le juge resta silencieux, le temps de réfléchir.

– Tout cela me paraît très intéressant, dit-il enfin, et je vous souhaite sincèrement bonne chance pour capturer ce « disciple », comme vous l'appelez. Mais le problème, maître Belk, c'est que vous ne m'avez donné aucune raison légale de dispenser votre client de répondre aux questions de Mlle Chandler. Personne ne souhaite compromettre une enquête. Mais c'est vous qui avez appelé votre client à la barre.

– A supposer qu'il y ait un second tueur ! lança Chandler. Il est évident qu'il n'y avait qu'un seul Dollmaker, et que ce n'était pas Church. Ils ont mis au point ce stratagème afin de…

– Mademoiselle Chandler ! la coupa le juge. C'est au jury d'en décider. Gardez vos arguments pour les jurés. Le problème, maître Belk, c'est qu'il s'agit de votre témoin. En le faisant comparaître, vous l'avez exposé à ce genre de questions. Je ne sais quoi vous dire. En tout cas, ne comptez pas sur moi pour faire sortir les journalistes de la salle. Ne notez pas ce qui suit, mademoiselle Penny… (Le juge attendit que la sténographe ait levé les doigts de dessus son clavier.) Maître Belk, vous l'avez dans le cul, pardonnez mon langage, mesdames. Votre client répondra à cette question, et à celle d'après, et à celle d'après. C'est compris ? Allons-y.

La sténographe reposa les doigts sur son clavier.

– Votre Honneur, on ne peut…

– Ma décision est prise, maître Belk. Autre chose ?

C'est alors que Belk étonna Bosch :

– Nous réclamons un ajournement.

– Hein ?

– La partie plaignante s'y oppose, Votre Honneur, déclara Chandler.

– Je m'en doute, répondit le juge. Qu'est-ce que vous me chantez-là, maître Belk ?

– Votre Honneur, il faut interrompre ce procès. Au moins jusqu'à la semaine prochaine. Le temps de permettre à l'enquête de porter ses fruits.

– Porter ses fruits, dites-vous ? N'y pensez plus, maître Belk. Je vous rappelle que nous sommes en plein procès.

Belk se leva et se pencha par-dessus l'immense bureau.

– Votre Honneur, je réclame une interruption d'urgence afin de porter l'affaire en appel devant le tribunal du neuvième district.

– Vous pouvez faire appel auprès de qui vous voulez, maître Belk, le procès ne sera pas interrompu.

Il y eut un silence. Tous les regards étaient braqués sur Belk.

– Et si je refuse de répondre aux questions ? demanda Bosch.

Le juge Keyes l'observa un long moment avant de déclarer :

– Dans ce cas, je vous inculperai d'outrage à magistrat. Puis je vous demanderai encore une fois de répondre, et si vous persistez dans votre refus, je vous enverrai en prison. Et quand votre avocat ici présent sollicitera une remise en liberté sous caution, je la refuserai. Tout ceci aura lieu dans la salle d'audience, devant les jurés et les journalistes. En outre, je laisserai Mlle Chandler totalement libre de déclarer ce qu'elle veut à la presse hors du prétoire. Autrement dit, vous pouvez toujours essayer de jouer les héros en ne répondant pas aux questions, mais les médias s'empareront malgré tout de cette histoire. Comme je l'ai dit à maître Belk il y a quelques instants en confidence, vous…

– Vous n'avez pas le droit ! le coupa Belk. C'est… c'est… injuste ! Vous avez le devoir de protéger cette enquête. Vous…

– Ne me dites pas quel est mon devoir, mon petit gars, lui répliqua le juge d'une voix très lente et sur un ton glacial.

Et le juge parut alors grandir tandis que Belk, au contraire, se ratatinait devant lui.

– Mon seul devoir, reprit-il, est de veiller à l'équité de ce procès. Or vous me demandez de dissimuler une information qui pourrait s'avérer capitale pour les intérêts de la partie plaignante. Vous essayez en plus de m'intimider, et cela, je ne peux le supporter. Je ne suis pas un petit juge de comté qui a besoin de votre assentiment à chaque fois qu'approche une élection. Je suis nommé à vie. Fin de l'entretien.

Mlle Penny cessa de taper. Bosch répugnait à assister à la mise à mort de Belk. L'avocat avait baissé la tête, dans la posture du condamné. Il offrait sa nuque à la hache du bourreau.

– Je vous conseille de virer votre gros cul d'ici et de vous mettre au boulot pour tenter de trouver un moyen de sauver les meubles. Car, dans cinq minutes, ou bien l'inspecteur Bosch répond à cette question, ou bien il remet son arme de service, son insigne, sa ceinture et ses lacets à un gardien du pénitencier. La séance va reprendre. L'audience est levée.

Le juge Keyes se pencha en avant pour écraser sa cigarette dans le cendrier. Sans quitter Bosch des yeux.

Tandis que le petit groupe regagnait en procession la salle de tribunal, Bosch se rapprocha de Chandler. Après avoir jeté un coup d'œil par-dessus son épaule pour s'assurer que le juge avait bien tourné le coin afin de rejoindre sa place, il lui glissa à voix basse :

– Si vos renseignements proviennent d'un membre de la police, je vous promets d'éliminer votre source dès que je l'aurai découverte.

Chandler continua d'avancer au même rythme. Elle ne se retourna même pas pour lui rétorquer :

– A condition que vous ne soyez pas réduit en miettes avant.

Bosch reprit sa place sur le fauteuil des témoins, et on fit revenir le jury. Le juge pria Chandler de poursuivre.

– Plutôt que de demander à la sténographe de retrouver ma dernière question, permettez-moi de vous la poser à nouveau. Après que vous avez tué M. Church, les meurtres du soi-disant Dollmaker ont-ils pris fin ?

Bosch hésita et réfléchit. Tournant la tête vers la partie de la salle réservée au public, il découvrit que les journalistes, du moins les gens qu'il pensait en être, étaient maintenant plus nombreux et s'étaient assis les uns à côté des autres.

Il aperçut également Sylvia, assise au dernier rang, seule. Elle lui adressa un sourire timide qu'il ne lui rendit pas. Il se demanda depuis combien de temps elle était là.

– Eh bien, inspecteur Bosch ? lui dit le juge, impatient.

– Je ne peux répondre à cette question sans compromettre une enquête en cours, déclara finalement Bosch.

– Inspecteur Bosch, nous venons d'en discuter, dit le juge avec colère. Répondez à cette question !

Bosch savait que son refus, suivi de sa probable incarcération, n'empêcherait pas la nouvelle de se répandre. Chandler la divulguerait à tous les journalistes, ainsi que le juge Keyes l'avait autorisée à le faire. En s'envoyant lui-même en prison, songea-t-il, il s'interdirait seulement de pouvoir appréhender le disciple du Dollmaker. Il décida donc de répondre. Il prépara soigneusement sa déclaration, buvant lentement une longue gorgée d'eau dans son gobelet en carton pour gagner du temps.

– Norman Church a cessé de tuer après sa mort, bien évidemment. Mais il y avait, et il y a toujours, un autre meurtrier en liberté. Un tueur qui utilise les méthodes de Norman Church.

– Merci, monsieur Bosch. Peut-on savoir quand vous êtes parvenu à cette conclusion ?

– Cette semaine, lorsqu'on a découvert un nouveau cadavre.

– Qui était cette victime ?

– Une femme nommée Rebecca Kaminski. Elle avait disparu depuis deux ans.

– Et les circonstances de sa mort s'apparentent aux meurtres des autres victimes du Dollmaker, c'est bien cela ?

– Oui, très exactement, à une seule exception.

– Laquelle ?

– La victime a été coulée dans le béton. Dissimulée. Norman Church, lui, abandonnait toujours ses victimes dans des lieux publics.

– Il n'y a pas d'autres différences ?

– Non, à ma connaissance, pas pour le moment.

– Pourtant, puisque cette femme est morte deux ans après que vous avez tué Norman Church, il est absolument impossible d'accuser ce dernier.

– En effet.

– Etant mort, il possède un alibi inattaquable, n'est-ce pas ?

– Exact.

– Comment a-t-on découvert le corps de cette femme ?

– Je vous l'ai dit, on l'a trouvé dans un bloc de béton.

– Oui, mais qu'est-ce qui a conduit la police jusqu'à l'endroit où elle était enterrée ?

– Nous avons reçu une lettre, avec des indications.

Chandler produisit alors un double de la lettre en question, et le juge Keyes l'accepta comme pièce à conviction, après avoir rejeté une objection de Belk. L'avocate en tendit ensuite un exemplaire à Bosch pour qu'il l'identifie et le lise.

– A voix haute cette fois, lui précisa-t-elle avant même qu'il ne commence. Pour le jury.

Bosch trouva étrange de lire à voix haute ce message du disciple du Dollmaker dans le calme de la salle de tribunal. Dès qu'il eut fini, après quelques secondes de silence, Chandler reprit la parole :

– « Je suis toujours dans le coup »… Qu'est-ce que ça signifie ?

– Ça signifie qu'il essaye de s'attribuer le mérite de tous les meurtres. Il veut attirer l'attention sur lui.

– Ne serait-ce pas plutôt parce qu'il a *effectivement* commis tous ces meurtres ?

– Non, parce que neuf d'entre eux ont été commis par Norman Church. Les preuves retrouvées dans la garçonnière de Church établissent des liens irréfutables avec ces neuf victimes. Il n'y a pas le moindre doute.

– Qui a découvert ces preuves ?

– Moi.

– Dans ce cas, n'y a-t-il pas plutôt beaucoup de raisons de douter, inspecteur Bosch ? Cette idée d'un deuxième tueur utilisant très exactement les méthodes du Dollmaker n'est-elle pas absurde ?

– Non, elle ne l'est pas. C'est la réalité. Je ne me suis pas trompé de cible.

– Ne peut-on pas penser que cette histoire de plagiaire, d'imitateur, n'est qu'une invention astucieuse de votre part pour masquer le fait que, justement, comme vous dites, vous vous êtes trompé de cible ? Vous avez tué un innocent, un homme désarmé dont le seul crime était d'avoir ramené une prostituée chez lui, avec le consentement tacite de son épouse ?

– Non, ce n'est pas une invention. Norman Church a bien tué…

– Merci, monsieur Bosch.

– … un tas de femmes. C'était un monstre.

– Comme l'individu qui a tué votre mère ?

Inconsciemment, Harry regarda en direction du public,

vit Sylvia et détourna la tête. Il tenta de se redonner une contenance, de ralentir sa respiration. Pas question, se dit-il, de se laisser mettre en pièces par Chandler.

– Je dirais que oui. Ils étaient sans doute semblables. C'étaient deux monstres.

– C'est la raison pour laquelle vous l'avez tué, n'est-ce pas ? La perruque n'était pas sous l'oreiller. Vous l'avez abattu de sang-froid, car vous avez vu en lui le meurtrier de votre mère !

– Non. Vous faites erreur. Si j'avais inventé une histoire, ne croyez-vous pas que j'aurais trouvé quelque chose de plus convaincant qu'une perruque ? Il y avait une kitchenette dans le studio, et des couteaux dans le tiroir. Pourquoi aurais-je placé…

– Stop ! Stop ! s'écria le juge Keyes. Nous nous égarons. Maître Chandler, vous vous lancez dans des affirmations au lieu de poser des questions, et vous, inspecteur Bosch, vous faites la même chose au lieu d'y répondre. Revenons à nos moutons, voulez-vous.

– Très bien, Votre Honneur, dit Chandler. N'est-il pas exact, inspecteur Bosch, que toute cette histoire, cette idée de coller les meurtres sur le dos de Norman Church, n'était qu'une machination habilement montée, mais qui apparaît au grand jour maintenant avec la découverte de cette nouvelle victime coulée dans le béton ?

– Non, c'est absolument faux. Il n'y a aucune machination. Church était un meurtrier et il a eu le sort qu'il méritait !

Bosch tressaillit et ferma les yeux au moment même où ces paroles jaillissaient de sa bouche. Chandler avait réussi son coup. Il rouvrit les yeux et la regarda. Le regard de l'avocate paraissait vide et absent, dénué de toute émotion.

D'un ton calme, elle déclara :

– Il a eu ce qu'il méritait, dites-vous. Et quand vous a-t-on nommé juge, juré et bourreau ?

Bosch but une gorgée d'eau dans son gobelet en carton.

– Ce que je voulais dire, c'est qu'il en a décidé ainsi. En définitive, il est le seul responsable de ce qui lui est

246

arrivé. Quand on joue à ce jeu-là, on doit en accepter les conséquences.

– De la même manière que Rodney King méritait ce qui lui est arrivé ?

– Objection ! s'écria Belk.

– Comme André Galton méritait ce qui lui est arrivé ?

– Objection !

– Objections retenues, dit le juge. Allons, maître Chandler, vous…

– Ce n'est pas la même chose.

– Inspecteur Bosch, j'ai retenu les objections. Vous êtes dispensé de répondre.

– Je n'ai plus de questions pour l'instant, Votre Honneur, déclara Chandler.

Bosch la regarda regagner sa place et laisser tomber son bloc-notes sur la table en bois. La mèche de cheveux rebelle pendait toujours dans sa nuque. Il était certain désormais que même ce détail faisait partie de sa prestation parfaitement préparée et orchestrée durant le procès. Quand elle fut assise, Deborah Church se pencha pour lui serrer le bras. Chandler n'eut pas le moindre sourire, ni la moindre réaction.

Après cela, Belk fit de son mieux pour réparer les dégâts. Il posa d'autres questions sur la nature effroyable des crimes commis, les circonstances du drame et l'enquête sur Norman Church. Mais personne ne semblait y prêter attention. Toute la salle avait été aspirée dans le vide qu'avait créé le contre-interrogatoire de Chandler.

Les efforts de Belk furent apparemment si inefficaces que Chandler ne prit même pas la peine de revenir interroger Bosch, et celui-ci put regagner sa place. Il eut l'impression de parcourir plusieurs kilomètres pour arriver à la table de la défense.

– Témoin suivant, maître Belk ? demanda le juge.

– Puis-je avoir quelques minutes, Votre Honneur ?

– Certainement.

Belk se tourna vers son client et murmura :

– Nous allons conclure. Vous y voyez un inconvénient ?

– Je ne sais pas.

– Nous n'avons pas d'autres témoins, à moins que vous ne souhaitiez faire venir d'autres membres de la brigade spéciale. Ils diront tous la même chose que vous, et Chandler leur infligera le même traitement. Je préfère ne pas insister.

– Et si nous rappelions Locke ? Il confirmera tout ce que j'ai dit sur le disciple du Dollmaker.

– Trop risqué. C'est un psychiatre. Chaque fois que nous parviendrons à lui arracher une confirmation, Chandler lui fera reconnaître que ce n'est qu'une hypothèse. En outre, nous n'avons pas enregistré sa déposition sur ce point, et nous ignorons ce qu'il dira. Je pense aussi qu'il vaut mieux ne pas aborder le sujet du second meurtrier. Les jurés s'y perdront et nous…

– Maître Belk, déclara le juge, nous attendons.

Belk se leva et déclara :

– Votre Honneur, la défense a décidé de s'en tenir là.

Le juge dévisagea longuement Belk avant de se tourner vers les jurés pour leur indiquer qu'ils étaient libres jusqu'au lendemain, les avocats ayant besoin de l'après-midi pour préparer leurs plaidoiries, et lui pour préparer les consignes qu'il leur donnerait.

Lorsque le jury eut quitté la salle, Chandler s'approcha du pupitre. Elle réclama un verdict en faveur de la partie plaignante, ce que refusa Keyes. Belk fit de même, réclamant un verdict en faveur de son client. D'un ton nettement sarcastique, le juge lui ordonna de se rasseoir.

Bosch retrouva Sylvia dans le couloir, après que la salle eut mis plusieurs minutes à se vider. Un grand nombre de journalistes s'étaient rassemblés autour des deux avocats, et Bosch la prit par le bras pour l'entraîner au bout du couloir.

– Je t'avais dit de ne pas venir, Sylvia.

– Je sais, mais je sentais qu'il fallait que je vienne. Je voulais que tu saches que je te soutiens, quoi qu'il arrive. Harry, je sais sur toi des choses que le jury ne connaîtra jamais. Et qu'importe l'image que cette femme essaye de donner de toi, moi, je te connais. Ne l'oublie jamais.

Elle portait une robe noire brodée de motifs argentés que Bosch aimait beaucoup. Il la trouva très belle.

– Je, euh… tu étais là depuis longtemps ?

– Presque depuis le début. Et je ne regrette pas d'être venue. Je sais que c'était pénible pour toi, mais j'ai vu ta bonté naturelle transparaître sous la brutalité des choses que tu es parfois obligé de faire.

Il se contenta de la regarder, sans rien dire.

– Garde espoir, Harry.

– Cette histoire au sujet de ma mère…

– Oui, j'ai entendu. Ça m'a fait mal de l'apprendre dans ces conditions. Que sont nos relations, Harry, s'il existe des secrets de ce genre entre nous ? Combien de fois devrai-je te répéter que cela met en danger nos rapports ?

– Ecoute, Sylvia, je ne peux pas faire ce que tu me demandes pour l'instant. Gérer à la fois cette histoire et toi, enfin nous deux… c'est trop lourd pour l'instant. Et ce n'est pas l'endroit qui convient. Nous en reparlerons plus tard. Tu as parfaitement raison, mais je, euh… je ne peux pas… en parler. Je…

Elle arrangea sa cravate et la lissa sur son torse.

– Je comprends, dit-elle. Que vas-tu faire maintenant ?

– Poursuivre cette affaire. Officiellement ou pas. Il faut que je continue. Il faut que je retrouve ce deuxième homme, ce deuxième meurtrier.

Elle l'observa quelques instants, et Bosch comprit qu'elle espérait probablement une réponse différente.

– Je suis désolé, dit-il. Ce n'est pas une chose qui peut attendre. Les événements se précipitent.

– Dans ce cas, je vais aller au lycée. Comme ça, je ne perdrai pas toute ma journée. Tu passes à la maison ce soir ?

– J'essaierai.

– OK, à plus tard, Harry. Garde espoir.

Il lui sourit. Elle se pencha pour l'embrasser sur la joue. Puis elle s'éloigna en direction de l'escalator.

Bosch la regardait partir quand Bremmer le rejoignit.

– Tu es décidé à parler de tout ça ? Très intéressant, ton témoignage.

– J'ai dit tout ce que j'avais à dire à la barre.

– Rien à ajouter ?

– Non, rien.

– Et sur sa théorie à elle ? Comme quoi le second meurtrier serait le premier et Church n'aurait jamais tué personne.

– Que veux-tu qu'elle dise d'autre ? Ce sont des conneries. N'oublie pas une chose : tout ce que j'ai dit, je l'ai dit sous serment. Pas elle. C'est du bidon, Bremmer. Ne tombe pas dans ce piège.

– Ecoute, Harry, je suis obligé de pondre mon article. Tu comprends ? C'est mon boulot. Tu comprends, hein ? Sans rancune ?

– Sans rancune, Bremmer. Tout le monde doit faire son boulot. Et moi, je vais aller faire le mien, OK ?

Sur ce, il gagna les escaliers mécaniques. Dehors, au pied de la statue, il alluma une cigarette et en donna une à Tommy Faraway qui fouillait dans le sable du cendrier.

– Alors, lieutenant, quoi de neuf ? demanda le sans-abri.

– J'ai découvert la justice.

# 18

Bosch se rendit au commissariat central et trouva une place pour se garer le long du trottoir. Il resta assis un moment dans sa voiture, à observer deux clients du violon en train de nettoyer la peinture murale vernie recouvrant toute la façade du poste, qui ressemblait à un blockhaus. La fresque représentait un nirvana où des enfants blancs, noirs et marron jouaient ensemble, en adressant des sourires à des policiers débonnaires. Elle disait un endroit où les enfants avaient encore de l'espoir. En lettres rageuses, tracées à la peinture noire, quelqu'un avait bombé, en bas de la fresque, FOUTU MENSONGE !…

Bosch se demanda si cette inscription était le fait d'un habitant du quartier ou d'un policier. Il fuma deux cigarettes et tenta d'ordonner dans son esprit tout ce qui s'était passé au tribunal. La pensée qu'une partie de ses secrets avait été dévoilée lui procurait une étrange sérénité. Malgré tout, il se faisait peu d'illusions sur l'issue du procès. Il avait évolué vers une sorte de résignation et la certitude que les jurés trancheraient en sa défaveur, la présentation perverse des éléments de l'affaire les ayant forcément convaincus qu'il avait agi sinon comme le monstre que décrivait Chandler, du moins de manière excessive et précipitée. Jamais ils ne sauraient ce que c'était que de prendre de telles décisions, comme il l'avait fait, en un temps si bref.

Tous les flics connaissaient cette histoire par cœur. Les citoyens veulent que leur police les protège, qu'elle leur épargne le spectacle du fléau. Mais ils sont également les premiers à ouvrir des yeux horrifiés et à pointer le doigt

251

d'un air outragé quand ils découvrent la véritable nature de la tâche qu'ils ont confiée à la police. Bosch n'était pas un partisan de la ligne dure. Il n'approuvait pas le comportement des policiers dans les affaires André Galton ou Rodney King. Mais il le comprenait et savait que, fondamentalement, le sien avait la même origine.

A force d'opportunisme politique et de décisions ineptes, la municipalité avait laissé pendant des années la police se morfondre sous la forme d'une organisation paramilitaire victime du manque d'hommes et de matériel. Infectée elle aussi par le virus de la politique, elle étouffait sous le nombre de responsables en tous genres, alors que les effectifs de la base étaient si clairsemés que les fantassins de la rue avaient rarement le temps, ou le désir, de descendre de leurs engins blindés et de leurs voitures pour rencontrer les gens qu'ils servaient. Ils ne s'aventuraient au-dehors que pour s'occuper de la racaille, et cela avait créé, Bosch le savait bien, une culture policière où tous ceux qui n'étaient pas vêtus de bleu étaient considérés comme des crapules et traités comme tels. Tout le monde. Et pour finir, on se retrouvait avec des André Galton et des Rodney King. Avec des émeutes que les fantassins étaient incapables de maîtriser. Avec une fresque murale peinte sur la façade d'un poste de police et qui n'était qu'un foutu mensonge.

Après avoir franchi le guichet d'accueil en montrant son insigne, Harry gravit l'escalier qui conduisait aux services de la brigade des mœurs. Arrivé à la porte de la salle des inspecteurs, il s'arrêta quelques dizaines de secondes pour observer Mora assis à son bureau, à l'autre bout de la pièce. Mora semblait occupé à rédiger un rapport, à la main et non pas à la machine. Bosch en conclut qu'il devait s'agir d'un « rapport quotidien d'activités », qui nécessitait peu d'efforts, juste quelques lignes, et ne valait pas la peine qu'on perde son temps à se lever pour chercher une machine à écrire en état de marche.

Il remarqua aussi que Mora écrivait de la main droite. Mais il savait que cela ne suffisait pas à le rayer de la liste des suspects. Connaissant les méthodes employées, l'imitateur savait qu'il devait étrangler ses victimes en serrant du côté gauche, à l'instar du Dollmaker. Sans parler de la croix blanche sur l'orteil.

En levant la tête, Mora l'aperçut.

– Hé, pourquoi tu restes planté là-bas, Harry ?

– Je ne voulais pas te déranger.

Bosch s'approcha.

– En plein rapport quotidien ? Tu plaisantes ?

– Je me disais que c'était peut-être un truc important.

– Oui, c'est important pour toucher mon chèque. Rien de plus.

Bosch prit une chaise placée devant un bureau vide, la tira jusqu'à lui et s'assit. Il constata que la statuette de l'Infant de Prague avait été déplacée. Tournée, en fait. Elle ne faisait plus face à la nudité de l'actrice porno sur le calendrier. En observant Mora, Bosch s'aperçut qu'il ne savait pas quelle attitude adopter.

– J'ai eu ton message hier soir.

– Ah, ouais, j'ai pensé à un truc…

– Quoi ?

– Bon, on sait que Church n'a pas assassiné Maggie Cum Loudly à cause d'une question de date, OK ? Il était déjà mort quand la fille a été balancée dans le béton.

– Exact.

– Conclusion, on a affaire à un imitateur.

– Toujours exact.

– Alors je me suis dit : et si le plagiaire avait commencé avant ?

Bosch sentit sa gorge se serrer. Il s'efforça malgré tout de ne rien en laisser paraître devant Mora. Il lui adressa un regard inexpressif.

– Avant ?

– Ouais. Et si c'était le plagiaire qui avait buté les deux actrices de porno ? Qui te dit qu'il a forcément commencé à tuer après la mort de Church ?

Bosch sentit son sang se glacer. Si Mora était le plagiaire, possédait-il une telle confiance en lui qu'il prendrait le risque d'exposer la vérité devant Bosch ? Ou bien cette intuition – car ce n'était rien d'autre en définitive, un simple pressentiment – était complètement saugrenue. Quoi qu'il en soit, il se sentait mal à l'aise, assis face à Mora, devant ce bureau jonché de magazines dont les couvertures montraient des actes sexuels, et cette fille nue qui lui jetait des regards lubriques du haut de son calendrier fixé sur le classeur. Et cette statuette qui lui tournait le dos. Bosch constata alors que Delta Bush, l'actrice du calendrier, était une blonde aux formes généreuses. Elle correspondait aux « autres ». Etait-ce pour cette raison que Mora l'avait choisie ?

– A vrai dire, Ray, avoua-t-il en adoptant un ton neutre, j'ai fait le même raisonnement. Ça colle parfaitement avec tous les indices. Si c'est bien le plagiaire qui a assassiné ces trois filles… Mais qu'est-ce qui te le fait croire ?

Mora rangea le rapport qu'il était en train de rédiger dans un tiroir de son bureau. Inconsciemment, il prit sa médaille du Saint-Esprit dans sa main gauche et la sortit de sa chemise au col ouvert. Il la frotta entre son pouce et son index, tandis qu'il se renversait contre le dossier de son fauteuil, les bras appuyés sur les accoudoirs.

Finalement, il lâcha sa médaille et dit :

– En fait, je me suis souvenu d'un truc. Un tuyau qu'on m'a filé juste après que tu as descendu Church.

– Ça remonte à quatre ans…

– Exact, mais on pensait tous que l'affaire était bouclée quand tu as buté Church. Fin de l'enquête.

– Accouche, Ray. De quoi s'agit-il ?

– J'y arrive. Je me suis souvenu que deux ou trois jours, une semaine peut-être, avant que tu butes Church, j'ai reçu un tuyau par téléphone au QG de la brigade. On me l'a passé à moi, vu que j'étais le spécialiste attitré du porno, et que l'appel venait d'une gonzesse travaillant dans ce milieu. Elle se faisait appeler Gallery. Rien d'autre, Gallery. Elle donnait dans le bas de gamme. Films miteux, life-shows, peep-shows, téléphone rose et ainsi de suite. Mais elle commençait à percer, son nom apparaissait sur les boîtes des cassettes… Enfin bref, elle a appelé la brigade… c'était juste avant que tu mettes la main sur

254

Church… pour nous dire qu'un mateur faisait la tournée de tous les plateaux de ciné dans la Vallée. Tu vois le genre, il matait les tournages, il traînait avec les producteurs, mais il était différent des autres.

– Précise un peu.

– Il y a un tas de voyeurs qui traînent sur les plateaux des films de cul. Généralement, ils sont potes avec le producteur, ou bien ils ont foutu un peu de fric dans le film. Ils filent quelques billets de plus au producteur et celui-ci les autorise à entrer sur le plateau pour mater. C'est très fréquent. Les tournages attirent un tas d'individus pour qui le spectacle en vidéo ne suffit pas. Ils veulent être là et assister en direct à la scène.

– D'accord, mais parle-moi de ce type.

– En fait, Harry, tous ces mecs traînent sur les plateaux dans un seul but : draguer les filles entre les prises. Ils viennent pour baiser. Ou bien ils veulent jouer dans le film eux aussi. Ils veulent participer. C'était justement ça, le problème, avec ce type. Il ne draguait aucune fille. Il se contentait de traîner dans les parages. La nana en question, Gallery, m'a dit qu'elle ne l'avait jamais vu aborder qui que ce soit. Des fois, il bavardait avec des actrices, mais il ne partait jamais avec.

– Et c'est pour ça qu'il était bizarre ? Parce qu'il ne voulait pas baiser ?

Mora leva les mains au ciel en haussant les épaules, comme s'il avait conscience de la faiblesse de l'argument.

– Oui, en gros. Mais c'est pas tout. Ecoute ça : Gallery a fait des films avec Heather Cumhither et avec Holly Lere, les deux victimes du Dollmaker, et elle m'a dit que c'était durant ces tournages qu'elle avait aperçu le mateur. Voilà pourquoi elle m'appelait.

Cette histoire avait fini par éveiller l'intérêt de Bosch. Mais il ne savait pas quelles conclusions en tirer. Mora essayait peut-être simplement de détourner son attention en l'envoyant sur une fausse piste.

– Elle ne connaissait pas le nom du type ?

– Non, malheureusement. C'est d'ailleurs pour ça que je me suis pas jeté sur cette histoire. J'étais déjà submergé d'informations à vérifier, et voilà cette fille qui appelle au sujet d'un type dont elle ne connaît pas le nom. Oh, j'aurais fini par m'en occuper, mais comme je te le disais, quelques jours plus tard tu as liquidé Church et on a bouclé l'enquête.

– Tu as laissé tomber cette piste ?

– Oui, comme un sac de merde.

Bosch attendit. Il savait que Mora allait continuer. Il avait autre chose à dire. Forcément. Mora ne se fit pas prier :

– En fait, en consultant la fiche de Magna Cum Loudly pour toi hier, j'ai reconnu certains titres de ses premiers films. Au tout début de sa carrière, elle a joué avec Gallery. C'est ça qui m'a rappelé le coup de téléphone, il y a quatre ans. Alors, en suivant une simple intuition, j'ai voulu me renseigner sur Gallery. J'ai interrogé quelques personnes que je connais dans le métier, et il s'avère que Gallery a quitté la scène il y a trois ans. Du jour au lendemain. J'ai discuté avec un gros producteur, membre de l'Association des films pour adultes, et il m'a raconté qu'elle avait disparu en plein milieu d'un tournage. Sans rien dire à personne. Et depuis, on n'a plus jamais entendu parler d'elle. Le producteur en question s'en souvient bien, car ça lui a coûté un gros paquet de fric pour refaire les scènes. Tu comprends, s'il avait simplement pris une autre actrice pour la remplacer, ça aurait posé un problème de continuité.

Bosch fut surpris d'apprendre que la continuité était un facteur essentiel dans ce genre de films. Les deux hommes se turent quelques instants, le temps de réfléchir à cette histoire. Finalement, Bosch rompit le silence :

– Donc, tu penses qu'elle pourrait être enterrée quelque part ? Je parle de cette fille, Gallery. Dans un bloc de béton, comme celle qu'on a retrouvée cette semaine ?

– Ouais, c'est exactement ce que je pense. Les gens de ce milieu, tu sais… On peut pas dire qu'ils vivent comme tout le monde, et les disparitions magiques sont fréquentes. Tiens, je me souviens d'une gonzesse qui avait quitté le métier, un jour je la revois dans le magazine *People* !

Dans un article sur une vedette quelconque parrainant une œuvre de bienfaisance ! Et la fille était au bras d'un type dont j'ai oublié le nom, le héros d'une série télé, une histoire de chenil. Je n'arrive plus à me souve…

– Ray, je me fous bien de…

– OK, OK, ce que je veux dire, c'est que ces filles disparaissent et réapparaissent sans cesse dans ce métier. C'est courant. Pour commencer, ce sont rarement des lumières. Mais elles se mettent en tête de faire autre chose. Peut-être qu'elles rencontrent un type qui les fournira en cocaïne et en caviar, un papa gâteau, comme ce connard de la télé, et elles arrêtent le boulot, jusqu'à ce qu'elles s'aperçoivent qu'elles ont fait fausse route. Elles ne voient généralement pas plus loin que la ligne de coke qu'on va leur filer après… Si tu veux mon avis, elles cherchent toutes un papa. Elles se sont fait culbuter quand elles étaient gamines et, pour elles, ce boulot est un moyen à la con de prouver à leur papa qu'elles valent quelque chose. Du moins, j'ai lu ça quelque part. C'est sans doute des conneries, comme tout le reste…

Bosch avait eu sa dose en matière de leçon de psychologie.

– Bon sang, Ray, j'ai un procès sur le dos et j'essaye de mener à bien cette enquête ! Viens-en au fait. Parle-moi de Gallery.

– Ce que je veux t'expliquer, c'est que le cas de cette fille est inhabituel. Elle a disparu depuis presque trois ans et on l'a jamais revue. En temps normal, elles finissent toujours par réapparaître. Même si elles ont foutu un producteur dans la merde en l'obligeant à refaire des scènes, elles reviennent toujours. Elles recommencent au bas de l'échelle, devant les caméras ou en coulisse, et elles refont le chemin.

– En coulisse ?

– On pourrait appeler ça des actrices « hors champ ». Des filles qui préparent et maintiennent les comédiens en forme pendant qu'on installe les caméras, qu'on change d'angle de prise de vue ou d'éclairages. Ce genre de choses, si tu vois ce que je veux dire…

– Oui, je vois très bien.

Bosch entendait parler de tout ça depuis dix minutes et il était déprimé. Il observa Mora, qui, lui, travaillait à la brigade des mœurs depuis une éternité.

– Et la rescapée ? demanda-t-il. Tu l'avais interrogée au sujet de ce type ?

– Non, je n'en ai pas eu le temps. Comme je te disais, j'ai laissé tomber quand tu as descendu Church. Je pensais qu'on en avait terminé pour de bon avec cette histoire.

– Oui, moi aussi !

Bosch sortit de sa poche un petit carnet sur lequel il jeta quelques notes relatives à cette discussion.

– As-tu conservé des notes là-dessus ? De cette époque ?

– Non, tout a foutu le camp. L'enregistrement de l'appel se trouve certainement dans les archives de la brigade. Mais ça ne t'en apprendra pas davantage, je t'ai tout raconté.

Bosch acquiesça. Mora avait sans doute raison.

– A quoi ressemblait cette Gallery ?

– Blonde, bien foutue… le genre Beverly Hills. Attends, je crois bien que j'ai une photo d'elle…

Il fit rouler son fauteuil jusqu'aux classeurs métalliques situés derrière lui, fouilla dans un des tiroirs et revint vers son bureau avec un dossier. Il en sortit une photo publicitaire de format 18 × 24. Une femme blonde posait au bord de la mer. Elle était nue. Son sexe était rasé. Bosch rendit la photo à Mora en éprouvant un sentiment de gêne, comme s'ils étaient deux gamins parlant d'une fille dans une cour d'école. Il crut discerner un léger sourire sur le visage de Mora et se demanda si le flic des Mœurs s'amusait de son embarras, ou si la raison était autre.

– Tu fais vraiment un foutu métier.

– Bah, il faut bien que quelqu'un s'y colle.

Bosch l'observa. Il décida de courir un risque pour tenter de comprendre ce qui poussait Mora à s'accrocher à ce boulot.

– D'accord, mais pourquoi toi, Mora ? Ça fait déjà long-temps.

– Disons que je suis un chien de garde, Bosch. La Cour suprême a décrété que tout ça était légal, dans une certaine mesure. Conclusion, je me retrouve dans le rôle du surveillant. Il faut un contrôle. Tout ça doit rester propre, sans mauvais jeu de mots. Ça veut dire que tous ces gens doivent avoir des licences, l'âge légal, et personne ne doit être forcé d'agir contre sa volonté. J'ai passé des jours et des jours à mettre mon nez dans ces saloperies, à dénicher des trucs que la Cour suprême elle-même ne pourrait tolérer. Le problème, c'est les critères. A Los Angeles, il n'y en a aucun, Bosch. Aucune poursuite pour obscénité n'a abouti depuis des années. J'ai réussi à boucler quelques affaires de mineurs. Mais j'attends encore de voir un boîtier de cassette jugé obscène !

Il marqua une pause avant d'ajouter :

– La plupart des flics font un an aux Mœurs avant d'être mutés. Ils ne peuvent en supporter davantage. Moi, j'en suis à ma septième année, mec. Ne me demande pas pourquoi. Sans doute parce qu'il y a toujours des surprises.

– Quand même, toutes ces saloperies pendant des années ! Comment fais-tu ?

Le regard de Mora s'arrêta sur la statuette posée sur son bureau.

– Je suis blindé. Ne t'inquiète pas pour moi.

Il s'interrompit de nouveau, puis ajouta :

– Je n'ai pas de famille. Je n'ai plus de femme. Qui pourrait me reprocher mon boulot, hein ?

Ayant participé avec lui à la brigade spéciale, Bosch savait que Mora avait demandé à faire partie de l'équipe de nuit car son épouse venait de le plaquer. Ainsi qu'il l'avait expliqué à Bosch, la nuit était le moment le plus difficile à supporter. Bosch se demandait maintenant si l'ex-femme de Mora était blonde et, si oui, ce que ça signifiait.

– Ecoute, Ray, j'ai fait exactement le même raisonnement, au sujet du disciple du Dollmaker. Et la fille correspond au modèle. Gallery. Les trois victimes et la survivante étaient toutes blondes. Si Church n'était pas exigeant, son imitateur, lui, semble l'être.

– Oui, tu as raison, lui répondit Mora en observant la photo de la fille. Je n'avais pas pensé à ça…

– Quoi qu'il en soit, continua Bosch, ce tuyau vieux de quatre ans est un bon point de départ. On va peut-être trouver d'autres filles, d'autres victimes. Tu as beaucoup de boulot en ce moment ?

– Peu importe si j'ai du boulot ou pas. Aucun intérêt comparé à cette histoire. Je suis en vacances la semaine prochaine, mais je ne pars pas avant lundi. D'ici là, je m'en charge.

– Tu as parlé d'une association…

– L'Association des films pour adultes, ouais. Elle a son siège dans un cabinet juridique de Sherman Oaks.

– Tu y as des contacts ?

– Je connais l'avocat principal. Son objectif est d'assainir la profession, il est très coopératif.

– Peux-tu l'interroger, poser des questions autour de toi, afin de savoir si une autre fille n'aurait pas disparu comme Gallery ? Une blonde bien foutue…

– Tu voudrais savoir combien il pourrait y avoir de victimes ?

– Exact.

– Je m'en occupe.

– Et du côté des agents et du syndicat ?

D'un mouvement de tête, Bosch désigna le calendrier avec la photo de Delta Bush.

– Je me renseignerai de ce côté-là également. Deux agents gèrent à eux seuls quatre-vingt-dix pour cent des castings dans ce métier. Autant commencer par là.

– Et la prostitution annexe ? Est-ce qu'elles le font toutes ?

– Non, pas les vedettes du X. Mais celles qui sont moins connues, oui, la plupart le font. En fait, les stars du porno passent dix pour cent de leur temps à jouer dans des films et le reste du temps en tournée pour donner des spectacles. Elles vont de boîte de strip-tease en boîte de strip-tease, et elles gagnent un maximum de fric. Jusqu'à cent mille dollars par an. Les gens s'imaginent qu'elles palpent une fortune en faisant des saloperies dans des films. C'est faux.

C'est grâce aux spectacles. Mais si tu passes au niveau inférieur, c'est là que les filles jouent les call-girls, en plus des films et des spectacles. Là aussi, y a pas mal de fric à la clé. Ces nanas peuvent se faire jusqu'à mille dollars par soirée.

– Elles bossent avec des macs ?

– Certaines sont managées, mais ce n'est pas une obligation. C'est pas comme dans la rue, où une fille a besoin d'un mac pour la protéger des clients dangereux ou des autres putes. Pour ce genre de boulot, il suffit d'un service de messages téléphoniques. Les filles foutent leur annonce et leur photo dans la presse spécialisée et elles attendent les appels. La plupart ont des règles. Elles ne vont pas chez les clients, elles bossent uniquement à l'hôtel. Ça leur permet de juger de la classe de leur clientèle en fonction de la catégorie de l'hôtel. C'est un bon moyen d'éviter la racaille.

Bosch songea à Rebecca Kaminski, qui s'était rendue au Hyatt dans Sunset Boulevard. L'endroit était chic, le résultat l'avait été nettement moins.

Apparemment, Mora se faisait la même réflexion :

– Mais ça ne marche pas à tous les coups.

– On dirait.

– Bon, je verrai ce que je peux dénicher, OK ? Mais, à priori, ça m'étonnerait qu'on en trouve beaucoup. Si plusieurs filles avaient fait le coup de la disparition soudaine et définitive comme Gallery, je pense que j'en aurais entendu parler…

– Tu as mon numéro de biper ?

Mora le nota et Bosch quitta le bureau.

Il traversait le hall d'entrée, en passant devant le guichet d'accueil, lorsque le biper fixé à sa ceinture retentit. Bosch consulta le numéro affiché. L'indicatif était 485. Pensant que Mora avait oublié de lui dire quelque chose, il reprit l'escalier pour remonter au premier et pénétra dans le bureau des inspecteurs de la brigade des mœurs.

Mora était à sa place, en train de contempler d'un air absent la photo de Gallery. Levant la tête, il aperçut Bosch.

– Tu m'as appelé ? demanda ce dernier.

– Moi ? Non.

– Ah. Je croyais que tu voulais me rattraper avant que je parte. Je vais me servir d'un de tes téléphones.

– Fais comme chez toi, Harry.

Bosch s'approcha d'un bureau inoccupé, décrocha le téléphone et composa le numéro figurant sur son biper. Il vit Mora ranger la photo dans le dossier. Et déposer celui-ci dans un porte-documents posé par terre à côté de sa chaise.

Une voix d'homme répondit après la deuxième sonnerie :

– Bureau du capitaine Irving, lieutenant Felder à l'appareil. Vous désirez ?

## 19

Comme les trois autres capitaines du département, Irving possédait sa salle de réunion privée à Parker Center. Elle n'était meublée que d'une grande table ronde en Formica, de six chaises, d'une plante verte et d'une tablette qui occupait tout le mur du fond. Il n'y avait aucune fenêtre. On pouvait y entrer par la porte donnant directement dans le bureau attenant d'Irving, ou bien par une autre qui ouvrait dans le couloir principal du cinquième étage. Dernier arrivé à la réunion convoquée par Irving, Bosch prit la dernière chaise inoccupée. Sur les autres étaient assis le capitaine et, dans le sens des aiguilles d'une montre, Edgar et trois autres types de la brigade des vols et homicides. Bosch en connaissait deux, les inspecteurs Frankie Sheehan et Mike Opelt. Eux aussi avaient participé à l'enquête sur le Dollmaker, quatre ans plus tôt.

Le troisième homme des Vols et Homicides, Bosch le connaissait seulement de nom et de réputation. Le lieutenant Hans Rollenberger avait été affecté à la brigade quelque temps après que Bosch en eut été chassé. Mais des amis comme Sheehan continuaient de le tenir au courant. Et il savait grâce à eux que Rollenberger appartenait à la race des bureaucrates-gestionnaires qui évitent soigneusement les décisions sujettes à controverse, car elles représentent un risque pour leur carrière, de la même façon que les gens évitent les mendiants dans la rue : en faisant mine de ne pas les voir et de ne pas les entendre. Aux Vols et Homicides, les hommes l'avaient déjà surnommé « Hans

Off [1] », voilà quel genre de lieutenant c'était. Au sein de cette brigade, à laquelle tout inspecteur rêvait d'appartenir, le moral était sans doute au plus bas depuis le jour où la vidéo de Rodney King était apparue sur les écrans.

– Asseyez-vous, inspecteur Bosch, dit Irving d'un ton cordial. Je pense que vous connaissez tout le monde...

Avant que Bosch ait le temps de répondre, Rollenberger bondit de son siège pour lui tendre la main.

– Lieutenant Hans Rollenberger.

Bosch lui serra la main, et les deux hommes s'assirent. Bosch remarqua une épaisse pile de chemises au centre de la table, et il reconnut immédiatement les dossiers de la brigade spéciale créée pour enquêter sur le Dollmaker. Tous les documents qu'avait conservés Bosch faisaient partie de ses archives personnelles. Ceux qui se trouvaient sur cette table provenaient certainement du bureau des archives centrales.

– Nous sommes réunis ici pour tenter d'apporter une solution au problème posé par l'affaire du Dollmaker, déclara Irving. J'ai décidé... l'inspecteur Edgar vous l'a sans doute déjà dit... de confier cette affaire aux Vols et Homicides. Et j'ai l'intention de demander au lieutenant Rollenberger ici présent d'y mettre autant d'hommes qu'il le faudra. J'ai également fait en sorte que l'inspecteur Edgar et vous-même, Bosch, soyez rattachés à cette enquête, dès que ce procès vous en laissera le loisir, bien évidemment. Je veux des résultats, et vite. Cette affaire prend d'ores et déjà des allures de cauchemar pour notre image de marque, crois-je savoir, à la suite des révélations apparues lors de votre témoignage.

– Désolé. Je témoignais sous serment.

– Oui, oui, je comprends. Le problème, c'est que vous avez évoqué certaines choses que vous étiez le seul à connaître. Mon assistant était présent au procès, et il nous a informés de votre... théorie concernant cette nouvelle affaire. Hier soir, j'ai pris la décision de confier l'enquête aux Vols et Homicides. Après avoir eu vent de votre témoi-

---

1. Jeu de mots avec *Hands off*, c'est-à-dire : « Je m'en lave les mains. »

gnage aujourd'hui, j'ai décidé de créer une nouvelle brigade spéciale afin de mettre les bouchées doubles. Je vous demande donc de nous faire part, très précisément, de la situation, des renseignements en votre possession, et de votre opinion. Ensuite, nous aviserons.

Tous les regards se tournèrent vers Bosch, et pendant un instant, il ne sut par où commencer. Sheehan intervint pour poser une question. C'était le signe qu'il pensait qu'Irving jouait franc-jeu ; Bosch pouvait parler sans craintes.

– Edgar pense qu'on a affaire à un plagiaire, dit Sheehan. Et qu'il n'y a aucun doute concernant la culpabilité de Church. C'est exact ?

– Oui, répondit Bosch. Church était bien notre homme. Mais il n'est responsable que de neuf meurtres sur onze. Au cours de sa folie meurtrière, il a engendré un disciple, sans qu'on s'en aperçoive.

– Expliquez-nous, demanda Irving.

Bosch s'exécuta. Il lui fallut trois quarts d'heure pour faire son exposé. Sheehan et Opelt l'interrompirent pour quelques questions. Il ne fit aucune allusion à Mora.

A la fin, Irving demanda :

– Quand vous avez soumis cette théorie du plagiaire à Locke, qu'en a-t-il pensé ?

– Il a dit que c'était possible. Mais avec lui, j'ai le sentiment que tout est possible. Malgré tout, il a été très utile ; il m'a permis de clarifier certaines choses. Il faut continuer à le tenir informé ; il peut nous servir.

– J'ai cru comprendre qu'il y avait une fuite quelque part. Pourrait-elle provenir de Locke ?

Bosch secoua la tête.

– Non, je ne suis allé le trouver qu'hier soir, et Chandler était au courant de certaines choses depuis le début. Elle savait, par exemple, que je me trouvais sur les lieux du crime le premier jour. Et aujourd'hui, elle semblait savoir quelle nouvelle piste nous suivons, celle du plagiaire. De toute évidence, elle dispose d'une excellente source d'informations. Sans oublier Bremmer, le journaliste du *Times* : il sait un tas de choses lui aussi.

– Je vois, dit Irving. A l'exception du docteur Locke, personne ne doit être mis au courant de ce qui se dit dans cette pièce. Motus et bouche cousue pour tous. Quant à vous deux (il se tourna vers Edgar et Bosch), n'informez pas vos supérieurs de Hollywood.

Sans nommer Pounds, Irving laissait supposer, en disant cela, que les fuites pouvaient provenir de ce côté-là. Edgar et Bosch opinèrent.

Le regard d'Irving revint se poser sur Bosch.

– Et maintenant, que fait-on à votre avis ?

Sans la moindre hésitation, Bosch répondit :

– Nous devons reprendre toute l'enquête. Comme je vous l'ai expliqué, Locke pense que notre homme avait accès au dossier. Connaissant tous les détails, il pouvait aisément les copier. C'était la couverture idéale. Pendant un certain temps, du moins.

– Vous faites allusion à un flic, dit Rollenberger.

C'étaient ses premières paroles depuis le début de la réunion.

– C'est une possibilité. Mais il y en a d'autres. En fait, le champ des suspects est extrêmement vaste. Vous avez les flics, en effet, mais aussi les personnes qui ont découvert les corps, les équipes du coroner, les passants sur les lieux du crime, les journalistes, bref, beaucoup de monde.

– Merde, fit Opelt. Il va nous falloir des renforts.

– Ne vous en faites pas pour ça, dit Irving. Vous les aurez. La question est : comment réduire le nombre des suspects ?

Bosch reprit la parole :

– En nous intéressant aux victimes, nous apprenons des choses sur le meurtrier. Toutes les victimes, plus l'unique survivante, correspondent au même profil : blondes, bien roulées, elles travaillaient dans le porno et faisaient de petits extras. Locke pense que c'est d'ailleurs de cette façon que le plagiaire les choisissait. Il les voyait dans des films, et ensuite il trouvait le moyen de les contacter par le biais des petites annonces dans les journaux spécialisés.

– Comme s'il allait faire ses courses... commenta Sheehan.

266

– Exact.

– Quoi d'autre ? demanda Irving.

– Pas grand-chose. Toujours d'après Locke, le disciple du Dollmaker est très intelligent, beaucoup plus que Church. Mais il pourrait être en train de se « disloquer », pour reprendre son expression. Il perd les pédales, si vous préférez. Voilà pourquoi il a envoyé cette lettre. Il est entré dans une phase où il réclame la même attention que le Dollmaker. Il est jaloux de toute la publicité faite à Church lors de ce procès.

– Et les autres victimes éventuelles ? demanda Sheehan. Celles que nous n'avons pas encore découvertes ?

– J'enquête là-dessus. Locke pense qu'il pourrait y en avoir d'autres, en effet.

– Merde, répéta Opelt. Il nous faut des renforts.

Il y eut un moment de silence. Tout le monde réfléchissait.

– Et le FBI ? Pourquoi ne pas contacter leurs spécialistes du comportement ? suggéra finalement Rollenberger.

Tous les regards se tournèrent vers Hans Off, comme sur le gamin qui vient jouer au foot dans un terrain vague avec un short blanc.

– Qu'ils aillent se faire foutre, grogna Sheehan.

– Apparemment, nous avons la situation en main… pour le moment, du moins, déclara Irving.

– Que savons-nous d'autre sur ce plagiaire ? demanda Rollenberger, espérant ainsi faire oublier sa bévue. Avons-nous des indices physiques qui nous permettent de le cerner un peu mieux ?

– Pour cela, nous devons retrouver la trace de la survivante, dit Bosch. Elle nous a fait un portrait-robot de son agresseur que tout le monde a laissé tomber quand j'ai coincé Church. Mais nous savons maintenant que son dessin représentait certainement le disciple. Il faut la retrouver et voir si elle ne peut pas nous fournir d'autres indications susceptibles de nous aider.

Pendant qu'il disait cela, Sheehan avait entrepris de fouiller parmi la pile de dossiers entassés sur la table, afin d'y dénicher le portrait-robot. Le visage représenté ne possédait aucun signe distinctif particulier. Bosch ne reconnut personne sur ce dessin, et certainement pas Mora.

– Nous devons supposer qu'il portait un déguisement, tout comme Church, et le portrait-robot ne sera sans doute d'aucune utilité, dit-il. En revanche, la fille se souviendra peut-être d'un détail, un comportement, qui pourrait nous dire s'il s'agissait ou non d'un flic.

– J'ai également demandé à Amado, le légiste, de comparer les kits de viol des deux victimes attribuées désormais au plagiaire. Il est fort probable que celui-ci ait commis une erreur.

– Expliquez-vous, demanda Irving.

– Le plagiaire copiait exactement la façon de faire du Dollmaker, nous sommes d'accord ?

– D'accord, répondit Rollenberger.

– Eh bien c'est faux ! Il copiait uniquement ce qu'on savait à l'époque sur les méthodes du Dollmaker. Ce que *nous* savions. Mais ce que nous ignorions, c'est que Church avait pensé à tout. Il s'était entièrement rasé le corps pour ne laisser derrière lui aucun poil pouvant servir d'indice. Mais cela, nous ne l'avons su qu'après sa mort, et le plagiaire aussi. Or, à ce moment-là, il avait déjà assassiné deux victimes.

– Autrement dit, il est possible que les kits de viol contiennent des indices appartenant à notre homme, conclut Irving.

– Exact. J'ai chargé Amado de comparer les deux kits. Nous devrions avoir une réponse dès lundi.

– Excellent, inspecteur.

En disant cela, Irving regarda Bosch, et leurs yeux se croisèrent. C'était comme si le capitaine voulait lui adresser un message.

– Nous verrons, dit Bosch.

– A part ça, nous n'avons rien d'autre, exact ? demanda Rollenberger.

– Exact.

– Pas tout à fait...

C'était Edgar, qui était resté muet jusqu'alors. Tout le monde se tourna vers lui.

– Dans la dalle, nous avons découvert… ou plutôt Harry a découvert, un paquet de cigarettes. Il était emprisonné dans le béton. Il y a donc de fortes chances pour qu'il ait appartenu à notre homme. Des Marlboro. En paquet souple.

– Il pourrait également appartenir à la victime, déclara Rollenberger.

– Non, dit Bosch. J'ai interrogé son… manager, hier soir. Il m'a affirmé qu'elle ne fumait pas. Selon toute vraisemblance, les clopes appartenaient au plagiaire.

Sheehan adressa un sourire à Bosch, qui le lui rendit. Sheehan tendit les mains devant lui, comme s'il attendait qu'on lui passe les menottes.

– J'avoue tout, les gars, dit-il. Je fume des Marlboro.

– Moi aussi, dit Bosch. Mais moi, en plus, je suis gaucher. J'ai intérêt à me trouver un alibi solide.

Les hommes réunis autour de la table sourirent. Mais le visage de Bosch se figea soudain, car il venait de songer à quelque chose dont il ne pouvait pas encore faire état… Il observa les dossiers empilés au centre de la table.

– Merde, tous les flics fument des Marlboro ou des Camel, dit Opelt.

– Une sale manie d'ailleurs, commenta Irving.

– Je suis bien d'accord, renchérit Rollenberger.

Cette dernière remarque fit retomber le silence autour de la table.

– Qui est votre suspect ?

C'était Irving qui venait de parler. Il observait Bosch avec le même regard insondable. La question ébranla Harry. Irving savait. D'une manière ou d'une autre, il savait. Harry ne répondit pas.

– Inspecteur, il est évident que vous en savez plus que tout le monde ici. En outre, vous suivez cette affaire depuis le début. Et je pense que vous avez une idée en tête. Faites-nous la partager. Nous avons besoin d'un point de départ.

Bosch hésita encore, et finalement dit :

– Je ne suis pas certain… et je ne voudrais pas…

– Ruiner la carrière de quelqu'un en vous trompant ?

Lâcher les chiens sur un innocent ? Oui, je vous comprends. Mais nous ne pouvons pas vous laisser faire cavalier seul. Ce procès ne vous a donc rien enseigné ? Si je ne m'abuse, Money Chandler a parlé de « méthodes de cow-boy » ?

Tous les regards étaient braqués sur lui. Bosch pensait à Mora. Le flic des Mœurs était un type bizarre, certes, mais cette bizarrerie allait-elle jusque là ? Au fil des ans, Bosch avait souvent eu à subir les enquêtes du département, et il ne voulait pas infliger le même supplice à un innocent.

– Eh bien, inspecteur ? insista Irving. Même s'il ne s'agit que d'une intuition, vous devez nous en faire part. C'est ainsi que débutent les enquêtes, sur des intuitions. Vous souhaitez protéger quelqu'un, mais que va-t-il se passer à votre avis ? Nous allons enquêter sur des flics. Que nous commencions directement par cet individu ou par un autre, quelle différence ? Dans tous les cas, nous parviendrons jusqu'à lui. Allez, donnez-nous son nom.

Bosch réfléchissait. Quelles étaient ses véritables motivations, au fond ? Cherchait-il à épargner Mora, ou bien voulait-il simplement se le garder ? Finalement, après encore quelques secondes d'hésitation, il dit :

– Laissez-moi cinq minutes seul avec ces dossiers. Si j'y trouve ce que je pense y trouver, alors je vous dirai tout.

– Messieurs, déclara Irving, allons prendre un café.

Une fois seul dans la pièce, Bosch resta figé devant les dossiers pendant presque une minute. En proie à la plus grande confusion. Il ne savait plus s'il voulait trouver un indice de la culpabilité de Mora, ou au contraire de son innocence. Il repensa à ce qu'avait dit Chandler aux jurés, au sujet des monstres et des abîmes obscurs où ils se terraient. Celui qui combattait ces monstres, songea-t-il, ne devait pas trop y penser.

Après avoir allumé une cigarette, il attira vers lui la pile de chemises et se mit au travail. Le dossier chronologique se trouvait sur le dessus. Il n'était pas épais et permettait essentiellement de repérer rapidement les dates importantes d'une enquête. Le dossier d'affectation des membres de la brigade spéciale, lui, se trouvait au bas de la pile. Plus épais que le premier, il renfermait toutes les fiches de présence hebdomadaires des inspecteurs rattachés à la brigade spéciale et les formulaires d'acceptation des heures supplémentaires. En tant que responsable de l'équipe B, Bosch avait été chargé de tenir à jour les registres de présence.

Dans le dossier chronologique, Bosch vérifia rapidement les dates et les heures des meurtres des deux premières actrices de films porno, et d'autres informations utiles concernant la manière dont elles avaient été attirées dans le piège mortel. Après quoi, il chercha les mêmes renseignements concernant l'unique survivante. Il inscrivit toutes ces données sur une feuille vierge de son carnet.

*– 17 juin, 23 h*
*Georgia Stern alias Velvet Box*
*Survivante*

*– 6 juillet, 23 h 30*
*Nicole Knapp alias Holly Lere*
*W. Hollywood*

*– 28 septembre, 4 h*
*Shirleen Kemp alias Heather Cumhither*
*Malibu*

Bosch ouvrit ensuite le premier dossier pour en sortir les fiches de présence correspondant aux semaines où ces femmes avaient été tuées ou agressées. Le 17 juin, la nuit où Georgia Stern avait été attaquée, était un dimanche, jour de repos de l'équipe B. Mora avait donc pu faire le coup, mais tous les autres membres de la brigade également.

En passant à l'affaire Knapp, Bosch sentit son cœur s'accélérer, et d'une main tremblante il prit le tableau de service de la semaine du 1<sup>er</sup> juillet. L'adrénaline coulait à toute allure dans ses veines. Le 6 juillet, jour où Knapp était allée à un rendez-vous fixé à 21 heures, avant qu'on ne la retrouve morte sur le trottoir dans Sweeter Street à West Hollywood, était un vendredi. Mora était inscrit au tableau de service de l'équipe B de 15 heures à minuit, mais, en face de son nom, Bosch avait lui-même noté : *Malade*.

Rapidement, il s'empara de la feuille correspondant à la semaine du 22 septembre. Le corps nu de Shirleen Kemp avait été retrouvé sur le bord du Pacific Coast Highway à Malibu à 4 heures du matin le vendredi 28 septembre. Jugeant qu'il manquait d'informations, Bosch chercha le dossier renfermant d'autres détails sur ce meurtre.

En parcourant les documents, il apprit que le service téléphonique de Kemp avait enregistré un message réclamant ses services au Malibu Inn à 0 h 55. Les inspecteurs qui s'étaient rendus sur place avaient découvert en consultant les registres d'appel de l'hôtel que le client de la chambre 311 avait passé un coup de téléphone à cette heure très précise. L'employé de la réception n'avait pu fournir aucun signalement de l'occupant de la chambre 311, et la pièce d'identité présentée par ce dernier s'était révélée fausse. Evidemment, il avait payé en liquide. La seule chose que pouvait affirmer l'employé, avec certitude, c'était l'heure à laquelle le client avait loué la chambre : 0 h 35. Sur chaque fiche était en effet imprimée l'heure. Autrement dit, l'homme avait appelé Heather Cumhither vingt minutes seulement après avoir pris sa chambre.

Bosch revint au tableau de service. Le jeudi soir qui avait précédé la mort de Kemp, Mora avait travaillé. Mais, apparemment, il était arrivé et reparti tôt. Il avait signé la feuille de présence en arrivant à 14 h 40 pour repartir à 23 h 45.

Cela lui laissait cinquante minutes pour se rendre du poste de Hollywood au Malibu Inn et louer la chambre 311 à 0 h 35, le vendredi. Bosch savait que c'était faisable. A cette heure-là, il y avait peu de circulation sur la route de Malibu.

Ce pouvait être Mora.

Il remarqua que la cigarette qu'il avait posée sur le bord de la table, en se consumant, avait noirci le revêtement en Formica. Il s'empressa de jeter la cigarette dans le ficus en pot qui se trouvait dans un coin de la pièce et de faire pivoter la table de façon à ce que la marque se trouve face à la chaise de Rollenberger. Après quoi il agita violemment un des dossiers pour chasser la fumée, puis il ouvrit la porte donnant sur le bureau d'Irving.

– Raymond Mora…

Irving prononça ce mot à voix haute, comme s'il voulait juger de l'effet produit. Ce fut sa seule réaction après que Bosch eut fini d'exposer sa théorie. Ce dernier l'observait, dans l'attente d'une autre remarque, mais le capitaine renifla l'air de la pièce, reconnut l'odeur de cigarette et fronça les sourcils.

– Autre chose, s'empressa Bosch. Locke n'est pas le seul à qui j'ai parlé du plagiaire. Mora sait presque tout ce que je vous ai raconté, lui aussi. Il faisait partie de la brigade spéciale à l'époque, et nous sommes allés le trouver cette semaine pour lui demander de nous aider à identifier la blonde retrouvée dans le béton. J'étais justement dans les locaux de la brigade des mœurs quand vous m'avez contacté. Mora m'a téléphoné hier soir.

– Que voulait-il ? demanda Irving.

– Me dire que, d'après lui, le plagiaire avait peut-être assassiné les deux vedettes du porno parmi les onze victimes. Cette idée lui était venue subitement : peut-être que le plagiaire avait déjà commencé à tuer à ce moment-là.

– Putain, dit Sheehan, ce salopard joue avec nous. S'il…

Irving le coupa :

– Qu'avez-vous répondu ?

– Je lui ai dit que je partageais son opinion. Et je lui ai demandé de vérifier auprès de ses sources pour savoir si d'autres femmes avaient brusquement disparu de la scène, comme Becky Kaminski.

– Vous lui avez demandé d'enquêter sur ce terrain ?

s'exclama Rollenberger, les sourcils dressés en signe de stupéfaction et d'indignation.

– Je n'avais pas le choix. C'était la seule chose à faire. Si je ne lui avais pas demandé ce service, il aurait eu des soupçons.

– Très juste, fit Irving.

Le torse de Rollenberger sembla se dégonfler. Décidément, il était toujours à côté de la plaque.

– Oui, évidemment, je comprends, dit-il. Bien joué.

– Nous allons avoir besoin de renforts, déclara Opelt en voyant que tout le monde semblait d'humeur conciliante.

– Je veux qu'on commence à le surveiller dès demain matin, ordonna Irving. Nous aurons besoin d'au moins trois équipes. Sheehan et Opelt, vous formerez la première. Vous, Bosch, vous êtes coincé au tribunal, et vous, Edgar, je veux que vous retrouviez la survivante, donc vous êtes hors jeu tous les deux. Lieutenant Rollenberger, qui d'autre pouvez-vous mettre sur le coup ?

– Eh bien, l'inspecteur Yde se tourne les pouces depuis que Buchert est en vacances. Mayfield et Rutherford sont au tribunal pour témoigner dans la même affaire ; je peux libérer l'un des deux pour le coller avec Yde. C'est tout ce que j'ai, à moins que vous ne vouliez que je mette de côté d'autres…

– Non, pas question. Prenez Yde et Mayfield. J'irai voir le lieutenant Hillard pour voir si elle peut me filer quelques-uns de ses hommes. Ça fait un mois qu'elle a trois équipes sur cette affaire du camion de traiteur, et ça piétine. Je lui prendrai deux gars.

– Excellent, chef, dit Rollenberger.

Sheehan regarda Bosch, en faisant une grimace comme s'il allait vomir. Bosch réprima un sourire. Il éprouvait déjà l'ivresse que ressentent les inspecteurs lorsqu'ils reçoivent leur feuille de route et s'apprêtent à partir en chasse.

– Opelt, Sheehan, vous collez aux basques de Mora dès demain 8 heures, déclara Irving. Lieutenant, vous convoquerez les nouveaux demain matin. Mettez-les au courant, et envoyez une équipe de surveillance relever Opelt et

Sheehan à 16 heures. Ils ne quitteront pas Mora jusqu'à ce qu'il se couche. Si des heures supplémentaires sont nécessaires, vous avez mon autorisation. L'autre équipe reprendra la surveillance à 8 heures samedi matin ; Opelt et Sheehan les remplaceront à 16 heures. Et ainsi de suite. Les gars de l'équipe de nuit doivent s'assurer qu'il est chez lui, et au lit, avant de le quitter. Je ne veux pas la moindre erreur. Si jamais ce type fait des siennes pendant qu'on le surveille, nous pouvons tous dire adieu à nos carrières.

– Capitaine ?

– Oui, Bosch ?

– Rien ne prouve que Mora va passer à l'acte. Locke estime que le plagiaire possède un très grand self-control. D'après lui, Locke ne rôde pas toutes les nuits à la recherche d'une proie. Il pense qu'il maîtrise ses pulsions et mène une vie parfaitement normale. Puis il frappe à intervalles irréguliers.

– Certes, et rien ne prouve non plus que nous surveillons le bon suspect, inspecteur Bosch. Je tiens à l'avoir à l'œil malgré tout. Et, très franchement, j'espère que nous nous fourvoyons au sujet de l'inspecteur Mora. Cependant, tout ce que vous nous avez dit constitue un faisceau de présomptions. Mais rien qui puisse être utilisé devant un tribunal. Alors nous le surveillons, en espérant, si c'est bien notre homme, que nous saurons percevoir la menace avant qu'il ne fasse une victime de plus. Mon…

– Je suis tout à fait d'accord, chef, déclara Rollenberger.

– Ne m'interrompez pas, lieutenant. Le travail d'inspecteur et la psychanalyse ne sont pas mes points forts, pourtant, quelque chose me dit que notre homme sent monter la pression. D'ailleurs, il l'a lui-même fait monter en écrivant cette lettre. Peut-être pense-t-il être le plus fort à ce jeu du chat et de la souris ? Quoi qu'il en soit, la pression est là. Et s'il y a une chose que je sais, en tant que flic, c'est que tous ces individus au bord du gouffre finissent par réagir quand la pression devient trop forte. Parfois ils craquent, parfois ils passent à l'acte. Voilà pourquoi, compte tenu de la physionomie de cette affaire, je veux qu'on surveille Mora, même s'il sort de chez lui simplement pour aller chercher le courrier.

Après cette intervention, tout le monde garda le silence, y compris Rollenberger, qui semblait échaudé par sa malencontreuse remarque.

– Très bien, reprit Irving. Tout le monde sait ce qu'il a à faire. Sheehan, Opelt, vous assurez la planque. Bosch, vous travaillez en solo jusqu'à la fin du procès. Edgar, vous vous chargez de la survivante et, si vous avez le temps, vous vous renseignez un peu sur Mora. Discrètement. Faites gaffe que ça ne parvienne pas jusqu'à ses oreilles.

– Il est divorcé, dit Bosch. Sa femme et lui se sont séparés juste avant que ne soit créée la brigade spéciale.

– Très bien, voici un bon point de départ. Allez au tribunal pour consulter le dossier de divorce. Qui sait, peut-être qu'avec un peu de chance sa femme l'a plaqué parce qu'il aimait la maquiller comme une poupée. Jusqu'à présent, la chance n'a pas été de notre côté dans cette affaire, ça pourrait peut-être changer…

Irving regarda l'un après l'autre les hommes assis autour de la table.

– Les risques de ternir l'image de la police sont considérables dans cette affaire. Malgré tout, je veux que vous alliez jusqu'au bout. Advienne que pourra… Bien, maintenant que tout le monde sait ce qu'il a à faire, au travail ! Vous pouvez disposer. Sauf vous, inspecteur Bosch.

Tandis que les autres sortaient du bureau en file indienne, Bosch crut discerner la déception sur le visage de Rollenberger, privé de l'occasion de faire un peu de lèche à Irving en privé.

Une fois que la porte se fut refermée, le capitaine resta muet un instant, comme s'il cherchait ses mots. Durant quasiment toute la carrière d'inspecteur de Bosch, Irving avait tenu le rôle d'une sorte de Némésis, essayant en permanence de le juguler et de le ramener dans le rang. Bosch avait toujours résisté. Non pas à cause d'Irving, mais simplement parce que ce n'était pas dans sa nature.

Pourtant, il croyait percevoir maintenant une sorte de

fléchissement chez son supérieur. Il l'avait senti dans la manière dont Irving l'avait traité au cours de cette réunion, dont il avait témoigné au procès quelques jours plus tôt. Il aurait pu s'offrir le scalp de Bosch, pourtant il ne l'avait pas fait. Malgré tout, ce n'était pas là une chose que Bosch pouvait ou voulait reconnaître. Il resta assis sur sa chaise sans rien dire.

– Joli travail, inspecteur. Surtout avec ce procès et le reste… (Bosch hocha la tête, sachant qu'il y avait autre chose.) Justement, c'est pour cette raison que je vous ai demandé de rester. Le procès. Je voulais… voyons voir, comment dire… je voulais vous dire, et vous pardonnerez mon langage, que je me contrefous du verdict de ce jury, et des dédommagements accordés à ces gens. Les jurés ne savent pas ce que c'est de se trouver sur le fil du rasoir. De devoir prendre une décision qui peut coûter des vies humaines ou en sauver. On n'a pas une semaine pour réfléchir, examiner tranquillement les possibilités ; on doit choisir en une seconde.

Bosch essayait vainement de trouver quelque chose à répondre, et le silence semblait s'éterniser.

– Enfin bref, reprit Irving. Il m'a fallu quatre ans, j'imagine, pour parvenir à cette conclusion. Mieux vaut tard que jamais.

– Hé, je pourrais peut-être vous engager pour les plaidoiries demain ?

Le visage d'Irving tressaillit, les muscles de sa mâchoire se crispant comme s'il venait d'avaler une bouchée de choucroute amère.

– Ah, ne me lancez pas sur ce sujet ! C'est vrai, quoi ! A quoi joue la municipalité ? Les services du conseiller juridique ne sont rien d'autre qu'une école. Une fac de droit pour les avocats. Et qui paie les droits de scolarité, je vous le demande ? Les contribuables. Vous avez tous les blancs-becs sortis de l'école qui ne connaissent absolument rien au fonctionnement de la loi. Ils apprennent leur métier grâce aux bourdes qu'ils commettent durant les procès, à nos dépens. Et quand enfin ils sont rodés, quand ils deviennent des pros, ils démissionnent pour foutre le camp dans le privé, et ce sont eux qui nous collent des procès ensuite !

Bosch n'avait jamais vu Irving aussi remonté. Comme s'il avait quitté le costume amidonné de l'homme public qu'il portait en permanence, tel un uniforme. Fascinant.

– Excusez-moi, je m'emporte. Cela étant, bonne chance pour le verdict, mais que cela ne vous empêche pas de dormir, surtout.

Bosch ne dit rien.

– Vous savez, Bosch, reprit Irving, il me suffit de discuter une demi-heure avec le lieutenant Rollenberger pour avoir envie de prendre ma retraite sans plus attendre... Quand je vois ce département, vous savez... je me demande où on va. Ce type ne représente pas le LAPD où nous nous sommes engagés, vous et moi. C'est un bon gestionnaire, certes, mais moi aussi, du moins je le pense. Malgré tout, on ne peut pas oublier que nous sommes avant tout des flics...

Bosch ne savait pas quoi dire, ni même s'il devait dire quelque chose. Irving semblait divaguer. Comme s'il avait quelque chose à annoncer, mais cherchait autre chose à dire à la place, n'importe quoi.

– Hans Rollenberger ! Vous parlez d'un nom, hein ? Je parie que les inspecteurs de sa brigade le surnomment « Hans Off », pas vrai ?

– Ça arrive...

– Évidemment, c'est obligé. Il... euh, vous savez, Harry, ça fait trente-huit ans que je suis dans la police...

Bosch se contenta de hocher la tête. Cette discussion prenait un tour étrange. C'était la première fois qu'Irving l'appelait par son prénom.

– En fait, continuait Irving, j'ai été agent de patrouille pendant plusieurs années à Hollywood en sortant de l'Académie de police... Cette question que m'a posée Money Chandler au sujet de votre mère... Franchement, je ne m'y attendais pas. Je suis désolé, Harry. C'est une perte cruelle.

– C'était il y a longtemps.

Bosch attendit. Irving regardait ses mains, jointes sur la table.

– Bon, si vous avez terminé, fit Harry, je vais…

– Oui, oui, j'ai terminé. Mais je voulais quand même vous dire… j'étais là ce jour-là.

– Quel jour ?

– Le jour où votre mère… J'étais de patrouille.

– C'est vous qui avez rédigé le rapport ?

– Oui, c'est moi qui l'ai découverte. Je remontai le Boulevard, et je me suis enfoncé dans une ruelle qui donne dans Gower. J'y passais une fois par jour et… euh, c'est là que je l'ai trouvée… Quand Chandler m'a montré les rapports, j'ai tout de suite fait le rapprochement. Heureusement, elle ne connaissait pas mon matricule à l'époque – il figure sur le rapport –, sinon elle aurait su que c'était moi qui l'avais découverte. Je parie qu'elle en aurait fait ses choux gras…

Bosch avait du mal à rester impassible. Il se réjouissait maintenant qu'Irving n'ose pas le regarder en face. Il savait, ou croyait savoir, ce que son supérieur ne disait pas. Si Irving patrouillait dans le Boulevard à cette époque… il avait donc connu sa mère de son vivant ?

Irving releva la tête et s'empressa de détourner le regard. Ses yeux se posèrent sur le ficus.

– Quelqu'un a écrasé un mégot dans ma plante verte ! C'est vous, Harry ?

## 20

Bosch alluma une cigarette et se servit de son épaule pour pousser une des portes vitrées de l'entrée de Parker Center. Irving l'avait ébranlé avec son histoire, qui prouvait, s'il en était encore besoin, combien le monde était petit. Certes, Bosch avait toujours pensé qu'un jour ou l'autre il tomberait sur un type de la police qui connaissait sa mère ou bien l'affaire. Mais jamais Irving n'avait figuré dans ce scénario.

En traversant le parking sud pour rejoindre sa Caprice, il aperçut au coin de Los Angeles Street et de la 1ʳᵉ Rue Jerry Edgar, qui attendait que le feu passe au rouge. Bosch consulta sa montre ; il était 17 h 10, l'heure de la sortie. Edgar se rendait sans doute au Code 7 ou au Red Wind pour y boire une bière avant d'affronter les embouteillages. Harry se dit que ce n'était pas une mauvaise idée. Sheehan et Opelt étaient certainement déjà assis sur des tabourets devant un des deux bars.

Lorsque Bosch atteignit le coin de la rue, Edgar avait déjà quelques centaines de mètres d'avance sur lui et remontait la 1ʳᵉ Rue en direction du Code 7. Bosch accéléra le pas. Pour la première fois depuis très longtemps, il éprouvait le besoin physique de boire de l'alcool. Il avait envie d'oublier pendant quelques instants Church, Mora et Chandler, ses propres secrets aussi, et tout ce que lui avait dit Irving dans la salle de réunion.

Mais Edgar passa devant la matraque qui servait de poignée à la porte d'entrée du Code 7 sans même y jeter un regard. Il traversa Spring Street et longea l'immeuble du *Times* en direction de Broadway. Donc, ce sera le Red Wind, se dit Bosch.

Le Red Wind était un bar qui en valait bien un autre. Evidemment, on y servait la Weinhard en bouteille et non pas à la pression, et c'était un mauvais point. Autre inconvénient, l'endroit était très apprécié des yuppies des salles de rédaction du *Times*, et souvent on y trouvait plus de journalistes que de flics. Mais l'atout majeur, en revanche, était que le jeudi et le vendredi un quartet de jazz venait y jouer quelques sets de 18 à 22 heures. C'étaient en majorité des musiciens de club à la retraite, mais il n'y avait pas mieux pour laisser passer les embouteillages de l'heure de pointe.

Bosch regarda Edgar traverser Broadway puis continuer dans la 1$^{re}$ Rue au lieu de tourner à gauche pour descendre vers le Red Wind. Il ralentit légèrement le pas pour lui permettre de refaire son avance. Il alluma une autre cigarette, gêné à l'idée de suivre son collègue, mais continuant malgré tout. Un mauvais pressentiment commençait à le tenailler.

Edgar tourna à gauche dans Hill Street et s'engouffra dans la première porte, juste en face de la nouvelle bouche de métro. La porte qu'il venait de franchir était celle du Hung Jury [1], un bar qui jouxtait le hall du Centre juridique Fuentes, bâtiment de sept étages occupé exclusivement par des cabinets juridiques. Les locataires étaient en majorité des avocats de la défense et des avocats d'affaires qui avaient choisi cet immeuble quelconque, pour ne pas dire laid, à cause de son atout principal, sa proximité avec le tribunal administratif, le palais de justice et le bâtiment fédéral.

Bosch savait tout cela grâce à Belk, qui le lui avait raconté le jour où tous deux s'étaient rendus au Fuentes, où se trouvaient les bureaux de Honey Chandler. Bosch y avait été convoqué pour faire une déposition dans l'affaire Norman Church.

---

1. Expression qui signifie « jury sans majorité, qui ne parvient pas à prendre une décision ».

Son sentiment de gêne laissa place à une angoisse qui lui noua l'estomac lorsque Edgar passa devant la porte du Hung Jury et pénétra dans le hall du Fuentes. Bosch connaissait la disposition des lieux, étant venu y boire une bière et un whisky après que Chandler eut enregistré sa déposition, et il savait que le bar possédait une seconde entrée dans le hall de l'immeuble. Poussant la porte de la salle du fond, il déboucha dans une sorte d'alcôve où se trouvaient deux téléphones et l'entrée des toilettes. Avançant jusqu'au coin, il risqua un coup d'œil prudent vers le bar.

Un juke-box invisible jouait *Summer Wind* de Sinatra tandis qu'une serveuse coiffée d'une perruque gonflée, des billets de dix, cinq et un dollars coincés entre les doigts, apportait une tournée de Martini à quatre avocats assis près de l'entrée principale et que le barman, accoudé à son comptoir faiblement éclairé, fumait une cigarette en lisant le *Hollywood Reporter*. Sans doute un acteur ou un scénariste quand il n'était pas de service au bar, songea Bosch. Peut-être même un agent. Comme tout le monde dans cette ville.

Quand le barman se pencha pour écraser sa cigarette dans un cendrier, Bosch aperçut Edgar assis à l'autre extrémité du bar, devant une bière pression. Une allumette s'enflamma dans la pénombre près de lui et Bosch put voir Honey Chandler allumer une cigarette et laisser tomber l'allumette dans un cendrier, à côté de ce qui ressemblait à un verre de bloody mary.

Bosch recula dans l'alcôve, hors de vue.

Il attendit, à côté d'une vieille cabane en contreplaqué construite sur le trottoir au coin de Hill Street et de la 1re Rue et qui servait de kiosque à journaux. Elle était cadenassée et barricadée pour la nuit. Tandis que l'obscurité tombait et que s'allumaient les lampadaires, Bosch devait sans cesse repousser les mendiants et les prostituées en quête d'un homme d'affaires à qui proposer une dernière petite gâterie avant de quitter le centre et de monter vers Hollywood affronter la dure clientèle du soir.

Lorsque Edgar ressortit du Hung Jury, Bosch avait un joli petit tas de mégots de cigarettes à ses pieds sur le trottoir. Jetant d'une chiquenaude celle qu'il était en train de fumer, il recula derrière le kiosque à journaux afin qu'Edgar ne le remarque pas. Ne voyant pas Chandler, Bosch en déduisit qu'elle avait quitté le bar par l'autre porte et était descendue récupérer sa voiture au parking. Edgar avait sans doute eu l'intelligence de refuser de se faire raccompagner jusqu'à celui de Parker Center.

Au moment où Edgar passait devant le kiosque, Bosch lui emboîta le pas.

– Salut, Jerry !

Edgar sursauta comme si on lui avait mis un glaçon dans le cou et se retourna brusquement.

– Harry ? Qu'est-ce que tu… Hé, si on allait boire un verre ? C'est justement ce que j'allais faire…

Bosch le laissa s'empêtrer encore quelques secondes, avant de répondre :

– Tu en as déjà bu un.

– Hein ? Qu'est-ce que tu racontes ?

Bosch fit un pas vers lui. Edgar paraissait véritablement effrayé.

– Tu sais très bien ce que je veux dire. Une bière pour toi, hein ? Et un bloody mary pour la dame ?

– Ecoute, Harry, je…

– Ne m'appelle pas par mon prénom ! Ne m'appelle plus jamais Harry ! Tu as compris ? Si tu veux t'adresser à moi, tu m'appelles Bosch. Comme tous ceux qui ne sont pas mes amis, tous ceux en qui je n'ai pas confiance. Appelle-moi Bosch.

– Je peux au moins t'expliquer, Har… euh, laisse-moi une chance de m'expliquer.

– Expliquer quoi ? Tu m'as entubé. Il n'y a rien à expliquer. Qu'est-ce que tu lui as raconté ce soir, hein ? Tu lui as répété tout ce qui s'est dit dans le bureau d'Irving ? Je crois qu'elle n'en a plus besoin, mon vieux. Le mal est déjà fait.

– Non, tu te trompes. Elle est repartie depuis longtemps. Je suis resté seul un long moment après, pour essayer de trouver un moyen de me sortir de cette merde. Je ne lui ai rien dit sur la réunion de cet après-midi. Ecoute, Harry, je…

Bosch fit un pas de plus en avant. Sa main jaillit d'un mouvement brusque, paume en avant, et frappa Edgar en pleine poitrine, l'obligeant à reculer.

– Ne m'appelle plus comme ça, je t'ai dit ! hurla-t-il. Salopard ! Tu… dire qu'on a bossé ensemble ! Je t'ai appris le métier. Je suis en train de me faire enculer dans cette saloperie de procès, et je découvre que c'est toi qui me baises par-derrière ! Toutes les fuites viennent de toi !

– Je suis désolé. Je…

– Et Bremmer ? C'est toi qui lui as parlé de la lettre ? C'est avec lui que tu allais boire un verre maintenant ? Tu avais rendez-vous avec Bremmer ? Je ne voudrais pas te retarder surtout…

– Non, mec. J'ai jamais rien dit à Bremmer. Ecoute, j'ai fait une connerie, OK ? Je regrette. Elle m'a baisé, elle aussi. C'était une sorte de chantage. Je ne pouvais pas… J'ai essayé de m'en sortir, mais cette salope me tenait par les couilles. Il faut me croire, mec !

Bosch l'observa un long moment. Il faisait totalement nuit maintenant, mais il crut voir scintiller les yeux d'Edgar dans la lumière des lampadaires. Peut-être retenait-il ses larmes. Mais qu'est-ce qui pouvait les provoquer ? se demanda-t-il. La fin de leur amitié ? Ou bien la peur ? Bosch sentit combien il dominait Edgar à cet instant. Et Edgar le sentit lui aussi.

D'une voix calme, sans hausser le ton, Bosch déclara :
– Je veux tout savoir. Et tu vas tout me raconter.

Le quartet du Red Wind avait fait un break. Les musiciens étaient assis à une table au fond. C'était une salle sombre aux murs lambrissés, semblable à des centaines d'autres dans cette ville. Un bourrelet en similicuir rouge courait sur toute la longueur du bar, balafré de brûlures de cigarettes. Les serveuses portaient des uniformes noirs avec des tabliers blancs et avaient toutes trop de rouge sur leurs lèvres minces. Bosch commanda un double Jack

Black, sec, et une bouteille de Weinhard. Il donna également de l'argent à sa serveuse pour qu'elle lui apporte un paquet de cigarettes. Edgar, qui avait maintenant la tête d'un homme trahi par la vie, commanda lui aussi un Jack Black, avec un verre d'eau.

– C'est à cause de cette foutue crise économique, lança-t-il avant même que Bosch lui ait posé la moindre question. L'immobilier est au plus bas. J'ai été obligé de laisser tomber ce boulot, mais j'ai ma baraque à rembourser, et tu sais comment ça se passe, mec, Brenda s'est habituée à un certain niveau de…

– Je m'en fous. Tu crois que j'ai envie de t'entendre raconter que tu m'as trahi parce que ta femme est obligée de rouler en Chevrolet au lieu de rouler en BMW ? Tu…

– Non, il ne s'agit pas de ça. Je…

– La ferme ! C'est moi qui parle. Tu vas me…

Ils s'interrompirent le temps que la serveuse leur apporte leurs verres et le paquet de cigarettes. Bosch déposa un billet de vingt dollars sur son plateau. Sans détacher son regard noir et furieux d'Edgar.

– Epargne-moi tout le baratin et raconte-moi ce que tu as fait.

Edgar vida d'un trait son verre de whisky et le fit passer avec une gorgée d'eau avant de se lancer :

– Voilà… euh, ça s'est passé lundi en fin d'après-midi, après qu'on est allés déterrer le cadavre chez Bing, je venais de rentrer au bureau. J'ai reçu un coup de téléphone ; c'était Chandler. Elle savait qu'il y avait du nouveau. Je pourrais pas te dire comment elle l'avait appris, mais elle était au courant pour la lettre et le cadavre dans le béton. Elle avait dû avoir le tuyau par Bremmer ou quelqu'un d'autre. Elle a commencé à me poser des questions, du genre « A-t-on la confirmation qu'il s'agit du Dollmaker ? », des trucs comme ça. Je l'ai envoyée sur les roses.

– Et ensuite ?

– Elle… elle m'a fait une proposition. J'ai deux mensualités de retard, et Brenda n'est même pas au courant.

– Qu'est-ce que je t'ai dit ? Je me contrefous de tes

problèmes, Edgar. Ta petite histoire ne me fera pas pleurer. Au contraire, tout ce que tu me racontes ne réussira qu'à me mettre encore plus en colère…

– D'accord, d'accord. Chandler m'a offert du fric. J'ai dit que j'allais réfléchir. Elle m'a répondu que si je souhaitais conclure un marché avec elle, je n'avais qu'à la retrouver au Hung Jury le soir même… Tu ne veux pas que je t'explique, mais j'avais des raisons d'accepter et j'y suis allé. Ouais, j'y suis allé.

– Ouais, et tu t'es foutu dans une sacrée merde, conclut Bosch, désireux d'étouffer dans l'œuf la note de défi qui était apparue dans la voix d'Edgar.

Il avait vidé son verre de Jack Black et fit signe à la serveuse, mais elle ne le voyait pas. Les musiciens avaient repris leurs instruments. Le soliste était un saxophoniste, et Bosch aurait aimé l'écouter dans d'autres circonstances.

– Que lui as-tu offert en échange ?

– Uniquement ce qu'on savait ce jour-là. Mais elle avait déjà presque tout deviné. Je lui ai dit que d'après toi ça ressemblait au Dollmaker. C'était pas grand-chose, Har… et presque tout était dans le journal le lendemain, de toute façon. Et c'est pas moi qui ai rencardé Bremmer, tu peux me croire.

– Tu lui as dit que j'étais allé sur place ? Pour voir le corps ?

– Oui, je lui ai dit. C'était pas un si grand secret.

Bosch prit quelques minutes pour réfléchir. Le quartet attaqua avec un standard de Billy Strayhorn, *Lush Life*. Leur table était suffisamment éloignée de l'estrade pour que la musique ne soit pas trop forte. Bosch parcourut la salle du regard, et c'est alors qu'il aperçut Bremmer assis au bar, devant un verre de bière. Il était avec un groupe de types qui ressemblaient à des journalistes. De la poche revolver de l'un d'eux dépassait un de ces grands carnets minces que transportent toujours les journalistes sur eux.

– En parlant de Bremmer… il est là-bas au bar. Peut-être voudra-t-il te demander une ou deux précisions quand on aura terminé ?

– C'est pas moi, Harry !

Bosch laissa passer l'usage de son prénom pour cette fois. Il commençait à en avoir marre de cette comédie, ça le déprimait. Il était pressé d'en finir et de ficher le camp pour aller retrouver Sylvia.

– Combien de fois lui as-tu parlé ?

– Tous les soirs.

– Elle t'a coincé, hein ? Tu n'avais plus le choix.

– J'ai agi comme un con. J'avais besoin de ce fric. Dès l'instant où je suis allé la voir le premier soir, elle me tenait par les couilles. Elle a exigé que je l'informe de l'évolution de l'enquête, sinon elle te révélait que les fuites venaient de moi et informerait les Affaires internes. Bon Dieu, j'ai même pas touché mon fric !

– Pourquoi est-elle partie si vite ce soir ?

– Elle m'a dit que le procès était terminé, elle faisait son plaidoyer final demain, et peu lui importaient les nouveaux développements de l'enquête. Bref, elle m'a congédié.

– Mais ça ne s'arrêtera pas là. Tu en es conscient, hein ? Chaque fois qu'elle aura besoin de connaître une adresse, le propriétaire d'une voiture, le numéro de téléphone confidentiel d'un témoin, elle fera appel à toi. Tu es coincé… mec !

– Je sais. Je serai obligé de faire avec.

– Tout ça pour quoi ? Combien t'avait-elle offert, le premier soir ?

– J'avais besoin de payer ces saloperies de mensualités… Je peux pas vendre cette putain de baraque, je peux plus rembourser le crédit. Je sais pas ce que je vais faire.

– Et moi ? Tu ne t'inquiètes pas de savoir ce que je vais devenir ?

– Si. Si, bien sûr.

Bosch reporta son attention sur les musiciens. Ils avaient enchaîné avec un autre morceau de Billy Strayhorn, *Blood Count*. Le saxophoniste jouait avec une sorte de professionnalisme tranquille, s'en tenant à la ligne mélodique avec un phrasé d'une belle limpidité.

– Qu'est-ce que tu vas faire maintenant ? demanda Edgar.

Bosch n'avait pas besoin de réfléchir à cette question, il connaissait déjà la réponse. Sans quitter des yeux le saxophoniste, il dit :

– Rien.

– Rien ?

– C'est toi qui vas faire quelque chose. Je ne peux plus travailler avec toi. Je sais qu'on doit encore s'occuper du boulot d'Irving, mais c'est tout. Après, rideau. Quand cette affaire sera réglée, tu iras trouver Pounds pour lui demander ton transfert.

– Mais… il n'y a aucune place ailleurs à la Criminelle. J'ai regardé le tableau, tu sais bien que les offres sont rares…

– Je n'ai pas parlé de la Criminelle. J'ai simplement dit que tu allais demander ta mutation. Tu choisiras le premier poste qui se présente. Et si tu te retrouves aux vols de bagnoles dans un commissariat paumé, je m'en contrefous !

Cette fois, Bosch se tourna vers Edgar qui avait la bouche entrouverte, et il ajouta :

– C'est le prix à payer.

– Mais mon métier, c'est la Criminelle, tu le sais bien ! C'est toute ma vie !

– Tant pis pour ta vie. Il n'y a pas à discuter. A moins que tu préfères tenter ta chance avec les Affaires internes. Si tu ne demandes pas ta mutation à Pounds, j'irai leur dire un mot. Je ne veux plus bosser avec toi. Un point c'est tout.

Il se tourna de nouveau vers les musiciens. Edgar restant muet, au bout d'un moment Bosch lui demanda de partir.

– Sors en premier. Je refuse de retourner avec toi jusqu'à Parker Center.

Edgar se leva. Il resta debout devant la table un instant, avant de déclarer :

– Un de ces jours, tu auras besoin du maximum d'amis autour de toi. Et ce jour-là, tu te souviendras de ce que tu m'as fait.

Sans le regarder, Bosch lui renvoya :

– Je sais.

Après le départ d'Edgar, Bosch parvint à attirer l'attention de la serveuse et commanda un autre whisky. Le quartet joua *Rain Check*, avec quelques mesures d'improvisation qui enchantèrent Bosch. Le whisky commençant à lui réchauffer le ventre, il se renversa dans son siège et fuma en écoutant la musique, s'efforçant de penser à autre chose qu'à des histoires de flics et de meurtriers.

Mais soudain, sentant une présence à ses côtés, il se retourna pour découvrir Bremmer debout derrière lui, sa bière à la main.

– A en juger par la tête que faisait Edgar en partant, je suppose qu'il ne va pas revenir. Je peux m'asseoir ?

– Non, il ne reviendra pas, et tu peux t'asseoir si tu veux, mais je ne suis pas en service, ni en veine de confidences.

– En d'autres termes, tu ne veux rien dire.

– Tu as tout compris.

Le journaliste s'assit et alluma une cigarette. Ses yeux verts au regard perçant se firent tout petits derrière le rideau de fumée.

– Pas de problème, je ne suis pas en service moi non plus.

– Allons, Bremmer, tu es toujours en service. Même maintenant, si je dis le moindre mot de travers, tu sauras t'en souvenir.

– Oui, sans doute. Mais tu oublies toutes les fois où nous avons travaillé ensemble. Tous les articles qui t'ont rendu service, Harry. Pourtant, dès que j'écris un papier qui a le malheur de te déplaire, tout le reste passe aux oubliettes. Brusquement, je ne suis plus que « ce foutu journaliste » qui…

– Je n'ai rien oublié du tout. Tu es assis à côté de moi, non ? Je me souviens de tout ce que tu as fait pour moi, et je me souviendrai également du tort que tu m'as causé. Disons que ça s'équilibre, au bout du compte.

Les deux hommes restèrent muets quelques instants, écoutant la musique. Le set s'acheva juste au moment où la serveuse déposait le troisième double Jack Black de Bosch sur la table.

– Je ne dis pas que je sois prêt à le révéler, reprit Bremmer, mais pourquoi tiens-tu tant à savoir d'où venait le tuyau concernant la lettre ?

– Ce n'est plus aussi important, maintenant. A l'époque, je voulais juste savoir qui essayait de me piéger.

– Oui, tu m'as déjà dit ça… Que quelqu'un essayait de te coincer. Tu le penses vraiment ?

– Peu importe. Quel genre d'article as-tu écrit pour demain ?

Le journaliste se redressa dans son siège et son regard s'illumina.

– Tu verras bien. Dans l'ensemble, c'est un simple compte rendu du procès. Ton hypothèse selon laquelle un autre type poursuit la série de meurtres… Ce sera en première page. C'est du sensationnel. C'est pour ça que tu me vois ici : je m'offre toujours un petit verre quand je fais la une.

– C'est la fête, hein ? Et ma mère ? Tu mentionnes cette histoire-là aussi ?

– Si c'est ce qui t'inquiète, Harry, rassure-toi. Je n'y fais même pas allusion. En toute franchise, c'est sans doute d'un intérêt capital pour toi, évidemment, mais pour mon article, ça me paraissait trop confus. J'ai laissé tomber.

– Confus ?

– Ouais, trop mystérieux, trop semblable aux statistiques débitées par les journalistes sportifs à la télé, du genre combien de balles gagnantes ont frappées Machin ou Truc au cours de la troisième période de la cinquième manche des World Series de 1956. Je me suis dit que cette histoire avec ta mère et Chandler qui s'en sert pour tenter d'expliquer ton désir de buter ce type, c'était trop tiré par les cheveux.

Bosch se contenta de hocher la tête. Il était soulagé de savoir que cette partie-là de son existence ne serait pas livrée à la curiosité d'un million de lecteurs le lendemain, mais il conserva un air détaché malgré tout.

– Cela étant, ajouta Bremmer, je suis obligé de te prévenir : si jamais le verdict est contre toi, et si les jurés expliquent qu'ils pensent que tu as agi pour venger le meurtre de ta mère, l'information devient digne d'intérêt tout à coup, et je n'aurai plus le choix.

Bosch acquiesça une fois de plus. Cela lui paraissait logique. Consultant sa montre, il s'aperçut qu'il était presque 22 heures. Il se dit qu'il devait appeler Sylvia et s'en aller avant que débute le prochain set et qu'il se laisse prendre encore une fois par la musique.

Il vida son verre et dit :

– Je me barre.

– Oui, moi aussi, dit Bremmer. Je pars avec toi.

Dehors, la fraîcheur du soir transperça l'ahurissement alcoolisé de Bosch. Il dit au revoir à Bremmer, enfouit ses mains dans ses poches et fit quelques pas sur le trottoir.

– Hé, Harry, tu retournes à pied à Parker Center ? Monte, je te dépose. Ma voiture est juste là.

Bosch regarda Bremmer ouvrir la portière passager de sa Le Sabre garée devant le Red Wind. Il monta à bord, sans un mot de remerciement. Quand il était ivre, il traversait souvent une phase durant laquelle il ne parlait quasiment plus ; il baignait dans l'alcool ingurgité et se contentait d'écouter.

Bremmer entama la conversation durant le trajet jusqu'à Parker Center.

– Cette Money Chandler, c'est un sacré numéro, hein ? Elle sait y faire avec les jurés.

– Tu penses qu'elle a gagné la partie, hein ?

– Si tu veux mon avis, ce sera serré, Harry. Mais même si le verdict est une condamnation de la police de L.A., car c'est à la mode en ce moment, elle va s'en foutre plein les poches.

– Comment ça ?

– C'est la première fois que tu comparais devant une cour fédérale, hein ?

– J'essaye de ne pas en faire une habitude.

– Eh bien, dans les procès au civil, quand le plaignant l'emporte, c'est-à-dire Chandler en l'occurrence, l'accusé, ici la municipalité, paye la note et doit aussi régler les honoraires de l'avocat. Je peux t'assurer que dans son plaidoyer final, demain, Money va expliquer aux jurés qu'il leur suffit de décider que tu as agi à tort. Et un seul petit dollar de dommages et intérêts suffit pour rendre ce verdict. Les jurés considéreront cela comme une bonne échappatoire. Ils peuvent décréter que tu as eu tort et n'accorder qu'un dollar symbolique de dommages et intérêts. Ce qu'ils ne sauront pas, parce que Belk n'est pas autorisé à leur dire, c'est que même si le plaignant ne touche qu'un dollar, Chandler, elle, envoie sa facture à la municipalité. Et crois-moi, la note ne sera pas d'un dollar. Plutôt quelques centaines de milliers. Bonjour l'arnaque !

– Putain !

– Eh, oui, c'est ça, la justice !

Bremmer pénétra dans le parking, où Bosch lui désigna sa Caprice garée près de l'entrée.

– Tu es en état de conduire ? lui demanda le journaliste.

– Sans problème.

Une fois descendu, Bosch s'apprêtait à refermer la portière quand Bremmer l'arrêta.

– Hé, Harry, on sait bien toi et moi que je ne peux pas révéler mes sources. En revanche, je peux te dire que ça ne vient pas de là où tu penses. Tu piges ? Si tu penses à Edgar et à Pounds, tu fais fausse route. De toute façon, tu ne devineras jamais d'où ça vient. OK ?

Bosch se contenta de hocher la tête et claqua la portière.

# 21

Ayant enfin réussi à trouver la bonne clé, Bosch l'enfonça sous le tableau de bord, mais sans démarrer. L'espace d'un instant, il se demanda s'il devait essayer de conduire ou commencer par aller se chercher un café à la cafétéria. A travers le pare-brise, il contempla le monolithe gris de Parker Center. La plupart des lumières y étaient encore allumées, mais il savait que les bureaux étaient vides. Les lumières des salles des inspecteurs restaient allumées en permanence pour donner le sentiment que la lutte contre le crime ne faisait jamais relâche. C'était un mensonge.

Il songea au canapé qui se trouvait dans une des salles d'interrogatoire de la brigade des vols et homicides – autre alternative à la conduite. A moins, évidemment, que ce lit de fortune ne soit déjà occupé. Mais il pensa ensuite à Sylvia, qui était venue au tribunal bien qu'il ait tenté de l'en dissuader. Il avait envie de rentrer chez elle. Oui, rentrer à la maison.

Sa main se referma sur la clé de contact, mais il la laissa retomber. Il se frotta les yeux. Ils étaient fatigués. Trop de ses pensées nageaient dans le whisky. Avec le son du saxophone flottant par-dessus. Ses chorus d'improvisation à lui.

Il essaya de réfléchir à ce que venait de lui dire Bremmer : jamais il ne pourrait deviner d'où venaient les fuites. Pourquoi avait-il dit cela de cette façon ? Bosch trouvait cette énigme encore plus frustrante que l'identité du mystérieux informateur.

Peu importe de toute manière, se dit-il. Bientôt, tout

cela serait terminé. Il appuya sa tête contre la vitre en songeant au procès et à son témoignage. Il se demanda de quoi il avait eu l'air là-haut sur son estrade, alors que tous les regards étaient braqués sur lui. Il ne voulait plus jamais se retrouver dans cette position. Plus jamais. Se retrouver acculé par les paroles de Honey Chandler !

Celui qui combat les monstres... Qu'avait-elle expliqué aux jurés ? Une histoire d'abîme ? Voilà... là où vivaient les monstres. Est-ce là que je vis ? se demanda-t-il. Dans ce lieu obscur ? Le cœur noir, oui, il s'en souvenait maintenant. L'expression employée par Locke. Le cœur noir n'est pas seul à battre. Il se repassa les images de Norman Church projeté en arrière par la balle et s'effondrant sur le lit, impuissant et nu. Le regard de l'homme en train d'agoniser restait gravé en lui. Quatre ans s'étaient écoulés, et la vision demeurait aussi nette que si c'était hier. Il voulait savoir pourquoi. Pourquoi se souvenait-il du visage de Norman Church et pas de celui de sa propre mère ? Est-ce que mon cœur est noir ? se demanda-t-il.

Les ténèbres le recouvrirent comme une lame de fond et l'entraînèrent. Il avait rejoint les monstres.

On frappa quelques petits coups secs à la vitre. Ouvrant brusquement les yeux, Bosch découvrit le policier en uniforme à côté de la voiture, tenant à la main sa matraque et sa lampe torche. Harry jeta des regards affolés autour de lui, saisit le volant à deux mains et écrasa la pédale de frein. Il ne pensait pas rouler aussi dangereusement... puis il s'aperçut qu'il ne roulait pas du tout. Il était toujours stationné sur le parking de Parker Center. Il abaissa sa vitre.

Le gamin en uniforme était le flic chargé de surveiller le parking. Le cadet le moins bien noté dans chaque section de l'Académie de police recevait pour première mission de surveiller le parking de Parking Center durant la nuit. C'était une tradition qui avait aussi une utilité. Si des policiers n'étaient pas capables d'empêcher des vols de voitures, ou d'autres délits, sur le parking de leur propre quartier général, une question se posait : quels crimes pouvaient-ils prévenir ?

– Tout va bien, inspecteur ? demanda la jeune recrue en glissant sa matraque dans l'anneau fixé à sa ceinture. Je vous ai vu vous faire déposer et monter dans votre voiture. Mais comme vous ne démarriez toujours pas, je suis venu voir au bout d'un moment.

– Oui… tout va bien, parvint à articuler Bosch. Merci, mon gars. J'ai dû m'assoupir. La journée a été dure.

– Comme toutes les autres. Faites attention à vous.

– Oui.

– Vous pouvez conduire ?

– Pas de problème. Merci.

– Z'êtes sûr ?

– Certain.

Bosch attendit que l'agent se soit éloigné avant de démarrer. Il jeta un coup d'œil à sa montre et constata qu'il avait dormi plus d'une demi-heure. Mais ce petit somme, suivi de ce réveil brutal, l'avait revigoré. Après avoir allumé une cigarette, il sortit du parking et suivit Los Angeles Street jusqu'à l'embranchement du Hollywood Freeway.

En roulant en direction du nord sur l'autoroute, il abaissa sa vitre pour que le vent frais le maintienne éveillé. La nuit était claire. Devant lui, les lumières des collines de Hollywood s'élevaient vers le ciel, où des projecteurs situés à deux endroits différents, derrière les montagnes, trouaient l'obscurité. Bosch trouva ce spectacle très beau, même s'il l'emplissait de mélancolie…

Los Angeles avait beaucoup changé au cours de ces dernières années, mais cela n'était pas nouveau. La ville changeait en permanence, et c'était pour cette raison qu'il l'aimait. Mais les émeutes et la crise économique avaient laissé une empreinte très profonde sur le paysage, celui de la mémoire, s'entend. Bosch se dit qu'il n'oublierait jamais le voile de fumée planant au-dessus de la ville comme une sorte de supersmog que ne parvenaient pas à chasser les vents du soir. Les images télévisées des bâtiments en feu et des pillards agissant en toute liberté. La police avait connu là les heures les plus sombres de son histoire, et elle ne s'en était toujours pas remise.

Tout comme la ville elle-même. La plupart des maux ayant conduit à ces fureurs volcaniques continuaient à se propager. Que cette ville offrait de beautés, mais également de dangers et de haine ! C'était une ville à la confiance brisée, une ville qui ne vivait plus que sur ses réserves d'espoir. Dans son esprit, Bosch se représentait la fracture entre les riches et les pauvres sous l'aspect d'un ferry bondé quittant un quai, bondé lui aussi, certaines personnes ayant un pied sur le ferry et l'autre sur le quai. Le ferry s'éloignait de plus en plus du quai, et, avant longtemps, ceux qui se trouvaient au milieu tomberaient à l'eau. Mais le ferry trop chargé risquait de chavirer à la première vague. Ceux qui étaient restés à quai s'en réjouiraient certainement. Ils priaient pour que survienne cette vague.

Bosch repensa à Edgar, et à ce qu'il avait fait. Il se trouvait parmi ceux qui étaient sur le point de tomber. Rien ne pouvait l'empêcher. Edgar et son épouse, à qui il n'osait pas exposer la précarité de leur situation ! Bosch se demanda s'il avait bien agi. Edgar avait parlé du jour où Bosch aurait besoin de tous ses amis autour de lui. Aurait-il été plus judicieux de conserver celui-là, de passer l'éponge ? Il n'en savait rien, mais il avait encore le temps d'y réfléchir. Il faudrait prendre une décision.

En traversant Cahuenga Pass, Bosch remonta sa vitre. Il commençait à faire froid. Scrutant les hauteurs des collines à l'ouest, il tenta d'apercevoir la zone non éclairée où se dressait sa maison sombre. Et il se réjouit de ne pas rentrer là-haut ce soir, mais d'aller chez Sylvia.

Il y arriva à 23 h 30 et se servit de sa clé pour ouvrir la porte. La lumière était allumée dans la cuisine, mais le reste de la maison était plongé dans l'obscurité. Sylvia dormait déjà. Il était trop tard pour le dernier journal à la télé, et les *talk-shows* de fin de programme ne l'intéressaient pas. Après avoir ôté ses chaussures dans le salon

pour ne pas faire de bruit, il emprunta le couloi
conduisait à la chambre.

Il demeura immobile un instant dans le noir absolu, le
temps que ses yeux s'habituent à l'obscurité.

– Bonsoir, dit-elle, couchée dans le lit.

Il ne la voyait pas.

– Salut.

– Où étais-tu, Harry ?

Elle avait posé cette question d'une voix douce, encore
endormie. Sans agressivité ni amertume.

– J'avais des trucs à faire, et je suis allé boire quelques
verres.

– Tu as écouté de la bonne musique ?

– Oui, il y avait un quartet. Pas mal. Ils ont joué des
thèmes de Billy Strayhorn.

– Tu veux que je te prépare à manger ?

– Non, rendors-toi. Tu as école demain. D'ailleurs, je
n'ai pas très faim, et si je veux, je peux toujours me
préparer quelque chose.

– Viens voir ici.

Il s'approcha du lit et rampa sur la couette. La main de
Sylvia sortit de dessous et se referma autour de sa nuque
pour l'attirer vers elle et l'embrasser.

– En effet, dit-elle, tu as bu quelques verres.

Bosch rit, et elle l'imita.

– Je vais me laver les dents.

– Attends un peu.

Elle l'attira de nouveau, et il l'embrassa sur la bouche,
dans le cou. Il aimait l'odeur de son corps, mélange laiteux
et sucré de sommeil et de parfum. Il remarqua qu'elle ne
portait pas de chemise de nuit, contrairement à son habitude. Faisant glisser sa main sous la couette, il caressa son
ventre plat, avant de remonter vers ses seins, son cou. Il
l'embrassa encore une fois, puis il enfouit son visage dans
ses cheveux et dans sa nuque.

– Merci, Sylvia, murmura-t-il.

– De quoi ?

– Merci d'être venue au tribunal. Je sais que je disais

le contraire, mais ça m'a fait chaud au cœur de te voir dans la salle. C'était important.

Il ne pouvait en dire plus. Alors, il se leva et se rendit dans la salle de bains. Après s'être déshabillé, il suspendit soigneusement ses affaires aux patères fixées derrière la porte. Il devrait les remettre le lendemain matin.

Il prit rapidement une douche, se rasa et se brossa les dents avec les affaires de toilette qu'il laissait là en permanence. En brossant ses cheveux encore humides, il se regarda dans la glace. Et il sourit. Peut-être étaient-ce les derniers effets du whisky et de la bière, se dit-il. Mais il en doutait. C'était parce qu'il pensait avoir de la chance. Il se disait qu'il n'était pas sur le ferry avec la foule paniquée, ni sur le quai avec la foule furieuse. Il se trouvait à bord de sa propre barque. Avec Sylvia pour seule passagère.

Ils firent l'amour à la manière des êtres solitaires, en silence, chacun s'efforçant dans l'obscurité de procurer du plaisir à l'autre, au point d'en devenir presque maladroit. Malgré tout, ce fut pour Bosch comme un baume apaisant. Après, Sylvia resta couchée contre lui, promenant son doigt sur les contours de son tatouage.

– A quoi tu penses ? lui demanda-t-elle.

– A rien. Des trucs.

– Dis-moi.

Il laissa passer un instant avant de répondre.

– Ce soir, j'ai découvert que quelqu'un m'avait trahi. Quelqu'un de proche. Et j'étais en train de me dire que j'avais peut-être eu tort de réagir comme je l'ai fait. En fait, ce n'était peut-être pas moi qui étais trahi. C'était lui. Il s'était trahi lui-même. Et peut-être que vivre avec cette idée constitue en soi une punition suffisante. Peut-être qu'il n'y a pas lieu d'en rajouter.

Repensant à tout ce qu'il avait dit à Edgar au Red Wind, il se promit de l'empêcher d'aller voir Pounds pour réclamer sa mutation.

– Comment t'a-t-il trahi ?

– Intelligence avec l'ennemi, pourrait-on dire.

– Honey Chandler ?

– Exact.

– Et c'est grave ?

– Non, pas trop, je pense. Le plus grave, c'est qu'il m'ait trahi. Ça fait mal.

– Tu ne peux rien faire ? Je ne parle pas de lui. Pour limiter les dégâts, je voulais dire.

– Non. Si dégâts il y a, ils ont déjà été commis. Je n'ai découvert la vérité que ce soir. Par hasard, qui plus est, autrement je ne l'aurais sans doute jamais soupçonnée. Mais ne t'en fais pas pour ça.

Elle lui caressa le torse avec ses ongles.

– Si tu ne t'en fais pas, moi non plus.

Sylvia savait jusqu'où elle pouvait le questionner, et il aimait ça : elle n'envisageait même pas de lui demander à qui il faisait allusion. C'était pour ça qu'il se sentait parfaitement à l'aise avec elle. Sans angoisses, sans inquiétudes. Comme chez lui.

Il commençait à sombrer dans le sommeil quand elle s'adressa à lui de nouveau :

– Harry ?

– Hmm.

– Tu es inquiet au sujet du procès, du déroulement des plaidoyers ?

– Non, pas vraiment. Je n'ai pas aimé me retrouver dans l'aquarium, assis à cette table, pendant que tout le monde, chacun son tour, vient expliquer pourquoi, selon lui, j'ai agi comme je l'ai fait. Mais je ne m'inquiète pas pour le verdict, si c'est ce que tu veux savoir. Ça n'a aucune valeur. Aucun jury ne peut sanctionner ce que j'ai fait ou pas fait. Aucun jury ne peut me dire si j'ai eu tort ou raison. Tu comprends ? Ce procès pourrait durer un an, ils ne sauraient toujours pas ce qui s'est passé exactement cette nuit-là.

– Et tes supérieurs de la police ? Ils s'en fichent, eux aussi ?

Il lui rapporta les paroles d'Irving cet après-midi concernant les conséquences de l'issue du procès. Toute-fois, il s'abstint de préciser que le directeur adjoint lui avait avoué avoir connu sa mère. Mais le récit d'Irving traversa son esprit et, pour la première fois depuis qu'il s'était couché, il éprouva le besoin de fumer une cigarette.

Pourtant, il ne se leva pas. Il chassa cette envie, et ils restèrent allongés côte à côte, sans rien dire. Bosch garda les yeux ouverts dans le noir. Ses pensées tournaient maintenant autour d'Edgar, avant de se déplacer vers Mora. Il se demanda ce que faisait le flic des Mœurs en ce moment même. Etait-il seul dans le noir ? Etait-il en chasse ?

– Tu sais, dit-elle, je parlais très sérieusement ce matin, Harry.

– A quel sujet ?

– En disant que je voulais tout connaître de toi, ton passé, le bon et le mauvais. Et je veux que tu saches qui je suis réellement… N'oublie jamais ça. Ne pas chercher à savoir pourrait nous détruire.

Sa voix avait perdu un peu de sa douceur ensommeillée. Muet, Harry ferma les yeux. Il savait que, pour elle, cette chose était plus importante que toutes les autres. Elle avait déjà été la victime d'une liaison où les histoires du passé ne servaient pas à bâtir les fondations de l'avenir. Avec son pouce, il lui caressa délicatement la nuque. Après l'amour, son corps sentait toujours les onguents, songeait-il, et pourtant elle ne s'était pas levée pour se rendre dans la salle de bains. Pour Bosch, cela restait un mystère. Il mit un certain temps à lui répondre.

– Il faudra que tu m'acceptes sans passé, Sylvia… Je l'ai abandonné et je n'ai aucune envie de faire marche arrière pour me pencher dessus, pour en parler, ni même y penser. Toute ma vie, j'ai cherché à fuir mon passé. Tu comprends ? Ce n'est pas parce qu'une avocate me le jette au visage au cours d'un procès que je dois…

Il s'interrompit.

– Vas-y, continue.

Il ne répondit pas. Il se colla contre elle, l'embrassa et la serra dans ses bras. Il n'avait qu'une envie, la tenir très fort et s'éloigner de cette falaise.

– Je t'aime, dit-elle.

– Je t'aime.

Elle se plaqua davantage contre lui et enfouit son visage dans son cou. Elle l'étreignit avec force, comme si elle avait peur.

C'était la première fois qu'il lui disait ces mots. C'était même la première fois qu'il les disait à quelqu'un, pour autant qu'il s'en souvienne. Peut-être ne les avait-il jamais prononcés. Ils lui procuraient une sensation agréable, presque comme une présence palpable, une fleur chaude d'un rouge intense qui s'ouvrait dans sa poitrine. Il s'aperçut alors que c'était lui qui avait peur. Comme si, en disant simplement ces mots, il avait assumé une lourde responsabilité. C'était effrayant, mais excitant en même temps. Repensant à son image dans la glace, il sourit.

Sylvia restait collée contre lui, il sentait son souffle dans son cou. Bientôt, sa respiration ralentit, à mesure qu'elle s'assoupissait.

Eveillé, Bosch la tint dans cette position une longue partie de la nuit. Le sommeil refusait de venir, et l'insomnie était porteuse de réalités qui lui volèrent ce sentiment de bien-être qu'il éprouvait quelques instants auparavant. Il avait réfléchi à ce qu'elle avait dit au sujet de la trahison et de la confiance. Et il savait que les serments échangés cette nuit partiraient en fumée s'ils étaient fondés sur le mensonge. Il savait qu'elle avait raison. Il devrait lui avouer qui il était, ce qu'il était, si les paroles qu'il avait prononcées devaient devenir autre chose que des paroles. Il repensa à ce qu'avait dit le juge Keyes à propos de la beauté ou de la laideur des mots eux-mêmes. Bosch avait prononcé le mot amour. A lui maintenant de le rendre beau ou laid.

Les fenêtres de la chambre étaient orientées à l'est et la lueur de l'aube commençait juste à s'accrocher aux bords des rideaux quand Bosch ferma les yeux et s'endormit enfin.

## 22

C'est un Bosch ébouriffé et l'air éreinté qui entra dans la salle d'audience, le vendredi matin. Belk était déjà là, occupé à griffonner sur son bloc. Levant la tête, il promena un regard critique sur son client lorsque celui-ci s'assit à côté de lui.

– Vous avez une tête de zombie et vous empestez comme un cendrier. De plus, le jury remarquera que vous portez le même costume et la même cravate qu'hier.

– Preuve évidente de ma culpabilité.

– Cessez donc de faire le malin. On ne sait jamais ce qui peut influencer un juré dans un sens ou dans l'autre.

– Franchement, je m'en fous. D'ailleurs, c'est vous qui avez intérêt à vous montrer à la hauteur, aujourd'hui.

Ce n'était pas le genre de choses susceptibles d'encourager un homme qui accusait au moins quarante kilos de trop et suait à grosses gouttes chaque fois que le juge posait les yeux sur lui.

– Comment ça, vous vous en foutez ? C'est aujourd'hui que tout se joue et vous débarquez ici comme une fleur, avec l'air d'avoir dormi dans votre voiture, et vous dites que vous vous en foutez ?

– Je suis détendu, Belk. J'appelle ça le Zen, ou l'art de s'en contrefoutre.

– Pourquoi maintenant, Bosch ? Alors que, quinze jours plus tôt, j'aurais pu régler cette affaire à l'amiable avec un chèque à cinq chiffres ?

– Parce que je m'aperçois maintenant qu'il existe des choses plus importantes que l'opinion de douze de mes soi-disant pairs. Des pairs qui ne s'arrêteraient même pas dans la rue pour me donner l'heure.

Belk consulta sa montre et dit :

– Bon, laissez-moi, Bosch. On va commencer dans dix minutes et je tiens à être prêt. Je n'ai pas fini de peaufiner mon plaidoyer. Je serai encore plus bref que ne l'a exigé Keyes.

Un peu plus tôt, au cours du procès, le juge avait en effet décrété que les plaidoiries ne devraient pas dépasser une demi-heure pour chaque camp. Délai réparti de la façon suivante : vingt minutes pour la plaignante, représentée par Chandler, suivies du plaidoyer d'une demi-heure de l'avocat de la défense, c'est-à-dire Belk. L'accusation bénéficierait ensuite des dix dernières minutes. Chandler aurait ainsi le premier et le dernier mot, signe supplémentaire, dans l'esprit de Bosch, que le système faisait front contre lui.

Jetant un coup d'œil par-dessus son épaule en direction de la table des plaignants, il aperçut Deborah Church, assise seule, regardant droit devant elle. Ses deux filles étaient assises au premier rang dans la salle, juste derrière leur mère. Chandler n'était pas là, mais des dossiers et des blocs étaient disposés sur la table à sa place. Elle était sûrement dans les parages.

– Finissez de préparer votre discours, glissa-t-il à Belk. Je vais faire un tour.

– Surtout, ne soyez pas en retard, cette fois. S'il vous plaît.

Ainsi qu'il l'avait espéré, Chandler était sortie fumer une cigarette devant la statue. Elle lui lança un regard noir, sans rien dire, et s'éloigna de quelques pas du cendrier, bien décidée à ignorer Bosch. Elle portait son tailleur bleu – sans doute son tailleur porte-bonheur –, et la mèche de cheveux blonds détachée de son chignon pendait naturellement sur sa nuque.

– Alors, vous répétez ? lui demanda Bosch.

– Je n'en ai pas besoin. C'est la partie la plus facile.

– Oui, je m'en doute.

303

– Qu'est-ce que ça signifie ?

– Eh bien, je suppose que durant les plaidoiries vous êtes moins soumise aux contraintes de la loi. Il y a moins de règles pour déterminer ce que vous pouvez et ne pouvez pas dire. J'imagine que vous êtes davantage dans votre élément.

– Très finement observé.

Elle se tut. Rien n'indiquait qu'elle savait que son arrangement avec Edgar avait été découvert. Bosch comptait là-dessus. Au sortir de sa courte nuit, il avait regardé les événements de la veille avec un esprit neuf et découvert une chose qui lui avait échappé. Il avait décidé de passer à l'offensive.

– Quand tout sera terminé, dit-il, j'aimerais voir la lettre.

– Quelle lettre ?

– Celle que vous a envoyée le disciple du Dollmaker.

La stupéfaction apparut sur le visage de l'avocate, vite effacée par le regard indifférent qu'elle lui lançait habituellement. Mais elle n'avait pas repris le dessus assez vite. Il avait vu l'étincelle dans ses yeux. Maître Chandler avait senti le danger. Bosch comprit alors qu'il la tenait.

– Il s'agit d'une pièce à conviction, dit-il.

– J'ignore de quoi vous voulez parler, inspecteur Bosch. Il faut que je retourne dans la salle.

Elle écrasa dans le sable du cendrier une cigarette à demi consumée, avec une trace de rouge à lèvres sur le filtre, puis elle fit deux pas en direction du tribunal.

– Je suis au courant pour Edgar. Je vous ai vue avec lui, hier soir.

Cette affirmation l'arrêta. Elle se retourna et le regarda.

– Au Hung Jury, précisa-t-il. Un bloody mary au bar.

Après avoir soigneusement dosé sa réponse, elle déclara :

– Quoi qu'il vous ait raconté, je suppose que votre collègue s'est donné le beau rôle. A votre place, je serais prudent si j'avais l'intention de divulguer cette information.

– Je ne veux rien divulguer du tout... à moins que vous

ne refusiez de me remettre la lettre. Le recel de pièces à conviction relatives à un crime constitue également un crime. Mais je ne vous apprends rien…

– Tout ce que vous a raconté Edgar au sujet d'une quelconque lettre est pure invention. Je ne lui ai rien dit qui…

– Il ne m'a jamais parlé d'une lettre. C'était inutile. J'ai deviné tout seul. Vous l'avez appelé lundi après qu'on eut découvert le corps, car vous étiez déjà au courant, et vous connaissiez le lien avec le Dollmaker. Je me suis demandé comment, et puis j'ai compris. Nous avons reçu une lettre, mais le secret a été gardé jusqu'au lendemain. Le seul à l'avoir appris était Bremmer, mais son article précisait qu'il était impossible de vous joindre pour avoir votre commentaire. Evidemment, vous étiez partie retrouver Edgar. Il dit que vous l'avez appelé cet après-midi-là pour lui poser des questions au sujet du cadavre. Vous vouliez savoir si nous avions reçu une lettre. Parce que vous en aviez reçu une, vous aussi ! Et je veux la voir. Si elle est différente de la nôtre, cela pourrait nous aider dans l'enquête.

Chandler consulta sa montre et alluma rapidement une autre cigarette.

– Je peux réclamer un mandat, dit Bosch.

Elle laissa échapper un rire qui sonnait faux.

– J'aimerais bien voir ça ! J'aimerais bien savoir quel juge dans cette ville oserait délivrer un mandat pour permettre à la police de fouiller mon domicile alors que cette affaire fait la une des journaux tous les jours ! Les juges sont des créatures politiques, inspecteur, aucun n'acceptera de signer un mandat au risque de se retrouver dans le mauvais camp !

– Comme quoi tout le monde peut se tromper : j'aurais plutôt pensé que la lettre se trouvait à votre bureau. Merci quand même pour le renseignement.

La stupeur qu'elle avait déjà éprouvée reparut sur le visage de l'avocate pendant une fraction de seconde. Elle avait commis une gaffe, et cette constatation était peut-être pour elle un choc aussi grand que tout ce qu'il lui avait dit jusqu'à présent. Elle enfonça sa cigarette dans le sable après deux bouffées. Tommy Faraway serait heureux en la découvrant tout à l'heure.

– La séance s'ouvre dans une minute. J'ignore de quelle lettre vous parlez, inspecteur. C'est bien compris ? Je ne sais rien. Il n'y a pas de lettre. Et si jamais vous tentez de faire du raffut avec cette histoire, je ne serai pas en reste, croyez-moi.

– Je n'en ai même pas parlé à Belk et je ne le ferai pas. Je veux juste la voir. Elle n'a aucun rapport avec ce procès.

– Vous dites cela, car…

– Car je ne l'ai pas lue, c'est ça ? Vous vous enfoncez, maître Chandler. Vous devriez faire plus attention.

Ignorant cette dernière remarque, elle détourna la conversation :

– Encore une chose, si vous croyez que mon… arrangement avec Edgar peut donner lieu à une demande d'annulation pour vice de procédure ou à une plainte, vous vous apercevrez que vous faites gravement erreur. Edgar a accepté cette coopération sans la moindre contrainte. A vrai dire, il me l'a même suggérée. Si vous déposez plainte, je vous attaquerai pour diffamation et j'enverrai des communiqués à la presse.

Bosch doutait fort qu'Edgar ait été à l'origine de tout ce qui s'était passé, mais il n'insista pas. Chandler lui jeta son regard le plus noir, le plus meurtrier, puis elle poussa la porte du tribunal et disparut à l'intérieur.

Bosch finit sa cigarette, espérant que sa contre-attaque réussirait au moins à la déstabiliser quelque peu lors de sa plaidoirie. Mais, surtout, il était ravi d'avoir obtenu la confirmation tacite de sa théorie. Le disciple du Dollmaker avait bien envoyé une lettre à Chandler.

Le silence qui s'abattit sur la salle de tribunal lorsque Chandler s'avança vers le pupitre ressemblait au calme tendu qui accompagne les instants précédant l'énoncé d'un verdict. Pour la bonne raison que ce verdict était déjà connu d'avance dans l'esprit de la plupart des personnes présentes, se dit Bosch, le plaidoyer final de Chandler ne servant qu'à porter le coup de grâce. L'estocade.

Elle commença par les remerciements de pure forme adressés aux jurés pour leur patience et l'attention portée à cette affaire. Convaincue, ajouta-t-elle, qu'ils sauraient rendre un verdict impartial.

Dans tous les procès auxquels Bosch avait assisté en tant qu'inspecteur, les deux avocats prononçaient ces mêmes mots à l'adresse du jury, et cela lui avait toujours semblé grotesque. La plupart des jurys sont composés d'individus qui se trouvent là simplement pour ne pas aller au bureau ou à l'usine. Mais, une fois dans la salle, les affaires sont trop compliquées, trop effrayantes ou trop ennuyeuses, et ils passent leurs journées dans le box à essayer simplement de rester éveillés entre les pauses, moments durant lesquels ils peuvent reprendre des forces en ingurgitant du sucre et du café et en se bourrant de nicotine.

Après cette introduction, Chandler en vint rapidement au cœur du sujet :

– Vous vous souvenez que, lundi dernier, je me suis présentée devant vous pour vous expliquer ma démarche. Je vous ai expliqué ce que j'avais l'intention de prouver, et maintenant, c'est à vous de décider si j'ai atteint mon objectif. En repensant à tous les témoignages recueillis cette semaine, je suis certaine que vous déciderez que oui, sans le moindre doute… Et puisque nous parlons de doute, le juge vous l'expliquera, mais j'aimerais prendre une minute pour vous répéter une fois encore qu'il s'agit d'un procès au civil. Il ne s'agit pas d'un procès criminel. Ce n'est pas un épisode de Perry Mason, ni tout ce que vous avez pu voir à la télé ou au cinéma. Dans un procès, pour rendre un verdict favorable à la partie plaignante, il suffit qu'il y ait une prépondérance de preuves favorables à l'accusation. Que signifie une prépondérance ? Simplement que les preuves en faveur de la partie plaignante sont plus nombreuses que les preuves de la défense. Autrement dit, qu'elles sont majoritaires. Il peut s'agir d'une majorité simple, cinquante pour cent, plus une.

Chandler s'attarda longuement sur le sujet, car c'était là que le procès se gagnait ou se perdait. Elle devait prendre douze individus totalement ignorants du système judiciaire, le mode de sélection des jurés étant le garant de cette incompétence, et les débarrasser de leurs convictions et de leurs impressions, façonnées par les médias, selon lesquelles les verdicts devaient être rendus à l'unanimité. Cela n'était valable que pour les affaires criminelles. Ici, il s'agissait de poursuites au civil et, dans ce type de procès, l'accusé était dans une position moins favorable.

– Imaginez une balance, poursuivit-elle, la balance de la justice. Chaque pièce à conviction présentée, chaque témoignage possède un certain poids, en fonction de la valeur que vous lui accordez. D'un côté de la balance se trouve la partie plaignante, et de l'autre vous avez l'accusé. Lorsque vous vous serez retirés pour délibérer, lorsque vous aurez soigneusement pesé les preuves, vous aurez la conviction, j'en suis sûre, que les plateaux de la balance penchent du côté de l'accusation. Et, dans ce cas, vous devrez rendre un verdict en faveur de Mme Church.

L'avocate s'étant débarrassée des préliminaires, Bosch savait qu'elle devait maintenant jouer serré pour la suite, car l'accusation présentait fondamentalement un jugement en deux parties, avec l'espoir d'en remporter au moins une. Dans le premier cas, Norman Church était peut-être le Dollmaker, un monstrueux serial killer. Cela dit, le geste du policier Bosch était tout aussi ignoble et devait être sanctionné. Dans le second cas, celui qui ferait certainement s'ouvrir le tiroir-caisse si le jury en décidait ainsi, Norman Church était un innocent, et Bosch l'avait abattu de sang-froid, privant les siens d'un père et d'un époux affectueux.

– Les éléments exposés devant vous cette semaine conduisent à deux conclusions possibles, expliqua Chandler aux jurés. Et c'est là votre tâche la plus difficile : déterminer le degré de culpabilité de l'inspecteur Bosch. Il est parfaitement évident, sans le moindre doute, que celui-ci a agi imprudemment, de manière inconsciente, avec un mépris absolu pour la vie et la sécurité la nuit où Norman Church a été tué. Son geste est inexcusable, et un homme l'a payé de sa vie. Une famille l'a payé d'un père et d'un mari... Mais au-delà de cette horreur, vous devez vous intéresser à l'homme qui a été assassiné. Toutes les preuves, qu'il s'agisse de l'enregistrement vidéo qui apporte un alibi évident pour un des meurtres attribués à Norman Church, voire pour tous les autres, ou des témoignages des êtres chers, toutes ces preuves donc devraient vous convaincre que la police s'est trompée de coupable. Si cela ne suffisait pas, l'aveu de l'inspecteur Bosch lui-même lors de son témoignage démontre bien que les meurtres n'ont pas cessé, autrement dit qu'il a assassiné un innocent.

Bosch constata que Belk griffonnait sur son carnet. Optimiste, il notait tous les éléments des différents témoignages (dont celui de Bosch) auxquels Chandler évitait, de manière opportune, de faire allusion dans sa plaidoirie.

– Enfin, dit-elle, au-delà de l'homme qui a été assassiné, vous devez vous intéresser au meurtrier.

Le meurtrier, songea Bosch. Ce terme, appliqué à lui, résonnait de manière épouvantable. Il le répéta plusieurs fois dans sa tête. Oui, il avait tué, il avait tué avant et après Church. Pourtant, être qualifié de meurtrier hors du contexte lui paraissait insupportable. Brusquement, il s'aperçut qu'il ne s'en foutait pas. Contrairement à ce qu'il avait déclaré à Belk quelques instants plus tôt, il avait envie que le jury approuve son geste. Il avait besoin de s'entendre dire qu'il avait agi comme il devait le faire.

– Voici un homme, poursuivait Chandler, qui à maintes reprises a exprimé son goût du sang. Un cow-boy qui a tué des gens avant et après sa rencontre avec un Norman Church désarmé. Un homme qui tire d'abord et cherche des preuves ensuite. Un homme possédant tout au fond de lui un mobile pour tuer cet individu qu'il soupçonnait d'être un meurtrier de femmes, des femmes de la rue... comme sa propre mère !

Elle laissa flotter ces derniers mots quelques instants, en faisant semblant de vérifier quelques points précis parmi ses notes.

– Quand vous retournerez dans cette pièce pour délibérer, vous devrez décider si c'est là le genre d'officier de police que vous voulez dans votre ville. La police est censée être un modèle pour la société qu'elle protège. Ses membres devraient être à l'image des meilleurs d'entre nous. Pendant que vous délibérerez, demandez-vous quelle image symbolise Harry Bosch. De quelle frange de notre société est-il le miroir ? Si les réponses à ces questions ne vous dérangent pas, libre à vous de rendre un verdict en faveur de l'accusé. Si en revanche elles vous troublent, si vous pensez que notre société mérite mieux que le meurtre de sang-froid d'un suspect potentiel, dans ce cas vous n'avez d'autre choix que celui de rendre un verdict favorable à la partie plaignante.

A ce stade, Chandler s'interrompit pour regagner sa table et se servir un verre d'eau. Belk se pencha à l'oreille de Bosch et lui chuchota :

– Pas mal, mais je l'ai connue meilleure... moins bonne aussi, il est vrai.

– Quand elle était moins bonne, lui renvoya Bosch à voix basse, est-ce qu'elle a gagné ?

Belk baissa les yeux sur son carnet : la réponse était claire. Tandis que Chandler revenait vers le pupitre, il se pencha de nouveau vers Bosch.

– C'est sa façon de faire. Maintenant, elle va parler du fric. Après avoir bu un verre d'eau, Money parle toujours fric.

Chandler se racla la gorge, et reprit :

– Vous êtes douze personnes dans une position inhabituelle. En effet, vous avez la possibilité de provoquer un changement dans la société. Rares sont ceux qui ont cette chance. Si vous estimez que l'inspecteur Bosch a eu tort, à n'importe quel niveau, et si vous donnez raison à la partie plaignante, vous provoquerez un changement, car vous enverrez un message clair à tous les officiers de police de cette ville. Qu'il s'agisse du chef de la police et des administrateurs de Parker Center, situé à quelques centaines de mètres d'ici, ou de chaque jeune policier en uniforme dans les rues, tous recevront le même message : nous refusons de tels actes. Nous ne les tolérerons pas. Par ailleurs, si vous rendez un tel verdict, vous devrez également décréter le montant des dommages et intérêts. Ce n'est pas difficile. La question la plus délicate est la première : décider si l'inspecteur Bosch a eu tort ou raison. Le montant des dommages peut aller d'un simple dollar à 1 million, et même plus. Peu importe. Ce qui compte, c'est le message. Car avec ce message vous rendrez justice à Norman Church. Vous rendrez justice à sa famille.

Regardant autour de lui, Bosch aperçut Bremmer assis dans la tribune, au milieu de ses confrères de la presse. Le journaliste lui adressa un petit sourire en coin, et Bosch détourna la tête. Bremmer avait raison au sujet de l'avocate et de l'argent.

Chandler revint vers la table de l'accusation, prit un livre et l'emporta jusqu'au pupitre. C'était un vieux livre sans jaquette, avec une reliure en toile verte craquelée. Bosch crut remarquer une marque, sans doute un tampon de bibliothèque, sur la tranche supérieure.

– Avant de conclure, reprit-elle, j'aimerais aborder une question angoissante que vous vous posez peut-être. Personnellement, à votre place, sans doute me la poserais-je. Cette question est la suivante : comment en sommes-nous arrivés à avoir des hommes tels que l'inspecteur Bosch dans notre police ? Eh bien, on ne peut espérer répondre à cette question, me semble-t-il, et d'ailleurs ce n'est pas le propos de ce procès. Mais, si vous vous souvenez, je vous ai cité le philosophe Nietzsche au début de la semaine. Je vous ai lu ce qu'il écrivait à propos de cet endroit obscur qu'il nomme l'abîme. Pour le paraphraser, il dit que nous devons veiller à ce que celui qui combat les monstres à notre place ne devienne pas un monstre à son tour. Dans notre société actuelle, il est aisé de reconnaître qu'il existe des monstres autour de nous, et ils sont nombreux. Il est donc aisé d'imaginer qu'un officier de police puisse lui aussi devenir un monstre… Après l'audience d'hier, j'ai passé la soirée à la bibliothèque.

En disant cela, elle jeta un rapide coup d'œil à Bosch, comme pour mieux afficher son mensonge. Il soutint son regard, luttant contre un désir impulsif de détourner la tête.

– Et pour finir, j'aimerais vous lire ce que j'ai découvert sous la plume de Nathaniel Hawthorne, à propos de ce dont nous parlons aujourd'hui… de ce gouffre de ténèbres qu'un individu peut si aisément franchir pour rejoindre le mauvais côté. Dans son ouvrage *Le Faune de marbre*, Hawthorne écrit ceci : « Le gouffre n'était qu'un des orifices de ce puits de ténèbres qui gît sous nos pieds… partout »… Mesdames et messieurs les jurés, soyez prudents dans vos délibérations et fidèles à vous-mêmes. Je vous remercie.

Le silence était tel que Bosch entendit le bruit des talons de l'avocate sur le tapis lorsqu'elle rejoignit sa place.

– Mesdames et messieurs les jurés, déclara le juge Keyes, nous allons faire une pause d'un quart d'heure, après quoi ce sera au tour de maître Belk.

Alors qu'ils attendaient, debout, que les jurés aient quitté la salle, Belk chuchota :

– Je n'arrive pas à croire qu'elle ait employé le mot « orifice » dans son plaidoyer.

Bosch le regarda. Belk semblait aux anges, mais Bosch comprit qu'il se raccrochait simplement à un détail, n'importe quoi, pour pouvoir se redonner courage et se préparer à son passage devant le pupitre. Car, quels que soient les mots employés par Chandler, Bosch savait qu'elle avait été terriblement convaincante. Par contre, en observant l'avocat obèse qui transpirait à ses côtés, il n'éprouvait pas la moindre confiance.

Durant la pause, Bosch sortit pour aller fumer deux cigarettes devant la statue, mais Honey Chandler ne l'imita pas. En revanche, Tommy Faraway arriva d'un pas vif et fit claquer sa langue d'un air satisfait en découvrant la cigarette presque entière que l'avocate avait écrasée dans le cendrier un peu plus tôt. Puis il repartit sans rien dire. Bosch songea alors qu'il n'avait jamais vu Tommy Faraway fumer un des mégots qu'il récoltait dans le sable.

Belk étonna Bosch avec son plaidoyer. Ce n'était pas mal du tout. Simplement, il ne boxait pas dans la même catégorie que Chandler. Son discours était plus une réponse à celui de sa consœur qu'un exposé courageux démontrant l'innocence de Bosch et l'injustice des accusations portées contre lui. Avec des phrases du genre : « Dans tout son discours destiné à présenter les deux conclusions possibles, maître Chandler a totalement oublié de mentionner une troisième conclusion : l'inspecteur Bosch a agi de façon juste et avisée. Comme il convenait. »

Certes, cela faisait gagner quelques points à la défense, mais c'était également la confirmation, de manière indirecte, qu'il existait deux conclusions en faveur de la partie plaignante. Belk n'en avait pas conscience, contrairement à Bosch. L'avocat de la municipalité offrait maintenant trois possibilités aux jurés, au lieu de deux, mais une seule des trois était synonyme d'absolution pour Bosch. A certains moments, ce dernier avait envie d'obliger Belk à se rasseoir pour réécrire son discours. Mais il ne le pouvait pas. Il était obligé de laisser passer l'orage et d'attendre, comme dans les galeries souterraines au Vietnam, quand les bombes s'écrasaient au-dessus de sa tête et qu'il priait pour qu'il n'y ait pas d'effondrement.

La partie centrale de la plaidoirie de Belk reposait principalement sur les preuves établissant un lien direct entre Church et les neuf meurtres. Il répéta avec insistance que le monstre dans cette histoire se nommait Church, non pas Bosch, et tout le prouvait, sans le moindre doute. En outre, il mit en garde le jury en soulignant que si des meurtres apparemment semblables continuaient à survenir, il n'y avait là aucun rapport avec les agissements de Church, pas plus qu'avec la réaction de Bosch dans le studio de Hyperion Street.

Vers la fin, il sembla enfin trouver son rythme. Des accents de colère authentique percèrent dans sa voix quand il critiqua les propos de Chandler accusant Bosch d'avoir agi de manière imprudente, et en méprisant la vie d'autrui :

– La vérité, c'est que l'inspecteur Bosch n'avait que cette seule idée en tête, la vie, en franchissant cette porte.

Tous ses actes reposaient sur la conviction qu'il y avait une autre femme, une autre victime, dans cet appartement. Une seule possibilité s'offrait à lui. Franchir cette porte, en limitant les risques, et affronter les conséquences. Norman Church a été abattu après avoir refusé d'obéir aux ordres réitérés d'un officier de police et tenté de s'emparer d'un objet sous son oreiller. C'est lui seul qui a distribué les cartes, pas Bosch, et il a payé le prix fort… Mais songez à l'inspecteur Bosch face à cette situation. Pouvez-vous vous imaginer à sa place ? Seul ? Avec la peur au ventre ? Il faut être un individu hors du commun pour affronter ce genre de situation sans flancher. Dans notre société, nous appelons ça un héros. Quand vous retournerez dans la salle de délibérations et que vous analyserez soigneusement les faits, et non pas les accusations, je suis certain que vous parviendrez à la même conclusion. Je vous remercie.

Bosch n'arrivait pas à croire que Belk avait utilisé le mot « héros » dans sa plaidoirie, mais il décida de ne pas aborder le sujet avec l'avocat obèse quand celui-ci revint s'asseoir à la table de la défense.

Au lieu de cela, il murmura :

– Vous avez fait du bon boulot. Merci.

Chandler revint devant le pupitre pour achever son discours et promit d'être brève.

– Vous pouvez aisément constater la différence de conviction des deux avocats de ce procès. La même différence qui existe entre les significations des mots « héros » et « monstre ». Je devine, comme nous tous sans doute, que la vérité au sujet de cette affaire et de l'inspecteur Bosch se situe quelque part au milieu de ces extrêmes… Deux dernières choses avant que ne débutent les délibérations. Premièrement, souvenez-vous que les deux parties ont eu la possibilité de présenter des dossiers complets. Du côté de Norman Church, nous avons vu défiler à la barre une épouse, un collègue de travail, un ami, qui tous sont venus nous dire quel genre d'homme il était. La défense, en revanche, a décidé de ne vous présenter qu'un

314

seul témoin. L'inspecteur Bosch lui-même. Personne d'autre que lui n'est venu ici prendre la défense de...

– Objection ! s'écria Belk.

– ... Harry Bosch...

– Un instant, maître Chandler ! tonna le juge Keyes. (Son visage avait viré au cramoisi, et il semblait chercher ses mots.) Je devrais faire sortir les jurés de cette salle avant de dire ce que je vais dire, mais puisque vous avez décidé de jouer avec le feu, vous devez accepter de vous brûler. Maître Chandler, je vous accuse d'outrage à la cour pour ce grave manquement aux règles. Nous envisagerons une sanction ultérieurement. Mais je peux vous assurer que j'aurai la main lourde !

Le juge fit ensuite pivoter son fauteuil pour se trouver face au jury et se pencha en avant.

– Mesdames et messieurs, continua-t-il, cette avocate n'aurait jamais dû prononcer ces paroles. Car voyez-vous, la défense n'est nullement obligée de citer des témoins, et qu'elle choisisse de le faire ou pas ne peut être considéré comme une preuve de culpabilité ou d'innocence dans cette affaire. Maître Chandler le savait parfaitement, croyez-moi. C'est une avocate habituée à plaider et le fait qu'elle ait malgré tout choisi de dire cela, en sachant que maître Belk et moi-même allions faire un bond au plafond, dénote de sa part une hypocrisie que, personnellement, je trouve méprisable et condamnable dans l'enceinte d'un tribunal. Je déposerai une plainte auprès du barreau, mais...

– Votre Honneur, intervint Chandler, vous ne pouvez pas dire que...

– Ne m'interrompez pas, maître. Restez où vous êtes et taisez-vous tant que je n'ai pas terminé.

– Très bien, Votre Honneur.

– Je vous ai ordonné de vous taire. (Il se tourna de nouveau vers le jury.) Comme je le disais, les sanctions infligées à maître Chandler ne vous concernent pas. Voyez-vous, elle a misé sur le fait que, quoi que je vous dise maintenant, vous resterez influencés par sa remarque concernant l'absence de témoins pour défendre l'inspecteur Bosch. Mais je vous demande, avec toute la force de conviction dont je suis capable, de ne pas tenir compte de cela. Cette affirmation n'a aucune valeur. A vrai dire, je suppose que, s'ils le souhaitaient, l'inspecteur Bosch et maître Belk pourraient rassembler une ribambelle d'officiers de police prêts à témoigner qui irait de cette salle jusqu'à Parker Center. Mais ils ne l'ont pas souhaité. Telle est leur stratégie, et ce n'est pas à vous d'en juger le bien-fondé. En aucune manière. Des questions ?

Nul dans le jury n'osa même bouger un cil. Le juge fit alors pivoter son fauteuil pour se retourner vers Belk.

– Souhaitez-vous dire quelque chose, maître ?

– Un instant, Votre Honneur.

Belk se tourna vers Bosch et lui demanda à voix basse :

– Qu'en pensez-vous ? Il est à point pour accorder un vice de procédure. Je ne l'ai jamais vu aussi en colère. Nous aurons un nouveau procès, et peut-être que d'ici là l'enquête sur le plagiaire sera bouclée.

Bosch réfléchit. Il était impatient d'en finir et l'idée d'un nouveau procès face à Chandler ne l'enchantait guère.

– Eh bien, maître Belk ? demanda le juge.

– Contentons-nous de ça, murmura Bosch. Qu'en pensez-vous ?

Belk hocha la tête et lui dit :

– Oui, je pense qu'il vient peut-être de nous faire gagner.

Il se leva pour déclarer :

– Nous n'avons rien à ajouter pour le moment, Votre Honneur.

– En êtes-vous certain ?

– Oui, Votre Honneur.

– Parfait. Comme je vous l'ai dit, maître Chandler, nous réglerons cette affaire plus tard, mais nous la réglerons. Vous pouvez poursuivre maintenant, mais je vous conseille d'être prudente.

– Merci, Votre Honneur. Avant de poursuivre, je tiens à formuler des excuses pour mon argumentation. Loin de moi l'envie de vous manquer de respect. A vrai dire, j'ai improvisé et… je me suis laissé emporter.

– En effet. J'accepte vos excuses, mais cela ne vous dispensera pas d'une sanction. Continuez, je vous prie. Je veux que le jury commence à délibérer après le déjeuner.

Chandler se tourna légèrement devant le pupitre afin de faire face aux jurés.

– Mesdames et messieurs, vous avez vous-mêmes entendu les propos de l'inspecteur Bosch sur l'estrade. Pour finir, je vous demande de vous rappeler ce qu'il a dit. Il a dit que Norman Church avait eu ce qu'il méritait. Réfléchissez au sens de cette phrase dans la bouche d'un officier de police. « Norman Church a eu ce qu'il méritait. » Nous avons vu dans cette salle de tribunal de quelle manière fonctionne la justice. Par contrepoids et équilibres. Le juge sert d'arbitre et le jury tranche. De son propre aveu, l'inspecteur Bosch a décrété que tout cela était inutile. Il a décrété qu'il n'y avait pas besoin de jurés. Il a privé Norman Church de son droit à la justice. Et donc, c'est vous qu'il a privés de ce droit. Pensez-y.

Sur ce, elle récupéra son bloc-notes sur le pupitre et retourna s'asseoir.

# 23

Le jury commença les délibérations à 11 h 15, et le juge Keyes ordonna aux officiers de justice de faire en sorte qu'on leur serve un déjeuner. Il précisa que les douze jurés ne seraient pas dérangés jusqu'à 16 h 30, à moins qu'ils ne rendent un verdict avant cette heure.

Lorsqu'ils eurent quitté la salle, le juge déclara que toutes les parties concernées devaient pouvoir assister à la lecture du verdict un quart d'heure après avoir été prévenues par la greffière. Cela signifiait que Chandler et Belk pouvaient regagner leurs bureaux respectifs pour attendre. La famille de Church habitant Burbank, la veuve et ses deux filles décidèrent d'attendre dans le bureau de Chandler. Pour Bosch, revenir du poste de police de Hollywood lui aurait pris plus d'un quart d'heure, alors que Parker Center se trouvait à cinq minutes à pied. Il donna son numéro de biper à la greffière du tribunal en indiquant qu'elle pouvait le joindre là-bas.

Pour finir, le juge Keyes aborda le sujet de la sanction à l'encontre de Chandler pour outrage à la cour. Après avoir décidé qu'une audience à cet effet aurait lieu dans quinze jours, il abattit son marteau pour lever la séance.

Avant de quitter la salle d'audience, Belk prit Bosch à l'écart et lui dit :

– Je crois que nous avons de sérieuses chances, mais j'ai quand même quelques inquiétudes. Vous avez envie de jouer à pile ou face ?

– Qu'est-ce que ça signifie ?

– Je pourrais essayer de convaincre Chandler une dernière fois.

– Lui proposer un arrangement ?

– Oui. Le bureau m'a donné carte blanche pour aller jusqu'à cinquante mille. Au-delà, je suis obligé de demander l'autorisation. Mais je peux lui agiter les cinquante mille sous le nez et voir si elle les prend ou si elle me tourne le dos.

– Et ses honoraires ?

– Si on passe un accord, elle devra se contenter d'une partie des cinquante mille. Une avocate comme elle exige sans doute quarante pour cent. Ça lui ferait plus de vingt mille dollars pour une semaine de procès et une semaine de sélection des jurés. Pas mal.

– Vous pensez qu'on va perdre ?

– Je n'en sais rien. J'essaye simplement d'envisager tous les cas de figure. On ne peut jamais prévoir la réaction d'un jury. Cinquante mille dollars, ce serait une bonne opération. Il se peut qu'elle accepte, vu la façon dont le juge lui est tombé dessus à la fin. C'est elle qui a certainement la trouille de perdre, maintenant.

Bosch s'aperçut alors que Belk n'avait rien compris. Peut-être était-ce trop subtil pour lui. Toute cette histoire d'outrage à la cour n'était que la dernière astuce de Chandler. Elle avait volontairement commis cette infraction pour que les jurés la voient se faire rembarrer par le juge. Elle leur montrait le système judiciaire à l'œuvre : un mauvais geste sanctionné par une sévère réprimande et une punition. Elle leur disait : Vous voyez, voilà à quoi Bosch a échappé. Voilà ce qui attendait Norman Church, mais Bosch a décidé de tenir le rôle du juge et du jury.

C'était astucieux – peut-être même un peu trop. Plus il s'interrogeait et plus il se demandait si le juge Keyes avait été un acteur conscient et volontaire de cette comédie. En regardant Belk, il sentit bien que le jeune avocat ne se doutait de rien. Au contraire, il voyait cela comme une bonne affaire. Dans quinze jours, quand Keyes laisserait Chandler s'en tirer avec une amende de cent dollars et un sermon au cours de la comparution pour outrage, peut-être finirait-il par comprendre.

– Faites ce que vous voulez, répondit-il à Belk. Mais elle refusera votre offre. Elle ne lâchera pas le morceau.

A Parker Center, Bosch pénétra dans la salle de réunion d'Irving par la porte qui s'ouvrait directement sur le couloir. La veille, le directeur adjoint avait décidé que la nouvelle brigade spéciale chargée d'enquêter sur le meurtrier surnommé officiellement « le Disciple » installerait son quartier général dans cette pièce afin qu'il puisse être tenu informé à chaque instant. Ce qu'Irving ne disait pas, c'était qu'en maintenant le petit groupe à l'écart des différents services, il y avait plus de chances pour que le secret soit gardé, au moins pendant quelques jours.

Quand Bosch entra, seuls Rollenberger et Edgar étaient dans la salle. Il remarqua qu'on avait branché et installé sur la grande table ronde quatre téléphones. Sur celle-ci se trouvaient également six émetteurs-récepteurs Motorola et une console principale de communications, prêts à l'usage en cas de besoin. Lorsqu'il leva la tête et vit entrer Bosch, Edgar s'empressa de détourner le regard et de décrocher un téléphone pour passer un coup de fil.

– Bosch, déclara Rollenberger, bienvenue dans notre centre opérationnel. Alors, fini ce procès ? Au fait, interdiction de fumer ici.

– J'ai quartier libre en attendant l'annonce du verdict, ensuite j'ai un quart d'heure pour me rendre là-bas. Alors, quoi de neuf ? Que fait Mora ?

– Calme plat pour l'instant. Il ne se passe pas grand-chose. Mora a sillonné la Vallée toute la matinée. Il s'est rendu chez un avocat dans Sherman Oaks, et ensuite dans deux ou trois agences de casting, toujours dans Sherman Oaks. (Rollenberger consultait un registre posé devant lui sur la table.) Après, il est entré dans deux maisons de Studio City. Des camionnettes étaient garées devant ; Sheehan et Opelt pensent qu'on tournait peut-être des films à l'intérieur. Mora n'est pas resté très longtemps à chaque fois. Maintenant, il est retourné à la brigade des mœurs. Sheehan vient de m'appeler.

– A-t-on eu les renforts ?

– Oui. Mayfield et Yde iront relever la première équipe à 16 heures. Après, on a deux autres équipes.

– Deux ?

– Le capitaine Irving a changé d'avis ; il exige une surveillance vingt-quatre heures sur vingt-quatre. On doit donc surveiller notre homme toute la nuit, même s'il reste chez lui pour dormir. Personnellement, j'estime que c'est une bonne idée.

Oui, surtout qu'Irving en a décidé ainsi, songea Bosch en gardant sa réflexion pour lui. Il désigna les radios disposées sur la table.

– On émet sur quoi ?

– Hein ? Oh… la fréquence, vous voulez dire ? La fréquence… ah oui, Symplex cinq. C'est une fréquence de la sécurité civile qu'ils n'utilisent que dans les cas de catastrophes : tremblements de terre, inondations, ce genre de choses. Le capitaine Irving a jugé préférable d'éviter d'utiliser nos propres fréquences. Si Mora est bien notre homme, il risque d'être à l'écoute de la radio.

Rollenberger estimait certainement que c'était une bonne idée, songea Bosch, mais il ne posa pas la question.

– Je trouve que c'est une bonne idée de jouer la sécurité, déclara le lieutenant.

– En effet. Autre chose ?

Bosch se tourna vers Edgar, toujours au téléphone.

– Edgar a du nouveau ? demanda-t-il.

– Il essaye toujours de localiser la fille qui a échappé au meurtrier il y a quatre ans. Il a déjà obtenu un double du jugement de divorce de Mora. Aucune contestation.

Edgar raccrocha, finit de noter quelque chose dans son carnet, puis se leva sans un regard pour Bosch.

– Bon, je descends boire un café, déclara-t-il.

– Entendu, dit Rollenberger. Nous devrions avoir notre propre cafetière dès cet après-midi. J'en ai parlé au capitaine ; il va en réquisitionner une.

– Excellente idée, dit Bosch. En attendant, je crois que je vais descendre avec Edgar.

Déjà Edgar s'éloignait d'un pas vif dans le couloir afin de semer Bosch. Arrivé à l'ascenseur, il appuya sur le bouton mais, sans même ralentir l'allure, passa devant la porte et s'engagea dans l'escalier. Bosch lui emboîta le pas. Un étage plus bas, Edgar s'immobilisa brusquement et se retourna.

– Pourquoi tu me suis comme ça ?

– Je vais boire un café.

– Oh, merde...

– Est-ce que tu...

– Non, je suis pas encore allé voir Pounds. Au cas où tu n'aurais pas remarqué, j'ai des choses à faire...

– Tant mieux, laisse tomber.

– Quoi ?

– Si tu n'as rien dit à Pounds, laisse tomber. Oublie ça.

– Sérieux ?

– Oui.

Edgar continuait d'observer son collègue, sceptique.

– Que ça te serve de leçon ! poursuivit Bosch. Et à moi aussi. C'est déjà fait, d'ailleurs. OK ?

– Merci, Harry.

– Non, pas de « merci, Harry ». Dis-moi juste OK.

– OK.

Ils descendirent jusqu'à la cafétéria située au rez-de-chaussée. Plutôt que de remonter bavarder devant Rollenberger, Bosch suggéra qu'ils aillent s'installer à une table avec leurs cafés.

– Ce Hans Off, faut se le faire ! dit Edgar. Quand je le vois, je pense à un coucou avec la tête qui sort et qui dit : « Excellente idée, capitaine ! Excellente idée, capitaine ! »

Bosch sourit, Edgar éclata de rire. Harry sentit qu'il venait de le soulager d'un énorme fardeau, et son geste lui mit du baume au cœur.

– Alors, toujours rien au sujet de la rescapée ? demanda-t-il.

– Elle zone quelque part. Mais les quatre années qui se sont écoulées depuis qu'elle a échappé au Disciple n'ont pas été tendres avec Georgia Stern.

– Que lui est-il arrivé ?

– D'après son dossier et des types des Mœurs, elle a plongé dans la came. Ensuite, elle est devenue trop décharnée pour tourner dans des pornos. Normal… qui aurait envie de mater ce genre de film avec une nana couverte de marques de piquouse sur les bras, les jambes et dans le cou. C'est ça le problème dans le porno pour les junkies. T'es complètement à poil, mec, tu peux rien cacher ! Bref, j'en ai touché un mot à Mora, juste histoire de prendre contact, pour lui dire que je cherchais cette fille. C'est lui qui m'a expliqué que les marques de piqûres étaient le moyen le plus rapide de quitter ce métier. Mais c'est tout ce qu'il a pu m'apprendre. Dis, tu crois que c'était une bonne idée de lui en parler ?

Bosch réfléchit un moment avant de répondre :

– Oui, je pense. La meilleure façon d'éviter qu'il ait des soupçons, c'est de faire comme s'il en savait autant que nous. Si tu ne lui avais rien demandé et s'il apprenait d'une autre source, par un collègue des Mœurs, que tu étais à la recherche de cette fille, ça lui mettrait la puce à l'oreille.

– Oui, c'est ce que je me suis dit, alors je l'ai appelé ce matin, je lui ai posé quelques questions et j'ai continué mon enquête. Il croit qu'il n'y a que toi et moi sur le coup. Il ignore l'existence de la brigade spéciale. Pour l'instant.

– Le seul problème, c'est qu'il sait maintenant qu'on la recherche, et peut-être qu'il va faire pareil. On va devoir redoubler de prudence. Tu préviendras les équipes de surveillance.

– Entendu. Peut-être que Hans Off pourra s'en charger. Tu devrais écouter ce connard communiquer par radio, on dirait un boy-scout !

Bosch sourit. Il imaginait sans mal que Hans Off suivait à la règle les codes de communication par radio.

– Pour en revenir à la fille, voilà pourquoi elle ne bosse plus dans le porno, reprit Edgar. Au cours des trois dernières années, elle a été arrêtée plusieurs fois pour possession de drogue, pour racolage aussi, et la plupart du temps elle était dans les vapes. Elle passe sa vie entre la rue et la tôle. Jamais rien de grave. Deux ou trois jours sous les verrous à chaque fois. Mais pas assez longtemps pour l'aider à décrocher.

– Où est-ce qu'elle bosse ?

– Dans la Vallée. J'ai passé toute la matinée au téléphone avec les flics des Mœurs de ce secteur. Ils m'ont dit qu'elle faisait généralement le couloir de Sepulveda avec les autres pros du macadam.

Bosch repensa aux jeunes femmes qu'il avait vues l'autre jour quand il était sur la piste de Cerrone, le manager-maquereau de Rebecca Kaminski, et il se demanda s'il avait croisé Georgia Stern sans le savoir.

– Qu'est-ce qui t'arrive ? lui demanda Edgar.

– Rien. Je traînais dans ce coin l'autre jour, et je me disais que je l'avais peut-être vue. Sans savoir que c'était elle. Les types des Mœurs t'ont-ils dit si elle était protégée ?

– Non, aucun mac à leur connaissance. Si tu veux mon avis, c'est plus du premier choix, cette fille. La plupart des macs ont de meilleures pouliches.

– Les flics de la Vallée sont à sa recherche ?

– Pas encore, répondit Edgar. Aujourd'hui, ils sont en formation, mais ils iront faire un tour dans Sepulveda demain soir.

– Tu as des photos récentes de cette fille ?

– Oui.

Edgar glissa la main dans la poche de son veston et en sortit un paquet de photos. Prises au moment d'une arrestation. Georgia Stern paraissait avoir beaucoup vécu, en effet. Ses cheveux blonds passés à l'eau oxygénée laissaient voir au moins deux centimètres de racines noires. Les cernes sous ses yeux étaient si marqués qu'ils semblaient avoir été sculptés sur son visage avec un couteau. Ses joues étaient creusées, son regard vitreux : heureusement pour elle, elle avait pu se shooter avant d'être embarquée ; ça signifiait moins d'heures de souffrance en cellule, d'attente et de manque jusqu'à la prochaine dose.

– La photo remonte à trois mois. Elle était complètement camée. Elle a passé deux jours à Sybil, et elle est ressortie.

Le Sybil Brand Institute était la prison pour femmes du

324

comté. La moitié des installations était équipée pour accueillir des droguées.

– Ecoute un peu ça, ajouta Edgar. J'allais oublier. Ce type de la brigade des mœurs de la Vallée, Dean ? Il m'a expliqué que c'était lui qui avait embarqué la fille cette fois-là, et en l'arrêtant il a découvert sur elle un flacon de poudre ; il s'apprêtait à gonfler le montant de l'amende pour possession de drogue quand il s'est aperçu que le flacon avait été délivré légalement. En fait, c'était de l'AZT. Tu sais, le truc contre le sida. Cette fille a le virus, mec, et elle tapine dans la rue. Dans Sepulveda. Dean lui a demandé si elle faisait mettre des capotes à ses clients et elle lui a répondu : « Je les oblige pas, s'ils veulent pas. »

Bosch se contenta de hocher la tête. Un refrain connu. Il savait par expérience que la plupart des prostituées haïssaient les hommes avec qui elles couchaient pour le fric. Celles qui étaient infectées par le virus le devaient généralement à leurs clients ou à des seringues déjà utilisées, qui provenaient parfois des clients. Dans tous les cas, leur psychologie consistait à se foutre de transmettre le virus à la population qui le leur avait peut-être transmis. La théorie du cercle sans fin.

– Elle ne les oblige pas, s'ils ne veulent pas, répéta Edgar, en secouant la tête. Putain, c'est dingue !

Bosch finit son café et repoussa sa chaise. Il était interdit de fumer dans la cafétéria, et il avait envie d'aller dehors, devant le monument dédié aux policiers tombés en service, pour griller une cigarette. Aussi longtemps que Rollenberger campait dans la salle de réunion, impossible d'espérer fumer là-haut.

– En fait, je…

Le biper de Bosch retentit à cet instant, le faisant tressaillir de manière visible. Il avait toujours souscrit à la théorie selon laquelle un verdict rapide était un mauvais verdict, un verdict stupide. Les jurés n'avaient-ils pas pris le temps d'examiner soigneusement toutes les preuves ? Il décrocha l'appareil de sa ceinture pour consulter le numéro affiché sur l'écran. Il poussa un soupir de soulagement. C'était un numéro interne du LAPD.

– Je crois que Mora cherche à me joindre.

– Tu as intérêt à faire gaffe. Tu allais dire quelque chose ?

– Oui, je me demandais si Georgia Stern nous serait utile à quelque chose, même si on la retrouve. Ça remonte à quatre ans. Elle est camée et malade. Peut-être qu'elle ne se souviendra même plus de son agresseur…

– Ouais, je me suis fait la même réflexion. Mais j'ai le choix entre ça, retourner à Hollywood faire mon rapport à Pounds ou me porter volontaire pour surveiller Mora. Je reste sur cette piste. J'irai traîner du côté de Sepulveda ce soir.

Bosch acquiesça.

– Hans Off m'a dit que tu t'étais renseigné sur le divorce. Rien de ce côté-là ?

– Non, pas grand-chose. C'est elle qui a déposé la demande, mais Mora ne s'y est pas opposé. Le dossier fait à peine dix pages. Je n'ai relevé qu'un seul détail, et encore, je ne sais pas si ça veut dire quelque chose.

– Oui ?

– Son épouse a donné les motifs habituels. Incompatibilité de caractère, cruauté mentale, etc. Mais dans sa demande, elle parle également de non-consommation. Tu sais ce que ça veut dire ?

– Pas de relations sexuelles.

– Exact. Alors, qu'est-ce que ça signifie, à ton avis ?

Bosch prit le temps de réfléchir à la question.

– Je ne sais pas, répondit-il enfin. Ils se sont séparés avant l'histoire du Dollmaker. Peut-être que Mora avait un comportement bizarre, peut-être qu'il se préparait aux meurtres. Je peux interroger Locke.

– Oui, c'est ce que je me suis dit. En tout cas, j'ai demandé au DMV [1] de se renseigner sur l'épouse, et elle est toujours en vie. Mais je pense qu'il vaut mieux la

1. Equivalent du service des cartes grises.

laisser en dehors du coup. Trop dangereux. Elle pourrait le rencarder.

– Exact, ne t'approche pas d'elle. Le DMV t'a faxé son permis de conduire ?

– Oui. Elle est blonde. Un mètre soixante-huit, cinquante-cinq kilos. Je n'ai vu qu'une photo de face sur son permis, mais je dirais que ça colle.

Bosch acquiesça et se leva.

Après avoir emprunté une des radios dans la salle de réunion, Bosch se rendit au commissariat central et se gara dans le parking de derrière. Laissant la radio dans la voiture, il retourna sur le trottoir et fit le tour du bâtiment pour rejoindre l'entrée principale. De cette façon, il espérait apercevoir Sheehan et Opelt, pensant qu'ils étaient certainement garés à proximité de la sortie du parking pour surveiller le départ de Mora, mais il ne vit aucune trace des deux policiers, ni aucune voiture suspecte.

Deux phares s'allumèrent brièvement sur un parking derrière une ancienne station-service transformée en étal et surmontée d'une enseigne qui proclamait : LA MAISON DU BURRITO CACHER AU PASTRAMI ! Bosch distingua deux silhouettes à l'intérieur de la voiture, une Eldorado grise, et il détourna la tête.

Mora était assis à son bureau, en train de manger un burrito dont le seul aspect parut écœurant à Bosch, car il était rempli de pastrami.

– Salut, Harry, dit Mora, la bouche pleine.

– C'est bon ?

– Ça se laisse manger. Mais je crois que je vais revenir au bœuf. J'ai voulu essayer parce que j'ai vu deux types des Vols et Homicides garés en face. Un des deux m'a dit qu'ils venaient jusqu'ici depuis Parker Center pour bouffer ces trucs casher. Goûtons voir, me suis-je dit.

– Ah oui, je crois avoir entendu parler de cet endroit.

– Si tu veux mon avis, ça vaut pas le coup de venir de Parker Center pour ça !

Mora enveloppa son reste de burrito dans le papier gras qui avait servi à l'emballer, puis se leva et sortit du bureau des inspecteurs. Bosch entendit le sandwich cogner au fond d'une poubelle métallique dans le couloir, et Mora réapparut.

– J'ai pas envie que ça empeste ma poubelle.

– C'est toi qui m'as appelé ?

– Ouais. Alors, où en est le procès ?

– J'attends le verdict.

– Merde, c'est l'angoisse.

Bosch savait par expérience que si Mora avait quelque chose à dire, il le dirait le moment voulu, pas avant.

De retour dans son fauteuil, Mora le fit pivoter vers les classeurs et se mit à ouvrir plusieurs tiroirs. Par-dessus son épaule, il dit à Harry :

– Ne bouge pas. J'ai plusieurs trucs pour toi, faut que je les retrouve.

Pendant deux bonnes minutes, Bosch le vit ouvrir plusieurs dossiers, en sortir des photos pour former une petite pile. Après quoi, il se retourna.

– Quatre, déclara-t-il. J'ai découvert quatre autres actrices qui ont disparu dans des conditions qu'on pourrait qualifier de bizarres.

– Seulement quatre ?

– Ouais. En fait, les gens que j'ai interrogés m'ont parlé d'un tas de nanas qui ont disparu, mais quatre seulement correspondent au profil dont on a parlé. Blondes avec des formes. Je n'ai pas compté Gallery, on la connaît déjà, ni ta blonde coulée dans le béton. Ça en fait donc six en tout. Tiens, voici les nouvelles.

Il lui tendit le petit paquet de photos par-dessus son bureau. Harry les passa lentement en revue. C'étaient des clichés publicitaires en couleurs ; le nom de chaque fille était inscrit dans le cadre blanc qui bordait la photo, en bas. Deux des filles étaient nues et posaient en intérieur, assises sur des chaises, les jambes écartées. Les deux autres posaient sur une plage, vêtues de bikinis qui seraient certainement interdits sur la plupart des plages publiques. Aux yeux de Bosch, ces filles paraissaient quasiment interchangeables. Elles avaient le même corps. Elles affichaient la même moue censée suggérer à la fois le mystère et la lascivité. Leurs cheveux étaient si blonds qu'ils étaient presque blancs.

– Rien que des Blanche-Neige, commenta Mora.

Cette remarque inattendue fit lever la tête à Bosch. Le flic des Mœurs soutint son regard et ajouta :

– A cause des cheveux. C'est le surnom que leur donne un producteur quand il fait des castings. Il exige une Blanche-Neige pour telle ou telle scène, car il a déjà une rousse ou je ne sais quoi. Blanche-Neige. C'est comme un nom de marque. Ces filles sont toutes interchangeables.

Bosch reporta son attention sur les photos. Il craignait que son regard ne trahisse ses soupçons.

Il s'aperçut alors que toutes les remarques de Mora étaient exactes. Les principales différences physiques entre ces filles se situaient au niveau des tatouages et de leurs emplacements. Chacune d'elles avait sur le corps un cœur, une rose ou un personnage de bande dessinée. Candi Cummings avait un cœur juste à gauche de sa toison pubienne soigneusement taillée. Pour Mood Indigo, c'était une sorte de personnage au-dessus de la cheville gauche, mais impossible de le distinguer plus nettement à cause de l'angle de prise de vue. Dee Anne Dozit arborait un cœur entouré de fil de fer barbelé à une dizaine de centimètres au-dessus de son téton gauche percé d'un anneau doré. Quant à TeXXXas Rose, elle s'était fait tatouer une rose, évidemment, sur la main droite, là où la peau est plus tendre, entre le pouce et l'index.

Bosch songea qu'elles étaient peut-être toutes mortes à l'heure qu'il était.

– Personne n'a plus entendu parler d'elles ?

– Pas dans la profession, en tout cas.

– Tu as raison. Physiquement, elles correspondent.

– Ouais.

– Elles se prostituaient aussi ?

– Je suppose que oui, mais je n'en suis pas encore certain. Les gens que j'ai contactés avaient affaire à elles dans le milieu du cinéma, ils ne savent pas ce qu'elles faisaient derrière les caméras, si je puis dire. En tout cas, c'est ce qu'ils m'ont raconté. Je me proposais de consulter d'anciennes revues de cul pour éplucher les annonces.

– Tu as des dates ? L'époque où elles ont disparu, ce genre de renseignements...

– Rien de très précis. Tu sais, tous ces gens, les agents et les réalisateurs, ne s'intéressent pas tellement aux dates. On est dans le domaine des souvenirs, alors ça reste plutôt vague. Si je déniche des petites annonces, je pourrai avoir une idée beaucoup plus précise en sachant quand elles ont paru pour la dernière fois. Je vais quand même te filer ce que j'ai. T'as de quoi noter ?

Mora lui transmit ce qu'il savait. Aucune date précise, uniquement des mois et des années. En ajoutant à cette liste les dates approximatives auxquelles Rebecca Kaminski, la blonde coulée dans le béton, Constance Calvin, alias Gallery, et les septième et onzième victimes attribuées initialement à Church avaient disparu, on obtenait un rythme de disparition des starlettes de porno plus ou moins régulier, tous les six ou sept mois environ. La dernière à avoir disparu était Mood Indigo, huit mois plus tôt.

– Tu as noté la fréquence ? Il a du retard. Il est déjà en chasse.

Bosch acquiesça et leva la tête de dessus son carnet pour regarder Mora. Il crut déceler une étincelle dans ses yeux noirs. Il crut apercevoir le vide obscur à l'intérieur. Durant un court et terrifiant instant, Bosch crut voir la confirmation du mal qui habitait cet homme. C'était comme si Mora le mettait au défi de s'enfoncer plus profondément avec lui dans les ténèbres.

# 24

Bosch savait qu'il tirait un peu trop sur la laisse en se rendant à USC, mais il n'était que 14 heures et il avait le choix entre tuer le temps dans la salle de réunion en compagnie de Rollenberger en attendant le verdict, ou mettre à profit ce temps libre. Optant pour la seconde solution, il prit le Harbor Freeway vers le sud. Au vu de la circulation sur l'autoroute en direction du nord, il pouvait raisonnablement espérer regagner le centre-ville en un quart d'heure en cas de lecture du verdict. Trouver une place de stationnement à Parker Center pour gagner ensuite le palais de justice à pied serait une autre affaire.

L'université de Californie du Sud était située dans les quartiers dangereux qui entouraient le Coliseum. Pourtant, une fois qu'on franchissait le portail pour pénétrer sur le campus, l'endroit semblait aussi bucolique que Catalina, mais Bosch savait que cette tranquillité était brisée de plus en plus fréquemment depuis quelques années, au point que même un entraînement de football pouvait devenir dangereux. Deux ou trois saisons auparavant, une balle perdue au cours d'une des fusillades quotidiennes dans les quartiers voisins avait atteint un jeune linebacker plein d'avenir, étudiant de première année, alors qu'il se trouvait sur le terrain d'entraînement au milieu de ses équipiers. C'était ce genre de drame qui incitait les responsables de l'université à se plaindre régulièrement auprès du LAPD, et les étudiants à lorgner avec envie du côté d'UCLA, université moins coûteuse et située dans la banlieue de Westwood, relativement épargnée par le crime.

Bosch n'eut aucun mal à trouver le bâtiment de psychologie grâce au plan qu'on lui avait fourni à l'entrée du campus, mais, une fois à l'intérieur du bâtiment de trois étages, il n'y avait plus rien pour l'aider à trouver le docteur Locke ou le laboratoire d'études psycho-hormonales. Après avoir parcouru un long couloir, il emprunta un escalier pour accéder à l'étage supérieur. La première étudiante à qui il demanda son chemin répondit par un petit gloussement, persuadée que cette question n'était qu'une astuce pour l'aborder, et elle s'éloigna sans répondre. Finalement, on le dirigea vers le sous-sol du bâtiment.

Tout en avançant dans le couloir mal éclairé, Bosch lisait les pancartes sur les portes et trouva enfin celle du laboratoire, l'avant-dernière. Une étudiante blonde était assise derrière un bureau dans l'entrée, occupée à lire un livre épais. Elle leva les yeux et sourit. Bosch demanda à voir Locke.

– Je vais le prévenir. Il vous attend ?

– On ne sait jamais avec un psy.

Il sourit, mais l'étudiante ne réagit pas, et Harry se demanda si c'était vraiment une si bonne blague.

– Non, je ne lui ai pas dit que je passerais.

– Voyez-vous, le docteur Locke est occupé avec des étudiants toute la journée. Je ne peux pas le déranger si… (Bosch venait de brandir son insigne.) Je le préviens immédiatement !

– Dites-lui que c'est l'inspecteur Bosch et que j'en ai pour quelques minutes seulement s'il peut me consacrer un peu de son temps.

Elle échangea brièvement quelques paroles avec quelqu'un au téléphone, en répétant ce que venait de dire Bosch. Elle attendit quelques secondes en silence, dit « OK », puis raccrocha.

– Le responsable des travaux dirigés me charge de vous dire que le docteur Locke a dit qu'il allait venir vous chercher. Il n'y en a pas pour longtemps.

Bosch la remercia et s'assit sur une des chaises près de la porte. Il regarda autour de lui. Sur un tableau de liège fixé au mur étaient punaisées des annonces écrites à la main. Principalement des avis du type « Cherche étudiant pour partager chambre ». Une affichette annonçait une fête organisée par les étudiants de psycho de premier cycle pour le samedi suivant.

Il y avait un second bureau dans la pièce, outre celui occupé par l'étudiante. Il était vide pour l'instant.

– Ça fait partie du cursus ? demanda Harry. Vous êtes obligée de faire la réceptionniste ?

La fille leva les yeux de dessus son livre.

– Non, c'est un job. Moi, je suis inscrite en psycho enfantine, mais c'est très difficile d'obtenir un job dans le labo, là-bas. Par contre, personne n'aime venir travailler ici en sous-sol. Alors, j'ai obtenu cette place sans problème.

– Pour quelle raison ?

– Toutes les disciplines un peu bizarres sont regroupées ici, en fait, et…

La porte située à l'autre bout de la pièce s'ouvrit et Locke apparut. Il était en blue-jean et T-shirt. Lorsqu'il tendit la main à Bosch, ce dernier remarqua un lacet en cuir autour de son poignet.

– Comment ça va, Harry ?

– Bien. Ça va. Et vous, docteur ? Désolé de venir vous déranger à l'improviste, mais je me demandais si vous n'auriez pas quelques minutes à me consacrer. J'ai du nouveau au sujet de cette histoire avec laquelle je vous ai importuné l'autre soir.

– Vous ne m'importunez pas. Croyez-moi, c'est un vrai plaisir de pouvoir me consacrer à une véritable affaire. Les cours sont parfois très ennuyeux.

Il demanda à Bosch de le suivre et ensemble ils franchirent la porte, empruntèrent un couloir puis traversèrent des bureaux en enfilade. Locke le fit entrer dans la pièce du fond, où se trouvait son bureau. Des rangées de livres et de documents reliés, sans doute des thèses, occupaient les rayonnages fixés au mur derrière la table de travail. Locke se laissa tomber dans un fauteuil rembourré et posa un pied sur son bureau. Dessus, une lampe de banquier était allumée ; la seule autre source de lumière provenait d'une petite croisée percée en hauteur dans le mur de droite. Par instants, la lumière provenant de la fenêtre vacillait lorsque quelqu'un, au rez-de-chaussée, passait devant, occultant brièvement le jour, telle une éclipse humaine.

Levant les yeux vers la fenêtre, Locke déclara :

– Parfois, j'ai l'impression de travailler dans un donjon.

– Je crois que l'étudiante à l'entrée partage cette opinion.

– Melissa ? Evidemment. Elle a choisi la psychologie enfantine comme matière principale et, apparemment, je n'arrive pas à la rallier à ma cause. Enfin, bref, je doute que vous soyez venu jusqu'ici pour écouter des histoires de jolies et jeunes étudiantes, même si ça ne peut pas faire de mal.

– Une autre fois peut-être...

Bosch sentait que quelqu'un avait fumé dans cette pièce, même s'il n'apercevait aucun cendrier. Il sortit son paquet de cigarettes sans demander la permission.

– Vous savez, Harry, je pourrais vous hypnotiser et vous soulager de ce problème.

– Sans façon, docteur, je me suis hypnotisé moi-même un jour et ça n'a pas marché.

– Vraiment, vous seriez un des derniers spécimens de la race menacée des hypnotiseurs du LAPD ? J'ai entendu parler de cette expérience. Les tribunaux l'ont interdite, n'est-ce pas ?

– Exact, ils refusaient d'accepter des témoins sous hypnose dans les procès. Je suis le dernier cobaye encore dans la police. Je le crois, en tout cas.

– Intéressant.

– Comme je vous le disais, il y a eu du nouveau depuis notre dernier entretien, et je me suis dit qu'il serait bon de vous en parler, pour connaître votre avis. Je pense que vous nous avez aiguillés sur la bonne voie avec le porno, et peut-être que vous pourrez nous aider encore une fois...

– De quoi s'agit-il ?

– Nous avons...

– Avant toute chose, voulez-vous un café ?

– Vous en prenez ?

– Jamais.

– Dans ce cas, je m'en passerai. Nous avons déniché un suspect.

– Ah bon ?

Locke ôta son pied du bureau et se pencha en avant. Il paraissait véritablement intéressé.

– Comme vous disiez, il a un pied dans chaque camp. Il faisait partie de la brigade spéciale et son truc, sa spécialité, c'est l'industrie pornographique. Je préfère ne pas le nommer à ce stade de l'enquête, car…

– Bien sûr, je comprends. Il n'est que suspect, il n'a pas été accusé de quoi que ce soit. Ne vous en faites pas, inspecteur, cette conversation restera entre nous. Parlez sans crainte.

Bosch se servit de la corbeille à papiers posée près du bureau de Locke en guise de cendrier.

– Je vous en remercie. Donc, nous le surveillons actuellement, pour voir ce qu'il fait. Mais là, ça devient risqué. Etant donné qu'il est certainement le meilleur spécialiste de l'industrie du porno de toute la police, il est normal qu'on aille le trouver pour lui demander des conseils et des renseignements.

– Naturellement. Si vous ne le faisiez pas, nul doute qu'il soupçonnerait que vous le soupçonnez. Oh, quelle formidable toile d'araignée nous tissons là, Harry !

Locke se leva et se mit à arpenter la pièce. Il enfonça ses mains dans ses poches, puis les ressortit. Il regardait dans le vide, absorbé par ses pensées.

– Continuez, c'est formidable. Que vous avais-je dit ? Deux acteurs différents qui jouent le même rôle. Le cœur noir ne bat jamais seul. Continuez.

– Eh bien, comme je vous l'expliquais, la logique voulait qu'on aille le trouver, et c'est ce que nous avons fait. Après la découverte de la nouvelle victime cette semaine, et après ce que vous nous avez dit, nous supposions qu'il pourrait y en avoir d'autres. D'autres femmes travaillant dans ce milieu et qui auraient disparu.

– Et vous lui avez demandé de se renseigner ? Excellent !

– Oui, je lui ai posé la question hier. Et aujourd'hui il m'a donné quatre noms. Nous avions déjà le nom de la blonde découverte cette semaine dans le béton et un autre nom fourni précédemment par le suspect. Si vous ajoutez les deux premières filles, c'est-à-dire les septième et onzième victimes du Dollmaker, nous arrivons à un total de huit noms. Le suspect est resté sous surveillance toute la journée, nous savons donc qu'il a enquêté pour se procurer ces nouveaux noms. Il ne s'est pas contenté de me les donner. Il a accompli toutes les démarches nécessaires.

– Comme on pouvait s'y attendre. Il conserve toutes les apparences et les habitudes d'une vie normale, qu'il ait conscience ou non d'être surveillé. Il connaissait déjà ces noms, comprenez-le bien. Pourtant, il s'est donné la peine d'enquêter pour les obtenir. Preuve de sa grande intelligence et...

Locke s'interrompit, enfouit ses mains dans ses poches et fronça les sourcils, en donnant l'impression de regarder fixement le sol entre ses pieds.

– Six nouveaux noms plus les deux premiers, dites-vous ?

– Exact.

– Huit meurtres en presque cinq ans. Se pourrait-il qu'il y en ait d'autres ?

– J'allais justement vous poser la question. Les renseignements viennent du suspect lui-même. Peut-être nous ment-il. Se pourrait-il qu'il minimise le nombre de victimes réelles pour nous entuber, pour embrouiller l'enquête ?

– Ah...

Le psychologue continua à faire les cent pas, mais il resta muet un long moment, avant de répondre enfin :

– Mon premier réflexe serait de dire non. Il ne cherche pas à vous « entuber », pour reprendre votre expression. Il fait son travail consciencieusement. S'il ne vous a donné que cinq nouveaux noms, c'est qu'il n'y en a pas d'autres, à mon avis. N'oubliez pas que cet homme se croit supé-

336

rieur à la police, dans tous les domaines. On peut logiquement supposer qu'il joue franc-jeu avec vous, concernant certains aspects de cette enquête du moins.

– Nous n'avons qu'une vague idée des dates. Je parle
des meurtres. Apparemment, il a ralenti le rythme après
la mort du Dollmaker. Quand il a commencé à cacher ses
victimes, à les enterrer, parce qu'il ne pouvait plus se
dissimuler derrière le Dollmaker, les intervalles se sont
allongés. De moins de deux mois entre deux meurtres à
l'époque du Dollmaker, il semblerait qu'il soit passé à des
périodes de sept mois. Voire plus. La dernière disparition
remonte à presque huit mois.

Locke détacha les yeux du plancher pour regarder
Bosch.

– Avec toute cette activité récente, dit-il. Le procès dans
les journaux. La lettre qu'il a envoyée. Sa participation à
l'enquête en tant qu'inspecteur. Tout cela va accélérer la
fin du cycle. Ne le lâchez pas, Harry. L'heure a peut-être
sonné.

Le psychiatre se retourna pour consulter le calendrier
accroché au mur à côté de la porte. Une sorte de dessin
en forme de labyrinthe surmontait la colonne des jours du
mois. Locke laissa échapper un ricanement. Bosch ne
comprit pas.

– Qu'y a-t-il ?

– Bon sang, cette semaine, c'est la pleine lune ! (Il
pivota sur ses talons pour se retourner vers Bosch.) J'aimerais participer à la surveillance !

– Pardon ?

– Prenez-moi avec vous. Ce serait une occasion rare
dans le domaine des études sur la psychosexualité. Pouvoir
observer l'élaboration du schéma mental d'un maniaque
sexuel. C'est inespéré ! Oh, Harry, cela pourrait me valoir
un poste à Hopkins. Je pourrais… je pourrais… (ses yeux
s'illuminèrent lorsqu'il leva la tête vers la croisée)… foutre le camp de cette saloperie de donjon !

Bosch se leva. Il se disait qu'il avait eu tort. Locke était
aveuglé par la vision de son avenir, il ne voyait rien

337

d'autre. Harry était venu pour demander de l'aide, pas pour aider Locke à se faire élire psychiatre de l'année.

– Ecoutez, il s'agit d'un meurtrier. Un être réel. Du sang véritable. Je ne ferai rien qui puisse compromettre l'enquête. Une surveillance est une opération délicate. Quand on surveille un flic, c'est encore plus difficile. Je ne peux pas vous prendre avec nous. Inutile même de le demander. Je peux vous tenir au courant chaque fois que j'en aurai la possibilité, mais jamais mes supérieurs ni moi nous n'accepterons d'embarquer un civil dans cette opération…

Locke baissa les yeux, comme un enfant qui se fait réprimander. Il jeta un rapide coup d'œil vers la fenêtre et retourna derrière son bureau. Il se rassit, ses épaules s'affaissèrent.

– Oui, bien sûr, dit-il. Je comprends parfaitement, Harry. Je me laisse emporter. L'important, c'est que nous arrêtions cet homme. Nous l'étudierons plus tard. Un cycle de sept mois, vous dites ? C'est impressionnant.

Bosch fit tomber sa cendre dans la corbeille.

– Nous n'avons aucune certitude à ce sujet, étant donné la source. Il pourrait y avoir d'autres victimes.

– Ça m'étonnerait.

Locke pinça l'arête de son nez entre ses doigts et se renversa dans son fauteuil. Il ferma les yeux. Pendant plusieurs secondes, il resta immobile.

– Je ne dors pas, Harry. Je me concentre. Je réfléchis.

Bosch l'observa un instant. Avec un sentiment étrange. Il remarqua alors, alignés sur une étagère juste au-dessus de la tête de Locke, tous les livres qu'avait écrits le psychiatre. Tous portaient son nom sur la tranche. Certains figuraient en plusieurs exemplaires. Peut-être pour pouvoir les distribuer, songea Bosch. Ainsi, il y avait cinq exemplaires de *Cœurs noirs*, l'ouvrage qu'avait mentionné Locke dans son témoignage, et trois exemplaires d'un autre livre intitulé *La Vie sexuelle intime de la princesse du porno*.

– Vous avez écrit un ouvrage sur l'industrie pornographique ?

Locke rouvrit les yeux.

– Hein ? Oui. C'est le livre que j'ai écrit juste avant *Cœurs noirs*. L'avez-vous lu ?

– Euh, non.

Locke ferma à nouveau les yeux.

– Non, évidemment. Malgré le titre, il s'agit d'un ouvrage très sérieux. On s'en sert dans les universités. La dernière fois que j'ai interrogé mon éditeur, il était en vente dans les librairies de cent cinquante-six universités, dont Hopkins, figurez-vous. Il est sorti depuis deux ans, il a été réimprimé trois fois, mais je n'ai pas encore vu arriver les droits d'auteur. Voudriez-vous le lire ?

– Oui, volontiers.

– Eh bien, si vous vous arrêtez à la coopérative étudiante en repartant, vous le trouverez. Je vous préviens, ce n'est pas donné. Trente dollars. Mais je suis sûr que vous pourrez vous le faire rembourser. Je vous préviens également, ça peut choquer…

Bosch était contrarié que Locke ne lui offre pas un des exemplaires qui se trouvaient sur l'étagère. Peut-être était-ce une manière puérile de se venger du refus de le faire participer à la surveillance. Bosch se demanda ce que Melissa, étudiante en psychologie enfantine, penserait d'un tel comportement.

– Il y a autre chose concernant ce suspect… J'ignore ce qu'il faut en penser, reprit Bosch. (Locke ouvrit les yeux, sans bouger.) Il a divorcé un an environ avant les premiers meurtres du Dollmaker. Dans le dossier de séparation, son épouse se plaint de non-consommation. Est-ce que ça colle, selon vous ?

– Ils ne baisaient plus, c'est ça ?

– Je suppose. C'est dans le dossier du jugement.

– Ça pourrait coller. Mais pour être franc, nous les psys, nous sommes capables de faire coller n'importe quel comportement avec notre diagnostic. En l'occurrence, votre suspect pourrait simplement être devenu impuissant avec sa femme. Il évoluait vers son moule érotique, et il n'y avait aucune place pour elle. En fait, il l'avait abandonnée en chemin.

– Donc, vous ne voyez pas là une raison de remettre en cause nos soupçons concernant cet homme ?

– Au contraire. Je pense qu'il faut y voir une preuve supplémentaire des profonds bouleversements psychiques subis. Sa personnalité sexuelle évolue.

Bosch réfléchit à cette explication, tout en essayant de se représenter Mora. Celui-ci passait toutes ses journées dans le milieu sordide de la pornographie. Au bout d'un moment, il n'avait plus éprouvé aucun désir pour sa femme.

– Pouvez-vous m'en dire plus ? N'importe quoi concernant le suspect qui puisse nous aider ? Nous ne savons rien de lui. Nous ne possédons aucun mobile plausible. Pas question de l'arrêter. Nous pouvons uniquement le surveiller. Mais ça devient dangereux. Si jamais il nous échappe…

– Il risque de commettre un meurtre.

– Exact.

– Et vous n'aurez toujours pas le moindre mobile, pas la moindre preuve.

– Peut-être qu'il collectionne des trophées, ou autre chose ? Que dois-je chercher ?

– Où ?

– Chez lui.

– Ah, je vois. Vous avez l'intention de poursuivre sur la voie des relations professionnelles, de lui rendre visite à son domicile. Mais vous ne serez pas libre de fureter à votre guise.

– Peut-être que si… si quelqu'un l'occupe pendant ce temps-là. Je me ferai accompagner.

Locke se pencha en avant dans son fauteuil, les yeux écarquillés. L'excitation avait repris le dessus.

– Et si vous l'occupiez pendant que je jette un œil chez lui ? C'est ma spécialité, Harry. Vous êtes le plus qualifié pour l'occuper. Pendant que vous discuterez entre inspecteurs, je demanderai à aller aux toilettes. Je saurai mieux que vous ce que…

– N'y pensez plus, docteur. Ecoutez-moi bien : c'est

340

absolument impossible. OK ? C'est trop dangereux. Ceci étant dit, acceptez-vous de m'aider, oui ou non ?

– D'accord, d'accord. Excusez-moi encore une fois. Si je suis excité à ce point à l'idée de pénétrer dans la maison et dans l'esprit de cet homme, engagé dans un cycle meurtrier de plus de sept mois, c'est qu'il possède à coup sûr des trophées, comme vous dites, qui lui permettent de nourrir ses fantasmes et de recréer ses meurtres, tout en apaisant son besoin irrésistible de passer à l'acte.

– Je comprends.

– Vous avez affaire à un meurtrier qui possède un cycle d'une longueur inhabituelle. Croyez-moi, au cours de ces sept mois, le désir de passer à l'acte, de sortir dans la rue pour tuer, n'est pas en veilleuse. Les impulsions sont toujours là. En permanence. Vous vous souvenez du moule érotique ? J'en ai parlé dans ma déposition.

– Oui, je m'en souviens.

– Eh bien, cet homme éprouve sans cesse le besoin de satisfaire cette demande. De la combler. Et comment y parvient-il ? Comment fait-il pour tenir pendant six, sept ou huit mois ? Réponse : il possède des trophées. Ils lui rappellent ses conquêtes passées. Par conquêtes, j'entends victimes. Il possède des objets qui l'aident à se souvenir et à faire vivre ses fantasmes. Certes, ce n'est pas comparable à la réalité, loin s'en faut, mais il peut se servir de ces souvenirs pour prolonger le cycle, pour conjurer le besoin de passer à l'acte. Il sait que moins il tue, moins il court le risque de se faire prendre… Si vous avez vu juste, voilà bientôt huit mois qu'il est entré dans ce cycle. Ça signifie qu'il tire au maximum sur la corde, tout en s'efforçant de conserver sa maîtrise de soi. Mais, en même temps, nous avons cette lettre et cet étrange besoin de ne pas être oublié. Ce désir de se lever et de proclamer : Je suis plus fort que le Dollmaker. Je frappe encore ! Et si vous ne me croyez pas, allez voir ce que j'ai laissé dans le béton à tel ou tel endroit. Ce message trahit une grave dislocation, et en même temps, il est prisonnier de ce redoutable combat pour contrôler ses impulsions. Il a déjà tenu plus de sept mois !

Bosch écrasa sa cigarette contre le bord de la corbeille à papiers et jeta son mégot au fond. Il sortit son carnet de sa poche.

– Les vêtements que portaient les victimes, aussi bien celles du Dollmaker que du Disciple, n'ont jamais été retrouvés. Pourrait-il s'agir des trophées dont vous parlez ?

– C'est possible, mais rangez votre carnet, Harry. C'est plus simple que ça. N'oubliez pas que vous avez affaire à un individu qui choisit ses victimes après les avoir vues sur des cassettes vidéo. Quel meilleur moyen de conserver ses souvenirs vivaces qu'à travers la vidéo ? Si vous parvenez à fouiller son domicile, cherchez les cassettes, Harry. Et une caméra.

– Il a filmé les meurtres… dit Bosch.

Ce n'était pas une question. Il ne faisait que répéter les propos de Locke, en se préparant à ce qui l'attendait avec Mora.

– Evidemment, on ne peut avoir aucune certitude, déclara le psychiatre. Comment le pourrait-on ? Mais je suis quand même prêt à parier que oui. Vous vous souvenez de Westley Dodd ? (Bosch fit non de la tête.) Il a été exécuté à Washington il y a environ deux ans. On l'a pendu, un parfait exemple du cercle sans fin, soit dit en passant. C'était un assassin d'enfants. Il aimait les accrocher dans son placard, à des cintres. Il aimait aussi se servir de son Polaroïd. Lors de son arrestation, la police a découvert chez lui un album de photos soigneusement tenu, avec toutes les photos des petits garçons qu'il avait tués, accrochés dans la penderie. Il avait même pris le temps d'inscrire une légende sous chaque cliché. Un truc de malade, effroyable. Mais, aussi épouvantable soit-il, je peux vous assurer que cet album de photos a sauvé la vie de plusieurs autres enfants. Sans le moindre doute : le meurtrier s'en servait pour satisfaire ses fantasmes, sans être obligé de passer à l'acte.

Bosch acquiesça d'un signe de tête. Quelque part au domicile de Mora, il découvrirait une cassette vidéo, peut-être même une galerie de photos qui lui soulèverait l'estomac. Mais c'était ce qui permettait à Mora de rester à l'écart des ténèbres pendant des périodes de huit mois.

– Et Jeffrey Dahmer ? reprit Locke. Vous vous souvenez de lui, dans le Milwaukee ? Il aimait photographier, lui aussi. Il prenait des photos des cadavres, des bouts de cadavre. Ça lui a permis d'échapper à la police pendant des années et des années. Jusqu'au jour où il s'est mis à garder les corps. C'est ce qui l'a perdu.

Il y eut un moment de silence. Bosch avait la tête remplie des images épouvantables des cadavres qu'il avait vus. Il se frotta les yeux, comme s'il pouvait ainsi les effacer.

– Qu'est-ce qu'ils disent dans la pub à la télé, au sujet des photos ? demanda Locke. Un truc du genre « Le cadeau sans cesse renouvelé »… Alors, vous imaginez, une cassette vidéo, pour un serial killer ?

Avant de quitter le campus, Bosch s'arrêta à la coopérative étudiante et entra dans la librairie. Il trouva une pile du livre de Locke sur l'industrie pornographique dans la section consacrée à la psychologie et à la sociologie. L'ouvrage du dessus était tout écorné à force d'avoir été feuilleté. Bosch en choisit un au-dessous.

Quand la fille à la caisse voulut consulter le prix à l'intérieur du livre, celui-ci s'ouvrit sur une photo en noir et blanc montrant une femme en train de pratiquer une fellation sur un homme. Le visage de la fille vira au rouge, mais pas autant que celui de Bosch.

– Euh… désolé.

– C'est rien, je connais. Je parle du livre.

– Oui.

– Vous allez vous en servir pour un cours au prochain semestre ?

Bosch comprit qu'ayant l'air trop âgé pour être un étudiant, il ne pouvait avoir qu'une seule autre raison d'acheter ce livre : il fallait qu'il soit professeur. Expliquer qu'en fait il était policier sonnerait faux et risquerait d'attirer l'attention, songea-t-il.

– Oui, lui répondit-il.

– Vraiment ? Et quel en est l'intitulé ? Peut-être que je pourrais m'y inscrire.

– Euh… à vrai dire, je n'ai pas encore décidé. J'essaye de trouver un…

– Comment vous appelez-vous ? Je chercherai dans le programme.

– Euh… Locke. Docteur John Locke, psychiatre.

– Oh, c'est vous qui avez écrit le livre. Oui, j'ai entendu parler de vous. Bon, je chercherai votre cours. Merci et bonne journée.

Elle lui rendit sa monnaie. Bosch la remercia et repartit avec son livre dans un sac.

# 25

Bosch fut de retour au tribunal peu après 16 heures.
Alors qu'ils attendaient que le juge Keyes fasse son entrée,
Belk glissa à Bosch qu'il avait appelé le cabinet de Chandler dans l'après-midi afin de proposer à la partie plaignante cinquante mille dollars en guise de règlement à
l'amiable.

– Elle vous a dit d'aller au diable…
– Elle a été moins polie que ça.

Bosch sourit et se tourna vers Chandler. Celle-ci mur-
murait quelque chose à l'oreille de la veuve Church, mais
sans doute sentit-elle le regard de Bosch car elle s'interrompit pour tourner la tête vers lui. Pendant de longues
secondes, ils se livrèrent à un affrontement de regards,
comme deux adolescents, et ni l'un ni l'autre ne baissa
les yeux jusqu'à ce que la porte du bureau du juge s'ouvre
pour laisser entrer Keyes, qui gagna sa place d'un pas
énergique.

Il ordonna à la greffière de faire entrer les jurés. Tout
d'abord, il demanda si quelqu'un souhaitait aborder un
point quelconque, puis, comme personne ne le souhaitait,
il conseilla aux jurés d'éviter de lire les comptes rendus
du procès dans les journaux et de regarder les informations
des chaînes de télévision locales. Il leur ordonna ensuite,
ainsi qu'à toutes les parties concernées, d'être de retour
le lundi matin à 9 heures pour la reprise des délibérations.

Bosch prit l'escalator pour rejoindre la sortie dans le
hall, juste derrière Chandler. L'avocate se tenait deux marches plus haut que Deborah Church.

345

– Maître ? murmura-t-il afin que la veuve ne l'entende pas.

Chandler se retourna dans l'escalier, en tenant la main courante pour conserver son équilibre.

– Les jurés sont repartis chez eux, plus rien ne peut changer l'issue de ce procès désormais, dit-il. Norman Church lui-même pourrait nous attendre dans le hall, nous ne pourrions en informer le jury. Alors, pourquoi ne pas me donner cette lettre ? Le procès est terminé, mais il y a toujours une enquête en cours.

Chandler resta muette jusqu'en bas de l'escalier mécanique. Mais, dans le hall, elle demanda à Deborah Church de l'attendre sur le trottoir, lui disant qu'elle la rejoindrait rapidement. Puis elle se tourna vers Bosch.

– Une fois de plus je vous le répète, je nie l'existence de cette lettre, compris ?

Bosch sourit.

– Allons, nous avons dépassé ce stade, vous avez oublié ? Vous vous êtes vendue hier. Vous avez dit…

– Je me fiche de ce que vous ou moi avons dit. Si ce type m'avait envoyé une lettre, ce serait simplement un double de celle que vous avez déjà. Il ne perdrait pas son temps à en écrire une autre.

– Je vous remercie de me donner déjà cette information, mais même une copie peut nous aider. Il y a peut-être des empreintes. On pourrait peut-être retrouver la provenance du papier…

– Inspecteur Bosch, avez-vous souvent relevé des empreintes sur les lettres qu'il vous a envoyées ?

Bosch ne répondit pas.

– C'est bien ce que je pensais, conclut-elle. Bon week-end.

Sur ce, elle pivota sur ses talons et franchit la porte du hall. Bosch attendit quelques secondes, se coinça une cigarette entre les lèvres et sortit à son tour.

Sheehan et Opelt étaient dans la salle de réunion, occupés à faire leur rapport de surveillance à Rollenberger. Edgar était là lui aussi, assis devant la table, et il écoutait.

Bosch remarqua qu'il avait une photo de Mora devant lui. C'était un portrait, comme ceux qu'on prenait chaque année au moment de refaire les cartes des flics.

– S'il doit se passer quelque chose, ça ne se produira pas dans la journée de toute façon, expliquait Sheehan. Peut-être auront-ils plus de chance cette nuit.

– Parfait, dit Rollenberger. Tapez-moi un petit rapport vite fait, les gars, et vous pourrez rentrer chez vous. J'en ai besoin, car j'ai une réunion avec le capitaine Irving à 17 heures. Mais n'oubliez pas que vous êtes de garde tous les deux ce soir. On aura besoin de tout le monde. Si Mora pète les plombs, je veux que vous rappliquiez immédiatement avec Mayfield et Yde.

– Entendu, répondit Opelt.

Pendant que ce dernier s'installait devant l'unique machine à écrire réquisitionnée par Rollenberger, Sheehan leur servit, à son collègue et à lui, du café provenant de la cafetière électrique qui avait fait son apparition sur la console derrière la table ronde au cours de l'après-midi. Hans Off était un mauvais flic, mais il s'y entendait pour mettre sur pied un poste d'opérations, se dit Bosch. Après s'être servi lui aussi une tasse de café, il rejoignit Sheehan et Edgar à la table.

– Je suis arrivé à la fin, dit-il à Sheehan. Rien de neuf, apparemment ?

– Non. Après ta visite, Mora est retourné dans la Vallée l'après-midi. Il s'est arrêté dans un tas de bureaux et d'entrepôts à Canoga Park et à Northridge. On a noté les adresses si ça t'intéresse. Ce sont tous des distributeurs de films porno. Mora n'est jamais resté plus d'une demi-heure dans aucun endroit, mais on ignore ce qu'il venait y foutre. Ensuite, il est retourné à son bureau, il a bossé un petit moment et il est rentré chez lui.

Bosch en conclut que Mora continuait d'interroger des producteurs, en essayant de dénicher d'autres victimes potentielles. Peut-être posait-il des questions au sujet de cet homme mystérieux décrit par Gallery quatre ans plus tôt. Il demanda à Sheehan où habitait Mora et nota dans son carnet l'adresse, sur Sierra Bonita Avenue. Il voulait informer Sheehan qu'il avait bien failli foutre toute l'opé-ration en l'air avec l'histoire du vendeur de burritos, mais il se refusait à en parler devant Rollenberger. Il attendrait.

– Du nouveau de ton côté ? demanda-t-il à Edgar.

– Toujours rien pour la rescapée, répondit ce dernier. Je vais partir dans cinq minutes pour monter à Sepulveda. Les filles bossent beaucoup là-haut à la sortie des bureaux. Peut-être aurai-je la chance de l'apercevoir et de l'embar-quer.

Ayant interrogé toutes les personnes présentes, Bosch confia aux autres inspecteurs les informations récoltées auprès de Mora et les commentaires du docteur Locke. A la fin de son exposé, Rollenberger émit un long sifflement comme s'il venait d'apercevoir une jolie fille.

– Bon sang, il faut prévenir le capitaine immédiate-ment ! Peut-être décidera-t-il de doubler la surveillance.

– Mora est flic, dit Bosch. Plus on lui colle de types aux basques, plus il a de chances de les repérer. Et s'il découvre qu'on le surveille, on peut dire adieu à notre piste.

Rollenberger réfléchit et acquiesça.

– Il faut quand même avertir le capitaine, dit-il. Voici ce qu'on va faire : personne ne bouge d'ici pendant quel-ques minutes. Je vais voir s'il peut me recevoir avant 17 heures, et nous aviserons en fonction de ce qu'il dira.

Il se leva, quelques documents à la main, et frappa à la porte du bureau d'Irving. Il l'ouvrit, entra et disparut.

– Sale con, grommela Sheehan une fois que la porte se fut refermée. C'est parti pour une petite séance de léchage de pompes !

Tout le monde éclata de rire.

– Hé, les gars, dit Bosch en s'adressant à Sheehan et Opelt. Mora m'a parlé de votre petite discussion gastro-nomique…

– Merde ! s'exclama Opelt.

– Je crois qu'il a avalé l'histoire du burrito casher, ajouta Bosch en riant. Jusqu'à ce qu'il y goûte, du moins ! Il n'a pas compris pourquoi vous veniez de Parker Center pour bouffer cette saloperie. Il a balancé la moitié du sien à la poubelle. Conclusion, s'il vous revoit dans les parages, il risque de se douter de quelque chose. Faites gaffe.

– Entendu, dit Sheehan. C'était une idée d'Opelt, cette histoire de burrito cacher. Il…

– Hé ! Que voulais-tu que je dise ? Le type qu'on surveille s'approche de la bagnole tout à coup et nous demande : « Qu'est-ce qui se passe, les gars ? » Fallait bien que je trouve une réponse pour…

La porte s'ouvrit et Rollenberger réapparut. Il regagna sa place, mais resta debout. Les deux mains posées à plat sur la table, il se pencha en avant, la mine sévère, comme s'il venait de recevoir des ordres de la bouche de Dieu en personne.

– Voilà, dit-il, j'ai mis le capitaine au courant. Il se félicite des bons résultats que nous avons obtenus en seulement vingt-quatre heures. Il est inquiet à l'idée de laisser filer Mora, d'autant que le psy affirme que nous arrivons à la fin d'un cycle. Malgré tout, il ne veut pas modifier le dispositif de surveillance. En ajoutant une équipe, nous multiplierions les risques de nous faire repérer par Mora. J'estime qu'il a raison. C'est une excellente idée de maintenir le statu quo. Nous…

Edgar tenta de retenir un éclat de rire, mais en vain. Celui-ci se transforma en une sorte d'éternuement.

– Vous trouvez cela amusant, inspecteur Edgar ?

– Non. Je crois que j'ai attrapé un rhume ou je ne sais quoi. Poursuivez, je vous en prie.

– Je n'ai rien à ajouter. Continuez à appliquer les consignes. J'informerai les autres équipes de surveillance des nouvelles informations fournies par Bosch. Rector et Heikes prendront la relève à minuit, et ils seront relayés par les « présidents » à 8 heures, demain matin.

Les « présidents » étaient deux équipiers des Vols et Homicides qui s'appelaient en réalité Johnson et Nixon. Ils n'aimaient pas qu'on les surnomme les « présidents », surtout Nixon.

– Sheehan et Opelt, vous recommencez demain à 16 heures. Vous écopez du samedi soir, alors gardez bien les yeux ouverts. Bosch et Edgar, vous continuez en solo.

Voyez ce que vous pouvez encore apprendre. Gardez vos bipers branchés et la radio à portée de main. Il se peut qu'on ait besoin d'alerter tout le monde en quatrième vitesse…

– Les heures sup' sont autorisées ? demanda Edgar.

– Pendant tout le week-end, oui. Mais si vous bossez à l'heure, je veux voir des résultats. C'est compris ? Au boulot.

Rollenberger s'assit et approcha sa chaise de la table. Sans doute pour cacher son érection, songea Bosch, car il semblait prendre son pied à jouer les tyrans. Les quatre inspecteurs sortirent dans le couloir et se dirigèrent vers l'ascenseur.

– Qui va boire un verre ce soir ? demanda Sheehan.

– Demande plutôt qui n'y va pas, lui renvoya Opelt.

Bosch rentra chez lui vers 19 heures, après avoir bu une seule bière au Code 7 et constaté que l'alcool le dégoûtait après les abus de la veille. Il appela Sylvia pour lui annoncer que le verdict n'avait toujours pas été rendu. Il lui annonça qu'il allait prendre une douche, se changer et qu'il la rejoindrait chez elle vers 20 heures.

Il avait encore les cheveux mouillés quand elle vint lui ouvrir la porte. A peine eut-il franchi le seuil de la maison qu'elle le prit dans ses bras. Ils s'étreignirent et s'embrassèrent longuement dans l'entrée. C'est seulement lorsque Sylvia se recula que Bosch constata qu'elle portait une robe noire bien au-dessus du genou, avec un profond décolleté qui plongeait entre ses seins.

– Alors, comment ça s'est passé aujourd'hui, les plaidoiries des avocats et tout ça ?

– Très bien. Pourquoi cette tenue ?

– Je t'invite au restaurant. J'ai réservé une table.

Elle se plaqua de nouveau contre lui et déposa un baiser sur sa bouche.

– Nous n'avons jamais connu une nuit comme celle d'hier, Harry. A vrai dire, je ne me souviens pas d'avoir connu ça avec qui que ce soit. Et je ne parle pas du sexe. De ce côté-là, on a déjà fait mieux, toi et moi.

– On peut toujours progresser. Si on s'entraînait un peu avant le dîner ?

Elle sourit et répondit qu'ils n'avaient pas le temps.

Ils traversèrent la Vallée jusqu'à Malibu Canyon où se trouvait le Saddle Peak Lodge, un ancien relais de chasse transformé en restaurant. Le menu avait tout du cauchemar de végétarien. Toutes les sortes de viandes, et même du buffle. Ils commandèrent l'un et l'autre un steak et Sylvia choisit une bouteille de bordeaux. Bosch sirota lentement son vin pour mieux l'apprécier. Tout lui paraissait merveilleux, le repas et l'ambiance de la soirée. Ils parlèrent à peine du procès, et même du reste, préférant se regarder au fond des yeux.

De retour à la maison, Sylvia baissa le thermostat du climatiseur avant de faire un feu dans la cheminée du salon. Harry se contenta de l'observer. Il n'avait jamais été très doué pour faire prendre un feu dans une cheminée. Malgré la climatisation réglée sur quinze degrés, la chaleur monta rapidement. Ils firent l'amour sur une couverture que Sylvia avait étendue devant l'âtre. Ils se sentaient parfaitement détendus, leurs gestes étaient doux.

Après l'amour, Harry regarda les flammes se refléter sur la mince pellicule de sueur qui couvrait la poitrine de Sylvia. Il l'embrassa à cet endroit et y appuya sa tête pour écouter son cœur. Celui-ci battait fortement, à contretemps du sien. Fermant les yeux, il chercha les moyens de se protéger contre les risques de perdre cette femme.

Le feu n'était plus qu'un tapis de braises rougeoyantes quand il se réveilla dans l'obscurité. Un bruit aigu lui vrillait les oreilles, et il grelottait de froid.

– Ton biper, fit Sylvia.

Harry rampa jusqu'à la pile de vêtements près du canapé, dénicha l'engin et coupa la sonnerie.

– Bon Dieu, mais quelle heure est-il ? lui demanda-t-elle.

– Aucune idée.

– Ça fiche la trouille. Je me souviens de la fois…

Elle s'interrompit. Bosch comprit qu'elle était sur le point de lui raconter un souvenir lié à son mari. Mais sans doute avait-elle finalement décidé de ne pas laisser le passé faire intrusion dans cet instant. Trop tard. Bosch se surprit à se demander si Sylvia et son mari avaient eux aussi baissé le thermostat par une nuit d'été pour faire l'amour devant un feu de cheminée, sur la même couverture.

– Tu n'appelles pas ? demanda-t-elle.

– Hein ? Si, si, j'essaye de me réveiller…

Il enfila son pantalon, se rendit dans la cuisine et prit soin de refermer la porte derrière lui avant d'allumer la lumière pour ne pas incommoder Sylvia. Il jeta un œil à la pendule fixée au mur. Il s'agissait en fait d'une assiette, et les chiffres étaient remplacés par des légumes et des fruits. Carotte-banane : autrement dit, une heure et demie. Sylvia et lui avaient dormi environ une heure. Il avait l'impression d'avoir dormi plusieurs jours.

C'était un numéro de téléphone possédant l'indicatif 818. Harry ne le connaissait pas. Jerry Edgar décrocha avant la fin de la première sonnerie.

– Harry ?

– Ouais.

– Désolé de te déranger, mec, d'autant que t'es pas chez toi.

– C'est bon. Qu'est-ce qui se passe ?

– Je suis dans Sepulveda, juste au sud de Roscoe. Ça y est, je l'ai, mec !

Bosch comprit qu'il parlait de la rescapée.

– Alors, qu'a-t-elle dit ? Tu lui as montré la photo de Mora ?

– Non, non. En fait, je l'ai pas vraiment. Je l'observe pour l'instant. Elle tapine sur le trottoir.

– Pourquoi tu ne l'embarques pas ?

– Parce que je suis seul. J'ai préféré appeler des renforts. Si j'essaye de l'embarquer seul, elle risque de me mordre ou un truc comme ça. N'oublie pas qu'elle a le sida.

Bosch ne dit rien. A l'autre bout du fil, il entendait le bruit des voitures en fond sonore.

– Hé, je suis désolé, mec. J'aurais pas dû t'appeler. Mais je pensais que tu voudrais être tenu au courant. Je vais contacter l'officier de garde de Van Nuys pour qu'il m'envoie un ou deux agents. Bonne…

– Arrête ton cinéma, j'arrive ! Accorde-moi une demi-heure. Tu as passé toute la soirée là-bas ?

– Ouais. Je suis juste rentré chez moi pour dîner. Je l'ai cherchée partout. Je viens seulement de mettre la main dessus.

Bosch raccrocha en se demandant si Edgar avait véritablement passé son temps à courir après cette fille, ou s'il voulait simplement gonfler son enveloppe d'heures sup'. Il retourna dans le salon. La lumière était allumée et Sylvia n'était plus couchée sur la couverture.

Elle était dans le lit, sous les draps.

– Il faut que j'y aille.

– Oui, c'est ce que j'ai cru comprendre, alors j'ai décidé d'aller me coucher. Ce n'est pas très romantique de dormir par terre devant un feu éteint et toute seule.

– Tu es fâchée ?

– Non, bien sûr que non, Harry.

Il se pencha au-dessus du lit pour l'embrasser, elle lui passa la main sur la nuque.

– J'essaierai de revenir.

– OK. Peux-tu remonter le thermostat en partant ? J'ai oublié.

Edgar s'était garé devant un magasin de doughnuts. Bosch s'arrêta juste derrière lui et le rejoignit à bord de sa voiture.

– Salut, Harry, ça boume ?

– Où est-elle ?

– C'est la fille en short rouge.

– Tu en es sûr ?

– Oui, j'ai roulé jusqu'au feu et je l'ai bien matée. C'est elle, aucun doute. Le problème, c'est que ça risque de dégénérer si on essaye de l'embarquer. Toutes ces filles

353

que tu vois sont au turbin. La ligne de bus de Sepulveda s'arrête à une heure du mat'.

Bosch vit la fille en short rouge et débardeur soulever son T-shirt au moment où une voiture passait à sa hauteur. Le conducteur freina brutalement mais, après un moment d'hésitation, repartit.

– Elle a eu des clients ?

– Il y a deux heures environ, elle a alpagué un type. Elle l'a emmené dans la ruelle, derrière le mini-centre commercial, ils ont fait leur affaire là-bas. A part ça, pas une touche. Elle est pas très bandante pour un client exigeant.

Edgar éclata de rire. Bosch se dit que son collègue venait de se couper sans s'en apercevoir en avouant qu'il observait la fille depuis plusieurs heures déjà. Bah, songea-t-il, au moins ne m'a-t-il pas dérangé en plein cœur de l'action...

– Bon, dit-il, si tu ne veux pas de bagarre, qu'est-ce que tu proposes ?

– Je me disais que tu pourrais rouler jusqu'à Roscoe et tourner à gauche. Ensuite, tu t'engages dans la ruelle par-derrière. Là, tu te planques dans la bagnole et tu attends. Moi, pendant ce temps-là, j'aborde la fille, je lui dis que je suis partant et elle m'emmène dans la ruelle. On n'a plus qu'à l'embarquer. Mais fais quand même gaffe à sa bouche. Peut-être qu'elle crache aussi.

– OK, allons-y.

Dix minutes plus tard, Bosch était tassé derrière son volant, sa voiture garée dans la ruelle, quand il vit arriver Edgar, seul.

– Alors ? demanda-t-il.

– Elle a refusé.

– Bon Dieu, il fallait l'embarquer ! Si elle t'a repéré, on ne peut plus rien faire. Si je me pointe dans cinq minutes, elle comprendra que je suis flic moi aussi.

– En fait... elle ne m'a pas repéré.

– Que s'est-il passé ?

– Elle a pas voulu venir avec moi. Elle m'a demandé

si j'avais de la dope à lui refiler et quand j'ai répondu non, pas de drogue, elle m'a dit qu'elle se tapait pas les hommes de couleur. Hé, tu entends ça ? On m'a pas traité d'homme de couleur depuis que j'étais gamin à Chicago…

– Laisse tomber. Attends ici, j'y vais.

– Saloperie de petite pute !

Bosch descendit de voiture. Par la vitre ouverte, il dit :

– Calme-toi, Edgar. C'est une pute et une camée ! Qu'est-ce que tu en as à foutre ?

– Tu peux pas comprendre, Harry. Tu as déjà vu la façon dont Rollenberger me regarde ? Je parie qu'il compte les chaises chaque fois que je quitte la pièce. Enfoiré de Teuton !

– Ouais, tu as raison, je ne peux pas comprendre.

Harry ôta sa veste et la jeta à l'intérieur de la voiture. Après quoi, il ouvrit les trois premiers boutons de sa chemise.

– Je reviens tout de suite. Je te conseille de te planquer. Elle risque de ne pas venir avec moi dans la ruelle si elle aperçoit un type de couleur.

Ils empruntèrent une salle d'interrogatoire dans le service des inspecteurs du poste de Van Nuys. Bosch savait se diriger dans ces lieux, car il avait travaillé quelque temps à la section des cambriolages après avoir reçu son insigne d'inspecteur.

Une évidence s'imposa vite : l'homme qu'Edgar avait vu disparaître avec Georgia Stern dans la ruelle quelques heures plus tôt n'était pas un client. C'était un dealer et sans doute s'était-elle fait un shoot dans la ruelle. Peut-être avait-elle payé sa dose en nature, mais le dealer n'était pas un client pour autant.

Quoi qu'il en soit, la fille était complètement dans les vapes lorsque Bosch et Edgar l'amenèrent au commissariat, et donc quasiment incapable de les aider. Ses yeux dilatés, aux paupières lourdes, regardaient fixement les objets sans les voir. Malgré l'exiguïté de la pièce, la fille donnait l'impression d'observer une chose située à des kilomètres.

Ses cheveux décolorés étaient ébouriffés. Leurs racines noires étaient plus visibles que sur la photo que possédait Edgar. Elle avait une blessure à vif sous l'oreille gauche, le genre de plaie que se font les drogués à force de gratter nerveusement le même endroit en permanence. Ses bras étaient aussi minces que les pieds de la chaise sur laquelle elle était assise. Son aspect décharné était accentué par le débardeur beaucoup trop grand et détendu qui laissait voir le haut de sa poitrine, et Bosch constata qu'elle se servait des veines de son cou pour s'injecter l'héroïne. Il constata également que, malgré sa maigreur, ses seins étaient encore gonflés et rebondis. Des implants, conclut-il, et l'espace d'un instant il eut la vision du corps desséché de la blonde coulée dans le béton.

– Mademoiselle Stern ? dit-il. Georgia ? Savez-vous pourquoi vous êtes ici ? Vous vous souvenez de ce que je vous ai dit dans la voiture ?

– Oui, j'me rappelle.

– Bien. Vous souvenez-vous également de la nuit où un homme a essayé de vous tuer ? C'était il y a plus de quatre ans. Une nuit comme celle-ci. Le 17 juin. Vous vous en souvenez ?

Elle hocha la tête d'un air absent et Bosch se demanda si elle savait seulement de quoi il parlait.

– Le Dollmaker, vous vous souvenez ?

– Il est mort.

– C'est exact, mais nous avons besoin de vous poser quelques questions au sujet de cet homme. Vous nous aviez aidés à établir son portrait-robot, vous vous souvenez ?

Bosch déplia devant elle le dessin qu'il avait récupéré dans le dossier du Dollmaker. Le visage ne ressemblait ni à celui de Church ni à celui de Mora, mais étant établi que le Dollmaker était déguisé, on pouvait logiquement penser que le Disciple faisait la même chose. Néanmoins, il était toujours possible qu'un trait marquant, comme par exemple le regard pénétrant de Mora, réveille la mémoire de Georgia Stern.

Elle observa longuement le portrait-robot.

– Les flics l'ont descendu, dit-elle. Il a eu ce qu'il méritait.

Bosch apprécia d'entendre quelqu'un, même une épave, déclarer que le Dollmaker avait eu ce qu'il méritait. Mais il savait une chose qu'elle ignorait : il ne s'agissait pas ici du Dollmaker.

– Nous allons vous montrer des photos. Jerry, passe-moi le pack de six.

La fille dressa aussitôt la tête. Elle avait cru qu'il s'agissait de bières, alors que dans le jargon des flics un « pack de six » était un paquet de six photos d'identité qu'on montrait aux témoins et aux victimes. D'habitude, ils contenaient cinq photos de flics et la photo d'un suspect, l'idée étant que le témoin montre celui-ci du doigt en disant « C'est lui ». Cette fois, le paquet contenait six photos de flics. Mora figurait en seconde position.

Bosch aligna les photos sur la table devant la fille, elle les examina un long moment. Finalement, elle éclata de rire.

– Qu'y a-t-il ? demanda Bosch.

Georgia désigna la quatrième photo.

– J'me souviens d'avoir baisé avec ce type un jour. Mais je croyais que c'était un flic !

Bosch vit Edgar secouer la tête. La photo qu'elle venait de désigner était celle d'un agent de la section anti-drogue du commissariat de Hollywood, un certain Arb Danforth. Si les souvenirs de la fille étaient exacts, cela signifiait que Danforth sortait de son secteur pour aller dans la Vallée extorquer des passes à des prostituées. Sans doute les payait-il avec des doses d'héroïne volées dans les stocks saisis ou récupérées sur des dealers. Les déclarations de cette fille devraient être notées dans un rapport adressé aux Affaires internes, mais Edgar et Bosch savaient, même sans avoir échangé le moindre mot, que ni l'un ni l'autre ne moucharderaient. Cela équivaudrait à un suicide au sein de la police. Plus aucun flic de base ne leur ferait confiance. Malgré tout, Bosch savait que Danforth était marié et que cette prostituée était atteinte du sida. Il décida d'adresser un message anonyme à Danforth pour lui conseiller de se faire une prise de sang.

– Et les autres, Georgia ? demanda Bosch. Regardez bien leurs yeux. Même sous un déguisement, les yeux ne changent pas. Regardez les yeux.

Alors que la fille se penchait pour observer les photos de plus près, Bosch se tourna vers Edgar, qui secoua à nouveau la tête. Tout cela ne menait nulle part. Au bout d'une minute, la fille cessa de piquer du nez et releva brusquement la tête.

– OK, Georgia, ça ne vous dit rien, hein ?

– Non.

– Vous ne le reconnaissez pas ?

– Non. Il est mort.

– C'est vrai, il est mort. Restez assise. On sort dans le couloir une minute pour discuter. On revient tout de suite.

Dans le couloir, ils décidèrent qu'il serait peut-être bon de l'expédier à Sybil Brand avec une inculpation d'usage de stupéfiants, et d'essayer de l'interroger à nouveau quand elle serait revenue sur terre. Bosch constata qu'Edgar était très partisan de cette idée ; d'ailleurs, il se proposa pour la conduire lui-même à Sybil. Evidemment, songea Bosch, il espérait ainsi gonfler encore son enveloppe d'heures sup'. Son but n'était pas d'emmener cette fille dans l'unité spécialisée de la prison de femmes pour tenter de la désintoxiquer. La compassion n'avait rien à voir là-dedans.

# 26

Sylvia avait tiré les épais rideaux de la chambre devant les stores et la pièce resta plongée dans l'obscurité bien après que le soleil se fut levé en ce samedi matin. Se réveillant seul dans le lit, Bosch récupéra sa montre sur la table de chevet et constata qu'il était déjà 11 heures. Il avait fait un rêve, mais à son réveil celui-ci s'était enfoncé dans les ténèbres et il ne parvenait pas à le ramener à la surface. Il resta couché encore un quart d'heure, à essayer de se souvenir, mais en vain.

Par moments, il entendait Sylvia s'activer dans la maison. Balayer la cuisine, vider le lave-vaisselle. Il savait qu'elle essayait d'être discrète, mais il l'entendait malgré tout. La porte de derrière s'étant ouverte, il imagina qu'elle était sortie arroser les plantes vertes alignées dans la véranda. Il n'avait pas plu par ici depuis au moins sept semaines.

A 11 h 20, le téléphone sonna, et Sylvia décrocha après la première sonnerie. Bosch était sûr que c'était pour lui. Les muscles tendus, il attendait de voir la porte de la chambre s'ouvrir et Sylvia apparaître avec le téléphone. Il avait donné le numéro à Edgar quand ils avaient quitté le poste de Van Nuys, sept heures plus tôt.

Mais Sylvia ne vint pas dans la chambre et, en se détendant, Harry capta des bribes de la conversation téléphonique. Apparemment, elle donnait des conseils à un élève. Au bout d'un moment, il crut l'entendre pleurer.

Il se leva, s'habilla en vitesse et sortit de la chambre en essayant de mettre de l'ordre dans ses cheveux. Sylvia était assise à la table de la cuisine, le téléphone sans fil collé à son oreille. Avec son doigt, elle traçait des cercles sur la nappe et, en effet, elle pleurait.

– Que se passe-t-il ? murmura-t-il.

Elle leva la main pour lui faire signe de ne pas l'interrompre. Il obéit, se contentant de la regarder.

– Oui, je viendrai, madame Fontenot. Appelez-moi pour me donner le jour, l'heure et l'adresse… oui… oui, comptez sur moi. Toutes mes condoléances, une fois encore. Beatrice était une fille charmante et une élève très brillante. J'étais fière d'elle. Oh, mon Dieu…

Une nouvelle crise de larmes la submergea au moment où elle raccrochait. Bosch s'approcha et posa sa main dans son cou.

– Un problème avec une élève ?

– Beatrice Fontenot.

– Que se passe-t-il ?

– Elle est morte.

Il se pencha pour la serrer contre lui. Elle pleura.

– C'est cette ville… réussit-elle à expliquer entre ses larmes. C'est Beatrice qui a écrit ce que je t'ai lu l'autre jour, à propos de *L'Incendie de Los Angeles*…

Bosch s'en souvenait. Sylvia lui avait fait part de ses craintes concernant cette élève. Il aurait voulu dire quelque chose, mais il savait qu'il n'y avait rien à dire. C'était cette ville… Voilà qui semblait tout résumer.

Ils passèrent la journée dans la maison, vaquant à des choses et d'autres, faisant du rangement et du ménage. Après avoir vidé et nettoyé la cheminée, Bosch rejoignit Sylvia dans le jardin de derrière, où elle arrachait les mauvaises herbes et coupait les fleurs afin de composer un bouquet destiné à Mme Fontenot.

Sylvia parlait peu. De temps à autre, elle lâchait une phrase. Bosch apprit ainsi que la jeune fille avait été tuée par une balle perdue, et que cela s'était passé la veille au soir. Elle avait été conduite à l'hôpital Martin Luther King Jr., où on l'avait déclarée en état de mort clinique. Les médecins avaient débranché la machine ce matin et prélevé les organes destinés à des transplantations.

– C'est curieux, ils appellent ça « récolter », dit Sylvia. Ça fait penser à une ferme ou à des gens qui pousseraient sur des arbres…

En milieu d'après-midi, elle se rendit dans la cuisine pour préparer un sandwich à l'œuf dur et à la salade et un second avec du thon. Elle les coupa en deux, et ils mangèrent chacun une moitié de chaque sandwich. Harry prépara du thé glacé avec des tranches d'orange. Après l'énorme steak qu'ils avaient dévoré la veille, dit-elle, elle ne pourrait plus jamais avaler de bœuf. Ce fut l'unique tentative d'humour de la journée, mais ni l'un ni l'autre ne sourit. Sylvia déposa ensuite les assiettes sales dans l'évier, sans prendre la peine de les rincer. Elle se retourna, s'appuya contre l'évier et regarda fixement le sol.

– Mme Fontenot m'a dit que l'enterrement aurait lieu cette semaine, sans doute mercredi. J'ai envie d'y emmener ma classe. En car.

– Oui, bonne idée. Je pense que ça fera plaisir à sa famille.

– Les deux frères aînés sont des dealers. Elle m'a avoué qu'ils vendaient du crack.

Bosch ne dit rien. Il savait que c'était sans doute la raison pour laquelle cette fille était morte. Depuis le traité de paix entre les gangs des Bloods et des Crips, les violations de territoire étaient nombreuses. On ne comptait plus les fusillades, les innocents abattus.

– Je crois que je vais demander à sa mère l'autorisation de lire sa fiche de lecture lors de l'office. Ou après. Peut-être comprendront-ils la perte qu'elle représente.

– Sans doute le savent-ils déjà.

– Oui.

– Tu as envie d'aller faire une sieste, essayer de dormir un peu ?

– Oui, je crois que oui. Et toi, que vas-tu faire ?

– J'ai des choses à régler. Des coups de fil à passer. Il va falloir que je m'absente de nouveau ce soir, Sylvia. Pas très longtemps, j'espère. Je rentrerai dès que possible.

– Ne t'inquiète pas pour moi, Harry, ça ira.
– OK.

Vers 16 heures, Bosch alla voir Sylvia dans la chambre ; elle dormait à poings fermés. Il remarqua que ses larmes avaient mouillé l'oreiller.

Il gagna ensuite le fond du couloir, dans une petite chambre qui servait de bureau. Il y avait une table avec un téléphone. Il ferma la porte pour ne pas réveiller Sylvia.

Son premier appel fut pour le bureau des inspecteurs du commissariat de la 77ᵉ Rue. Là, il réclama la Criminelle et on lui passa un inspecteur, un certain Hanks. Bosch ne le connaissait pas. Après s'être présenté, il interrogea son collègue sur l'affaire Fontenot.

– C'est quoi, votre secteur, Bosch ? Hollywood, vous avez dit ?

– Oui, Hollywood, mais ce n'est pas une question de secteur. C'est personnel. Mme Fontenot a appelé le professeur de la jeune fille ce matin. Ce professeur est une amie. Comme elle est bouleversée, je voulais juste essayer de savoir ce qui s'est passé…

– Ecoutez, j'ai pas le temps de tenir la main aux gens pour les consoler. Je suis sur une enquête.

– En d'autres termes, vous ne savez rien.

– Vous n'avez jamais bossé dans ce secteur, hein ?

– Non. Et vous allez me sortir que c'est pas du gâteau, c'est ça ?

– Allez vous faire voir, Bosch. Ce que je veux vous dire, c'est qu'on ne trouve plus un seul témoin au sud de Pico Street. La seule façon de résoudre ce genre d'affaire, c'est d'avoir la chance de trouver des empreintes, ou alors, quand on est vraiment veinard, que le type se pointe au poste en disant « C'est moi qui ai fait le coup, je suis désolé ». Vous voulez savoir combien de fois c'est arrivé ? (Bosch ne répondit pas.) Ecoutez, votre amie prof n'est pas la seule à être bouleversée. C'est vraiment moche. C'est toujours moche, mais des fois, c'est super moche. Comme cette fois. Une gamine de seize ans tuée devant chez elle, en train de bouquiner pendant qu'elle surveillait son petit frère...

– Des coups de feu tirés d'une voiture ?

– Tout juste. Douze trous dans le mur. Fusil-mitrailleur AK. Douze trous dans le mur et une rafale dans la nuque.

– Elle ne s'est rendue compte de rien, hein ?

– Non, elle n'a pas eu le temps de comprendre ce qui lui arrivait. Elle a dû être touchée par la première balle. Elle ne s'est même pas baissée.

– Les balles étaient destinées à ses frères aînés, pas vrai ?

Hanks ne répondit pas immédiatement. Bosch entendait les grésillements d'une radio en arrière-plan.

– Comment vous savez ça ? Par la prof ?

– La fille lui avait dit que ses frères vendaient du crack.

– Ah oui ? Ce matin, ils déambulaient dans les couloirs de l'hôpital en se lamentant comme des pleureuses. Je vais me renseigner, Bosch. Je peux faire autre chose pour vous ?

– Oui. Le livre. Que lisait-elle ?

– Le livre ?

– Oui.

– Un truc qui s'appelle *Le Grand Sommeil*. Ça, on peut dire qu'elle y a eu droit, nom de Dieu !

– Vous pouvez me rendre un service, Hanks ?

– Lequel ?

– Si des journalistes vous interrogent sur cette affaire, ne parlez pas du bouquin.

– Pour quelle raison ?

– N'en parlez pas.

Bosch raccrocha. Il resta assis derrière le bureau, envahi d'un sentiment de honte, car quand Sylvia lui avait pour la première fois parlé de cette jeune fille, il avait douté de ses qualités.

Après quelques minutes de réflexions amères, il reprit le téléphone pour appeler le bureau d'Irving. On décrocha avant la fin de la première sonnerie.

– Allô ? Police de Los Angeles, bureau du directeur

adjoint de la police de Los Angeles Irvin Irving. Lieutenant Hans Rollenberger à l'appareil. Vous désirez ?

Hans Off attendait certainement un appel d'Irving lui-
même, supposa Bosch, c'est pourquoi il débitait dans son
intégralité la formule officielle qui figurait dans le manuel
du parfait officier de police, mais qu'ignoraient superbe-
ment la plupart de ceux qui répondaient au téléphone.

Bosch raccrocha sans rien dire et recomposa aussitôt le
numéro pour permettre au lieutenant de réciter encore une
fois sa tirade.

– C'est Bosch. Je viens aux nouvelles.

– Dites, Bosch, c'est vous qui avez appelé, à l'instant ?

– Non, pourquoi ?

– Pour rien. Je suis actuellement en compagnie de
Nixon et Johnson. Ils viennent d'arriver. Sheehan et Opelt
surveillent Mora.

Bosch nota au passage que Rollenberger n'osait pas les
appeler les « présidents » en leur présence.

– Du nouveau ? demanda-t-il.

– Non. Le sujet a passé la matinée chez lui. Il y a
quelques instants, il s'est rendu dans la Vallée et a visité
d'autres entrepôts. Rien de suspect.

– Où est-il maintenant ?

– A son domicile.

– Et Edgar ?

– Il était ici tout à l'heure. Il s'est rendu à Sybil pour
interroger la rescapée. Il l'a retrouvée hier soir, mais apparemment elle était trop défoncée pour parler. Il a décidé
d'essayer encore une fois. (Sa voix baissa, presque un
chuchotement.) Si la fille reconnaît Mora sur la photo,
est-ce qu'on passe à l'action ?

– Non, ça ne me semble pas être une bonne idée. De
plus, on se dévoilerait.

– C'est exactement ce que je pensais, dit-il en reprenant
un ton normal afin que les « présidents » sachent bien qui
commandait. On continue à lui coller au train comme son
ombre et, dès qu'il agira, nous serons là.

– Espérons-le... Comment est-ce que vous opérez, avec

les équipes de surveillance ? Ils vous tiennent informé en permanence ?

– Exactement. Ils ont branché leurs émetteurs-récepteurs et je les écoute d'ici. Je suis averti des moindres déplacements du suspect. Je vais rester tard ce soir. J'ai un pressentiment.

– A quel sujet ?

– Je sens que c'est pour cette nuit, Bosch.

Bosch réveilla Sylvia à 17 heures, mais il resta assis au bord du lit à lui masser le dos et la nuque pendant une demi-heure. Après cela, elle se leva et alla prendre une douche. Ses yeux étaient encore remplis de sommeil quand elle revint dans le salon. Elle avait enfilé sa robe T-shirt en coton gris et noué ses cheveux blonds en queue de cheval.

– A quelle heure dois-tu partir ?

– Bientôt.

Elle ne lui demanda pas où il allait, ni pour quoi faire.

– Tu veux que je te prépare une soupe ou quelque chose ? lui demanda-t-il.

– Non, ça va. Je crois que je n'aurai pas faim, ce soir.

Le téléphone sonna. Harry alla décrocher dans la cuisine. C'était une journaliste du *Times* qui avait obtenu le numéro par Mme Fontenot. La journaliste souhaitait interroger Sylvia à propos de Beatrice.

– A quel sujet ?

– Eh bien, Mme Fontenot a déclaré que Mme Moore avait dit un tas de choses gentilles sur sa fille. Nous avons décidé de faire un long article sur cette histoire, car Beatrice était une enfant modèle. J'ai pensé que Mme Moore aimerait peut-être nous parler d'elle.

Bosch lui demanda de patienter, puis il retourna auprès de Sylvia. Il la mit au courant du motif de l'appel et, sans hésiter, Sylvia accepta de parler à la journaliste.

Elle resta un quart d'heure au téléphone. Pendant ce temps-là, Bosch se rendit à sa voiture, brancha la radio portable et se connecta sur Symplex cinq, la fréquence de la sécurité civile. Rien ne se produisit. Silence.

Il appuya sur le bouton de transmission.

– Equipe Un ?

Plusieurs secondes s'écoulèrent. Il s'apprêtait à répéter quand la voix de Sheehan se fit entendre :

– C'est qui ?

– Bosch.

– Tu veux quoi ?

– Comment se porte le sujet ?

La voix de Rollenberger couvrit soudain celle de Sheehan :

– Ici Chef d'Equipe, veuillez utiliser votre nom de code quand vous communiquez par radio.

Bosch fit la grimace. Ce type était un vrai connard.

– Dites, Chef d'Equipe, quel est mon code ?

– Vous êtes Equipe Six, ici Chef d'Equipe, à vous.

– Reçuuuuu, Cheeeeef !

– Pardon ?

– Pardon ?

– Veuillez répéter votre dernier message, Equipe Six.

L'agacement perçait dans la voix de Rollenberger. Bosch sourit. Il entendait un cliquetis à la radio, et il savait que c'était Sheehan qui appuyait sur le bouton de transmission pour montrer son approbation.

– Je voulais savoir qui était dans mon équipe.

– Equipe Six, vous êtes en solo pour le moment.

– Dans ce cas, il me faudrait peut-être un autre code, Chef d'Equipe. Pourquoi pas Solo Six ?

– Ecoutez, Bo… euh, Equipe Six, je vous prie de n'intervenir sur cette fréquence que pour demander ou fournir des renseignements.

– Reçuuuuuu !

Bosch reposa la radio quelques instants pour éclater de rire. Il avait les larmes aux yeux et s'aperçut qu'il riait trop fort pour une chose aussi peu drôle. Sans doute la tension de la journée qui retombait. Reprenant l'émetteur, il rappela Sheehan.

– Equipe Un, le sujet a-t-il bougé ?

– Affirmatif, Solo Six… euh, je voulais dire, Equipe Six.

– Où est-il ?

– Au Ling's Wings, au coin de Hollywood et Cherokee.

Mora mangeait dans un fast-food. Bosch savait que cela ne lui donnait pas le temps nécessaire de mettre son idée à exécution, surtout qu'il était à une demi-heure de voiture de Hollywood.

– Comment se comporte-t-il, Equipe Un ? Vous pensez qu'il va sortir ce soir ?

– Il a l'air en forme. On dirait qu'il s'apprête à faire une virée.

– Je vous rappelle.

– Reçuuuuu et compriiiiis !

En retournant dans la maison, il devina que Sylvia avait pleuré de nouveau. Malgré tout, son moral semblait meilleur. Peut-être avait-elle réussi à passer le stade de la douleur et de la colère initiales. Assise dans la cuisine, elle buvait un thé chaud.

– Tu en veux une tasse, Harry ?

– Non, ça va. Il faut que j'y aille.

– OK.

– Que lui as-tu dit, à la journaliste ?

– Je lui ai raconté tout ce qui me venait. J'espère qu'elle écrira un bon article.

– On peut leur faire confiance.

Apparemment, l'inspecteur Hanks, interrogé par la journaliste, n'avait pas fait allusion au livre que lisait la jeune fille. Car dans ce cas, la journaliste aurait très certainement voulu connaître la réaction du professeur d'anglais. Il s'aperçut que Sylvia avait retrouvé des forces après avoir parlé de Beatrice. Il avait toujours été fasciné par le besoin qu'éprouvaient les femmes de parler lorsque quelqu'un qu'elles aimaient mourait, peut-être pour prolonger sa mémoire. Il avait assisté à ce phénomène un nombre incalculable de fois en allant annoncer un décès à des proches. Les femmes souffraient, assurément, mais elles avaient envie de parler. Debout dans la cuisine de Sylvia, il se souvint qu'il avait fait sa connaissance dans une situation de ce genre. Il venait la questionner sur son mari, un policier récemment abattu, et ils se trouvaient dans cette même pièce, et elle avait parlé. Presque immédiatement, Bosch avait été profondément séduit par cette femme.

– Ça va aller pendant mon absence ?

– Ça ira, Harry. Je me sens mieux.

– J'essaierai de rentrer le plus rapidement possible, mais je ne peux pas te dire quand. Fais-toi à manger.

– OK.

A la porte, ils s'enlacèrent et s'embrassèrent, et Bosch fut submergé par l'envie irrésistible de ne pas y aller, de rester là avec elle pour la tenir dans ses bras. Finalement, il s'écarta, à regret.

– Tu es une femme formidable, Sylvia. Je ne te mérite pas.

Elle lui posa la main sur la bouche.

– Chut, ne dis jamais ça, Harry.

# 27

La maison de Mora était située dans Sierra Linda, non loin de Sunset. Bosch se gara le long du trottoir, à quelques centaines de mètres de là, et contempla l'édifice tandis que le ciel s'obscurcissait. La rue était bordée de pavillons avec des vérandas vitrées et des lucarnes en saillie sur les toits en pente. Bosch songea qu'il y avait au moins dix ans que cette rue n'était plus aussi belle que son nom. La plupart des habitations étaient délabrées. La maison voisine de celle de Mora avait été abandonnée et condamnée avec des planches. A d'autres endroits, il était évident que les propriétaires avaient opté pour les clôtures grillagées plutôt que la peinture la dernière fois où ils avaient eu les moyens de faire un choix. Presque toutes les fenêtres étaient munies de barreaux, y compris les lucarnes des toits. Dans une des allées, une voiture reposait sur des parpaings. Le genre de quartier où l'on trouvait au moins une vente-débarras par semaine.

Bosch avait posé la radio sur le siège à côté de lui et baissé le volume. D'après le dernier rapport, Mora se trouvait dans un bar près du Boulevard, le Bullet. Bosch y était déjà allé, et il imagina Mora assis au bar. C'était un endroit sombre, avec quelques publicités au néon pour des marques de bière, deux tables de billard et un téléviseur fixé au plafond au-dessus du bar. Ce n'était pas un endroit pour boire un petit coup vite fait. Au Bullet, on ne buvait pas qu'un seul verre. Bosch en conclut que Mora s'installait pour toute la soirée.

Alors que le ciel virait au violet, il observa les fenêtres de chez Mora, mais aucune lumière ne vint éclairer l'une

369

d'elles. Il savait que le flic des Mœurs était divorcé, mais il ignorait s'il avait une nouvelle compagne. En observant de sa Caprice la maison plongée dans l'obscurité, il aurait parié que non.

– Equipe Un ? dit Bosch en s'emparant de la radio.

– Equipe Un, j'écoute.

– Ici, Equipe Six, des nouvelles de notre ami ?

– Toujours en train de lever le coude. Qu'est-ce que vous mijotez ce soir, Equipe Six ?

– Rien, je traîne. Appelez-moi si vous avez besoin de quoi que ce soit… ou si jamais il bouge.

– Entendu.

Bosch se demanda si Sheehan et Opelt avaient compris le sens de ses paroles, et souhaita qu'il ait échappé à Rollenberger. Se penchant vers la boîte à gants, il s'empara de son petit sac de crochets de cambrioleur. Il le glissa dans la poche intérieure gauche de son blouson en nylon bleu. Après avoir baissé au maximum le volume de sa radio, il la rangea dans la deuxième poche intérieure de son blouson. A cause de l'inscription *LAPD* portée en lettres jaunes fluorescentes dans le dos, il avait enfilé le blouson à l'envers.

Il descendit de voiture, verrouilla la portière et s'apprêtait à traverser la rue lorsqu'il entendit un appel radio. Il ressortit ses clés, rouvrit la voiture et se rassit à l'intérieur. Il monta le volume de la radio.

– Répétez, Equipe Un. Je n'ai pas entendu.

– Le sujet se déplace. Il se déplace vers l'ouest dans Hollywood Boulevard.

– A pied ?

– Négatif.

Merde, se dit Bosch. Il resta assis dans sa voiture pendant trois quarts d'heure tandis que Sheehan le tenait informé par radio des déplacements d'un Mora qui semblait rouler sans but d'un bout à l'autre de Hollywood Boulevard. Que faisait-il ? Cette tactique ne correspondait pas au profil psychologique du second meurtrier. A leur connaissance, le Disciple agissait uniquement dans les chambres d'hôtels. C'était là qu'il attirait ses victimes. Cette balade en voiture ne collait pas.

La radio demeura silencieuse pendant dix minutes, puis la voix de Sheehan se fit entendre de nouveau.

– Il roule maintenant vers le Strip.

Voilà qui posait un autre genre de problème. Certes, Sunset Strip était situé à Los Angeles, mais juste au sud c'était West Hollywood, juridiction du shérif. Si Mora continuait vers le sud et décidait de passer à l'acte, cela risquait de provoquer des conflits juridictionnels. Or un type comme Hans Off vivait dans la terreur de ce genre de conflits.

– Il se dirige vers Santa Monica Boulevard.

Autrement dit West Hollywood. Bosch s'attendait à entendre la douce voix de Rollenberger d'un instant à l'autre. Il ne s'était pas trompé :

– Equipe Un, ici Chef d'Equipe. Que fait le sujet ?

– Si je ne connaissais pas les penchants de ce type, je dirais qu'il cherche son bonheur dans Boystown.

– Très bien, Equipe Un, continuez à le tenir à l'œil, mais surtout pas de contact. Nous sommes hors limites. Je vais appeler la permanence du shérif pour les informer.

– Nous ne prévoyons aucun contact.

Cinq minutes s'écoulèrent. Bosch regarda un homme promener son chien de garde dans Sierra Linda. L'homme s'arrêta pour laisser l'animal se soulager sur la pelouse brûlée devant la maison abandonnée.

– Sauvés, déclara la voix de Sheehan. On est de retour au bercail.

C'est-à-dire dans les limites de Los Angeles.

– Equipe Un, votre position ? demanda Bosch.

– Toujours à Santa Monica, en direction de l'est. On dépasse La Brea… Non, il va vers le nord maintenant, toujours dans La Brea. Probable qu'il rentre à la maison.

Bosch se laissa glisser au fond de son siège, au cas où Mora déboucherait dans la rue. Il entendit Sheehan déclarer que le flic des Mœurs roulait maintenant vers l'est dans Sunset.

– Il vient de passer devant Sierra Linda.

Mora restait dehors. Bosch se redressa. Il écouta le silence cinq minutes.

– On dirait qu'il va au Dôme, déclara enfin Sheehan.

– Le Dôme ? répéta Bosch.

– Le grand cinéma de Sunset, juste après Wilcox. Il s'est garé. Ça y est, il achète un ticket et il entre. Je parie qu'il roulait au hasard en attendant l'heure de la séance.

Bosch tenta de se représenter le décor. Le gigantesque dôme en forme de géode abritait un des plus prestigieux cinémas de Hollywood.

– Equipe Un, ici Chef d'Equipe. Séparez-vous. L'un de vous deux suit le sujet jusque dans la salle, pendant que l'autre reste dans la voiture. Terminé.

– Reçu. Equipe Un, terminé.

Le Dôme était à dix minutes de Sierra Linda. Bosch en conclut qu'il disposait d'environ une heure et demie pour fouiller la maison, à moins évidemment que Mora ne quitte le cinéma avant.

Descendant rapidement de voiture, il traversa la rue et remonta jusqu'à la maison de Mora. La grande véranda plongeait la porte d'entrée dans une obscurité absolue. Bosch frappa et, en attendant, observa la maison située de l'autre côté de la rue. Des lumières étaient allumées au rez-de-chaussée, et il distingua les reflets bleutés d'une télévision sur les rideaux d'une des fenêtres du haut.

Personne ne vint ouvrir. Reculant de quelques pas, il examina les fenêtres. Il ne détecta la présence d'aucun système d'alarme, ni de capteurs sur les vitres. A travers les barreaux et la fenêtre, il scruta ce qu'il devinait être le salon. Il leva les yeux vers les coins du plafond pour essayer de repérer la petite lumière rouge d'un détecteur de mouvements. Comme il s'y attendait, il n'y avait pas le moindre système de protection. Tous les flics savent que la meilleure défense est une bonne serrure ou un chien méchant. Ou les deux.

Retournant vers la porte, il ouvrit son petit sac et sortit son stylo-lampe. Un bout de chatterton noir était collé à l'extrémité et, lorsqu'il alluma la lampe, seul un mince faisceau de lumière en jaillit. A genoux, il examina les serrures. La porte était munie d'un verrou à pêne dormant et d'une banale poignée avec une serrure. Bosch coinça le stylo-lampe entre ses dents et en braqua le faisceau sur le verrou. A l'aide de son matériel de cambrioleur, il se mit au travail. C'était une bonne serrure à douze dents. Il lui fallut dix minutes pour en venir à bout. La sueur qui coulait de ses cheveux lui piquait les yeux.

Il sortit sa chemise de son pantalon pour s'essuyer le visage. Il essuya également les crochets rendus glissants par la sueur, puis jeta un rapide coup d'œil à la maison d'en face. Apparemment, rien n'avait changé, tout était en ordre. Au premier étage, la télévision était toujours allumée. Bosch se retourna et pointa la lampe sur la poignée de la porte. C'est alors qu'il entendit arriver une voiture. Il éteignit la lampe et rampa derrière le pilier de la véranda jusqu'à ce que le véhicule soit passé.

Revenu devant la porte, il saisit la poignée dans sa paume et commença d'y insérer le crochet lorsqu'il remarqua l'absence de pression sur la poignée. Il la tourna… et la porte s'ouvrit. La serrure n'était pas fermée à clé. Logique, songea-t-il. Le verrou servait de force de dissuasion. Si un cambrioleur réussissait à franchir ce barrage, le reste n'était plus qu'un jeu d'enfant. A quoi bon se donner la peine de fermer à clé ?

Il demeura immobile dans l'encadrement de la porte, le temps que ses yeux s'habituent à l'obscurité. A l'époque du Vietnam, il sautait dans les tunnels vietcong et, en quinze secondes seulement, il voyait dans le noir. Maintenant, il lui fallait plus de temps. Le manque d'entraînement, sans doute. Ou peut-être l'âge. Il resta dans l'entrée pendant presque une minute. Lorsque enfin les silhouettes et les ombres se détachèrent, il s'écria :

– Ray ? Tu es là ? Tu as laissé ta porte ouverte. Ray ?

Pas de réponse.

Bosch fit quelques pas à l'intérieur de la maison en observant les formes sombres des meubles dans le living-room. Ce n'était pas la première fois qu'il s'introduisait chez quelqu'un, y compris chez un flic, pourtant, c'était toujours un sentiment neuf qu'il éprouvait, mélange d'excitation, de peur acérée et de panique. Comme si son centre de gravité s'était déplacé vers ses parties génitales. Il ressentait une curieuse impression de puissance qu'il ne pourrait jamais décrire à personne.

Pendant un court instant, la panique s'amplifia et menaça de briser l'équilibre fragile entre ses sensations et ses pensées. La vision de la une du journal traversa son esprit – UN POLICIER ACTUELLEMENT JUGÉ SURPRIS EN PLEINE EFFRACTION –, mais il la chassa aussitôt. Songer à l'échec, c'était le provoquer. Apercevant l'escalier, il se dirigea immédiatement dans cette direction. Mora conservait sans doute ses trophées dans sa chambre ou près d'un téléviseur, l'un n'excluant pas l'autre. Plutôt que de finir sa visite par la chambre, il décida de commencer directement là-haut.

Le premier étage comprenait deux chambres, séparées par une salle de bains. La chambre de droite avait été transformée en salle de gym avec des tapis. On y trouvait divers appareils en métal chromé, un rameur, un vélo d'appartement et un engin que Bosch ne put identifier. Ainsi qu'un râtelier supportant des haltères et un banc surmonté d'une barre pour le travail des pectoraux. Un grand miroir occupait la totalité d'un des murs. Un impact au centre, à hauteur de visage, l'avait étoilé. Bosch s'y regarda un instant et observa son reflet brisé. Il imagina Mora en train de se regarder lui aussi dans cette glace.

Il consulta sa montre. Une demi-heure s'était déjà écoulée depuis que le flic des Mœurs était entré dans le cinéma. Il sortit sa radio de sa poche.

– Quoi de neuf, Equipe Un ?

– Il est toujours à l'intérieur. Et chez toi, quoi de neuf ?

– Rien, je traîne. Appelez-moi en cas de besoin.

– Y a un truc intéressant à la télé ?

– Pas pour le moment.

La voix de Rollenberger les interrompit :

– Equipes Un et Six, cessez vos bavardages. N'utilisez la radio que pour des communications importantes. Chef d'Equipe, terminé.

Ni Bosch ni Sheehan ne prirent la peine de répondre.

Bosch traversa le couloir pour pénétrer dans l'autre chambre, celle où dormait Mora. Le lit était défait, des vêtements traînaient sur le dossier d'une chaise près de la fenêtre. Bosch ôta une partie du chatterton qui masquait l'extrémité de sa lampe-stylo afin d'élargir le faisceau de lumière.

Sur le mur au-dessus du lit était accroché un portrait de Jésus, la tête baissée, avec le Sacré-Cœur visible dans sa poitrine. Bosch s'approcha de la table de chevet et pointa brièvement sa lampe sur une photo encadrée posée à côté du réveil. Elle montrait une jeune femme blonde en compagnie de Mora. Son ex-épouse, sans doute. Elle avait les cheveux passés à l'eau oxygénée et Bosch constata qu'elle correspondait à l'archétype des victimes. Mora assassinait-il sans cesse son ancienne femme ? se demanda-t-il une fois de plus. Ce serait à Locke et aux autres psys de répondre à cette question. Sur la table de chevet, derrière le cadre, se trouvait une carte pieuse. Bosch s'en saisit et l'éclaira avec sa lampe. C'était une représentation de l'Infant de Prague ; une auréole dorée irradiait derrière la tête du jeune roi.

Le tiroir de la table de chevet renfermait essentiellement des bricoles sans intérêt : un jeu de cartes, un tube d'aspirine, des lunettes de lecture, des préservatifs – une marque différente de celle utilisée par le Dollmaker – et un petit répertoire téléphonique. Bosch le feuilleta, assis sur le lit. Plusieurs femmes y figuraient sous leur prénoms, mais il ne fut pas étonné de n'y découvrir aucun des noms liés aux affaires du Dollmaker ou du Disciple.

Refermant le tiroir, il braqua le faisceau de la lampe sur la petite étagère située en dessous. Là, il découvrit une épaisse pile de magazines pornographiques. Plus d'une cinquantaine à vue d'œil, avec en couverture des photos montrant toutes les formes d'accouplements possibles : homme-femme, homme-homme, femme-femme, homme-femme-homme, et ainsi de suite. Bosch en feuilleta quelques-uns et découvrit sur chaque couverture une marque au feutre fluorescent dans le coin supérieur droit, comme il avait vu Mora le faire dans son bureau. L'inspecteur emportait du travail à la maison. A moins qu'il n'ait rapporté ces revues dans un autre but ?

En les parcourant, Bosch sentit son estomac se nouer et un étrange sentiment de culpabilité l'envahit. Et moi, que suis-je en train de faire ? se demanda-t-il. Est-ce que je n'outrepasse pas mes fonctions ? N'est-ce pas moi le voyeur ? Il remit en place la pile de magazines. Il savait qu'il n'avait pas le temps de tous les feuilleter pour essayer d'y repérer des victimes du Disciple. D'ailleurs, même s'il en trouvait, qu'est-ce que ça prouverait ?

Une grande armoire en chêne était appuyée contre un mur en face du lit. Bosch en ouvrit les portes, révélant un téléviseur avec un magnétoscope. Trois cassettes vidéo étaient posées sur le téléviseur. Des cassettes de deux heures. Il ouvrit les tiroirs du petit meuble et découvrit une autre cassette dans celui du haut. Le tiroir du bas, quant à lui, contenait une collection de cassettes pornographiques achetées dans le commerce. Il en sortit quelques-unes, mais là encore il y en avait trop et le temps lui manquait. En outre, son attention était sollicitée par les quatre cassettes servant aux enregistrements personnels.

Il alluma le téléviseur et le magnétoscope et regarda s'il y avait déjà une autre cassette à l'intérieur. L'appareil était vide. Il y glissa une des cassettes qui se trouvaient sur le téléviseur. L'écran se couvrit de neige. Bosch appuya sur la touche d'avance rapide et contempla l'écran qui continua de grésiller jusqu'à la fin de la bande. Il lui fallut un quart d'heure pour visionner de cette façon les trois cassettes qui se trouvaient sur la télévision. Toutes les trois étaient vierges.

Curieux, songea-t-il. Sans doute ces bandes avaient-elles été utilisées au moins une fois, car elles n'étaient plus dans leur emballage de cellophane. Bien que ne possédant pas lui-même de magnétoscope, il en connaissait le fonctionnement et savait que les gens n'effaçaient jamais leurs cassettes. Ils se contentaient d'enregistrer de nouveaux programmes par-dessus les anciens. Pourquoi Mora avait-il pris la peine d'effacer ce qui se trouvait sur ces bandes ? La tentation était grande d'emprunter une de ces cassettes pour la faire analyser, mais c'était trop risqué, se dit-il. Mora s'apercevrait certainement de sa disparition.

La dernière cassette personnelle, celle qu'il avait rangée dans le tiroir du haut du petit meuble, n'était pas vierge. On y voyait des scènes filmées à l'intérieur d'une maison. Une enfant jouait par terre avec un animal en peluche. A travers la fenêtre, derrière la fillette, Bosch remarqua un jardin recouvert de neige. Puis un homme entra dans le cadre et prit la fillette dans ses bras. Tout d'abord, Bosch crut qu'il s'agissait de Mora. Puis l'homme dit : « Gabrielle, fais voir à oncle Ray comment tu aimes le dada. »

La fillette étreignit la peluche en bafouillant « Merci, Tonton Ray ».

Bosch arrêta la bande, éjecta la cassette et la rangea dans le tiroir supérieur du meuble, avant de retirer les deux tiroirs pour regarder en dessous. Rien. Il grimpa sur le lit afin d'examiner le dessus de l'armoire. Rien là non plus. Il éteignit la télé et le magnétoscope, puis remit tout en place avec application. Ceci fait, il consulta sa montre. Presque une heure d'écoulée.

Dans le dressing-room, les vêtements étaient soigneusement suspendus de chaque côté. Par terre, huit paires de chaussures étaient alignées face au mur du fond. Ne trouvant rien d'intéressant, Bosch retourna dans la chambre. Il jeta un coup d'œil sous le lit et dans les tiroirs de la commode, sans rien découvrir. Redescendant au rez-de-chaussée, il inspecta rapidement le living-room, mais il n'y avait pas de téléviseur dans cette pièce. Pas plus que dans la cuisine ou dans la salle à manger.

Bosch emprunta le couloir qui partait de la cuisine et menait vers l'arrière de la maison. Trois portes s'ouvraient dans ce couloir, l'endroit donnant l'impression d'un garage aménagé ou d'une extension construite plus récemment. Le plafond était percé d'ouvertures pour la climatisation, et le plancher en pin blanc était beaucoup moins vieux que le parquet en chêne rayé et lustré qui couvrait le reste du rez-de-chaussée.

La première porte donnait sur une buanderie. Bosch inspecta rapidement les placards fixés au-dessus de la machine à laver et du sèche-linge, sans faire de découverte intéressante. La porte suivante s'ouvrait sur une salle de bains dotée d'un équipement plus récent que celui de la salle de bains du premier étage.

La dernière porte, enfin, donnait sur une chambre au centre de laquelle trônait un lit à baldaquin. Le couvre-lit était rose, et cette pièce avait quelque chose de féminin. A cause de l'odeur de parfum qui y régnait, songea Bosch. Malgré tout, la chambre ne paraissait pas habitée, comme si elle attendait le retour de son occupante. Mora avait-il une fille partie faire ses études à l'université, ou bien son ex-épouse avait-elle occupé cette chambre avant de demander le divorce et de s'en aller ?

Dans un coin, il y avait un téléviseur et un magnéto-scope sur une table roulante. Bosch s'approcha et ouvrit le tiroir de rangement pour les cassettes sous le magnéto-scope, mais il était vide, à l'exception d'un petit objet métallique rond de la taille d'un palet de hockey sur glace. Bosch s'en saisit et l'observa sous tous les angles, sans pouvoir déterminer de quoi il s'agissait. Peut-être prove-nait-il de la série d'haltères là-haut dans la salle de gym. Il le remit en place et referma le tiroir.

Il ouvrit ensuite les tiroirs de la commode blanche, sans découvrir autre chose que des dessous féminins dans le tiroir du haut. Dans le second tiroir, une boîte renfermait une palette de diverses teintes de fard à paupières et plu-sieurs pinceaux. Un boîtier en plastique rond contenait du fond de teint. Tous ces produits de maquillage étaient faits pour rester à la maison, leur taille ne permettant pas de les emporter dans un sac à main. Ils ne pouvaient pas avoir appartenu à une des victimes du Disciple. Ils appar-tenaient à la personne qui occupait cette chambre.

Les trois tiroirs du bas étaient entièrement vides. Bosch se regarda dans le miroir posé sur la commode et s'aperçut qu'il transpirait à nouveau. Il avait conscience de perdre du temps. Il consulta sa montre : une heure d'écoulée.

Il ouvrit la porte de la penderie et se jeta brutalement

en arrière, tandis qu'une décharge de peur lui traversait la poitrine. Il se mit à couvert derrière la porte en dégainant son arme.

– Ray ! C'est toi ?

Pas de réponse. Il s'aperçut qu'il était appuyé contre l'interrupteur de la penderie, celle-ci si profonde qu'on pouvait y pénétrer, comme dans un dressing-room. Il alluma la lumière et bondit dans l'encadrement de la porte, en position accroupie, l'arme pointée sur l'homme qu'il avait aperçu en ouvrant la penderie.

Il s'empressa de reculer pour éteindre la lumière. Sur l'étagère au-dessus de la rangée de vêtements suspendus était posée une boule de polystyrène servant de support à une perruque de longs cheveux noirs. Retenant son souffle, Bosch pénétra dans le dressing-room. Il examina la perruque sans y toucher. Quel rôle jouait-elle dans le scénario ? se demanda-t-il. Il tourna la tête à droite et découvrit d'autres pièces de lingerie fine féminine, et quelques robes en soie sur des cintres. Par terre, juste en dessous, face au mur, était posée une paire de chaussures rouges à talons aiguilles.

De l'autre côté de la penderie, derrière des vêtements entassés dans des sacs de pressing, se trouvait un pied de caméra. Bosch sentit en lui le flot d'adrénaline s'accélérer. Levant la tête, il chercha au milieu des boîtes entreposées sur les étagères au-dessus des vêtements. L'une d'elles portait des inscriptions en japonais. Il la descendit avec précaution, surpris par le poids. En l'ouvrant, il découvrit une caméra vidéo et un autre magnétoscope.

C'était une grosse caméra, pas du genre de celles qu'on achète dans un grand magasin, se dit Bosch. Elle ressemblait davantage aux caméras qu'utilisaient les équipes de télévision, avec une puissante batterie amovible et un projecteur. Un long câble coaxial la reliait au magnétoscope. Celui-ci était muni d'un petit écran et de diverses commandes de montage.

Bosch s'étonna de découvrir un matériel aussi coûteux chez Mora, mais il ne savait quelle conclusion en tirer. Peut-être le flic des Mœurs l'avait-il confisqué à un producteur de films porno et « omis » de le déposer dans la réserve des pièces à conviction. Il appuya sur le bouton déclenchant l'ouverture du compartiment de la cassette du magnétoscope, mais celui-ci était vide. Il rangea tout le matériel dans la boîte et le reposa sur l'étagère en se demandant pourquoi le possesseur d'un tel matériel n'avait chez lui que des cassettes vierges. Il comprit alors, tandis qu'il finissait d'inspecter rapidement l'intérieur de la penderie, que les bandes qu'il avait découvertes avaient peut-être été effacées récemment. Si tel était le cas, cela signifiait que Mora avait découvert qu'il était surveillé.

Bosch regarda sa montre une fois de plus. Une heure et dix minutes. Il tirait sur la corde.

En refermant la porte de la penderie et en se retournant, il croisa sa propre image dans le miroir posé sur la commode. Rapidement, il se dirigea vers la porte pour s'en aller. C'est alors qu'il remarqua la rampe de spots fixée au-dessus de la porte de la chambre. Les spots étaient au nombre de cinq, et il n'eut pas besoin de les allumer pour deviner qu'ils étaient braqués sur le lit.

Le regard lui aussi braqué sur le lit, Bosch entreprit de rassembler tous les éléments. Il consulta encore une fois sa montre, sachant déjà qu'il était temps de déguerpir, et se dirigea vers la porte.

En traversant la chambre, il jeta encore un coup d'œil au téléviseur et au magnétoscope et s'aperçut qu'il avait oublié quelque chose. S'agenouillant rapidement devant la table roulante, il alluma le magnétoscope. Il appuya sur le bouton *EJECT* et une cassette jaillit de la fente. Il la réintroduisit dans l'appareil et enfonça la touche du retour en arrière. Puis il alluma le téléviseur et sortit sa radio de sa poche.

– Equipe Un, où on en est ?

– Les spectateurs sortent de la salle. Je le guette.

Quelque chose clochait, se dit Bosch. Aucun film ne durait si peu de temps. En outre, il savait que le Dôme ne possédait qu'une seule salle et qu'on n'y projetait qu'un seul film. Conclusion, Mora était entré dans la salle alors

380

que le film était déjà commencé. Un sentiment de panique chargé d'adrénaline le submergea.

– Vous êtes sûrs que le film est terminé, Equipe Un ? Il est entré depuis à peine une heure.

– On va jeter un œil à l'intérieur !

L'affolement était perceptible dans la voix de Sheehan. Et Bosch comprit à cet instant. Opelt n'avait pas suivi Mora à l'intérieur du cinéma. Ils n'avaient pas protesté quand Rollenberger leur avait ordonné de se séparer, mais ils n'avaient pas obéi. Ils ne le pouvaient pas : Mora avait vu Sheehan et Opelt près du marchand de burritos la veille devant le commissariat central. Ni l'un ni l'autre ne pouvait prendre le risque d'entrer dans une salle de cinéma obscure et d'être repéré par le flic des Mœurs. Car dans ce cas, Mora découvrirait aussitôt le pot aux roses. Et il saurait.

La cassette était maintenant entièrement rembobinée. Bosch resta assis, immobile, le doigt tendu vers le magnétoscope. Il savait qu'ils s'étaient fait avoir. Mora était flic. Il avait repéré la filature. L'arrêt au cinéma était une ruse.

Il appuya sur le bouton *LECTURE*.

Cette bande n'avait pas été effacée. La qualité d'image était bien meilleure que sur les films qu'il avait visionnés dans la cabine du MégaX quatre nuits plus tôt. Cet enregistrement avait toutes les qualités techniques d'un film porno professionnel. Tout le cadre du téléviseur était occupé par le lit à baldaquin sur lequel deux hommes faisaient l'amour avec une femme. Après avoir regardé la scène un moment, Bosch appuya sur la touche d'avance accélérée. Sur l'écran, les protagonistes furent pris de mouvements frénétiques proches du grotesque. Bosch les regarda changer de positions. Toutes les positions imaginables, en accéléré. Finalement, il revint à la vitesse normale pour observer les acteurs.

La femme ne correspondait pas à l'archétype du Disciple. Elle portait la perruque noire. Elle était maigre et jeune. A vrai dire, ce n'était même pas une femme, légalement du moins. Bosch lui donnait à peine seize ans. Un de ses partenaires était jeune lui aussi, peut-être le même âge, ou moins. En revanche, il était certain de reconnaître le troisième participant : Ray Mora. Ce dernier tournait le dos à la caméra, mais Bosch l'avait reconnu. D'ailleurs, on voyait la médaille en or, le Saint-Esprit, battre contre son torse. Il arrêta la bande.

– J'ai oublié cette cassette, hein ?

Agenouillé devant le téléviseur, Bosch se retourna. Ray Mora se tenait derrière lui et pointait une arme sur son visage.

– Salut, Ray.

– Merci de me l'avoir rappelé.

– Ecoute, Ray, pose ce…

– Ne me regarde pas.

– Hein ?

– Je ne veux pas que tu me regardes ! Tourne-toi ! Regarde l'écran !

Bosch tourna la tête vers l'écran vide, comme on le lui demandait.

– Tu es gaucher, pas vrai ? Sors ton flingue avec la main droite et fais-le glisser sur le plancher vers moi.

Bosch obéit scrupuleusement aux ordres. Il crut entendre Mora ramasser l'arme par terre.

– Bande de connards, vous pensez tous que je suis le Disciple, hein ?

– Ecoute, je ne vais pas te mentir, Ray. On te surveillait, c'est tout… Mais maintenant, je sais qu'on faisait fausse route. Tu…

– Vos amateurs de burritos cacher… il faudrait leur apprendre à filer un suspect ! Ils sont nuls… Ça m'a pris un petit moment, mais après les avoir vus, j'ai compris qu'il se passait quelque chose.

– Donc, on s'est trompés à ton sujet, hein, Ray ?

– Tu es obligé de poser la question, Bosch ? Après ce que tu viens de voir ? La réponse est oui, vous vous êtes foutu le doigt dans l'œil ! Qui a eu la brillante idée de me faire surveiller ? Eyman ? Leiby ?

Eyman et Leiby étaient les deux commandants adjoints de la brigade des mœurs.

– Non, c'est moi. L'idée vient de moi.

Un long silence suivit cet aveu.

– Dans ce cas, peut-être que je devrais te faire sauter la tête sur-le-champ. Légitime défense, non ?

– Ecoute, Ray...

– Tais-toi !

Bosch se retint de bouger et garda la tête tournée vers la télé.

– Si tu fais ça, Ray, ta vie sera détruite à tout jamais. Tu t'en doutes...

– Ma vie a été détruite à l'instant où tu t'es introduit ici, Bosch. Qu'est-ce qui m'empêche d'aller jusqu'à la conclusion logique ? Je te bute et je disparais.

– Parce que tu es un flic, Ray.

– Ah, oui ? Je serai encore un flic si je te laisse partir ? Tu vas rester agenouillé devant moi et me raconter que tu vas tout arranger ?

– Je ne sais pas quoi te dire, Ray. Ces gamins sur la cassette sont mineurs. Mais j'ai fait cette découverte lors d'une perquisition illégale. Si tu deviens raisonnable, si tu ranges ton arme, on peut trouver une solution.

– Vraiment, Harry ? Et tout redeviendra comme avant ? Mon insigne de flic est la seule chose que je possède. Je ne veux pas le...

– Ray, je...

– Ferme-la ! Ferme-la, je te dis ! J'essaye de réfléchir.

Bosch sentit la colère de Mora le frapper dans le dos comme une pluie glaciale.

– Tu connais mon secret·maintenant, Bosch. Quel effet ça te fait, hein ?

Bosch ne savait quoi répondre. La confusion régnait dans sa tête. Il essayait de trouver la meilleure tactique, la meilleure phrase, et il tressaillit soudain en entendant la voix de Sheehan sortir de la radio glissée dans sa poche.

– On l'a perdu ! Il n'est pas dans le ciné !

On devinait la panique dans sa voix.

Bosch et Mora restèrent muets. Ils écoutaient.

– Qu'est-ce que vous dites, Equipe Un ? demanda la voix de Rollenberger.

– Qui est-ce ? interrogea Mora.

– Rollenberger, Vols et Homicides, répondit Bosch.

Sheehan déclara :

– Le film s'est terminé il y a dix minutes. Tous les spectateurs sont sortis, sauf lui. Je suis allé voir dans la salle, il avait disparu. Sa voiture est encore là, mais il a fichu le camp.

– Je croyais que l'un de vous deux l'avait suivi à l'intérieur ? aboya Rollenberger.

Lui aussi avait la gorge nouée par la panique.

– Oui, on l'a suivi, mais on l'a perdu, répondit Sheehan.

– Menteur, dit Mora.

Après un long silence, il ajouta :

– Je parie qu'ils vont faire le tour des hôtels pour essayer de me retrouver. Ils sont persuadés que je suis le Disciple.

– Exact, dit Bosch. Mais ils savent que je suis ici, Ray. Il faut que je les appelle.

Au même moment, la voix de Sheehan résonna de nouveau à la radio.

– Equipe Six ?

– C'est Sheehan, Ray. L'équipe Six, c'est moi.

– Vas-y. Mais fais gaffe, Harry.

Bosch sortit lentement la radio de sa poche, avec sa main droite, et l'approcha de sa bouche. Il enfonça le bouton.

– Equipe Un, vous l'avez retrouvé ?

– Négatif. Il s'est envolé. Qu'est-ce qu'il y a d'intéressant à la télé ?

– Rien. Il n'y a rien ce soir.

– Dans ce cas, tu ferais bien de foutre le camp pour venir nous filer un coup de main.

– J'arrive tout de suite, déclara Bosch. Où êtes-vous ?

– Bo… euh, Equipe Six… Ici Chef d'Equipe, nous avons besoin de vous. Nous réunissons la brigade spéciale pour retrouver le suspect. Toutes les unités ont rendez-vous dans le parking du Dôme.

– J'y serai dans dix minutes. Terminé.

Il laissa retomber son bras qui tenait la radio.

– Carrément une brigade spéciale, hein ? dit Mora.

Bosch baissa les yeux et acquiesça.

– Ecoute, Ray, cette conversation était codée. Ils savent que je suis ici. Si je ne me pointe pas au Dôme dans dix minutes, ils vont rappliquer. Que décides-tu ?

– Je ne sais pas encore… Je suppose que ça me laisse au moins un quart d'heure pour me décider, non ?

– OK, Ray. Prends ton temps. Ne fais pas d'erreur.

– Trop tard… dit-il avec une sorte de tristesse rêveuse. Voici ce qu'on va faire. Tu vas sortir la cassette.

Bosch éjecta la cassette du magnétoscope et la tendit à Mora par-dessus son épaule.

– Non, tu vas le faire à ma place, Harry. Ouvre le tiroir du bas et sors l'aimant.

C'était donc ça, ce qui ressemblait à un palet de hockey sur glace. Bosch posa la cassette sur l'étagère du haut, à côté du téléviseur, et se pencha pour prendre l'aimant. En sentant son poids dans sa main, il se demanda s'il avait une chance, s'il pouvait se retourner brusquement et le lancer sur Mora avant que celui-ci ait le temps de tirer.

– Tu seras mort avant même d'essayer, déclara le flic des Mœurs. Tu sais ce que tu dois faire avec.

Bosch promena l'aimant sur le dessus du boîtier de la bande.

– Très bien. Mettons-la dans l'appareil pour voir le résultat, dit Mora.

Bosch inséra la cassette dans le magnétoscope et enfonça la touche LECTURE. L'écran se couvrit de neige, comme après la fin des programmes télé, enveloppant Bosch d'un voile de lumière grisâtre. Il appuya sur la touche de lecture rapide et l'écran demeura parcouru de minuscules taches blanches et sautillantes. La bande avait été entièrement effacée.

– Excellent, dit Mora. Ça devrait aller maintenant. C'était la dernière cassette.

– Il n'y a plus aucune preuve, Ray. Tu es blanc comme neige.

– Non, car toi tu connais la vérité. Et tu leur diras tout, pas vrai, Harry ? Tu iras tout raconter aux Affaires internes. Tu le raconteras au monde entier. Je ne serai jamais blanc comme neige, alors ne dis pas ça. Tout le monde le saura !

Bosch ne répondit pas. Soudain, il crut entendre craquer le plancher. Lorsque Mora reprit la parole, il se tenait tout près de lui, dans son dos.

– Je vais te confier un secret, Harry… Sur cette terre, personne n'est ce qu'il prétend être. Personne. Dès qu'on se retrouve seul chez soi, derrière la porte fermée et verrouillée… Et, quoi qu'on en pense, personne ne connaît personne. Dans le meilleur des cas, on peut seulement espérer se connaître soi-même. Et parfois, quand on y parvient, quand on découvre sa vraie nature, on est obligé de détourner le regard…

Pendant plusieurs secondes, Bosch n'entendit plus que le grésillement de la télé. Les yeux fixés sur l'écran, il croyait voir des fantômes se former et se désintégrer au milieu de l'électricité statique. La lueur bleu-gris lui brûlait le fond des yeux et il sentait naître une migraine. Il espéra vivre assez longtemps pour avoir mal à la tête.

– Tu as toujours été chic avec moi, Harry. Je…

Il y eut un bruit dans le couloir, puis un cri :

– Mora !

C'était la voix de Sheehan. Et aussitôt la lumière inonda la pièce. Bosch entendit des pas lourds résonner sur le plancher, Mora pousser un cri et le bruit du choc lorsque celui-ci fut plaqué au sol. Bosch se jeta sur le côté. Au même moment, un coup de feu claqua dans la chambre et sembla résonner plus violemment que tout ce qu'il avait jamais entendu.

## 28

Bosch libéra le canal de transmission et la voix de Rollenberger jaillit presque aussitôt :

– Bosch ! Sheehan… Equipe Un ! Que se passe-t-il là-bas ? Que… Au rapport, tout de suite !

Après un long silence, Bosch répondit calmement :

– Ici Equipe Six. Chef d'Equipe, je vous conseille de vous rendre au domicile du sujet.

– Chez lui ? Qu'est-ce… Y a-t-il eu des coups de feu ?

– Chef d'Equipe, je vous conseille de laisser la fréquence branchée. A toutes les unités de la brigade spéciale, veuillez ne pas tenir compte de l'appel d'urgence. Toutes les unités sont en 10/7 jusqu'à nouvel ordre. Unité Cinq, vous me recevez ?

– Cinq, je vous entends, répondit Edgar.

– Cinq, pouvez-vous me rejoindre au domicile du sujet ?

– J'arrive tout de suite.

– Equipe Six, terminé.

Bosch éteignit la radio avant que Rollenberger puisse intervenir à nouveau.

Il fallut une demi-heure au lieutenant pour aller du poste d'opérations de Parker Center jusqu'à la maison de Sierra Linda. Lorsqu'il arriva, Edgar était déjà là, et un plan avait été mis en place. Bosch ouvrit la porte d'entrée au moment où Rollenberger s'en approchait. Le lieutenant pénétra dans la maison d'un pas énergique, avec un visage cramoisi qui devait autant à la colère qu'à l'hébétement.

– Très bien, Bosch, expliquez-moi ce qui se passe ici !

Vous n'aviez aucune autorité pour annuler l'appel d'urgence, ni pour contrevenir à mes ordres !

– Je me suis dit que moins il y aurait de gens au courant, mieux ce serait, lieutenant. J'ai prévenu Edgar. Je savais que ce serait suffisant pour régler le problème, et de cette façon il n'y aurait pas trop de…

– Au courant de quoi, Bosch ? Régler quel problème ? Bon Dieu, mais que se passe-t-il ici ?

Bosch l'observa un instant avant de répondre, puis d'une voix neutre il expliqua :

– Un des hommes placés sous votre commandement a procédé à une perquisition illégale au domicile du suspect. Il a été surpris en pleine action car le suspect a réussi à échapper au système de surveillance que vous supervisiez. Voilà ce qui s'est passé.

Rollenberger réagit comme s'il venait de recevoir une gifle :

– Etes-vous devenu fou, Bosch ? Où est le téléphone ? Je vais…

– Si vous appelez le capitaine Irving, n'espérez plus jamais diriger une brigade spéciale un jour. N'espérez plus rien, d'ailleurs.

– Mon cul ! Je n'ai rien à voir avec ce merdier, moi. Vous avez décidé d'agir seul et vous vous êtes fait prendre avec les doigts dans le pot de confiture. Où est Mora ?

– En haut, dans la chambre de droite, menotté à un appareil de musculation.

Rollenberger regarda autour de lui les autres policiers qui se tenaient dans le living-room. Sheehan, Opelt et Edgar. Aucune expression ne se lisait sur leurs visages. Bosch reprit :

– Si vous prétendez ne pas être au courant, il faudra le prouver, lieutenant. Tout ce qui a été dit ce soir sur la fréquence cinq est enregistré au centre des communications. J'ai dit que j'étais dans la maison, vous m'avez entendu. Vous êtes même intervenu plusieurs fois.

– Vous parliez par code, Bosch ! Je ne pouvais… je ne savais…

Soudain, Rollenberger se jeta sauvagement sur Bosch,

les mains tendues vers son cou. Bosch, qui était sur ses gardes, réagit plutôt brutalement. Frappant des deux mains le torse du lieutenant, il le projeta contre le mur du couloir. Un cadre fixé à quelques dizaines de centimètres de là se décrocha et se brisa par terre.

– Bosch, espèce d'imbécile ! Toute l'opération est foutue maintenant ! s'écria Rollenberger, appuyé contre le mur. Vous avez…

– Il n'y a plus d'opération. Mora n'est pas notre homme. Du moins, je ne le crois pas. Mais nous devons nous en assurer. Voulez-vous nous aider à fouiller la maison et chercher un moyen d'étouffer l'affaire, ou préférez-vous appeler le capitaine pour lui expliquer que vous n'avez pas su diriger votre équipe ?

En s'éloignant, Bosch ajouta :

– Le téléphone est dans la cuisine.

Il fallut plus de quatre heures pour fouiller entièrement la maison. Les cinq hommes, travaillant méthodiquement et en silence, inspectèrent chaque pièce, chaque tiroir, chaque placard. Les quelques indices qu'ils dénichèrent sur la vie secrète de l'inspecteur Ray Mora furent rassemblés sur la table de la salle à manger. Pendant tout ce temps, leur hôte demeura enfermé dans la salle de gym du premier étage, attaché par des menottes à une des barres chromées de la machine de musculation. On lui accorda moins de droits qu'à tout autre meurtrier arrêté à son domicile. Ni coup de téléphone, ni avocat. Il en allait toujours ainsi quand des flics enquêtaient sur d'autres flics. Tous les flics savaient que les principaux abus policiers étaient perpétrés quand les flics s'en prenaient à l'un des leurs.

De temps à autre, au début de leurs recherches, ils entendaient Mora vociférer. Le plus souvent, il appelait Bosch, ou Rollenberger. Mais personne ne vint le voir, jusqu'à ce que finalement Sheehan et Opelt, craignant que les voisins n'entendent ses cris et ne préviennent la police, montent le bâillonner à l'aide d'une serviette de toilette et de chatterton.

Toutefois, cette volonté de discrétion de la part des policiers n'était pas une marque de respect envers les voisins. S'ils travaillaient en silence, c'était à cause de la tension qui régnait entre eux. Même si Rollenberger était de toute évidence furieux après Bosch, la plus grande tension provenait du faux pas de Sheehan et Opelt dans leur mission de surveillance, faux pas qui avait permis à Mora de surprendre Bosch chez lui. Personne, à l'exception de Rollenberger, ne s'offusquait de la perquisition illégale effectuée par Bosch. Le propre domicile de ce dernier avait été violé au moins deux fois de manière semblable, à sa connaissance, à l'époque où il était dans le collimateur des Affaires internes. Comme l'insigne, ça faisait partie du métier.

Une fois la fouille terminée, sur la table de la salle à manger s'entassaient les magazines porno, les cassettes achetées dans le commerce, le matériel vidéo, la perruque, les vêtements de femme et le répertoire téléphonique de Mora. Ainsi que le téléviseur atteint par la balle perdue tirée par le flic des Mœurs. Rollenberger avait eu le temps de se calmer, sans doute avait-il mis à profit ces quelques heures pour réfléchir à sa situation, autant que pour fouiller l'appartement.

– Très bien, déclara-t-il tandis que les quatre inspecteurs se regroupaient autour de la table pour examiner les objets rassemblés. Faisons le point. Pour commencer, sommes-nous certains que Mora n'est pas notre homme ?

Le regard de Rollenberger balaya la pièce et s'arrêta sur Bosch.

– Votre avis, Bosch ?

– Je vous ai donné ma version. Il a tout nié et l'enregistrement qui figurait sur la dernière bande, avant qu'il ne m'oblige à l'effacer, ne colle pas avec les goûts du Disciple. Tous les partenaires semblaient consentants, même si le garçon et la fille qui se trouvaient avec lui étaient de toute évidence des mineurs. Non, Mora n'est pas le Disciple.

– Il est quoi, alors ?

– Un type avec des problèmes. Je crois qu'il a fini par

perdre les pédales à force de travailler aux Mœurs, et il a décidé de tourner ses propres films.

– Pour les vendre ?

– Je l'ignore. Mais j'en doute. En tout cas, rien ne permet de le penser. Sur l'enregistrement que j'ai vu, il ne faisait pas beaucoup d'efforts pour se cacher. A mon avis, c'était uniquement pour lui. Il ne faisait pas ça pour le fric. Ça va plus loin.

Comme personne n'intervenait, Bosch poursuivit :

– Selon moi, il a repéré notre filature au bout d'un moment et il a entrepris de supprimer toutes les pièces à conviction. Ce soir, je pense qu'il s'est amusé à nous balader, il voulait savoir pour quelle raison on le surveillait. Il a effacé la plupart des preuves, mais si vous mettez quelqu'un sur ce répertoire téléphonique, je vous parie qu'on en saura beaucoup plus. Certains numéros correspondent uniquement à un prénom. En remontant cette piste, on découvrira à coup sûr les gamins qu'il faisait figurer dans ses films.

Sheehan s'approcha pour s'emparer du carnet.

– N'y touchez pas, déclara Rollenberger. Si quelqu'un poursuit cette affaire, ce sera les Affaires internes.

– Et comment feront-ils ? demanda Bosch.

– Je ne comprends pas, répondit Rollenberger.

– Tout ça sent le pourri. La fouille de l'appartement et le reste. On nage dans l'illégalité. Nous ne pouvons rien entreprendre contre Mora.

– Nous ne pouvons pas non plus lui laisser son insigne, rétorqua le lieutenant d'un ton irrité. Ce type devrait être en prison !

Le silence qui suivit fut brisé par la voix éraillée, mais puissante, de Mora, venant de la chambre du haut. D'une manière ou d'une autre, il avait réussi à se débarrasser du bâillon.

– Bosch ! Hé, Bosch ! Je te propose un marché ! Je te le… (Il fut interrompu par une quinte de toux.) Je te refile son nom, Bosch ! Tu m'entends, mec ? Tu m'entends ?

Sheehan se dirigea vers l'escalier, qui débutait dans un renfoncement près de la salle à manger.

– Cette fois, dit-il, je vais serrer si fort le bâillon que ce connard va mourir étranglé !

– Attendez ! s'exclama Rollenberger.

Sheehan s'arrêta au pied de l'escalier.

– De quoi parle-t-il ? demanda Rollenberger. Qui veut-il nous refiler ?

Il se tourna vers Bosch, qui haussa les épaules. Ils attendirent. Rollenberger avait levé les yeux vers le plafond, mais Mora s'était tu.

Bosch s'approcha de la table pour prendre le répertoire téléphonique.

– Je crois avoir une idée, dit-il.

L'odeur de la transpiration de Mora flottait dans la pièce. Il était assis par terre, les mains attachées dans le dos par des menottes fixées à l'appareil de musculation. La serviette nouée et scotchée sur sa bouche avait glissé autour de son cou et faisait penser à une minerve. Le tissu étant trempé de salive, Bosch conclut que Mora avait réussi à faire tomber la serviette à force de remuer la mâchoire.

– Détache-moi, Bosch.

– Pas tout de suite.

Rollenberger s'avança.

– Vous êtes dans de sales draps, inspecteur Mora. Vous…

– C'est vous qui êtes dans de sales draps ! Tout ça est illégal. Comment vous allez vous justifier, hein ? Vous savez ce que je vais faire ? Je vais engager cette salope de Money Chandler et je réclamerai 1 million de dollars à la police. Ouais, je…

– On ne peut pas dépenser 1 million de dollars en prison, Ray, répondit Bosch.

Il brandit le répertoire téléphonique afin que le flic des Mœurs le voie bien.

– Si ce truc tombe entre les mains des Affaires internes, ils vont se régaler. Parmi tous ces noms, tous ces numéros de téléphone, il y a forcément quelqu'un qui leur parlera de toi. Une personne mineure, certainement. Tu trouves qu'on t'en fait baver ? Attends un peu que les bœuf-carottes s'occupent de toi. Ils t'inculperont, Ray. Et ils n'auront pas besoin de la perquisition de ce soir. Ce sera ta parole contre la nôtre.

Bosch remarqua une lueur fugace dans les yeux de Mora, et comprit qu'il avait fait mouche. Mora avait peur des noms qui figuraient dans ce carnet.

– Alors, quel marché tu nous proposes, Ray ? demanda-t-il.

Mora détacha les yeux du carnet pour regarder d'abord Rollenberger, et ensuite Bosch, avant de revenir sur Rollenberger.

– Vous avez le pouvoir de conclure un marché avec moi ?

– Je dois d'abord savoir de quoi il s'agit, répondit le lieutenant.

– OK, voilà ce que je vous propose : vous me foutez la paix et je vous donne le Disciple. Je sais qui c'est.

Sceptique, Bosch garda le silence. Rollenberger l'interrogea du regard, il secoua la tête.

– Je sais tout ! insista Mora. Le mateur dont je t'ai parlé, Harry, tu te souviens ? C'était pas des conneries. J'ai découvert son identité aujourd'hui. Tout colle parfaitement. Je sais qui c'est !

Cette fois, Bosch commençait à le prendre au sérieux. Les bras croisés sur la poitrine, il jeta un rapide coup d'œil à Rollenberger.

– Qui est-ce ? demanda le lieutenant.

– Dites-moi d'abord ce que vous m'offrez en échange.

Rollenberger s'approcha de la fenêtre et écarta les rideaux. Il laissait carte blanche à Bosch, qui s'avança d'un pas et s'accroupit devant Mora à la manière d'un receveur au base-ball.

– Voici le marché. On ne te le proposera pas deux fois. Si tu le refuses, à toi d'en assumer les conséquences. Tu me refiles le nom et ton insigne au lieutenant Rollenberger. Tu démissionnes immédiatement. Tu renonces à attaquer la police en justice, ni aucun de nous individuellement. En échange, tu es libre.

– Qu'est-ce qui me prouve que...

– Rien. Et nous, hein ? Comment être sûrs que tu tiendras parole ? Je vais conserver ce carnet, Ray. Si jamais tu essayes de nous entuber, je le balance aux Affaires internes. Marché conclu ?

Mora regarda Bosch un long moment sans rien dire. Finalement, ce dernier se releva et se dirigea vers la porte. Rollenberger l'imita et dit :

– Détachez-le, Bosch. Conduisez-le à Parker Center et coffrez-le pour voies de fait sur la personne d'un officier de police et relations sexuelles illicites avec mineurs, proxénétisme et tout ce que vous voulez...

– D'ac... d'accord... marché conclu, bafouilla Mora. Mais je n'ai aucune garantie de votre part.

Bosch se retourna vers lui.

– Exact, aucune. Alors, le nom ?

Mora regarda alternativement Bosch et Rollenberger.

– Détachez-moi.

– Le nom d'abord, dit Rollenberger. Y en a marre.

– C'est Locke. Cet enfoiré de psy. Bande de cons, pendant que vous me colliez au cul, c'est lui qui tirait les ficelles...

Malgré le choc, Bosch comprit immédiatement que c'était parfaitement possible. Locke connaissait les procédés du Dollmaker, il correspondait au profil du Disciple.

– Le voyeur, c'était lui ?

– Oui. Je l'ai fait identifier par un producteur aujourd'hui même. Il circulait dans le milieu du cinéma porno en expliquant qu'il écrivait un bouquin, de façon à pouvoir approcher des filles. Et ensuite il les tuait. Depuis le début, il joue les bons docteurs avec toi, Bosch, et en même temps... il tue.

Rollenberger se tourna vers Bosch.

– Qu'en pensez-vous ?

Bosch ressortit de la pièce sans répondre. Il descendit l'escalier, sortit et courut jusqu'à sa voiture. Le livre de Locke était toujours sur la banquette arrière, là où il l'avait laissé après l'avoir acheté. En retournant dans la maison avec le livre, il vit apparaître dans le ciel les premières lueurs de l'aube.

Sur la table de la salle à manger de Mora, Bosch ouvrit le livre et le feuilleta jusqu'à ce qu'il trouve la page des remerciements. Dans le deuxième paragraphe, Locke écrivait : « La matière de ce livre a été rassemblée pendant trois ans à partir des interviews d'un grand nombre d'actrices de films pornographiques, dont beaucoup ont souhaité conserver l'anonymat ou n'apparaître que sous leur pseudonyme. L'auteur tient ici à les remercier, ainsi que les producteurs qui lui ont permis de pénétrer sur les plateaux de tournage et dans les bureaux où ont été réalisées ces interviews. »

Le mystérieux inconnu. Bosch se dit que Mora pouvait avoir raison en affirmant que Locke était cet individu que Gallery, l'actrice de X, avait désigné comme suspect lors de son appel à la première brigade spéciale, quatre ans plus tôt. Bosch consulta ensuite l'index situé à la fin de l'ouvrage, faisant glisser son doigt sur la liste de noms. Celui de Velvet Box apparaissait. Tout comme Holly Lere et Magna Cum Loudly.

Il songea à la manière dont Locke s'était impliqué dans cette histoire. Assurément, il faisait un suspect parfait, pour les mêmes raisons que Mora. Il avait un pied dans chaque camp, pour reprendre l'image même qu'il avait employée. Il avait accès à toutes les informations concernant les meurtres commis par le Dollmaker et, parallèlement, il menait des recherches en vue d'écrire un livre sur la psychologie des actrices de films pornographiques.

Bosch sentait croître son excitation, mais surtout, il était furieux. Mora disait vrai : Locke tirait les ficelles depuis le début, au point qu'il avait réussi à aiguiller la police sur une fausse piste. Si Locke était réellement le Disciple, Bosch s'était fait manipuler en beauté.

Rollenberger expédia Sheehan et Opelt au domicile de Locke afin d'établir immédiatement une surveillance.

– Et cette fois, pas de conneries, ajouta-t-il.

Il avait retrouvé un peu de sa nature de chef.

Il annonça ensuite la tenue d'une réunion de la brigade spéciale pour le dimanche à midi, c'est-à-dire un peu plus de six heures plus tard. Ils envisageraient de demander un mandat de perquisition pour le domicile et le bureau de Locke et décideraient de la tactique à adopter. Alors qu'il se dirigeait vers la sortie, Rollenberger se tourna vers Bosch et déclara :

– Libérez-le. Et ensuite, allez donc dormir un peu. Vous en aurez besoin.

– Et vous ? Comment allez-vous vous arranger avec Irving ?

Rollenberger contempla l'insigne d'inspecteur qu'il tenait dans le creux de sa main. L'insigne de Mora. Il referma le poing et glissa l'insigne dans sa poche de veston. Il leva de nouveau les yeux vers Bosch.

– C'est mes oignons, non ? Ne vous en faites pas pour ça.

Après le départ des autres, Bosch et Edgar remontèrent dans la salle de gym. Mora resta muet et refusa de les regarder pendant qu'ils lui ôtaient les menottes. Sans dire un mot, ils l'abandonnèrent dans la pièce. La serviette enroulée autour de son cou ressemblait à un nœud coulant. Il regardait fixement son reflet brisé dans le miroir.

Bosch alluma une cigarette et consulta sa montre en arrivant à sa voiture. Il était 6 h 20, mais il était trop fatigué pour rentrer dormir chez lui. Il s'installa au volant et sortit la radio de sa poche.

– Frankie, tu me reçois ?

– *Yo, man*, répondit Sheehan.

– Du nouveau ?

– On vient d'arriver. Aucun signe de vie. On ne sait même pas s'il est chez lui ou pas. La porte du garage est fermée.

– OK.

Bosch eut soudain une idée. Il reprit le livre de Locke et en ôta la couverture. Il la plia, la glissa dans sa poche, puis démarra.

Après s'être arrêté en route pour boire un café, il arriva

au Sybil Brand Institute à 7 heures. A cause de l'heure matinale, il dut solliciter l'autorisation du surveillant en chef pour pouvoir interroger Georgia Stern.

Dès qu'on l'introduisit dans la salle d'interrogatoire, il s'aperçut que la fille était mal en point. Recroquevillée sur sa chaise, les bras noués sur sa poitrine comme si elle tenait un sac de bonbons percé et avait peur d'en laisser échapper.

– Vous vous souvenez de moi ? lui demanda-t-il.

– Faut me faire sortir d'ici.

– Impossible. Mais je peux leur demander de vous envoyer à l'hosto. Là-bas, ils vous fileront de la méthadone dans votre jus d'orange.

– Je veux me tirer d'ici.

– Je vous ferai envoyer à l'hosto.

Elle laissa retomber sa tête, vaincue, et se mit à se balancer légèrement d'avant en arrière. Bosch ne put s'empêcher d'éprouver un sentiment de pitié. Mais il ne devait pas se laisser attendrir. Il y avait des choses plus importantes et, de toute façon, personne ne pouvait plus la sauver.

– Alors, vous vous souvenez de moi ? répéta-t-il. L'autre soir ? (Elle hocha la tête.) On vous a montré des photos. J'en ai une autre.

Il déposa sur la table la jaquette du livre. La fille observa longuement la photo du docteur Locke.

– Alors ?

– Ouais, j'l'ai déjà vu. On a parlé une fois.

– De quoi ?

– Des films. Il voulait… j'crois bien que c'était un enquêteur, un truc comme ça.

– Un enquêteur ?

– Un écrivain, quoi. Il disait que c'était pour un livre. J'lui ai demandé de pas mettre mon vrai nom, mais j'ai jamais vérifié.

– Essayez de vous souvenir, Georgia. Faites un effort. C'est très important. Se pourrait-il que ce soit également lui qui vous ait agressée ?

– Le Dollmaker, vous voulez dire ? Le Dollmaker est mort.

– Oui, je sais. Mais je pense que c'est quelqu'un d'autre qui a tenté de vous tuer. Regardez bien cette photo. Etait-ce lui ?

Elle regarda la photo et secoua la tête.

– J'en sais rien. On m'a dit que c'était le Dollmaker, alors moi, j'ai oublié à quoi il ressemblait quand il est mort.

Bosch se renversa contre le dossier de sa chaise. Il perdait son temps.

– Dites, c'est toujours d'accord pour m'envoyer à la clinique ? lui demanda-t-elle timidement, en constatant qu'il paraissait déçu.

– Oui. Voulez-vous que je leur dise, pour le virus ?

– Quel virus ?

– Le sida.

– Pour quoi faire ?

– Pour qu'ils vous donnent les médicaments dont vous avez besoin.

– J'ai pas le sida.

– Ecoutez, la dernière fois que les flics des Mœurs de Van Nuys vous ont embarquée, vous aviez de l'AZT dans votre sac.

– C'est juste une protection, en fait. C'est un ami malade qui m'a refilé le flacon, et moi j'ai foutu de la farine de maïs dedans.

– Une protection ?

– Ouais, j'veux pas travailler pour un mac. Si un connard se pointe en me disant « J'suis ton mac, maintenant », j'lui montre le flacon en lui disant que j'suis contaminée et il fout le camp immédiatement. Ils veulent pas des filles qu'ont le sida. C'est mauvais pour les affaires.

En disant cela, elle esquissa un sourire en coin et Bosch changea d'avis à son sujet. Finalement, se dit-il, cette fille pouvait encore être sauvée. Elle possédait l'instinct de survie.

Le bureau des inspecteurs du poste de Hollywood était totalement désert, ce qui n'avait rien de surprenant à 9 heures du matin un dimanche. Après avoir volé un gobelet de café dans le bureau du sergent de garde pendant que celui-ci était occupé ailleurs, Bosch alla s'asseoir à la table des homicides et appela Sylvia, mais personne ne répondit. Il se demanda si elle était dehors en train de jardiner et n'avait pas entendu la sonnerie du téléphone, ou si elle était sortie, peut-être pour acheter le journal du dimanche afin de lire l'article concernant Beatrice Fontenot.

Il se renversa dans son fauteuil. Que faire maintenant ? se demandait-il. Il se servit de la radio pour interroger une fois encore Sheehan et s'entendre répondre qu'il n'y avait toujours aucun mouvement au domicile de Locke.

– Tu crois que je devrais aller frapper à la porte ? lui demanda Sheehan.

Cette question n'appelait pas de réponse, et Bosch ne répondit pas. Mais cela le fit réfléchir. Une autre idée lui vint. Il décida de se rendre chez Locke et de ruser. Il raconterait l'histoire de Mora pour connaître la réaction du psy et voir si celui-ci allait affirmer que le flic des Mœurs était certainement le Disciple.

Après avoir expédié son gobelet vide dans la corbeille à papiers, il jeta un coup d'œil à la boîte aux lettres accrochée au mur. Il y avait plusieurs choses dans son casier. Il se leva et revint s'asseoir à sa place avec trois messages téléphoniques et une enveloppe blanche. Il commença par prendre connaissance des messages. Les jugeant sans intérêt, il les planta sur son pique-notes avec l'intention de s'en occuper plus tard. Les deux premiers provenaient de journalistes de la télévision, le troisième d'un procureur qui réclamait des pièces à conviction dans le cadre d'une autre enquête.

Finalement, il reporta son attention sur l'enveloppe et fut parcouru d'un frisson comme si une bille d'acier froid roulait dans sa nuque. Seul son nom était inscrit dessus, mais l'écriture caractéristique indiquait que la lettre ne pouvait venir de personne d'autre. Il laissa retomber l'enveloppe sur le bureau, ouvrit son tiroir et fouilla à l'intérieur parmi les carnets, les stylos et les trombones jusqu'à ce qu'il trouve une paire de gants en caoutchouc. Après les avoir enfilés, il ouvrit avec soin la lettre du Disciple.

> *MÊME QUAND LE CADAVRE AURA CESSÉ DE PUER,*
> *À MOI TU CONTINUERAS DE PENSER,*
> *CAR J'AI ARRACHÉ TA BLONDE ADORÉE*
> *DE TES MAINS ENSANGLANTÉES ;*
>
> *J'EN FERAI MA POUPÉE*
> *APRÈS AVOIR PRIS MON PIED.*
> *ET ENSUITE, PEUT-ÊTRE QUE JE M'EN IRAI*
> *VERS D'AUTRES CIEUX AUSSI DOUX.*
>
> *PRIVÉE D'AIR POUR RESPIRER,*
> *NE T'AVISE PAS DE ME POURCHASSER,*
> *SA DERNIÈRE PAROLE, COMME UN REPROCHE,*
> *RESSEMBLERA À CE CRI : BOSCHHHHHH !*

Il quitta le poste, traversa en trombe le bureau de la permanence, manqua de renverser le sergent de garde stupéfait et hurla :

– Contactez l'inspecteur Jerry Edgar ! Dites-lui de me joindre immédiatement par radio. Il comprendra.

## 29

Le trajet jusqu'à l'autoroute l'emplit d'une telle impatience qu'il eut l'impression de sentir grimper sa tension artérielle. Sa peau commença à se tendre autour de ses yeux et son visage s'enflamma. A cause d'un spectacle du dimanche matin au Hollywood Bowl, la circulation était bloquée dans Highland Street jusqu'à Fountain. Bosch essaya d'emprunter des petites rues parallèles, comme beaucoup d'automobilistes qui se rendaient au Bowl. Il était coincé au milieu de ce bourbier depuis un certain temps déjà quand soudain il s'insulta pour avoir oublié qu'il possédait une sirène et un gyrophare. Travaillant à la Criminelle, il avait perdu l'habitude de se précipiter sur les lieux d'un drame.

Dès qu'il eut fixé le gyrophare sur le toit de la Caprice et enclenché la sirène, les voitures commencèrent à s'écarter devant lui et il se souvint alors combien c'était simple. Il venait d'atteindre le Hollywood Freeway et fonçait vers le nord en traversant Cahuenga Pass lorsque la voix de Jerry résonna dans la radio posée sur le siège à côté de lui.

– Harry ?

– Ouais, écoute-moi, Edgar. Je veux que tu contactes les services du shérif, au poste de Valencia, pour leur demander d'envoyer une patrouille chez Sylvia en code 3.

Code 3 signifiait avec gyrophares et sirènes, en urgence. Il donna l'adresse à Edgar.

– Appelle-les, et ensuite tu me recontactes.

– OK, Harry. Qu'est-ce qui se passe ?

– Appelle-les !

Trois minutes plus tard, Edgar était de retour sur les ondes :

– Ça y est, ils sont en route. Explique-moi.

– Je me rends sur place moi aussi. Je veux que tu ailles dans le service. J'ai laissé une lettre sur mon bureau. Elle provient du Disciple. Planque-la, et contacte ensuite Rollenberger et Irving pour leur expliquer ce qui se passe.

– Mais qu'est-ce qui se passe ?

Bosch dut se rabattre sur la voie du milieu pour éviter de percuter un véhicule qui venait de déboîter dans la file de gauche, juste devant lui. Le conducteur ne l'avait pas vu venir, et Bosch savait qu'il roulait trop vite – au moins cent cinquante – pour que la sirène serve d'avertissement aux voitures qui le précédaient.

– La lettre en question est un nouveau poème. Il dit qu'il va me voler la femme blonde. C'est Sylvia. Ça répond pas chez elle, mais peut-être qu'il n'est pas trop tard. A mon avis, je n'étais pas censé découvrir ce message avant lundi matin, en allant travailler.

– J'arrive. Sois prudent, mec. Et reste calme.

Reste calme, se dit Bosch. Oui, c'est ça. Il repensa à ce que lui avait dit Locke au sujet de la colère que le Disciple avait contre lui : le meurtrier voulait se venger, car Bosch avait supprimé le Dollmaker. Non, pas Sylvia… il ne pourrait le supporter.

Il reprit la radio.

– Equipe Un ?

– *Yo*, répondit Sheehan.

– Allez le chercher. S'il est chez lui, embarquez-le.

– Tu es sûr ?

– Amenez-le moi au poste.

Une voiture du shérif était stationnée devant le domicile de Sylvia. En s'arrêtant, Bosch aperçut un agent en uniforme sur le perron, tournant le dos à la porte. Il donnait l'impression de monter la garde. Comme s'il défendait l'accès sur les lieux d'un crime.

En descendant de sa voiture, Bosch éprouva une violente douleur dans le côté gauche de la poitrine, comme un coup de couteau. Il s'immobilisa un court instant et la douleur disparut. Il contourna alors la Caprice et traversa la pelouse en courant tout en sortant son insigne de sa poche.

– LAPD. Que se passe-t-il ?

– C'est fermé. J'ai fait le tour, toutes les portes et les fenêtres sont verrouillées. Personne ne répond. On dirait qu'il n'y a…

Bosch l'écarta et se servit de sa clé pour ouvrir la porte. Il se rua à l'intérieur et se précipita de pièce en pièce, cherchant les signes d'une tragédie. Rien. L'adjoint du shérif avait raison : la maison était vide. Bosch alla jeter un coup d'œil dans le garage, la Cherokee de Sylvia n'y était pas.

Malgré tout, Bosch refit un tour d'inspection de la maison, en ouvrant les placards, regardant sous les lits, guettant le moindre indice anormal. Le shérif adjoint se tenait dans le living-room quand Bosch revint du fond de la maison.

– Je peux m'en aller maintenant ? demanda-t-il. J'ai dû laisser tomber un appel qui paraissait un peu plus important que celui-ci.

Son ton agacé n'avait pas échappé à Bosch, qui le congédia d'un signe de tête. Il le suivit dehors et alla récupérer sa radio dans la Caprice.

– Edgar, tu me reçois ?

– Quoi de neuf, Harry ?

Une authentique frayeur était perceptible dans sa voix.

– Ici, rien à signaler. Aucune trace d'elle, ni de quoi que ce soit.

– Je suis au poste, tu veux que je lance un avis de recherche ?

Bosch lui transmit le signalement de Sylvia et de sa Cherokee pour le bulletin d'avis de recherche qui serait communiqué à toutes les voitures de patrouille.

– OK, je m'en occupe. Toute la brigade spéciale va débarquer. Irving aussi. On se réunit tous ici. Il n'y a rien d'autre à faire qu'attendre.

403

– Je vais rester chez elle un petit moment. Tiens-moi au courant… Equipe Un, vous me recevez ?

– Equipe Un, répondit Sheehan. On a frappé à la porte. Il n'y a personne. On continue à poireauter. S'il se pointe, on l'embarque.


Bosch resta assis dans le living-room, les bras croisés sur la poitrine, pendant plus d'une heure. Il comprenait maintenant pourquoi Georgia Stern se tenait de cette façon-là dans la salle d'interrogatoire de la prison. Ça rassurait. Malgré tout, le silence de la maison lui mettait les nerfs à vif. Ses yeux ne quittaient pas le téléphone sans fil qu'il avait posé sur la table basse, attendant qu'il sonne enfin, lorsque, soudain, il entendit une clé s'introduire dans la serrure de la porte d'entrée. Se levant d'un bond, il se dirigea vers le vestibule, au moment où la porte s'ouvrait. Un homme entra. Ce n'était pas Locke. C'était un homme que Bosch n'avait jamais vu, mais qui possédait les clés de la maison.

Sans hésiter un seul instant, Bosch se précipita dans l'entrée et plaqua violemment l'inconnu contre la porte, tandis que celui-ci se retournait pour la fermer.

– Où est-elle ? hurla Bosch.

– Hein ? Quoi ?

– Où est-elle ?

– Elle n'a pas pu venir. Je dois la remplacer. Elle a une autre visite à Newhall. Je vous en supplie !

Bosch comprit sa méprise juste au moment où le biper fixé à sa ceinture émettait une sonnerie stridente. Il s'écarta de l'homme.

– Vous êtes l'agent immobilier ?

– Je travaille pour elle. Et vous, que faites-vous ici ? Il ne devait y avoir personne…

Bosch décrocha son biper et constata que le numéro affiché était celui de son domicile.

– Excusez-moi, dit-il, il faut que je passe un coup de fil.

Il retourna dans le living-room. Dans son dos, il entendit l'agent immobilier murmurer :

– Oui, oui, c'est ça. Bon sang, qu'est-ce qui se passe ici ?

Bosch composa le numéro et Sylvia décrocha après la première sonnerie.

– Tu vas bien ?

– Oui, Harry. Où es-tu ?

– Chez toi. Où étais-tu passée ?

– Je suis allée acheter un gâteau pour le porter chez les Fontenot avec les fleurs que j'avais cueillies. J'avais envie de…

– Ecoute-moi attentivement, Sylvia. La porte est-elle fermée à clé ?

– Hein ? Je ne sais pas.

– Pose le téléphone et va vérifier. Vérifie bien que la porte vitrée de la véranda est fermée elle aussi. Et la porte du garage également. J'attends.

– Harry, qu'est-ce que…

– Fais-le tout de suite !

Elle reprit la ligne une minute plus tard. Sa voix était tremblante.

– Oui, tout est verrouillé.

– Parfait. Maintenant, écoute. J'arrive tout de suite, je serai là dans moins d'une demi-heure. Entre-temps, peu importe qui frappe à la porte, tu n'ouvres à personne et tu ne fais aucun bruit. Tu as compris ?

– Tu me fais peur, Harry.

– Oui, je sais. Tu as compris ce que j'ai dit ?

– Oui.

– Très bien.

Bosch réfléchit un instant. Que pouvait-il ajouter ?

– Sylvia, après avoir raccroché, je veux que tu ouvres le placard à côté de la porte d'entrée. Sur l'étagère, tu trouveras une boîte blanche. Prends l'arme qui est à l'intérieur. Il y a des balles dans la boîte rouge dans le placard au-dessus de l'évier. La boîte rouge, pas la bleue. Charge le revolver.

– Je ne peux pas… Pourquoi ?

– Si, tu le peux, Sylvia. Charge le revolver. Et attends-moi. Si jamais quelqu'un d'autre que moi approche de la maison, défends-toi.

Elle ne répondit pas.

– J'arrive tout de suite. Je t'aime.

Bosch roulait sur l'autoroute en direction du sud lorsque Edgar le contacta par radio pour l'informer que Sheehan et Opelt n'avaient toujours pas repéré le docteur Locke. Les « présidents » avaient été expédiés à USC, mais le psy n'était pas non plus dans son bureau.

– Ils continuent à planquer dans les deux endroits. De mon côté, j'essaye d'obtenir un mandat de perquisition pour la maison, mais je doute que ça marche.

Bosch savait qu'Edgar avait sans doute raison. Que Mora ait identifié Locke comme l'homme qui traînait sur les tournages de films pornographiques et que les noms de trois victimes soient cités dans son livre n'étaient certainement pas des raisons suffisantes pour justifier la fouille de son domicile.

Il informa Edgar qu'il avait localisé Sylvia et se rendait maintenant auprès d'elle. Après avoir mis fin à la communication, il s'aperçut que la visite de Sylvia chez les Fontenot lui avait peut-être sauvé la vie. Il vit dans ce hasard une grâce symbiotique. Une vie volée, une vie sauvée.

Avant d'ouvrir la porte de chez lui, Bosch annonça bruyamment son arrivée, puis il fit tourner sa clé dans la serrure et se jeta dans les bras tremblants de Sylvia. Tout en la serrant contre lui, il dit dans la radio :

– Tout le monde est sain et sauf ici.

Puis il coupa la radio.

Ils allèrent s'asseoir dans le canapé et Bosch lui raconta tout ce qui s'était passé depuis la dernière fois qu'ils s'étaient vus. A son regard, il sentait qu'elle était plus effrayée maintenant qu'elle savait.

A son tour elle lui expliqua qu'elle avait été obligée de s'absenter de chez elle, l'agent immobilier faisant visiter sa maison toute la journée. C'était pour ça qu'elle avait décidé de passer chez lui après être allée voir les Fontenot. Bosch avoua qu'il avait oublié cette histoire de visite.

– Tu vas peut-être devoir trouver un autre vendeur après ce qui s'est passé aujourd'hui, dit-il.

Ils rirent en chœur, comme pour évacuer une partie de la tension.

– Je suis désolé, reprit-il. Tu n'aurais jamais dû être mêlée à tout ça.

Après cela, ils restèrent assis sans rien dire pendant un long moment. Sylvia se laissa aller contre lui, comme si elle était fatiguée de tout.

– Pourquoi fais-tu ce métier, Harry ? Tu es confronté à tellement de… tous ces gens abominables, toutes leurs horreurs. Pourquoi est-ce que tu continues ?

Bosch réfléchit à la question, mais il savait qu'il n'y avait pas de véritable réponse, et que Sylvia n'en attendait pas.

– Je n'ai pas envie de rester ici, déclara-t-il au bout d'un moment.

– On pourra retourner chez moi dès 16 heures.

– Non, fichons le camp ailleurs.

La suite du Loews Hotel de Santa Monica leur offrait une vue magnifique sur l'océan, au-delà d'une immense plage de sable. C'était le genre de chambre où on trouvait des peignoirs en éponge et des chocolats enveloppés de papier doré sur les oreillers. La porte donnait sur le troisième palier d'un atrium de quatre étages doté d'une paroi de verre qui faisait face à la mer et permettait de saisir d'un seul regard toute l'étendue du coucher de soleil.

Il y avait également une terrasse avec deux chaises longues et une table sur laquelle ils se firent servir le déjeuner. Bosch avait pris avec lui la radio, mais celle-ci était éteinte. Il reprendrait contact pour savoir où en était la traque du docteur Locke, mais aujourd'hui, il restait sur la touche.

Il avait appelé le commissariat et parlé à Edgar, puis à Irving. Il leur avait expliqué qu'il restait auprès de Sylvia, même s'il était peu probable que le Disciple passe à l'acte maintenant. De toute façon, sa présence n'était pas indispensable, car la brigade spéciale se trouverait dans une situation d'attente jusqu'à ce que Locke réapparaisse ou qu'un nouvel événement se produise.

Irving lui avait appris que les « présidents » avaient appelé le responsable du département de psychologie d'USC qui, à son tour, avait contacté une des étudiantes de troisième cycle de Locke. D'après elle, Locke avait annoncé vendredi qu'il passerait le week-end à Las Vegas et y avait réservé une chambre au Stardust. N'ayant pas de cours le lundi, il ne serait de retour à l'université que le mardi.

– Nous avons vérifié, ajouta Irving. Locke avait effectivement réservé une chambre au Stardust, mais il n'est pas venu.

– Et le mandat de perquisition ?

– Nous avons essuyé trois refus de la part de trois juges. Vous savez, quand un juge refuse de nous signer un mandat, c'est mauvais signe. Nous allons être obligés d'attendre pour voir ce qui se passe. Pendant ce temps, nous continuerons à surveiller son domicile et son bureau. J'aimerais qu'on s'en tienne là jusqu'à ce que Locke refasse surface et que nous puissions l'interroger.

Bosch percevait le doute dans la voix d'Irving. Il se demanda de quelle façon Rollenberger lui avait expliqué le passage brutal d'un suspect à un autre, de Mora au docteur Locke.

– Vous pensez que nous faisons fausse route ?

Il perçut le tremblement du doute dans sa propre voix.

– Je ne sais pas. Nous avons retrouvé la provenance de la lettre. En partie. On l'a déposée à la réception samedi soir. L'officier d'accueil est allé se chercher un café vers 21 heures, il a été distrait un moment par le sergent de garde, et quand il est revenu à son poste, la lettre était là sur le comptoir. Il a chargé un stagiaire de la déposer dans votre casier. Ça ne prouve qu'une seule chose : nous nous sommes trompés au sujet de Mora. Et nous pourrions nous tromper encore une fois. Pour l'instant, nous n'avons que des pressentiments. Des pressentiments sérieux, je le reconnais, mais c'est tout. Je tiens à être plus prudent, cette fois…

Décodé, cela donnait : vous nous avez foutu dans la merde avec votre intuition concernant Mora. Cette fois, nous serons plus prudents. Bosch avait reçu le message.

– Et si ce voyage à Vegas n'était qu'une couverture ? La lettre parle d'un départ. Peut-être que Locke a pris la fuite…

– Peut-être.

– Doit-on lancer un avis de recherche, réclamer un mandat d'arrêt ?

– Je préfère attendre au moins jusqu'à mardi, inspecteur. Donnons-lui une chance de revenir. Deux petits jours de plus.

De toute évidence, Irving voulait limiter les risques. Il attendait que les événements décident à sa place.

– Entendu, je vous rappellerai.

Ils firent la sieste dans le grand lit jusqu'à la tombée de la nuit, puis Bosch alluma la télé pour voir si l'un des événements survenus au cours de ces dernières vingt-quatre heures était parvenu aux oreilles de la presse.

Apparemment pas, mais au milieu du journal télévisé de la 2, Bosch cessa de passer d'une chaîne à l'autre. Le reportage qui avait attiré son attention concernait le meurtre de Beatrice Fontenot. La photo de la jeune fille apparut dans le coin supérieur droit de l'écran.

La journaliste blonde déclara : « La police a annoncé aujourd'hui qu'elle avait identifié le meurtrier supposé de Beatrice Fontenot, âgée de seize ans. L'individu recherché serait un revendeur de drogues, rival des frères aînés de la jeune victime. D'après l'inspecteur Stanley Hanks, chargé de l'enquête, les coups de feu tirés en direction du domicile de la famille Fontenot étaient selon toute vraisemblance destinés à ses frères. Une des balles a malheureusement atteint en pleine tête Beatrice, élève au lycée Grant dans la Vallée. Les funérailles auront lieu cette semaine. »

Bosch éteignit la télévision et se tourna vers Sylvia, qui

s'était adossée à deux oreillers redressés contre le mur. Ils n'échangèrent pas une parole.

Après un dîner quasiment silencieux dans le salon de la suite, ils prirent chacun une douche. Bosch succéda à Sylvia et, pendant que le jet puissant lui martelait le cuir chevelu, il décida que le moment était venu pour lui de tout déballer, de se mettre à nu. Il savait qu'il pouvait avoir confiance en elle lorsqu'elle disait vouloir tout savoir de lui. Et il savait que s'il ne faisait rien, il risquait de la perdre, tout simplement. D'une certaine façon, se livrer à Sylvia, c'était se retrouver face à lui-même. Il devait d'abord accepter ce qu'il était, ce qu'il avait vécu, s'il voulait qu'elle l'accepte ensuite.

Ils s'étaient enveloppés dans leurs peignoirs blancs. Elle était assise dans le fauteuil près de la porte-fenêtre, lui était debout près du lit. Derrière Sylvia, à travers la vitre, il voyait la lune pleine projeter un reflet mouvant à la surface de l'océan. Il ne savait pas de quelle façon commencer.

Elle feuilletait un magazine de l'hôtel rempli de suggestions destinées aux touristes visitant la ville. Uniquement des choses que ne faisaient jamais les habitants de L.A. Elle le referma et le reposa sur la table. Elle regarda Bosch, puis détourna les yeux. Finalement, ce fut elle qui parla la première :

– Rentre chez toi, Harry.

Il se laissa tomber au bord du lit, les coudes sur les genoux, et enfouit ses mains dans ses cheveux. Il ne comprenait pas ce qui se passait.

– Pourquoi ?

– Il y a trop de morts.

– Sylvia…

– Harry, j'ai tellement réfléchi tout ce week-end que je n'arrive même plus à faire le tri dans mes pensées. Mais je suis sûre d'une chose : nous devons cesser de nous voir pendant quelque temps. J'ai besoin de faire le point. Ta vie ne…

– Avant-hier, tu disais que le problème était que je te cachais des choses. Maintenant, tu dis que tu ne veux plus rien savoir de moi. Tu…

– Non, je ne parle pas de toi. Je parle de ce que tu fais.

Bosch secoua la tête.

– C'est la même chose, Sylvia. Tu le sais bien.

– Ecoute, ces deux derniers jours ont été éprouvants. J'ai juste besoin d'un peu de temps pour savoir si c'est bien pour moi. Et pour toi aussi. Crois-moi, je pense à toi également. Je ne suis pas certaine d'être celle qu'il te faut.

– Moi, j'en suis sûr, Sylvia.

– Je t'en prie, ne dis pas ça. Ne me rends pas les choses plus difficiles. Je…

– Je ne veux pas recommencer à vivre sans toi, Sylvia. C'est tout ce que je sais pour l'instant. Je ne veux plus être seul.

– Je ne veux pas te faire souffrir, Harry, et jamais je ne te demanderai de changer pour moi. Je te connais et je sais bien que tu ne pourrais pas, même si tu le voulais. Alors… ce que je dois décider, c'est si je suis capable de supporter ça pour vivre avec toi… Je t'aime, Harry, mais j'ai besoin de temps…

Elle pleurait. Bosch le voyait dans le miroir. Il avait envie de se lever et de la serrer dans ses bras, mais il savait que ce serait une erreur. Il était responsable de ses larmes. Il y eut un long silence, chacun restant emmuré dans sa douleur intime. Elle regardait ses mains jointes sur ses genoux, il contemplait l'océan, et y voyait un bateau de pêche franchir le chemin lumineux de la lune pour voguer en direction des Channel Islands.

– Dis-moi quelque chose, demanda-t-elle enfin.

– Je ferai ce que tu veux, dit Harry. Tu le sais.

– Je vais dans la salle de bains le temps que tu t'habilles et que tu partes.

– Sylvia, je veux m'assurer que tu es en sécurité. J'aimerais que tu me laisses coucher dans la pièce d'à côté. Demain matin, nous trouverons une solution. Et je m'en irai.

– Non. Tu sais aussi bien que moi qu'il ne va rien se

passer. Cet homme, ce Locke, est sans doute déjà loin. Tu l'as fait fuir, Harry. Je ne crains rien. Demain, je prendrai un taxi et tout ira bien. Accorde-moi juste un peu de temps.

– Le temps de prendre une décision…

– Oui. Le temps de prendre une décision.

Elle se leva et passa rapidement devant lui pour se rendre dans la salle de bains. Il tendit le bras pour la retenir, mais elle l'esquiva. Dès que la porte fut refermée, il l'entendit arracher des mouchoirs en papier dans le distributeur. Puis il l'entendit pleurer.

– Je t'en prie, va-t'en, Harry, dit-elle au bout d'un moment. Je t'en supplie.

Elle fit couler l'eau afin, sans doute, de ne pas l'entendre s'il disait quelque chose. Bosch se sentit idiot, assis là au bord du lit dans son peignoir luxueux. Il le déchira en l'ôtant brutalement.

Cette nuit-là, Bosch prit une couverture dans le coffre de la Caprice et se fit un lit sur la plage de sable, à une centaine de mètres de l'hôtel. Mais il ne dormit pas. Assis, le dos tourné à l'océan, il garda les yeux fixés sur les rideaux de la porte-fenêtre du balcon du troisième étage. A travers la paroi de verre de l'atrium, il apercevait également la porte de la chambre et pouvait voir si quelqu'un s'en approchait. Il faisait froid sur la plage, mais il n'avait pas besoin du vent glacé de la mer pour rester éveillé.

## 30

Le lundi matin, Bosch pénétra dans la salle d'audience avec dix minutes de retard. Il avait attendu de voir Sylvia monter dans un taxi afin de se rendre au lycée en toute sécurité pour retourner ensuite chez lui enfiler le costume qu'il portait déjà le vendredi précédent. Mais en pénétrant dans la salle, il constata que le juge Keyes n'était pas installé dans son fauteuil, et que Chandler ne se trouvait pas à la table de la partie plaignante. La veuve Church y était assise, seule. Elle regardait droit devant elle dans une position de recueillement.

Harry prit place à côté de Belk.

– Que se passe-t-il ?

– On vous attendait, Chandler et vous. Maintenant, on n'attend plus qu'elle. Le juge n'est pas très content, vous vous en doutez.

Bosch vit la greffière se lever de derrière son bureau pour aller frapper à la porte du juge. Elle glissa la tête par l'entrebâillement et il l'entendit déclarer :

– L'inspecteur Bosch vient d'arriver. La secrétaire de Mlle Chandler n'a toujours pas réussi à la joindre.

C'est à ce moment-là que Bosch sentit sa poitrine se serrer, et aussitôt il se mit à transpirer. Bon sang, comment n'y ai-je pas pensé ? se hurla-t-il. Il se pencha en avant et enfouit son visage dans ses mains.

– Il faut que je passe un coup de téléphone, déclara-t-il en se levant.

Belk se retourna, sans doute pour lui demander de rester à sa place, mais se tut en voyant s'ouvrir la porte du bureau du juge. Ce dernier entra d'un pas décidé, et déclara :

– Inutile de vous lever.

Il prit place sur l'estrade et demanda à la greffière d'appeler le jury. Bosch se rassit.

– Nous allons reprendre et poursuivre les débats malgré l'absence de maître Chandler. Nous réglerons ce problème de retard ultérieurement.

Les jurés prirent place dans le box et le juge demanda si l'un d'eux souhaitait soulever une question, sur le planning des délibérations ou autre. Personne n'ouvrit la bouche.

– Très bien. Dans ce cas, vous allez pouvoir reprendre vos délibérations. Un officier de justice viendra vous voir plus tard, au sujet du déjeuner. Une dernière précision, toutefois : maître Chandler a été victime d'un léger contretemps ce matin, c'est la raison pour laquelle vous ne la voyez pas aux côtés de la plaignante. Je vous demande de n'accorder aucune importance à cette absence. Merci.

Les jurés ressortirent en file indienne. Le juge demanda ensuite aux parties présentes de demeurer une fois encore à un quart d'heure du tribunal, puis il chargea la greffière de continuer à chercher Chandler. Sur ce, il se leva et regagna son bureau.

Bosch se leva immédiatement pour se ruer hors de la salle. Il fonça vers les cabines téléphoniques et appela le central des communications. Après avoir décliné son nom et son matricule, il demanda à la standardiste de procéder à une recherche en code 3 dans les fichiers du DMV au nom de Honey Chandler. Il patienterait : il avait besoin de l'adresse immédiatement.

Il dut attendre d'être sorti du parking souterrain du palais de justice pour utiliser la radio. Une fois dans Los Angeles Street, il fit une nouvelle tentative et parvint à joindre Edgar, qui avait laissé sa radio branchée. Il lui transmit l'adresse de Chandler dans Carmelina Street, quartier de Brentwood.

– On se retrouve là-bas.

– J'arrive.

Il roula jusqu'à la 3$^e$ Rue et emprunta le tunnel pour

414

rejoindre le Harbor Freeway. Au moment où il atteignait la jonction avec le Santa Monica Freeway, son biper se mit à sonner. Tout en conduisant, il regarda le numéro qui s'y était affiché. Il ne le connaissait pas. Quittant la voie rapide, il s'arrêta devant une épicerie Korea Town sur la façade de laquelle se trouvait un téléphone.

– 4e chambre, annonça une voix de femme au bout du fil.

– Inspecteur Bosch, quelqu'un m'a appelé ?

– Oui, nous. Le verdict vient de tomber. Vous devez revenir immédiatement.

– Hein ? Mais je viens de quitter le tribunal ! Comment est-ce qu'ils…

– C'est très fréquent, inspecteur Bosch. Sans doute les jurés étaient-ils parvenus à un accord dès vendredi, mais ils ont décidé de s'offrir un week-end de réflexion. Et en plus, ça leur fait manquer une journée de travail supplémentaire…

De retour dans sa voiture, Bosch reprit la radio.

– Edgar, tu es arrivé sur place ?

– Euh, presque. Et toi ?

– Il faut que je fasse demi-tour. Le verdict est tombé. Tu peux aller jeter un œil tout seul ?

– Pas de problème. Dis-moi seulement de quoi il s'agit.

– C'est le domicile de Chandler. Elle est blonde. Elle n'est pas venue au tribunal ce matin.

– Pigé.


Bosch n'aurait jamais cru qu'il espérerait un jour voir Honey Chandler assise à la table de l'accusation en face de lui. Hélas, elle n'était pas là. Un homme qu'il ne connaissait pas était assis à côté de la plaignante.

En se dirigeant vers sa place, Bosch constata que plusieurs journalistes, parmi lesquels Bremmer, étaient déjà dans la salle.

– Qui est-ce ? demanda-t-il à Belk en désignant l'inconnu assis à côté de la veuve Church.

– Dan Daly. Keyes l'a alpagué dans le couloir pour qu'il

415

tienne compagnie à la veuve durant la lecture du verdict. Apparemment, Chandler demeure introuvable.

– Quelqu'un est allé chez elle ?

– Je n'en sais rien. Je suppose qu'ils ont téléphoné. Mais quelle importance ? Vous feriez mieux de vous préoccuper du verdict !

Le juge Keyes sortit de son bureau et alla prendre place. Il adressa un signe de tête à la greffière, qui appela le jury. En pénétrant dans le box, l'un derrière l'autre, aucun des douze jurés ne regarda Bosch. En revanche, presque tous les yeux s'étaient tournés vers l'homme assis à côté de Deborah Church.

– Une fois encore, mesdames et messieurs du jury, un contretemps a empêché maître Chandler de se trouver parmi nous. Maître Daly, un excellent avocat, a accepté de siéger à sa place. L'officier de justice m'informe que vous avez rendu votre verdict.

Plusieurs jurés acquiescèrent d'un signe de tête. Bosch croisa enfin le regard d'un homme. Mais celui-ci s'empressa de détourner les yeux. Bosch sentit son cœur cogner, mais n'aurait su dire si c'était à cause de l'énoncé imminent du verdict ou de la disparition de Honey Chandler. Ou les deux.

– Puis-je avoir les documents du verdict, je vous prie ?

Le premier juré transmit une fine liasse de feuilles à l'officier de justice qui les tendit à la greffière qui à son tour les transmit au juge. Cette attente était insupportable. Le juge dut ensuite chausser ses lunettes, et il prit son temps pour lire les documents, avant de les rendre à la greffière.

– Annoncez le verdict, dit-il.

La greffière lut une fois le texte pour elle-même, avant de commencer :

– Dans l'affaire sus-mentionnée, à la question de savoir si l'accusé Hieronymus Bosch a privé Norman Church de ses droits civiques au cours d'une perquisition et d'une arrestation illégales, nous donnons raison à la partie plaignante.

Bosch ne réagit pas. Tournant la tête, il constata que

416

tous les jurés avaient maintenant les yeux fixés sur lui. Il reporta son attention sur Deborah Church et la vit serrer le bras de l'homme assis à côté d'elle, alors qu'elle ne le connaissait même pas, et lui sourire. Puis elle regarda Bosch d'un air triomphant, au moment où Belk posait sa main sur son bras.

– Ne vous en faites pas, murmura l'avocat. Ce sont les dommages-intérêts qui comptent.

La greffière poursuivait sa lecture :

– En conséquence de quoi, le jury accorde à la partie plaignante, au titre des dommages compensatoires, la somme symbolique d'un dollar.

Bosch entendit Belk murmurer un « Oui ! » enthousiaste dans sa barbe.

– Au titre des autres indemnités, le jury accorde à la partie plaignante la somme symbolique d'un dollar.

Belk laissa échapper le même murmure de joie, suffisamment fort cette fois pour être entendu de la salle. Bosch se tourna vers Deborah Church, juste à temps pour voir mourir son sourire triomphant et se voiler son regard. Tout cela lui paraissait soudain bien irréel, comme s'il assistait à une pièce de théâtre, tout en se trouvant sur scène avec les acteurs. Ce verdict n'avait aucun sens à ses yeux. Il regarda les gens autour de lui.

Le juge Keyes entama son discours de remerciement aux jurés en disant qu'ils avaient accompli leurs devoirs constitutionnels et pouvaient être fiers d'avoir servi leur pays et d'être américains. Bosch coupa le son et resta assis à sa place sans bouger. Il pensa à Sylvia. Il aurait aimé pouvoir lui annoncer la nouvelle.

Le juge abattit son marteau et le jury quitta le box en file indienne pour la dernière fois. Puis le juge se leva de son fauteuil et Bosch crut apercevoir une certaine contrariété sur son visage.

– Harry, dit Belk. C'est un excellent verdict.

– Ah, bon, vous trouvez ?

– Bon, en fait, c'est un verdict mitigé. Mais dans l'ensemble, le jury a simplement confirmé ce que nous avions déjà admis. Nous avions dit que vous aviez eu tort d'entrer comme vous l'avez fait, mais que vous aviez déjà été réprimandé par vos supérieurs pour cette faute. Sur le plan juridique, les jurés ont estimé que vous n'auriez pas dû enfoncer la porte d'un coup de pied. Mais en n'accordant que deux dollars de dommages-intérêts, ils ont dit qu'ils vous croyaient. Church a fait un geste menaçant. Et Church était bien le Dollmaker.

L'avocat tapota le bras de Bosch. Sans doute attendait-il des remerciements, qui ne vinrent pas.

– Et Chandler ?

– Ah, c'est le hic, si je puis dire. Le jury ayant donné raison à la partie plaignante, nous allons devoir payer la note. Elle va certainement réclamer dans les cent quatre-vingt mille dollars, voire deux cent mille. On tombera sans doute d'accord sur quatre-vingt-dix mille. C'est pas mal, Harry. Pas mal du tout.

– Il faut que j'y aille.

Bosch se leva et se fraya un passage parmi un amas de gens et de journalistes afin d'atteindre la sortie de la salle d'audience. Il se dirigea rapidement vers l'escalator et, tandis que celui-ci l'emportait, il sortit d'une main tremblante la dernière cigarette de son paquet. Bremmer sauta sur la marche de derrière, son carnet à la main.

– Félicitations, Harry.

Bosch le regarda. Le journaliste paraissait sincère.

– Pour quoi ? Les jurés ont décrété que j'étais une sorte de gangster de la Constitution.

– Ouais, mais tu t'en tires avec une addition de deux dollars. C'est pas mal.

– Ouais...

– Tu as un commentaire officiel ? Je suppose que le « gangster de la Constitution » doit rester entre nous ?

– J'aimerais autant. Euh... tu sais quoi ? Laisse-moi réfléchir un peu. Il faut que je parte, mais je t'appellerai. Va donc interviewer Belk. Il a besoin de voir son nom dans le journal.

Une fois dehors, Bosch alluma sa cigarette et sortit la radio de sa poche.

– Edgar, tu m'entends ?

– Je suis là.

– Alors, ça donne quoi ?

– Tu ferais mieux de rappliquer, Harry. C'est l'affluence ici.

Bosch jeta sa cigarette dans le cendrier.

Ils n'avaient pas su faire preuve de discrétion. La nouvelle s'était vite répandue. Quand Bosch arriva à la maison de Carmelina, un hélicoptère d'une chaîne de télévision tournoyait déjà dans le ciel, et deux autres équipes étaient sur les lieux. Dans peu de temps, ce serait une véritable foire. Il est vrai que l'affaire offrait deux têtes d'affiche, le Disciple et Honey Chandler.

Bosch dut se garer deux maisons plus loin à cause de l'abondance de voitures et de vans de la police qui stationnaient de chaque côté de la rue. Les agents chargés de contrôler les abords commençaient juste à installer des bornes mobiles pour interdire la circulation.

La maison avait été entourée de bandes de plastique jaune. Après avoir signé le registre que lui tendait un policier en uniforme, Bosch se glissa sous les bandes. C'était une maison à un étage dans le style Bauhaus, accrochée à flanc de colline. Du dehors, Bosch devina que les grandes baies vitrées des pièces du premier étage devaient offrir une vue magnifique sur la vallée en contrebas. Il dénombra deux cheminées. C'était une jolie maison dans un joli quartier habité par de gentils avocats et professeurs à UCLA. Jusqu'à aujourd'hui, se dit-il. Il aurait aimé avoir une cigarette au moment de franchir le seuil.

Edgar se tenait juste derrière la porte, dans une entrée en carrelage. Il parlait dans un téléphone mobile et, apparemment, demandait au service des relations publiques d'envoyer quelqu'un de toute urgence pour prendre les choses en main. Apercevant Bosch, il désigna le haut de l'escalier.

Celui-ci se trouvait sur la droite en entrant, et Bosch en gravit les marches. Au premier étage, quatre portes donnaient sur un grand couloir. Un groupe d'inspecteurs était agglutiné devant la plus éloignée et, de temps à autre, ils jetaient un coup d'œil à l'intérieur de la pièce. Bosch s'en approcha.

D'une certaine façon, et il en était conscient, Bosch avait entraîné son cerveau à fonctionner comme celui d'un psychopathe. Chaque fois qu'il débarquait sur le lieu d'un crime, il pratiquait la technique de l'objectivation. Les morts n'étaient pas des êtres humains, mais des objets. Il devait regarder les corps comme des cadavres, des indices matériels. C'était la seule façon de faire face à la réalité et d'accomplir son boulot. La seule façon de survivre. Mais, évidemment, c'était toujours plus facile à dire qu'à faire. Souvent, il échouait.

Ayant fait partie de la première brigade spéciale, il avait pu voir les six dernières victimes attribuées initialement au Dollmaker. « In situ », c'est-à-dire de la manière dont on les avait découvertes. Ce n'était jamais une partie de plaisir. On devinait chez ces victimes un tel sentiment d'impuissance que le sentir étouffait tous ses efforts d'objectivation. Savoir que ces filles venaient de la rue rendait les choses encore plus pénibles, comme si les tortures infligées à chacune d'elles par leur meurtrier n'étaient que le point d'orgue d'une vie faite d'humiliations.

Et maintenant, en découvrant le corps nu et torturé de Honey Chandler, aucune astuce psychologique, aucune tromperie ne pouvait empêcher cette horreur de s'imprégner dans son cerveau comme une brûlure au fer rouge. Pour la première fois depuis toutes ces années passées à la Criminelle, Bosch eut envie de fermer les yeux et de s'en aller.

Mais il ne le fit pas. Au lieu de cela, il resta là avec les autres hommes aux regards vides et au comportement nonchalant. On aurait dit un rassemblement de serial killers. Quelque chose dans cette scène lui fit penser à la partie de bridge au pénitencier de San Quentin, dont lui avait parlé Locke. Quatre psychopathes assis autour d'une table de jeu, avec plus de meurtres à leur actif qu'il n'y avait de cartes sur la table.

Chandler était allongée sur le dos, les bras en croix. Son visage était barbouillé d'un maquillage outrancier qui masquait une partie de la décoloration violacée qui partait de son cou. Une lanière de cuir, découpée dans un sac à main renversé sur le sol, lui cisaillait la gorge, nouée sur le côté droit comme si on l'avait serrée avec la main gauche. Conformément aux précédents meurtres, les liens et les bâillons utilisés par le tueur avaient disparu en même temps que lui.

En revanche, le programme avait subi des modifications. Maintenant qu'il ne pouvait plus se cacher derrière le Dollmaker, le Disciple se laissait aller à improviser. Le corps de Chandler était couvert de brûlures de cigarettes et de traces de morsures. Certaines avaient saigné, d'autres avaient formé des hématomes, signe qu'elle était encore en vie lorsqu'elle avait subi ces tortures.

Rollenberger se trouvait dans la pièce et donnait des ordres, allant jusqu'à indiquer au photographe les angles de prises de vues qu'il souhaitait. Nixon et Johnson étaient présents eux aussi. Bosch songea alors, comme Chandler sans doute avant de mourir, que l'humiliation ultime était de rester totalement nue, exposée pendant des heures aux regards d'hommes qui, de son vivant, l'avaient détestée. Levant la tête, Nixon aperçut Bosch et sortit dans le couloir.

– Hé, Harry, qu'est-ce qui t'a mis sur la piste ?

– Chandler ne s'est pas présentée au tribunal ce matin. J'ai pensé que ça valait la peine de vérifier. Je me suis dit que c'était peut-être elle, la blonde du message. Dommage que je n'ai pas compris avant…

– Ouais.

– On connaît l'heure de la mort ?

– On n'a qu'une estimation. Le légiste pense qu'elle remonte au moins à quarante-huit heures.

Bosch acquiesça. Cela voulait dire qu'elle était morte avant qu'il ne trouve le message. Un petit soulagement.

– Du nouveau pour Locke ?

– *Nada*.

– Johnson et toi êtes sur cette affaire ?

421

– Oui, Hans Off nous l'a collée. C'est Edgar qui a découvert le corps, mais il doit s'occuper en priorité de l'affaire de la semaine dernière. Je sais que ça devrait te revenir, mais je suppose qu'à cause du procès, Hans Off a pensé…

– Ne t'en fais pas pour ça. Que voudrais-tu que je fasse ?

– C'est à toi de me le dire. Qu'est-ce que tu veux faire ?

– Je veux rester en dehors de tout ça. Je n'aimais pas cette femme, mais je l'appréciais, tu comprends ?

– Oui, je crois. C'est une sale affaire. Tu as remarqué qu'il a changé de tactique ? Il les mord maintenant. Et il les brûle.

– J'ai remarqué. Rien d'autre à part ça ?

– Non, à première vue.

– Je vais devoir inspecter le reste de la maison. Je peux y aller ?

– On n'a pas encore eu le temps de relever les empreintes. Mais tu peux jeter un coup d'œil rapide. Prends une paire de gants et tiens-moi au courant de tes découvertes.

Bosch se dirigea vers une des caisses de matériel alignées contre le mur dans l'entrée et prit une paire de gants en caoutchouc dans un distributeur ressemblant à une boîte de Kleenex.

Irving le croisa dans l'escalier, sans dire un mot ; leurs regards se rencontrèrent à peine une seconde. Dans l'entrée, Bosch aperçut deux capitaines adjoints debout sur les marches du perron. Ils ne faisaient rien, ils restaient simplement plantés à l'endroit où ils étaient certains d'être filmés par les caméras de télévision, adoptant un air grave et concentré. Bosch constata en outre qu'un nombre croissant de journalistes et de cameramen se massaient derrière les bandes jaunes.

En faisant le tour de la maison, il découvrit le bureau de Chandler installé dans une petite pièce jouxtant le living-room. Deux des quatre murs étaient occupés par des rayonnages encastrés, remplis de livres. La fenêtre unique donnait sur la rue et l'agitation qui régnait au-delà de la pelouse. Après avoir enfilé les gants, il entreprit d'examiner les tiroirs du bureau. Il ne trouva pas ce qu'il cherchait, mais acquit la certitude que ces tiroirs avaient été inspectés par quelqu'un d'autre. Les objets étaient en désordre, les documents sortis de leurs dossiers. Il n'avait pas oublié le soin avec lequel Chandler disposait ses affaires sur la table durant le procès.

Il souleva le sous-main. La lettre envoyée par le Disciple n'était pas cachée dessous. Deux ouvrages étaient posés sur le bureau, le *Dictionnaire juridique* de Black et le *Code pénal de l'Etat de Californie*. Il feuilleta les deux livres ; aucune lettre. Il se laissa tomber dans le fauteuil en cuir et leva les yeux vers les deux murs de livres.

Il faudrait au moins deux heures pour passer en revue tous ces ouvrages, songea-t-il, et rien n'indiquait que la lettre s'y trouvait. C'est alors qu'une reliure verte craquelée attira son regard, sur l'avant-dernière étagère, près de la fenêtre. Bosch reconnut le volume. C'était celui dont Chandler avait lu un extrait durant sa plaidoirie finale. *Le Faune de marbre*. Il se leva pour s'en emparer.

La lettre était cachée à l'intérieur, vers le milieu du livre. Ainsi que l'enveloppe dans laquelle elle avait été expédiée. Bosch constata rapidement qu'il ne s'était pas trompé. La lettre était une photocopie de celle déposée au poste de police le lundi précédent, jour des discours préliminaires du procès. La seule différence était l'enveloppe. Cette lettre n'avait pas été déposée. Elle avait été envoyée par la poste. L'enveloppe avait été oblitérée à Van Nuys, le samedi précédant l'ouverture du procès.

En examinant le cachet de la poste, Bosch comprit qu'il serait impossible de relever le moindre indice. En outre, l'enveloppe devait être couverte des empreintes de tous les préposés qui l'avaient manipulée. Assurément, elle ne pouvait guère servir de preuve.

Il ressortit du bureau, en tenant l'enveloppe et la lettre par les coins, entre ses doigts gantés. Il dut remonter au premier pour trouver un type du labo muni de sachets de prélèvement d'indices. Jetant un coup d'œil dans la chambre, il vit le légiste du bureau du coroner et deux employés de la morgue ouvrir en grand une housse en plastique noir posée sur une civière. L'exhibition de Chandler allait bientôt prendre fin. Bosch recula afin de ne pas voir la suite. Edgar le rejoignit, après avoir lu le message que le technicien du labo était en train d'étiqueter.

– Il lui a envoyé la même lettre… Pourquoi ?

– J'imagine qu'il voulait être certain qu'on n'enterrerait pas celle qu'il nous a adressée. Si on décidait de la passer sous silence, il pouvait toujours compter sur Chandler pour faire du raffut.

– Puisqu'elle avait la lettre depuis le début, pourquoi voulait-elle absolument qu'on présente la nôtre au procès ?

– Peut-être pensait-elle obtenir un meilleur effet avec la nôtre. En obligeant la police à fournir le document, cela conférait à cette lettre plus de poids aux yeux du jury. Si elle avait simplement présenté la sienne, mon avocat aurait pu contrer la manœuvre. Enfin, je ne sais pas. Ce n'est qu'une supposition.

Edgar acquiesça.

– Au fait, demanda Bosch, comment es-tu entré en arrivant ?

– La porte n'était pas fermée à clé. Aucune éraflure sur la serrure, ni aucun autre signe d'effraction.

– Autrement dit, le type s'est pointé et elle l'a laissé entrer… Il ne l'a pas attirée à lui sous de faux prétextes. Quelque chose est en train de se produire. Il change. Il mord et il brûle ses victimes, maintenant. Il commet des erreurs. Il se laisse dominer par quelque chose. Pourquoi s'en prendre à elle, au lieu de continuer à choisir ses victimes dans les revues spécialisées ?

– Dommage que Locke soit notre putain de suspect numéro un ! Ce serait intéressant de lui demander ce qu'il faut en penser.

– Inspecteur Bosch ! lança une voix d'en bas. Inspecteur Bosch !

Bosch avança vers le haut de l'escalier et se pencha pour regarder en bas. Un jeune agent en uniforme, celui qui tenait le registre à l'entrée du périmètre interdit, se trouvait dans l'entrée, la tête renversée vers lui.

– Y a un type dehors qui veut absolument entrer. Il dit qu'il est psy et qu'il travaille avec vous.

Bosch se retourna vers Edgar. Leurs regards se croisèrent un instant. Bosch reporta son attention sur le jeune officier.

– Comment s'appelle-t-il ?

L'officier consulta son registre.

– Euh... docteur John Locke, d'USC.

– Laissez-le passer.

Bosch descendit l'escalier, en faisant un signe de la main à Edgar.

– Je l'emmène dans le bureau de Chandler. Préviens Hans Off et rejoins-moi.

Bosch fit asseoir le docteur Locke dans le fauteuil derrière le bureau, tandis que lui choisissait de rester debout. Par la fenêtre, dans le dos du psy, il vit les journalistes se regrouper derrière les bandes jaunes dans l'attente d'une déclaration d'un fonctionnaire chargé des relations avec la presse.

– Ne touchez à rien, dit Bosch. Que venez-vous faire ici ?

– Je suis venu dès que j'ai appris la nouvelle, répondit Locke. Je croyais pourtant que vous faisiez surveiller le suspect ?

– Exact. Mais ce n'était pas le bon. Comment avez-vous appris la nouvelle ?

– Ils en parlent sur toutes les radios. J'ai entendu l'information en arrivant à Los Angeles, et je suis venu directement. Ils n'ont pas donné l'adresse exacte, mais une fois dans Carmelina, ce n'était pas difficile de trouver. Il suffisait de suivre les hélicoptères.

Edgar se glissa dans la pièce, puis referma la porte.

– Inspecteur Jerry Edgar, voici le docteur Locke.

Edgar salua d'un hochement de tête, sans tendre le bras pour une poignée de mains. Il resta en retrait, appuyé contre la porte.

– Où étiez-vous passé, docteur ? reprit Bosch. Nous essayons de vous joindre depuis hier.

– J'étais à Vegas.

– A Vegas ? Qu'êtes-vous allé faire là-bas ?

– Jouer, évidemment. Je projette également d'écrire un livre sur les prostituées qui travaillent en toute légalité dans les villes au nord de… Ecoutez, nous perdons du temps. J'aimerais voir le corps *in situ*. Ensuite, je pourrai vous fournir plus de renseignements.

– Le corps a déjà été emporté, docteur, déclara Edgar.

– Ah, zut ! Dans ce cas, je vais examiner les lieux et…

– Il y a déjà trop de monde là-haut, répondit Bosch. Plus tard, peut-être. Que pensez-vous des traces de morsures ? Et des brûlures de cigarettes ?

– Dois-je comprendre que ce sont des marques découvertes sur la victime ?

– En outre, il ne s'agit pas d'une pute recrutée par petite annonce, ajouta Edgar. Le meurtrier est venu ici, ce n'est pas sa victime qui est allée vers lui.

– Notre homme subit de rapides changements. Apparemment, nous sommes en présence d'une dislocation complète. Une force ou une raison inconnue lui dicte ses actes.

– Par exemple ? demanda Bosch.

– Je l'ignore.

– Nous avons essayé de vous joindre à Vegas. Vous n'avez pas occupé votre chambre.

– Au Stardust ? En fait, en arrivant, j'ai vu que l'hôtel MGM venait d'ouvrir, et j'ai décidé de demander s'ils avaient une chambre. Ils en avaient une. C'est là que j'ai couché.

– Vous étiez accompagné ?

– Tout le temps ? ajouta Edgar.

La perplexité se peignit sur le visage de Locke.

– Qu'est-ce que…

Et soudain il comprit.

– Allons, Harry, dit-il en secouant la tête, vous plaisantez ou quoi ?

– Non. Et vous ? Débarquer ici comme vous le faites…

– Je pense que…

– Non, ne dites rien. Je crois qu'il est préférable pour

tout le monde que vous soyez averti de vos droits avant d'aller plus loin. Jerry, tu as une carte ?

Edgar sortit son portefeuille pour en extraire une petite carte blanche plastifiée sur laquelle était imprimé le texte du code Miranda [1]. Il commença à le lire à voix haute à l'intention de Locke. Evidemment, Bosch et Edgar le connaissaient par cœur, mais un mémo distribué aux inspecteurs en même temps que cette carte expliquait qu'il valait mieux lire l'imprimé. De cette façon, il était plus difficile ensuite à un avocat de critiquer devant un tribunal la manière dont les policiers avaient informé son client de ses droits.

Pendant qu'Edgar lisait le code, Bosch observait par la fenêtre l'amas de journalistes qui entourait un des responsables adjoints de la police. Bremmer avait rejoint ses collègues, remarqua-t-il. Mais les déclarations du capitaine adjoint devaient manquer d'intérêt, car le journaliste du *Times* ne prenait aucune note. Légèrement en retrait de la meute, il fumait une cigarette. Sans doute attendait-il de soutirer de vraies informations aux vrais responsables, Irving et Rollenberger.

— Suis-je en état d'arrestation ? demanda Locke une fois qu'Edgar eut achevé sa lecture.

— Pas encore, lui répondit ce dernier.

— Nous voulons juste éclaircir certaines choses, ajouta Bosch.

— Sachez que je n'apprécie pas du tout !

— Oui, je comprends. Voulez-vous nous parler de ce petit voyage à Vegas ? Etiez-vous accompagné ?

— De vendredi soir 18 heures jusqu'à ce que je descende de voiture au coin de la rue il y a dix minutes, quelqu'un est resté auprès de moi à chaque instant de la journée, sauf pendant que j'étais aux toilettes. Tout ceci est ridi...

— Peut-on savoir qui est cette personne ?

— Une amie. Elle s'appelle Melissa Mencken.

---

1. Nom donné aux lois constitutionnelles protégeant tout citoyen américain dès que la police le met en état d'arrestation, le plus important de ces droits étant celui de ne pas répondre aux questions de la police tant qu'il n'a pas d'avocat *(NdT)*.

Bosch se souvint de la jeune femme prénommée Melissa qu'il avait vue dans l'antichambre du bureau de Locke.

– L'étudiante en psychologie enfantine ? Celle qui était dans votre bureau ? La blonde ?

– Exact, répondit Locke à contrecœur.

– Elle nous confirmera que vous étiez ensemble durant tout le week-end ? Dans la même chambre, le même hôtel et ainsi de suite ?

– Oui. Elle vous le confirmera. Nous rentrions quand nous avons entendu la nouvelle à la radio. Sur KFWB. Elle m'attend dans la voiture dehors. Allez l'interroger.

– C'est quelle voiture ?

– La Jag bleue. Ecoutez, Harry, vous l'interrogez et vous éclaircissez cette affaire. Si vous restez discret sur le fait que j'étais avec une étudiante, je veux bien passer l'éponge sur... cet interrogatoire.

– Ce n'est pas un interrogatoire, docteur. Croyez-moi, si on vous interrogeait, vous sentiriez la différence !

Bosch adressa un signe de tête à Edgar, qui ressortit sans bruit du bureau pour aller interroger la fille restée dans la Jaguar. Seul avec Locke, il prit une chaise contre le mur et s'assit devant le bureau pour attendre.

– Qu'est-il arrivé au suspect que vous suiviez, Harry ?

– Rien.

– Qu'est-ce que...

– Laissez tomber.

Ils restèrent assis en silence pendant presque cinq minutes, jusqu'à ce qu'Edgar passe la tête par l'entrebâillement de la porte pour faire signe à Bosch de le rejoindre dans le couloir.

– Ça se tient, Harry. J'ai interrogé la fille, elle m'a dit la même chose que Locke. J'ai trouvé des reçus de carte de crédit dans la voiture. Ils ont pris une chambre au MGM samedi, à 15 heures. Il y avait également un reçu de station-service de Victorville, avec l'heure : 9 heures du matin, samedi. Victorville est à environ une plombe d'ici. Apparemment, ils étaient sur la route au moment où Chandler a été assassinée. De plus, la fille affirme qu'ils ont passé la soirée de vendredi chez Locke, dans sa maison, là-haut dans les collines. On peut pousser les recherches, mais je pense qu'il est réglo.

– Alors, je… dit Bosch sans achever sa phrase. Va annoncer la nouvelle aux autres. Pendant ce temps, je vais lui demander d'aller jeter un coup d'œil là-haut, s'il est toujours d'accord.

– J'en suis sûr.

Bosch retourna dans le bureau. Il s'assit sur la chaise devant le bureau. Locke l'observait.

– Alors ?

– Elle a trop peur, Locke. Elle refuse de jouer le jeu. Elle nous a dit la vérité.

– Qu'est-ce que vous racontez, Bon Dieu ? s'exclama le psy.

C'était au tour de Bosch de l'observer. L'étonnement, la frayeur qui se lisaient sur son visage étaient trop authentiques. Bosch était désolé et, en même temps, il éprouvait un sentiment de supériorité pervers à avoir ainsi effrayé Locke, l'espace d'un instant.

– Vous êtes blanchi, docteur. Je voulais juste m'en assurer. Il n'y a que dans les films que le meurtrier revient sur les lieux de son crime.

Locke poussa un profond soupir et baissa la tête. Bosch songea qu'il ressemblait à un conducteur qui s'arrête sur le bas-côté de la route après avoir évité de justesse une collision avec un poids lourd.

– Bon sang, Bosch, pendant quelques secondes, j'ai eu une vision de cauchemar, je peux le dire…

Bosch acquiesça. Les visions de cauchemar, il connaissait.

– Edgar est parti baliser le terrain. Il va demander au lieutenant si vous pouvez inspecter les lieux pour nous donner votre avis. Si vous le souhaitez toujours.

– Parfait, répondit le psy.

Il semblait avoir perdu une bonne partie de son enthousiasme.

Après cet échange, les deux hommes demeurèrent silencieux. Bosch sortit son paquet de cigarettes, et se souvint qu'il était vide. Mais il remit quand même le paquet dans sa poche pour ne pas laisser de faux indices dans la corbeille à papiers.

Il n'avait plus envie de parler à Locke. Il regardait par la fenêtre, par-dessus l'épaule du psy, l'animation qui régnait dans la rue. La meute des journalistes s'était dispersée après la déclaration. Maintenant, plusieurs journalistes de la télé enregistraient leurs commentaires avec en arrière-plan la « maison du massacre ». Bosch vit Bremmer interroger les voisins d'en face, en prénant frénétiquement des notes dans son carnet.

Edgar entra dans le bureau.

– C'est bon, on l'attend là-haut.

Sans détacher les yeux de la fenêtre, Bosch dit :

– Tu peux le conduire, Edgar ? Je viens de penser à un truc, faut que je m'en occupe...

Locke se leva. Il regarda alternativement les deux inspecteurs.

– Je vous emmerde. Tous les deux. Je vous emmerde... Voilà, il fallait que je le dise. Maintenant, tirons un trait et mettons-nous au travail.

Il se dirigea vers Edgar. Bosch l'arrêta au moment où il atteignait la porte du bureau.

– Docteur Locke ?

Celui-ci se retourna.

– Le jour où nous arrêterons ce type, il voudra se vanter, n'est-ce pas ?

Locke réfléchit un instant, avant de répondre :

– Oui, il sera extrêmement fier de lui, de ce qu'il a fait. C'est peut-être ça le plus pénible pour lui, être obligé de rester discret. Il aura envie de se vanter.

Edgar et Locke quittèrent le bureau. Bosch regarda encore quelques secondes par la fenêtre, puis il se leva.

Une poignée de journalistes vinrent se masser derrière les bandes jaunes et le bombardèrent de questions au moment où il ressortait de la maison. Bosch se glissa sous la bande en répondant qu'il ne pouvait faire aucune déclaration et que le capitaine Irving n'allait pas tarder à sortir

430

à son tour. Cela parut calmer un peu leurs ardeurs, et Bosch en profita pour regagner sa voiture.

Il savait que Bremmer était un franc-tireur. Il laissait la meute se déchaîner, puis il intervenait après la bataille, seul, pour obtenir ce qu'il voulait. Bosch ne s'était pas trompé : le journaliste du *Times* le rejoignit au moment où il atteignait sa voiture.

– Tu t'en vas déjà, Harry ?

– Non, je viens simplement chercher quelque chose.

– C'est moche à l'intérieur, hein ?

– Officiellement ou entre nous ?

– A toi de choisir.

Bosch ouvrit la portière de la Caprice.

– Entre nous, oui, c'est moche. Officiellement, pas de commentaire.

Penché à l'intérieur de la voiture, il se mit à fouiller dans la boîte à gants avec ostentation.

– Comment vous l'avez surnommé, celui-ci ? demanda Bremmer. Vu que le Dollmaker est déjà pris.

Bosch se releva.

– Le Disciple. Ça aussi, ça doit rester entre nous. Interroge Irving.

– Pas mal, c'est accrocheur comme nom.

– J'étais sûr que ça plairait aux journalistes.

Bosch sortit de sa poche le paquet de cigarettes vide, l'écrasa, le jeta à l'intérieur de la voiture et referma la portière.

– File-moi un clope, tu veux ?

– Tiens.

Bremmer sortit de son veston un paquet de Marlboro souple et le secoua pour en faire jaillir une cigarette qu'il offrit à Bosch. Puis il la lui alluma avec son Zippo. De la main gauche.

– On vit dans une putain de ville, hein, Harry ?

– Ouais. Une putain de ville…

## 31

A 19 h 30 ce soir-là, Bosch était assis au volant de sa Caprice, sur le parking situé à l'arrière de St. Vibiana, dans le centre. De cet endroit, il apercevait la moitié d'un pâté de maisons de la 2<sup>e</sup> Rue, jusqu'au croisement de Spring Street. En revanche, il ne voyait pas l'immeuble du *Times*. Mais peu lui importait. Il savait que tous les employés du journal qui n'avaient pas le privilège de pouvoir se garer dans le parking des cadres étaient obligés de traverser au coin de Spring et de la 2<sup>e</sup> pour se rendre dans un des parkings pour les employés situés dans Spring Street. Il guettait Bremmer.

Après avoir quitté le domicile de Honey Chandler, il était rentré chez lui et avait dormi quelques heures. Puis il avait marché de long en large dans sa maison accrochée à flanc de colline, pensant à Bremmer et constatant à quel point il correspondait au profil du tueur. Il avait ensuite appelé le docteur Locke afin de lui poser quelques questions supplémentaires concernant la psychologie du Disciple. Sans mentionner Bremmer, toutefois. D'ailleurs, il n'en avait parlé à personne : au base-ball, au bout de trois lancers manqués, on quitte le terrain. Ayant enfin élaboré un plan, il était passé au poste de police de Hollywood pour faire le plein de la Caprice et emprunter le matériel dont il avait besoin.

Et maintenant, il attendait. Il regarda une procession de sans-abri descendre la 2<sup>e</sup> Rue. Comme attirés par les chants d'une sirène, tous se dirigeaient vers la Los Angeles Mission, à quelques rues de là, pour avoir droit à un repas et à un lit. La plupart traînaient avec eux, dans des caddies de supermarché parfois, tout ce qu'ils possédaient sur cette terre.

Bosch ne quittait pas des yeux le coin de la rue, mais son esprit dérivait au loin. Il songeait à Sylvia, se demandant ce qu'elle faisait à cet instant, quelles étaient ses pensées. Il espérait qu'elle ne réfléchirait pas trop longtemps, car il savait que les mécanismes instinctifs de défense et de riposte de son esprit s'étaient enclenchés. Déjà, il cherchait les conséquences positives si elle décidait de ne pas revenir. Il se disait qu'elle l'affaiblissait. N'avait-il pas pensé immédiatement à elle en découvrant le message du Disciple ? Oui, elle l'avait rendu vulnérable. Peut-être serait-elle néfaste à la mission de sa vie, se disait-il. Peut-être fallait-il la laisser partir.

Son pouls s'accéléra lorsqu'il vit Bremmer s'avancer sur le trottoir et se diriger vers les parkings. Le journaliste disparut ensuite derrière un immeuble. Bosch s'empressa de démarrer et de remonter la 2e Rue jusqu'à Spring Street.

A l'extrémité du pâté de maisons, Bremmer pénétra dans le parking le plus récent à l'aide de sa carte magnétique. Les yeux fixés sur le portillon automatique, Bosch attendit. Moins de cinq minutes plus tard, une Toyota Celica bleue émergea du garage et ralentit, le temps que son conducteur vérifie que la voie était bien libre. Bosch reconnut distinctement la silhouette de Bremmer derrière le volant. La Celica s'engagea dans Spring Street, Bosch fit de même.

Le journaliste prit la direction de l'ouest dans Beverly, puis dans Hollywood. Il effectua un arrêt dans un magasin Vons et en ressortit un quart d'heure plus tard avec un sac de provisions. Il roula ensuite jusqu'à un quartier de petits pavillons, au nord des studios Paramount. Il longea une petite maison en stuc et pénétra dans le garage individuel situé à l'arrière. Bosch se gara le long du trottoir, une maison plus loin, et attendit.

Toutes les maisons du quartier étaient bâties selon trois modèles uniques ; c'était une des zones pavillonnaires qui avaient fleuri à Los Angeles après la Seconde Guerre, avec des prix abordables pour les soldats qui revenaient au pays. Aujourd'hui, il fallait sans doute avoir une paye de général pour loger dans ce coin. Conséquence des années 1980. L'armée d'occupation des yuppies avait envahi les lieux.

Sur chaque pelouse était plantée une petite pancarte. Elles portaient des noms différents de sociétés de surveillance, mais toutes disaient la même chose. PROTECTION ARMÉE. L'épitaphe de cette ville. Parfois, Bosch se disait que l'inscription HOLLYWOOD, là-haut dans les collines, devrait être remplacée par ces deux mots.

Bosch attendit que Bremmer revienne devant la maison pour prendre son courrier, ou bien qu'il allume les lumières à l'intérieur. Rien de tel ne se produisit, et après avoir laissé passer cinq minutes, il descendit de voiture et s'approcha de l'allée, caressant inconsciemment le côté de son veston pour s'assurer de la présence de son Smith & Wesson. L'arme était bien là, mais il la laissa dans son étui.

L'allée de la maison n'était pas éclairée et, dans la pénombre du garage, Bosch n'apercevait que le faible reflet rouge des feux arrière de la Toyota. Nul signe du journaliste.

Une palissade de deux mètres de haut longeait le côté droit de la maison, séparant la propriété de Bremmer de celle de son voisin. Des branches de bougainvillée en fleur passaient par-dessus et Bosch percevait, venant de la maison d'à côté, les échos étouffés d'une télévision.

En avançant entre la palissade et le mur du pavillon de Bremmer pour se diriger vers le garage, Bosch eut conscience d'être totalement vulnérable. Mais il savait également qu'il ne lui servirait à rien de dégainer son arme. Choisissant le côté de l'allée le plus proche de la maison, il gagna le garage et s'arrêta devant l'entrée obscure. Debout sous un vieux panier de basket dont le cercle était tordu, il dit :

– Bremmer ?

Il n'y avait aucun bruit, à l'exception des cliquetis du moteur de la voiture dans le garage. Mais soudain, dans son dos, il perçut le léger raclement d'une chaussure sur le béton. Il se retourna. Bremmer se tenait là, son sac de provisions à la main.

– Qu'est-ce que tu fais ? demanda Bosch.

– C'est à moi de te poser cette question.

Bosch observa les mains du journaliste.

– Comme tu ne m'as pas appelé, je suis passé.

– A quel sujet ?

– Tu voulais mon commentaire sur le verdict, non ?

– C'est toi qui devais m'appeler. Tu te souviens ? Mais peu importe désormais, le procès est passé à la trappe. Surtout après le tour nouveau que vient de prendre cette affaire, si tu vois ce que je veux dire. L'article sur le Disciple, Irving a employé ce nom officiellement, va faire la une.

Bosch fit quelques pas vers lui.

– Comment se fait-il alors que tu ne sois pas au Red Wind ? Je croyais que tu allais toujours t'offrir un verre quand tu faisais la une ?

Coinçant le sac à provisions sous son bras droit, Bremmer fouilla dans sa poche de veste, et Bosch, rassuré, entendit un tintement de clés.

– Je n'avais pas le cœur à boire ce soir. D'une certaine façon, j'aimais bien Honey Chandler. Que viens-tu réellement faire ici, Harry ? J'ai vu que tu me suivais.

– Tu ne m'invites pas à entrer ? Si on buvait cette bière pour fêter ton article en première page ? La « une A », c'est comme ça que vous dites chez les journalistes, non ?

– Ouais. Et celui-ci sera même au-dessus du pli.

– Ah, pas mal cette expression. Au-dessus du pli.

Les deux hommes s'observèrent dans le noir.

– Alors, et cette bière ? demanda Bosch.

– Allons-y.

Bremmer pivota sur ses talons, se dirigea vers la porte de derrière et l'ouvrit. Glissant la main à l'intérieur, il alluma les lumières au-dessus de la porte et dans la cuisine. Puis il recula en tendant le bras pour faire signe à Bosch d'entrer le premier.

– Après toi, dit-il. Passe au salon et installe-toi. Je vais chercher les bouteilles et je te rejoins.

Bosch traversa la cuisine et un petit couloir jusqu'au salon-salle à manger. Au lieu de s'asseoir, il resta debout près d'une des fenêtres de devant, masquée par un rideau. Il écarta ce dernier pour regarder la rue et les maisons d'en face. Il n'y avait personne dehors. Personne ne l'avait vu entrer. Il se demanda s'il n'avait pas commis une erreur.

Son regard se posa sur le vieux radiateur fixé sous la fenêtre. Il y posa la main. Il était froid. Les serpentins en fonte avaient été peints en noir.

Il resta là quelques instants, puis se retourna pour examiner le reste de la pièce. Celle-ci était meublée avec goût, dans les tons noirs et gris. Bosch alla s'asseoir sur un canapé en cuir noir. Il savait que s'il arrêtait Bremmer à l'intérieur de la maison, il pourrait fouiller rapidement et superficiellement les lieux. S'il découvrait des choses compromettantes, il lui suffirait alors de revenir avec un mandat. En tant que journaliste spécialisé dans les affaires criminelles et judiciaires, Bremmer le savait lui aussi. Pourquoi m'a-t-il laissé entrer ? se demanda Bosch. Ai-je commis une erreur ? Le doute s'insinuait en lui.

Bremmer le rejoignit dans la pièce avec deux bouteilles de bière, sans verre, et s'assit dans le fauteuil en cuir assorti au canapé, à droite de Bosch. Ce dernier examina longuement sa bouteille de bière. Une bulle sortait du goulot. Lorsqu'elle éclata, il leva la bouteille en disant :

– Au-dessus du pli !

– Au-dessus du pli, répéta Bremmer en levant lui aussi sa bouteille.

Il ne souriait pas. Il but une gorgée et reposa la bouteille sur la table basse.

Bosch avala une grande gorgée de bière lui aussi et la garda dans sa bouche. Le liquide glacé lui fit mal aux dents. A sa connaissance, ni le Dollmaker ni le Disciple n'avaient jamais empoisonné leurs victimes. Il observa Bremmer, leurs regards se croisèrent un instant, et il avala finalement la gorgée de bière. C'était bon de la sentir couler dans sa gorge.

Penché en avant, les coudes sur les genoux, il tint la bouteille dans la main droite et regarda Bremmer, qui lui aussi le regardait. Après avoir interrogé Locke, Bosch savait que le Disciple ne serait pas poussé aux aveux par sa conscience. Il ne possédait aucune conscience. Il fallait employer la ruse, miser sur la fierté du meurtrier. Bosch sentit renaître sa confiance. Il posa sur Bremmer un regard brûlant qui le traversa de part en part.

– Qu'y a-t-il ? demanda calmement le journaliste.

– Dis-moi que tu as fait tout ça pour les articles, ou pour ton bouquin. Pour décrocher la une, au-dessus du pli, pour écrire un best-seller, n'importe quoi. Mais ne me dis pas que tu ressembles à ce pauvre dingue décrit par le psy.

– Qu'est-ce que tu racontes ?

– Epargne-moi ton baratin, Bremmer. C'est toi et tu sais que je le sais. Sinon, pourquoi est-ce que je perdrais mon temps ici ?

– Le Dol… le Disciple ? Tu es en train de dire que c'est moi le Disciple ? Tu deviens fou ?

– Et toi, tu ne le serais pas déjà devenu ? C'est la question que je te pose.

Bremmer demeura muet un long moment. Il sembla se retirer à l'intérieur de lui-même, comme un ordinateur qui doit résoudre une équation complexe et fait patienter l'utilisateur. Finalement, la réponse fut enregistrée, et ses yeux revinrent se fixer sur Bosch.

– Tu ferais mieux de partir, Harry, dit-il en se levant. Il est évident que ce procès t'as mis sous pression et je pense que…

– Non, c'est toi qui perds les pédales, Bremmer. Tu as commis des erreurs. Un tas d'erreurs.

Sans que rien l'ait laissé prévoir, le journaliste se jeta sur Bosch. Pivotant légèrement afin que son épaule percute la poitrine du policier, il le cloua au fond du canapé. Le souffle coupé par le choc, Bosch resta sans réaction pendant que Bremmer glissait la main à l'intérieur de son veston et s'emparait de l'arme. Puis le journaliste se recula, ôta le cran de sûreté du pistolet et le pointa sur le visage de Bosch.

Après presque une minute de silence au cours de

laquelle les deux hommes s'affrontèrent simplement du regard, Bremmer déclara :

– Je n'avoue qu'une chose : tu as éveillé ma curiosité, Harry. Mais avant que nous n'allions plus loin dans cette discussion, je dois vérifier quelque chose.

Une onde de soulagement et d'impatience envahit tout le corps de Bosch. Mais il essaya de ne pas le montrer. Au contraire, il s'efforça de plaquer un air terrorisé sur son visage. Les yeux écarquillés, il regarda fixement le Smith & Wesson. Penché au-dessus de lui, Bremmer fit glisser sa main épaisse sur le torse de Bosch, jusqu'à son entrejambe, avant de remonter sur les côtés. Pas de micro.

– Désolé d'être aussi familier, dit-il. Mais tu ne me fais pas confiance, et je ne te fais pas confiance moi non plus, OK ?

Bremmer se redressa, recula et se rassit.

– C'est inutile de te le rappeler, mais je le fais quand même : c'est moi qui ai l'avantage. Je te conseille donc de répondre à mes questions. Parle-moi de mes erreurs. Quelles erreurs ai-je commises ? Dis-moi où j'ai merdé, Harry, sinon je te fais exploser la rotule avec la première balle.

Bosch le tourmenta un instant en gardant le silence, le temps de réfléchir.

– Commençons par le début, si tu veux bien, attaqua-t-il enfin. Il y a quatre ans, tu as couvert l'affaire du Dollmaker. Et cela, dès le début. Ce sont d'ailleurs tes articles sur les premiers meurtres qui ont incité la police à créer la brigade spéciale. En tant que journaliste, tu avais accès à toutes les informations concernant le suspect, sans doute même aux rapports d'autopsie. Par ailleurs, tu avais des sources telles que moi et certainement la moitié des flics de la brigade et des services du coroner. Autrement dit, tu étais parfaitement au courant des méthodes du Dollmaker. Jusqu'à la petite croix blanche peinte sur l'orteil. Plus tard, après la mort du Dollmaker, tu t'es servi de tout ça pour écrire ton livre.

– Oui, je savais. Mais ça ne prouve rien, Bosch. Un tas de gens savaient.

– Oh, tu m'appelles Bosch maintenant ? Plus de Harry ? Suis-je devenu méprisable à tes yeux, tout à coup ? Ou est-ce que cette arme te donne une impression de supériorité ?

– Va te faire foutre, Bosch ! Tu es un crétin. Tu n'as aucune preuve. Je trouve ça formidable ! Franchement, je crois que ça mérite un chapitre dans mon prochain bouquin sur le Disciple…

– Tu veux savoir ce que j'ai d'autre ? J'ai la blonde coulée dans le béton. Et ça, excuse le jeu de mots, c'est en béton. Tu sais que tu as laissé tomber tes cigarettes pendant que tu coulais le bloc ? Tu t'en souviens ? En rentrant chez toi dans ta voiture, tu as voulu fumer, tu as voulu sortir ton paquet de cigarettes de ta poche, mais il n'y était plus… Et voilà, le paquet était là, dans le béton, avec Becky Kaminski, et il nous attendait. Des Marlboro paquet souple. La marque que tu fumes, Bremmer. Erreur numéro un.

– Un tas de gens fument cette marque. Bonne chance devant le procureur, avec un argument de ce poids !

– Il y a un tas de gauchers également, comme toi et le Disciple. Ou moi. Mais ce n'est pas tout. Tu veux écouter la suite ?

Bremmer détourna la tête pour regarder vers la fenêtre, mais il ne dit rien. Peut-être est-ce une ruse, songea Bosch, il attend que je me jette sur lui.

– Hé, Bremmer ! fit-il en haussant le ton. Tu veux la suite ? (Le regard du journaliste revint sur lui.) Aujourd'hui, après le verdict, tu m'as dit que je devrais m'estimer heureux, car la municipalité n'aurait que deux dollars à débourser. Mais quand nous avons bu un verre l'autre soir, souviens-toi, tu m'as expliqué en long et en large de quelle façon Chandler réclamerait au moins cent mille dollars à la municipalité si le jury lui accordait ne serait-ce qu'un dollar. Tu te souviens ? Conclusion, lorsque tu m'as dit ce matin que le verdict ne coûterait que deux dollars, tu savais que Chandler était morte et qu'elle ne pourrait réclamer ses honoraires. Et tu le savais parce que tu l'as tuée. Erreur numéro deux.

Bremmer secoua la tête, comme s'il avait affaire à un enfant. Le canon de l'arme descendit vers le ventre de Bosch.

– Ecoute, j'essayais simplement de te remonter le moral en disant ça, OK ? J'ignorais si elle était vivante ou morte. Aucun jury ne voudrait gober un truc pareil !

Bosch lui adressa un sourire triomphant.

– Ah, je vois que nous sommes passés du procureur au jury. Mon histoire s'améliore.

Bremmer lui répondit par un sourire glacial et releva l'arme.

– Rien d'autre, Bosch ? C'est tout ?

– Non, j'ai gardé le meilleur pour la fin...

Il prit le temps d'allumer une cigarette, sans quitter Bremmer des yeux.

– Tu te souviens comment, avant de tuer Chandler, tu l'as torturée ? Tu t'en souviens forcément. Tu l'as mordue. Et tu l'as brûlée. Et aujourd'hui, sur place, tout le monde se demandait pourquoi le Disciple changeait de méthode, pourquoi il innovait, pourquoi il modifiait le moule. Le plus perplexe de tous, c'était Locke, le psy. On peut dire que tu lui as vraiment posé un problème. Ça m'a presque fait plaisir, Bremmer. Mais vois-tu, il ignorait ce que moi je savais.

Bosch laissa planer cette dernière phrase. Il savait que le journaliste mordrait à l'hameçon.

– Et qu'est-ce que tu savais, Sherlock ?

Bosch sourit. Il avait les choses bien en main, désormais.

– Je savais pourquoi tu avais infligé toutes ces tortures à Chandler. C'est simple. Tu voulais récupérer la lettre, pas vrai ? Mais elle n'a pas voulu t'avouer où elle se trouvait. En fait, elle savait qu'elle allait mourir, qu'elle te la donne ou pas, alors elle s'est accrochée, elle a enduré tout ce que tu lui as fait subir, et elle n'a rien dit. Cette femme avait du cran, et même plus que ça, et au bout du compte elle a gagné, Bremmer. C'est elle qui t'a eu. Pas moi.

– Quelle lettre ? demanda le journaliste un long moment après, sans conviction.

– Celle avec laquelle tu as merdé. Tu ne l'as pas trouvée. C'était une grande maison, pas facile de fouiller partout, surtout avec une femme assassinée dans la chambre. Difficile à expliquer si jamais quelqu'un débarquait à l'improviste. Mais ne t'inquiète pas, je l'ai trouvée. Je l'ai. Dommage que tu ne lises pas Hawthorne. Elle était coincée à l'intérieur du livre. Dommage, vraiment. Mais comme je te le disais, elle t'a eu. Parfois, il y a une justice…

Bremmer n'eut aucune réponse cinglante à lui renvoyer. Bosch l'observait, en se disant qu'il était sur la bonne voie. Il approchait du but.

– Au cas où tu t'interrogerais, elle avait gardé l'enveloppe également. Je l'ai trouvée, elle aussi. Et ensuite, je me suis posé la question : pourquoi l'aurait-il torturée à cause de cette lettre, alors qu'il avait déposé la même au poste de police à mon attention ? C'était une simple photocopie. Et j'ai compris. Ce n'était pas la lettre que tu cherchais. C'était l'enveloppe… (Bremmer baissa les yeux.) Alors, qu'en dis-tu ? Tu me suis toujours ?

– Je ne comprends rien à ce que tu racontes, répondit Bremmer en relevant la tête. Si tu veux mon avis, tu délires complètement.

– Peu importe, du moment que le procureur me comprend, pas vrai ? Surtout quand je lui expliquerai que le poème qui figure sur cette lettre était une réponse à ton article paru dans le journal de lundi, le jour où le procès a débuté. Mais le cachet de la poste sur l'enveloppe date du samedi précédent. Tu vois, c'est là le hic. Comment le Disciple a-t-il pu écrire un poème faisant référence à un article de journal deux jours avant que ledit article ne paraisse ? La réponse, évidemment, c'est que le Disciple connaissait cet article avant sa parution. Pour la bonne raison qu'il l'avait écrit. Cela explique également comment tu pouvais faire allusion à ce message dans ton article du lendemain. Tu étais ta propre source en l'occurrence,

441

Bremmer. Et voilà l'erreur numéro trois. Tu as merdé trois fois... tu es éliminé !

Le silence qui suivit fut si profond que Bosch entendit le faible sifflement qui s'échappait de la bouteille de bière du journaliste.

– Tu oublies une chose, déclara finalement Bremmer. C'est moi qui tiens l'arme. Puis-je savoir à qui d'autre tu as raconté cette histoire insensée ?

– Laisse-moi terminer mon histoire, dit Bosch. Le nouveau poème que tu as déposé au poste pour moi ce week-end n'était qu'une ruse. Tu voulais faire croire au psy et à tout le monde que tu avais tué Chandler pour me rendre service ou un truc de cinglé dans le même genre, n'est-ce pas ?... (Bremmer ne répondit pas.) Comme ça, pensais-tu, personne ne découvrirait la véritable raison pour laquelle tu t'en es pris à elle. C'est-à-dire pour récupérer la lettre et l'enveloppe... Bon Dieu, elle te connaissait, et je suis sûr qu'elle t'a laissé entrer quand tu as frappé à sa porte. Un peu comme toi qui me laisses entrer chez toi. La familiarité est cause de danger, Bremmer...

Le journaliste ne disait toujours rien.

– Explique-moi une chose, Bremmer, reprit Bosch. J'aimerais savoir pourquoi tu as déposé une lettre et posté l'autre. En tant que journaliste, je sais bien que tu pouvais entrer au poste sans te faire remarquer et déposer le message à l'accueil. Mais pourquoi avoir envoyé le second par la poste ? De toute évidence, c'était une erreur... et c'est pour cette raison que tu es allé assassiner Chandler. Mais pourquoi envoyer le message ?

Le journaliste observa longuement Bosch. Puis son regard se posa sur l'arme, comme pour s'assurer qu'il était toujours maître de la situation et qu'il s'en sortirait quoi qu'il arrive. Le pistolet était un appât puissant. Bosch comprit qu'il le tenait.

– L'article devait paraître le samedi, c'était prévu comme ça ! Mais un connard de rédacteur en chef l'a mis de côté jusqu'au lundi. J'avais posté la lettre avant de regarder le journal, ce samedi-là. C'est ma seule erreur. Mais la plus grosse, c'est toi qui l'as commise.

– Ah ? Laquelle ?

– En venant ici seul…

Ce fut au tour de Bosch de rester muet.

– Pourquoi es-tu venu seul, Bosch ? continua Bremmer. Ça s'est passé de cette façon avec le Dollmaker ? Tu es venu seul pour pouvoir le buter de sang-froid ?

Bosch réfléchit.

– C'est une bonne question.

– C'était ta deuxième erreur. Croire que j'étais un adversaire aussi indigne que lui. Ce type était un minable. Tu l'as tué, et donc il méritait de mourir. Mais maintenant, c'est toi qui mérites de mourir.

– Donne-moi cette arme, Bremmer.

Ce dernier s'esclaffa comme si Bosch venait de prononcer une énorme bêtise.

– Tu crois vraiment que…

– Combien ? Combien de femmes as-tu enterrées ?

Un éclair de fierté s'alluma dans les yeux de Bremmer.

– Suffisamment. Suffisamment pour assouvir mes besoins particuliers.

– Combien ? Où sont-elles ?

– Tu ne le sauras jamais, Bosch. Ce sera ta torture, ta dernière souffrance. Ne jamais savoir. Et perdre la partie.

Bremmer releva le canon de l'arme pour le pointer sur le cœur de Bosch. Et il pressa la détente.

Bosch regarda ses yeux au moment du déclic. Bremmer appuya encore une fois sur la détente, et encore. Avec le même résultat, et une terreur grandissante dans ses yeux.

Plongeant la main dans sa chaussette, Bosch s'empara du chargeur de rechange, celui qui contenait quinze balles à grande puissance de pénétration. Il referma son poing autour du chargeur, se leva d'un bond du canapé et décocha un direct dans la mâchoire de Bremmer. La violence du coup projeta le journaliste à la renverse dans son fauteuil, celui-ci basculant à son tour sous le poids, et Bremmer s'affala sur le sol, laissant échapper le Smith & Wesson. Bosch s'en saisit, éjecta le chargeur vide et le remplaça par le nouveau.

– Debout ! Allez, relève-toi !

Bremmer obéit, avec difficulté.

– Tu vas me tuer maintenant ? Je serai la dernière victime du fou de la gâchette ?

– C'est à toi de décider, Bremmer.

– Qu'est-ce que tu veux dire ?

– Ça signifie que j'ai envie de te faire sauter la cervelle, mais pour ça, il faudra que tu fasses le premier geste, Bremmer. Comme avec le Dollmaker. C'est lui qui a décidé. Et donc, à toi de voir...

– Ecoute, Bosch, je n'ai aucune envie de mourir. Tout ce que je t'ai raconté... c'était pour plaisanter. Tu te trompes. Moi, je veux juste éclaircir les choses. Je t'en prie, conduis-moi en prison et tu verras que tout rentrera dans l'ordre. Je t'en prie !

– Est-ce qu'elles te suppliaient de la même façon quand tu leur serrais la lanière de cuir autour du cou ? Hein ? Est-ce qu'elles te suppliaient de les laisser vivre, ou au contraire de les tuer ? Et Chandler ? T'a-t-elle supplié de la tuer pour en finir ?

– Conduis-moi en prison. Arrête-moi et conduis-moi en prison !

– Va te coller contre le mur, enfoiré ! Tourne-toi et mets les mains dans le dos.

Bremmer s'exécuta. Dès que Bosch eut refermé les menottes autour des poignets du journaliste, les épaules de celui-ci retombèrent, comme s'il était soulagé. Et aussitôt, il se mit à agiter les bras, en frottant ses poignets contre le métal des menottes.

– Tu vois ce que je fais ? dit-il. Tu vois ça, Bosch ? Je me fais des marques aux poignets. Si tu me tues, ils remarqueront les marques et ils comprendront que c'était une exécution. Je ne suis pas un crétin du genre de Church qu'on peut abattre comme un chien !

– Non, en effet, tu connais toutes les astuces, pas vrai ?

– Oui, toutes. Alors, conduis-moi en prison, maintenant. Je serai ressorti avant que tu te réveilles demain. Tu sais comment ça s'appelle, ton truc ? De pures spéculations de la part d'un flic pourri. Même le jury fédéral a décrété que tu allais trop loin, Bosch. Ça ne marchera pas. Tu n'as aucune preuve.

Bosch l'obligea à se retourner. Leurs visages n'étaient plus qu'à quelques centimètres l'un de l'autre, leurs haleines chargées de relents de bière se mélangeant.

– C'est bien toi, hein ? Et tu penses que tu vas t'en tirer quand même ?

Bremmer le foudroya du regard, et Bosch vit à nouveau briller dans ses yeux une lueur de fierté. Locke avait raison. Il ne pouvait plus s'empêcher de parler, tout en sachant que sa vie dépendait peut-être de son silence.

– Oui, déclara-t-il d'une voix étrange, rauque. C'est moi. Oui, je les ai tuées, et je m'en sortirai. Attends un peu, et tu verras. Et quand je serai de nouveau en liberté, tu penseras à moi chaque nuit jusqu'à la fin de tes jours… (Bosch acquiesça.) Mais je n'ai jamais prononcé ces mots, Bosch. Ce sera ta parole contre la mienne. Un flic pourri… L'affaire sera vite enterrée. Ils ne peuvent pas prendre le risque de t'envoyer témoigner contre moi.

Bosch rapprocha encore son visage, en souriant.

– Dans ce cas, j'ai eu raison de t'enregistrer…

Disant cela, il se dirigea vers le radiateur et récupéra le micro-magnétophone coincé entre deux serpentins. Il le brandit dans sa paume pour bien le faire voir à Bremmer. La fureur apparut dans les yeux du journaliste. Il s'était fait piéger. Rouler.

– Cette bande n'est pas une preuve recevable, Bosch ! C'est un piège. Je n'ai pas été avisé. Je n'ai pas été avisé !

– Eh bien, je t'avise de tes droits, maintenant. Jusqu'à présent, tu n'étais pas en état d'arrestation. Je n'étais pas obligé de t'avertir avant de t'arrêter… (Bosch sourit, tout au plaisir d'enfoncer le couteau dans la plaie.) Tu connais la procédure, je crois… Bon, allons-y, Bremmer, ajouta-t-il, subitement lassé de sa victoire.

## 32

Bosch savoura toute l'ironie de la chose le mardi matin, lorsqu'il lut dans le journal l'article de première page, « au-dessus du pli » et signé de Bremmer, sur le meurtre de Honey Chandler. Il avait bouclé le journaliste à la prison du comté, sans possibilité de libération sous caution, peu avant minuit, sans en avertir ses connaissances dans la presse. Ainsi la nouvelle ne s'était-elle pas répandue avant l'heure du bouclage, et le *Times* publiait maintenant à la une un article sur un meurtre écrit par le meurtrier lui-même. Bosch apprécia en connaisseur. Il lut l'article, un large sourire aux lèvres.

La seule personne qu'il avait avertie était Irving. Il avait demandé au central des communications de le mettre en contact avec le directeur adjoint, et pendant une demi-heure il lui avait exposé, au téléphone, tous les stades de son enquête et décrit l'accumulation de preuves ayant conduit à cette arrestation. Irving ne lui adressa aucune félicitation, pas plus qu'il ne le réprimanda pour avoir agi seul. Les compliments ou les reproches viendraient plus tard, quand on saurait si l'inculpation tenait bon.

A 9 heures du matin, Bosch s'assit devant un substitut dans les bureaux du procureur situés à l'intérieur du palais de justice du centre-ville. Pour la seconde fois en l'espace de huit heures, il narra avec précision ce qui s'était passé, puis il fit écouter l'enregistrement de sa conversation avec Bremmer. L'adjoint du procureur, un certain Chap Newell, prenait des notes sur un bloc de feuilles jaunes pendant que défilait la bande. Très souvent, il plissait le front ou secouait la tête, car le son n'était pas très bon. Les voix dans le salon de Bremmer résonnaient entre les serpentins du radiateur en fonte et produisaient une sorte d'écho métallique. Malgré tout, les mots les plus importants demeuraient audibles.

Bosch regardait, sans rien dire. Newell semblait tout juste sorti de la fac de droit. L'arrestation de Bremmer n'ayant pas encore fait de bruit dans les journaux ou à la télévision, elle n'avait pas eu droit à l'attention d'un procureur plus chevronné. Newell en avait hérité en fonction des hasards du tableau de service.

Une fois l'enregistrement terminé, le substitut prit encore quelques notes, façon pour lui de donner l'impression qu'il maîtrisait son sujet, puis il leva les yeux vers Bosch.

– Vous ne m'avez pas parlé de ce qu'il y avait dans la maison.

– Je n'ai rien découvert lors de la rapide fouille que j'ai effectuée la nuit dernière. D'autres policiers sont maintenant sur place, avec un mandat, pour tout examiner de fond en comble.

– Eh bien, j'espère qu'ils trouveront quelque chose.

– Pourquoi ? Vous avez tout ce qu'il faut pour une inculpation.

– Oui, bien sûr, Bosch. Du bon travail, sincèrement...

– Venant de vous, je suis flatté.

Newell l'observa en plissant les yeux ; il ne savait pas comment prendre cette remarque.

– Pourtant... euh...

– Quoi ?

– Nous pouvons bâtir une inculpation, bien évidemment. Tout y est...

– Mais ?

– J'essaye de me placer dans l'optique d'un avocat de la défense. Qu'avons-nous réellement ? Une suite de coïncidences. Bremmer est gaucher, il fume, il connaissait les méthodes du Dollmaker. Mais toutes ces choses ne sont pas des preuves formelles. Elles peuvent s'appliquer à énormément de personnes.

Bosch alluma une cigarette.

— S'il vous plaît, ne…

Il inspira et recracha la fumée vers son interlocuteur.

— Et la lettre ? Et le cachet de la poste ?

— Oui, c'est très bien, mais c'est complexe, difficile à saisir. Un bon avocat convaincrait le jury qu'il s'agit d'une coïncidence supplémentaire. Il pourrait jeter le trouble, voilà ce que j'essaye de vous expliquer.

— Et l'enregistrement, Newell ? Nous avons ses aveux sur une bande. Que voulez-vous demander de…

— Au cours de ses aveux, il dément ces mêmes aveux.

— Pas à la fin.

— Ecoutez, je n'ai pas l'intention d'utiliser cet enregistrement.

— Qu'est-ce que vous dites ?

— Vous avez très bien compris. Bremmer est passé aux aveux avant que vous ne l'avisiez de ses droits. Cela suffit à faire surgir le spectre de la manipulation policière.

— Il n'y a eu aucune manipulation ! Bremmer savait que j'étais flic, et il connaissait ses droits, que je l'en aie avisé ou pas. Et il pointait un putain de flingue sur moi ! Il a fait ces aveux en toute liberté. Au moment de l'arrêter officiellement, je lui ai lu ses droits.

— Oui, mais il a vérifié que vous ne portiez pas de micro. Cela indique clairement qu'il ne souhaitait pas être enregistré. De plus, il a lâché la bombe… je parle de son aveu le plus compromettant… une fois que vous lui aviez passé les menottes, mais avant que vous lui ayez lu ses droits. C'est trop risqué.

— Vous vous servirez de cet enregistrement.

— Votre position ne vous permet pas de me dire ce que je dois faire, Bosch. Par ailleurs, si nous nous présentons avec cette seule arme, ça se terminera devant la cour d'appel de l'Etat, car avec n'importe quel avocat, c'est là que Bremmer portera l'affaire. Nous gagnerons en première instance, car la moitié des juges de ce tribunal ont travaillé pour le bureau du procureur à un moment ou un autre. Mais dès qu'on se retrouvera en appel ou devant la cour suprême de l'Etat à San Francisco, ce sera au petit bonheur la chance. C'est ce que vous voulez ? Attendre deux ou trois ans pour vous faire envoyer sur les roses au final ? Ou bien préférez-vous faire les choses correctement dès le départ ?

Bosch se pencha en avant pour foudroyer du regard le jeune substitut.

– Ecoutez-moi. L'enquête n'est pas terminée. Nous réunirons d'autres preuves. Mais nous devons inculper ce type, ou alors le laisser repartir. Nous disposons de quarante-huit heures depuis hier soir pour agir. Si nous ne l'inculpons pas immédiatement, sans possibilité de mise en liberté sous caution, il se trouvera un avocat et obtiendra sa libération provisoire. Alors, inculpez-le maintenant. Nous disposons de toutes les preuves nécessaires pour étayer cette accusation.

Newell hocha la tête comme pour acquiescer, mais il répondit :

– A vrai dire, j'aime posséder la totalité des éléments, tout ce dont on dispose, quand je bâtis une inculpation. Ainsi, on sait de quelle manière on va mener l'instruction à charge, dès le départ. On sait à quoi s'attendre à l'arrivée...

Bosch se leva et se dirigea vers la porte du bureau restée ouverte. Il fit un pas dans le couloir pour regarder la plaque en plastique fixée sur le mur au-dehors. Puis il revint dans le bureau.

– Que faites-vous, Bosch ?

– C'est curieux, je croyais que vous étiez substitut. J'ignorais que vous étiez également juge d'instance.

Newell laissa tomber son stylo sur son bloc. Son visage s'empourpra, la rougeur se propageant jusqu'à son front.

– Oui, je suis substitut. Mais ma tâche consiste également à m'assurer que nous avons le dossier le plus solide possible, dès le départ. Je pourrais, si je le voulais, bâtir une inculpation avec toutes les affaires qui franchissent cette porte, mais tel n'est pas mon but. Le but, c'est de rassembler des preuves irréfutables, et le plus possible. Je ne veux pas des dossiers qui me pètent à la figure. Alors je bétonne, Bosch. Je...

– Quel âge avez-vous ?

– Hein ?

– Votre âge ?

– Vingt-six ans. Mais quel rapport avec...

– Ecoutez-moi bien, petit connard. Ne m'appelez plus jamais par mon nom. Des affaires comme celle-là, j'en ai connu avant même que vous ne plongiez le nez dans votre premier bouquin de droit, et je continuerai bien après que vous aurez foutu le camp à Century City avec votre Saab décapotable et votre petit numéro d'égocentrique. Vous pouvez m'appeler inspecteur ou inspecteur Bosch, vous pouvez même m'appeler Harry. Mais ne m'appelez plus jamais Bosch, c'est compris ? (Newell était bouche bée.) C'est compris ?

– D'... d'accord.

– Encore une chose. Nous allons rassembler d'autres preuves, et nous allons les rassembler dès que possible. Mais en attendant, vous allez inculper Bremmer de meurtre au premier degré [1], sans mise en liberté sous caution, car nous ferons en sorte, et dès le départ, monsieur Newell, que cette ordure ne voie plus jamais la lumière du jour. Ensuite, quand nous aurons de nouvelles preuves, et si vous êtes toujours en charge de ce dossier, vous prononcerez une série d'inculpations en établissant le lien entre les différentes victimes. Et à aucun moment vous ne vous soucierez de la soi-disant réaction du juge lors du procès. C'est lui qui prendra sa décision. Car nous savons bien tous les deux que vous n'êtes qu'un employé, un employé qui fait ce qu'on lui demande. Si vous étiez suffisamment calé, ne serait-ce que pour siéger à côté d'un procureur, vous ne seriez pas ici. Des questions ?

– Euh... non.

– Pardon ?

– Pas de... Non, inspecteur Bosch.

1. Terme juridique signifiant que la peine capitale pourra être requise par l'accusation *(NdT)*.

450

Bosch regagna la salle de réunion voisine du bureau d'Irving et passa le reste de la matinée à rédiger une demande de mandat de perquisition, afin de prélever des échantillons de cheveux, de sang et de salive sur Bremmer, ainsi que ses empreintes dentaires.

Avant de la porter au tribunal, il assista à une courte réunion de la brigade spéciale, au cours de laquelle tous les inspecteurs firent le point sur leurs missions respectives.

Edgar déclara qu'il s'était rendu à Sybil Brand afin de montrer à Georgia Stern, toujours incarcérée là-bas, une photo de Bremmer. Malheureusement, elle avait été incapable de l'identifier comme étant son agresseur. Sans toutefois nier cette éventualité.

Sheehan expliqua ensuite qu'Opelt et lui avaient montré la même photo de Bremmer au propriétaire des boxes situés sous l'ancienne salle de billard. D'après celui-ci, Bremmer faisait peut-être partie des locataires de box deux ans plus tôt, mais il ne pouvait l'affirmer avec certitude. C'était trop ancien, disait-il, et il ne se souvenait pas assez précisément pour envoyer un homme à la chambre à gaz.

– Ce type a les foies, dit Sheehan. A mon avis, il a reconnu Bremmer, mais il a trop la trouille pour se mouiller. On retournera le voir demain.

Rollenberger contacta les « présidents » par radio. Ceux-ci, qui se trouvaient au domicile de Bremmer, annoncèrent qu'ils n'avaient toujours rien trouvé. Ni cassettes, ni cadavres, rien.

– Je propose de demander un mandat pour creuser dans le jardin et sous la maison, suggéra Nixon.

– Oui, éventuellement, répondit Rollenberger. En attendant, continuez à chercher à l'intérieur.

Enfin, Yde déclara par radio que Mayfield et lui avaient affaire aux avocats du *Times*, et jusqu'à présent ils n'avaient même pas réussi à approcher du bureau de Bremmer, dans la salle de rédaction.

Rollenberger expliqua ensuite que Heikes et Rector étaient en déplacement et enquêtaient sur le passé de Bremmer. Pour finir, il annonça qu'Irving devait donner une conférence de presse à 17 heures pour évoquer cette affaire. Si jamais il y avait du nouveau d'ici là, Rollenberger voulait être averti.

– Ce sera tout, conclut-il.

Bosch se leva et quitta la pièce.

Le centre médical du quartier de haute sécurité de la prison du comté lui évoquait le laboratoire du docteur Frankenstein. Les lits étaient munis de chaînes, et des anneaux étaient vissés dans le carrelage des murs afin d'attacher les patients. Les lampes suspendues au-dessus de chaque lit étaient protégées par un grillage afin que les patients ne puissent en atteindre les ampoules et s'en servir comme armes. Le carrelage avait peut-être été blanc jadis, mais, au fil des ans, il avait pris une teinte jaunâtre sinistre.

Immobiles sur le seuil d'une des salles à six lits, Bosch et Edgar regardèrent Bremmer, couché dans le lit le plus éloigné, subir une injection de penthotal de sodium destinée à le rendre plus coopératif, plus malléable. En effet, il avait refusé qu'on effectue les prélèvements de sang, de salive et de cheveux, ainsi que les empreintes dentaires, ordonnés par le tribunal.

Dès que la drogue eut commencé à faire effet, le médecin ouvrit la bouche du journaliste, glissa deux pinces à l'intérieur pour la maintenir ouverte et appliqua un petit bloc carré d'argile sur la rangée des dents du haut. Il effectua ensuite la même opération avec les dents du bas. Ceci étant fait, il ôta les clamps. Bremmer semblait dormir.

– Si on l'interrogeait maintenant, il nous dirait la vérité, hein ? demanda Edgar. C'est bien du sérum de vérité qu'ils lui ont injecté, non ?

– Oui, soi-disant, répondit Bosch. Mais ça nous vaudrait certainement une annulation du procès.

Les petits blocs gris portant les empreintes de dents furent déposés dans des sachets en plastique. Le médecin les scella et les tendit à Edgar. Il préleva ensuite un échantillon de sang, frotta une boule de coton dans la bouche de Bremmer, avant de couper des fragments de cheveux sur la tête du suspect, ainsi que des poils au niveau du torse et du pubis. Il glissa chaque échantillon dans des enveloppes, qu'il déposa dans une petite boîte en carton semblable à celle dans laquelle on servait les croquettes de poulet dans les fast-food.

Bosch récupéra la boîte et les deux inspecteurs repartirent – Bosch pour aller voir Amado, le médecin légiste, dans les locaux du coroner, et Edgar pour se rendre à Cal State Northridge afin d'interroger l'expert qui l'avait aidé à reconstituer le visage de la blonde coulée dans le béton.

A 16 h 45, tout le monde était de retour dans la salle de réunion, à l'exception d'Edgar. Les inspecteurs tournaient en rond en attendant que débute la conférence de presse d'Irving. L'enquête n'avait pas progressé depuis la fin de matinée.

– A ton avis, Harry, où est-ce qu'il a tout planqué ? demanda Nixon en servant le café.

– Je n'en sais rien. Peut-être qu'il a un placard secret quelque part. S'il a enregistré des cassettes, ça m'étonnerait qu'il s'en soit séparé. Il a certainement une planque. On la trouvera.

– Et les autres victimes ?

– Elles sont quelque part dans cette ville, enterrées. On les découvrira uniquement par hasard.

– A moins que Bremmer ne passe aux aveux, déclara Irving.

Il venait de faire son entrée.

Une bonne ambiance régnait dans la pièce. Malgré les lents progrès de l'enquête, chacun était persuadé qu'on avait enfin mis la main sur le meurtrier. Et cette certitude donnait à tous le sentiment d'avoir accompli leur mission. Voilà pourquoi ils avaient envie de boire un café, et de bavarder. Y compris Irving.

A 16 h 55, alors que le directeur adjoint relisait une dernière fois les rapports rédigés dans la journée avant d'affronter la presse, Edgar les contacta par radio. Rollenberger s'empressa de prendre la communication.

– Alors, quoi de neuf, Equipe Cinq ?

– Harry est là ?

– Oui, Equipe Cinq. L'Equipe Six vous entend. Que se passe-t-il ?

– Ça y est, on a décroché le jack-pot ! Les empreintes de dents du suspect correspondent parfaitement à celles laissées sur le corps de la victime !

– Reçu et terminé, Equipe Cinq.

Il y eut des cris de joie dans la pièce, des tapes dans le dos, des claques dans les mains.

– Il est foutu ! s'exclama Nixon.

Irving rassembla ses documents et se dirigea vers la porte donnant dans le couloir. Il ne voulait pas arriver en retard. Avant de sortir, il passa devant Bosch.

– C'est gagné, Bosch. Merci.

Bosch hocha simplement la tête.

Quelques heures plus tard, Bosch était de retour à la prison du comté. L'heure de la fermeture des cellules étant passée, les gardiens ne purent lui amener Bremmer. Il dut pénétrer à l'intérieur du quartier de haute sécurité, tandis que les gardiens le surveillaient par caméras interposées. Bosch longea la rangée de cellules jusqu'à la 6-36. Arrivé là, il regarda à travers la petite ouverture grillagée de trente centimètres carrés découpée dans la porte blindée.

Bremmer était en isolement, il se trouvait donc seul dans sa cellule. Il n'avait pas remarqué que Bosch l'observait. Il était allongé sur la couchette inférieure, les mains croisées derrière la tête. Les yeux ouverts, il regardait droit devant lui. Bosch reconnut l'absence qu'il avait remarquée brièvement la nuit précédente. Comme si Bremmer était ailleurs. Bosch approcha sa bouche de la grille.

– Hé, Bremmer, tu sais jouer au bridge ?

Bremmer le regarda, seuls ses yeux bougèrent.

– Hein ?

– Je te demande si tu joues au bridge. Tu sais bien… le jeu de cartes.

– Qu'est-ce que tu viens foutre ici, Bosch ?

– Je venais juste t'annoncer qu'ils viennent d'ajouter trois victimes de plus à la première. Ils ont établi un lien entre elles. Ça nous fait donc la blonde coulée dans le béton, plus les deux d'avant, celles qu'on avait d'abord attribuées au Dollmaker, sans oublier la tentative de meurtre sur celle qui a survécu.

– Qu'est-ce que ça change, hein ? Tu en as une, tu les as toutes. Il me suffit de démolir l'affaire Chandler et les autres tomberont comme des dominos.

– Oui, mais ça ne se passera pas comme ça. On a tes empreintes de dents, Bremmer, ça vaut les empreintes digitales. Sans parler du reste. Je reviens du labo. Ils ont établi la correspondance entre tes poils pubiens et ceux retrouvés sur les victimes numéro sept et onze, celles qu'on avait mises au compte du Dollmaker. Tu devrais envisager un arrangement, Bremmer. Si tu nous dis où sont cachées les autres filles, peut-être qu'ils te laisseront la vie sauve. C'est pour ça que je t'ai demandé si tu jouais au bridge…

– Quel rapport ?

– J'ai entendu dire qu'il y avait à San Quentin quelques bons joueurs. Ils cherchent toujours de nouveaux partenaires. Je suis sûr qu'ils te plairont, vous avez un tas de choses en commun.

– Fous-moi la paix, Bosch.

– D'accord. Je veux juste que tu saches qu'ils sont dans le quartier des condamnés à mort. Mais ne t'en fais pas, une fois là-bas, tu auras largement le temps de jouer aux cartes. Quel est le délai d'application de la sentence, en moyenne ? Huit ans, dix ans avant de passer à la chambre à gaz ? Pas mal. A moins, évidemment, que tu ne conclues un arrangement…

– Aucun arrangement, Bosch. Fous le camp.

– Oui, je m'en vais. Crois-moi, c'est chouette de pouvoir sortir d'ici. A plus tard, OK ? Dans huit ou dix ans. Je serai là, Bremmer. Le jour où ils t'attacheront sur la chaise. Je regarderai à travers la vitre quand ils balanceront les gaz. Et après, à la sortie, je raconterai aux journalistes comment tu es mort. Je leur dirai que tu es mort en hurlant, comme un trouillard.

– Va te faire foutre, Bosch !

– Ouais, d'accord. A plus tard, Bremmer.

## 33

Suite à la mise en accusation de Bremmer le mardi matin, Bosch obtint l'autorisation de prendre un congé jusqu'à la fin de la semaine, au lieu de percevoir les heures supplémentaires accumulées au cours de cette affaire.

Il passa son temps à flemmarder chez lui, en faisant des choses et d'autres, sans se presser. Il répara la balustrade de la véranda de derrière avec de nouveaux tasseaux de chêne traités contre les intempéries. Plus tard, profitant de ce qu'il était chez Home Depot pour acheter du bois, il fit également l'acquisition de nouveaux coussins pour les fauteuils et la chaise longue de la véranda.

Il recommença à lire les pages sportives du *Times*, en notant les modifications dans les statistiques des classements des équipes et des performances des joueurs.

De temps à autre, il lisait un des articles publiés dans le cahier « Métro » et consacrés à ce qu'on appelait maintenant, et dans tout le pays, « l'affaire du Disciple ». Mais il ne parvenait pas à se passionner. Il connaissait trop bien cette histoire. Dans ces articles ne l'intéressaient que les détails relatifs à la personnalité de Bremmer. Le *Times* avait envoyé un de ses hommes dans le Texas, là où avait grandi Bremmer, dans la banlieue d'Austin, et le journaliste en était revenu avec un récit basé sur des archives du tribunal pour enfants et des ragots de voisinage. Bremmer avait été élevé par sa mère. Son père ? Un musicien de blues itinérant qu'il ne voyait qu'une ou deux fois par an, au plus. D'anciens voisins décrivaient la mère comme une femme autoritaire et méchante avec son fils.

La chose la plus grave que parvint à dénicher le journaliste dans le passé de Bremmer concernait l'incendie de l'appentis du voisin. Bremmer avait été soupçonné, mais jamais condamné : il avait alors treize ans. A en croire les témoins de l'époque, sa mère l'avait quand même puni comme s'il avait commis ce crime, lui interdisant de sortir de leur minuscule maison jusqu'à la fin de l'été. Les voisins affirmaient que c'était environ à ce moment-là que des animaux familiers avaient commencé à disparaître dans le quartier, sans qu'on puisse toutefois accuser formellement le jeune Bremmer. Jusqu'à maintenant, du moins. Désormais, les voisins semblaient rejeter sur lui la responsabilité de tous les maux qui avaient frappé leur quartier en ce temps-là.

Un an après l'incendie de l'appentis, la mère de Bremmer était morte d'alcoolisme, et le jeune garçon avait été envoyé dans un orphelinat de l'Etat où les enfants portaient des chemises blanches, des cravates noires et des blazers bleus pour assister aux cours, même quand le mercure faisait sauter le thermomètre. D'après l'article du *Times*, Bremmer avait joué au reporter pour un des journaux rédigés par les élèves de l'orphelinat, débutant ainsi une carrière de journaliste qui l'avait conduit plus tard à Los Angeles.

Cette enfance apportait de l'eau au moulin de gens tels que le docteur Locke, qui se servaient de cette histoire pour alimenter leurs spéculations sur la manière dont l'enfant Bremmer avait poussé par la suite l'adulte Bremmer à agir. Bosch, lui, n'éprouvait que de la tristesse. Malgré tout, il ne put s'empêcher de contempler longuement la photo de la mère, que le *Times* avait dénichée quelque part. Sur ce vieux cliché, elle se tenait devant la porte d'une maison de style ranch brûlée par le soleil, la main posée sur l'épaule du jeune Bremmer. Elle avait des cheveux blonds décolorés, une silhouette provocante et une forte poitrine. Trop maquillée, songea Bosch.

Outre les articles sur Bremmer, celui que Bosch lut et relut plusieurs fois se trouvait dans la section « Métro » du journal de mardi et concernait l'enterrement de Beatrice Fontenot. Le nom de Sylvia y était cité. On racontait que la professeur du lycée Grant avait lu un passage d'une rédaction de la jeune fille lors du service religieux. Une photo prise durant la cérémonie accompagnait l'article, mais Sylvia n'y figurait pas. On y voyait uniquement le visage stoïque et marbré de larmes de la mère de Beatrice. Bosch laissa le journal, ouvert à cette page, sur la table à côté de la chaise longue pour relire l'article chaque fois qu'il venait s'y asseoir.

Quand il ne supportait plus de tourner en rond chez lui, il prenait sa voiture. Il descendait des collines et traversait la Vallée, sans but précis. Il n'hésitait pas à rouler pendant trois quarts d'heure pour aller manger un hamburger dans un In'n'Out. Ayant grandi dans cette ville, il aimait la traverser en voiture, connaissant chaque rue, chaque croisement. A deux reprises, le jeudi et le vendredi matin, ses virées en voiture le conduisirent jusqu'au lycée Grant, mais il n'eut pas la chance d'apercevoir Sylvia. Chaque fois qu'il pensait à elle, son cœur se brisait, mais il savait qu'il lui fallait se contenter de cela, passer devant l'école en voiture. C'était à elle de prendre une décision, il ne pouvait qu'attendre.

Le vendredi après-midi, en revenant de sa promenade, il vit que le signal lumineux de son répondeur téléphonique clignotait et l'espoir forma une boule dans sa gorge. Peut-être Sylvia avait-elle aperçu sa voiture, et elle l'appelait parce qu'elle savait à quel point il souffrait. Ce n'était qu'Edgar, qui lui demandait de le rappeler.

Ce qu'il finit par faire.

– Hé, Harry, tu as manqué le meilleur !

– Ah ?

– On a eu la visite de *People Magazine*, aujourd'hui !

– J'ai hâte de te voir en couverture.

– Non, je plaisantais. En fait, il y a du nouveau. Et du sérieux !

– Je t'écoute.

– Il fallait bien que toute cette pub finisse par nous

rendre service. Une bonne femme de Culver City nous a appelés pour nous dire qu'elle avait reconnu Bremmer dans le journal, et qu'il louait un box chez elle, mais sous le nom de Woodward. On a obtenu un mandat et on y est allés à la première heure ce matin.

– Et alors ?

– Locke avait raison. Il a tout filmé en vidéo. On a découvert les cassettes. Ses trophées.

– Nom de Dieu !

– Ouais. S'il restait encore un doute, il n'y en a plus. On a trouvé sept cassettes, plus la caméra. Il n'a sans doute pas enregistré les deux premières, celles qu'on avait collées sur le dos du Dollmaker. Mais on a les enregistrements de sept autres victimes, y compris Chandler et Maggie Cum Loudly. Ce salopard a tout filmé. Mon pote, c'est l'horreur. Ils sont en train d'établir l'identité des cinq victimes qu'on voit sur les bandes, mais on peut parier que ce sont les filles qui figurent sur la liste fournie par Mora. Gallery et les quatre autres nanas des films porno.

– Qu'y avait-il à part ça dans le box ?

– Tout. On a tout retrouvé. Les menottes, les ceintures, les bâillons, un couteau et même un Glock 9 mm. Tout son attirail de meurtrier. Le flingue devait lui servir à maîtriser ses victimes. Voilà pourquoi on n'a retrouvé aucune trace de lutte chez Chandler. Il les menaçait avec son arme, jusqu'à ce qu'il puisse les ligoter et les bâillonner. D'après les bandes, tous les meurtres ont eu lieu chez Bremmer, dans la chambre du fond. A l'exception de Chandler, évidemment. Elle a été assassinée chez elle… Ah, si tu voyais ces enregistrements, Harry, c'est insupportable…

Bosch n'avait aucun mal à imaginer. En se représentant mentalement les scènes, il éprouva un étrange tressaillement au niveau du cœur, comme si celui-ci s'était détaché en lui et cognait contre les parois de sa cage thoracique, tel un oiseau qui tente de sortir de sa cage.

– Quoi qu'il en soit, reprit Edgar, le procureur a été averti, et la grande nouveauté, c'est que Bremmer a décidé de se mettre à table.

– Il va parler ?

– Oui. Il a appris que nous avions découvert les cassettes et tout le reste. Je suppose qu'il a demandé à son avocat de négocier. Il écopera de la prison à vie sans remise de peine possible. En échange, il nous conduira aux autres cadavres et laissera les psys l'étudier pour découvrir son mode de fonctionnement. Si ça ne tenait qu'à moi, je l'écraserais comme une mouche, mais je suppose qu'ils pensent avant tout aux familles et aux progrès de la science…

Bosch garda le silence. Bremmer ne serait donc pas exécuté. Tout d'abord, il ne sut que penser. Finalement, il se dit que c'était un marché acceptable. L'idée qu'on ne retrouve jamais les corps de ces femmes le dérangeait. C'était pour ça qu'il avait rendu visite à Bremmer dans sa prison, le jour de la première inculpation. Que les victimes aient ou n'aient pas de famille qui s'inquiètent pour elles, peu importait, mais il ne voulait pas les laisser quelque part sous terre, dans le gouffre noir de l'inconnu.

Oui, c'était un marché acceptable, se dit-il. Bremmer resterait en vie, mais il ne vivrait pas. Ce serait peut-être même un châtiment pire que la chambre à gaz. Et justice serait rendue.

– Voilà, je pensais que ça t'intéresserait, conclut Edgar.

– Oui.

– C'est quand même dingue, non ? Dire que c'était Bremmer ! C'est plus dingue que si c'était Mora. Un journaliste ! Et je le connaissais, par-dessus le marché !

– Ouais, comme pas mal d'entre nous. Ça veut juste dire qu'on ne connaît jamais vraiment les gens.

– Exact. Allez, à plus tard, Harry.

Cet après-midi-là, accoudé à la nouvelle balustrade en chêne de la terrasse derrière sa maison, Bosch observait le canyon en contrebas, en songeant au cœur noir. Ses pulsations étaient si fortes qu'elles pouvaient imprimer leur rythme à toute une ville. Et il savait que ce rythme de fond, ce tempo, ne cesserait jamais d'accompagner sa propre existence. Bremmer allait disparaître, enfermé pour toujours, mais Bosch savait qu'un autre prendrait la relève. Et encore un autre. Le cœur noir ne bat jamais seul.

Il alluma une cigarette, songea à Honey Chandler et enfouit la dernière image qu'il avait d'elle sous les souvenirs de l'avocate devant la cour. Telle était la place qu'elle occuperait éternellement dans son esprit. Il y avait quelque chose de si pur, de si intense dans sa rage, comme la flamme bleue d'une allumette avant qu'elle ne se consume. Bien que dirigée contre lui, il avait apprécié cette hargne.

Ses pensées dérivèrent ensuite vers la statue érigée sur les marches du tribunal. Il avait oublié son nom. Une blonde en béton, avait dit Chandler. Il se demanda ce qu'elle avait pensé de la justice au tout dernier instant, lorsqu'elle allait mourir. Il savait qu'il n'y avait pas de justice sans espoir. Chandler avait-elle encore eu un espoir à la fin ? Bosch pensa que oui. Telle la flamme bleue et pure qui s'éteint peu à peu, l'espoir était toujours là. Toujours brûlant. C'était ce qui lui avait permis de vaincre Bremmer.

Il n'entendit arriver Sylvia qu'au moment où elle entra dans la véranda. Tournant la tête, il la découvrit soudain devant lui et eut envie de se précipiter vers elle, mais il se retint. Elle portait un jean et une chemise en denim bleu foncé. Il lui avait acheté cette chemise pour son anniversaire, et il considéra cela comme un heureux présage. Sans doute revenait-elle du lycée, songea-t-il. Les cours étaient terminés depuis près d'une heure, jusqu'à lundi.

– J'ai appelé à ton bureau. On m'a dit que tu étais de congé. J'ai eu envie de passer voir comment tu allais. J'ai suivi la fin de l'affaire dans les journaux.

– Je vais bien, Sylvia. Et toi ?

– Ça va.

– Alors, on en est où ?

Elle sourit timidement.

– Je ne sais pas où on en est, Harry. C'est sans doute pour ça que je suis ici.

Il y eut un silence gêné, pendant qu'elle regardait autour

d'elle, puis au fond du canyon. Bosch écrasa sa cigarette et la lança dans une vieille boîte de café qui se trouvait en permanence à côté de la porte.

– Tiens, tu as acheté des nouveaux coussins.

– Ouais.

– Harry, il faut que tu comprennes pourquoi j'avais besoin de temps. C'est…

– Je comprends.

– Laisse-moi finir. J'ai répété ces phrases des centaines de fois, j'aimerais pouvoir te les dire pour de bon. Je voulais juste t'expliquer que ce sera très dur pour moi, pour nous deux, si on reste ensemble. Ce sera difficile d'assumer nos passés respectifs, nos secrets, et surtout ton métier, tout ce que tu rapportes à la maison…

Bosch attendit qu'elle continue. Il savait qu'elle n'avait pas terminé.

– Je sais que je n'ai pas besoin de te le rappeler, mais j'ai déjà vécu tout ça avec un homme que j'aimais. J'ai vu les choses se dégrader et… tu sais comment ça s'est terminé. Nous avons énormément souffert, l'un et l'autre. Alors, tu dois comprendre pourquoi j'avais besoin de prendre du recul pour analyser la situation.

Il acquiesça, mais Sylvia ne le regardait pas. Le fait qu'elle n'ose pas croiser son regard l'inquiétait plus que ses paroles. Malgré tout, il ne pouvait se résoudre à ouvrir la bouche. Il ne savait pas quoi dire.

– Tu mènes un combat très difficile, Harry. Je parle de ta vie. Ta vie de flic. Pourtant, malgré ton passé, je sens et je sais qu'il reste encore en toi des choses admirables.

Cette fois, elle le regarda.

– Je t'aime, Harry. Et je veux essayer de préserver cet amour, car c'est une des plus belles choses de ma vie. Un de mes bonheurs. Je sais que ce ne sera pas facile. Mais peut-être que ça n'en sera que mieux. Qui sait ?

Il s'avança vers elle.

– Qui sait ? dit-il.

Ils s'étreignirent longuement. Il avait son visage tout près du sien, il respirait l'odeur de ses cheveux, de sa peau. Il tenait sa nuque dans le creux de sa main, comme un vase de porcelaine fragile.

Au bout d'un moment, ils se séparèrent, mais juste le temps d'aller s'installer sur la chaise longue tous les deux. Assis l'un à côté de l'autre, en silence, ils demeurèrent enlacés un long moment, jusqu'à ce que le ciel s'assombrisse et prenne des reflets rouges et violets au-dessus des monts San Gabriel. Bosch savait qu'il avait encore des secrets enfouis en lui, mais ils y resteraient pour l'instant. Et il éviterait pendant quelque temps encore cet endroit de sombre solitude.

– Tu as envie de partir, ce week-end ? lui demanda-t-il. Loin de cette ville ? On pourrait aller faire un tour à Lone Pine, comme prévu. Dormir dans un chalet demain soir.

– Ce serait formidable. Ça me… Ça nous ferait beaucoup de bien.

Quelques minutes plus tard, elle ajouta :

– Nous ne pourrons peut-être pas avoir de chalet, Harry. Il n'y en a pas beaucoup, et généralement ils sont tous réservés à l'avance.

– Je sais. J'en ai réservé un.

Elle tourna la tête vers lui. Et avec un petit sourire en coin, elle lui dit :

– Alors, comme ça, tu savais ? Tu attendais simplement que je revienne, hein ? Pas de nuits blanches, pas même la surprise de me revoir ?

Bosch ne sourit pas. Il secoua la tête et, pendant un instant, il regarda les derniers rayons de soleil se refléter sur le mur de pierre des monts San Gabriel.

– Non, je n'étais sûr de rien, Sylvia. J'espérais.

**Les Égouts de Los Angeles**
*Prix Calibre 38*
*Le Seuil, 1993*
*et « Points Policier », nᵒ P19*

**La Glace noire**
*Le Seuil, 1995*
*et « Points Policier », nᵒ P269*

**Le Poète**
*Prix Mystère*
*Le Seuil, 1997*
*et « Points Policier », nᵒ P534*

**Le Cadavre dans la Rolls**
*Le Seuil, 1998*
*et « Points Policier », nᵒ P646*

**Le Dernier Coyote**
*Le Seuil, 1999*
*et « Points Policier », nᵒ P781*

**Créance de sang**
*Grand Prix de littérature policière*
*Le Seuil, 1999*
*et « Points Policier », nᵒ P835*

**La lune était noire**
*Le Seuil, 2000*
*et « Points Policier », nᵒ P876*

**L'Envol des anges**
*Le Seuil, 2000*
*et « Points Policier », nᵒ P989*

**L'Oiseau des ténèbres**
*Le Seuil, 2001*
*et « Points Policier », nᵒ P1042*

Wonderland avenue
*Le Seuil, 2002*
*et « Points Policier », n° P1088*

Darling Lilly
*Le Seuil, 2003*
*et « Points Policier », n° P1230*

Lumière morte
*Le Seuil, 2003*
*et « Points Policier », n° P1271*

Los Angeles River
*Le Seuil, 2004*
*et « Points Policier », n° P1359*

Deuil interdit
*Le Seuil, 2005*
*et « Points Policier », n° P1476*

La Défense Lincoln
*Le Seuil, 2006*
*et « Points », n° P1690*

Chroniques du crime
Articles de presse (1984-1992)
*Le Seuil, 2006*
*et « Points », n° P1761*

Moisson noire : les meilleures
nouvelles policières américaines
*(anthologie établie et préfacée par Michael Connelly)*
*Rivages, 2006*

Echo Park
*Le Seuil, 2007*

RÉALISATION : IGS-CHARENTE-PHOTOGRAVURE À L'ISLE-D'ESPAGNAC

GROUPE CPI

Achevé d'imprimer en juin 2007
par **BUSSIÈRE**
à Saint-Amand-Montrond (Cher)
N° d'édition : 32102-12. - N° d'impression : 70978.
Dépôt légal : juin 1997.
*Imprimé en France*

# Collection Points Policier

# Collection Points